HOLGER KARSTEN SCHMIDT

DIE TOTEN VON MARNOW

EIN FALL FÜR

LONA MENDT UND FRANK ELLING

Kiepenheuer & Witsch

Aus Verantwortung für die Umwelt hat sich der
Verlag Kiepenheuer & Witsch zu einer nachhaltigen Buchproduktion verpflichtet.
Der bewusste Umgang mit unseren Ressourcen, der Schutz unseres Klimas
und der Natur gehören zu unseren obersten Unternehmenszielen.

Gemeinsam mit unseren Partnern und Lieferanten setzen wir uns
für eine klimaneutrale Buchproduktion ein, die den Erwerb von Klimazertifikaten
zur Kompensation des CO_2-Ausstoßes einschließt.

Weitere Informationen finden Sie unter:
www.klimaneutralerverlag.de

FSC www.fsc.org
MIX
Papier aus verantwortungsvollen Quellen
FSC® C083411

Verlag Kiepenheuer & Witsch, FSC® N001512

1. Auflage 2021

Covergestaltung: Sabine Kwauka
Covermotiv: © Mark Owen / Trevillion Images; shutterstock.com
Dokumente S. 478: BStU, MfS, HA XX, Nr. 44, T.1, Seiten 46 und 78
Gesetzt aus der der Minion Pro, Gibson Regular und Almaq Rough
Satz: Buch-Werkstatt GmbH, Bad Aibling
Druck und Bindung: CPI books GmbH, Leck
ISBN 978-3-462-00141-9

Für meine Mutter

»Immer wenn du meinst, es geht nicht weiter,
geschieht jemand anderem ein Unglück,
und du bist wieder froh.«

DAPHNE DU MAURIER

TAG EINS

1

Er würde ihm die mitgebrachten Plätzchen in die Hand drücken, ein paar Worte über die alten Zeiten verlieren und ihm dann mit aufgesetzter Mündung in den Kopf schießen. Er wusste, wie er den Rückstoß aufzufangen hatte.

Die Übersichtlichkeit seines Planes erfüllte Stefan Krohn mit Zuversicht. Er nahm den Durchgang zu den Eingängen im Hinterhof und wandte sich unauffällig ab, als eine tätowierte Frau einen Kinderwagen an ihm vorbeischob.

Die Augusthitze hing einer Käseglocke gleich über der Hansestadt, sodass seine Sonnenbrille trotz der Abenddämmerung nicht weiter auffiel. Mit etwas mehr Vorlauf hätte er sich zur Tarnung noch einen Vollbart wachsen lassen. Aber der Anruf hatte ihn erst gestern Abend erreicht.

Er blieb vor der Haustür des viergeschossigen Gebäudes im Hinterhof stehen, in dem ein paar Jungs mit einem Plastikball bolzten und von einer Zukunft träumten, die für sie unerreichbar bleiben würde.

Die Fahrstuhlkabine, die er betrat, roch zu seiner Überraschung nach Citrus. Und nach Urin. Er drückte die drei, und die Tür schloss mit einem widerwilligen Scheppern. Bis zum dritten Stock betrachtete er die mit Graffiti übersäten Wände und dachte, dass all ihre nutzlosen Urheber ausgepeitscht gehörten. In der Ecke lag eine halbe Zitrone.

Der Weg aus dem Fahrstuhl zur Wohnung führte über einen Außengang, der Kinder vor dem Absturz aus zehn Metern schützte und ihm einen Blick über Rostock und die Unterwarnow gewährte. Die Medien sprachen von einem Jahrhundertsommer.

Krohn passierte die Wohnungen in einer Geschwindigkeit, die ihm das Lesen der Namensschilder erlaubte. Die vierte Tür war es. Genau so, wie man es ihm beschrieben hatte. *A. Beck* hatte jemand mit grünem Kugelschreiber auf das mit Tesafilm am Schild fixierte Papier gekritzelt.

Er hob den Finger zur Klingel. Ein Blick hinab auf die feinen Holzsplitter am Boden ließ ihn innehalten. Seine Augen wanderten zum Schloss – denn von dort stammten die Splitter. Und die Tür war bei genauem Hinsehen auch nicht verschlossen. Sondern angelehnt.

Jemand hatte sie aufgebrochen.

Krohn spannte sich unwillkürlich. Vielleicht befand sich noch jemand in der Wohnung, den er nicht eingeplant hatte. Er ließ die Tür mit einem sanften Druck des Ellbogens aufschwingen. Vor ihm eröffnete sich der Flur, von dem die wenigen Zimmer zu beiden Seiten abgingen. Der Gang selbst war bis auf einen hölzernen Schemel leer. Aus einem der Räume hörte er *Äischa,* den Sommerhit, den die Radiostationen hoch und runter spielten.

Krohn trat leise ein und drückte die Tür mit der Hacke zurück in die Zarge, in die sie nicht mehr einrastete, in die sie sich aber schmiegte. Er hob den Schemel lautlos an und platzierte ihn so, dass die Wohnungstür nicht zufällig aufschwingen konnte und nach außen geschlossen wirkte. Dann stand er reglos im Flur und lauschte.

Nur das Lied.

Stefan Krohn nahm die Beretta aus dem Schulterholster und zog den Schalldämpfer aus der Jacketttasche, den er routiniert auf die Mündung schraubte. Dann entsicherte er die Pistole und zog so leise wie möglich den Schlitten durch, der die erste Kugel in den Lauf lupfte.

Mit geschärften Sinnen schlich er vorwärts und setzte die Füße bewusst behutsam auf dem Linoleum auf. Die Wände des Gangs waren kahl. Nur Lichtschalter, denen ungewaschene Finger über die Jahre einen Trauerflor auf der umliegenden Tapete verpasst hatten. Eine der beiden Glühbirnen im Flur trug keinen Lampenschirm, sondern baumelte nackt an einer Affenschaukel.

Nichts hält länger als ein Provisorium.

Der erste Raum rechts war die Küche, in der sich benutztes Geschirr mit einer Pizzaschachtel den Platz neben der Spüle teilte. Das Fenster hatte keinen Vorhang, man blickte hinüber auf die spärlich bepflanzten Balkone der anderen Plattenbauwohnungen.

Alle Schubladen waren geöffnet worden. Einige lagen neben ihrem ausgekippten Inhalt auf dem Boden, andere standen weit aus den Küchenschränken heraus.

Was war passiert? Ein gewöhnlicher Einbruch? Oder ein Junkie, der seinen nächsten Trip über die Wolken finanzieren musste?

Instinktiv saugte Krohn die Luft über die Nase ein. Ein satter Geruch von Eisen hing in der Wohnung.

Links ging das Bad ab, in das er einen kurzen Blick warf. Toilette, Waschbecken, Badewanne, ein gelber Duschvorhang, der an Plastikringen an einer Deckenschiene hing. Und dort, an der Decke über der Wanne, war ein schwerer Haken eingelassen, dessen Sinn sich Krohn nicht erschloss.

Beck hatte Schulden, das wusste er. War es einem Gläubiger zu bunt geworden, und hatte der das Recht in die eigene Hand genommen?

Der Blick in den nächsten Raum beantwortete ein paar Fragen und ließ Krohn die Beretta anheben. Schussbereit.

Alexander Beck lag rücklings am Boden, alle viere von sich gestreckt, als sei er einfach umgefallen. Die Augen standen weit offen, der Blick war gebrochen. Sein Mörder hatte ihm die Kehle durchtrennt. Die Blutlache unter seinem Oberkörper war geronnen und ging ins Schwarze über.

Krohn schob den Sturm der Fragen, den dieser Anblick in seinem Kopf auslöste, mit einer Willensanstrengung beiseite – denn vielleicht war Becks Mörder noch hier. Er hob die Pistole und legte den Finger auf den Abzugsbügel. Auf diese Weise drang er vorsichtig in die beiden verbliebenen Räume ein, das Schlafzimmer und eine Rumpelkammer, die ihrem Namen alle Ehre machte. Krohn war unentschieden, ob er erleichtert sein sollte, dem Täter nicht zu begegnen, oder verärgert.

Die Verärgerung überwog.

Beide Zimmer waren ebenso wie alle anderen akribisch durchsucht worden.

Gab es so viel Zufall?

Er schüttelte kaum merklich den Kopf.

Etwas von der Anspannung, die ihn seit Betreten der Wohnung begleitet hatte, fiel von ihm ab. Krohn trennte Schalldämpfer und Pistole wieder voneinander und verstaute beides. Er hob die Schiebermütze von seinem Kopf mit den kurz geschorenen grauen Haaren und wischte sich mit dem Ärmel den Schweißfilm von der Stirn.

Er wusste, was zu tun war. Zuerst streifte er sich Einweghandschuhe über.

Es war, als wäre er lange nicht mehr Fahrrad gefahren oder mit jemandem intim gewesen. Doch seine Unbeholfenheit bei der Durchsuchung der Leiche und der Wohnung nahm von Minute zu Minute ab, bis er wieder ganz in seinem Element war. Wie ein guter alter V8-Motor, der bei Eiseskälte gemächlich warm lief. Dumpf und verlässlich.

Krohn überprüfte nicht nur das, was Becks Mörder bereits getan hatte. Er checkte auch die Schicht zwischen den aufgehängten Bildern und ihren Rahmen, den Wasserkasten der Toilette und natürlich die Wände. Krohn klopfte sie dezent, aber akribisch nach Hohlräumen ab, er öffnete den Röhrenfernseher und schaute unter jede Schuheinlage und hinter jedes Buch im Regal – es waren sieben. Nicht Regale, sondern Bücher.

Jederzeit hätte jemand klingeln können, die Nachbarn, der Schornsteinfeger oder jemand vom Sozialamt. Dann hätte er improvisieren müssen. Natürlich, auch dazu hatte er Kurse durchlaufen, aber die Improvisation war immer ein Ritt ins Ungewisse.

Unter den Filtern der Dunstabzugshaube wurde er ebenso wenig fündig wie hinter den Fußleisten, die er allesamt abschraubte und dann wieder fixierte. Was er suchte, fand er in der ganzen Wohnung nicht.

Immerhin stieß er in der Küche auf das Offensichtliche – Beck hatte Fotos, Eintrittskarten, Flyer und eine stark abgegriffene Speisekarte einer örtlichen Pizzeria an eine Pinnwand geheftet. Ein Foto in Schwarz-Weiß zeigte eine Mannschaft junger Männer in Trainingsanzügen. Es wies grobes Korn auf, ein Analogfoto, das viele Jahre in sich trug. So wie das andere. Es zeigte Beck in jungen Jahren neben einem älteren Mann an einem See. Es war in Farbe. Beide lächelten in die Kamera. Daneben eine Postkarte, die drei Motive zeigte: eine verwitterte Kirche, einen See und die Luftbildaufnahme eines Ortes. Darunter stand *Grüße aus Marnow.*

Stefan Krohn nahm die beiden Fotos und die Postkarte von der Pinnwand. Auf ihren Rückseiten fanden sich keinerlei Vermerke. Er steckte sie alle drei ein.

Ziemlich genau anderthalb Stunden nach dem Betreten der Wohnung nahm er auf einem Ledersofa Platz, dessen Farbe die Sonne im Lauf der Jahre gründlich abgeschossen hatte.

Die war mittlerweile untergegangen, und Krohn hütete sich, das Licht in einem Raum einzuschalten, dessen Fenster man von außen sehen konnte. Denn spätestens ab morgen früh würden hier die Zeugenbefragungen beginnen.

Im Radio wurde von den 25 Millionen Dollar berichtet, die die USA auf die Ergreifung von Saddam Hussein ausgesetzt hatten. Auf dem Tisch stand eine halb volle Flasche Ouzo samt geleertem Glas. Stefan Krohn goss das Glas randvoll und kippte den Anisschnaps herunter, bevor er auf seinem Nokia-Handy die Kurzwahltaste #1 tippte und das Schnapsglas in seine Tasche gleiten ließ.

»Ja?«

»Er war schon tot. Jemand hat ihm die Kehle durchgeschnitten.«

Der Mann am anderen Ende benötigte keine zwei Augenblicke, um sich zu sammeln.

»Ist Polizei vor Ort?«

»Nein, ich sitze in seiner Wohnung. Die Leiche liegt zu meinen Füßen.«

»Hast du die Liste?«

»Nein. Und sie ist auch nicht in Becks Wohnung.«

»Ist das absolut sicher?«

»Ja.«

Ein langes Ausatmen. Der Mann in der Leitung war früher sein Chef gewesen. Als alles noch einer überschaubaren Ordnung gehorcht hatte. Seit fast 15 Jahren war er es nicht mehr. Aber seinen Anweisungen folgte Krohn nach wie vor. Aus Überzeugung, aus Loyalität und dem Wunsch, einem Leben im Gefängnis zu entgehen.

»Die Liste *muss* da sein.«

»Sie ist definitiv nicht hier«, widersprach Krohn, »ich habe jeden Quadratzentimeter gesehen.«

Stille.

Der Mann in der Leitung überlegte.

»Dann hat sie jetzt sein Mörder.«

»Ja.«

»Gibt es Hinweise auf Marnow?«

»Ja, aber ich habe sie an mich genommen. Was soll ich tun?«

»Folgendes …«, sagte der Mann, dessen Stimme überlegt klang.

TAG ZWEI

2

Es war das Geräusch der Seitentür eines Transporters, das ihn weckte. Sie schabte über eine ausgefranste Bodenschiene und klackte satt in den Schließmechanismus. In ganz Rostock gab es nur zwei Firmen, die Pools bauten. Bahr & Wildhagen war eine von ihnen. Und sie war diejenige mit der schleifenden Seitentür.

Frank Elling schlug die Augen auf.

Hätte er den Durchschnitt nicht repräsentiert, der Durchschnitt hätte ihn verschluckt. Er war mittelgroß (1,78 Meter), leichter Bauchansatz, dazu Geheimratsecken mit Potenzial nach hinten und als Brille ein Kassenmodell von Fielmann. Frank Elling war genau der Mann, an den ein Zeuge sich später nur rudimentär erinnerte. Wenn überhaupt. So verwechselbar, dass jene schmale Grenze vom Jemand zum Niemand mitten durch ihn hindurch verlief.

Er schaute nach links und sah seine Vermutung mit einem Seitenblick bestätigt: Susanne war schon aufgestanden. Wie immer. Er legte die flache Hand auf ihr Laken und spürte noch einen Hauch Körperwärme.

Keine zehn Minuten.

Elling schwang sich aus dem Ehebett, setzte seine Brille auf, ging in Shorts und Unterhemd ans Fenster und lugte durch den Vorhang hinaus in den Garten. Dort gingen die Poolbauer gerade an die Arbeit. Bahr war klein, Wildhagen ein Strich.

Der Pool war nahezu fertig. Alle hatten ihn für verrückt erklärt, das Becken in einer Länge von zwanzig Metern anzulegen. Aber für seine Frau war Elling nichts zu schade.

Sie stand im Bad und föhnte sich vor dem Spiegel die Haare, als Frank Elling den Raum betrat. Eigentlich wollte er direkt in der kleinen Duschkabine verschwinden, aber seine Augen verfingen sich am Bademantel seiner Frau.

Susanne war im Frühjahr 42 geworden. Sie war drei Jahre jünger als er. Ihr Körper zeichnete sich unter dem Stoff ab, der Gürtel war locker. Elling erhaschte einen Blick auf ihre linke Brust. Er ging auf sie zu und presste sich sanft von hinten an seine Frau. Sie hatten seit Wochen nicht mehr miteinander geschlafen. Der Job, der Haushalt, die Tochter, sie hatten viel um die Ohren gehabt.

Susanne erstarrte bei der Berührung. Und während sie über den Spiegel die spielerische Lust in seinen Augen las, spürte sie Ellings aufkeimende Erektion durch den Stoff. Er schenkte ihr ein liebevolles Lächeln und fuhr mit den Händen unter den Mantel und über ihre Brüste. Sanft.

So behutsam und gleichzeitig erregt, dass ihr fast die Tränen gekommen wären. Es fühlte sich immer noch schön an. Geborgen.

Sie schob seine Hände ruhig beiseite und erntete über den Spiegel den zerbrechlichen Blick, mit dem sie gerechnet hatte. »Ich bin spät dran.«

Er drückte ihr seine Nase in den Nacken und saugte die Luft tief ein. »Du riechst so gut.«

Susanne seufzte und drehte sich um. Nahezu nackt, weil ihr Mann ihr den Gürtel gelöst hatte. Elling beugte sich vor, um ihre Brust zu küssen, aber sie bedeckte sich mit dem Bademantel und zog auch unmissverständlich den Gürtel zu.

Elling sah zu ihr auf, irritiert. Ein klein wenig verletzt. In einer hilflosen Geste, vielleicht auch einer Übersprunghandlung, setzte er seine Brille auf, als könne das noch schnell alles zum Guten wenden. Aber dadurch sah er die Abweisung seiner Frau lediglich deutlicher.

»Ich bin *wirklich* spät dran. Aufgeschoben, hm?«

Elling gab auf. Er genoss es nur, wenn sie auch Lust hatte. Sonst kam er sich schäbig vor.

Das Rattern des Presslufthammers kam ihnen wie ein Geschenk vor. Etwas, dem sie sich zuwenden konnten.

Prompt trat Susanne ans Fenster und warf einen Blick hinab auf den Pool, das *Monstrum,* das ihr Mann ihr zu Ehren ausbreiten ließ. Viel zu groß für die Grundstücksfläche, zu pompös für die Nachbarschaft. Zu spät in vielerlei Hinsicht.

Der Kleinere von Bahr & Wildhagen trieb mit dem Presslufthammer ein Loch neben den Pool. Elling nahm von der Seite wahr, wie Susanne stutzte.

»Die reißen ja die Wand wieder ein.«

Elling nickte und lächelte entspannt, weil ihm ihre Bemerkung die Brücke von der Zurückweisung zurück zur Selbstachtung baute. »Ja. Bis gestern war dein Swimmingpool nur groß und beheizbar. Und mit Unterwasserbeleuchtung. Aber jetzt kommt noch das Nonplusultra … na?«

Vergeblich schaute sie hinab, um das Nonplusultra zu entdecken. »Ich seh's nicht.«

Elling holte feierlich Luft: »Er bekommt noch eine Gegenstromanlage.«

Dazu deutete er auf den Punkt, an dem Herr Bahr den Presslufthammer tief in den Grund trieb.

Susannes Verblüffung war echt. Und in ihrer Feststellung schwang auch eine Spur Unmut mit: »Das kostet doch Unsummen.«

»Ach, so teuer ist das gar nicht … also, im Gesamtverhältnis.«

»Du spinnst, Elling.«

Damit gab sie ihm einen Kuss auf den Mund und überließ ihrem Mann das Badezimmer, bevor der wieder auf andere Gedanken kam.

3

Die Küche der Ellings war ein gemütlicher Raum mit einer Anrichte über Eck und mit einem Esstisch samt Sitzbank. Beengt. Vielleicht rührte daher der Eindruck der Gemütlichkeit. Über eine Tür erreichte man die Terrasse – und den zukünftigen Pool.

Elling war gerade im Begriff, sich die dunkelbraune, schmale Krawatte zu binden, als seine Tochter Mareike ihm einen Becher Kaffee vor die Nase hielt.

Die Jungs drehten sich nicht allzu häufig nach ihr um, das hieß: *noch* nicht. Aber sicherlich bald. Mit 61 Kilo auf 1,64 Meter Körpergröße hatte Mareike noch ein klein wenig zu viel Babyspeck an Bord. Aber Elling war voller Zuversicht, dass sich das noch rauswachsen würde.

Die Züge ihres Gesichts waren fein, die Augen wach. Mareike würde bald die Erste im weitverzweigten Netz der Ellings sein, die zur Uni gehen würde. Mareike dort zu wissen, machte ihn stolz. Gleichzeitig ahnte er die Reaktion der Familie.

»Für die anstehende Wahl zum Oberbürgermeister der Stadt Rostock liefern sich SPD-Urgestein Nina Klamm und der parteilose Philipp Benedikt ein enges Kopf-an-Kopf-Rennen«, berichtete der Radiomoderator.

»Einen wunderschönen guten Morgen, Papa«, flötete Mareike und stellte ihm den Becher neben der Post auf dem Tisch ab.

»Hast du gut geschlafen?«

»Prima. Nur der Morgen hatte Luft nach oben.«

»Möchtest du ein Ei?«

»Bitte.«

Die Zuvorkommenheit seiner Tochter machte ihn wachsam. Auch wenn sie aus dem Gröbsten raus war. Er konnte ihr in der Öffentlichkeit einen Kuss auf die Wange geben, ohne dass sie ihn mit einer Woche Nichtbeachtung abstrafte. Ja, tatsächlich war es seit etwa zwei Jahren wieder möglich, ein vernünftiges Wort mit ihr zu wechseln.

Die Post bestand aus dem Rostocker Tageblatt, für das Susanne arbeitete, außerdem drei Kuverts. Eines davon stammte von seiner Hausbank. Als Mareike sich zur Anrichte umdrehte, um das Ei anzustechen, faltete Elling das Schreiben der Bank in der Mitte und schob es schnell in die Brusttasche seines Hemds.

Gerade rechtzeitig, denn Mareike wandte sich unvermittelt um und reichte ihm mit einem Lächeln einen Teller mit zwei warmen Toastscheiben.

»Einmal warme Toasts«, kommentierte sie.

Elling nahm es mit einem gelassenen Lächeln: »Wofür brauchst du das Geld?«

Mareike blinzelte nervös vor Überraschung.

»Aber … wie …«

»Ich beobachte seit 18 Jahren jeden deiner Schritte, Mareike, ich bin nämlich dein Vater. Blöderweise bin ich auch noch Kriminalkommissar – also: wofür?«

Frank Elling registrierte, wie seine Tochter die Optionen auf eine Ausflucht strich und sich straffte – ein gutes körpersprachliches Signal für jemanden, der mit der Wahrheit rausrücken wollte.

»Du kennst doch Mette. Mette Vogt. Sie war schon ein paar Mal hier und …«

»Können wir den Mittelteil weglassen?«

Mareike öffnete den Mund für eine Antwort, als der Moldau-Walzer ertönte – aus Susannes Handy. Es lag zum Aufladen direkt neben Ellings Platz – was ihm den Blick aufs Display erleichterte: 0170 / 7 007 007.

Eine Nummer, die er nicht kannte. Aber ihn an James Bond erinnerte.

»Mette hat jetzt auch ihr Abi. Und die hat von ihren Eltern so 'nen kleinen italienischen Flitzer bekommen. Jahreswagen.«

»Vogts sind Ärzte, Mareike«, sagte ihr Vater, »die spielen in 'ner anderen Liga als wir.«

»Ihre Schwestern bekommen auch einen.«

»Da kannst du mal sehen, wie steinreich Ärzte sind – im Ernst, Mareike: Das ist nicht drin.«

Übung darin, seinem Kind etwas abzuschlagen, machte es einem nicht leichter, wie Elling feststellte.

Mareike schluckte schwer und senkte den Blick, sie atmete tief durch.

»Es geht nicht.«

Sie hob den Blick wieder und verbarg ihre Enttäuschung ziemlich überzeugend: »Wenn's nicht geht, geht's nicht.«

»Hab ich was verpasst?«, fragte Susanne, die jetzt die Küche betrat und mit ihrer Tochter einen Kuss auf die Wange tauschte. Routiniert, aber nicht oberflächlich.

»Nein«, antworteten Mareike und Elling gleichzeitig und grinsten sich kurz zu wie zwei Verschworene.

Wieder ertönte die Moldau. Unwillkürlich schaute Frank Elling erneut aufs Display. Dieselbe Nummer. Diejenige, die Susanne wegdrückte und dann seinen fragenden Blick auffing: »Ist unser Praktikant.«

»Du hast einen Praktikanten?«

»Ja. Lehmann. So'n Lütter«, sagte sie und hielt die flache Hand knapp unter ihren Hals, »will mal ein großer Journalist werden. Süß.« Susanne lächelte verständnisvoll und voller Rücksicht für die Flausen des journalistischen Nachwuchses: »Er begleitet mich heute zum Wahlkampf.«

Der Wahlkampf. Ihr großes Thema, seit Wochen begleitete sie den Herausforderer redaktionell.

»Witzig. Wir haben keine Praktikanten.«

»Da denk mal drüber nach.«

Ihr Blick ging an ihm vorbei, hinaus über die Terrassentür in den Garten. Und zum Pool.

Der Anblick versetzte Susanne Elling einen Stich. Sie wusste, woher dieser Stich kam, warum er kam und weswegen er einen Schmerz in ihr hervorrief. Einer Fügung folgend verließ Mareike die Küche, sie waren unter sich.

»Elling, der Pool …«

»Ja?«

»Ist … er ist … wie soll ich das sagen …«

»Suse?«

»Ja?«

Er hatte sich vorgebeugt, sein Gewinnerlächeln stand ihm im Gesicht. »Wer das Leben festhalten will, muss es feiern.«

Sie streckte die Waffen – und in ihrem Lächeln lag eine Spur Verzweiflung. Bevor sie etwas erwidern konnte, klingelte sein Handy.

»Elling?«

Es war ein Anruf aus dem Kommissariat.

»Rainer hier, guten Morgen.«

Sein Abteilungsleiter Rainer Mertens bei der Rostocker Kripo.

»Morgen, Rainer.«

»Du musst gar nicht erst ins Büro kommen. Wir haben einen Leichenfund in Toitenwinkel. Die Staatsanwaltschaft hat schon Dr. Pramann rübergeschickt und die KTU. Ich sage noch Frau Mendt Bescheid.«

Mertens gab ihm noch die Straße durch und die Hausnummer, bevor er das Gespräch beendete. Ellings Vorgesetzter war letzten Monat sechzig geworden. Was andere in Sinnkrisen stürzte, löste bei ihm Begeisterung aus – nur noch fünf Jahre!

Elling glaubte im Gegensatz zu Mertens nicht an jenes sorgenlose Paradies am Ende des Berufslebens.

Die Mertens' sparten an allem. Beim Essen (nur Angebote beim Discounter), beim Reisen (nur alle drei Jahre und dann an die Müritz – mit dem Fahrrad), beim Leben an sich. Bei der Weihnachtsfeier hatte er Frau Mertens vor ein paar Jahren mal die Hand geschüttelt. Sie hatte nicht so ausgesehen, als habe sie viel gelacht in ihrem Leben. Um ihren Mund hatte sich ein bitterer Zug eingenistet.

So weit wollte Elling es in seiner Ehe nicht kommen lassen. Er streifte sich das hellbraune Jackett über, an dem Susanne missfiel, dass es an den Ellenbogen bereits abgescheuert wirkte. Genau wie die Spitzen seiner ausgetretenen Lieblingsschuhe. Er gab ihr einen Kuss auf den Mund, bevor er das Haus verließ.

Nach einigen Metern drehte er sich um und begutachtete ihr Zuhause. Gut, es war übersichtlich. Aber wenn Mareike früher oder später auszog, was sollten sie dann mit mehr Platz? Etwas in die Jahre gekommen war es auch. Er verdächtigte seine Frau manchmal, sie schäme sich deswegen, was sie mit einer Vehemenz von sich wies, die seinen Verdacht erhärtete. Ja, es hatte etwas Patina und schien sich angesichts der modernen Neubauten im Ringelrankenweg gegenüber ein wenig zu ducken, aber es *gehörte* ihnen. Fast. Bis auf das, was noch abzuzahlen war.

Bevor er in seinen altersschwachen schwarzen Volvo V90 steigen konnte, trat Wildhagen an ihn heran.

»Die Gegenstromanlage, Herr Elling, wenn ich die bestelle, müssen wir Vorkasse zahlen, und da wollte ich fragen, ob Sie da mit 'ner Anzahlung behilflich sein könnten.«

»Na klar. Wie viel brauchen Sie denn?«

»So ein Drittel, das wären über 'n Daumen 1000 Euro.«

Frank Elling überspielte seinen Schluckreflex mit einem Husten. Tausend Euro. Das waren immerhin 2000 Mark – seit der Einführung der neuen Währung vor anderthalb Jahren rechnete er im Geist immer noch um. Elling bemühte sich allerdings, seine Umrechnung in D-Mark nicht in Worte zu fassen – Susanne empfand das als engstirnig.

»Kein Problem, kriegen Sie. Ich muss nur zur Bank.«

Wildhagen nickte verständnisvoll.

Da kam auch Susanne aus dem Haus und schwang sich aufs Rad – die Redaktion des Rostocker Tageblatts lag keine zwei Kilometer vom Ringelrankenweg entfernt am Alten Markt.

Elling nahm mit seinem Volvo, dem die Radkästen zu rosten begannen, die Autobahn A 19, die Rostock nach Osten umging, und fuhr in Rostock-Nord ab. Von der Autobahn waren die Plattenbauten in Toitenwinkel schon zu sehen. Kein Supermarkt hatte sich dorthin verirrt, keine Bar, kein Restaurant. Ein Relikt der DDR, um das das Leben beharrlich einen Bogen schlug.

An der ersten Ampel links musste er stoppen. Das Thermometer war um acht am Morgen bereits auf 19 Grad gestiegen. Er schaute zur Seite – und es war Liebe auf den ersten Blick.

Ein VW Polo. Silber. Schick. Acht Jahre alt – nur 4999 Euro. Auf einem kargen Platz für Gebrauchtwagen. Unterlegt mit verdichtetem Schotter, umgeben mit einem mannshohen Maschendrahtzaun.

Elling verzog sein Gesicht zu einer Grimasse bei dem Gedanken daran, was sein Kundenberater bei der Bank zu diesem Einfall sagen würde. Hätte seine Tochter vorhin rebelliert, ihn beschimpft oder beleidigt die Tür geknallt, er wäre nicht weich geworden. Das heißt: vermutlich nicht. Zumindest für einen Tag nicht.

Aber wie sie sich gefügt hatte, das hatte ihm das Herz gebrochen. Er wählte Susannes Nummer in der Redaktion, weil sie das Handy tagsüber abstellte, wenn sie sich auf einer Reportage befand.

»Stiller, Rostocker Tageblatt?«

»Frau Stiller, Elling hier. Ich wollte kurz meine Frau sprechen – sie ist nicht da?«

»Äh, nein.«

»Und ihr Praktikant? Lemmel … Lamann?«

»Lehmann?«

»*Den* mein' ich. Vielleicht erreich ich sie über den? Wenn der ein Handy hat?«

»Hat er. Aber der ist krank.«

»Oh.«

»Ja, schon seit einer Woche.«

Frank Elling schluckte.

Er war krank. Er hatte von zu Hause aus angerufen. Aus dem Bett. Und Susanne hatte vergessen zu erwähnen, dass ihr Praktikant gar nicht in der Redaktion erscheinen konnte.

Hinter ihm hupte es mehrfach. Elling blickte auf – die Ampel war auf Grün umgesprungen.

4

Die Blicke waren ihr wohlbekannt. Sie fuhren tastend über ihren Körper, wach und neugierig, und sie endeten stets in ihren Augen, dann fühlten sie sich ertappt wie pubertierende Jungs und senkten den Blick.

Lona Mendt hatte ihre Triumph Bonneville direkt vor dem Plattenbau neben dem fahrenden Labor der KTU abgestellt, den Helm vom Kopf gezogen und die blonden, knapp schulterlangen Haare geschüttelt. Sie trug schwere schwarze Boots, falls sie mit dem Retro-Motorrad stürzte. Dazu enge Jeans und eine Lederjacke. Kein Ring, keine Kette, keinen Ohrring. Nur dezent geschminkt.

Vor der fraglichen Wohnung überwachten zwei Streifenbeamte den Tatort hinter einem Absperrband, ein junger Kollege, keine fünfundzwanzig, und ein korpulenter mit weinroter Nase, Ende fünfzig oder drüber.

Der Ältere stellte sich ihr auf behutsame Art in den Weg. »Tut mir leid, Fräulein, kein Durchgang hier.«

Lona Mendt nickte und öffnete die Lederjacke, um ihren Dienstausweis zu zücken. Dabei sah der Streifenbeamte die Walther P99 mit dem Handgriff für Linkshänder, die die Frau seitenverkehrt rechts trug. Den Knauf nach vorne gerichtet. Griffbereit. Sie hielt ihm ihren Dienstausweis hin.

»Ach so.«

»Ja.«

Sie hob das Band an, schlüpfte darunter hindurch und betrat die Wohnung. Sah das Klingelschild. Handgekritzelt. Das gesplitterte Holz des Türrahmens. In der Wohnung summte es wie in einem Bienenstock. Die Mitarbeiter der KTU liefen in weißen

Anzügen wie Astronauten durch die Wohnung. Mit Kapuzen und Mundschutz, nur ihre Augen machten sie unterscheidbar.

Sie sprühten und pinselten an Türklinken, Zargen, Büchern, Möbeln, sie vermaßen den Tatort mit Lasergeräten, unablässig gleißten Blitzlichter auf, wenn die Beamten etwas auf Fotos festhielten. Es roch nach Chemikalien und Eisen.

Ihr Kollege Frank Elling saß auf einem Hocker im Flur und rauchte, er war ziemlich blass. Er hatte eine abgegriffene Kladde auf seinen Oberschenkeln abgelegt und machte sich Notizen.

»Morgen, Elling.«

»Morgen.«

Das Surren schwoll mit jedem Meter an, den Lona Mendt in die Wohnung hineinging – und das aus dem Badezimmer zu stammen schien.

Sie deutete mit dem Kopf in den dunklen Raum und sah Elling dabei fragend an. Der nickte.

»A. Beck ist wer?«, fragte sie, während sie sich die Einweghandschuhe überstreifte.

»Alexander Beck«, meldete sich eine Stimme hinter ihr, zu der Lona sich umwandte: Lisa Schneider, mit nur 35 Jahren leitete sie die KTU. Im Gegensatz zu Elling verfügte sie über einen robusten Magen. Sie hatte den Mundschutz unters Kinn geklemmt, um Lona die Informationen zu geben.

»Alexander Beck. Alleinstehend. Arbeitslos. 47 Jahre alt. Ehemaliger ostdeutscher Staatsbürger. Kinderlos«, las sie wie aus einem Telegramm vor.

Lona betätigte den Lichtschalter und trat ins Bad. Von dem entblößten, kopfüber von der Decke hängenden Toten stoben eine Unzahl an Fliegen surrend auseinander.

Lona fächelte sie instinktiv mit einer Hand beiseite.

»War Dr. Pramann schon da?«

»Ja«, hörte sie Elling im Flur, der ihr und Lisa Schneider nicht gefolgt war, »er sagt, das Opfer ist mit ziemlicher Sicherheit an dem Kehlenschnitt gestorben. Der Täter ist vermutlich ein Linkshänder.«

Der Schnitt war nicht zu übersehen, aber die Tiefe wegen des geronnenen Blutes nur schwer zu erahnen. Schädel und Oberkörper des Mannes waren von Stich- und Schnittwunden übersät. Unten, in der Badewanne, hatte sich eine Lache gebildet, die ins Schwärzliche überging.

»Er hat eine schwarze Socke im Rachen«, fuhr Elling von draußen aus fort, »vermutlich verschluckt. Pramann will ihn heute noch obduzieren, Ergebnisse gibt es morgen.«

Lona nickte unbewusst, obwohl Elling sie nicht sehen konnte. Sie beugte sich vor und betrachtete intensiv das Gesicht des Toten, das nahezu komplett mit Blut bedeckt war. Der geöffnete Mund, die weit aufgerissenen Augen, in denen Lona Mendt noch Entsetzen zu erkennen glaubte. Am dicksten wölbte sich die Schicht des geronnenen Blutes an der Stirn. Dann widmete sie sich den vielen, kleinen Verletzungen.

»Ist er mal erkennungsdienstlich behandelt worden?«

»Nein«, antwortete Lisa Schneider, »nicht vorbestraft. Sozialhilfeempfänger. Gebürtiger Leipziger. Seit 1994 hier in Rostock gemeldet.«

Die Leiterin der Spurensicherung schlug unvermittelt zu und erwischte eine der Fliegen, die sie aufhob und musterte.

»Dann hängt er schon eine Weile hier«, vermutete Lona Mendt mit einem Seitenblick auf das Insekt.

Schneider wiegte den Kopf leicht hin und her: »Die blaue Schmeißfliege … eine Calliphoridae, aber das wird der Entomologe sich genauer ansehen. Das heißt, ein schwangeres Schmeißfliegenweibchen kann einen Toten auf mehr als hundert Meter riechen. Und wenn sie ihre Eier in der Leiche abgelegt haben, schlüpfen die ersten Larven schon nach 15 Minuten, besonders wenn's warm ist. So wie jetzt.«

»Er hatte einige Fenster auf Kippe«, bestätigte Frank Elling. »Der Gerinnungsstatus des Blutes spricht auch dafür, dass es noch nicht lange her ist. Ist jedenfalls Pramanns Einschätzung.«

»Das Badezimmer ist aber nicht der Tatort, richtig?«

»Das stimmt«, sagte Lisa Schneider, »wie es aussieht, ist Herr

Beck im Wohnzimmer ermordet und dann hier aufgehängt worden.«

Das ließ sie stutzen.

»Das ist bemerkenswert«, sagte Lona Mendt dann.

»Weil?«, wollte Schneider wissen.

»Weil die Tür zwar angelehnt, aber aufgebrochen war, und der Täter trotzdem Zeit darauf verwandt hat, die Leiche hierherzuschaffen und sie an der Decke zu befestigen«, kam Elling ihr zuvor. »Obwohl er dabei jederzeit hätte entdeckt werden können.«

Lona nickte der KTU-Frau zu. Elling hatte ihren Gedanken fast beängstigend exakt wiedergegeben. Er erschien dafür jetzt sogar in der Tür und atmete durch den Mund, um den Geruch für sich auf ein Minimum zu reduzieren.

Manchmal las sie in seinem Gesicht dieselbe Überraschung, die sie empfand, wenn sich zwischen ihnen diese stumme Übereinstimmung einstellte. Ein rätselhafter Gleichklang, dem sie beide nicht ganz über den Weg trauten.

Denn es gab so gut wie nichts, in dem sie ansonsten übereinstimmten. Frank Elling lebte mit seiner Tochter und seiner Frau in seinem Haus in Rostock-Brinckmannsdorf. Fest verwoben in ein Netzwerk aus Kollegen, Nachbarn, Freunden, mit denen er auf dem großen Fernseher im Wohnzimmer Fußball schaute oder auf der Terrasse grillte. In der Nachbarschaft half man sich gegenseitig mit ein paar Eiern oder Dosentomaten aus, eben das, was an einem Sonntag so fehlte, wenn die Supermärkte geschlossen hatten. Und im Winter schippte man auch die Ausfahrt des Nachbarn mit frei.

Gemeinsam nicht viel Aufhebens machen.

So war das Leben im Ringelrankenweg.

Lona Mendt dagegen blieb nie lange an einer Stelle. Im Augenblick parkte das Wohnmobil, in dem sie wohnte, auf dem Campingplatz in Markgrafenheide, keine dreihundert Meter von der Ostsee entfernt und fünf Kilometer von Rostock-Toitenwinkel.

Sie hatte es mit jedem Monat des Gebrauchs immer weiter an ihre Bedürfnisse angepasst. Etwa, dass die Bonneville hinten in den Laderaum passte. Gesägt, gebohrt, Leitungen verlegt, Ventile eingestellt.

Morgen, in ein paar Tagen oder vielleicht erst in einem halben Jahr würde sie die Anschlüsse für Wasser und Strom abschrauben und woanders hinfahren. Vielleicht an die Unterwarnow. Vielleicht zu einem Bauernhof. Oder einfach auf einen Feldweg.

Und wenn jemand anklopfte und erklärte, sie dürfe dort nicht stehen, hatte sie bisher immer einen Kaffee angeboten und mit spielerischer Beiläufigkeit ihren Dienstausweis präsentiert. Zumindest eines der beiden wirkte Wunder und zusammen bildeten sie ein unschlagbares Doppel.

Es gab nichts, was sie lange hielt. Sie war erst vor knapp 15 Monaten von Hannover auf eigenen Wunsch nach Rostock versetzt worden. In der Rostocker Kripo galt sie auch wegen ihrer Lebensumstände als eine Exotin.

Seit dem Mauerfall vor vierzehn Jahren war man hier eine Menge gewöhnt. Die erste Begeisterung war gewichen, als die Wessis eingefallen waren und sie seitdem wie Menschen zweiter Klasse behandelten. Mit ihrem Hang zur Rechthaberei. Sie trimmten Abläufe auf Effizienz, sie korrigierten die falsche Verwendung des Genitivs, sie kanzelten einen vor versammelter Mannschaft ab – und sie waren echte Denunzianten. Immerhin war man wenigstens Letzteres gewohnt.

Aber Lona Mendt war nichts von alledem, sie verbesserte oder korrigierte niemanden. Sie verhielt sich auch nie abschätzig, sondern kooperativ. Gleichzeitig übertraf sie all ihre Vorgänger in puncto Unnahbarkeit. Sie gab nichts über sich preis, blieb dabei aber freundlich. Und eine Kommissarin, die in einem Wohnmobil lebte, das kannte man nur aus amerikanischen Filmen.

Mareike fand die Kollegin selbstredend cool. Elling hatte Mendt nach vier Monaten zu sich eingeladen, zum Grillen, versteht sich. Susanne versteckte ihre Neugier hinter der Aussage, dass der gute Ton das gebiete.

Sie und Lona tauschten ein paar höfliche Allgemeinplätze, sie bemühten sich, einander interessant zu finden, aber sie tickten unterschiedlich.

Mareike klebte Lona Mendt dafür umso mehr an den Lippen. Sie überlegte, ob sie auch ihren Motorradführerschein machen sollte, aber Lona riet ihr ab – zu gefährlich. Susanne dankte ihr dafür. Und gähnte nach dem Dessert mehr oder minder offensichtlich hinter vorgehaltener Hand. Lona hatte sich recht bald verabschiedet.

Im Gegensatz zu Elling schob Lona Mendt auch Überstunden, wenn es sein musste. Und sie hatte eine gute Intuition. Wenn es überhaupt so etwas wie eine Schnittmenge zwischen ihnen gab, dann verlief sie hier – ihr Bauchgefühl trog sie beide höchst selten.

»Hast du mal in Hannover nachgehorcht, was mit der nicht stimmt?«, hatte Mertens ihn bei Königsberger Klopsen in der Kantine gefragt.

»Nein.«

»Nein?«

»Nein. Was soll denn mit ihr nicht stimmen? Sie lebt in einem Wohnmobil – und?«

»Und findest du das nicht merkwürdig?«

»Sie ist eine gute Polizistin.«

Mertens schob sich einen Haufen Rote Bete in den Rachen, der statisch unmöglich war.

»Du hast mir nicht geantwortet«, sagte Mertens mit vollem Mund.

»Doch, aber du hast es nicht verstanden.«

»Vorsicht, Elling, ich bin dein Vorgesetzter.«

»Aber nur noch fünf Jahre.«

Mertens nickte und strahlte.

Lona Mendt war komplett autark. Sie brauchte niemanden. Das schloss sie alle auf gewisse Weise aus. Und zog sie alle auf die eine oder andere Weise an, und sei es nur, dass man sich Gedanken über die Neue aus Hannover machte.

Lona Mendt wandte sich ab, um das Badezimmer zu verlassen, als sie die Kontur entdeckte. Eine leichte Wölbung im verkrusteten Blut auf der Stirn des Opfers.

Eine Gerade.

Sie machte kehrt und beugte sich vor.

»Was ist?«

»Da ist unnatürlich viel Blut auf der Stirn«, antwortete sie ihrem Kollegen, »und da ist eine Gerade. Und …«

Sie benetzte ihren linken Einweghandschuh mit etwas Wasser.

»Und die Natur zieht keine Geraden«, kleidete Elling ihre Gedanken in Worte.

»Ja«, bestätigte sie, »es gibt keine absolute Gerade, an der kein Mensch beteiligt ist.«

Sie fuhr mit ihren feuchten Fingerspitzen an jener Stelle, an der sie die Gerade entdeckt hatte, sanft über die Stirn des Mordopfers. Das verkrustete Blut löste sich Schicht um Schicht, lief zögerlich von der Mitte des Schädels hinab, bis es schließlich in der Lache in der Wanne aufschlug.

Es erschien ein länglicher Schnitt, der die Ursache der Geraden darstellte. Aber von dem Schnitt gingen an dessen Enden jeweils zwei in einem spitzen Winkel ab. Der untere nach oben und der obere nach unten, sodass sie sich kreuzten. Lona Mendt und Elling hätten das für eine versehentliche Schnittkombination halten können – wenn die paar Wassertropfen nicht noch mehr Blut verdünnt hätten und jetzt rechts davon ein »E« freilegten.

»D-E«, sagte Elling und vergaß für einen Moment das Surren der Fliegen, das ihm auf den Magen schlug. Lona nickte. Leichte Aufregung hatte von ihr Besitz ergriffen.

Sie zog ein Papiertaschentuch aus ihrer Jacke, ließ Wasser darüber laufen und wischte mit sanftem Druck über die Stirn des Ermordeten. Im Bad war es mucksmäuschenstill. Die Leiterin der Spurensicherung, die so schnell nichts beeindrucken konnte, hielt die Luft an. Weitere drei Buchstaben erschienen.

»D-E-R-F-I«, verband Elling diejenigen Buchstaben, die die Kollegin freigelegt hatte.

Mendt fuhr Beck links und rechts über die Stirn.

»Kinderficker«, sagte Schneider leise. Für einen Augenblick rührte sich keiner von ihnen, zu sehr waren sie bemüht, zumindest einen der vielen auseinanderstiebenden Gedanken zu erfassen, die diese Nachricht des Täters an sie auslöste.

»Das Tatmotiv würde zu den vielen Verletzungen passen«, stellte Lona Mendt ruhig fest.

»Inwieweit?«, fragte Schneider.

»Der Täter stand zu seinem Opfer in einem persönlichen Verhältnis. Es waren eindeutig starke Emotionen im Spiel. Wenn ich einen Menschen töten will, steche ich einmal zu, vielleicht zweimal und dreimal, aber das hier«, sie deutete mit dem Kopf auf den von der Decke baumelnden Leichnam, »da war jemand in purer Raserei unterwegs. Anders sind die Unmengen an Stichverletzungen psychologisch nur schwer einzuordnen.«

Lisa Schneider verstand.

»Und er hat sich für seine Tat nicht geschämt, sonst hätte er die Leiche abgedeckt. Ganz im Gegenteil, der Mörder hat sie ausgestellt. Über Kopf ausbluten lassen – da drängt sich doch sofort eine Assoziation auf.«

»Wie ein Schwein«, sagte die KTU-Leiterin sofort. Mendt nickte.

»Das passt vielleicht auch zu dem Mädchen«, fügte Elling hinzu.

»Mädchen?«

»Können wir das im Flur besprechen?« Er wartete Mendts Reaktion gar nicht erst ab, sondern zog sich aus dem Bad zurück.

»Ich will sowieso noch ins Wohnzimmer«, antwortete sie und folgte Elling. Im Vorbeigehen registrierte sie die aufgerissenen und durchwühlten Schubladen.

»Und gesucht hat er auch was.«

»Vielleicht einen Hinweis auf sich«, sagte Elling und blieb im Wohnzimmer stehen, in dem sich im Augenblick keiner der Kriminaltechniker befand. Auch hier war alles durchsucht worden. Lona Mendt entdeckte sofort den großen Blutfleck auf dem Teppich.

Der mutmaßliche Tatort.

»Was für ein Mädchen?«, hakte Lona nach.

»Das Nachbarskind hat ihn gefunden, eine Anna Molitor, zehn Jahre alt. Sie wollte Herrn Beck um ein paar Süßigkeiten bitten, er hat hin und wieder welche an Kinder verteilt.«

Lona hob aufmerksam den Blick und begegnete Ellings.

»Süßigkeiten an Kinder«, stellte sie fest. In ihrer Stimme schwang etwas mit. *Anbahnung an das Opfer.*

»Ja.«

»Hat die Kleine die Leiche gesehen?«

Frank Elling schüttelte den Kopf: »Sie hat nur einen Umriss gesehen, die Fliegen gehört. Und natürlich gesehen, dass hier alles verwüstet worden ist. Sie ist zu ihrer Mutter, die hat nachgesehen und den Notruf abgesetzt. Die sind gerade beim Psycho. Wir können sie später sprechen.«

»Hat er einen Computer?«

»Das Ding da«, sagte Elling und deutete auf eine Kommode, auf der ein klobiger PC samt Röhrenmonitor mit bernsteinfarbener Schrift mit dem Laptop der KTU verkabelt war. Lona trat an sie heran.

»Frau Schneider hat dafür gesorgt, dass die Festplatte gespiegelt wird. Browserverlauf ist schon ausgelesen.«

»Und sonst überprüft?«

»Nein.«

»Dann bin ich jetzt auf dem Stand?«

Elling nickte und zündete sich eine Zigarette an, während Lona sich durch die Verzeichnisse des Toten klickte, nachdem die Festplatte sich mit einem Knarzen in Bewegung gesetzt hatte und der Lüfter seinen Dienst verrichtete.

»Die KTU nimmt alle Messer mit ins Labor, falls der Täter eines aus dem Haushalt benutzt hat. Ach ja, und an einer Pinnwand in der Küche haben drei Bilder oder Postkarten oder was auch immer gefehlt. Die haben da so lange gehangen, dass die Sonne drum herum alles abgeschossen hat. Man sieht die Ränder. Aber könnte er natürlich auch selbst gewesen sein.«

Damit gab er ihr mit einem Handzeichen zu verstehen, in die gegenüberliegende Küche zu wechseln, was Mendt mit einem Nicken quittierte.

»Ich hab was«, sagte Lona Mendt, bevor er den Flur überquert hatte. Also kehrte er um und las in ihrem Blick, der auf den Monitor des Computers gerichtet war, die seltene Kombination von Ekel, Wut und Mitleid.

Elling trat neben sie. Kinder. Mädchen und Jungs. Leicht bekleidet oder nackt. Auf Fotos und – Mendt klickte eines der Symbole an – auch auf Video. Sie fuhr mit dem vertikalen Balken durch das Verzeichnis hinab. Eine Flut an kinderpornografischem Material stürzte auf sie ein, eine, die kaum enden wollte.

Lona Mendt nahm die Hand von der Maus. »Ich werd so was nie verstehen.«

Elling nickte: »Hier hat sich jemand gerächt. An seinem Peiniger. Oder dem Peiniger eines Familienangehörigen. Entweder hat Herr Beck verkauft oder gekauft. Oder beides. Ich forder bei Mertens Konteneinsicht an.«

»Gut«, antwortete Lona, »kriechen wir in ihn rein.«

So nannten sie es hier bei der Rostocker Kripo, wenn sie die Identität eines Toten anhand vieler Details Stück um Stück ertasteten. Am Ende, wenn sie viele Kleinigkeiten zusammengetragen hatten, entstand eine Art Mosaik des Opfers. So etwas wie ein Profil.

5

Sie sahen sich intensiv in der Wohnung um, während die Kollegen vom Bereitschaftsdienst bereits die Nachbarn befragten.

Was für Bücher hatte der Mann gelesen?

Wenige. Er besaß nur sieben.

Was für DVDs hatte er?

Keine, sondern noch VHS-Kassetten, auf denen sich vornehmlich Western und Dokumentationen über die DDR befanden.

Wie hatte er sich ernährt?

Überwiegend durch Fertiggerichte und Cola.

Hatte er Pflanzen auf dem Balkon?

Hatte er. Und Lona musste unwillkürlich lächeln, als sie sah, wie Elling sie mit einer kleinen Kanne Wasser gegen die zum Mittag stark ansteigende Hitze wappnete. So, wie Beck es auch getan haben musste, sonst wären sie verdorrt gewesen. Von hier draußen hatte man einen weiten Blick über die Plattenbauten, die anderen Balkone, den Spielplatz der Kinder unten und eine Armee aus Satellitenschüsseln, die alle in die gleiche Richtung deuteten, als lauschten sie gemeinschaftlich auf das Signal einer fremden Intelligenz.

Ja, ganz sicher, dachte sie, hatten andere ihn hier auf seinem Balkon gesehen.

Wann zum letzten Mal? Und wichtiger: Alleine?

Auf einem Balkon gegenüber stand ein Mann in weißem Unterhemd auf das rostige Geländer gestützt, eine zur Hälfte geleerte Bierflasche in der Hand. Neben ihm ein Junge von sechs oder sieben Jahren. Beide starrten neugierig zu ihnen hinüber, jenes Starren, das sich seiner Neugier nicht schämte. Dann lächelte der Junge und winkte Lona zu.

Die wandte sich ab.

Nachdem die Leiche zur Überführung in die Rechtsmedizin abgeholt worden war und sie alle Fenster sperrangelweit aufgerissen hatten, waren auch die Fliegen peu à peu verschwunden. Worauf Ellings gesunde Gesichtsfarbe zurückkehrte.

Eine halbe Stunde später fuhr er mit seinem Volvo los und kam mit einer Tüte Döner zurück, die er auch unter den verbliebenen Kriminaltechnikern verteilte. Als die ihre Brieftaschen zückten – manche nur halbherzig, es waren die, die ihn kannten –, winkte er ab.

Lona hatte gleich zu Beginn ihrer neuen Planstelle in Rostock den Versuch gemacht, das erste von ihm mitgebrachte Essen (eine Pizza) zu bezahlen.

Daraufhin hatte er ihr einen Blick zugeworfen, in dem die unausgesprochene Frage lag, ob mit ihr etwas nicht stimme. Dann hatte er sich gelockert und gesagt: »Wir rechnen hier nicht gegeneinander auf.«

Wobei er erstens im Vagen ließ, ob er mit »hier« eher *hier in Rostock* oder *hier im Osten* meinte. Und er zweitens falsch lag, wie Lona bald darauf feststellte: Alle seine Kollegen rechneten auf – nur er nicht.

Die Aussagen der Nachbarn brachten sie hinsichtlich des Täters nicht weiter. Zwei Frauen gaben an, einen hageren Mann gesehen zu haben, der ihnen in Toitenwinkel noch nie über den Weg gelaufen war. Nur, was das Alter betraf, waren sie sich einig: Mitte vierzig, mindestens. Eher drüber. Aber für die Anfertigung eines Phantombilds waren ihre Erinnerungen zu vage.

Frau Molitor von nebenan hatte am Vortag über eine halbe Stunde laute Musik aus Becks Wohnung wahrgenommen. Bei näherer Nachfrage räumte sie ein, dass dies ungewöhnlich war. Herr Beck hatte manchmal gerne laut Filme geschaut, aber sie hatte sich nie bei ihm darüber beschwert. Und Musik? Nein, sie konnte sich nicht erinnern, wann er mal laut Musik gehört hätte. Allerdings lebte sie auch erst seit vier Monaten hier.

Die verschiedenen Aussagen verschafften Beck post mortem Konturen, die mit jeder neuen Information präziser wurden, bis sich für Elling und Lona Mendt schließlich das Bild eines Einzelgängers abzeichnete. Ein Mann, der nur an unverbindlichem Kontakt interessiert war. Der zurückgezogen lebte und jede Ambition auf eine Arbeitsstelle vor langer Zeit aufgegeben hatte.

Da mit der Konteneinsicht und den ersten Ergebnissen aus der KTU erst am späten Abend oder morgen zu rechnen war, versiegelten sie die Wohnungstür und fuhren in die Kriminalpolizeiinspektion in die Blücherstraße.

Der beige, in die Jahre gekommene Bau mit den weißen Sprossenfenstern zog sich beinahe die gesamte Straße entlang. Über einen monolithisch anmutenden Kasten, der sich sechs Etagen in die Höhe streckte, gelangte man in den vierstöckigen »Schlauch«, von dem links und rechts die Büros abgingen. Unterbrochen von Zimmern mit anderen Funktionen: ein Konferenzraum, die Teeküche, ein kleines Archiv, ein Technikraum, die Toiletten und schließlich rechts das Büro von Frank Elling und Lona Mendt.

Unser stalinistischer Prachtbau wurde der Komplex hinter vorgehaltener Hand von den Beamten genannt.

Das Büro verfügte noch über alte, knarzende Holzdielen. Die Decke hing tief. Ihre Schreibtische standen sich auf eine Weise gegenüber, die ihnen den Blick hinaus auf die Blücherstraße gewährte. Als Erstes nahm Elling seine drei Grünpflanzen vom Sims und öffnete das Fenster, was Lona auf ihrer Seite des Büros auch tat. Ein warmer Luftschwall raubte ihnen für einige Sekunden den Atem.

Hinter ihnen fand sich jeweils ein Regal mit Aktenordnern und Ablagefächern, in denen diverse Formulare und noch mehr Krimskrams lagen. Lona hatte eines Tages eine aus ihrem Wohnmobil ausrangierte Kühlbox mitgebracht, ins Regal gehievt und angeschlossen. Genau daraus bedienten sie sich jetzt, denn ihre gute Aussicht im vierten Stock forderte im Hochsommer ihren Tribut. Ihr Büro befand sich direkt unter dem schlecht isolierten Flachdach.

Mit Unterstützung zweier kleiner Tischventilatoren, die die warme Luft hin und her wirbelten, ohne für echte Abkühlung zu sorgen, begannen sie ihre Berichte zu tippen. Elling mit zehn, Lona Mendt mit drei Fingern. Wie üblich wanderten Ellings Blicke immer wieder zu der Uhr an der Wand. Er legte großen Wert auf einen pünktlichen Dienstschluss.

Die Beherrschung des Zehnfingersystems war sein gut gehütetes Geheimnis, denn darauf griff er nur zurück, wenn er unbedingt mit etwas fertig werden wollte. Betrat in so einem Moment ein Vorgesetzter das Büro, Mertens etwa, verfiel Elling in das hilflos wirkende Zweifingersystem.

»Warum machen Sie das?«, hatte Lona Mendt gefragt, als es ihr das erste Mal auffiel, damals waren sie noch per Sie.

»Ich bin kein Supermann, Frau Mendt. Ich will keinen Burnout kriegen«, hatte er geantwortet.

Und das glaubte er wirklich. Das Lachen warnte Lona nur ganz kurz als Kribbeln im Nacken vor, bevor sie ihre Lippen kräftig aufeinanderpresste, es sich aber als stärker erwies und sie schallend loslachte. So herzhaft, dass er erst lächelte, dann breit grinste und schließlich in ihr Lachen einfiel.

Und nachdem sie sich wieder etwas beruhigt und die Augen trocken gewischt hatten, schämten sie sich ein wenig, als hätten sie sich gegenseitig kurz nackt gesehen.

Danach bot Elling ihr das Du an.

»Ich heiße Lona.«

»Ich weiß. Mich nennen alle Elling.«

»Bei deinem Nachnamen?«

Er nickte: »Man kann ihn so aussprechen, dass es wie ein ›du‹ klingt.«

»Gut …. Elling.«

Er hatte recht, es funktionierte.

Frank Elling loggte sich aus dem Zentralrechner aus und fuhr dann seinen Computer mit dem wuchtigen Röhrenmonitor herunter. »Ich mach Schluss für heute.«

Sie nickte. Auf ihn wartete eine Familie, auf sie nicht. Vielleicht würde sie noch eine Stunde bleiben, etwas durch die Altstadt bummeln, irgendwo eine Kleinigkeit essen.

Kaum war der Kollege durch die Tür, meldete sich der Computerfreak aus der KTU, sein Name war Niemann.

Ungefähr ihr Alter. Keiner von diesen lässigen Nerds, sondern einer von den anderen, denen mit Brille und blasser, unsauberer Haut. Eifrig, dienstbeflissen, korrekt.

»Ich habe da etwas für Sie rausgefunden«, verkündete er geheimnisvoll.

Nein, hast du nicht, das war der Telefonanbieter. Du überbringst es nur, dachte Lona und sagte: »Ich bin wahnsinnig gespannt, Herr Niemann.«

Ihr war, als könne sie sein zufriedenes Lächeln am anderen Ende der Leitung hören.

»Die Funkzellenortung hat ergeben, dass das Mobiltelefon des Opfers letzte Woche für zwei Tage in Handymasten in Marnow eingewählt war. Das ist ein netter, kleiner Ort an der Mecklenburgischen Seenplatte. Und exakt vor einer Woche ist er aus Marnow zurückgekommen. Nach Hause, nach Toitenwinkel.«

Sie war ein paar Mal an den Seen gewesen, an der Müritz. Es gab dort wunderbare Flecken. Aber Marnow? Lona erinnerte sich nur an ein Hinweisschild, dem sie aber nicht gefolgt war.

Es war Mittwoch, der 13. August – also war Alexander Beck am vergangenen Dienstag nach Marnow gereist und tags darauf zurück, überschlug Lona schnell.

»Haben Sie die genauen Zeiten?«

»Schicke ich Ihnen. Und da ist noch was, Frau Mendt. Mir ist da was aufgefallen, was … für Sie vielleicht von Bedeutung sein könnte, ja …«

Niemann platzierte eine bedeutungsvolle Pause.

»Das hört sich sehr interessant an, Herr Niemann.«

»Tja, ich habe die Ortungen bis 2000 zurückverfolgen lassen. Ich hatte da so eine … wie soll ich sagen …?«

»Ahnung?«

»Genau das. Herr Beck war jedes Jahr in Marnow. Und zwar immer um den 23. Juni herum bis Mitte Juli.«

»Dann haben wir jetzt einen Ausreißer. Sowohl was den Zeitpunkt als auch was die Dauer betrifft.«

»Korrekt.«

Lona hoffte, Becks Kontoauszüge würden ihnen vielleicht noch ein wenig mehr über diese Ausflüge nach Marnow erzählen.

6

Das Edelste am Seniorenheim Königsblick war sein Name, dachte Elling, als er seiner Mutter auf dem Weg von ihrem Zimmer zum Volvo den stützenden Arm anbot, den sie wortlos annahm. Sie kamen nur langsam voran, weil Erika zu immer kürzeren Trippelschritten neigte.

Schwester Leonie, kaum dreißig, trug ihnen Erikas Reisetasche hinterher, in der sich alles befand, was sie für eine Nacht im Ringelrankenweg benötigte.

Das Königsblick war ein in Würde gealtertes ehemaliges Gut. Mit rotem Klinker, umgeben von einem großen Garten. In den früheren Stallungen und kleinen Nebengebäuden für das Gesinde waren weitere Zimmer entstanden, die von gut begüterten Senioren oder deren Familien gemietet und sogar gekauft werden konnten. Und ihr Erbe dahinschmelzen sahen und dabei gute Miene zum bösen Spiel machten.

Elling musste das nicht fürchten, denn die Pflegekosten hatten sein Erbe bereits vernichtet. Nach der jahrelangen Arbeit im Fischkombinat Rostock blieb Erika Elling nach dem Mauerfall nur eine dürftige Rente, die aus den westdeutschen Rentenkassen bestritten wurde. Und Elling bewahrte seine Mutter seit einigen Jahren vor einem Lebensabend in einem dieser Heime, in denen sie von morgens bis abends sediert an ihr Bett fixiert gewesen wäre. Was ihn die knapp 800 Euro im Monat kostete, die er sich eigentlich nicht leisten konnte. Und mit denen er seiner Mutter dennoch nicht mehr bieten konnte als das kleinste Standardzimmer, das sie sich auch noch mit einer anderen älteren Dame teilen musste.

Auf einem der aus feinen Pflastersteinen bestehenden Pfade, die sich auch durch den Garten zogen und breit genug für Rollstühle waren, trippelten sie zu dritt zum angrenzenden Parkplatz.

»Das ist hier aber auch … auch …«, ihr fehlten die Worte, und das machte sie wütend, und da sie ihr zunehmend fehlten, war sie auch zunehmend wütend, »… Himalaya.«

Endlich war es raus.

»Du meinst, er ist bergig, der Weg?«, übersetzte ihr Sohn.

»Ja.«

Frank Elling musste nicht über die Schulter schauen, um sich zu vergewissern, dass das Gelände so gerade war, als hätte ein zwanghafter Landschaftsarchitekt es mit dem Lineal gezogen.

Elling nickte: »Da hast du recht, wir gehen einfach vorsichtig, hm?«

Er hatte lange mit ihrem gemeinsamen Hausarzt Dr. Westermann gesprochen und mit zwei Freunden, die ebenfalls betroffen waren. Betroffen von einem oder beiden Elternteilen, denen Zug um Zug die Verbindungen zu ihren Erinnerungen gekappt wurden.

»Sobald ich ein Medikament in die Hände bekomme, das in der Betaphase getestet werden kann, melde ich mich«, hatte Westermann ihm gesagt und ein paar Verhaltenstipps mit auf den Weg gegeben. Vor allem denjenigen, niemals die Geduld zu verlieren.

Sie hatten den Volvo erreicht. Wortlos half Elling Erika auf den Beifahrersitz, in den sie sich schließlich plumpsen ließ. Er schloss behutsam die Beifahrertür, drehte sich zu Leonie und steckte ihr 20 Euro zu. Er tat es hin und wieder, weil er ihr und ihrem Berufsstand gegenüber tiefe Dankbarkeit empfand.

»Bitte, das müssen Sie nicht immer.«

»Doch. Wenn Sie es nicht nehmen, muss ich Sie anzeigen.«

Sie grinste und steckte den gefalteten Schein ein. Im Gegenzug reichte sie ihm die kleine Reisetasche, die er beim Umrunden des Volvos auf der Rückbank deponierte. Schwester Leonie trat den Weg zurück zum Königsblick an – und Elling nahm wahr, dass sie eine ziemlich enge Hose trug.

»Ist das hier ein Auto?«, hörte er seine Mutter durch die offene Seitenscheibe der Fahrertür. Er beugte sich zu ihr hinab: »Ja, wieso?«

»Warum fahren wir dann nicht?«

Geduld hatte noch nie zu Erikas Stärken gezählt, und Elling fürchtete, es wäre die letzte individuelle Eigenart, die seine Mutter im Zuge ihres geistigen Verschwindens ablegen würde.

Er nahm auf dem Fahrersitz Platz und fuhr los. Kein Ton kam ihr über die Lippen, aber nichtsdestotrotz spürte er ihren kritischen Blick auf jeder seiner Bewegungen.

»Leonie.«

»Hm?«

»Wie man sein Kind so nennen kann.«

»Es gibt Schlimmeres, finde ich.«

»Na, damit kann man ja alles … Bambus.«

Vor Wochen noch hätte er sie nicht verstanden. Aber dem Kontext entnahm er, dass seine Mutter *rechtfertigen* meinte.

»Hast du Hunger, Mama?«

»Sollte ich?«

Der Nachbar von gegenüber wendete die Thüringer Würstchen, die Nackensteaks und die Schaschliks auf dem großen Grill, während Frank Elling die anderen Nachbarn und Freunde um den Pool führte, der heute hätte eingeweiht werden sollen.

»Da kommt jetzt noch eine Gegenstromanlage rein«, ließ Elling die anderen wissen und spannte etwas die Brust: »Da muss man dann gegen die Strömung schwimmen. Das Wellenbad des einfachen Mannes.« Er grinste.

Mareike deckte die zwei aneinandergestellten Tische, und als sie die Runde um den Pool beendet hatten, tauchte Susanne auf, die nach zwei Schritten durch die Gartenpforte erstaunt stehen blieb.

»Was ist denn hier los?«, fragte sie mit gespielter Freude. Sie schob die Sonnenbrille mit einer Lässigkeit ins Haar zurück, die Elling erstarren ließ, weil er seine Frau unsagbar schön fand und dachte, er könne den Moment zunichtemachen, sobald er sich rührte.

»Wir weihen den Pool ein«, lieferte Mareike ihr das Stichwort.

Susanne kniff die Augen zusammen. Ihr Mund formte ein stummes *natürlich.* »Ich hab's vergessen«, gab sie zu.

Die Frauen kicherten, die Männer grinsten.

»Wer will Würstchen?«, fragte der Mann am Grill.

Die Hände schossen in die Höhe.

»Das erste vernünftige Wort«, fand Erika.

7

Da, wo sich das Meer und der Himmel die Hand reichten, wo sie einander begegneten, angrenzten, überlappten, miteinander rangen – es gab so viele Umschreibungen für jenen Bereich, diese Linie, an der die Ostsee und der Himmel sich berührten. Nur die eine, die er meinte, die fiel ihm nicht ein.

Horizont, ja, das war auch richtig, aber auch das hatte er nicht im Sinn gehabt.

Einer seiner persönlichen Assistenten hatte ihn in dem Stuhl auf die Terrasse geschoben. Mäßig sanft. Es war Daniel. Der schob langsam. Mit Bedacht. Nicht so wie die Frau mit dem merkwürdigen Namen, der ihm ständig … ja, was eigentlich? Er presste die Finger schmerzhaft stark in die Handballen. Eins, zwei drei, vier Sekunden lang und dann kam es herangeschossen, ohne dass er hätte sagen können woher: *entfiel*. Das war das Wort, was er gesucht hatte. Aber nun, da es da war, glühend hell in seinem Kopf, fehlte ihm der Satz, in das es gehörte. Entfiel. Was sollte er damit anfangen?

Er schaute hinaus aufs Meer. Seine Finger entkrampften sich, und die Anspannung wich aus seinem Körper.

Aus den Augenwinkeln bemerkte er, wie sich jemand näherte. Vermutlich die Alte.

Die vergaß er nie. Weil sie ihm immer wieder dieselbe Frage stellte. Als hätte sie eine Drehschraube im Kreuz, die jemand morgens aufzog, damit sie den immer gleichen Satz an ihn heranplappern konnte: »Soll ich Ihnen eine Decke bringen, Herr Leyendecker?«

Es gab hier schon einige merkwürdige Gestalten in diesem Hotel, manchmal fragte er, in welchem Hotel sie ihren Job gelernt hatten. Dann starrten sie ihn an. Die meisten jedenfalls. Die anderen nannten lächelnd exquisite Adressen, teilweise sogar in Übersee. Waldorf Astoria hörte er, Four Seasons, Hyatt und einer in Pension Uschi. Die kannte er nicht.

Wie konnte jemand, der im Waldorf Astoria gelernt hatte, ihn immer nur nach einer Decke fragen?

»Herr Leyendecker?«

Die Gestalt erreichte ihn, und er warf ihr all seinen Zorn entgegen: »Ja, das bin ich. Ich will Ihre beschissene Decke nicht!«

Die Gestalt packte ihn an den wenigen verbliebenen Haupthaaren, riss seinen Kopf unsanft in den Nacken – und dann spürte er einen kalten Gegenstand an seinem Hals, unweit vom rechten Ohr. Gefolgt von einem ziehenden, langen Schmerz, der rasch von rechts nach links wanderte, und sein überraschter Schrei drang als ein Blubbern an sein Ohr, als spräche er durch zerplatzende Seifenblasen. Dann entließ ihn die Hand aus ihrem brutalen Griff. Die alten Menschen auf der Terrasse um ihn herum kamen in Bewegung, auf Stöcken und mit Rollatoren suchten sie das Weite.

Aber er sah das Meer und seine nimmermüden Wellen, während das Leben stoßweise aus ihm wich, mit jedem langsam verebbenden Herzschlag.

Und dann setzte kein Film ein, und es kam auch kein warmes Licht, nichts von alledem, was die Leute sich so erzählten, und woran er nie geglaubt hatte.

Es schloss sich aber doch noch ein Kreis, immerhin, denn ihm fiel das Wort ein, es schwebte sanft auf ihn zu. *Kimmung.*

Das hatte er gemeint. Wo Meer und Himmel sich trafen.

8

Frank Elling stand unter der Birke in der Ecke seines Grundstücks und rauchte zusammen mit Paul Westermann eine Zigarette. Die Nachbarn waren da, zwei alte Freunde, seine Frau amüsierte sich, und seine Mutter verputzte mit Heißhunger ein Würstchen, während Mareike sich schon geschlagene fünfzehn Minuten mit dem Austauschschüler Luc, der ein paar Wochen zwei Häuser weiter bei den Illmanns verbrachte, über Wolken unterhielt.

Der Abend war für Frank Elling perfekt. Familie, Freunde, Grillen. Es konnte so einfach sein. Nur der schlaksige Luc sorgte bei ihm für leichte Unruhe, denn es hatte ganz den Anschein, als seien ihm und Mareike das Gesprächsthema einerlei, denn die Augen der beiden erzählten sich etwas ganz anderes.

»Er sieht aus, als hätte er Leukämie«, hatte Elling nach der ersten Begegnung mit Luc gesagt, weil der Franzose so bleich war. Und Susanne hatte seine Bemerkung mit diesem speziellen Seufzer bedacht, ganz flach ausgeatmet, mit dem sie für gewöhnlich ihren Unmut über etwas äußerte, was sie als unabänderlich abgehakt hatte.

Luc betrachtete die Welt durch vier Komma fünf Dioptrien – die dicken Gläser trieben ihm die Nasenplättchen wundrot in die Haut. Aber Mareike war offensichtlich dabei, sich in ihn zu vergucken. In ihn und seine französische Blässe.

»Der Leberfleck da kurz hinterm Haaransatz«, unterbrach Westermann seine Gedanken und tippte an eine Stelle schräg über seinem linken Ohr, »da mach ich dir mal einen Termin beim Kollegen, den lässt du mal untersuchen.«

Westermann war Arzt, er hatte Elling zur Welt gebracht, eigenhändig. (Erika hatte das Taxi zu spät gerufen, wies aber bis heute jegliche Verantwortung von sich: »Frank konnte noch nie abwarten.«)

Westermann jedenfalls, Freund der Familie, war wie Erika mittlerweile Rentner, ein Begriff, den er hasste. Privatier war ihm lieber.

Sein Haupthaar hatte sich in einem jahrelangen Rückzugskampf zu einem silbrigen Kranz formiert. Als hätten sich die letzten Haare zur trotzigen Verteidigung zusammengerottet.

Elling musste lächeln. Arzt zu sein war Westermanns Berufung, er hatte nie Feierabend, seit gut fünfzig Jahren nicht. In seiner Anwesenheit fühlte Elling sich behütet.

»Du hast mir nach meiner ersten Spritze damals einen Bonbon gegeben«, sagte Elling, was Westermann lächeln ließ: »Du hast ja auch Zeter und Mordio geschrien … und nach dem Bonbon hast du alles über dich ergehen lassen. Du warst ein Schlingel.«

Elling musste unwillkürlich mit der Nachsicht eines älteren Bruders über sein jüngeres Alter Ego schmunzeln. Als sein Handy klingelte und das Display den Namen der Kollegin Mendt anzeigte, empfand er ein schlechtes Gewissen, weil er sie nicht eingeladen hatte.

»Ja?«

»In Boltenhagen ist jemand ermordet worden.«

»Wir haben schon einen Fall am Hals.«

»Habe ich Herrn Mertens auch gesagt – er will dich und mich.«

»Weil?«

»Kehlenschnitt. Linkshänder.«

9

Boltenhagen lag an einer einladenden Sandbucht eine Autostunde von Rostock entfernt. Eine gepflasterte Straße führte die Bucht entlang und war gesäumt von weißen Häusern, die sich unter Walmdächern duckten. Nur hier und da verbarg sich eine hanseatische Villa hinter Bäumen und Sträuchern und hohen Zäunen.

Im Sommer, wenn die Badegäste kamen, versechsfachte sich die Einwohnerzahl, und Kinder belagerten die Spielplätze und Hüpfburgen und die Eisdielen. Paare flanierten über die Promenade und genossen die salzige Luft. Später dann kehrte man in einem der Restaurants ein, die günstigen in der zweiten Reihe, die feineren weiter vorne an der Promenade oder in einem verschwiegenen Winkel mit exklusivem Blick aufs Meer.

»Das hier hat sich ziemlich gemacht«, sagte Elling, als er und Lona Mendt am frühen Abend den Ort erreicht hatten: »Ich war mal als Kind hier. War ein Kurort, damals.«

»Hat man als Kind hier irgendeinen Mangel gespürt?«, fragte Lona, die ihr Haar zu einem Pferdeschwanz gebändigt hatte. Sie wirkte eine Spur dynamischer damit.

»Ich weiß nicht – nein, glaube ich.«

Lona nickte: »Ohne Vergleich kein Mangel.«

Der Tatort, die Terrasse eines Seniorenheims mit dem Namen »Strandperle«, war vorbildlich abgesperrt worden. Zwei örtliche Bestatter warteten neben dem Leichenwagen und schmissen schnell die Kippen zu Boden und traten sie aus, um betretene Mienen aufzusetzen, als Elling und Lona an ihnen vorbeigingen.

Sie wiesen sich bei einer jungen Kollegin aus, die an der Absperrung auf sie gewartet hatte, die wiederum von einer Traube Schaulustiger umgeben war, und gingen dann auf einen Mann in einer Polizeiuniform zu, die ihm langsam zu eng wurde. Er stand neben einer kleinen, feingliedrigen Gestalt in einem Rollstuhl, die unnatürlich entspannt dort saß. Ihre Blässe erinnerte Elling unwillkürlich an Luc.

Der knöchrige Kopf war eigentümlich weit nach hinten gekippt. Und das lag an der Tiefe, mit der ihm jemand die Kehle durchtrennt hatte. Bis auf die Arme war alles unterhalb des Halses des Mannes blutdurchtränkt. Selbst das Kissen, auf dem er saß.

Frank Elling schluckte. Ihm war, als umfasse ein Riese seinen Magen mit einer Hand und presse ihn zusammen. Wodurch das letzte Grillwürstchen sich wieder auf den Weg zurück gemacht hatte, gegen das Elling unablässig anschluckte.

Er presste die Lippen zusammen, hob abwehrend die Hand, um Lona zu signalisieren, dass er etwas Abstand benötige, und ging ein paar Meter in Richtung zum Meer. Dort atmete er die Abendbrise tief über die Nase ein.

Lona war über den sensiblen Magen ihres Kollegen seit ihrem zweiten gemeinsamen Fall im Bilde. Sie warf einen kurzen Blick auf das Rangabzeichen des Polizisten vor ihr und dessen Namen über der Brusttasche: Dieter Stiewe. Der zog den Bauch ein.

»Guten Abend, Herr Polizeihauptwachtmeister Stiewe. KHK Mendt, Kripo Rostock, mein Kollege Elling.«

Der Mann nickte: »Ich hab auf Sie gewartet.«

Es folgte eine erschöpfte Handbewegung in Richtung des Toten.

»So was hat es hier noch nicht gegeben«, bekannte der Mann erschüttert. Seine Mundwinkel zuckten leicht.

Lonas Miene war unbewegt, aber mit einigen Blicken nahm sie alles auf: die Terrasse, ihre Anordnung zum Seniorenheim, die Anzahl der Fenster, den Rollstuhl, das Opfer, sein ungefähres Alter, dann das Meer. Die Wellen, das Kreischen der Möwen, das ihr ein unpassendes Wohlgefühl entlockte.

»Das muss man sich mal vorstellen. Ich bin seit 1996 in Boltenhagen, mein Vater war Taxiunternehmer, und der ist viel rumgekommen, können Sie glauben. Jedenfalls …«

»Der Tote ist Herr Herbert Leyendecker?«, unterbrach sie ihn ruhig.

»Äh, ja«, antwortete Stiewe sofort und straffte sich unwillkürlich wieder etwas.

»Gibt es was über den Täter?«

Dieter Stiewe nickte, zückte einen Notizblock und Elling wandte sich ihnen wieder zu. Die Schrift, mit der PHW Stiewe die Informationen festgehalten hatte, war gestochen scharf. Vielleicht eine Spur zwanghaft, dachte Lona.

»Einige fanden ihn dicklich, andere hager. Zwei meinten …«

»Wer sind einige?«, fragte Elling.

»Ah, 'tschuldigung. Das sind vier Zeugen.«

»Alles … Bewohner?«

»Alles Patienten, ja«, bestätigte Stiewe.

Elling zog eine Grimasse, was Lona nicht entging. Natürlich, das musste nichts heißen. Vielleicht war ja auch jemand darunter, der ein kristallklares Bild abliefern konnte.

Dem war nicht so: »Die … ähm … Aussagen gehen ziemlich weit auseinander. Zwei haben ausgesagt, er habe eine grüne Oberbekleidung getragen, eine Zeugin gab an, es sei ein T-Shirt gewesen, die andere Zeugin sagte, es war ein Blouson. Zwei Herren waren sich nicht einig, ob die Oberbekleidung hell oder dunkel gewesen ist. Einer sagte, er habe eine Cordhose getragen, zwei erinnern sich an eine Jeans, der vierte Zeuge ist sich nicht sicher. Er … ähm … er überlegt noch.«

»Gibt es auch was, worüber Einigkeit besteht?«, fragte Lona. »Insbesondere was das Alter angeht?«

»Jawohl«, beeilte Stiewe sich zu antworten, er blätterte hastig weiter, dann zurück.

»Ganz ruhig«, sagte Elling, »der Mann ist ja schon tot.«

Stiewe lächelte unsicher, weil er nicht wusste, ob es ein Scherz sein sollte. Es war keiner.

»Ah, da isses. Einig sind sie sich in vier Punkten: Der Täter war ein Mann. Er wird auf Mitte zwanzig bis knapp vierzig Jahre geschätzt. Er hat eine Baseballkappe oder eine Schirmmütze getragen. Und er war schnell.«

Lona und Elling tauschten einen Blick – der Täter im Fall Beck wurde einheitlich als über 40 beschrieben. Aber auch das nur aus zwei Quellen. Die Vergleichsdaten waren äußerst dünn.

»Wo ist er hin?«, fragte Lona.

»Er kam von dahinten«, antwortete der Polizeihauptwachtmeister und deutete auf eine Gartenpforte, die von der Promenade abging.

»Von da hat er sein Opfer gesehen«, murmelte Frank Elling. Lona nickte.

»Und er ist zur Straße hin abgehauen, an der Hecke lang«, fuhr Stiewe fort.

Der Polizeihauptwachtmeister deutete hinter sich, wo sich die Strandperle bis auf einen knappen Meter der mannshohen Hecke näherte, die das Grundstück begrenzte.

»Und dann? Ist ihm jemand gefolgt?«

Stiewe schüttelte betrübt den Kopf: »Nein. Und dann war er weg.«

Er nickte, als bestätige er seine eigene Aussage, und klappte sein Notizbuch zu.

»Linkshänder«, meldete Elling sich zu Wort und schob sich die Brille den Nasenrücken hinauf, weil sie bei der abendlichen Hitze immer wieder hinabglitt, »wer hat das zu Protokoll gegeben?«

Er und Lona bemerkten jetzt den Transporter der KTU, der neben der Absperrung hielt. Lisa Schneider und ihr Team stiegen aus, um wieder in die Anzüge und Hauben und Handschuhe zu schlüpfen. Anders als in der Wohnung von Alexander Beck sah es hier allerdings dürftig mit Fingerabdrücken aus. Selbst wenn der Täter beim Mord an dem alten Herrn im Rollstuhl ein Haar verloren hatte, war es von einer Meeresbrise längst davongetragen worden.

Aber man konnte natürlich nie wissen.

»Niemand«, sagte Dieter Stiewe und lächelte plötzlich, sein

Entsetzen über den Mord in der Seniorenresidenz hatte sich verflüchtigt. Er sah aus wie jemand, der gerne eine Vertraulichkeit weitergeben würde, ohne dabei den Anfang machen zu müssen.

Elling seufzte: »Wieso war das dann Bestandteil der Meldung?«

Stiewes Lächeln wurde eine Spur breiter, obwohl er sich bemühte, angemessenen Ernst zu bewahren: »Alle haben ausgesagt, der Täter hat dem Opfer den Kopf an den Haaren mit der rechten Hand in den Nacken gerissen. Und ihm dann, ohne den Kopf loszulassen, die Kehle durchgeschnitten«, antwortete er, »also habe ich kombiniert, dass er die tödliche … den Schnitt mit der linken Hand durchgeführt haben muss.«

In seinen Worten schwang eine Spur Stolz mit, er vergaß den Bauch einzuziehen.

»Das haben Sie gut gemacht«, sagte Lona ohne jede Ironie.

»Da wären Sie sicher auch draufgekommen«, erwiderte Stiewe jovial.

»Was haben Sie über den Ermordeten?«

Wieder das Blättern im Notizbuch.

Sie erfuhren ein paar Eckpunkte. Geboren am 10. Juni 1933 in Hamburg. Keine Geschwister, verwitwet und kinderlos. Anscheinend alleinstehend. Damit gab es auf der einen Seite niemanden, den sie von seinem Tod in Kenntnis setzen mussten. Andererseits aber auch niemanden, den sie näher zu seiner Person befragen konnten.

Elling wies Stiewe an, alle weiteren in den nächsten Tagen anfallenden Informationen über das Opfer zusammenzustellen und ihnen sobald wie möglich zukommen zu lassen.

Frau Johannsen, die Heimleiterin, wurde in ihrem Büro von dem Notarzt versorgt, der für Herbert Leyendecker nichts mehr hatte ausrichten können. Der Frau war bei dem Anblick des Opfers der Kreislauf zusammengebrochen, dann hatten ihre Beine nachgegeben. Eine Assistentin, etwa doppelt so alt und spindeldürr, fächelte ihr Luft zu.

Lona und Elling wiesen sich ihr gegenüber aus.

»Es ist so schrecklich«, sagte sie erschöpft, »wer tut so was? Ein armer, hilfloser Mann.«

Vielleicht jemand, der dutzendfach auf sein Opfer einsticht und es kopfüber nackt im Bad aufhängt, dachte Elling.

»Herr Leyendecker hat niemandem etwas getan«, flankierte die Mitarbeiterin und unterbrach das Fächeln, um mit Nachdruck hinzuzufügen: »Niemandem.«

Es klang fast wie ein Vorwurf in ihre Richtung.

Lona Mendt und Frank Elling war das nicht neu. Manchmal fungierten sie für Angehörige oder Zeugen als Ventil, wenn die mit einer Situation überfordert waren. Der Notarzt schwieg, er war nicht überfordert. Er hatte schon mehr gesehen als Lona und Elling zusammen.

»Hatte Herr Leyendecker öfter Besuch von jemandem?«, fragte Lona. »Man hat uns gesagt, dass er keine Familie mehr hatte und alleinstehend war.«

Frau Johannsen und die Mitarbeiterin, die sich nun selbstvergessen Luft zufächelte, schüttelten unisono die Köpfe.

»Er hat keinen Besuch mehr bekommen«, stellte Frau Johannsen mit jenem geübten Ton fest, der vermuten ließ, dass sie das häufiger sagte.

»Nur manchmal vom Amt. Und vom medizinischen Dienst«, wusste die dünne Frau.

»Stimmt«, bestätigte Frau Johannsen. Sie war blasser als Luc, fand Elling.

»Haben Sie jemanden bemerkt in letzter Zeit, der das Gelände beobachtet hat? Das Haus, die Gäste?«

Die Frauen schüttelten die Köpfe.

»Wie war der Tagesablauf von Herrn Leyendecker?«, wollte Elling wissen.

»Morgentoilette, Frühstück im Gemeinschaftsraum, dann Ruhe bis zum Mittagessen«, antwortete die Mitarbeiterin, die so wirkte, als habe sie Leyendecker versorgt, »nachmittags auf die Terrasse, wenn es nicht regnet. Sonst in den Gemeinschaftsraum ans Fenster. Er schaut gerne aufs Meer, er …«

»Schaute«, verbesserte die Heimleiterin beiläufig.

»Natürlich, ich … es ist unfassbar«, sagte die Mitarbeiterin schnell. Sie hörte auf zu fächeln.

»Das heißt, in den letzten Tagen war er nachmittags immer draußen auf der Terrasse«, hakte Elling nach.

»Ja.«

Er sah zu Lona, weil er keine Fragen mehr hatte.

»Keine Angehörigen – wer kommt dann für die Unterbringung von Herrn Leyendecker auf? Er selbst?«

»Nur zum Teil.«

»Das heißt konkret?«

»Sein letzter Arbeitgeber ist mit monatlich 2600 Euro beteiligt.«

Elling bemerkte, wie Lona Mendt eine Augenbraue hochzog.

»Wer ist das?«, wollte sie wissen.

»Die Wilmer AG in Hamburg.«

Knapp vor Sonnenuntergang verließen sie das Seniorenheim und gingen zurück zum Wagen. Die Schritte fielen ihnen schwer.

»Zwei Mordopfer an einem Tag – hatte ich noch nie«, bekannte Elling matt. Lona nickte auf eine Art, die ihm beipflichtete: Auch für sie war es das erste Mal.

»Ein wehrloser, offenbar seniler Mann«, sagte sie, »der in einem Rollstuhl sitzt. Ich glaube, es ist diese Erbarmungslosigkeit, die die Mitarbeiterinnen erschüttert hat.«

»Und dich auch?«

»Ja. Aber anders. Ich habe ein … merkwürdiges Gefühl.«

»Was den Mörder betrifft?«

Sie schüttelte den Kopf: »Womit wir es hier zu tun haben.«

»Denkst du, es ist eine Serie?«

»Das meine ich nicht. Die Tötungsart ist identisch. Aber Herr Leyendecker ist nicht so arrangiert worden wie Herr Beck. Bei Beck hatte er Zeit, sich mit der Leiche zu beschäftigen, bei Leyendecker nicht. Dazu kommt: Das Alter der Täter unterscheidet sich vermutlich. Andererseits der Kehlenschnitt, mit links ausgeführt … schwer zu sagen. Ich meinte aber was anderes, Elling. Ich hab das Gefühl, da war was, heute …«

»Ich verstehe nicht.«

»Als … als ob uns was gestreift hat.«

»Gestreift?«

Sie blieb stehen und schüttelte den Kopf über sich selbst: »Nichts.«

»Sag ruhig.«

»Nein.«

Elling gab sich damit zufrieden. Wenn Lona Mendt beschlossen hatte, etwas nicht zu wollen, dann gab es praktisch nichts, was sie davon wieder abbringen konnte.

»Das klingt starrköpfig«, hatte Susanne gesagt. Anfangs hatte Elling das auch angenommen, aber dann festgestellt, dass es sich nicht um Starrköpfigkeit handelte, sondern um konsequente Geradlinigkeit. Und er bedauerte, wie unterschiedlich Susanne und er die Kollegin einschätzten. Nicht wegen Lona, sondern weil Susanne und er begannen, die Dinge anders zu sehen. Wie zwei Schiffe, die sich nach einem langen, gemeinsamen Kurs auf unterschiedliche Routen begaben.

Fragen nach ihrer früheren Dienststelle in Hannover blockte Lona Mendt ab. Hier zog sie ruhig, aber unmissverständlich eine rote Linie. Und denen, die sich danach erkundigten, gab sie das Gefühl, sie hätten heimlich in ihrer Wäsche gewühlt.

Im Kommissariat hatte daraufhin das Getuschel begonnen. War es eine Strafversetzung gewesen – also hatte man sich ihrer in Hannover entledigt und sie hierher abgeschoben, nach Rostock? Hatte sie Geld genommen? Jemanden im Dienst getötet? Einen Kollegen sogar?

Irgendwann hatte Mertens in Hannover angerufen, um bei der dortigen Dienststellenleiterin diskret den Grund der Versetzung zu erfragen. Böse Zungen behaupteten, er habe danach ausgesehen, als habe er eiskalt geduscht. Er selbst sprach nur davon, die Kollegin habe sich laut Hannover dienstlich nichts zuschulden kommen lassen. Damit war in den Amtsräumen der

Blücherstraße eine oberflächliche Ruhe eingekehrt, die den Charakter eines Burgfriedens hatte.

Ellings Telefon meldete sich: Mertens.

»Wir fahren gerade wieder weg. Ich stelle Sie laut.«

»Ja, ich … was ist? Ist es eine Serie? Wenn es eine ist, haben wir ab morgen die Presse am Hals.«

Die Befürchtung, die er darüber empfand, unterdrückte er nicht.

»Sie könnten eine Nachrichtensperre verhängen«, schlug Lona vor.

»Hatte ich ohnehin vor, danke.«

»Gut.«

»Ja. Was ist jetzt? Kehlenschnitt, Linkshänder?«

»Dagegen spricht, dass die Zeugen die beiden Täter unterschiedlich alt wahrnehmen«, antwortete Elling, »wenn das stimmt, sind es *zwei* Täter.«

»Und das Motiv? Haben sie vielleicht dasselbe Motiv?«

Lona und Elling tauschten einen verblüfften Blick. An zwei Täter mit einem identischen Motiv, die gemeinsame Sache machten, hatten sie noch nicht gedacht.

»Hm, Beck hat Kinderpornos auf seinem Rechner«, meldete Lona sich zu Wort, »Herr Leyendecker hat gar keinen Computer.«

»Vielleicht hat er mit Fotos gehandelt«, sagte Mertens.

»Dazu war er nicht in der Lage«, schaltete Elling sich ein, »er war ein Pflegefall.«

»Ah, verstehe. Keine Kinderpornos.«

»Nein«, bestätigte Elling.

»Was nicht heißt«, fügte Lona hinzu, »dass er in dem Bereich nicht früher aktiv gewesen ist. Als Händler oder … Täter.«

»Ist das Ihre These?«

»Unsere These«, antwortete Elling mit einem Seitenblick auf Lona, »ist, dass Alexander Beck von einem Opfer oder einem Angehörigen eines Opfers von sexuellem Missbrauch ermordet worden ist. Und bei Herrn Leyendecker fehlt uns bis jetzt das Motiv, ehrlich gesagt.«

»Verstehe«, antwortete Mertens in Rostock in jenem Tonfall, dem Elling die komplette Ratlosigkeit seines Chefs entnahm.

»Ich denke, nach der Obduktion wissen wir mehr«, sagte er deshalb.

»Sie haben recht, wir warten bis morgen. Gute Arbeit bis jetzt. Bis morgen.«

»Bis morgen, Chef.«

Klack. Mertens hatte aufgelegt. Stille.

»Leyendecker passt nicht«, sagte Lona unvermittelt.

»Ja.«

Sie warf ihrem Kollegen von der Seite einen prüfenden Blick zu. Hin und wieder stimmte er einem zu, um seine Ruhe zu haben. Dieses Mal nicht. Er seufzte und fuhr sich dann mit der flachen Hand über den verschwitzten Nacken.

»Ja, er stimmt nicht. In nichts. Wir haben exakt«, er sah in seiner Kladde nach, »neun fallrelevante Kriterien bezüglich Alexander Beck. Und … nur eine Überschneidung.«

»Nämlich??«

»Den Kehlenschnitt von rechts nach links.«

Frank Elling fuhr sie beide zurück nach Rostock, während die untergehende Sonne eine Wolkenformation über ihnen förmlich in Brand setzte und die Gluthitze langsam wich. Sie fuhren bei offenen Fenstern, die Luft verwirbelte Lonas Haare. An einer Tankstelle organisierte Elling zwei Biere. Es kam jetzt immer öfter vor, dass die auch Lebensmittel im Sortiment hatten.

Lona öffnete die beiden Dosen und reichte Elling eine, durstig tranken sie ein paar Schlucke. Und schwiegen.

Das, was heute passiert war, hatten sie noch nie gesehen. Es stand noch solitär und wenig greifbar vor ihnen. Wie ein Schatten. Sie waren noch guter Dinge. Im Radio lief *Private Investigations* von den Dire Straits, und um ein Haar wäre Elling einfach weitergefahren.

Lona hätte nichts dagegen gehabt. Einfach weiter und bloß nicht anhalten. Immer in Bewegung bleiben. Alles hinter sich lassen. Den Namen, die Adresse, das bisherige Leben. Den Jemand hinter sich vergessen und ohne Altlasten in ein neues Leben treten.

Aber so war es natürlich nicht. So war es nie. Nicht, weil es Flausen waren, sondern weil der Mut fehlte.

Und ja, es hatte sie etwas gestreift an diesem Tag. Der exakte Begriff war Lona Mendt, der Atheistin, zu religiös aufgeladen, um ihn auszusprechen, aber ihre Intuition hatte sie nicht getrogen: das Böse.

10

»Innige Zuneigung mit«, die Kugelschreiberspitze tippte jedes einzelne Kästchen des Kreuzworträtsels an, »mit fünf Buchstaben«, flüsterte Erika Elling. Sie saß mit ihrer Schwiegertochter über Eck in der Küche und war ganz in ihr altes Hobby versunken.

Die Gäste hatten sich verabschiedet, Mareike drehte mit Luc eine Runde um die Häuser, und der Geschirrspüler erledigte gerade im zweiten Durchgang den Rest.

Susanne redigierte an einem klobigen Laptop einen weiteren Artikel ihrer Serie, mit der sie den Wahlkampf um das Bürgermeisteramt in Rostock begleitete. Sie überlegte sich ein Synonym für ein Verb in ihrem abschließenden Satz und bemerkte dabei, wie Erika das Wort *Kachel* in die Kästchen füllte, die nur Platz für fünf Buchstaben boten. Weswegen sie *e* und *l* gemeinsam im letzten unterbrachte. Das gesamte Kreuzworträtsel wimmelte von diesen Anpassungen.

Erika, die Stunden mit Kreuzworträtseln oder dem Anschauen von *Tom und Jerry* zubringen konnte, schaute urplötzlich auf, als habe sie den Blick gespürt. In ihrer Miene spiegelte sich Ratlosigkeit. Und Misstrauen.

»Wer bist du eigentlich?«

»Ich bin Susanne.«

»Kenn ich nich'. Susanne.«

»Ich bin deine Schwiegertochter, Erika.«

Erika musterte sie mit versteinerter Miene. Vorwurfsvoll, als halte man sie für einen Tölpel und versuche, ihr ein Zeitschriftenabo anzudrehen.

»Ha … das wüsste ich aber, Fräulein.«

Erika verspürte Wut. Sie vergaß in letzter Zeit mal dieses oder jenes und manchmal fiel ihr auch ein Wort nicht ein, aber sie war schließlich nicht doof.

Gerade wollte sie diese Unperson aus dem Haus werfen, als sich die Küchentür öffnete und ihr Sohn hereinschneite. Sie fragte sich, wo der sich wieder herumgetrieben hatte, aber da er ihr sicher helfen würde, lächelte sie nur.

»Hallo, Mama, du bist ja noch wach«, sagte er und gab ihr einen Kuss auf die Wange. Dabei sah er zu Susanne, die unhörbar seufzte: »Erika ist sehr müde, Elling.«

Nach dem Zähneputzen, das sie – noch – alleine bewältigte, war Erika im Nachthemd ins Bett des Gästezimmers geschlüpft. Elling hatte Nachtlichter an drei Steckdosen angebracht, die ihr die Orientierung erleichterten, wenn sie nachts aufwachte und sich nicht in der gewohnten Umgebung befand.

Am Ende des Ganges blockierte eine Kindersicherung den Weg zur Treppe ins Erdgeschoss. Der Mechanismus war für ihren Geisteszustand noch nicht zu komplex, weswegen Susanne ein kleines Glöckchen angebracht hatte, das Elling und sie im Zweifelsfall alarmierte.

Elling hatte die Fenster aufgerissen, um das Zimmer jetzt, als es endlich ein klein wenig abgekühlt war, durchzulüften. Er nahm das Lieblingskissen seiner Mutter vom Sessel und deponierte es neben ihr Kopfkissen. Das Lieblingskissen hatte ihr verstorbener Mann auf einer ihrer gemeinsamen Reisen in Schweden erworben. Es zeigte einen Elch mit roter Nase. Es war Elling seit jeher ein Rätsel, wie man so etwas kaufen konnte.

Aber wenn das Kissen fehlte, geriet Erika sichtlich in Stress und suchte es – und mit der ihr eigenen Hartleibigkeit konnte das die ganze Nacht gehen. Besser also, man hatte es griffbereit.

Er beugte sich zu ihr herunter und gab ihr erneut einen Kuss auf die Wange.

»Mama, schlaf gut. Die Toilette ist gegenüber.«

»Das weiß ich.«

»Gut.«

Er kam hoch und wandte sich zum Gehen.

»Wir haben vorhin so nett gelacht.«

Elling drehte sich zu ihr um.

»Da erinnerst du dich dran?«

In seiner Frage lag kein echtes Interesse, es war nur noch Routine. Höflichkeit. Die Hoffnung hatte er schon vor Monaten aufgegeben.

»Ja.«

Er suchte den Blickkontakt. Fand ihn. Ihre Augen waren nicht matt, sondern hell und … klar.

Es war natürlich unwahrscheinlich, dass ihr Zustand sich gebessert hatte. Und wenn, war es nur die Tagesform, ein kurzes Hoch, das erfahrungsgemäß ein umso schlimmeres Tief nach sich zog.

Und wenn Elling es genau wissen wollte, nahm er gerne die Hilfe des Zyklopen in Anspruch. Er schenkte seiner Mutter ein Lächeln: »Geht ein Zyklop zum *Auge*arzt.«

Erikas Augen wurden nach einem kurzen Augenblick, in dem die Worte ihres Sohnes in ihrem Kopf nachhallten, schmal. Die Lachfältchen vertieften sich und sie gluckste vergnügt. So herzhaft, dass Elling unwillkürlich auch grinsen musste.

»*Auge*arzt«, japste Erika lachend, »der ist gut.«

Elling musste grinsen. Das Lachen seiner Mutter war ansteckend. Dann rückte sie das gelbe Kissen zurecht und bedachte ihn mit einem liebevollen Lächeln.

»Schlaf gut.«

»Du auch, Mama«, antwortete Elling und ging zur Tür.

»Früher hast du mir oft noch Witze erzählt, damit ich das Licht noch nicht ausmache … du warst ein Schlingel.«

Er wandte sich um und blickte ihr in die Augen: »Kennst du den mit dem Zyklopen?«

»Zyklopen?«

Elling beugte sich vor: »Geht ein Zyklop zum *Auge*arzt.«

Eine kurze Verzögerung. Wieder die schmalen Augen, das

Glucksen, das Lachen. Elling brachte nicht mehr als ein hölzernes Lächeln zustande.

»Gute Nacht, Mama.«

Dann trat er hinaus auf den Flur und zog die Tür hinter sich zu. Schnell wandte er sich nach links, wo der Flur weit wegführte – zur Treppe. Außer Hörweite. Denn ihm zerriss es die Brust, er musste beim Weinen keuchen, so sehr brach der Schmerz sich Bahn.

Und mittendrin musste Elling schmunzeln, weil er felsenfest überzeugt davon gewesen war, es würde ihm nichts anhaben, es würde nicht an die Substanz gehen.

Susanne schloss gerade ihren Artikel am Laptop ab, als Elling zurück in die Küche kam. Er sah blass aus, holte sich aus dem Kühlschrank ein Bier und setzte sich über Eck neben sie. So wie zuvor seine Mutter.

Er zündete sich auch eine an, ohne dafür vor die Tür zu gehen. Dann kam sein Blick von einem weiten Punkt und fand in die Küche zurück. Er sah ihr fast leeres Glas.

»Möchtest du noch Wein?«

Sie schüttelte den Kopf: »Danke.«

Schweigen. Sie nippten an den Gläsern. Es war spät.

Susanne empfand Mitleid.

»Wie geht es ihr?«

»Sie verliert sich.«

Susanne nickte: »Ja, aber heute Nachmittag, da … ich hatte den Eindruck, sie ist da gut drauf gewesen. Sie hat sich wohlgefühlt – oder?«

Elling nickte auch: »Hat sie. Ja.«

Das Ja war eher ein nachdenkliches Brummen. Er blickte auf die Fliesen am Boden und atmete tief durch.

»Jetzt erinnert sie sich an ganz früher«, sagte er, »… als ich noch klein war. Bald erkennt sie mich nicht mehr.«

Er war überrascht, weil er die Berührung nicht hatte kommen sehen. Susanne hatte unvermittelt seine linke Hand ergriffen, drückte sie und setzte ein tröstendes Lächeln auf. Es kam von Herzen. Elling und Susanne kannten sich lange genug, sie lasen einander wie in offenen Büchern. Das zumindest war Ellings Überzeugung.

»Ohne Erinnerung«, sagte Elling unvermittelt, »ist man dann noch derselbe Mensch? Was meinst du?«

Die Schnelligkeit, mit der seine Frau ihm antwortete, sprach dafür, dass er nicht der Erste war, der ihr diese Frage gestellt hatte. »Ohne Erinnerung hast du keine Wurzeln. Du weißt nicht, wer du mal gewesen bist ... ich ... Elling, quäl dich nicht. Sie wird diesen Kampf verlieren. Sie weiß nicht mehr, wer Mareike ist. Und bei mir wird sie unsicher – du bist ihre letzte Verbindung. Für eine Weile, und dann sind eines Tages die letzten Leinen gekappt. Tut mir leid, aber so ist es.«

Susanne redete nie um den heißen Brei herum. Es war einer von vielen Gründen, weswegen er sie gefragt hatte, ob sie seine Frau werden will.

»Ja«, stimmte Elling ein, »ja, so ist es.«

Frank Elling war jemand, der sich mit dem Leben zu arrangieren verstand. Man gab ein wenig, man bekam ein wenig, am Ende waren alle zufrieden. Das Leben bedeutete an so vielen Fronten Kampf, dass man gut beraten war, es dort zu unterlassen, wo es nicht absolut nötig erschien, um mit seinen Kräften zu haushalten.

Aber die Demenz seiner Mutter war etwas, mit dem sich nicht verhandeln ließ. Die gab nicht, die nahm nur mit beängstigender Ausschließlichkeit. Ein Rückzugsgefecht, an dessen Ende die unausweichliche Niederlage stand. Diesen zwei Eckpunkten musste Frank Elling sich beugen.

Aber den Weg dazwischen würde er mit allen Mitteln strecken.

Um ihr die nächste Frage möglichst beiläufig zu stellen, ging er zum Kühlschrank, um sich ein zweites Bier zu holen – und unterbrach so den Blickkontakt.

»Und? Was hatte Lamman auf dem Herzen?«

»Lamann?«, antwortete sie mit einer Gegenfrage, und ihr Tonfall klang danach, als wolle sie sich kurz Zeit zum Nachdenken verschaffen.

»Der Praktikant«, sagte Elling und goss sich langsam ein.

»Ach der … Lehmann.«

»Ja, Lehmann.«

»Nichts Besonderes. Wir waren heute draußen im Diedrichshagener Land. Eine Ehrenvorsitzende interviewen.«

Elling konnte nicht anders, er musste schlucken. Einmal, zweimal, er nippte schnell an der Flasche, damit es nicht weiter auffiel. Dann schloss er den Kühlschrank und ging zur Terrassentür, als betrachte er den Pool.

Ellings Miene war erstarrt. Er hatte es geahnt, vermutet, befürchtet. Jetzt wusste er es.

Sie belog ihn.

»Und hat er sich gut angestellt?«, fragte er und fand, seine Stimme klang belegt.

»Er hat nur zugehört.«

»Das ist nicht schwer.«

Er atmete tief durch und ging auf Susanne zu.

»Ich bin hundemüde, Suse.«

Er beugte sich hinab und gab ihr einen Kuss auf den Mund, den sie erwiderte. Dann verließ er die Küche und schloss auch die Tür hinter sich.

Susanne Elling atmete tief durch. Dann ging auch sie zum Kühlschrank und goss sich Weißwein ins Glas. Randvoll.

TAG DREI

11

Auf dem Weg zur Rechtsmedizin stoppte Elling kurz bei der Filiale der Rostocker Sparkasse, in der Daniel Gerke arbeitete. Der trug einen leicht zerknitterten Leinenanzug von C&A mit einem albernen Einstecktuch und saß an einem von drei den Schaltern vorgelagerten Tischen. Um trotzdem einen Eindruck von Diskretion zu simulieren, waren sie durch Paravents zu beiden Seiten abgeschirmt. Auf den Tischen standen Röhrenmonitore und Notizblöcke und ein Gläschen mit bunten Bonbons für ungeduldige Kinder.

Sein junges, glattes und bestens rasiertes Gesicht trug um den Mund tiefe Falten, weil er ständig lächelte. Als hätte er als Kind mal gelächelt – und dann hatte es zwölf geschlagen, und sein Gesicht war so stehen geblieben.

Gerke war als Kundenberater für Elling zuständig.

Er erhob sich, um Elling die Hand zu reichen. »Morgen, Herr Elling.«

»Morgen.«

»Setzen Sie sich doch.«

Elling nahm Platz und legte das Schreiben auf den Tisch, das er gestern erhalten hatte.

Gerke nickte, als habe er damit gerechnet, dass das der Grund für Ellings Besuch war.

»Ja, tut mir leid, aber wir sind verpflichtet, unsere Kunden darauf hinzuweisen, wenn ihr Kreditrahmen ausgeschöpft ist – ich freue mich, dass Sie gekommen sind. Wir sollten gemeinsam überlegen, wie wir die fälligen Raten jetzt anpassen können.«

Die Worte kamen natürlich mit einem Lächeln.

»Ja, das können wir machen. Ich bin aber hier, weil ich noch mal den Kreditrahmen erhöhen möchte. Um 15 000 Euro.«

Für einen Sekundenbruchteil verlor Gerkes Lächeln die Spannung, dann hatte er sich wieder im Griff. Er legte den Kopf schief und seine Finger der einen Hand begannen mit denen der anderen einen stummen Ringkampf.

»Das … ähm … geht nicht, Herr Elling. Weil … weil ich Ihnen das Maximum eingeräumt habe. Sie erinnern sich?«

Er sagte das so sanft, wie man einem unglücklich Gestrauchelten eine schlechte Nachricht überbringt.

Elling nickte und beugte sich ein wenig vor: »Hören Sie – meine Tochter hat gerade ihr Abi gemacht, sie ist achtzehn geworden, sie wird jetzt an die Uni gehen. Ich möchte ihr ein Auto kaufen. Was Kleines, Gebrauchtes. Sicher soll er sein, nicht mehr. Was, was finanziell überschaubar ist …«

Gerke kratzte sich mit einer Verlegenheitsgeste im Nacken. Elling wusste, was das hieß: Er hatte seinen Kundenberater in eine Stresssituation manövriert. Und das wiederum bedeutete: Gerkes ablehnende Haltung war nicht in Stein gemeißelt. Der junge Mann tippte auf seiner Tastatur herum und blickte auf die Mattscheibe, als erschiene dort die Lösung, sofern er nur intensiv genug darauf starrte.

»Ich verspreche es Ihnen: Ich zahle das ab«, fügte Elling noch schnell hinzu.

Gerke blies kurz die Wangen auf, er blinzelte nervös. Um Elling dann in die Augen zu schauen und den Kopf zu schütteln: »Nein, unmöglich. Oder steht eine Beförderung ins Haus?«

»Müsste eigentlich … in drei Jahren. Spätestens vier.«

Gerke blickte ihn mit seinem erstarrten Lächeln an. Lange vier, fünf Sekunden, aber dann schüttelte er doch wieder den Kopf: »Nein, Wahnsinn, pardon, wenn ich das sage, aber wir kommen beide in Teufels Küche, entschuldigen Sie meine offenen Worte, aber … nein, das geht nicht.«

»Aber Sie haben doch so was wie einen persönlichen Ermessensspielraum.«

»Habe ich. Habe ich auch weit übers Vertretbare hinaus ausgeschöpft, für Sie.«

Elling hatte keinen Schimmer, wovon sein Kundenberater sprach. Und da der das nun erfasste, beugte Gerke sich seinerseits auch vor: »Ihr statistischer Kundenlebenszyklus liegt bei 71,4 Jahren, Herr Elling. Verstehen Sie mich nicht falsch, ich wünsche Ihnen, dass Sie 140 werden …«

»Schon klar.«

»Wirklich.«

»Natürlich.«

»Aber die letzte Rate für Ihr Eigenheim, im Ringelrankenweg zahlen Sie im Oktober 2054 mit 96,1 Jahren. Wie gesagt: die Statistik …«

»Schon gut«, unterbrach Elling ihn, »was schlagen Sie vor?«

Gerke wiegte den Kopf hin und her.

»Ich würde das unter normalen Umständen nicht ins Feld führen … wirklich nicht.«

»Ja«, bestätigte Elling, ohne zu wissen, wovon sein Berater sprach.

Gerke räusperte sich und zupfte an seinem Einstecktuch herum.

»Das Sparbuch Ihrer Tochter weist ein Guthaben …«

»Nein«, unterbrach Elling.

» … von 8234 Euro auf.«

»Nein«, wiederholte Elling und klatschte, um den Grad seiner Ablehnung zu unterstreichen, auf den Tisch. So heftig, dass seine rechte Handinnenfläche sich sehr schnell sehr taub anfühlte.

Gerke zuckte nicht mal zusammen, die Reaktion überraschte ihn offenbar nicht. »Ich bin selbst Vater, ich würde … Herr Elling, ich würde genauso reagieren wie Sie, es wäre für mich tabu.«

»Das ist es auch. Das soll es auch bleiben.«

Gerke holte tief Luft, als müsse er eine gute Strecke unter Wasser zurücklegen. »Das verstehe ich, wirklich. Als Vater einer Tochter haben Sie mein vollstes Verständnis.«

»Wussten Sie, das man ›voll‹ nicht steigern kann?«

»Was?«

»Nicht wichtig.«

»Also, Herr Elling, … wir müssen ja hier zu einer Lösung

kommen. Sie haben ja selbst versichert … *glaubwürdig* versichert, Sie können die Raten irgendwie aufbringen. Das habe ich doch richtig verstanden?«

»Ja«, bestätigte Elling, der sich plötzlich matt fühlte und abgeschlagen. Seine Hand war rot angelaufen und schmerzte.

Sein Gegenüber schenkte ihm ein aufmunterndes Lächeln: »Dann haben wir doch eine Lösung, die alle zufriedenstellt. Ich brauche für die weiteren 15 000 Euro eine Sicherheit, die mindestens die Hälfte der Kredithöhe abdeckt – das Sparbuch Ihrer Tochter.«

»Ich hatte doch gerade gesagt …«

Gerke hob abwehrend die Hand: »Nur als *Sicherheit*, Herr Elling. Wir rühren es nicht an. *Nicht an.* Wenn Sie die Raten zahlen, dann benötigen wir die Sicherheit nicht. Und … Sie können doch zahlen. Das haben Sie ja gesagt.«

»Das hab ich«, gab Elling zu.

Gerke zog ein Formblatt aus einer Schublade, trug die 15 000 Euro als Summe ein und markierte drei Stellen, an denen er Ellings Unterschrift benötigte, mit einem »x«. Dann drehte er das Papier auf den Kopf und schob es Elling entgegen, dem er mit der anderen Hand den Kugelschreiber reichte.

Elling wischte sich mit dem Handrücken über die feuchte Stirn, als er aus der Bank kam. Da erreichte ihn Niemann, der Computerspezialist aus der KTU, auf dem Handy: »Guten Morgen.«

»Morgen, Niemann.«

»Ich erreich Frau Mendt gerade nicht.«

»Die ist bestimmt schon in der Rechtsmedizin und hat ihr Handy ausgeschaltet.«

»Ach so.«

In den zwei Worten lag Bedauern. Vermutlich telefonierte er lieber mit Lona Mendt als mit ihm.

»Es gibt News über das Mordopfer Beck – der ist in der Birthler-Behörde gelistet.«

12

»Ich habe da beim Mord zum Nachteil von Alexander Beck was sehr Interessantes entdeckt – *zwei* Tatphasen.«

Pramann, das dunkelgraue Haar sauber gescheitelt, war ein sehr großer, hagerer und gepflegter Mann. Die Augen dunkel, die Gesichtshaut fahl, und durch den starken Bartwuchs bildete sich ein immerwährender Schatten. Seine Stimme war sanft und tief.

Lona Mendt mochte den Gerichtsmediziner. Auch seinen trockenen und warmen Händedruck. Die Unverbindlichkeit seines Lächelns. Wenige Wochen nach ihrer ersten Begegnung hatte sie von ihm geträumt. Er hatte was von einem Gentleman, einem Kavalier der alten Schule. Nie hob er die Stimme, nie unterbrach er einen anderen, und er ließ den Kolleginnen stets den Vortritt.

Um Ellings Magen zu schonen, hatte er nur in Lonas Beisein die drei für eine Autopsie vorgeschriebenen Öffnungen vorgenommen: zunächst den Schädel aufgesägt und anschließend den Brustkorb und die Bauchhöhle aufgeschnitten.

Das warme Sommerlicht fiel durch Milchglasscheiben in den weiß gekachelten Raum. Es roch nach einem Gemisch aus Körpersekreten, Eisen und Desinfektionsmitteln.

Pramann nahm Rücksicht auf die Befindlichkeiten von KHK Elling und hob das Tuch über der obduzierten Leiche nur an, wenn er es als nötig erachtete, seinen Befund zu veranschaulichen.

Frank Elling konzentrierte sich einfach auf Pramanns Gesicht und ließ seinen Blick darauf haften.

»Es gab zwei Phasen, in denen die Verletzungen aufgetreten

sind. Zu der ersten zählen die Hämatome an Stirn und Schläfe, Kratzspuren«, sagte er und deutete kurz auf die entsprechenden Verletzungen am Schädel, »das sind typische Anzeichen für einen Kampf.«

»Die Wohnungstür war aufgebrochen – vielleicht hat Herr Beck den Einbrecher in seiner Wohnung überrascht«, überlegte Lona.

Dr. Pramann deutete ein Nicken an. Er beteiligte sich grundsätzlich nicht an Spekulationen, ließ den Beamten aber stets den Raum dafür, damit er einen entscheidenden Gedankengang nicht unterbrach, der möglicherweise das Verbrechen aufzuklären imstande war.

Elling wiegte den Kopf hin und her. »Möglich«, sagte er vage, weil er das nicht glaubte.

»Du glaubst das nicht«, stellte Lona fest.

»Ich glaube nicht an einen gewöhnlichen Einbrecher.«

»Ich meinte auch keinen gewöhnlichen Einbrecher.«

Jetzt waren sie wieder auf einer Linie.

»Haben Sie was von ihm?«, fragte Elling den Rechtsmediziner.

»Ja, ich habe Fremd-DNA in Form von Hautzellen unter den Fingernägeln des Opfers sichern können. Aber DAD hat keinen Treffer gemeldet.«

DAD war die zentrale DNA-Analyse-Datei des BKA, das alle Tatortspuren zentral verwaltete. Durch einen Abgleich konnte zügig geklärt werden, ob der Täter schon mal erkennungsdienstlich in Erscheinung getreten war. War er in ihrem Fall also nicht. Was allerdings nicht die Möglichkeit ausschloss, dass der Mörder, den sie suchten, noch nie zugeschlagen hatte. DAD existierte erst seit fünf Jahren, seit 1998.

»In die erste Phase fallen auch Verletzungen im Nagelbett von Zeige- und Mittelfinger der rechten Hand«, nahm Pramann den Faden wieder auf, »in den Nagelbetten lassen sich winzige Spuren von Metall feststellen. Vermutlich von einer Nadel.«

Lona und Elling tauschten einen Blick, sie lasen in den Augen des anderen den identischen Verdacht.

»Keine Kampfverletzung, hm?«, meinte Elling.

»Nein, dafür findet sich die Art der Verletzung zu systematisch im Nagelbett mehrerer Fingerkuppen.«

»Denken Sie, Beck ist gefoltert worden?«

Der Rechtsmediziner deutete ein Achselzucken an: »Ihr Terrain, Frau Mendt, nicht meines. Ich kann Ihnen nur sagen: Der Täter hat ihm spitzes Metall in das Nagelbett getrieben. Jeder, der sich dort mal verletzt hat, weiß, was für eine sensible Zone das ist. Die letzte Verletzung in Phase eins ist jedenfalls der Kehlenschnitt. Er wurde von rechts nach links ausgeführt, was für einen Linkshänder spricht. Er wurde nur einmal angesetzt und tief genug in einer flüssigen Bewegung durchgezogen, um dem Opfer die Aorta zu durchtrennen. Keine Minute später war der Mann tot.«

»Das heißt, der wusste genau, was er tat? Hat Übung in so was?«

»Auf mich wirkt es routiniert. Aber möglicherweise war es Anfängerglück. *Sie* müssen das bewerten.«

»Gut«, übernahm Lona, »jemand mit anatomischen Kenntnissen – Arzt, Metzger, Schlachthof?«

»Möglich«, sagte Pramann.

»Sanitäter, Veterinär«, warf Elling ein.

Lona nickte ihm zu und wandte sich wieder an Pramann: »Zwei Tatphasen hatten Sie gesagt.«

»So ist es. Die zweite Phase setzt ungefähr drei Stunden nach dem Exitus ein.«

Mendt und Elling spitzten die Ohren.

»Zu Beginn der zweiten Tatphase wurde das Opfer ins Badezimmer verbracht und aufgehängt. Die Quetschungen an den Fußgelenken, die zahlreichen Stichwunden am Oberkörper, das Einritzen des Wortes ›Kinderficker‹ auf der Stirn – all das ist Phase zwei.«

»Und wäre eine der Verletzungen aus Phase zwei oder auch ihre Gesamtheit tödlich gewesen?«, erkundigte Lona sich.

»Nein«, antwortete Dr. Pramann ruhig. Und nun blickte der Mann auf, etwas von seiner in sich ruhenden Art glitt von ihm ab, er gewährte ihnen den Blick auf einen erfahrenen Rechtsmediziner, der vor einem Rätsel stand. »Es macht keinen Sinn«, bekannte er dann.

»Was?«, fragte Elling.

»Dass er nach drei Stunden zurückgekommen ist.«

13

Die Sonne schien bereits um elf unbarmherzig auf Rostock hinab. Kein Wölkchen am Himmel, der Wetterdienst hatte Regen erst für die nächste Woche angekündigt. Wenn überhaupt.

Lona und Elling setzten sich auf eine Parkbank in der Grünanlage vor dem gerichtsmedizinischen Institut, wo Elling sich eine anzündete.

»Zweimal Linkshänder, zweimal Kehlenschnitt, zweimal ein Könner«, fasste er zusammen und inhalierte so tief, dass Lona glaubte, den spitzen Stich in der Lunge zu sehen.

»Aber sonst gibt es nichts«, sagte Lona, sie stützte den linken Fuß auf der Kante der Sitzbank ab, »Beck war Sozialhilfeempfänger, Leyendecker gutsituiert. Beck kam aus dem Osten, Leyendecker aus dem Westen. Die beiden liegen vom Alter her eine Generation auseinander.«

Elling sog an seiner Zigarette, er blickte hoch. Sie wirkte so klar, tough – das Wort kam gerade in Mode –, er wusste, sie konnte beinhart sein. Und weich. Bei Kindern war sie weich. Aber sie konnte auch anders. Ihr Unterkiefer schob sich dann vor, und dann musste man achtgeben und besser nichts Unüberlegtes sagen. Oder zusehen, dass man Land gewann.

»Warum geht der drei Stunden weg und kommt wieder, um sein Opfer ins Badezimmer zu hängen?«, fragte sie sich laut.

»Vielleicht war er gar nicht weg. Er hat vielleicht die Wohnung durchsucht, und … Beck später so zugerichtet.«

»Warum nicht gleich?«

Er deutete ein Achselzucken an, nahm seine Brille ab und putzte die Gläser mit dem einen Hemdzipfel, der aus seiner Hose hing: »Vielleicht hat er Fotos von Opfern gefunden. Von seinem

Sohn, seiner Tochter, die ganze Wut ist hochgekocht, und er hat ihm dann Kinderficker in die Stirn geritzt.«

Lona Mendt nickte. Das war möglich. Ja, es waren schon Mörder am Tatort eingenickt. Oder einfach dort geblieben, um sich fassen zu lassen. Das Leben war um einiges skurriler als diese ganzen Krimigeschichten, die im Fernsehen liefen.

Die Anzahl von Möglichkeiten ging von Natur aus stets gegen unendlich, aber diese eine hier behagte ihr nicht. Drei Stunden Wartezeit. Genau jener Umstand, der sich auch für Pramann nicht so recht einfügen wollte.

»Der wollte Antworten«, sagte sie leise, »er war da, in Becks Wohnung. Die Tür war abgeschlossen, aufs Klingeln hat keiner geöffnet – also hat er sich Zugang verschafft.«

Elling nickte: »Die aufgebrochene Tür. Und dann hat Beck ihn überrascht.«

»Es kommt zum Kampf.«

»Der Täter kann Beck überwältigen.«

»Und dann foltert sein Mörder ihn – wegen der Antworten.«

»Auf welche Fragen?«, wollte Elling wissen und trat die Zigarette aus.

Der Blick von Lona hatte sich auf einen weit entfernten Punkt gerichtet und fand nun etwas verzögert zurück. Sie hatte sich das Geschehen in der Wohnung vorgestellt, jetzt tauchte sie daraus wieder auf: »Keine Ahnung. Vermutlich was mit Missbrauch.«

»Und was ist, wenn eine Antwort *Herbert Leyendecker* gewesen ist?«

Lona musste schmunzeln.

»Was ist daran komisch?«

»Nichts, Supermann«, log sie.

Komisch daran war, dass Frank Elling mit seinem Schnauzer, seinem kleinen Bauch, der Brille und dem etwas ältlichen Kleidungsstil so wirkte wie jemand, der Dienst nach Vorschrift machte. Und genauso arbeitete Elling ja auch. Um Punkt fünf am Nachmittag zuckte seine Hand vom Kugelschreiber zurück, als habe er sie die ganze Zeit über eine Viper gehalten.

Sein Feierabend war Elling heilig.

Das ist meine Lebenszeit, hatte er ihr erläutert, ich verkaufe etwas von dem Wertvollsten, das ich habe, an den Staat: Lebenszeit. Wenn er mehr haben möchte, müssen wir über den Preis reden. Bisher wollte er nicht mehr, und umsonst bekommt er's nicht.

Ellings ganzes Auftreten lud zum Unterschätzen ein.

Und genau dann, wenn man nicht mit ihm rechnete, kam der kluge Kopf dahinter zum Vorschein. Sie musste lächeln, weil sie ihn auch gerade wieder unterschätzt hatte. Lona blickte ihm in die Augen: »Von der Chronologie her liegt das sogar nahe: Wenn Leyendecker eine Antwort war, dann …«

Sie suchte noch nach Worten, aber Elling war schneller: » … dann können wir nur hoffen, dass es die einzige war.«

»Exakt. Sonst haben wir es mit einer Serie zu tun.«

Frank Elling seufzte. Eine Serie bedeutete vor allem Druck durch den Vorgesetzten – Mertens –, der ihn durch den Abteilungsleiter bekam, der vom stellvertretenden Polizeipräsidenten und der von der Presse. Druck und Überstunden.

»Ach ja, Beck«, fügte er hinzu, »Niemann hat ihn überprüft, er ist in der Birthler-Behörde gelistet.«

Da lagen die Stasi-Unterlagen, wurden immer noch gesichtet und die zerschredderten Papiere mühsam wieder zusammengefügt.

Lona Mendt merkte auf.

»Niemann hat mich heute Morgen angerufen. Beck war seit 1982 Teil der Staatssicherheit. Jedenfalls ist es ab dann aktenkundig, sagt Niemann.«

»Als IM?«

»Nein. Zuletzt als Leutnant des MfS.«

Sie musterte ihn: »Was denkst du?«

»Müssen wir im Auge behalten, das denk ich. Dass er sieben Jahre beim MfS war. Aber eben auch 14 Jahre nach der Wende nicht. Wenn es einen Zusammenhang mit früher gibt, dann ist die Frage, warum es *jetzt* akut geworden ist.«

»Und Leyendecker war nicht bei der Stasi.«

»Nein«, bestätigte Elling, »das kommt noch dazu. Und jetzt? Haben wir einen Hebel?«

»Möglicherweise«, antwortete Lona, »Marnow.«

»An der Müritz?«

»Ja. Beck war knapp eine Woche vor seinem Tod da. Sein Handy hatte sich in ein paar Funkzellen da eingewählt. Laut Herrn Niemann war er auch die letzten Jahre für drei Wochen Ende Juni und dann im Juli da. Dieses Jahr aber nur für zwei Tage letzte Woche.«

Elling konnte mit der Information auf Anhieb nichts anfangen. Aber manchmal mussten Informationen reifen, um ihren wahren Wert zu offenbaren. Und oft taten sie das erst, wenn sie sich mit anderen verknüpften. Solchen, die noch zu finden waren.

»Ich hab gestern Abend die Kontoauszüge von Herrn Beck bekommen«, fuhr Lona fort, »die belegen die Funkzellenauswertung. Er war in Marnow und hat sich auf dem Campingplatz da einen Bungalow gemietet. Für eine Nacht.«

»Und du hältst das für auffällig?«

»Ja«, antwortete sie, ohne zu zögern, »die Auszüge sind ansonsten eine Art Endlosschleife. Miete, Strom, Supermarkt, Telekom. Miete, Strom, Supermarkt, Telekom. Und immer so weiter. Und dann noch Marnow. Jedes Jahr. Drei Wochen. Und nur dieses Jahr haben wir den Ausreißer. Wir sollten dahin, Elling.«

»Hmm, ja. Gut. Warum nicht?«

Er sah nicht sehr überzeugt aus, stand aber auf, und sie schlenderten rüber zum Parkplatz. Dort blieb Elling wie angewurzelt stehen, weil der Behindertenparkplatz, auf dem er seinen Volvo abgestellt hatte, leer war.

»Scheiße. Die haben mich abgeschleppt.«

»Sieht so aus«, bestätigte Lona lächelnd.

»Sag mal, freut dich das?«

»Ja. Ja, das freut mich.«

Anfangs hatte Elling eine Kopie seines Dienstausweises hinter die Windschutzscheibe geklemmt, wenn er außer Dienst irgendwo parkte, wo er nicht durfte. Die Beschwerden, die daraufhin in der Blücherstraße eintrudelten, führten zu einem ernsten Gespräch in Mertens' Büro.

Deshalb hatte er sich einen Behindertenausweis gefälscht. Wenn er es eilig hatte oder mal wieder spät dran war, nutzte er den. Aber wenn sich eine Politesse die Mühe machte, das dazugehörige Kennzeichen zu überprüfen, flog die Sache auf. So wie jetzt.

»Es war nichts mehr frei.«

»Niemand steht über dem Gesetz, Elling«, stellte sie lächelnd fest.

14

Es war, als trete man sanft in eine andere Welt.

Lona steuerte ihr Wohnmobil durch eine lang gestreckte Kurve, und mit einem Mal erhoben sich zu beiden Seiten uralte Eichen und standen Spalier. Ihre Kronen vereinigten sich über der Landstraße und bildeten ein grünes Dach.

Gleichzeitig trafen sie helle Reflexionen von links. Es war die Sonne, die sich auf der Wasseroberfläche spiegelte. Hier begann der Marnower See und begleitete sie auf einer Länge von mehr als zwei Kilometern bis zum Ortseingang.

Kleine, eingeschossige Häuser mit niedrigen Gartenmauern säumten die Straße. Verwittert und trotzdem gepflegt standen sie da. Alte Gemäuer, denen die Besitzer nach der Wende neues Leben eingehaucht hatten. Gedämmte Mauern, große Fenster. Kinder, die schaukelten oder auf Fahrrädern die Gegend unsicher machten. Frauen, die Wäsche aufhängten, die bei diesen Temperaturen im Nu trocknete, und Männer, die mit dem Nachwuchs bolzten oder den Rasen mähten. Nach links und rechts gingen verschlungene Gassen ab, allesamt auf holprigem Kopfsteinpflaster.

Elling hatte das Seitenfenster heruntergelassen und rauchte eine. Hinter ihm befand sich die Dinette mit der Sitzbank. Drehte man die Fahrer- und Beifahrersitze, hatte man vier Plätze am Tisch. Daneben befanden sich die Kochstelle samt Anrichte und kleinem Kühlschrank. Gegenüber die Toilette und hinten die Betten, von denen nur eines benutzt wurde – das rechte. Die Decke lag aufgeworfen da, das Kopfkissen war zerknautscht.

Elling gefiel das. Diese Lässigkeit. Susanne hätte den Zugang zum Wohnmobil mit ihrem Leben verteidigt, nur damit niemand ein ungemachtes Bett sah. Damit niemand sie so sah, wie sie war.

Lona war das offenbar gleichgültig. Oder sie hatte auch mal Susannes Haltung gehabt und sie auf Dauer als unpraktisch empfunden. Oder überflüssig. Oder beides. Und abgelegt.

Elling hatte sich gefragt, wozu Lona das andere Bett bezog. Aber sich nicht getraut, sie danach zu fragen.

Bis auf den Moment in jener Nacht vor acht Monaten.

»Wofür ist die Seite da?«

»Für Vagabunden.«

Es hatte fast sieben Monate gedauert, bis sie ihn zu sich eingeladen hatte. Ein lauer Sommerabend – so wie heute – der Kugelgrill vor dem Wohnmobil. Sie hatte ihnen Burger gegrillt, das war nicht schwer, aber bei den Brötchenhälften musste man verflixt aufpassen, die konnten im Handumdrehen verkohlen. Aber er sah schon, sie hatte Erfahrung darin.

Sie brutzelte die Zwiebeln in einem kleinen Gefäß und warf ganz zum Schluss die Gurken dazu, die sie kurz mitgrillte. Ein bis zwei Minuten … Perfekt.

Sie sprachen über dieses und jenes, und nun, im Rückblick, war Elling klar, dass sie eigentlich nur über den Ringelrankenweg und ihn geredet hatten. Und er, wie die anderen, nur Kleinigkeiten über sie wusste.

Es war der Tag, an dem er bei seiner Tochter Cannabis entdeckt hatte. Mit todernster Miene und gespielter Verletztheit hatte er ihr eine Standpauke vom Feinsten gehalten. Elling hatte ihr gesagt, er halte dieses eine Mal noch die Hand über sie. Als ihr Vater. Aber dass sie ihn in eine Scheißlage bringe. Dass er ein echtes Problem bekäme, wenn sich herumspreche, die Tochter des KHK rauche Gras.

Elling kannte sein kleines Mädchen haargenau, er trieb es so weit, bis sie tränenüberströmt schwor, das Zeug nie wieder anzurühren. Danach nahm er sie in die Arme und konfiszierte das Cannabis, das er nach den Hamburgern mit Lona rauchte. Das heißt: Sie zog ein paar Mal, aber im Grunde rauchte er es. Schöner Abend. Das Zirpen der Grillen, der Sternenhimmel spannte sich wolkenlos übers Firmament.

An viel mehr erinnerte er sich nicht mehr. Sie waren noch baden gegangen, bei zwei Promille vielleicht, das Meer war schwarz. Zurück vor dem Wohnmobil hatten sie Holz in den Grill geworfen und sich daran gewärmt.

Dann war er sehr müde geworden, die Lider wurden zu Blei, sie stützte ihn auf die Seite für Vagabunden, und da wachte er am nächsten Morgen mit einem Kopf auf, der am Zerspringen war.

Sie lag neben ihm und fuhr ihm sanft mit der linken Hand über den Kopf und streichelte ihn im Nacken. Er schluckte.

»Es war wunderschön, heute Nacht«, sagte Lona, und sein Puls verdoppelte die Schlagzahl, er schluckte leer und seine Mundhöhle war staubtrocken.

Sie lächelte ihn vertraut an. Intim.

Und dann brach sich doch das Mitleid die Bahn, und Lona Mendt lachte laut los. Sie warf sich auf die Seite, krümmte sich vor Lachen und fast liefen ihr die Tränen über die Wangen.

Sie hatte ihn gründlich hopsgenommen. Und halb ärgerte er sich darüber und halb war er froh, dass da nichts gelaufen war, an das er sich ohnehin nicht erinnerte. Die Erleichterung überwog, und er musste grinsen.

Danach hatte sie zwei Aspirin spendiert, sie hatten einen starken Kaffee mit Blick auf die Ostsee getrunken, und danach waren sie zusammen ins Büro gefahren.

Marnow zog an ihnen vorbei. Verwinkelt, im besten Sinne verschlafen und wie aus der Zeit gefallen. Lona folgte einem Hinweisschild und sie erreichten den Campingplatz. Der maß in der Breite vielleicht nur zweihundert Meter, aber er folgte dem Ufer des Sees auf einer Länge von bestimmt einem Kilometer. Alte hohe Bäume erhoben sich ohne erkennbares Muster dazwischen, manchmal bildeten Sträucher kleine Gruppen und unterteilten den Platz. Er war wie Marnow. Verwinkelt.

Und gut besucht.

Lona hielt vor dem Pförtnerhäuschen, das nicht besetzt war. Es gehörte zu einem kleinen, mit Holz vertäfelten Haus, dessen hintere Terrasse sich auf Stelzen über dem See erstreckte. Der oder die Eigentümer oder Mitarbeiter wohnten dort offenbar.

Elling spazierte einfach auf den Platz. Ein paar Kinder liefen über einen Holzsteg und warfen sich lachend und kreischend ins Wasser. Andere paddelten auf Luftmatratzen über den See, Eltern und Paare lagen am Ufer und sonnten sich. Andere spielten Federball oder lasen im Schatten eines Baumes ein Buch.

Elling zündete sich eine an, dann trat Lona neben ihn. Sie sah sich die Stellplätze an. Vom Ufer bis zur begrenzenden Mischhecke passten vier hintereinander, jeweils zu beiden Seiten eines Schotterwegs angeordnet. Wohnmobile, Zelte und Wohnwagen tummelten sich dort, die Zelte in so unterschiedlichen Farben, dass Lona kurz den Eindruck hatte, sie befände sich auf einem orientalischen Markt. Dazu Autos, Motorräder, Fahrräder. Und nahezu überall ein Grill.

Die Leute bereiteten das Mittagessen vor, sie schnippelten im Schutz des Vordachs Tomaten und Salatgurken und Zwiebeln. Andere feuerten schon die Holzkohle an. Einige der älteren Gäste waren auf ihren Liegestühlen in der wohligen Wärme der Vormittagssonne eingenickt.

Aus der einen oder anderen Richtung wehten immer dann Fetzen von Musik herüber, sobald eine Brise über den See strich und bei den Leuten am Ufer zu einem kollektiven Seufzen führte.

Elling betrachtete Lona von der Seite. Sie hatte hohe Wangenknochen, ihre Ohrläppchen waren angewachsen.

»Und?«

Er musste das nicht näher erläutern, sie wusste auch so, was er meinte: »Sehr nett, idyllisch. Die Lage am See ist klasse. Herr Beck war in Bungalow zwei. Das müsste da sein.«

Sie deutete nach links. Bevor die Stellplätze begannen, reihten sich direkt nach der Einfahrt vier kleine Bungalows aus massivem Holz hintereinander. Jeder mit einer Terrasse, die die jeweiligen Mieter mit einer hüfthohen Holzwand vor Blicken schützte. Während ihnen selbst die Sicht auf den Marnower See nicht verstellt wurde.

Über den Türen waren die Nummern mit dunkelroter Farbe aufs Holz gepinselt worden.

Stefan Krohn sah, wie die beiden Kurs auf die Reihe der Bungalows nahmen. Er hatte sie schon vor dem Pförtnerhäuschen fotografiert, hob die Kamera aber erneut an. Der Autowinder jagte den Film durch das Kameragehäuse. Sechs, sieben, acht Aufnahmen in Folge.

Er sah aus wie ein Niemand. Schnurrbart, Brille, altes Jackett. Sie dagegen …

Wirkte selbstbewusst. Klar. Und auf eine Art, die er noch nie zuvor gesehen hatte, unnahbar. Er verspürte die sinnliche Lust, ihren Willen zu brechen.

Sie schaute gerade über ihre Schulter, als sie mit ihrem Begleiter den Bungalow erreichte. Krohn machte noch zwei Aufnahmen von ihr, bevor die beiden in Nummer zwei verschwanden und sich so seiner Sicht entzogen.

Er würde die Aufnahmen gleich nachher entwickeln. Es gab zwar schon Digitalkameras, aber ihre Auflösung war für seine Zwecke nicht zu gebrauchen.

Marnow.

Er hatte die Hinweise aus der Wohnung von Beck mitgenommen. Ihn interessierte zwar, wie sie trotzdem auf diesen Ort gekommen waren, aber diese Neugier war rein akademischer Natur. *Sie kamen näher.* Das zählte.

Eine große, hagere Gestalt löste sich aus dem Schatten eines Schuppens neben dem Pförtnerhaus und ging zielstrebig auf den Bungalow zwei zu. Blaumann, schwere Schuhe, eine Baseballkappe auf dem Kopf.

Elling blieb in der Nähe des Eingangs stehen, Lona mitten im Raum.

Sie hatten beide ihre eigene Art, einen Raum zu analysieren.

Elling begutachtete den Bungalow von hier: Couch, Fernseher, Kochzeile, Küchenschränke. Auf der einen Seite ging das Schlafzimmer ab, links das Bad und eine Art Rumpelkammer. Es roch dezent nach Putzmitteln. Der Bungalow war schlecht gedämmt, die Hitze stand pulsierend wie eine dritte Person im Raum.

Lona drehte sich dagegen langsam um ihre eigene Achse. Sie kartografierte den Raum mit ihren Augen, aber sie nahm auch seinen Geruch auf, die Atmosphäre, die Anmutung.

Hier hatte Alexander Beck zwei der letzten Tage seines Lebens verbracht.

»Wozu?«, fragte sie sanft. Und eigentlich war die Frage an sie selbst gerichtet.

»Wozu nur zwei Tage«, nahm er ihren Ball auf, »hin und zurück. Er … es gab einen Grund.«

»Ja.«

»Er hat ihn erledigt, dann ist er zurück nach Rostock.«

Lona nickte: »Oder er musste abbrechen, weil in Rostock was passiert ist.«

»Wer sind Sie?«

Die Stimme hinter ihnen war ruhig und leise, aber sie zuckten trotzdem zusammen, weil sie den Mann nicht hatten kommen hören, der nun in der Tür stand. Hager und bärtig. »Vancouver« stand auf seiner Baseballkappe, und tatsächlich war das Lonas erster Eindruck gewesen: Er sah aus wie ein kanadischer Holzfäller. Nur passte die leise Stimme nicht dazu. Und die schmale Statur.

»Mein Name ist Elling, das ist meine Kollegin Frau Mendt.«

Er ging auf den Mann in der Tür zu und zückte seinen Dienstausweis: »Wir sind von der Kripo in Rostock. Und Sie?«

Der Mann sah ihn kurz verwundert an, antwortete aber: »Ich bin Michael Bender. Meiner Frau und mir gehört der Platz hier.«

»Das Pförtnerhaus war leer«, sagte Elling leicht entschuldigend.

Bender nickte kurz doppelt: »Ja, wir sind den ganzen Tag auf dem Platz unterwegs. Dies, das, jenes, gibt immer was zu tun. Aber vorne. Da ist eine Klingel, direkt neben der Schranke.«

»Haben wir übersehen«, schaltete Lona sich nun ein.

Der Blick des Mannes war klar und gerade und … als hätte das Leben ihm nicht die besten Karten zugespielt. Wie ein getretener Hund, der diese Phase seines Lebens zwar hinter sich hatte, die sich aber in seinem Blick, der Körperhaltung und jener vorsichtigen Zurückhaltung eingenistet hatte, mit denen er den Menschen begegnete. Ihnen beispielsweise.

Elling stellte sich ans Fenster, stützte die Hände in die Hüften und blickte hinaus. Um dann, als käme ihm das gerade so in den Sinn, beiläufig zu sagen: »Erzählen Sie uns doch mal was über Herrn Alexander Beck.«

Bei den letzten Worten richtete er bereits den Blick auf den Mann, um dessen Reaktion nicht zu verpassen.

Der reimte sich offensichtlich gerade zusammen, dass sie sich deswegen gerade in Bungalow zwei umsahen.

»Ja, Herr Beck, der ist Stammgast hier bei uns, der kommt jedes Jahr. Sonst eigentlich immer später, aber dieses Mal … ist … ist denn was passiert?«

»Ja«, antwortete Lona trocken, »der Herr Beck, was hat der hier gemacht?«

»Der ist hier meist spazieren gegangen. Oder hat auf der Terrasse gesessen oder mal mit uns geplauscht.«

»Und dieses Mal?«

»Auch. Nur nicht geplauscht – hatte wohl keine Zeit. Und er hat mit dem Boot 'ne Tour über den See gemacht.«

Unwillkürlich warf Elling einen Blick auf den See. Verlockend lag er da und ruhig. Geduldig ließ er die Kinder an seinem Ufer planschen, als wisse er in seiner Tiefe, er würde sie alle überdauern.

»Und sonst?«

»Keine Ahnung. Wie gesagt, wir haben den ganzen Tag auf dem Platz zu tun. Ist denn … geht's ihm gut?«

Lona hob zu einer Antwort an, aber Elling kam ihr zuvor: »Sagen wir so: den Umständen entsprechend.«

Krohn sah, wie der dürre Mann mit der Baseballkappe die beiden über den Platz führte. Vorbei an den Wohnmobilen und Zelten, nahezu alle grüßten den Mann mit der Kappe. Krohn schoss noch ein paar Fotos.

Auf dem letzten deutete der Mann mit dem Flanellhemd erst auf ein Boot mit einem bordeauxroten Rumpf und dann über den See.

»Mit dem Boot ist er rüber«, sagte Michael Bender. Sie standen auf einem Stellplatz, der ein wenig abseits der anderen lag, weil er wie auf einer Art Landzunge über das Ufer hinaus in den See ragte. Mit einem etwa zwanzig Meter breiten »Privatstrand«.

Eine uralte Kastanie spendete ihnen Schatten.

»Was ist da?«, frage Elling und schlug mit der flachen Hand nach einem Insekt.

»Da drüben ist ein Restaurant, direkt am See. Der Marnower Hof. Mit dem Ruderboot ist das kürzer, als wenn Sie mit dem Auto den See umfahren müssen.«

»Wissen Sie, was er da wollte?«

»Nein.«

»Vielleicht jemanden treffen?«

»Er hat es nicht gesagt.«

»Hat er angespannt gewirkt?

»Angespannt?«

»Na … unter Druck?«

Bender überlegte kurz und schüttelte dann den Kopf.

»Nachdenklich vielleicht. Ja. Aber … ist er oft, glaube ich. So einer, der … die Dinge im Kopf wälzt.«

Elling zündete sich eine an und inhalierte tief. Sein Blick blieb an einem älteren Mann hängen, der es sich auf einem Klappstuhl neben einem jüngeren Mann am Ufer bequem gemacht hatte. Der Jüngere saß in einem Rollstuhl und angelte.

»Hatte er Besuch?«, wollte Lona wissen.

»Nee«, antwortete Bender sofort, wiegte dann aber den Kopf hin und her, »na ja – also, ich hab's jedenfalls nicht gesehen, das kann ich sagen. Aber ich war ja nicht die ganze Zeit vor dem Bungalow. Und wen er am See getroffen hat, drüben vielleicht …«

Statt den Satz auszuführen, beendete er ihn mit einem Achselzucken. Elling und Lona nickten.

»Haben Sie Kinder, Herr Bender?«, fragte Lona. Sie musste gegen die Sonne blinzeln, um ihm in die Augen zu schauen.

»Nein.«

In der Antwort lag ein Bedauern.

»Und der Herr Beck«, nahm Elling den Faden auf, »hat der sich gegenüber Kindern auffällig benommen?«

Der Besitzer des Campingplatzes sah ihn fragend an, als verstünde er den Subtext nicht. Aber dann, nach einigen Sekunden, schüttelte er den Kopf: »Ich hab gerade überlegt, aber … nein. Ich hab so was nicht gesehen, und mir gegenüber hat auch nie einer was gesagt, also in die Richtung.«

»Wir sprechen von sexuellen Übergriffen«, brachte Lona es auf den Punkt.

Wieder das Doppelnicken: »Ich weiß, was Sie meinen. Aber«, er schüttelte erneut den Kopf, »nein.«

Kurz schwiegen sie, es schien für den Moment alles gesagt.

»Kann ich den Stellplatz hier haben?«, fragte Lona. Elling wie der Besitzer waren gleichermaßen überrascht. Bender fing sich schneller: »Ich glaub, der ist frei. Ich seh mal nach im Büro.«

»Danke.«

»Ähm, und Bungalow zwei, den mietet die Kripo Rostock bis auf Weiteres«, fügte Elling hinzu.

Michael Bender nickte und machte sich auf den Weg zurück zum Pförtnerhäuschen.

Der Anblick des Sees entlockte Lona Mendt ein Lächeln.

»Warum willst du hierbleiben?«

»Er hat hier jemanden getroffen.«

»Sagt wer?«

»Ich.«

Ellings Zweifel blieben ihr nicht verborgen, er zog eine entsprechende Grimasse.

»Vielleicht auch nicht, vielleicht hat er sich hierher zurückgezogen, um nachzudenken. Und hat dann einen Entschluss gefasst. Ich weiß nicht. Aber er kam zurück und ist ermordet worden. Das und sein Aufenthalt in Marnow – das hängt zusammen.«

»Hm«, brummte Elling. Konnte sein, konnte nicht sein. Ihre Intuition war gut – aber seine auch. Er hatte auch ein gutes Zeitgefühl, das ihm seine alte Armbanduhr bestätigte. Susanne hatte sie ihm zum ersten Hochzeitstag geschenkt. Er liebte sie. »Hör mal, ich mach mich auf den Rückweg.«

Er erntete einen überraschten Blick: »Jetzt? Es ist noch nicht mal drei, Elling.«

»Ja, aber ich muss den Volvo noch auslösen, und bis ich von hier in Rostock bin ...«

Lonas Lächeln wurde breiter: »In deiner Brust klopft ein kleines, kaltes Beamtenherz, Supermann.«

Elling quittierte das mit einem ertappten Grinsen: »Man kann froh sein, dass es für Vier-zwei brutto überhaupt klopft. Ich nehm mir ein Taxi.«

15

Sie kassierten sage und schreibe 184 Euro für die Auslösung des Volvos draußen auf einem einsamen, flachen Gelände in Rostock-Evershagen. Die Firma hieß »Schleppo«, und ihr Chef sah genauso aus, wie man sich jemanden vorstellte, der sich das ausgedacht hatte. *Und* es lustig fand.

»Ganz schön happig«, bekannte Elling, nachdem er seine Papiere auf den Tisch gelegt hatte. Ein Tischventilator wälzte die stickige Luft von links nach rechts und wieder zurück.

»Ja«, brummte der Mann und nutzte sein Käppi, um sich den Schweiß vom kahlen Schädel zu wischen.

»Und wo steht mein Wagen?«

»Müssen Sie gucken«, antwortete er und reichte ihm die Quittung.

»Das wissen Sie nicht?«

»Nee, viel los. Das Wetter. Da parken alle irre.«

»Gut für Sie«, merkte Elling ironisch an.

»Ich wollte mal Astrophysik studieren, jetzt schlepp ich Leute ab, die keine Verkehrszeichen lesen können. Oder darauf scheißen. Das ist nicht gut für mich.«

»Warum haben Sie es nicht studiert?«, fragte Elling verblüfft.

Der Kahlköpfige grinste breit: »Hab nur Hauptschule. Ihre Karre müsste erste oder zweite Reihe rechts stehen. Tschö mit ö.«

Elling öffnete den Wagen mit der Funkfernbedienung, während er auf ihn zuging. Und als er nach der Tür griff, sah er den Umriss einer Gestalt hinter sich, der sich in der Seitenscheibe spiegelte. Er blickte über die Schulter. Die Frau war vielleicht vierzig, aber sie kleidete sich wie sechzig. Dunkler Rock, beige Bluse, darüber eine Stoffjacke. Dazu eine übergroße Brosche an ihrem Busen.

Sie sah verschroben aus und etwas ungelenk. Als hätte sie sich irgendwann 1980 angezogen und seitdem vergessen, die Kleidung zu wechseln.

Sie blinzelte ihn etwas unsicher an.

»Herr Elling, *Frank Elling*?«

»Ja?«

»Guten Tag, ich, ähm«, sie lächelte kurz verzeihend, als hätte sie nicht viel Übung in so was, straffte sich dann aber, und ihr Blick war nicht mehr unsicher, sondern bestimmt, »Wir haben beschlossen, dass ich Sie anspreche.«

»Wir?«

»Wir sind … Betroffene.«

»Betroffen von was?«

»Von sexuellem Missbrauch.«

Elling stutzte und musterte sie aufmerksam.

»Und … was wollen Sie von mir? Wie heißen Sie?«

»Jutta Winter, ich … können wir kurz woanders sprechen?«

Elling sah an ihr vorbei. Da stand der Chef von Schleppo und beobachtete sie aus seinem kleinen Häuschen.

»Natürlich, ja, aber ich kenn mich hier nicht besonders …«

»Ich auch nicht«, unterbrach sie und deutete durch den Maschendrahtzaun, der das Gelände begrenzte, zur anderen Seite, wo sich eine Kneipe befand, »da vielleicht?«

»Warum nicht, ja.«

Draußen saßen Maler mit weißer Farbe an Händen, Kleidung und auch Haaren an einem Tisch. Ein paar Meter weiter ein paar Kfz-Mechaniker, denen das dunkle Motoröl in den feinen Rillen der Haut stand. Die beiden Tische frotzelten sich gegenseitig, während sie halbe Hähnchen und Currywürste verspeisten.

Elling und Jutta Winter fanden drinnen einen Platz in der Ecke. Außer ihnen befand sich nur die Wirtin im Lokal.

»Wie haben Sie mich gefunden?«

»Ich wollte Sie schon heute Morgen ansprechen, aber da ist Ihr Wagen gerade abgeschleppt worden. Ich hab dann gefragt, wohin.«

»Seitdem warten Sie hier?«

Die Frau nickte. Sie tat ihm leid, weil sie in der Gluthitze ausgeharrt hatte.

»Wir brauchen Ihre Hilfe.«

»Ich verstehe nicht.«

»Man hat mich ermächtigt, Ihnen 200 000 Euro auszuhändigen, wenn Sie die Ermittlungen im Fall Beck einschlafen lassen und dann irgendwann zu den Akten legen.«

Elling blickte ihr fest in die Augen, und sie hielt seinen Blick. Er schluckte.

»Ich bin ganz sicher, ich habe mich gerade verhört.«

»Sie haben schon verstanden.«

Jede Unsicherheit war von der Frau gewichen. Elling wollte nicht, musste aber erneut schlucken. 200 000 waren sehr viel Geld. Die Lösung all seiner Probleme. Und noch mehr.

»Ihr Vorschlag ist ein Straftatbestand«, sagte er in ihre Richtung, aber die Worte richtete er eigentlich an sich selbst.

Die Frau nickte, sie lächelte sogar mit verhaltenem Stolz: »Das hab ich mir vorher überlegt. Sie können mir ja nichts nachweisen.«

Die Wirtin kam vorbei, um ihre Bestellungen aufzunehmen. Elling gönnte sich ein frühes Pils, sie entschied sich für einen Pfefferminztee. Kurz schwiegen sie, bis sie wieder unter sich waren.

Er räusperte sich, um nachzuhaken, aber sie legte ein Kuvert auf den Tisch, das sich wegen seines prallen Inhalts spannte.

»Das sind 20 000 Euro Anzahlung. Den Rest bekommen Sie heute Abend um acht, wenn Sie mitmachen.«

Elling ließ ihre Worte kurz nachwirken.

»Der Name Beck, woher kennen Sie den? Das sind laufende Ermittlungen. Es gibt eine Nachrichtensperre.«

»Wir haben unsere Verbindungen.«

»Wie darf ich das verstehen?«

»Wir … die Gruppe von … von Leuten, die selbst betroffen sind oder … beziehungsweise waren. Es gibt zwei unter uns, die kennen Beck. Zwei, deren Kinder er missbraucht hat.«

Also doch.

»Wann?«

»Das ist schon eine Weile her.«

»Was ist *eine Weile*?«

»Fünf Jahre. Er hat sie vor fünf Jahren missbraucht.«

Elling blies die Wangen auf: »Die sind dann aber nicht zur Anzeige gebracht worden. Es findet sich kein Fall in den letzten fünf Jahren, in dem Herrn Beck etwas vorgeworfen worden wäre. Er ist überhaupt nie straffällig geworden.«

»Das ist das, was in Ihren Akten steht«, erwiderte Jutta Winter, »aber Sie wissen doch selbst, wie groß die Dunkelziffer ist.«

Er musterte die Frau gegenüber, die seinem Blick nicht auswich, sondern mit einer Spur Trotz standhielt.

»Ich kann diesen Fall nicht einfach zu den Akten legen. Es würde auffallen, wenn ich ihn als erledigt kennzeichnen würde. Aber das ist rein … hypothetisch, denn es wär auch gegen das Gesetz.«

Sie musterte ihn unverhohlen durch ihre Brille. Und stand dann plötzlich auf.

»Was ist?«

»Wir haben uns geirrt.«

Sie nahm ihre Handtasche.

»Bleiben Sie sitzen.«

Elling packte sie unvermittelt am Handgelenk und drückte sie zurück auf ihren Platz.

»Setzen Sie sich wieder hin.«

»Sie tun mir weh.«

»Sie sollen sich setzen.«

Sie nahm wieder Platz, und Elling entließ ihr Handgelenk aus seinem Griff. Er nickte ihr beschwichtigend zu.

Kurz blieb sein Blick an dem Kuvert hängen.

»Vielleicht ist der Mörder von Herrn Beck jemand aus Ihrer Gruppe.«

»Nein. Es war keiner von uns. Wir haben alle ein Alibi. Ich auch. Sonst wär ich ja nie auf Sie zugekommen. Da wären wir ja schön dumm.«

Elling nickte unwillkürlich. Diese Frau war mindestens skurril.

»Beck ist tot – was bringt das noch?«

»Dass dem, der es getan hat, nichts passiert.«

»Sie meinen, dass er nicht ins Gefängnis muss.«

Jutta Winter nickte.

»Wenn ich das jetzt nehme, weiß Ihre ganze … *Gruppe* Bescheid.«

»Nur ich weiß, dass Sie es genommen haben. Aussage gegen Aussage, das hab ich mir auch überlegt«, sagte sie und lächelte wieder stolz. »Kennen Sie das Memento am Burgwall?«

Elling nickte. Das Lokal lag in der nördlichen Altstadt.

»Ich bin nachher von fünf bis sechs da. Ich warte auf Sie.«

Elling schluckte, sein Blick klebte einen verräterischen Moment länger als nötig auf dem prallen Kuvert. »Wenn ich diesen Umschlag mit dem Geld einstecke, mache ich mich der Vorteilsnahme im Amt strafbar. Ich verlier dann meinen Job.«

Jutta Winter nickte unbekümmert: »Aber es bekommt ja niemand mit, Herr Elling. Nicht mal ich.«

Da erschien die Kellnerin und brachte das Bier und den Tee. Frau Winter nutzte die Gelegenheit, um aufzustehen, sodass Elling sie nicht erneut zurück auf ihren Platz zwingen konnte.

»Denken Sie drüber nach, Herr Elling. So mancher wird Ihnen dankbar sein.«

Und damit ging sie und verließ das Lokal.

Elling unterdrückte den Impuls, ihr nachzusetzen. Er konnte gelassen bleiben und sie heute Abend im Memento treffen. Kein Grund zur Eile.

Die ganze Geschichte war so hanebüchen, dass sie vermutlich der Wahrheit entsprach.

Er schluckte, sah kurz über die Schulter und nahm dann das Kuvert in die Hand. Es war nicht zugeklebt. Er drückte die Lasche mit dem Zeigefinger auf und sah einen ganzen Stapel lila 500er-Scheine. Mit dem Daumen fuhr er spielerisch über den Rand, als blättere er ein dünnes Buch durch. Dann senkte er die Hand unter den Tisch und zog einen der Scheine heraus, um ihn von vorne und hinten zu begutachten. Er war nicht auf Falschgeld spezialisiert, aber er konnte mit Sicherheit eine echte von einer falschen Banknote besser voneinander unterscheiden als ein Bankangestellter.

Wie es aussah, waren die echt. Sein Herzschlag erhöhte sich. Er schob den Schein zurück, schloss die Lasche und … tat nichts.

Er könnte das Geld behalten und nicht ins Memento gehen. Und wenn sie später zu ihm kam, könnte er sagen, er wisse nicht, wovon sie spreche.

Oder er könnte ihr die 20 000 heute Abend zurückgeben.

Oder er könnte sich die restlichen 180 000 holen – was wusste sie schon, ob er den Fall tatsächlich einschlafen ließ. Er könnte ihr ja sagen, er tue sein Möglichstes, aber es gebe keine Garantie …

Elling begann bei diesem Gedanken urplötzlich an zu schwitzen, im Nu war sein Hemd an den Achseln klatschnass. Er trank etwas von dem Bier.

Kinderficker.

Im Knast wäre er vielleicht sowieso ums Leben gekommen. Und jetzt konnte der nette Herr Beck mit seinen Süßigkeiten keine Kinderseelen mehr zerbrechen. In einer sehr gewissen Weise könnte man sagen, der Täter habe andere potenzielle Opfer vor diesem Mann geschützt. Diesem Monster. Diesem …

Elling holte tief Luft. Nein, er redete sich die Sache zurecht. Er durfte die 180 000 nicht anrühren. Es war verlockend, ja, aber es ging nicht.

Er konnte höchstens über die 20 000 nachdenken. Er bräuchte nicht das Sparbuch seiner Tochter anrühren. War ja nur ein Gedanke.

Frank Elling nickte sich selbst zu, steckte das Kuvert in die Innentasche seines Jacketts und legte 20 Euro Trinkgeld hin. Man lebte schließlich nur einmal.

16

Lona hatte sich auf den Stellplatz von einer sehr schmalen Person einweisen lassen, die sich als Meike Bender vorgestellt hatte. Die Besitzerin des Platzes dirigierte sie routiniert durch den Engpass zwischen Kastanie und Ufer.

Dabei trug sie die ganze Zeit ein Lächeln im Gesicht. Sie schien so in sich zu ruhen, wie Lona es noch bei keinem anderen Menschen erlebt hatte.

»Sie kennen sich gut aus mit Ihrem Wohnmobil.«

»*Sie* haben mich eingewiesen«, gab Lona das Kompliment mit einem Lächeln zurück, während Meike Bender ihr dabei half, die Strom- und Wasserversorgung anzuschließen. Sie und ihr Mann hatten den Platz nach der Wende erstanden, damals war er noch nicht mal erschlossen gewesen.

Sie hatte ein hübsches Gesicht. Aber auch in ihrem Blick lag der getretene Hund. Weit zurückgenommen. Aber sichtbar.

Und dann war der Eindruck wie weggewischt, denn sie deutete plötzlich über sich in den Himmel. »Sehen Sie.«

Lona hob den Blick. Ein Raubvogel zog seine Bahn und überließ seinen Kurs willig der Thermik, um Kräfte zu sparen.

»Ein Mäusebussard.«

Lona nickte.

»Ist es nicht großartig, dass sie jederzeit fliegen können, wohin sie wollen?«

»Schon, ja.«

Meike Bender nickte: »Aber sie wissen nicht um ihr Privileg – meinen Sie, es ist gut zu wissen, ob man über ein Privileg verfügt?«

Das erwischte Lona halbwegs auf dem linken Fuß, sie musste

kurz überlegen: »Wenn man es bewusst nutzen will, *muss* man es wissen. Wenn es sich nicht abnutzen soll, *darf* man es nicht wissen.«

In dem Blick von Meike Bender lag angenehmes Erstaunen.

Bei ihr hatte Lona sich das Boot gemietet, mit dem Alexander Beck den See überquert hatte, und sie tat es ihm nach. Anfangs fuhr sie mit dem Kanu Schlangenlinien, aber nach einer Weile hatte sie den Wechsel der Ruderschläge von links nach rechts so optimiert, dass sie zügig vorankam. Und tatsächlich – keine zehn Minuten später legte sie am Marnower Hof an. Vermutlich wirklich schneller, als wenn sie den See umfahren hätte.

Die Tische befanden sich auf einer ausgedehnten Holzterrasse, die sich wie die der Benders über das Ufer des Sees erstreckte und auf dicken Pfählen ruhte. Es gab eine gutbürgerliche Speisekarte, und Lona entschied sich für den frisch gefangenen Zander. Er wurde auf den Punkt gegrillt, das Fleisch glasig, dazu Rucolasalat mit Tomaten.

»Kennen Sie den?«

Beim Zahlen streckte sie dem Kellner das Foto von Alexander Beck entgegen.

Der nickte: »Ja. Er hat viel gegessen und wenig Trinkgeld gegeben.«

»Wann war das?«

»Ich hatte fünf Tage frei, dann Schicht mit Frau Brünner, muss so letzten Dienstag gewesen sein.«

»Hat er alleine gegessen?«

»Ja.«

»Er ist doch mit dem Boot gekommen …?«

»Weiß ich nicht, da war ich wohl drinnen. Auf jeden Fall ist er mit einem weggerudert.«

»Rot? Der Rumpf?«

»Puh … kann sein.«

»So wie das?«

Dabei deutete sie auf das Boot, mit dem sie hierher gerudert war.

»Genau das. Ja. Ist das vom Campingplatz?«

Lona nickte. Und dann britzelte es über ihr und leuchtete kurz auf. Eine Fliege war in den Insektenvernichter geraten.

»Und wohin ist er gerudert, wissen Sie das?«

Der junge Mann deutete hinüber. In der späten Nachmittagssonne musste Lona die Hand vor die Augen halten. Sie sah die Dächer einiger Häuser, die Spitze eines Kirchturms und ein großes Gebäude mit einem Flachdach.

»Das große Gebäude, was ist das?«

»Das ist unsere Klinik.«

»Und die Kirche … ich dachte, ich hätte im Vorbeifahren schon eine andere in Marnow gesehen.«

»Ja, das ist die neue, die Sie gesehen haben. Die ist nach der Wende gebaut worden. Die da drüben ist von früher. Die wird auch kaum noch genutzt.«

»Haben Sie Herrn Beck danach noch mal gesehen?«

»Wen?«

»Den Mann mit dem wenigen Trinkgeld.«

»Nein.«

Von Westen kam Wind auf und sie musste sich ins Zeug legen, aber letztlich brauchte Lona für die Überfahrt keine zehn Minuten.

Aber hier verlor sich Becks Spur.

Die Kirche war geschlossen. Eine handschriftliche Nachricht informierte darüber, dass sie lediglich an zwei Tagen geöffnet hatte (Mittwoch und Freitag).

In der Klinik – vom alten Mittelteil zweigten zwei moderne Flügel ab, an deren Fertigstellung noch gearbeitet wurde – nahmen sich nach und nach drei Mitarbeiterinnen ihres Anliegens an – ohne Erfolg.

Nein, ein Alexander Beck sei nicht hier gewesen. Jeder müsse sich über seine Versichertenkarte ausweisen. Und hätte er das getan, wären seine Daten im Rechner hinterlegt. Waren sie nicht.

Lona klapperte daraufhin noch die Besitzer der vier umliegenden Häuser ab – auch das ohne Ergebnis.

Es hatte fast den Anschein, als habe der Ort Alexander Beck verschluckt. Und ihn erst in Rostock wieder preisgegeben.

17

Mareike hatte den neuen Hit von Beyoncé voll aufgedreht – *Crazy in Love*. Das war Lucs neuer Lieblingssong. Wenn sie schon nicht bei ihm sein konnte – sie fand seine Blässe übrigens vornehm –, dann wollte sie wenigstens »seinen« Song hören.

Deshalb bekam sie auch nicht mit, wie er aufs Grundstück fuhr. Erst als er die Tür öffnete und der silberne Lack die Sonne reflektierte und es dadurch in Mareikes Augenwinkel aufblitzte, hob sie den Kopf.

Und was sie sah, traf sie fast physisch in der Brust und hinterließ ein schmerzhaft schönes Ziehen – ihr Vater stieg aus einem silbernen Kleinwagen, um den er eine riesige rote Schleife gebunden hatte.

Elling klappte die Tür zu, trat einen Schritt zurück und warf einen zufriedenen Blick auf den Wagen.

»Papa!«

Ein tränenerstickter Schrei irgendwo in seinem Rücken, dessen Frequenz und Dringlichkeit ihn herumwirbeln ließ. Das letzte Mal hatte dieser ganz spezielle Schrei Susanne und ihn erreicht, als im Urlaub jemand eine Tür zuwarf, die sich nicht richtig schließen ließ und dann noch einmal mit aller Kraft eines erwachsenen Mannes dagegen drückte. Der Mann hatte Mareike vier Finger gebrochen, mit denen sie sich gerade am Türrahmen festgehalten hatte.

Aber dieses Mal hatte sie sich nichts gebrochen, sondern es sah aus, als wolle sie eine neue Bestmarke für den 100-Meter-Lauf der Frauen hinlegen. Quer über den Rasen stürmte sie auf ihn zu. Und sie strahlte und weinte, dann warf sie sich mit einer Wucht in seine Arme, die Elling zwei Stützschritte abnötigte.

»Du bist der Beste, der Beste, der Beste …«, schluchzte sie in sein Ohr. Und hielt ihn fest, als wolle sie ihn für den Rest seines Lebens nicht mehr loslassen. Und Elling hätte dieser Option sehr wenig entgegensetzen wollen.

Er war gerade der glücklichste Mensch im Ringelrankenweg und in ganz Rostock. Er hielt seine Tochter in den Armen. Viel zu schnell war sie groß geworden, und eines Tages würde sie mit irgendeinem Luc dieser Welt gehen, blasse Kinder bekommen und …

Und er würde dazu lächeln. Er würde lächeln, das hatte er sich fest vorgenommen, auch wenn es ihn entzweiriss. Deshalb hätte Elling seine Tochter ewig so halten können. Halten und nie mehr hergeben.

Sie gab ihm ein paar Küsse auf die Wange, dann ließ sie ihn los, nur seine linke Hand hielt sie noch, während sie den Wagen bestaunte.

»Ist der wirklich für mich?«

Sie wischte sich die Tränen vom Gesicht. Elling nickte wohlwollend. Seine Kleine.

»Ich dachte, du bist unterwegs, und ich wollte eigentlich warten, bis Mama da ist, aber … hier.«

Er reichte ihr den Schlüssel. Und da fing sie wieder an zu weinen.

»Jetzt ist aber gut.«

»Ich bin so glücklich, Papa. Ich hätte ja nie damit gerechnet, ich …«

Elling musste schlucken, er war selbst von seiner Zuneigung gerührt, und deshalb empfand er beim Klingelton seines Handys Erleichterung. Er schaute aufs Display in dem Wissen, den Anruf so oder so entgegenzunehmen. Es war Niemann.

»Sieh ihn dir mal von drinnen an«, sagte er zu Mareike und meldete sich dann, »Herr Niemann?«

»Ich hab da was Interessantes auf dem Computer von Herrn Beck entdeckt.«

»Wenn Sie das …«, er senkte kurz die Stimme, »kinderpornografische Material meinen …«

»Genau darum geht's«, unterbrach Niemann ihn, »die ganzen Fotos und Videos sind alle post mortem aufgespielt worden. Es gibt da so ein Dateiverzeichnis, das heißt *table of contents*. Und ich habe …«

Elling war mit einem Schlag ernüchtert: »Wie war das?«

»Ich versuche Ihnen gerade zu erklären, was table of contents …«

»Nein, das vorher: post mortem. Sind Sie sicher?«

»Ja. Es wird bei einer Datei im Anhang vermerkt, wenn sie das erste Mal auf einen Computer überspielt wird. Das ist aber manipuliert worden.«

»Wie haben Sie es dann gemerkt?«

»Da ist ein Virenscanner im Hintergrund gelaufen. Der protokolliert akribisch genau jede noch so kleine Änderung. Und den Scanner hat der Täter nicht ausgeschaltet. Der hat den ganzen Kopiervorgang vermerkt. Für das gesamte Material gilt also: Es ist mindestens drei Stunden nach Eintritt des Todes auf dem Computer von Herrn Beck platziert worden.«

Elling spürte Übelkeit in sich aufsteigen.

»Gibt es irgendwelche kinderpornografischen Fotos, die sich vorher auf dem Computer befunden haben?«

»Nein.«

»Ist das gerichtsfest, Herr Niemann?«

»Das ist es«, antwortete der Kriminaltechniker, und Elling meinte eine Spur Stolz zwischen den Zeilen zu hören, »ich kann sogar nachweisen, dass die Dateianhänge alle manipuliert worden sind. Das heißt: Jemand, der die Sachen auf Herrn Becks Rechner gespielt hat, hat auch dafür gesorgt, dass der Eindruck entsteht, die Dateien würden sich schon seit Monaten auf der Festplatte befinden. Dafür hat er das im Dateianhang hinterlegte Datum manipuliert. Allerdings hat er dabei den Virenscanner nicht beachtet.«

»Gut«, log Elling, »verstehe. Danke.«

Er legte auf. Die Gedanken überschlugen sich in seinem Kopf. Das erklärte die Lücke zwischen den Tatphasen eins und zwei, von denen Dr. Pramann gesprochen hatte. Der Mörder hatte die Fotos und Videos nach dem Tod seines Opfers erst noch besorgt, um die Ermittlungen in die Irre zu führen.

Kinderficker – mit ziemlicher Sicherheit war Alexander Beck genau das nicht gewesen.

Oder doch? War er einfach nur so klug gewesen, keinen Hinweis darauf in seiner Wohnung und auf seinem Computer aufzubewahren? Und hatte der Täter sich vielleicht deshalb entschlossen – er hatte ja die ganze Wohnung auf den Kopf gestellt und wohl nichts gefunden, was in diese Richtung wies –, ihnen mit den Fotos und Videos und der Botschaft auf der Stirn des Opfers den richtigen Weg zu weisen?

Er warf einen Blick auf seine Armbanduhr. Es war halb sechs.

Wenn sie nicht gelogen hatte, saß Frau Winter exakt jetzt im Memento und wartete auf ihn. Sie hatte die Antworten.

18

Er raste den Burgwall hinauf und hielt vor dem Memento in der zweiten Reihe. Mit einem Schlag der flachen Hand schaltete Elling die Warnblinkanlage ein und stieg aus.

Er marschierte schnurstracks in das Lokal und sah sich um. Der Wirt trocknete gerade ein Glas ab und musterte ihn abwartend. Ein alter Mann saß mit einem Barhocker vor einem Spielautomaten. Von Frau Winter war nichts zu sehen. Elling warf erneut einen Blick auf die Uhr: zehn vor sechs.

Vielleicht hatte sie nach einer halben Stunde die Segel gestrichen. Weil sie davon ausgegangen war, er würde ohnehin nicht mehr auftauchen. Das wäre schlecht. Er hatte keinen Anhaltspunkt. Einen Namen, ja. Aber ob der echt war?

Das Telefon im Memento klingelte. Der Wirt ging ran, hörte zu, hob dann den Blick und richtete ihn auf Elling, der spürte, dass *sie* es war, die hier anrief.

»Ähm, das ist für Sie«, sagte der Wirt und hielt ihm das Telefon entgegen.

Elling spannte sich. Er war hellwach wie bei einem Zugriff.

»Woher wissen Sie das?«, fragte er den Wirt, während er auf ihn zuging.

»Sie möchte den Mann sprechen, der mit seinem Volvo in zweiter Reihe vor dem Lokal parkt. Das war jetzt nicht schwer auszuknobeln.«

Elling nahm dem Mann den Hörer aus der Hand. »Ja?«

»Ich bin's, Jutta Winter.«

»Wo sind Sie?«

»Im Lehenfeld. Das gefällt mir besser. Es ist gleich gegenüber.«

Elling blickte über die Schulter. Auf der anderen Straßenseite befand sich ein kleines Lokal. In roter Schrift stand *Lehenfeld* über dem Eingang. Und hinter einem der Fenster entdeckte er Jutta Winter, die ihn anschaute und zum Gruß die Hand gehoben hatte.

Das Lehenfeld war nur unwesentlich besser besucht als das Memento. Elling bog gleich nach dem Eingang rechts ab zu dem Tisch, an dem sie auf ihn wartete. Weiter hinten, nahe den Toiletten, saß sich ein junges Pärchen händchenhaltend gegenüber und hatte die Welt um sich herum vergessen, während es sich wahrscheinlich gerade diese Welt versprach.

Elling nahm ohne Umschweife gegenüber von Jutta Winter Platz, die sich erneut einen Tee bestellt hatte.

»Schön, dass Sie gekommen sind.«

»Sie werden das nicht lange schön finden.«

Sie stutzte.

»Sie scheinen erbost zu sein.«

»Und das ist noch weit untertrieben. Alexander Beck war kein Kinderschänder.«

»Ach – wie kommen Sie denn dadrauf?«

»Weil dieser ganze Missbrauchsdreck *nach* seinem Tod auf seinen Computer kopiert worden ist. Mit wem auch immer Sie da unter einer Decke stecken, er hat Mist gebaut. Und ich will jetzt wissen, wer das war.«

Frau Winter seufzte nahezu lautlos, ihr Blick ging hinaus auf die Straße, als stünde dort die Antwort, die sie ihm geben konnte. Dann fand ihr Blick zu ihm zurück.

»Also schön. Ja, da hat einer nachgeholfen. Aber es ändert nichts. Herr Beck hat sich an Kindern vergangen. Es ging nur darum, dass die Polizei gleich in die richtige Richtung ermittelt – also Sie.«

»Aber in diese Richtung soll ich ja gar nicht mehr ermitteln. Dafür haben Sie mich doch heute Mittag mit 20 000 Euro bezahlt. Das macht alles keinen Sinn. Ich nehm Sie jetzt vorläufig fest, Frau Winter. Und zwar wegen des Tatverdachts …«

»Als Sie heute Morgen die 20 000 Euro genommen haben, hab ich das übrigens auf Film festgehalten. Mit Ton«, unterbrach sie ihn.

Es war wie ein trockener Punch in den Magen, den man nicht hatte kommen sehen. Es raubte ihm für einen Augenblick die Luft, in dem er Jutta Winters Gesicht in der abwegigen Hoffnung musterte, sie habe sich einen perfiden Scherz erlaubt.

»Die Brosche«, fügte sie unbekümmert hinzu und deutete auf sie. Bei sehr genauem Hinsehen konnte man so etwas wie eine sehr kleine Linse ausmachen. Aber man musste konzentriert und lange darauf blicken, und wer starrte einer Frau schon so ausdauernd auf die Brust?

Kurz wägte Elling seine Möglichkeiten ab, um dann zu jenem rationalen Schluss zu kommen, den sein Bauch ihm sofort signalisiert hatte: Er konnte nicht ausweichen. Sie hatte ihn in der Hand. Wenn sie das Band an die Behörden gab, war mit einem Schlag alles beendet. Er wäre gleich morgen arbeitslos, die Bank würde das Haus kassieren, sie stünden auf der Straße. Und der Job als Polizist wäre ihm ein Leben lang versperrt.

Er begriff, dass er sich von ihrem harmlosen Äußeren hatte täuschen lassen wie ein blutiger Anfänger.

»Auch wie Sie das Kuvert unter dem Tisch geöffnet haben, das ist auch drauf.«

Sie war nicht mehr in der Kneipe gewesen, als er sich über den Inhalt im Briefumschlag vergewissert hatte. Also gab es jemanden, der ihn auch noch von draußen gefilmt hatte. Jemand aus dieser ominösen Gruppe möglicherweise.

»Wo ist der Film?«

»Ich habe ihn hinterlegt.«

»Aber wo haben …«

»Ich wusste, dass die Frage kommt, Herr Elling. Wir kennen uns ja noch nicht sehr lange, aber ich habe Sie als jemanden erlebt, der gerne mit Fakten zu tun hat. Täusche ich mich?«

»Nein.«

Egal was sie von sich gab, er musste ihr schon vorsichtshalber recht geben. Jutta Winter nickte: »Wenn Sie nicht möchten, dass der Mitschnitt unserer Treffen im Netz landet oder morgen in der Presse, dann lassen Sie den Fall einschlafen.«

»Ich, ähm, ich war gerade dabei.«

»Und Sie bekommen dafür auch die zugesagten restlichen 180 000 Euro.«

Elling musste bei der Summe schlucken. Aber er stutzte auch: Wozu?

»Kennen Sie das Parkhaus im Gewerbegebiet Riemannshöhe?«

Ein fünfstöckiger, geschwungener Betonbau. Elling nickte.

»Gut. Dort übergeben Sie mir um elf heute Abend auf Parkdeck drei die Ermittlungsakte im Fall Beck. Und Sie bekommen das Geld. Und danach sehen wir uns nie wieder.«

»Wozu wollen Sie die Ermittlungsakte?«

»Wir möchten etwas gegen Sie in der Hand haben, falls Sie den Fall nicht einschlafen lassen.«

»Aber Sie haben doch schon den Film.«

Jutta Winter wirkte für einen Sekundenbruchteil so, als habe Ellings Frage sie aus dem Konzept gebracht. Aber es war nur ein kurzer Eindruck, den sie mit einem Lächeln wegwischte, das wohl verständnisvoll aussehen sollte.

»Ja. Und wir möchten auch die Akte.«

Elling deutete ein Nicken an. Es gab, wie er jetzt gerade feststellte, keine Steigerung von Ausgeliefertsein. Man war es oder man war es nicht. Er war es durch den Film, da war es fast schon einerlei, ob er ihnen auch noch die Ermittlungsakte gab.

Sie stand auf, um das Lokal zu verlassen.

»Warum?«

»Hm?«

»Alexander Beck hatte mit Kinderpornos nichts am Hut. Warum musste er sterben?«

»Ich weiß nicht – ich hab ihn nicht gekannt.«

Damit verließ sie das Lokal.

Die Hexenmeister der Polizei verrichteten ihre Arbeit im Untergeschoss der Kriminalpolizeiinspektion in der Blücherstraße. Die KTU war eine interdisziplinäre Einheit, in der die besten Resultate aus Überschneidungen gewonnen wurden.

So konnte ein Sprengstoffexperte im Jahr 2000 zwar die Einzigartigkeit einer selbst gebauten Bombe feststellen und ein Kriminalpsychologe durch die beigelegten Bekennerschreiben eine Art Täterprofil erstellen. Doch beide Analysen wären nur Insellösungen gewesen, erst ihre Kombination führte zum Täter.

In der Kriminaltechnischen Untersuchung analysierten Spezialisten das Teilgebiet eines Verbrechens. Ein Ballistiker die Schussbahn. Ein Metallurge die Beschaffenheit eines Tatmessers. Eine Biologin ordnete eine tote, seltene Ameise unter einer Schuhsohle einem bestimmten geografischen Gebiet zu. Und die Expertise eines Chemikers, der ein Stück Stoff unter dem Elektronenmikroskop begutachtete, führte möglicherweise zum Freispruch eines Angeklagten.

Niemann war einer von ihnen. Der Computerexperte.

Er saß draußen auf einer der wenigen Bänke und aß Sushi mit Stäbchen.

Sushi war seit ein paar Jahren schwer angesagt, aber Elling stand dem skeptisch gegenüber. Er zog eine herzhafte Currywurst dem in Seetang eingewickelten Reis mit rohem Fisch vor.

Niemann blickte kurz auf, als der Kripobeamte neben ihm Platz nahm. »Hallo, Herr Elling.«

»Guten Abend.«

»Eine Kollegin hat eine Portion zu viel bestellt«, sagte Niemann und hielt eine ungeöffnete Plastikbox hoch, »möchten Sie?«

»Nein, ähm, danke. Nein, ich hab schon gegessen«, antwortete er. Und diese Lüge erleichterte ihm die nächste: »Ihre Entdeckung mit dem nachträglichen Aufspielen des kinderpornografischen Materials …«

»Ich kann Ihnen das gerne am Computer zeigen.«

»Nicht nötig. Die Ermittlungsrichtung ist jetzt nicht mehr relevant. Das wollte ich Ihnen sagen.«

»Wegen der Manipulation der Dateien?«

»Nein, aus … das flankiert nur andere Ermittlungsergebnisse.«

Elling erhob sich, um damit zu signalisieren, dass er nicht die Absicht hatte, diese Bemerkung zu vertiefen.

»Die … Frau Mendt.«

»Ja?«

»Das müsste aber unter uns bleiben?«

»Ich bin die Verschwiegenheit in Person«, versicherte Elling.

»Ist die … hat die einen Freund?«

Niemann war nicht ihre Kragenweite. Aber sie konnte sich selbst behaupten, kein Grund also, sie prophylaktisch zu schützen.

Elling schüttelte den Kopf.

In ihrem gemeinsamen Büro traf er sie nicht an, also würde sie tatsächlich über Nacht in Marnow bleiben. Während er die Ermittlungsakte mit den Berichten, die Lona und er selbst verfasst hatten, plus des Autopsieberichts auf einem USB-Stick sicherte, der seinerseits in einer schreiend orangefarbenen Schutzummantelung steckte, erreichte ihn Susannes Anruf.

»Sag mal, spinnst du?«

»Nein, nein, ich dachte, Mareike ist unterwegs, und wollte es mit dir absprechen.«

»Mit mir absprechen?«

»Ja.«

»Man spricht Dinge ab, *bevor* man sie tut, Elling.«

»Ja, richtig.«

»Ich finde, Mareike sollte zum eigenen Wagen auch selbst was beisteuern.«

»Ja.«

Kurz Stille.

»Hörst du mir überhaupt zu? Was hat der Wagen gekostet?«

»Zwei–drei«, log Elling, »ich musste zuschlagen, sonst wär er weg gewesen.«

Wieder kurz Stille. Vermutlich überlegte Susanne gerade, dass sie mit 2300 Euro noch glimpflich davongekommen waren. Er konnte aus der Gleichmäßigkeit ihres Atems heraushören, wie sie sich beruhigte.

»Und woher ist das Geld?«

»Das war eine Sonderausschüttung von der Pensionskasse für Kriminalbeamte über 40.«

Wieder die Stille in der Leitung.

»Du verwöhnst sie, Elling.«

»Ja, ich … ich kann nicht anders, Suse.«

»Ich weiß.«

19

Lona verpasste Elling um zehn oder fünfzehn Minuten.

Sie stellte die Bonneville direkt neben dem Eingang des Kommissariats ab, lupfte den Helm über den Kopf und schüttelte kurz das blonde Haar.

Mit der Retromaschine über die Landstraße zu gleiten, ihr tiefes, wohliges Röhren zu spüren, als wäre man eins mit ihr, eine Mensch-Maschine, das trug sie im doppelten Sinne fort. Fort von der, der sie war.

Wenn sie diesen Zustand erzwingen wollte, gab es nur die Bonneville oder das Abtauchen in einen See, in die Lautlosigkeit, eine Reise in … ja, was? Den Mutterbauch? Lona wusste es nicht. Sie spürte aber ihr Wohlbefinden, und das stellte sich auch ein, wenn sie nachts alleine in ihrem Wohnmobil lag und Regen einsetzte, der unermüdlich aufs Dach und gegen die Fenster trommelte. Am besten Platzregen.

Die offene Spur in Marnow jedenfalls hatte ihr keine Ruhe gelassen, deswegen war sie noch einmal nach Toitenwinkel gefahren. Sie hatte das Polizeisiegel an der Tür gebrochen und sich in Becks Wohnung umgesehen, die mittlerweile nahezu frei von Fliegen war.

Ohne das Gewusel aus Polizisten und KTU-Mitarbeitern und Streifenbeamten nahm sie die Atmosphäre so wahr wie das Opfer. Sicher, man hörte die Schritte in der Wohnung darüber und das Schreien der Kinder draußen, und von irgendwoher dröhnte auch ein tiefer Bass, aber insgesamt war es doch ruhiger, als sie es sich vorgestellt hatte.

Lona hatte keinen genauen Anhaltspunkt, sie ließ die Wohnung auf sich wirken. Das Wohnzimmer. Der Blutfleck. Hier hatte der Täter ihm die Kehle durchgeschnitten. Dann der Flur, das Badezimmer ohne Fenster. Hier hatte er ihn wieder malträtiert. Nur später.

Lona blickte in die verdickte schwarze Lache aus Blut am Boden der Badewanne. Sie ließ das billige Plastik des Duschvorhangs auf sich wirken, die Fliesen, das Handtuch. Alles.

Und dann, sie stand bestimmt schon eine Minute still, kam ihr ein unerhörter Gedanke. Der gar nicht so unerhört war, denn er lag eigentlich auf der Hand: *das Messer*.

Deshalb schoss sie mit der Triumph durch den Berufsverkehr und erreichte die KTU gerade noch rechtzeitig: Niemann packte seine Siebensachen zusammen, eine Kollegin fuhr ihren Rechner herunter. Weiter hinten schaltete jemand das Deckenlicht aus und verschwand im Treppenhaus.

»Herr Niemann?«

Er sah mit einer missmutigen Miene über die Schulter, die sich dann aber schnell aufhellte.

»Hallo, Frau Mendt. Möchten Sie«, er trat näher, »einen Kaffee?«

Er konnte seinen Blick zwei, drei Sekunden nicht von ihrem Ausschnitt lösen.

»Danke, gerade nicht.«

»Mit wem muss ich sprechen, wenn ich Näheres über das Tatwerkzeug wissen möchte, mit dem Herr Beck ermordet und so zugerichtet worden ist?«

»Anatomisch sind Sie bei Dr. Pramann richtig.«

»Da war ich. Ich will wissen, ob in beiden Tatphasen ein und dieselbe Klinge verwendet worden ist.«

Niemann merkte auf – darauf war er noch nicht gekommen. »Das ist ein ziemlich kluger Gedanke. Und das, verstehen Sie es nicht falsch, aus so einem attraktiven Kopf.«

»Danke. Ich wunder mich manchmal selbst, dass er neben schön zu sein auch noch denken kann«, erwiderte sie mit einem entwaffnenden Lächeln, während er rot anlief. »Können Sie mir was zu dem Messer sagen?«

»Nein, nicht mein Fachgebiet, und der metallurgische Befund liegt auch noch nicht vor.«

»Wann?«

»Morgen vermutlich.«

Lona Mendt nickte – wie es aussah, würde sie heute keine befriedigende Antwort mehr auf ihre Frage bekommen.

»Und der Datenbank-Abgleich der Kinderfotos und Videos? Gab's da schon Treffer? Opfer, an die wir uns wenden können?«

»Ich hab den Abgleich gestoppt.«

Sie sah ihn verdutzt an, und Niemann registrierte ihre Verblüffung.

»Wieso das?«

»Weil … Herr Elling mir gesagt hat, dass die nicht mehr fallrelevant sind.«

»Hat er das begründet?«

»Ja, mit einer anderen Ermittlungsrichtung.«

Warum hatte Elling sie nicht umgehend darüber in Kenntnis gesetzt, statt sie weiter in eine Sackgasse hinein ermitteln zu lassen? Das passte nicht zu ihm.

Niemann mochte kein Gespür für Komplimente haben, aber er bemerkte ihre Irritation.

»Was war der Auslöser Ihrer Unterhaltung?«, fragte sie.

»Meine Entdeckung, dass das … kinderpornografische Material definitiv nach dem Tod von Herrn Beck auf dessen PC gespielt worden ist.«

Lona Mendt fröstelte, obwohl sich die Gluthitze von draußen bis hier unten in die KTU vorgearbeitet hatte. Eine Fehlspur. Der Mörder war zurückgekommen, um ihre Ermittlungen von sich wegzulenken.

»Waren die Dateien manipuliert, ich meine die hinterlegten Dateianhänge?«

Niemann hatte nicht damit gerechnet, dass sie sich so gut mit Bits und Bytes auskannte. Was sein Interesse an dieser Frau wiederum steigerte. Er nickte: »Ja, das Aufspieldatum ist um Monate zurückgelegt worden. So, als …«

»Ich versteh schon«, unterbrach sie ihn sanft, »so, als hätte Herr Beck das alles schon monatelang besessen.«

Im ersten Affekt wollte Lona ihn von ihrem Handy aus anrufen, sobald sie aus dem Gebäude getreten war, aber sie beschloss, seine Reaktion sehen zu wollen.

Also setzte sie sich auf die Bonneville und fuhr schnurstracks in den Ringelrankenweg.

Auf der Einfahrt zum Haus stand ein silberner Kleinwagen, der von Mareike gerade emsig mit einem Schwamm gewaschen wurde. Als die aus den Augenwinkeln wahrnahm, wie jemand vom Motorrad stieg, blickte sie auf – parallel mit den Poolbauern Bahr und Wildhagen, die sich für den Auftritt der Blonden eine kleine Pause gönnten.

Lona lächelte Mareike zu und streifte nach dem Helm auch die Lederjacke ab, die sie sich über die Schulter warf, während sie die Auffahrt hochkam. Eine kleine Brise schmiegte ihr den Stoff der Bluse für einen Moment vorteilhaft an die Haut. Bahr und Wildhagen schluckten.

»Hallo, Mareike«, rief Lona dem Mädchen freudig zu und deutete mit dem Kopf auf den Polo, »ist das etwa deins?«

Wer geglaubt hatte, Mareikes Mundwinkel könnten sich unmöglich noch weiter nach außen spannen, sah sich nun belehrt. Denn der Glückwunsch aus dem Mund dieser Frau bedeutete ihr viel. Lona Mendt war für Mareike der Inbegriff von Freiheit. Sie war in höchstem Maße unabhängig. Selbstbewusst. Klug. Und unverfälscht. Für Mareike gab es nichts, womit diese Frau nicht hätte fertig werden können.

Was ein riesiger Irrtum war, dem freilich alle aufsaßen.

Mareike jedenfalls nickte: »Ich hab's zum Abi bekommen!«

»Herzlichen Glückwunsch.«

Erst reichte sie Ellings Tochter die Hand, die sie schütteln wollte, aber dann erschien es Lona unnatürlich distanziert, also nahm sie Mareike in die Arme. Die genoss diese Nähe. Bei Lona fühlte sie sich wie in Abrahams Schoß, sie hätte sie gerne still und heimlich mal eine Woche lang in ihrem Wohnmobil begleitet. Bestimmt konnte man ungeheuer viel von ihr lernen.

Lona entdeckte Elling und Susanne, die auf der Terrasse etwas diskutierten, Susanne erschien ihr genervt. Elling gestikulierte. Dann entdeckte Susanne sie, zwang sich zu einem Lächeln und hob zum Gruß die Hand. Elling schaute über seine Schulter. Als sich ihre Blicke trafen, wusste er, warum sie gekommen war. Und sie sah die Erkenntnis in seinen Augen, dass sie ihn durchschaut hatte.

Er vertröstete Susanne mit ein paar Worten und kam dann über den Rasen auf Mareike und sie zu. Lona entließ das Mädchen aus der Umarmung.

»Hm, Reichtum ausgebrochen im Hause Elling?«, fragte sie Mareike.

»Papa hat im Casino gewonnen.«

»Das ist ja ein Ding.«

Als er Lona und seine Tochter erreichte, versuchte er ein harmloses Lächeln, das ihm nicht gelang. »Hallo – was passiert?«

Sie musterte ihn einen Augenblick lang. Ja, Schweißperlen traten ihm auf die Stirn, aber sonst hatte er sich gut im Griff. Lona entdeckte in diesem Augenblick eine neue Seite an ihrem Kollegen. Ihm mochte bei Leichenschauen schlecht werden, aber unter Druck konnte er durchaus eine gewisse Kaltblütigkeit an den Tag legen.

»Ich hab gerade gehört, du hast im Casino gewonnen – Glückwunsch.«

Ellings Lächeln brach.

Sie hatten sich einen Platz an der Carbäk gesucht, einem kleinen Fluss, kaum zwei Meter in der Breite, der von Bäumen umsäumt in die Unterwarnow floss und von dort in die Ostsee. Die Einheimischen nannten dieses letzte Stück des Flusses den Wieddingstrang.

Die Bäume spendeten Schatten. Elling stand am Wasser, er rauchte Kette. Lona hatte sich auf das Querstück eines Holzzaunes gesetzt und die Füße hinter das Holzstück drunter geklemmt.

Die Stelle war nur rund 500 Meter vom Ringelrankenweg entfernt. Während des Weges hierher hatten sie kein einziges Wort getauscht. Und Elling hatte auch jeden Blickkontakt vermieden.

»Was ist? Wirst du erpresst? Oder hast du Geld genommen?«

Er drehte sich kurz zu ihr um. Sie blickte ihm in die Augen. Er seufzte und die Schultern sackten herab: »Das *oder* ist falsch.«

»Hm?«

»*Und* ist richtig. Ich hab Geld genommen *und* werde erpresst.«

Er war froh, dass sie sitzen blieb und nicht einfach abhaute. Und auch noch ruhig blieb.

»Von wem?«

Er blies die Wangen auf. »Es gibt angeblich eine Gruppe von Missbrauchsopfern. Die haben eine Frau geschickt. Die hat mir Geld gegeben, damit ich den Fall zu den Akten lege. Und jetzt soll ich noch mal Geld bekommen – im Tausch gegen eine Kopie der Ermittlungsakte.«

»Hmm. Aber es gab nie Missbrauchsopfer, richtig?«

Elling nickte. »Ja«, sagte er schmallippig und zündete sich die nächste Zigarette an. »Aber das wusste ich da noch nicht«, versuchte er sich zu rechtfertigen.

»Wie viel Geld hast du genommen?«

»20 000. Ich hab's auch genommen, um … damit ich praktisch Kontakt behalte, um später rauszufinden, worum es eigentlich geht.«

Lona musterte ihn, als habe sie sich in der Höhe des Preises geirrt, zu dem man ihn bestechen konnte. Sie schien ein wenig ernüchtert. »Gib's ihr zurück.«

»Das geht nicht.«

»Weil?«

Die Scham ließ ihm Schweißperlen auf die Stirn treten. »Ich, ähm, ich komm da nicht mehr raus, tja«, er breitete die Unterarme aus, »die haben mich auf Band.«

Bis jetzt hatte Lona Mendt gelassen reagiert, aber nun versteinerte ihre Miene, sie ließ sich von dem Zaun gleiten und ging auf ihn zu, um erst knapp vor Elling abzustoppen.

»Elling, wie blöd kann man sein: von wegen ›um später rauszufinden, worum es geht‹ – du hast es genommen für eine Gegenstromanlage. Für Mareikes Auto. Den Pool. Den Urlaub. So sieht's aus. Und jetzt haben sie dich in der Hand. Oh Mann!«

Sie klatschte mit der offenen Hand wütend gegen den nächsten Baumstamm.

Elling hatte das Bedürfnis, etwas zu erwidern. Die Sache zu seinen Gunsten zu beschwichtigen, zumindest ein klein wenig zu beschönigen, aber er fand nichts, was für ihn sprach – oder von Lona nicht durchschaut worden wäre. Also behalf er sich mit einem Achselzucken. »Ja«, brachte er hervor, »so ist es wohl.«

Er ließ die Arme hängen. Lona Mendt musterte ihn lange. Dann den Bach. Dann wieder Elling.

»Okay, lass uns überlegen, wie du da rauskommst.«

»Warum willst du das tun?«

Sie blickte ihm in die Augen, als müsse er das wissen: »Weil ich dir helfen will.«

»Ich bekomm, ähm, 100 000. Wir teilen natürlich.«

Lona Mendt schüttelte den Kopf: »Ich will dir helfen – das Geld kannst du behalten, Elling.«

Er musterte sie. Ihre Augen waren kristallblau, dazu die Sommersprossen, eine kleine Narbe, die ihr durch die linke Augenbraue fuhr, weshalb dort kein Härchen wuchs.

Lona Mendt wirkte so, wie Mareike sie vermutlich sah, dachte Elling. Selbstbewusst, unabhängig, frei. Und das war auch sein erster Eindruck gewesen und auch sein zweiter und dritter. Aber irgendwann – er konnte es an keinem spezifischen Ereignis festmachen – hatte er begriffen, dass sie was mit sich herumtrug. Was Schweres.

»Wann und wo, Elling?«, riss sie ihn mit ihrer Frage aus seinen Gedanken.

»Das Parkhaus draußen in der Riemannshöhe, elf Uhr.«

»Wer wird kommen?«

»Die Frau.«

»Und bekommt dann von dir die Ermittlungsakte?«

»Ja, ich hab sie gescannt und auf einen USB-Stick gezogen.«

Sie trat noch einen Schritt an ihn heran. Dann waren sie sich so nahe, dass sie für einen Blick in die Augen von links nach rechts und zurück schauen mussten. »Lass uns dieses Band zurückholen, Elling.«

»Ja.«

Er beugte sich vor und umarmte sie, und Lona ließ es geschehen. Mehr noch – sie genoss die körperliche Nähe. Gehalten werden. Geschützt sein.

»Du bist meine Traumfrau.«

Lona musste schmunzeln und löste die Umarmung.

»Ja, aber du bist schon vergeben, Supermann.«

Elling lächelte eine Spur verlegen, dann meldete sich sein Handy. Er zog es aus seinem Jackett und sah auf dem Display, dass es sich um Hans-Georg handelte, seinen Kollegen aus Hamburg.

»Ich muss kurz ran«, entschuldigte er sich und Lona nickte ihm zu. »Hans-Georg. Guten Abend. Auch so heiß bei euch?«

»Ziemlich, ja. Wir haben den ganzen Tag die Rollläden unten. Is' hier sonst nich' auszuhalten. Aber weswegen ich anruf: Die Nummer, die bei Susanne angerufen hat, die hättest du im Telefonbuch nich' gefunden. Der Teilnehmer hat nämlich einer Aufnahme ins öffentliche Verzeichnis widersprochen.«

»Sieh an.«

»Ja – es ist die Nummer von eurem OB-Kandidaten, von Philipp Benedikt.«

»Was?«

Eine Nachfrage, die er sich selbstverständlich hätte sparen können – die aber seiner Verblüffung Ausdruck verlieh. Mit vielem hätte er gerechnet. Damit nicht.

»Ich kann den Einzelverbindungsnachweis anfordern. Dann weißt du, wann und wie oft …«

»Nein«, unterbrach Elling und schüttelte den Kopf, »nein, ich … danke, das brauche ich nicht. Danke. Ich bin gerade in einer Besprechung. Ich melde mich wieder, ja?«

»Gut«, sagte Hans-Georg, und sie legten auf.

Elling wandte sich wieder Lona zu.

»Wir müssen unsere Handys nach Marnow bringen«, sagte sie.

Er benötigte ein paar Augenblicke, bis er ihre Sorgfalt erfasste. Dann nickte er.

20

Das Parkhaus der Riemannshöhe lag in der Nacht wie ein spärlich beleuchteter Riese. Mit wuchtigen Schultern aus Beton und Decks in kaltem Neonlicht.

Fünfgeschossig erhob es sich über die anderen Industriebauten des Gewerbegebiets.

Kein Auto fuhr auf der Straße, das ganze Gebiet war wie ausgestorben und würde erst am frühen Morgen wieder bevölkert werden.

Lona wartete in einem schwarzen Mustang in einer Sackgasse, die gerade auf die Einfahrt des Parkhauses zulief, aber etwa in einer Entfernung von zweihundert Metern davor endete. Den Mustang und das Parkhaus trennte eine Wiese. Sie hatte den Wagen für einen Tag angemietet und beobachtete den Eingang jetzt seit über einer Stunde. In dieser Zeit hatten lediglich vier Autos das Parkhaus verlassen, das letzte vor 20 Minuten. Lona hatte die Nummernschilder mithilfe eines Nachtsichtgeräts mit Zoomfunktion identifiziert und sich die Nummern notiert, um sie morgen im Büro diskret zu überprüfen.

Jetzt näherte sich ein schwerer BMW, ein Siebener vermutlich, der tatsächlich ins Parkhaus abbog. Lona erkannte eine Frau auf dem Fahrersitz, die nun in der Auffahrt zum ersten Deck verschwand. Anhand der Scheinwerfer konnte Lona ihren Weg nachverfolgen, ohne sie direkt zu sehen. Sie warf einen Blick auf die Uhr im Wagen – es war zwei Minuten vor elf –, bevor sie Elling anfunkte und mit gesenkter Stimme sprach.

»Eine Frau in einem schweren BMW. Hat gerade Parkdeck eins hinter sich.«

Elling hatte das Parkhaus vor einer Stunde betreten und das Treppenhaus nicht verlassen. Von hier aus hatte er das Parkdeck drei mit einem kleinen Rundgang inspiziert. Er trug eine abgedunkelte Brille, eine Baseballkappe und eine Jacke mit aufgestelltem Kragen für den Fall, dass er beim Hinein- oder Hinausgehen an der Überwachungskamera vorbeilief. Und er trug ein Mikro im Ohr, das er durch seine Haare einigermaßen verdecken konnte. Das Mikrofon war an der Innenseite seines Kragens angebracht.

Er hörte Lona klar und deutlich. Und er hörte auch den Wagen, der näherkam, weil dessen Reifen trotz Schrittgeschwindigkeit in den Kurven quietschten. »Höre ihn«, flüsterte er, »wie sieht es draußen aus?«

Lona ließ sich einen Augenblick Zeit, bevor sie antwortete. Sie suchte das Gebiet um das Parkhaus mit dem Nachtsichtgerät ab. Nichts. Keine Menschenseele. »Sauber«, antwortete sie dann.

Elling konnte durch den Türspalt aus dem Treppenhaus heraus beobachten, wie tatsächlich ein 7er BMW rückwärts einparkte. Am Steuer saß Jutta Winter. Wie es aussah, kam sie alleine. Sie stieg aus und sah sich um.

Elling räusperte sich.

Nichts.

Er räusperte sich lauter.

Nun blickte sie in seine Richtung, sodass er die Tür weiter öffnete und grüßend die Hand hob. Sie schien ihn zu erkennen, denn sie kam auf ihn zu, blieb aber auf dem Parkdeck stehen.

»Freut mich, dass Sie gekommen sind«, begrüßte sie ihn.

Als hätte er eine Wahl gehabt. Er nickte bloß.

»Wir können uns in mein Auto setzen.«

»Nein«, sagte er sofort. Wer wusste, was in diesem Wagen alles an Mikrofonen oder Kameras verkabelt war.

»Warum nicht?«

»Ich fühle mich gerade nicht so fotogen.«

Sie benötigte einen Moment, aber dann schüttelte sie den Kopf: »Seien Sie nicht albern.«

»Bin ich nicht. Kommen Sie zu mir ins Treppenhaus.«

Jutta Winter zögerte kurz. Aber sie sah weder nach links oder nach rechts, bevor sie seiner Aufforderung nachkam, woraus Elling schloss, sie sei vielleicht wirklich alleine gekommen.

Zumindest verlor Jutta Winter keine Zeit, denn kaum im Treppenhaus angekommen zog sie eine hellgelbe Plastiktüte aus einer Handtasche, die auf Elling gar nicht den Eindruck machte, über so viel Fassungsvermögen zu verfügen. Aber zweifelsohne passten eine Menge Dinge in eine Damenhandtasche. Das war in Ellings Augen eine Art Naturgesetz.

Er holte seinerseits den orangen Stick aus seiner Tasche.

So tauschten sie Plastiktüte gegen USB-Stick.

Ellings Mund fühlte sich bei dem Anblick der vier Bündel aus 500-Euro-Scheinen mit einem Schlag staubtrocken an. Dafür wurden seine Handinnenflächen vor Aufregung feucht. Er blickte zu Winter, die zu ihrem Auto gegangen war, den Stick in einen Laptop gesteckt hatte und wartete, bis der hochgelaufen war. Ihr Blick war konzentriert. Dann öffnete sie eine Datei und begann zu lesen.

Ihren Pupillen nach zu urteilen, überflog sie den Inhalt. Sie blätterte bereits weiter. Elling hatte den Eindruck, sie selbst wusste nicht allzu viel mit den Berichten und Ergebnissen anzufangen, die in polizeibürokratischem Amtsdeutsch oder medizinischem Fachchinesisch abgefasst worden waren.

»Das ist also eine Ermittlungsakte«, stellte sie fest, nachdem sie wieder zurück zu ihm ins Treppenhaus gegangen war. Sie klang ernüchtert.

»Ja, das ist sehr unspektakulär«, bestätigte Elling ihr. Er löste den Blick von dem Geld und ließ die Tüte einfach an seinen Fingern herabbaumeln, als käme er damit aus dem Supermarkt.

»Und was weiter?«, fragte er.

»Nichts. Sie haben das Geld, und der Fall geht zu den Akten. Sie lassen ihn einfach einschlafen.«

Er nickte. Und hatte dann eine Art Eingebung: »Ich hab das Gefühl, Sie tun hier, was Sie normalerweise nicht machen. Und wenn diejenigen, die Sie dazu anstiften, wenn die Sie bedrohen oder irgendwie erpressen, dann kann ich Ihnen helfen. Ich kann …«

»Sie können ja nicht mal sich selbst helfen«, stellte Jutta Winter fest. Die Verachtung, die dabei mitschwang, war für Elling unüberhörbar. Außerdem filterte er eine sachliche Gleichgültigkeit heraus, frei von Emotionen. Er war ihr einfach egal.

Sie nickte ihm zu und ging ohne ein weiteres Wort zurück zu ihrem Wagen. Das Starten des Motors. Das Abblendlicht gleißte auf. Und schon schob sich die Limousine vom Parkplatz und nahm die Abfahrt zum Deck zwei.

»Sie fährt ab. Hast du mitgehört?«

»Ja«, sagte Lona, die das Abblendlicht des Wagens erneut verfolgen konnte – auf seinem Weg hinab zur Straße. Sie drehte den Schlüssel im Schloss. Der V8-Motor des Mustangs erwachte mit einem sonoren Brummen. »Ich fahr jetzt langsam los und häng mich dran.«

»Ist gut«, antwortete Elling, der sich jetzt im Treppenhaus ebenfalls auf den Weg nach unten machte.

Lona ließ den Mustang ohne Abblendlicht über die Wiese rollen, die sie von dem Parkhaus trennte, in dem nun der BMW auftauchte und nach links abbog.

»Ist sie alleine?«

»Ja«, kam Ellings Antwort, und plötzlich setzte Funkrauschen ein. »Es rauscht«, bemerkte er prompt.

»Ja, das ist …«

Merkwürdig. Das wollte sie sagen, aber mit einem Mal schossen aus beiden Richtungen der Straße vor dem Parkhaus zwei dunkle Transporter heran, die erst im letzten Augenblick ihre Scheinwerfer einschalteten. Und das Blaulicht. Einer stoppte direkt vor der Ausfahrt, um sie zu blockieren, der andere auf der Wiese neben dem Gebäude.

Die Seitentüren wurden aufgerissen. SEK-Männer mit Helmen und Identitätsschutz sprangen heraus. Sie trugen fast alle Maschinenpistolen. Der erste Mann, der den vorderen Transporter verlassen hatte, war unverkennbar der Leiter – denn die beiden SEK-Gruppen folgten seinen stummen Befehlen, schwärmten aus und stießen ins Gelände vor.

»Elling, das ist eine Falle! SEK stürmt!«

Frank Elling hatte gerade das Parkdeck zwei im Treppenhaus hinter sich gelassen. Und wie zur Bestätigung ihrer Warnung sah er nun, wie sich Blaulicht in den Windschutzscheiben der Autos unten spiegelte. Er konnte sogar die Schatten von laufenden Gestalten ausmachen. Schwer gepanzert.

Elling war nicht in erster Linie wegen des SEKs wie gelähmt, sondern weil ihm der Hebel fehlte, den Zusammenhang zwischen Winters Erpressung und dieser Polizeiaktion zu verstehen. Weder würde eine Polizeidienststelle diese Erpressung dulden – durfte sie gar nicht! –, noch würde Frau Winter ihre Erpressung der Ermittlungsarbeit einer Polizeibehörde melden. Das wäre abstrus. Und deshalb war er wie gelähmt – weil es keinen Sinn ergab.

Aber wenn es Lona wie geplant tatsächlich gelingen würde, Jutta Winter unauffällig zu observieren, würden sie zwangsläufig an die Drahtzieher geraten. Und vielleicht ergäbe dann alles einen Sinn.

Lona Mendt drückte das Gas nur leicht hinab. Der V8 trug sie holpernd, aber sanft über die Wiese. Das Parkhaus zog an ihrem rechten Augenwinkel vorbei. Lona fuhr immer noch ohne Licht. Unbemerkt glitt der Mustang im Schutz der Nacht vom Bordstein auf die Fahrbahn.

Jetzt schaltete Lona das Abblendlicht ein, um dem BMW ganz regulär zu folgen. Aber das ging wenige Hundert Meter gut. Dann entfernte die Limousine sich ziemlich schnell, und Lona Mendt musste sich entscheiden, ob sie ebenfalls beschleunigen sollte – und Jutta Winter dann überhaupt erst auffiel, dass sie verfolgt wurde – oder langsamer weiterfahren sollte, aber sie dann verlor.

Letzteres, war Lona klar, durfte keinesfalls passieren. Vermutlich würde Winter sie jetzt nicht mehr zu den Hintermännern dieser Erpressung lotsen, aber immerhin konnte Lona sie wenigstens festnehmen und verhören.

Denn wenn Jutta Winter ihr jetzt von der Leine ging, standen Elling und sie mit leeren Händen da.

Lona schaltete zurück und gab Vollgas.

Mit einem markerschütternden Scheppern flog die Brandschutztür nur ein Stockwerk unter Elling auf und riss ihn aus seinen Gedanken – das SEK stürmte über das Treppenhaus. Elling wirbelte herum und nahm Reißaus in die einzige Richtung, die ihm jetzt noch blieb – nach oben.

Zwei Stufen auf einmal nehmend hastete er mit der Plastiktüte zurück auf das dritte Parkdeck.

Verharrte. Die Zeit zerstob ihm zwischen den Fingern.

Er musste dringend Raum gewinnen, das war klar. Zwei Stockwerke hatte er bereits an Ausweichmöglichkeit verloren. Mit dem fünften endete das Gebäude. Weiter konnte er nicht ausweichen. Seine Chance, irgendwie noch zu entkommen, war größer, je früher er seine Flucht nach oben abbrach. Spätestens auf dem fünften Parkdeck würden sie ihn stellen. Deshalb entschloss er sich, nicht weiter nach oben zu flüchten.

Er rannte leicht geduckt nach links und hockte sich außer Atem zwischen zwei parkende Autos. Hier hob er den Kopf nur weit genug, um über einen Außenspiegel die Brandschutztür des Treppenhauses zu sehen, über die er selbst gerade die dritte Ebene erreicht hatte.

Er blickte zur anderen Seite und begriff dann seinen Irrtum: Er war davon ausgegangen, dass es sich bei dem Treppenhaus, über das er hierhergekommen war, um das einzige im Parkhaus handelte. Das Nadelöhr. Dasjenige, über das er wieder hinab musste. Dem war nicht so. Denn keine zehn Meter entfernt entdeckte er an einer grünen Tür das Logo für den Notausgang. Er konnte sein Glück kaum fassen und sprang auf, sprintete darauf zu und riss sie auf – um dann so schnell abzustoppen, dass ihn der eigene Schwung fast von den Beinen fegte. Auch hier kamen ihm zwei SEK-Männer entgegen. Die offenbar ebenso überrascht waren, wie er selbst. Aber der zweite Mann verfügte über tadellose Reflexe: Eine kurze, kräftige Handbewegung, schon flog die Blendgranate nach oben. Ebenso schnell hatte Elling sich weggeduckt und die Tür zugeworfen. Er hörte noch die gedämpfte Detonation hinter der Brandschutztür. Jetzt hatten sie sich selbst geblendet.

Da jetzt auch die Tür des Treppenhauses in der Mitte aufflog, lief er geduckt nach links und erreichte im Schutz eines dort geparkten Transporters das Geländer. Er blickte vorsichtig hinab. Das waren gute acht Meter, die da zurückblickten. Er würde sich die Beine brechen, und dann wäre die Flucht auch zu Ende. Also packte er das Geländer fest mit beiden Händen und kletterte hinüber, um sich daran baumeln zu lassen. Er würde hier kurz ausharren. Und die SEKler im Vorbeilaufen hoffentlich seine Finger übersehen. Und im Anschluss würde er sich dann wieder hinaufziehen.

Elling hörte ihre Schritte, die sich näherten. Das, und der Umstand, seit seinen letzten Klimmzügen vor ein paar Jahren vielleicht doch etwas an Gewicht zugelegt zu haben, ließ ihn all seinen Mut zusammennehmen, um sich auf den Schmerz einzulassen, der nun einsetzen würde. Er schluckte noch einmal.

Da entglitt ihm die Plastiktüte mit dem Geld. Zwei, drei Sekunden, dann prallte sie in das weiche Bett der Grashalme. Elling blickte auf die Brüstung der zweiten Parkebene. Dann ließ er los und fiel seinerseits hinab.

Im Fallen griff er nach dem Geländer und packte es in dem Augenblick, in dem er mit dem Brustkorb gegen die Betonkante prallte. Seine Zähne schlugen aufeinander, und etwas von dem Backenzahn splitterte ab.

Die Platzwunde, die er sich an der Augenbraue zugezogen hatte, bemerkte er im ersten Augenblick nicht. Aber der Schmerz in seinem Brustkorb breitete sich mit einer Schnelligkeit aus, die ihm den Atem raubte.

Lona hatte Elling noch eine Weile atmen und keuchen hören. Aber jetzt war der Funkkontakt abgerissen. Auf ihrer Frequenz herrschte Stille.

Der BMW, dessen Fahrerin sie inzwischen eindeutig bemerkt hatte, versuchte den Vorsprung zu vergrößern, aber stattdessen schmolz er mit jeder Kurve und jedem Meter auf einer Geraden. Der Mustang war offensichtlich stärker motorisiert und Lona traf die Scheitelpunkte der Kurven exakter, sodass sie später abbremsen und früher aus ihnen heraus beschleunigen konnte.

Der BMW entzog sich nun dem Sichtkontakt, indem er etwa 300 Meter vor ihr in einer lang gezogenen Rechtskurve verschwand. Lona folgte, die Tachonadel sank von 160 auf 130, sie hielt das Lenkrad fest umklammert. Sie spürte, wie der Mustang am Boden haftete und beschleunigte in der Kurve wieder. Dann endlich mündete sie in einer Geraden, an der die Bebauung zu beiden Seiten endete. Dahinter Wald. Und kein Rücklicht des BMW. Instinktiv verlangsamte Lona und schaltete das Fernlicht ein. Nichts.

Sie trat stark auf die Bremse und stoppte ab. Der BMW konnte nicht verschwunden sein. Das war schon rein physikalisch unmöglich. Schnell schaltete sie den Motor ab und ließ die Seitenscheiben hinunter. Bis auf das Zirpen der Grillen war es still hier draußen.

Lona schloss die Augen, um sich ganz auf ihr Gehör zu konzentrieren.

Elling hatte alle Kraft in den Fingern und Armen gebraucht, um einen SEK-Mann unten vorbeipatrouillieren zu lassen. Jetzt konnte er nicht mehr und ließ los. Er fiel und unternahm gar nicht erst den Versuch, sich am Geländer der ersten Parkebene festzuhalten.

Der Schmerz beim Aufprall im zweiten Stock, der kaum vermindert nachwirkte, ließ ihn lieber einen gebrochenen Fuß in Kauf nehmen. Er kam mit links auf und rollte sich – das hatte er sich auf die Schnelle überlegt – nach schräg links hinten ab. Aber aus der eleganten Rolle in seiner Vorstellung wurde in der Realität ein heftiger Sturz auf die linke Beckenseite und die Schulter.

Frank Elling blieb einfach im Gras liegen, denn sein gesamter Körper erschien ihm wie betäubt. Und er musste erst einmal in sich hineinhorchen, ob sich vielleicht irgendwo ein starker Schmerz einstellte – oder nicht. Im Fuß, im Ellbogengelenk. Oder auch in der Schulter.

Er atmete sehr flach und mit jeder Sekunde, die verging und er keine Verletzung spürte, schöpfte er die leise Hoffnung, er könne mehr oder minder glimpflich davongekommen sein.

Lona Mendt musste sich zum Stillsitzen zwingen. Wenn der BMW doch noch über die Gerade weitergefahren war, hatte er sie jetzt abgehängt. Und sie war dem Wagen nicht nah genug gekommen, um das Kennzeichen zu erkennen.

Ihr blieb nur das Lauschen. Lauschen und abwarten, wer die besseren Nerven hatte.

Nach einigen Augenblicken der nächtlichen Ruhe hörte sie das Anspringen eines Motors schräg links hinter ihr.

Ein Auto, das losfuhr.

Die Frau war mitten in der Kurve scharf abgebogen, um sie ins Leere laufen zu lassen.

Lona startete ihrerseits den Mustang und wendete so leise wie möglich im zweiten Gang. Sie rollte zurück zu der Stelle, an der tatsächlich eine unscheinbare Straße aus der Kurve abzweigte.

Weiter hinten erkannte sie die Rücklichter des BMW, die sich entfernten.

Lona machte gar nicht erst den Versuch, sich erneut unauffällig zu nähern. Hier draußen gab es keinen Zufall. Das wusste auch die Frau vor ihr. Also nutzte Lona ihren kleinen Vorteil und trat das Gaspedal bis zum Bodenblech durch. Der V8 röhrte auf, und die Beschleunigung presste sie in den Sitz.

Sie kam bis auf ungefähr 150 Meter an die Limousine heran, dann zog die erneut davon.

Elling jubilierte innerlich vor Erleichterung.

Er war erst auf die Knie gekommen, dann hatte er sich die Tüte geschnappt und war im Schutz eines Baumstammes aufgestanden. Dort hatte er gefühlt, dass der linke Brillenbügel beim Aufprall verformt worden war und ihm wie eine Antenne nach links vom Kopf abstand. Er hatte ihn wenig filigran wieder so weit zurückgebogen, dass er ihn sich hinters Ohr klemmen konnte.

Da stand er nun und sondierte die Lage. Nicht weit entfernt hörte er jemanden im Funk plappern. *Deck fünf sauber* oder etwas in der Richtung schnappte er auf, bis der Beamte die Lautstärke eilig runterdrehte.

Ja, mittlerweile dürften sie oben angekommen sein – und nun durchkämmten sie all die kleinen Versteckmöglichkeiten, die das Parkhaus bot (was nicht viele sein würden) und sahen sich die Autos an, ob er vielleicht eines aufgebrochen hatte in der naiven Hoffnung, dort seiner Festnahme zu entgehen.

Stattdessen folgte er der Verlängerung des Schattens, den der Baumstamm durch das Neonlicht warf, er blieb im dunklen Bereich, bis er ein paar Sträucher und Büsche erreichte, die das Parkhaus von dem Grundstück des benachbarten Gebäudes trennte. In die schlug Elling sich und verschwand einfach so leise in der Nacht, wie die anderen gekommen waren. Und er musste grinsen. Darüber grinsen, was für ein unglaublicher Glückspilz er war. Selbst das Lächeln tat weh, nun ja, aber was war schon umsonst?

Sie hing jetzt ganz dicht an ihr dran, sie hatte das Kennzeichen. HH – SK – 47.

Der BMW und der Mustang näherten sich mit knapp 170 Stundenkilometern Rostock. Die Lichter der Stadt waren in dieser Sommernacht klar zu sehen, einige spiegelten sich im Wasser der Unterwarnow, deren Verlauf die Straße folgte.

Die beiden Autos jagten auf eine enge Kurve zu. Lona Mendt bremste scharf ab – früher als Jutta Winter vor ihr. Die lenkte mit nahezu unverminderter Geschwindigkeit scharf in die Kurve ein, was ihr Heck nach links ausbrechen ließ. Offenbar lenkte sie dagegen – zu heftig, denn nun brach das Heck nach rechts aus. Zu stark, um es abfangen zu können. Es riss den restlichen BMW mit in eine Seitwärtsbewegung. Die Limousine hob nach rechts um die eigene Längsachse rotierend ab. Glas splitterte, und da die Abblendlichter noch nicht erloschen waren, überschlug der BMW sich in der Reflexion seiner eigenen Scheinwerfer in schnellem Tempo. Das linke Vorderrad wurde abgerissen und jagte empor, vom Kotflügel schleuderte etwas weg. Die zwei Tonnen der Limousine schlugen eine Schneise durch Buschwerk und Sträucher und hoben dann noch einmal ab, um im hohen Bogen in den Fluss zu stürzen.

Eine Fontäne.

Lona hatte den Mustang zum Stillstand gebracht. Sie schaltete die Warnblinker ein, stemmte sich gegen die Fahrertür und rannte dem Wrack hinterher. Exakt durch jene Schneise hindurch, die es soeben selbst erschaffen hatte.

Dabei verlor sie den BMW, der seitlich in den Fluss geklatscht war, nicht aus den Augen. Die Rücklichter brannten noch, und da der schwere Motorblock zuerst im Wasser versank und die Limousine sich also mit dem Heck im Fluss aufrichtete, konnte sie die roten Lichter sehr gut erkennen.

Aber auch sehen, wie schnell sie von der Strömung in Richtung Meer davongetragen wurden. Pro Sekunde vielleicht zwei Meter. Bereits jetzt trieb das Wrack in die Flussmitte und hatte sich dreißig Meter von jener Stelle am Ufer entfernt, an der es in die Unterwarnow gestürzt war.

Die Stelle, die Lona schwer atmend erreichte.

Sie griff nach ihrer Stabtaschenlampe und leuchtete mit dem grellen, fokussierten Kegel den Fluss und das Ufer ab – für den Fall, dass Jutta Winter sich aus dem Auto hatte retten können. Aber das Wasser war nur schwarz und leicht bewegt. Der Aufprall des BMW ins Wasser hatte konzentrische Kreise erzeugt, die zum Teil noch ans Ufer schwappten.

Dann war der Wagen schon gut vierzig Meter weiter, dann fünfzig. Die roten Rücklichter verloren an Strahlkraft, als sie von dem Wrack unter die Wasserlinie gezogen wurden. Und dort verglommen sie langsam und wurden eins mit der Schwärze der Unterwarnow.

Lona atmete immer noch schnell. Sie blickte der von ihr vermuteten Position des Wracks hinterher. Die Strömung würde es weitertragen. Vielleicht sogar bis hinaus in die Ostsee.

Traf sie eine Schuld?

Sie nickte sich in der Dunkelheit selbst zu. Sie hatte es forciert. Ohne den Mustang im Nacken hätte die Frau nicht übersteuert. Sie wäre vermutlich einfach nach Hause gefahren.

Das war die ungeschminkte Wahrheit.

Die ungeschminkte Wahrheit war aber auch, dass Frau Winter durch ihre Erpressung überhaupt erst den Rahmen für alles geschaffen hatte, was dann folgte. Wäre sie nie an Elling herangetreten, hätte Lona jetzt nicht hier stehen müssen.

Das stimmte, aber es war Lona kein Trost. Denn letztendlich war jeder Tod einer zu viel.

Jedes Menschen Tod ist mein Verlust.

Das stand auf der Rückseite eines Fotos, das schon sehr abgegriffen war, besonders an den Ecken.

Das ist das, was immer zuerst verloren geht, hatte derjenige zu ihr gesagt, der auch John Donne, den großen englischen Dichter, auf der Rückseite des Fotos zitiert hatte.

Wenn die Erziehung die Kanten nimmt, nimmt sie dann auch die Identität?

Der Funk schob sich in ihre Gedanken, es war Elling: »Kannst du sprechen?«

»Ja. Du?«

»Auch. Hast du sie?«

»Nein, sie … sie ist verunglückt.«

Kurz war nur dezentes Funkrauschen zu hören. Lona konnte förmlich sehen, wie er jetzt nachdachte.

»Und der Stick?«

»Ist im Wrack. Und das schwimmt in der Unterwarnow.«

»Sie ist in den Fluss gefahren?«

»Ja.«

»Versunken?«

»Ja. Sie ist tot, Elling – wo bist du?«

Kurz herrschte wieder Stille in der Leitung. Lona hörte, wie er schluckte. Und das berührte sie.

»Zurück an meinem Auto. Ich gabel dich auf.«

»Gut.«

21

Elling war nicht so verrückt, den Weg über die Riemannshöhe zu nehmen, obwohl es ihn ganz leicht juckte, seine Glückssträhne noch etwas auszureizen. Er hatte den Volvo gute anderthalb Kilometer vom Parkhaus entfernt hinter einem ungarischen Laster abgestellt. Früheres Bruderland, kam ihm in den Sinn.

Er war mit schmerzendem Knie dorthin gehumpelt und eingestiegen. Er hatte mit allem gerechnet – mit dem Aufgleißen von Scheinwerfern, die man auf ihn richtete, mit maskierten Beamten, die ihn unsanft aus seinem Wagen zerrten und seinen Kopf seitlich auf den warmen Asphalt pressten. Stattdessen nur die Grillen, die unablässig ihr kleines Konzert gaben.

Nachdem er sich mit Lona via Funk abgestimmt hatte, fuhr er los. Er entledigte sich der Baseballkappe. An der ersten Ampel, an der er halten musste, streifte er auch die Lederjacke ab, die er hinter seinen Sitz stopfte.

Der MDR spielte Leonard Cohen: *Suzanne*.

An der zweiten Ampel zählte er 80 000 Euro ab, und wieder wurden ihm die Handinnenflächen feucht.

Er grinste in sich hinein.

Was für ein Wahnsinn.

Jutta Winter war tot. Und er hatte das Geld. Niemand sonst konnte es bezeugen. Niemand sonst war im Treppenhaus gewesen. Die Ermittlungsakte war allerdings eine Zeitbombe. Wenn man das Wrack hob, würde man wahrscheinlich auch die Akte auf dem kleinen USB-Speicher finden.

Elling verstaute die 80 000 Euro in einem leeren Verbandskasten, den er unter seinen Sitz schob. Die anderen 100 000 Euro deponierte er mitsamt der gelben Plastiktüte im Handschuhfach.

Und überlegte kurz, ob er Lona wegen der Summe nicht die Wahrheit sagen sollte. Aber wenn er nun Farbe bekannte, war klar, dass er sie heute Nachmittag belogen hatte. Was zwischen ihnen mehr zunichtemachen könnte, als es die Wahrheit wert war. Was tun?

Elling war unschlüssig und wandte sein Allheilmittel gegen Schulden im Allgemeinen an: Er verschob es auf einen Punkt in der Zukunft. Er musste es nicht jetzt entscheiden.

Anschließend bog er in die Straße ein, in der Lona den Mustang gemietet hatte. Sie stand schon an der Einfahrt und wartete auf ihn. Er stoppte ab, sie stieg zu.

Kurz musterten sie sich. Sie waren nicht mehr dieselben von heute Nachmittag, das spürten sie beide. Sie konnten es nur noch nicht in Worte fassen.

Er legte den ersten Gang ein, um loszufahren, als sie das Blut an seinem ihr abgewandten Auge sah.

»Was ist mit deinem Auge?«

Bevor er antworten konnte, hatte sie das kleine Lämpchen in der Mitte über ihnen eingeschaltet. Jetzt erst konnte sie sehen, wie ramponiert er eigentlich aussah. Die Hose war am Knie aufgeschürft, das Hemd am Bauch. Er hatte schwere Kratzer zwischen dem obersten Hemdknopf und dem Hals. Tiefrot. Sie schwollen an und einige Schürfwunden nässten bereits.

»Das muss genäht werden, Elling.«

Sie meinte die Augenbraue.

Elling schüttelte leicht den Kopf: »Ich will keinen Arztbericht von heute Nacht.«

Er hatte natürlich recht. Wenn er sich jetzt nähen ließ, konnte ihm das später zum Verhängnis werden, denn dann wäre die ärztliche Versorgung seiner Wunde aktenkundig.

»Rutsch rüber, ich fahr«, sagte Lona. Elling gab kein Widerwort – sie tauschten die Plätze, indem Elling den Volvo umrundete und auf der Beifahrerseite wieder einstieg.

»Lass mich mal kurz«, sagte Lona und bog ihm den linken Bügel seiner Brille besser zurück. Jetzt drückte er nicht mehr so hinter dem Ohr.

»Danke.«

»Schon gut.«

Sie startete den Motor und fuhr los.

»Deck eins und zwei negativ«, hörte Lona mit starkem Funkrauschen unterlegt. Sie sah fragend zu Elling, der statt einer Antwort sein Funkgerät anhob.

»Sie nutzen die Spezialfrequenz. Im Augenblick tappen sie im Dunkeln. Aber sie suchen einen Mann mit Baseballkappe, circa 30–45 Jahre, Lederjacke, Brille. Mich.«

»Genauer ist die Beschreibung nicht?«

»Nein. Jedenfalls *noch* nicht.«

»Irgendwas, was darauf schließen lässt, woher die das wussten?«

Elling deutete ein Kopfschütteln an: »Wüsste ich selbst gerne.«

Der Volvo passierte unversehens eine diffuse Linie, hinter der die Funksprüche erst verzerrten und dann schon bald zu einem Dauerrauschen kulminierten. Elling schaltete das Funkgerät aus. Daraufhin ließ Lona die Seitenscheiben herunterfahren. Frische Nachtluft wehte herein und brachte ihre Haare zum Tanzen. Es kitzelte sie im Nacken.

Elling zündete sich eine an, lehnte sich zurück und inhalierte. Wie ein Mann, der gerade eine Horde Kinder aus einem brennenden Waisenhaus gerettet hatte.

Natürlich gab es ein paar Fakten – die Akte auf dem orangefarbenen Stick, der Film und dazu noch Dinge, die er gar nicht auf dem Radar hatte –, die ihm noch das Genick brechen konnten. Er hätte also angespannt sein müssen. Aber er konnte nicht mehr. *Er konnte einfach nicht mehr.*

Wenn sie jetzt an einer Straßensperre hielten, würde er sich sofort ergeben und alles gestehen – zum Glück kam keine.

Ansonsten ging es ihm wie Lona gestern. Wenn es nach ihm gegangen wäre, hätte sie ewig weiterfahren können, durch viele Nächte hindurch. Aber am Zielpunkt hätte er eben nicht seine Identität von sich abgestreift und einen neuen Namen angenommen, nein. Er wäre über kurz oder lang sowieso zurückgekehrt in den Ringelrankenweg. Da war sein Zuhause. Seine Kollegin hatte die Freiheit, ihr Zuhause überall dorthin zu verlegen, wo sie gerade wollte.

»Wie ist es passiert?«, fragte er unvermittelt.

»Sie hat die Kontrolle über ihren Wagen verloren.«

Er nickte. Lona überprüfte die ganze Zeit, ob sie jemand verfolgte. Bis jetzt nicht.

»Hast du ihr Kennzeichen?«

»HH-SK-47. Wie bist du da rausgekommen, Elling?«

»Außen. Hab mich fallen lassen.«

Er deutete mit der Hand, die die Zigarette hielt, auf die Platzwunde und sein zerschlissenes Hemd.

»Aus welchem Stock?«

»Weiß ich nicht«, log Elling. Er wollte keine Heldengeschichte daraus machen. Es war, wie es war.

»Hat sie dir das Geld gegeben?«

»Ja«, sagte er und klopfte mit der linken Hand gegen das Handschuhfach, »die Hälfte gehört immer noch dir.«

Lona kommentierte das nicht weiter.

Als sie in den Ringelrankenweg einbog, bemerkte sie, wie Elling sich neben ihr anspannte. Lona fasste das Lenkrad fester. Beide hielten Ausschau nach verdächtigen Zivilfahrzeugen. Solche, die für einen Zugriff nachts auf offener Straße genutzt wurden.

Die kleine Wohnstraße lag jetzt, gegen Mitternacht, ruhig da. Mit den paar Laternen, die leuchteten, entstand der Eindruck einer unwirklichen Idylle.

Lona stoppte vor dem Haus der Ellings und schaltete den Motor aus. Die Lichter des Volvos erloschen.

Sie und Elling starrten gespannt auf das Haus. Im Flur und auf der Terrasse brannte noch Licht – wie üblich, wenn Susanne schon im Bett war und er später nach Hause kam.

Das Haus, der Garten, das Licht – es wirkte wie ein friedliches Refugium. Aber möglicherweise sollte es für Elling auch nur diesen Anschein erwecken – weil es eine Falle war.

Es gab nur eine Möglichkeit, das herauszufinden. Und deswegen legte Elling auch die Hand auf die Türklinke.

»Frau Winter …«, flüsterte Lona, als könne zu lautes Sprechen einen SEK-Zugriff auslösen.

»Hm?«

»Das war doch ihr Name.«

»Ja«, bestätigte er ebenfalls mit gedämpfter Stimme.

»Wenn du ins Haus kommst, hat sie denen nicht *deinen* Namen gesagt.«

Elling nickte. Wenn doch, dann war er ohnehin geliefert. Dann würden sie ihn überall finden.

»Wenn nichts passiert – kommst du dann morgen mit dem Volvo ins Büro?«

Lona sah ihm in die Augen und nickte. »Viel Glück, Supermann.«

Elling erwiderte das Nicken, dann stieg er aus und schloss die Beifahrertür. Sie sah, wie er die Gartenpforte öffnete und die Auffahrt hinaufging. Wie er sich zwang, nicht nach links und rechts zu blicken, wie er sich stattdessen bemühte, so zu gehen, als käme er von einem Bier bei Nachbarn nach Hause.

Er erreichte unbehelligt die Haustür, steckte den Schlüssel ins Schloss und verschwand im Haus.

Nur einen Moment später ging die Außenlampe über der Klingel zweimal an und wieder aus. Er war sicher.

Sie startete den Wagen, wendete und fuhr davon.

Elling stand in Boxershorts und freiem Oberkörper im Badezimmer. Er hatte geduscht und seine Schürfwunden mit Salbe versorgt – Bepanthen. Susanne schwor darauf.

Das Wasser hatte das geronnene Blut an der Augenbraue weggespült, sodass die Wunde erneut zu bluten begann. Er seufzte und beugte sich vor, um die Verletzung im Spiegel über dem Waschbecken zu inspizieren – und bemerkte Susanne, die die angelehnte Tür etwas geöffnet hatte und ihn beobachtete. Sie trug eines dieser dünnen Nachthemdchen.

Als sie seine Verletzung erfasste, kam sie ins Bad. »Elling, was ist passiert?«, fragte sie und blickte auf die aufgeplatzte Augenbraue. In ihrer Stimme schwang Sorge mit, das gefiel ihm.

»Das?«

»Nein, wie die Dinosaurier ausgestorben sind – natürlich das«, sagte sie genervt, »also, manchmal … lass mal ansehen. Setz dich.«

»Ich dachte, ich mach etwas Bepanthen drauf«, antwortete er und nahm auf dem Badhocker Platz. Seine Augen befanden sich ziemlich genau in Höhe ihrer Brüste. Aber vermutlich war das kein idealer Zeitpunkt.

»Salbe hilft nicht alleine, du solltest das nähen lassen.«

»Nein, keine Lust.«

»Okay, aber die Blutung muss gestoppt werden.«

Sie wandte sich um und nestelte im Apothekerschrank an der Seite, bis sie den Alaunstift gefunden hatte. Als sie sich wieder zu ihm drehte, entdeckte sie seine am Knie aufgerissene Hose am Boden.

»Was ist passiert? Tut kurz weh, jetzt …«

Sie drückte ihm den Stift quer auf die Platzwunde. Der Schmerz stach ihm direkt bis auf den Knochen, er schloss die Augen.

»Also, was war jetzt?«

»War so ein Lütter, der war betrunken … Widerstand gegen die Staatsgewalt. Der hat plötzlich zugeschlagen, ich bin gestürzt.«

»Hmm …«

Sie setzte den Alaunstift ab. Tatsächlich hatte sie die Blutung damit stillen können. Nun kam die Salbe. Susanne beugte sich vor, um sie präziser auftragen zu können. Er konnte ihre Nachtcreme riechen. Und gab ihr einen Kuss auf den Hals.

Sie drehte sich leicht zur Seite, fuhr aber mit der Versorgung der Wunde fort. »Ich bin müde, Elling«, erklärte sie.

»Die vielen Interviews.«

Kurz blinzelte Susanne und sah ihm dann in die Augen. »Das ist jetzt meine große Chance.«

»Weiß ich doch.«

Sie trat zurück und begutachtete ihr Werk. »Besser, du lässt das morgen mal röntgen.«

»Mal sehen, Suse. Ich weiß nicht, ob ich die Zeit dazu …«

»Du solltest etwas mehr auf dich achten. Auch auf deine Gesundheit.«

»Natürlich, ja«, sagte er mit einsichtiger Miene.

Seine Frau gab ihm einen Kuss auf die Wange und verließ das Bad.

Andere Männer hätten ihre Frau längst gefragt, warum sie erzählte, dass ihr Praktikant sie anrief, wenn es der OB-Kandidat war. Aber Elling wollte nicht fragen. Stattdessen nahm er ein Pflaster und reparierte notdürftig den linken Bügel der Brille.

TAG VIER

22

Lona Mendt musste sich keinen Wecker stellen. Die Wirkung der Schlaftabletten ließ immer gegen sechs Uhr morgens nach. Dann verdrängte ihr Bewusstsein den letzten Traum. Sie spürte das Sonnenlicht auf den Augenlidern. Das Seitenfenster hatte sie leicht geöffnet. Vogelzwitschern drang herein und ermunterte sie aufzustehen.

Sie öffnete die Augen. Ein Sommermorgen.

Sie schlug das Laken, in dem sie bei dieser Hitze schlief, beiseite. Sie trug nur ihren Slip, auch das ein Tribut an die nächtlichen Temperaturen. Wenn Sie das linke Bein sehr weit streckte und dann auch noch den Zeh nach links beugte, erreichte sie mit knapper Not den Einschaltknopf des Radios, das sie selbst dort in die Wand eingelassen hatte.

Mit rücksichtsvoller Lautstärke ertönte *Somebody to Love* von Jefferson Airplane.

Die Seiten- und Heckrollos hatte sie heruntergezogen. Nur auf den Sichtschutz vor der Windschutzscheibe hatte sie verzichtet – wer immer sie schlafen sehen wollte, hätte dafür mit einem Boot direkt vor ihr Wohnmobil paddeln und dann aufstehen müssen. Und wenn jemand diesen Aufwand trieb, dachte sie, hatte er es sich verdient.

Sie stützte sich auf ihre Ellenbogen und warf zuerst einen Blick auf ihr Handy. Ellings Mobiltelefon lag direkt daneben. Von dort aus konnte er sie nicht angerufen haben. Aber von seinem Festnetzanschluss im Ringelrankenweg aus. Das hatte er, wie sie sah, aber nicht getan. Stattdessen hatte sie eine SMS von Susanne Elling erhalten: »Habe mein Handy im Auto liegen lassen. Wir sehen uns nachher im Büro. Bis dann, Elling.«

Also hatte es auch in der Nacht keinen Zugriff gegeben. Denn wie geplant hatten sie ihre Handys ja hier im Wohnmobil deponiert. Deshalb signalisierte Elling ihr mit seiner Nachricht, dass er noch auf freiem Fuß war.

Lona blickte etwas verschlafen zur Seite, auf die unberührte Seite des Bettes. Dort lag ein Blütenmeer aus lila Banknoten. Insgesamt exakt 180 000 Euro. Nämlich die 100 000, die Elling im Handschuhfach verstaut hatte, wie auch jene 80 000, die sie unter dem Fahrersitz in einem Verbandskasten gefunden hatte. Den Elling vermutlich zu eilig geschlossen hatte, um zu bemerken, dass dort ein Schein herauslugte. Den Schein, den sie beim Aussteigen heute Nacht entdeckt hatte.

Elling hatte ihr die Hälfte von 100 000 angeboten und sie über die Summe, um die es in Wahrheit ging, getäuscht, um sich den Löwenanteil zu sichern. Lona verspürte Enttäuschung – wegen der Lüge, nicht wegen des Geldes. Und auch nicht wirklich deshalb: Es ging um Verlässlichkeit. Um Loyalität. Lona fragte sich, ob Elling, wenn es hart auf hart kam, auch so bedingungslos an ihrer Seite stünde wie sie an seiner. Und musste konstatieren, dass sie darauf nicht setzen konnte.

Nach einer halben Flasche jungen portugiesischen Weißweins war es über sie gekommen, und sie hatte das ganze Geld auf dem Bett zerstreut. Sie hatte noch nie so viel auf einmal gesehen. Um dann festzustellen, dass auch 180 000 Euro nichts änderten. Ihr Puls hatte sich nicht erhöht, sie hatte keine feuchten Hände bekommen, es war lila Papier für sie.

Und da lag es jetzt. Sie musste sich ein Versteck überlegen. Später.

Lona schwang sich aus dem Bett, das mal aus zwei Längsbetten bestanden hatte und später von ihr durch eine einzige, durchgehende Matratze ersetzt worden war. Sie warf die Kaffeemaschine an und goss sich schon mal ein Glas kaltes Wasser aus dem Kühlschrank ein. Bis der Kaffee durchlief, streifte Lona sich ein Shirt über.

Mit dem Kaffee und dem Wasser nahm sie auf dem Beifahrersitz Platz und zog die Beine an. Nippte von dem Kaffee. Und genoss den unbezahlbaren Ausblick. Der See lag ruhig – nicht mal ein Kräuseln fand sich an der Wasseroberfläche. Nur weiter hinten zog eine Entenfamilie vorbei. Keine Wolke am Himmel. Es herrschte absolute Windstille, denn selbst die Blätter an den Bäumen bewegten sich nicht.

Irgendjemand da draußen beim Radio konnte offenbar ihre Gedanken lesen. Er legte das Lied auf, das ihren Strohhalm ins Morgen bildete: *Riders on the Storm.*

Jedes Menschen Tod ist mein Verlust.

Sie ließ das Rollo auf ihrer Seite hinaufschnappen und öffnete das Fenster. Es war noch angenehm frisch.

Ein älterer Herr, den sie gestern schon gesehen hatte, schob einen jungen Erwachsenen – der Mundpartie und den Augen nach zu urteilen vielleicht sein Sohn – im Rollstuhl ans Ufer. Der Blick des jungen Mannes war erschreckend leer. Lona fröstelte bei dem Anblick. Er warf die Angelrute aus, und sie hatte das Gefühl, einem erloschenen Geist beim Fischen zuzusehen.

Der ältere Mann hatte einen leichten Campingstuhl dabei, den er nun ausklappte, um darauf Platz zu nehmen. Seiner Tragetasche entnahm er ein blaues gebundenes Buch, schlug es an einer zuvor markierten Stelle auf und begann zu lesen: »Ich bin wirklich gespannt darauf, die Taka-Tuka-Insel kennenzulernen. Stellt euch nur vor, ausgestreckt am Strand zu liegen und die großen Zehen in die richtige Südsee zu tauchen. Man braucht nur den Mund aufzusperren und eine reife Banane fällt einem direkt hinein!«

Mehr hörte Lona nicht. Sie sah nur noch den Vater und den behinderten Sohn. Und sie fragte sich, ob der erfassen konnte, mit wie viel Liebe er bedacht wurde. Egal, dachte sie, er spürt es.

Danach duschte sie, zog sich einen Bikini an und kraulte im Marnower See bis zum anderen Ufer und wieder zurück. Als sie aus dem Wasser kam und die Nässe aus den Haaren wrang, nickte der Vater ihr zu.

»Guten Morgen.«

»Morgen«, gab sie freundlich zurück, bevor sie wieder im Wohnmobil verschwand, sich abtrocknete und anzog. Mit einem Honigbrot setzte sie sich an die Dinette und genoss den Blick auf den See. Es war ein guter Platz. Ruhig, verwinkelt, im guten Sinne verschwiegen. Sie hatte das Gefühl, sie würde hier länger stehen.

»Rostock«, sagte der Sprecher im Radio, »bei einem Verkehrsunfall im Bereich Riemannshöhe ist gestern vermutlich ein Auto in die Unterwarnow gestürzt. Die Polizei geht von überhöhter Geschwindigkeit aus. Von den Insassen fehlt bis jetzt jede Spur. Taucher suchen seit den Morgenstunden nach dem Wrack. Und nun zum Wetter … der Jahrhundertsommer hat uns fest im …«

Lona schaltete das Radio ab.

23

Schön, vielleicht war er kurz für zwei oder drei Stunden eingenickt – aber im Grunde hatte er eine schlaflose Nacht gehabt. Um halb sechs war er aus dem Bett geschlüpft und war geduckt in Boxershorts zu allen Fenstern geschlichen, um Ausschau zu halten. Er hatte sich dazu die notdürftig reparierte Brille aufgesetzt und die Gardinen nur millimeterweise verschoben, damit von außen keine Bewegung erkennbar war.

Aber soweit er das beurteilen konnte, standen alle Autos von heute Nacht noch auf denselben Plätzen. Es hatte sich nichts verändert. Kein Fahrzeug war ausgetauscht worden. Und keines war hinzugekommen. Der Ringelrankenweg sah aus wie immer.

Elling witterte Morgenluft.

Bevor er sich mit dem Bus auf den Weg zur Arbeit machte, rauchte er im Garten eine Zigarette, um sich unauffällig umzuschauen. Ging jemand vorbei, der nicht in den Ringelrankenweg gehörte? Observierte man ihn?

Da hörte er Plätschern hinter sich und wandte sich um – Wildhagen und Bahr waren wieder mit dem Pool beschäftigt, er hatte ihnen vorhin schon einen Kaffee hingestellt und ihnen die 1000 Euro Anzahlung für die Gegenstromanlage in bar gegeben.

Nun hatte Wildhagen – natürlich mit einer Zigarette im Mundwinkel – die Zuleitung geöffnet und Wasser ergoss sich ins Becken. Dort drinnen stand Bahr, der Kleinere, mit Gummistiefeln. Gewichtig blickte er hinab auf die hellblauen Fliesen. Er machte ein Gesicht, als suche er einen Verdächtigen.

»Jetzt schon Wasser?«, fragte Elling, der an den Pool herantrat.

Wildhagen nickte, während sein Kollege den Blick nicht vom Poolboden abwandte: »Dichtigkeitstest. Kennen Sie sicher noch von früher, wenn der Reifen vom Fahrrad platt war … Schlauch ins Wasser, wo's blubbert, is' undicht.«

Jetzt sah Bahr doch auf: »So isses. Sieht aber gut aus. Ich muss sagen, Ihr Pool ist 'n Prachtstück.«

»Oder?«, fragte Elling, er war ganz seiner Meinung.

»Ein Prachtstück«, bestätigte Wildhagen, »und dann noch die Gegenstromanlage.«

Elling lächelte breit. Natürlich lobten die beiden ihre Arbeit, aber der Pool war tatsächlich ein Hingucker. Im Ringelrankenweg gab es so was nicht. 20 Meter Bahnlänge. Vermutlich in ganz Rostock nicht.

»Die Gegenstromanlage ist die Krönung, Herr Elling«, schlug Bahr in die gleiche Kerbe, »alles dicht, wie es aussieht.«

Elling lächelte – dann könnten sie sogar bald baden. Und das mitten in dieser Gluthitze. Er würde die Nachbarn einladen, sie würden bis zum Hals im Pool stehen und einen Bacardi trinken. Er sah die Sause fast physisch greifbar vor sich.

Mitten in diese Vorstellung platzte Susanne: »Für dich.«

Er drehte sich um, sie reichte ihm ihr Handy. In der anderen Hand hielt sie die Kaffeetasse. Susanne hatte sich geschminkt, nur der Lippenstift fehlte noch. Sie verlegte ihn ständig. Es mussten sich mittlerweile ein Dutzend davon im Haus und im Auto tummeln.

Er sah sie fragend an.

»Hans-Georg. Er sagt, an deinem Handy geht nur die Box ran.«

»Ich hab's in Marnow vergessen.«

Er nahm das Handy entgegen, während Susanne sich seine aufgeplatzte Augenbraue ansah, die er mit einem Pflaster versorgt hatte. Er zeigte ihr den erhobenen Daumen. Sie verstanden sich blind, denn sie nickte und blieb stehen, um auf ihr Handy zu warten. Susanne nippte an ihrem Kaffee. Ihr Profil war so fein, fast aristokratisch. Wenn sie den Kopf etwas in den Nacken legte, bekam ihr Hals einen schönen Bogen. Wie ein Schwan.

»Hallo?«

Hans-Georgs Stimme war ein wenig entfernt, schnell hielt Elling sich das Handy ans Ohr.

»Elling. Morgen, Hans-Georg. Gundi und du müsst uns unbedingt besuchen. Der Pool ist nämlich fast fertig. Er hat jetzt auch eine Gegenstromanlage.«

Susanne verdrehte die Augen: »Herr Bahr, was machen Sie denn da?«

»Dichtigkeitstest«, antwortete der Mann.

»Wie früher mit dem Fahrradreifen«, mischte Elling sich ein, »wenn es blubbert, ist es undicht.«

»So wie Ihr Mann sagt«, bestätigte Wildhagen und zündete sich eine neue Zigarette an.

»Ich hab den Einzelverbindungsnachweis von Susannes Handy angefordert«, sagte Hans-Georg am anderen Ende der Leitung ruhig. Elling drehte sich instinktiv von Susanne und den Poolbauern weg, er ging ein paar Schritte.

»Ich hab dir doch gesagt, ich will das nicht.«

»Ich weiß. Aber ich würd ja nicht anrufen …«

»Stopp, Augenblick«, unterbrach Elling und ging zügig weiter, bis er hinter zwei Tannen angekommen war, »hör mal, ich hab ein gutes Leben, ich will, dass alles so bleibt. Ich will von der Übersicht nichts wissen.«

»Aber als dein Freund …«

»Willst du es mir nicht sagen … als mein Freund. Ich will es nicht wissen«, unterbrach Elling ihn.

»54.«

»Was 54? Was heißt das?«

»Herr Elling?«, rief Wildhagen.

Elling sah auf: »Ja?«

»Der Pool ist dicht!«

»Prima!«, rief Elling. Und ins Handy: »54 was?«

»Susanne und Philipp Benedikt haben alleine in den letzten

zehn Tagen 54 Mal miteinander telefoniert. Das muss ich dir sagen – als dein Freund. Ich muss es sagen, weil ich es andersrum auch von dir erwarten würde.«

»Ja«, sagte Elling kraftlos. All die Energie, die er eben noch beim Anblick des Swimmingpools empfunden hatte, war dahin. Er hatte das Bedürfnis, zurück ins Bett zu gehen und eine Woche durchzuschlafen. Es waren einfach zu viele Fronten, an denen er zu kämpfen hatte.

»Sie, ähm … Suse macht 'ne Reportage über den Bürgermeister-Kandidaten. Die sprechen Termine ab, Inhalte … das ist eine große Sache für sie. Es ist«, jetzt kam der Sprung über diese Zahl, die 54, »ganz logisch, dass da viel abgesprochen wird. Am Telefon.«

Schweigen. Ein Räuspern.

»Natürlich, ja. Jetzt, wo du es sagst, ich wollte da nicht unnötig – du weißt schon. Macht alles absolut Sinn.«

»Ja.«

»Genau.«

»Konntest du ja nicht wissen, Hans-Georg.«

»Nein. Dann entschuldige den … falschen Alarm.«

»Ich bin dir ja dankbar, dass du das gesagt hast.«

»Als dein Freund.«

»Als mein Freund, ja.«

»Elling, ich … oh, auf der anderen Leitung ruft gerade ein Kollege an.«

Elling hörte gar kein Klingeln.

»Geh ruhig ran.«

»Wir können ja später noch …«

»Ja.«

Klack. Hans-Georg hatte aufgelegt. Elling atmete tief durch. Und bemerkte dann, dass Susanne ihn beobachtete. Sie deutete auf ihre Armbanduhr, offenbar war sie spät dran. Er ließ die Tannen hinter sich und kehrte zum Pool zurück.

»Ein Prachtstück«, sagte Bahr und grinste, und Wildhagen grinste auch – sie machten sich einen Spaß daraus, Elling im

Unklaren darüber zu lassen, ob sie über den Pool sprachen oder über Susanne, deren Anblick sie ebenfalls sehr zu schätzen wussten.

Elling gab ihr das Handy zurück: »Schöne Grüße von Hans-Georg.«

»Danke. Hat er wieder von Südafrika erzählt?«

Elling nickte: »Kennst ihn ja.«

Susanne gab ihm einen Kuss auf den Mund. »Ich bin spät dran.«

»Natürlich, schieß los.«

Susanne nickte und ging zu ihrem Kleinwagen, den sie direkt vor der Ausfahrt geparkt hatte.

Elling sah ihr kurz nach. Dann schlenderte er zurück zu dem Pool. »Es ist wirklich ein Prachtstück«, sagte er.

24

»Gibt's was Neues?«

»Nur das, was in den Nachrichten kommt.«

Elling nickte: »Hab ich gehört.«

Sie standen auf der Rückseite des Kommissariats. Hier, auf dem Parkplatz, hatte Lona den Volvo abgestellt. Sie gab Elling den Schlüssel und sein Handy zurück.

Der warf einen Blick auf das Gebäude, den Lona umgehend verstand.

»Wenn sie dich festnehmen wollen, warten sie nicht, bis du in deinem Büro bist. Dann wär's schon passiert.«

Das stimmte. Aber es war ebenso gut möglich, dass man ihn hier draußen in Sicherheit wiegen wollte, um ihn drinnen festzunehmen. In einem Gebäude, in dem seine Fluchtmöglichkeiten beschränkt waren.

»Vermutlich ja«, sagte Elling, »weißt du schon, ob der Name stimmt? Jutta Winter?«

»Nein, keine Ahnung.«

»Ich frage mich, wer das SEK informiert hat. Sie selbst dürfte es ja kaum gewesen sein.«

Sie betraten den Komplex in der Blücherstraße über den rückwärtigen Eingang und nahmen die Treppe.

»Was macht das Auge?«

»Geht. Ich sag, ich bin in den Pool gefallen, dann haben sie was zu lachen.«

Lona nickte. Was auf den ersten Blick banal klang, barg eine kluge Finte – wer lachte, fragte nicht nach.

»Wo ist das Geld?«

»Unter einer Boje.«

Er warf ihr einen fragenden Blick zu, als sie den zweiten Stock erreichten.

»Falls es Ermittlungen gegen dich gibt, beziehen die mich sofort mit ein. Im Wohnmobil wär's ein Risiko. Also an der Boje im See.«

Im dritten Stock waren die Büroräume der Kollegen verlassen. Es war still. Im zweiten Büro stand ein dampfender Kaffeebecher. Irgendwo ratterte ein Drucker. In den Räumen, die Lona und Elling passierten, waren die Rechner eingeschaltet. Ein Tischventilator verrichtete seine Arbeit. Und in einem Zimmer lief leise das Radio. Als hätte eine Neutronenbombe eingeschlagen und alles menschliche Leben vernichtet und alle Geräte verschont.

»Wo sind die alle?«, flüsterte Elling.

Lona deutete ein Achselzucken an. Als sie das eigene Büro erreichten – ebenfalls leer – drangen ein paar Stimmen zu ihnen.

»Pausenraum?«

»Ich glaube ja«, antwortete Lona.

Und so war es.

Sie standen alle vor dem großen Röhrenfernseher im Aufenthaltsraum, in dem sie sich sonst einen Kaffee machten, zu Mittag aßen oder zusammen Fußball schauten. Vier Tische, Stühle, zwei Fenster zum Innenhof.

Sie waren zu acht, Mertens stand in der Mitte, die Hände in die Hüften gestützt. Alles Männer. Und sie starrten so konzentriert auf die Mattscheibe, dass sie Lona Mendt und Elling im ersten Moment nicht wahrnahmen.

»Morgen«, sagte Lona.

Die Köpfe wandten sich ihnen nur kurz zu. Die Kollegen nickten oder grüßten zurück, um sich dann wieder dem Fernseher zuzuwenden. Auf dem war ein Standbild zu sehen: eine schmucklose, kalte Treppe aus Beton. Durch einen Lichtkegel erhellt.

»Was ist mit deinem Auge?«, fragte Mertens.

»Ach das, bin in meinen Pool gestolpert.«

Die anderen grinsten.

»Was gibt's?«, wandte Lona sich an Mertens. Statt seiner drehte sich ein dünner, quirliger Typ zu ihr um: »Ihr habt gerade was verpasst: Die senden einen Mitschnitt von 'nem SEK-Einsatz gestern.«

Elling musste unwillkürlich schlucken.

Passend dazu erschien eine Laufschrift: *Zugriff in Riemannshöhe. Spezialeinsatzkommando angefordert.*

»Die haben das gefilmt?«, fragte Elling. Am Ende der kurzen Frage blieb ihm die Luft weg, er hörte sich an wie Kermit.

»Helmkameras«, sagte der Dürre, »die erproben das gerade beim SEK. Ich finde ja, wir sollten alle eine haben, aber die Linken …«

»Is' gut, Schmitz«, brummte Mertens.

Elling versteinerte. Nicht nur von außen wirkte er reglos, er wurde auch innerlich zu einer Statue. Ihm war, als würden ihm die Finger abbrechen und verdächtig laut zu Boden fallen, sollte er ein Schnipsen versuchen.

»In den Nachrichten ist nichts gekommen«, stellte Lona fest.

»Nachrichtensperre bis vor einer halben Stunde. Die Kollegen haben gestern ein Parkhaus gestürmt. Das LKA ermittelt. Die haben einen Tipp bekommen«, informierte Mertens sie.

Schmitz wandte sich ihnen zu, er grinste breit: »Die sind da mit einer Mannstärke von 16 Leuten rein, um einen Typen zu schnappen. Und der ist ihnen entwischt. Muss man sich mal vorstellen. So'n Parkhaus ist ja jetzt kein Labyrinth.« Schmitz sah Elling an: »Oder? Elling?«

Elling trat der Stress aus den Poren, seine Stirn glänzte. »Ja, ich … schon irre«, gab er von sich.

»Sag ich ja.«

»Und worum ging's?«, fragte Lona, um die Aufmerksamkeit auf sich zu lenken.

»Die Sache ist der Kracher«, wusste Schmitz, »Hintergrund soll eine Erpressung sein. Dem Erpresser ist da gestern das Geld übergeben worden.«

Lona und Elling tauschten einen unauffälligen Blick, in dem sie sich der Irritation des anderen vergewisserten.

»Und von wem?«, fragte Elling.

Mertens blies die Wangen auf und hob die Unterarme: »Das ist noch unklar. Das LKA lässt nur das Nötigste raus … wie üblich.«

Die Laufschrift endete, in das Standbild auf der Mattscheibe kam mit einem Schlag Bewegung.

Schmitz' Zeigefinger flog hoch: »Da, der Mitschnitt.«

Es war der Mitschnitt eines Mannes, der eine Treppe hinauflief. Deshalb war das Bild stark verwackelt. Alle zwei Schwenks kam der Lauf seiner Maschinenpistole ins Bild. Die Kamera schwenkte hoch. Da wurde weiter oben an dem Punkt, zu dem die Stufen hinführten, eine Brandschutztür aufgerissen. Ein Mann mit Lederjacke, Schal, Brille und Mütze erschien – Elling. Er erstarrte. Für einen Sekundenbruchteil. Da flog ein länglicher schwarzer Gegenstand durchs Bild. Etwas, was niemand sofort identifizieren konnte – nur Elling, der die Tür rechtzeitig zugeworfen hatte. Die Brandschutztür krachte zu, die Blendgranate prallte von ihr ab und explodierte.

Mitten in diesem grellen Blitz stoppte die Wiedergabe.

Das Bild, das den Mann in der Brandschutztür zeigte, wurde oben links in der Ecke eingeblendet, während statt der Treppe die Nachrichtensprecherin im Studio erschien.

Frank Elling rührte sich nicht mehr. Er war aufgeflogen. Jeder in Rostock, der das hier gesehen hatte, musste ihn erkannt haben.

»Im Zusammenhang mit einer Straftat fahndet die Polizei nach diesem Mann«, sagte die Nachrichtensprecherin, »er ist circa 1,80 Meter groß, zwischen 35 und 50 Jahre alt. Er war bekleidet mit einer Mütze, einem dunklen Schal, einer Lederjacke und einer Jeans. Das Landeskriminalamt Mecklenburg-Vorpommern hat für sachdienliche Hinweise, die zu einer Festnahme des Flüchtigen führen, eine Belohnung von 10 000 Euro ausgelobt.«

Was mal 20 000 Mark waren, dachte Elling reflexhaft.

Die Nachrichtensprecherin verschwand, und man sah wieder den Mitschnitt aus der Helmkamera des SEK-Beamten. Auf dem Elling die Tür wieder zuwarf und abtauchte. Daraus hatte man in der Fernsehredaktion eine Endlosschleife montiert.

Schmitz drehte sich grinsend um: »He, Elling, der läuft so schwul wie du.«

Er und zwei Kollegen lachten.

Elling zwang sich zu einem Lächeln. »Ich geh mal kurz … mich frisch machen.«

Als Elling aus der Herrentoilette zurück in den Gang trat, traf ihn Mertens' Blick. Der lehnte seine 110 Kilo an die gegenüberliegende Wand, seine Augen hatten sich zu Schlitzen verengt.

Elling blickte kurz nach links und rechts – sie waren unter sich.

Mertens musterte ihn haargenau, und er machte daraus auch gar keinen Hehl. Er sah ihn an, als habe er sich in Elling getäuscht. »Was ist mit deiner Brille?«

»Bin am Beckenrand vom Pool ausgerutscht.«

»Hmm – hast du mir was zu sagen, Elling?«

Elling blickte den Gang hinunter – die Tür zum Treppenhaus war fünf Meter entfernt. Wenn er loslief, war er vor Mertens da. Er war flinker als sein Chef. Er könnte abhauen.

»Elling?«

»Was?«

»Ob du mir was zu sagen hast – es geht um eine Menge Geld …«

Elling wollte nicht, aber er musste schlucken. »Ich, ähm …«

Ihm fehlten die Worte. Mertens stieß sich mit einer Lässigkeit von der Wand ab, die man ihm wegen seiner Körpermasse gar nicht zugetraut hätte. Mit drei, vier Schritten stand er auch schon vor ihm und blickte ihm dabei direkt in die Augen: »Ja?«

»Ich weiß nicht, was du meinst.«

»Willst du mich verarschen? Bei dieser Summe?«

Ellings Gedanken überschlugen sich. Die Nummer hier war kein Scherz, dafür kannte er Rainer Mertens schon zu lange. Er erkannte, wenn der es ernst meinte – und er meinte es ziemlich ernst. Aber wenn Mertens wusste, dass er gestern im Parkhaus dem SEK entkommen war, warum hatte er ihn dann nicht längst festnehmen lassen? Das ergab keinen Sinn. Also, schloss Elling, wollte Mertens sich ein Stück des Kuchens sichern. Ein Jahr früher in Rente gehen. Oder mal woanders Urlaub machen als an der Müritz. Oder beides. Mertens wollte ihn nicht ausliefern, aber er wollte sein Wissen vergolden.

»Du kannst die Hälfte haben.«

»Was?«

»Die Hälfte … wir teilen.«

Mertens' Mund öffnete sich, seine Stirn verzog sich zu einem Runzeln. Er musterte Elling auf eine Art, als habe der gerade den Verstand verloren. Oder rede in einer fremden Sprache. Mertens griff in seine Brusttasche und kramte einen Zettel hervor, den er ihm vor die Nase hielt: »147 Euro fünfzig für eine Taxifahrt von Marnow nach Rostock … dafür brauch ich eine gesonderte Begründung, Formblatt 17 / III. Ich mein: Spinnst du? 150 Euro rauszuhauen?«

Elling war, als hätten die Henker auf dem Schafott entschieden, ihn nach Hause gehen zu lassen. Einfach so. Unverrichteter Dinge. Als sei ihm sein Leben geschenkt worden. Eine zweite Chance. Vor Dankbarkeit kamen ihm fast die Tränen, er musste lächeln.

»Was gibt's denn da zu grinsen? Findest du das lustig?«

»Nein.«

»Dann hör auf zu grinsen.«

»Ja.«

25

Der Volvo erreichte über die A 24 Hamburg-Horn und bog im Kreisverkehr Richtung Binnenalster ab.

Natürlich wäre es ein Leichtes gewesen, über das amtliche Kennzeichen die Halterin zu ermitteln. Aber das wäre ihnen später möglicherweise schmerzhaft auf die Füße gefallen. Warum sich nach dem Kennzeichen einer in der Unterwarnow verunglückten Frau informieren?

Daher hatten sie beschlossen, sich zunächst um den Mord an Herbert Leyendecker zu kümmern und seinen letzten Arbeitgeber aufzusuchen.

»Ich glaube nicht, dass sie Jutta Winter hieß«, sagte Elling.

Lona neben ihm nickte nur. Ein Seitenblick bestätigte Elling, dass sie sich in Gedanken ganz woanders befand.

»Was machst du mit deinem Teil?«

»Hm?«

Die Frage hatte sie zurück ins Jetzt geholt.

»Was machst du mit deinem Geld?«

»Nichts.«

Er warf ihr einen prüfenden Blick zu – nein, sie nahm ihn nicht auf den Arm.

»Ich wollte wissen, wer dich erpresst. Und warum. Es ging mir nicht ums Geld, und das hab ich dir auch schon gesagt.«

Elling fühlte sich schäbig: »Aber … es steht dir zu.«

Lona bedachte ihn mit einem hintergründigen Lächeln: »Wegen Geld tun die Leute manchmal Dinge, die sie nie tun wollten … nein, danke. Behalt es.«

Und damit wandte sie den Blick nach rechts, in die vorbeifließende Landschaft.

So sah er nur ihre blonden Haare, die im Fahrtwind herumwirbelten, ihre linke Ohrmuschel und den Hinterkopf. Und erfasste jetzt ein weiteres Merkmal ihres Wesens, das seit ihrer Ankunft in Rostock Teil ihrer Aura gewesen war: ihre Freiheit und Unabhängigkeit. Auf nichts angewiesen zu sein, auf nichts Rücksicht nehmen zu müssen. In nur fünf Minuten alles kappen und alles hinter sich lassen zu können. Ungebunden.

War denn mehr Freiheit denkbar?

Für Elling und die Kollegen und die Nachbarn im Ringelrankenweg war die Sache glasklar: Frei war nur, wer es sich leisten konnte. Millionäre konnten Jobs ablehnen, ihren Chefs die Meinung sagen, auf Arbeit verzichten und ihren Interessen nachgehen. Der große Rest musste sich der Knute des Jobs beugen. Freiheit stand immer im Einklang mit finanzieller Unabhängigkeit, mehr noch: Beides *bedingte* sich.

Und dann war Lona Mendt um die Ecke gekommen und war ihnen allen unangenehm, weil sie ihre Erklärungen durchkreuzte, ohne es je auszusprechen. Sie kam und ging, wie sie wollte, sie war keine Millionärin, sie war tatsächlich frei. Sie war der Gegenentwurf einer bürgerlichen Existenz mit Carport und Doppelhaushälfte, Kind und Retriever.

Sie könnten allesamt frei sein. Ihnen fehlte nicht die Million, sondern der Mut. Sie waren eine Horde von Feiglingen, und sie bekamen das nicht gerne vorgeführt.

Bevor Elling in die Hafenstraße abbog, die an der Elbe entlangführte, passierten sie einen Kinderspielplatz.

»Ich frage mich, für wen der Moment wertvoller ist«, sagte Lona halblaut.

»Hm?«

Sie löste ihren Blick von den spielenden Kindern und richtete ihn auf Elling: »Ich frage mich, für wen der Augenblick wertvoller ist – für jemanden, der um seine Sterblichkeit weiß, oder für jemanden, der es nicht weiß.«

»Wegen der Kinder eben?«

Lona nickte.

»Na ja, Wert entsteht durch Seltenheit«, sagte Elling in einem Ton, der vermuten ließ, er denke nur laut.

»Wenn die Augenblicke also endlich sind, müssen sie wertvoller sein, oder?«

»Ja.«

»Aber sind sie schöner, wenn wir wissen, dass wir sie verlieren werden? Schon während wir sie erleben? Ich glaube nicht. Erinnerst du dich noch an den ersten Kuss?«

»Sie hieß Dagmar und hatte eine Zahnspange.«

»Im Ernst?«

»Ja.«

»Da kamen noch Brillengläser mit vier Dioptrien dazu … der Schrecken des Pausenhofs … war trotzdem unvergesslich. Und zwar ganz gleich, ob man weiß, dass man stirbt oder nicht.«

Lona musterte ihn von der Seite. »Und Susanne? Ist sie selten?«

»Für einen wie mich schon … da ist es.«

Sie hatten die Van-Smissen-Straße erreicht. Linker Hand lag der Wilmer-Komplex: ein massiver, quadratischer, hellbraun gehaltener Bau.

Nachdem sie sich beim Pförtner ausgewiesen hatten, brachte der sie zu einem gläsernen Fahrstuhl im hinteren Bereich des Foyers, vor dem ein zwei Meter großer Security-Mann stand.

»Für Frau Dr. Fichte«, gab ihm der Pförtner mit auf den Weg, »die Herrschaften werden oben abgeholt.«

Der Security-Mann ließ Lona und Elling mit einer Geste den Vortritt und folgte ihnen dann in den Lift, wo er auf die sechs drückte. Die transparente Kabine setzte sich sanft in Bewegung, sodass Lona und Elling einen Eindruck von der Größe des ganzen Konzerns bekamen.

»Was machen Sie so den ganzen Tag?«, fragte Elling den Mann.

»Ich fahr hier Leute hoch und runter.«

Elling nickte und überlegte kurz, während sie die fünfte Etage passierten.

»Und ist das nich' langweilig?«

»Man kommt herum«, gab der zurück und schmunzelte. Elling musste grinsen.

Im sechsten Stockwerk wurden sie von einem jungen Mann abgeholt, der gepflegt und zuvorkommend wirkte. Er steckte in einem tadellos sitzenden Anzug. Sie stellten einander kurz vor, dann führte er sie über einen in dunklen Tönen gehaltenen Flur in ein sehr großes Eckzimmer, das nach außen hin komplett verglast war. Von hier aus konnte man den Hamburger Containerhafen sehen und hatte einen vorzüglichen Blick auf die Elbe und die Schiffe darauf. Ein großer hölzerner Besprechungstisch samt einem Dutzend Lederstühlen war vor der einen Wand platziert. Vor der anderen stand ein lang ausladender Schreibtisch. Dahinter saß eine Frau Anfang, Mitte fünfzig in einem hellblauen zeitlosen Kostüm. Mit ihrer Kurzhaarfrisur wirkte sie sehr dynamisch, was durch die Art und Weise unterstrichen wurde, mit der sie von dem Ledersessel hochfederte. Sie kam ihnen auf halbem Wege entgegen.

»Frau Mendt und Herr Elling von der Kriminalpolizei aus Rostock – Frau Dr. Fichte«, stellte der junge Mann, offensichtlich ihr persönlicher Assistent, sie einander vor.

Iris Fichte schüttelte erst Lona die Hand, dann Elling: »Wollen wir uns setzen?«

»Gerne.«

Lona und Elling folgten ihr an den Konferenztisch und nahmen dort mit ihr Platz.

»Ein Wasser, einen Kaffee?«, fragte der Assistent.

»Für mich nichts, danke«, antwortete Lona.

»Für mich beides, bitte«, sagte Elling.

»Frau Dr. Fichte?«

»Danke, nein, Herr Schanz«, sagte die Frau freundlich und wandte sich an Elling und Lona: »Was kann ich für Sie tun?«

»Was können Sie uns über Herrn Herbert Leyendecker erzählen?«

Iris Fichte merkte auf. Offenbar hatte sie mit vielerlei Fragen gerechnet, und diese gehörte nicht dazu.

»Herr Leyendecker war viele Jahre lang Forschungsleiter und Geschäftsführer von Wilmer. Ich habe unter seiner Ägide in diesem Konzern begonnen. Er ist allerdings schon länger im Ruhestand. Er lebt in einem Seniorenheim in Boltenhagen. Ich muss zu meiner Schande gestehen, dass ich Herrn Leyendecker das letzte Mal vor zwei Jahren da besucht habe. Es wäre mal wieder an der Zeit.«

Die Frau stutzte, weil Lona und Elling beide kurz den Blick niederschlugen.

»Ist ihm was passiert?«

»Ja«, seufzte Elling, »Herr Leyendecker ist vorgestern auf der Terrasse seines Heims ermordet worden.«

Unabhängig voneinander hatten Lona und Elling bei Frau Fichte den Eindruck, es mit einer Person zu tun zu haben, die sich und ihre Mimik ausgesprochen gut unter Kontrolle hatte. Jetzt entglitt sie ihr für einen langen Moment, es war, als gleite ein Vorhang beiseite und ermögliche ihnen den Blick auf ihre echte Bestürzung. Gefolgt von Fassungslosigkeit, in der sie abwechselnd zu den beiden Rostocker Beamten blickte. In der Hoffnung, etwas falsch verstanden zu haben. Um dann im nächsten Sekundenbruchteil in deren Gesichtern zu lesen, dass dem nicht so war. Der Vorhang schloss sich wieder.

Iris Fichte schüttelte ungläubig den Kopf: »Aber das ist doch … wieso? Er war doch schon länger … gar nicht mehr bei sich. Kann es … war es ein Raubmord?«

»Nein.«

Fichte blinzelte nervös: »Und was war dann das Motiv? Ich meine: Hat man den Mörder festnehmen können?«

»Nein, er ist flüchtig«, antwortete Elling und fügte hinzu: »deshalb sind wir hier, Dr. Fichte. Wir verstehen im Augenblick noch nicht, wer Grund hatte, einen wehrlosen, alten Mann … zu erstechen.«

»Gott … Hat er noch mit seinem Mörder gesprochen?«

»Laut Zeugenaussagen nein. Er war sofort tot.«

Sie sah betrübt zu Boden. Zwei, drei Sekunden. Dann richtete sie sich auf und schlüpfte zurück in ihre Managerexistenz.

»Kennen Sie einen Herrn Beck aus Rostock? Alexander Beck?«

»Nein. Was ist mit ihm?«

»Er könnte im weitesten Sinne darin verwickelt sein.«

»Ich verstehe nicht.«

»Herr Leyendecker war Forschungsleiter, haben Sie gesagt«, nahm Lona den Faden wieder auf.

Fichte nickte, während ihr Assistent hereinkam und Elling das Wasser und den Kaffee auf einem Tablett servierte.

»Ist es üblich, dass die Wilmer AG für ihre ehemaligen Mitarbeiter die Kosten für eine Unterbringung in einem … Seniorenheim übernimmt? 2600 Euro im Monat?«

Iris Fichte schloss kurz die Augen, um sich zu konzentrieren. Dann hatte sie die Zahl gefunden, nach der sie gesucht hatte: »6900 Euro werden von der Seniorenresidenz monatlich aufgerufen.«

»Knapp 14 000 Mark«, entfuhr es Elling. Susanne hätte sich jetzt geschämt.

»Genau«, überging Fichte souverän seine Einlassung, »der Löwenanteil wird dabei von Herrn Leyendeckers Betriebsrente bestritten, in die er während seiner Zugehörigkeit zu Wilmer eingezahlt hat. Den Gap von zwei-sechs schließen wir. Dazu sind wir gesetzlich nicht verpflichtet. Aber moralisch.«

»Weil?«

»Weil Herr Leyendecker in den sechs Jahren seiner Leitung der Forschungsabteilung so entscheidende Durchbrüche bei der Entwicklung von Medikamenten erzielt hat, dass Wilmer seinen Umsatz um über eine Milliarde steigern konnte. Ich habe mich dafür eingesetzt, dass er die beste Unterbringung erhält, die man für Geld kaufen kann. Und es gab im ganzen Konzern keine Gegenstimme.«

Dr. Fichte hatte sie noch persönlich bis ins Foyer begleitet und Lona ihre Visitenkarte gereicht: »Kontaktieren Sie mich gerne privat über die Mobilnummer, auch am Wochenende, falls Sie weitere Informationen brauchen.«

Elling und Lona jagten mit knapp 200 Sachen zurück. Er sah zur Seite. »Was denkst du?«

»Dass wir ohne Motiv dastehen. Bei Beck. Aber auch bei Leyendecker. Wer schneidet denn schon einem hilflosen, senilen Mann die Kehle durch? Wozu? Das ergibt keinen Sinn.«

»Nicht ganz«, widersprach Elling, der nun einem Stau über die Landstraße auswich, »zumindest bei Alexander Beck haben wir ein Motiv. Aber der Mörder vertuscht es.«

Lona sah, wie ihr Wagen eine Krähe aufscheuchte. Sie flatterte von der Seitenlinie der Straße nach rechts über ein Feld. Und dort, am Straßenrand, lag ein toter Feldhase. Offenbar überfahren. Und nun eine leichte Beute für die Krähe.

»Halt an.«

»Was?«

»Sofort.«

Ihr Gesichtsausdruck war ernst. Elling bremste ab. Kaum waren sie zum Stillstand gekommen, flog die Tür auf und Lona ging die Straße zurück. Elling schaltete das Warnblinklicht ein und folgte ihr.

Auf der einen Seite zogen sich die Sonnenblumenfelder in verschwenderischem Gelb. In einer intensiven Pracht, die Elling ein Lächeln abrang.

Lona hatte den toten Hasen erreicht und hob den Blick zur Krähe, die keine fünfzig Meter weiter in einem Baum saß. Als Elling sie erreichte, sah Lona ihn an: »Es waren zwei.«

»Zwei was?«

Endlich ließ die Sonne etwas nach und legte sich wie eine warme Hand auf seine verspannten Schultern. Elling zündete sich eine an.

»Zwei Täter.«

»Einer bei Beck, einer bei Leyendecker? Meinst du das?«

Lona schüttelte heftig den Kopf, sie war ungeduldig, weil er gedanklich nicht aufschloss: »Nein, beide bei Beck.«

Er spürte, sie war ihm schon um Meilen voraus. Lona war eben auf Zack. Außer, dass er sich neben ihr im Moment etwas zurückgeblieben vorkam, hatte Elling daran nichts auszusetzen. »Okay, und … wie kommst du darauf?«

Sie deutete auf den überfahrenen Hasen. Zum Glück machte sie es nicht zu einem Bilderrätsel, sondern kommentierte ihre Geste: »Siehst du die Verletzungen an der Seite?«

Er sah sie. Kleine Stich- und Reißwunden durch die Schnäbel der Krähen, die sich an dem Kadaver schon bedient hatten.

»Aber daran ist er nicht gestorben«, stellte Lona fest.

»Nein, er ist überfahren worden«, gab Elling ihr recht, »am Hinterlauf.«

Das Gewicht des Wagens hatte dem Tier das Becken zertrümmert und es vermutlich auf der Stelle getötet.

Lonas Ungeduld verflüchtigte sich, denn jetzt waren sie wieder auf einem Stand: »Das Auto hat ihn getötet – aber die vielen kleinen Verletzungen kommen von den Krähen.«

Es erwischte Elling wie eine Welle, die er nicht hatte kommen sehen. Die ihn umwarf und über den Grund bis zum Ufer schleifte: zur Erkenntnis. »*Zwei* Tatphasen«, sagte er.

Lona atmete tief durch und nickte. »*Zwei* Tatphasen«, bestätigte sie, »*zwei* Täter. Es waren zwei. Einer hat Alexander Beck ermordet, indem er ihm die Kehle durchgeschnitten hat. Und der andere hat ihn im Badezimmer aufgehängt und ihm die Kinderpornos auf den Computer gespielt, um uns zu täuschen.«

Elling überquerte die Straße und setzte sich auf einen alten, vertrockneten Baumstamm. Das ließ viele Dinge in einem neuen Licht erscheinen.

Lona folgte ihm und lehnte sich gegen einen Leitpfosten. Um sie beide herum surrten die Bienen und Wespen.

»Die These erklärt 'ne Menge«, sagte sie.

Elling nickte unwillkürlich: »Ja. Weil der Mörder von Beck gar nicht Stunden später in die Wohnung zurückgekommen ist, um auf ihn einzustechen – das war der zweite Mann. Das macht Sinn.«

»Ja. Der Mann hat nicht gewartet, und er kam auch nie zurück – es war ein anderer. Täter Nummer eins foltert Alexander Beck, um Antworten zu bekommen. Vielleicht will er sich an ihm rächen, vielleicht nicht. Jedenfalls tötet er ihn.«

Elling nickte – diese erste Phase war unbestritten: »Und Täter Nummer zwei kommt drei Stunden später – aber warum? Um die Spur zu verwischen?«

»Auf jeden Fall hat er das getan. Er hat die Kinderpornos auf den Computer gespielt.«

»Ja. Denkst du, die beiden Täter kennen sich? Haben die sich abgestimmt? Oder war das Zufall?«

Lona Mendt zog eine Grimasse. Sie streifte ihre Jacke ab, weil absolute Windstille eingesetzt hatte und die Hitze nun wie eine Walze über den Landstrich zurückkehrte. Elling registrierte, dass die Kollegin keinen BH trug, er schaute gar nicht genau hin, er nahm es einfach wahr.

»Ich kann dir nur sagen, dass der zweite Täter auch in die Wohnung eingedrungen ist.«

»Die Tür war offen.«

»Genau«, bestätigte sie, »ich kann dir nicht sagen, ob die beiden sich gekannt haben. Oder die zeitliche Abfolge ein Zufall war. Wir wissen aber jetzt, dass wir es nicht mit einem, sondern mit zwei Motiven zu tun haben. Täter Nummer eins wollte Antworten. Das war sein Motiv. Und Täter Nummer zwei wollte diese Antworten vertuschen.«

»Weil sie ihm gefährlich werden könnten«, schloss Elling.

»Ja.«

Lona blickte zu dem Kadaver am Straßenrand. Es hatte den Anschein, als würden ihre Augen feucht. Elling jedenfalls sah ein Glitzern in ihren Augäpfeln. Es war das Sonnenlicht, das in den Tränen aufblitzte.

Lona drehte sich von ihm weg. »Ich geh ein paar Meter!«, ließ sie ihn wissen.

Er sah ihr nach. Eine einsame Gestalt auf der Landstraße. In diesen fünf Wörtern schwang unüberhörbar der Wunsch mit, alleine sein zu wollen. Auch wenn sie jetzt ihr Handy zückte und mit jemandem zu telefonieren begann.

Elling hatte keine Ahnung, was der Anblick des überfahrenen Hasen bei ihr ausgelöst hatte, aber damit sie nicht noch mal an dem toten Tier vorbeigehen musste auf dem Weg zum Auto, packte er den Hasen und zog ihn ein paar Meter ins Sonnenblumenfeld.

Lona blickte beim Telefonieren kurz über die Schulter.

»In Marnow«, sagte sie gerade, »auf dem Campingplatz dort. Ja, danke. Ich bin in circa einer Stunde da.«

Lona beendete die Verbindung und begriff, was Elling tat. Es berührte etwas tief in ihrem Innern, was schon lange niemand mehr berührt hatte.

26

Elling stoppte den Volvo auf dem Campingplatz in Marnow vor den Waschräumen, um sich zu erleichtern.

Mittlerweile hatte Niemann sie erreicht und indirekt Lonas These bestätigt: Der Kehlenschnitt der Tatphase 1 war mit einem damastartigen Messer durchgeführt worden. Die der zweiten Phase mit einem Messer, das eine schartige Klinge aufgewiesen haben musste. Der metallurgische Bericht, in dem das stand, sollte folgen.

»Danke, bis morgen«, verabschiedete Lona sich von Elling.

»Ich fahr dich gleich vor.«

Sie winkte ab: »Ich geh zu Fuß, der Platz gefällt mir.«

Elling nickte und verschwand in dem Gebäude mit dem Flachdach, in dem sich die Toiletten, Duschen und Waschmaschinen befanden.

Es ging auf den Abend zu. Fleischgeruch hing in der Luft. Über zwei Dutzend dünne Rauchfahnen kräuselten sich zwischen den Wohnmobilen und Zelten in den Himmel – es wurde gegrillt. Im Westen zeigte sich als Erstes die Venus am Firmament.

»Hmmmm«, hörte Lona jemanden hinter sich brummen. Einen Mann. Bass. Wohlig. Als striche er sich nach einem guten Essen über den Bauch. Vielleicht fünf, sechs Meter entfernt.

Sie drehte sich nicht um. Nachts in einer einsamen Gasse hätte sie das vermutlich getan. Aber nicht hier, der Campingplatz war ein öffentlicher Ort.

»Hmmmm«, ertönte es jetzt näher in ihrem Rücken. Und nicht mehr nur wohlig. Da schwang was Frivoles mit. Sie drehte sich abrupt um und straffte sich. Bereit für einen Vorstoß.

Der Mann, der ihr folgte, überragte sie um eine halbe Kopflänge. Die Haare kurz und grau, vielleicht waren sie mal aschblond gewesen. In einem flachen Gesicht dominierten die Augen. Sie waren ausdruckslos. Und ihre Ausdruckslosigkeit wurde durch das dünne Lächeln betont, mit dem der Mann sie bedachte.

»Suchen Sie jemanden?«

Statt einer Antwort beugte der Mann sich etwas zu ihr vor und schnupperte, er sog die Luft intensiv ein.

»Hmmm«, sagte er, »ich rieche Menschenfleisch.«

Sein Lächeln wandelte sich zu einem Grinsen. Lona erfasste sofort die Machtdemonstration, die der Fremde damit an den Tag legen wollte. Seinen Versuch der Einschüchterung.

»Was ist dein Problem? Waren deine Eltern Geschwister?«

Sein Grinsen zerbrach. Lona blickte ihm direkt in die Augen. Hart.

Der Mann griff in sein dunkles Jackett und zückte einen Ausweis, den er ihr entgegenstreckte: »Stefan Krohn, LKA.«

Lona Mendt empfand ehrliche Überraschung. Die Mitarbeiter des Landeskriminalamts waren ihnen gegenüber weisungsbefugt. Üblicherweise traten sie überlegt und höflich auf. Und nicht so. Der Mann lächelte jetzt wieder.

Da kam Elling zurück aus den Waschräumen und sah ihr Gesicht. Mit ein paar Schritten war er bei ihr. Mit jener Miene, die dem Gegenüber verdeutlichte, dass er Ärger nicht abgeneigt war. »Alles in Ordnung?«

Krohn wandte sich ihm zu und musterte ihn kurz.

»Das ist Herr Krohn vom LKA«, sagte Lona schnell, um Elling zu warnen.

Stefan Krohn nickte Elling zu. Dann nahm er Lona wieder ins Visier: »KHK Mendt?«

»Das ist korrekt«, antwortete Lona.

Krohn nickte, er schenkte ihr ein väterliches Lächeln, aber sein Blick ruhte nicht, sondern wanderte beständig auf und ab, über ihr Gesicht, ihren Körper, die Umgebung, er war auf der Lauer: »Ich habe Ihr Foto auf Ihrem Personalbogen gesehen«, erklärte er und wandte sich an Elling: »Und Sie sind KHK Frank Elling.«

»Genau.«

Krohn nickte. Er drehte sich zu Lona: »Entschuldigen Sie den Scherz mit dem Menschenfleisch.«

»Keine Ursache«, log sie und hatte das Gefühl, er durchschaute sie.

»Hübsch«, meinte Krohn und ließ sie darüber im Unklaren, ob er den Platz meinte oder sie.

»Wie können wir Ihnen helfen?«, schaltete Elling sich ein.

»Sie ermitteln doch im Fall zum Nachteil von Alexander Beck?«

»So ist es.«

»Gut. Ich werde Ihre Ermittlungen ab jetzt punktuell begleiten und Ihnen etwas über die Schulter schauen. Das ist mit Ihrem Vorgesetzten Herrn Mertens so abgestimmt.«

Lona und Elling tauschten schnell einen heimlichen Blick, um sich ihrer Irritation zu versichern.

»Und warum?«

Krohn ließ ihn mit einem zuvorkommenden Lächeln abtropfen: »Andersherum, Herr Elling. Zuerst stelle *ich* meine Fragen, dann sind Sie an der Reihe. Wir arbeiten seit drei Jahren an einem Fall, der Parallelen zu Ihrem aufweist. Deswegen bin ich hier. Und meine erste Frage ist: Warum sind *Sie* eigentlich hier? In Marnow?«

Krohn wollte am Ufer entlanggehen (»Ich liebe das Landleben«), weswegen sie den Campingplatz an der Seelinie abschritten. Und ihn von Becks zweitägigem Aufenthalt in Bungalow Nummer zwei in Kenntnis setzten. Und weshalb das ungewöhnlich war.

»Kinderpornos«, sagte Krohn, »Ihr Vorgesetzter hat mir erzählt, dass das ein Motiv für den Mord an Alexander Beck gewesen sein könnte?«

»Das ist vom Tisch«, sagte Lona, »im Augenblick gehen wir bei dem Mord an Herrn Beck von zwei Tätern aus. Einer hat ihn gefoltert und ermordet, der andere hat ihn über der Badewanne aufgehängt und die Spur in Richtung Pädophilie gelegt. Das ist aber eine Fehlspur.«

Krohn hob den Kopf und sah sie von der Seite an.

»*Zwei* Täter? Sind Sie sicher?«

Sein Zweifel war unüberhörbar.

Lona nickte: »Es ist eine These, die erklärt, wieso zwischen dem Mord im Wohnzimmer und den Verstümmelungen post mortem und dem Aufhängen im Badezimmer rund drei Stunden Zeit vergangen sind.«

»Finden Sie?«

»Ja«, flankierte Elling.

Krohn stoppte ab, sie blieben notgedrungen ebenfalls stehen. Drei Schwäne zogen nahezu lautlos vorbei.

»Hm. Überzeugt mich nicht. Der Täter kann genauso gut zurückgekehrt sein.«

»Weil?«

»Zum Beispiel, um sein Motiv zu verschleiern. Sie haben doch gerade gesagt, er hat eine Fehlspur gelegt.«

»Gehen Sie von einer Serie aus?«, fragte Lona unvermittelt.

»Tja, kann ich nicht ausschließen, im Moment. Schwierig zu sagen. Das muss ich erst mit meinen Kollegen besprechen, fürchte ich. Gehen wir zurück«, sagte er und ging am Ufer zurück, ohne ihre Reaktion abzuwarten.

Elling und Lona folgten. Sie waren sich einig in ihrer Unsicherheit, was das Auftauchen dieses Mannes zu bedeuten hatte. War es tatsächlich wegen Beck – oder ging es vielleicht um den SEK-Zugriff im Parkhaus gestern Abend?

»Was können Sie uns denn über Ihren Fall erzählen?«, fragte Lona.

Krohns Gesicht verzog sich zu einer Grimasse, die Bedauern ausdrücken sollte: »Da hat der Chef eine absolute Nachrichtensperre verhängt – zu heiß, die Sache.«

»Es könnte uns möglicherweise schon helfen, wenn Sie uns den Zusammenhang nennen, den Sie vermuten. Also zwischen Ihrem alten Fall und dem Mord an Herrn Beck.«

»Klar. Genau deshalb bin ich ja hier. Sie halten mich auf dem Laufenden, und ich sage Ihnen, ob es bei uns was Interessantes für Sie gibt. Was ist denn mit Ihrem Auge passiert, Herr Elling?«

»Die meisten Unfälle passieren im Haushalt.«

Krohn schenkte ihm ein kurzes, höfliches Lächeln und blieb einige Meter neben einem 5er BMW stehen, mit dem er offensichtlich nach Marnow gekommen war.

»Fahren Sie auch zurück nach Rostock?«

»Nur Herr Elling. Ich bin mit meinem Wohnmobil hier.«

Krohn sah an ihr vorbei, er ließ den Blick über den Platz schweifen.

»Glauben Sie, Becks Mörder kommt von hier? Oder macht hier Urlaub?«

»Weiß ich nicht«, antwortete Lona, »ich glaube aber, dass sein Aufenthalt hier mit seinem Tod in Verbindung steht.«

Krohn nickte wie jemand, der diese Ansicht nicht teilte: »Ich glaube, Sie verschwenden hier Ihre Zeit.« Er zückte seinen Autoschlüssel und öffnete seinen Wagen per Funksignal. »Ich lasse mich wieder bei Ihnen blicken.«

»Täglich?«, rutschte es Frank Elling heraus.

Stefan Krohn grinste: »Auf jeden Fall unangemeldet.«

Das Gesicht des LKA-Mannes lieferte ihnen keinerlei Hinweis darauf, ob das ein weiterer schlechter Scherz war oder eine subtile Warnung. Also zwang Elling sich zu einem Lächeln.

»Das passiert mir nicht oft, aber ich glaube, ich mag Sie«, fügte Krohn hinzu. Dann wanderte sein Blick zu Lona Mendt: »Und Sie auch.«

Er nickte ihnen zu, stieg in seinen Wagen und fuhr davon.

»Was für ein Wichser«, befand Elling und schob dann ein »Pardon« nach.

Lona schien keinen Anstoß an seiner Wortwahl zu nehmen: »Nichts dabei, die Dinge beim Namen zu nennen. Die Frage ist, was der von uns will.«

»Du glaubst nicht an den anderen Fall, von dem er erzählt hat?«

Lona wiegte den Kopf unentschlossen hin und her: »Ich weiß

nicht. Ich hab das Gefühl, der will was ganz anderes. Aber ich kann dir nicht sagen, was das ist.«

Elling hatte Respekt vor ihrer Intuition.

»Was machen wir, Elling? Mit ihm?«

»Wir geben ihm die fallrelevanten Informationen weiter, würde ich sagen. Ich habe …«

Lonas Blick ging an Elling vorbei, sie presste die Kiefer aufeinander. Er sah zur Seite. Dort, wo Krohn mit seinem Wagen gerade den Platz verlassen hatte, kam ein Mann in Schwarz auf sie zu. Schwarzer Anzug, schwarzes Hemd, schwarze Schuhe. Ein Hüne mit einem groben Gesicht und widerspenstigen Locken.

Als Elling sich wieder Lona zuwandte, reflektierte das Sonnenlicht erneut in ihren Augen. Wie vorhin bei dem überfahrenen Hasen.

»Alles in Ordnung?«, fragte er und kam sich dabei selbst selten blöd vor, schließlich machte sie ein Gesicht, als stapfe der Tod höchstpersönlich auf sie zu. Nichts war in Ordnung, gar nichts.

»Kennst du den?«

Sie nickte.

»Soll ich ihn festnehmen?«

»Weswegen?«, fragte Lona abwesend.

»Mir fällt schon was ein.«

»Nein«, sagte sie, und ihre Gedanken, die anscheinend bei dem Mann waren, der auf sie zusteuerte, fanden kurz zurück zu Elling: »Nein. Geh jetzt. Bitte.«

Sie schluckte, versuchte ein Lächeln und wischte sich übers Auge.

»Ist … wirklich alles okay?«

Es fühlte sich nicht gut an, sie genau jetzt alleine zu lassen.

Lona nickte: »Ja. Geh jetzt, Supermann.«

»Gut. Bis morgen.«

Lona Mendt gab darauf keine Erwiderung mehr, und Elling machte sich auf den Weg zurück zum Volvo vor den Waschräumen. Im Vorbeigehen musterte er den schwarzen Mann, der seinen Blick nur kurz erwiderte.

Elling stieg in den Volvo, wendete und nahm den Weg, den Krohn vor ihm auch genommen hatte.

Im Innenspiegel sah er, wie der Mann Lona erreichte, wie er die Arme ausbreitete, sie ihn umarmte und sich seine Arme fest um sie schlossen. Neben diesem Riesen nahm sie sich besonders klein und zerbrechlich aus.

Elling stoppte ab, weil er nach rechts abbiegen musste. Ein letzter Blick noch in den Spiegel. Lonas Körper durchlief eine Vibration, gefolgt von einem kräftigen Schütteln. Sie schluchzte und hatte ihr Gesicht in der Brust des Hünen vergraben.

Kaum hatte er Marnow verlassen, fuhr Elling rechts an den Fahrbahnrand, stieg aus und überprüfte den Verbandskasten unter dem Fahrersitz. Die 80 000 Euro, die er dort deponiert hatte, waren unangetastet.

Schön, aber wer war dieser schwarze Mann?

27

In der Seniorenresidenz Königsblick waren die Zimmer und die Gänge wie ausgestorben. Bis auf einen Pfleger traf Elling niemanden an.

»Wo sind die alle?«

Der junge Mann tippte auf seine Armbanduhr: »Jetzt läuft das Traumschiff.«

Elling schaute kurz in den Fernsehraum – aber Erika war nicht da. Die Alten saßen dort und starrten auf den großen Fernseher an der Stirnseite, auf dem das Kreuzfahrtschiff wieder in einen idyllischen Hafen einlief und irgendeine dramatische Familiengeschichte ihren Lauf nahm.

In dem Zimmer, das seine Mutter sich mit Frau Riehl teilte, einer älteren Dame, die früher für das Feuilleton des Rostocker Tageblatts gearbeitet hatte und die im Verlieren ihres Verstandes knapp vor seiner Mutter lag, traf er sie auch nicht an. Aber Frau Riehl.

Die Luft war stickig. Elling stellte ein Fenster auf Kippe. Der Raum sah aus, als hätte jemand in der Mitte einen Spiegel platziert. Eine Seite entsprach exakt der anderen: Bett, Nachttisch, Kommode, Schrank, ein Stuhl für Besucher. Nur das Bad, das gab es nur einmal.

Diese Kategorie firmierte unter *DZ Standard*. Im DZ Standard wurden zwei Wildfremde zusammengepfercht, deren Rente zu niedrig war und die nicht genug vorgesorgt hatten oder deren Verwandtschaft nicht mehr als zwölfhundert Euro im Monat für die Unterbringung ihrer Angehörigen aufbringen konnte.

Seine Mutter saß draußen auf der Terrasse über ein Kreuzworträtsel gebeugt.

Elling entdeckte ihr gelbes Lieblingskissen auf dem Bett und zog den Reißverschluss auf, um dann den Blick zu bemerken, den Frau Riehl auf ihn warf.

»Ich schüttel das Kissen aus«, erwiderte Elling und deutete in ihren Rücken: »Da sind ja Elefanten.«

Frau Riehl drehte sich interessiert um. Elling nahm das Geld aus dem Verbandskasten und stopfte es möglichst gleichmäßig in das Lieblingskissen seiner Mutter.

»Wo denn?«, fragte Frau Riehl, sie starrte angestrengt in den Park.

»Na, hinter den Bäumen, Frau Riehl, Sie müssen schon genau gucken. Sie können nicht erwarten, dass die sich hier in Reih und Glied aufstellen.«

Die alte Dame beugte sich wieder vor, ihre Augen wurden zu angestrengten Schlitzen. »Ich seh nichts«, sagte sie.

Elling war fertig, er schloss den Reißverschluss wieder und legte das Kissen zurück aufs Bett. »Verpasst«, sagte er, »jetzt sind sie weiter.«

Bei dem Gedanken daran, dass es erste Heime gab, die privatisiert wurden, wurde Elling übel. Glaubte wirklich irgendjemand, der noch alle beisammen hatte, das würde sich positiv auf die Bewohner auswirken? Auf die Ausstattung? Die Zimmer? Die Bezahlung der Pflegekräfte?

Wie immer wurden die Schwächsten ausgesaugt, die Wehrlosen.

Wenn es nach Elling ging, würde jede Pflegekraft 10 000 Euro im Monat bekommen. Netto. Und Kriminalkommissare nicht unter 6000.

Aber zufällig war er nicht König von Deutschland (lang lebe Rio Reiser) und trat hinaus zu seiner Mutter. Er setzte sich zu ihr an den Tisch. Kurz blickte sie auf.

»Junge, wo warst du denn?«

»Nur kurz zur Toilette.«

»Ach so.«

Sie wandte sich wieder ihrem Kreuzworträtsel zu, und Elling zündete sich eine an. Da erstarrte er noch im Ablegen des Feuerzeugs wegen eines Mannes, der aussah, als sei er vom SEK. Elling legte die Finger auf den Knauf seiner Dienstwaffe und sah nach oben – seilte sich schon jemand ab? Nein. Er lauschte: Kamen sie mit dem großen Besteck, mit einem Hubschrauber? Ebenfalls negativ.

Der Mann stülpte sich einen Helm über den Kopf, stieg auf seine Vespa und fuhr davon.

Elling entspannte sich.

Er war nicht geschaffen für ein Leben auf der Flucht, er war jetzt schon mit den Nerven zu Fuß. Elling atmete tief durch: »Na, welches Wort fehlt denn?«

»Große schwarze Raubkatze … mit«, Erika zählte, »fünf, sechs, sieben Buchstaben.«

»P-a-n-t-h-e-r«, sagte Elling gedehnt.

Erika öffnete vor Überraschung den Mund. Nicht vor Überraschung über die Antwort, sondern über das, was sich daraus ergab, über die Worte, die sie plötzlich irgendwo in einem Hinterstübchen ihres Kopfes fand – und wiedergab: »Nur manchmal schiebt der Vorhang der Pupille / Sich lautlos auf – dann geht ein Bild hinein, / Geht durch der Glieder angespannte Stille – / Und hört im Herzen auf zu sein.«

Er sah seine Mutter an wie einen Geist. Als sei sie von den Toten auferstanden: »Das war ganz wunderschön.«

Elling wollte noch etwas hinzufügen, spürte aber, wie seine Stimme brüchig wurde, und schwieg deshalb.

»Guten Abend, Herr Doktor.«

»Was?«, fragte er verdutzt.

»Guten Abend, Frau Elling«, sagte jemand hinter ihm. Elling wandte sich um – Dr. Westermann, ihr Hausarzt.

Sie schlenderten durch die kleine Anlage. Westermann kramte in seinem viel zu weiten Leinenjackett herum. Elling hatte die Sorge, er könne eines Tages spurlos darin verschwinden.

Dann hatte der Arzt gefunden, wonach er suchte, und hielt Elling eine kleine weiße Pille hin, die der entgegennahm.

»Was ist das?«

»Das ist IZ 2306. Es ist eine Art reversive Memantin-Variante.«

»Was heißt das?«

»Es ist einigen Forschern gelungen, den Zerfallsprozess einzufrieren … IZ 2306 kann … ganz vielleicht … sehr, sehr möglicherweise … den Prozess umkehren, es kann Nervenzellen reparieren. Es wurde erfolgreich bei Ratten und Affen getestet. Was ich im Koffer habe, ist die Betaphase. Ich gebe es deiner Mutter seit ziemlich genau vier Wochen.«

Elling war überrascht und fühlte sich übergangen. Seit einiger Zeit war er der Alleinverantwortliche für seine Mutter. Man hätte ihr drei Kilo Arsen in die Erdbeertorte mixen können, sie hätte es mit Begeisterung gegessen.

»Das, ähm, … hättest du das nicht besprechen sollen mit mir?«

Westermann nickte. Seufzte, blieb stehen und schüttelte den Kopf: »Ja, nein, wie man's macht, ist es verkehrt. Also: IZ 2306 hat keine nennenswerten Nebenwirkungen. Ich wollte dir keine Hoffnungen machen, bevor es anschlägt, Frank. Eine Hoffnung zu schüren und sie dann wieder zu nehmen ist viel belastender, als hätte man sie nie geweckt. Deshalb habe ich es deiner Mutter gegeben, ohne es mit dir abzusprechen. Verzeih, bitte. Ich wollte wissen, ob es wirkt.«

Elling blickte für einen Moment zu Boden. Und ihm dann in die Augen: »Es war nicht in Ordnung.«

»Ich musste abwägen, Elling.«

»Es war nicht in Ordnung.«

Der Arzt seufzte leise: »Ja … vermutlich war es das nicht.«

Elling nickte und brummte etwas, von dem er selbst nicht genau wusste, was es heißen sollte. Außer Zustimmung zu signalisieren.

»Daher das Rilke-Gedicht?«

»Ich nehme es an, ja.«

»Also wirkt es?«

Westermann stand sehr nah vor ihm, er roch dezent nach einem herben Aftershave.

»Es sieht ganz danach aus, ja.«

Elling starrte ihn verblüfft an, weil Westermann so ruhig blieb: »Weißt du, was das heißt?«

»Ja. Noch nichts, Elling. Es heißt noch nichts. Es ist in der *Erprobung.*«

»Aber es wirkt.«

»Es sieht so aus, ja. Erika macht Fortschritte.«

Frank Elling drehte sich weg. Das mischte die Karten neu. Komplett neu. Und warf ein paar Dutzend Fragen auf, die jetzt auf ihn einstürmten. »Gewinnt sie alles zurück? Alle Erinnerungen?«

Westermann seufzte: »Das menschliche Gehirn ist größtenteils immer noch Terra incognita, Elling. IZ 2306 ist mitten in der Erprobung. Ausgang ungewiss. Vielleicht lässt es Erinnerungen nur ganz kurz wieder aufleben. Vielleicht für länger. Ich … ich kann dir nichts versprechen. Im Augenblick hilft's. Ich persönlich wär' schon zufrieden, wenn es das Vergessen stoppen würde.«

Westermann hatte noch nie was beschönigt, unter anderem dafür schätzte Elling ihn.

»Und … bekommt man das auf Rezept?«

Westermann schüttelte den Kopf: »Nein. Wie gesagt: IZ 2306 befindet sich in der Betaphase und muss für eine Freigabe noch Testreihen durchlaufen. Ich hab's vom Hersteller.«

»Roche? Bayer?«

»Wilmer … Was deine Mutter betrifft, brechen wir hier ab, wenn es dir lieber ist …«

»Es war nicht so gemeint«, antwortete Elling, wiegte dann aber den Kopf zu beiden Seiten, »na ja, eigentlich schon … aber auch nicht … Ich … ich bin ja dankbar.«

»Ich versteh dich.«

Elling kaute selbstvergessen auf seiner Unterlippe, als er sich zur Terrasse umwandte. Zu seiner Mutter, die immer noch über dem Rätsel hing. Und vielleicht gerade Schatzkammern voller Wörter in ihrem Kopf wiederentdeckte. »Nein«, entschied er dann, »nein, du hast das Richtige getan. Es tut sich was. Ich merk's ja. Es schlägt an, dieses IZ und so weiter.«

»IZ 2306 … Elling«, Westermanns Stimme wurde sanft, er legte ihm die Hand auf den Unterarm, »Anschlagen heißt: *leichte Verbesserung*. Keine Wunderheilung. Das muss dir bitte klar sein, Elling … keine falsche Hoffnung. Es kann jederzeit wieder in die andere Richtung gehen.«

Seine Mutter hob den Blick, als er alleine wieder an den Tisch trat. Sie erkannte ihn. Denn nach dem warmherzigen Lächeln kam umgehend ein Tadel: »Hast du wieder deinen Schal vergessen?«

»Mama, wir haben Sommer.«

Erika sah sich um, sie wirkte verblüfft. Als sei sie in einer anderen Jahreszeit eingeschlafen und nun mitten im Sommer wieder aufgewacht. »Das stimmt. Ich hab manchmal komische Gedanken, Junge.«

Man hörte ihre Sorge um sich selbst heraus. Als wisse sie nicht, ob sie als einzige Normale in einem Haus voller Irrer steckte oder selbst langsam den Grund unter den Füßen verlor.

»Der weiche Gang …«, sagte Elling leise.

Und schon veränderte sich Erikas Gesichtsausdruck, sie packte eine Erinnerung, ganz fest, und das gab ihr Sicherheit: »Der weiche Gang geschmeidig starker Schritte, / Der sich im allerkleinsten Kreise dreht, / ist wie ein Tanz von Kraft um eine Mitte, / in der betäubt ein großer Wille steht.«

28

Letztlich hatte die Neugier gesiegt. Oder die Ungewissheit zu sehr genagt. Irgendwo dazwischen. Wer weiß so etwas später schon noch genau?

Die Dinge fügten sich auf wirklich ironische Weise, und das lag am Ort der Zusammenkunft, dem Neptun.

Ein knapp über 60 Meter hoher weißer Betonklotz, mit dessen Errichtung 1971 ein Wohnungsbaukombinat die Küste in Rostock-Warnemünde verschandelt hatte. Zu DDR-Zeiten wurden hier gerne Gäste aus dem Westen untergebracht, die Liste reichte von Willy Brandt bis Udo Lindenberg.

Der Direktor, heute noch im Dienst, hatte wie andere Hotelangestellte des Neptuns als IM der Stasi zugearbeitet. Und auch dass hier damals alles abgehört wurde, war allgemein bekannt. Deswegen trug es auch den Beinamen *Hotel der Spione*.

An diesem lauen Sommerabend jedenfalls ließ Susanne Elling sich vor dem Hotel von einem Taxi absetzen und betrat das Foyer. Sie trug ein zeitloses Kostüm, schlicht und elegant. Elling nannte es das Audrey-Hepburn-Kostüm.

»Hepburn – du spinnst ja, Elling«, sagte Susanne dann, aber an ihrem Lächeln las er ihre Freude über sein Kompliment ab. Und es sah wirklich gut aus. Es verbarg und betonte die richtigen Stellen. So, wie es sich um den Hintern seiner Frau schmiegte, nicht anstößig, sondern von einer frivolen Eleganz, wäre Elling ihr am liebsten gefolgt. Wobei die Frivolität sich ausschließlich in seinem Kopf abspielte.

Er folgte ihr nicht. Elling setzte sich – auch das passte zum Neptun – mit einer Tageszeitung auf eine Bank neben dem Eingang und faltete sie auseinander. Der Beobachter und die Zeitung waren so ein globales Klischee, dass es mittlerweile schon wieder unauffällig war, sich damit zu tarnen.

Jedenfalls ermöglichte ihm das Rostocker Tageblatt einen freien Blick ins große Foyer. Und auf eine der Reporterinnen des Blattes, die kurz mit der Dame von der Rezeption sprach und eine Auskunft erhielt.

Susanne ging zu den Fahrstühlen, von denen gerade einer das Erdgeschoss erreichte. Ein Mann stieg aus und Susanne ein.

Die Tür schloss sich. Ellings Blick klebte an der Anzeige der Stockwerke über dem Eingang zum Lift. In der sechsten Etage hielt er.

»Darf's für Sie was sein?«

Elling zuckte zusammen. Eine Kellnerin stand vor ihm.

»Man kann hier was trinken?«

»Ja«, sagte sie freundlich und lächelte entwaffnend.

»Ich nehm ein Pils, bitte.«

Die junge Frau nickte und verschwand im Hotel.

Ein weiteres Taxi hielt. Dann stieg ein Mann im Anzug aus, der es eilig hatte. Er trug eine Sonnenbrille. Es war Philipp Benedikt. Er hatte stets gut durchblutete Wangen und wirkte durch seine Pausbacken wie ein großer Schuljunge. Elling verfolgte durch das Fenster seinen Weg durchs Foyer. Er ging gar nicht erst zur Rezeption, er nahm gleich den Fahrstuhl.

Die Leuchtanzeige verriet Elling, dass der OB-Kandidat ebenfalls in der sechsten Etage ausstieg.

Es hatte nur eine kurze Begrüßung zwischen Benedikt und Susanne gegeben, dann war es zu Küssen gekommen, ein Reißverschluss wurde geöffnet. Das Bett knarzte unter dem Gewicht zweier Erwachsener, die sich offenbar gerade darauf fallen ließen.

Das Golo 05-08 war ein kleines Funkmikro, das sich unter den Ermittlern im Jahr 2003 großer Beliebtheit erfreute. Klein, Akkukapazität bis zu vier Stunden, Funkverbindung. Und nicht größer als ein halbes Handy.

Bei einem Einsatz im letzten Winter hatte Elling eines eingesteckt und bei Niemann in der KTU als verloren gemeldet. Man konnte ja nie wissen – deshalb bunkerte Elling das Golo 05-08 im Keller. Selbstredend war das Susanne ein Dorn im Auge – so ein unnützer Krempel.

Der sich nun in ihrer Handtasche befand.

»Oh Philipp … Philipp …. ja, da …«

Elling nahm ein paar Schlucke von dem Pils. Klar, er hatte es geahnt, man hätte ja taub und blind sein müssen, um das nicht zu tun. Aber nun zu hören, wie ein fremder Mann in seine Frau eindrang und sie es auch noch genoss, traf ihn so tief – und darin bestand die eigentliche Tragik –, dass es nicht mehr wiedergutzumachen war. Frank Elling wusste – was immer auch geschah –, das Grillen im Ringelrankenweg würde nie mehr dasselbe sein.

In dem Augenblick, in dem die Geräusche, das Knarzen des Bettes, das Seufzen und Stöhnen sich in seinem Kopf zu einem Film fügten, war es irreparabel. Und es hätte nicht viel gefehlt, ja, wirklich, es hätte nicht viel gefehlt, und er wäre in den sechsten Stock gefahren, um sie alle drei umzubringen.

»Noch'n Pils?«

Er sah überrascht auf. Die Kellnerin sammelte gerade sein leeres Glas ein.

»Äh, ja … und einen … haben Sie Bommerlunder?«

»Ja. Eiskalt.«

»Einen doppelten, bitte.«

Sie verschwand wieder im Foyer. Die Hoteltür klackte exakt in dem Augenblick zu, in dem Philipp Benedikt in seiner Frau kam – und Elling beschloss, ihn nicht zu wählen. Und schmerzlich über diesen Gedanken schmunzeln musste.

Heftiges Atmen, das Rascheln der Bettdecke, das Ratschen eines Feuerzeugs. Dann die Flamme, das Einatmen. Man hörte fast, wie er inhalierte. Auf jeden Fall hörte Elling das Ausatmen des Rauchs.

Er stellte sich vor, dass Benedikt mit dem Babyspeck am Kopfende saß und mit dem Rücken an der Wand lehnte. Und sie in seinen Armen. Wenn er mit rechts die Zigarette hielt, würde seine Linke vielleicht auf ihrer Brust ruhen. Bestimmt sogar.

»Du bist einer der ganz wenigen Männer, die ich kenne, die auf sich achten.«

»Danke.«

»Schon im April … in der Hohen Düne.«

Das war das andere Luxushotel, das auf der gegenüberliegenden Seite der Warnow lag, die hier ins Meer floss.

Seit April also. Mindestens. Seit gut vier Monaten.

Die Kellnerin brachte ihm das neue Pils und den doppelten Bommerlunder, den Elling komplett herunterkippte, sobald die junge Frau sich wieder umgewandt hatte. Er hatte das Gefühl, der Schnaps brenne ihm den Rachen weg – und das tat gut.

»Suse?«

»Hm?«

Benedikt benutzte auch noch den gleichen Kosenamen. Es gab Elling einen weiteren Stich.

»Mich würd mal interessieren … warum bist du eigentlich bei deinem Mann hängen geblieben?«

Eine kurze Pause. Elling schluckte. Keine Träne. Keine Träne würde er vergießen.

»Ich war verliebt«, antwortete Susanne, »Elling war … er war einfach nett. Er hat mich respektiert. Dann war Mareike unterwegs … wie das eben so ist. Ich war glücklich, es stimmte alles. Unsere Tochter, das Haus, Elling und ich. Es war rund.«

Elling nickte: So war das. Und er war der festen Annahme gewesen, es sei immer noch so.

Für ihn war es das.

»Es war rund bis zum 2. Oktober letzten Jahres.«

Elling überlegte kurz, aber ihm sagte das Datum nichts.

»Da gab es den Banküberfall in der Altstadt …«

»Ich erinner mich«, hörte er Benedikts Stimme, »in der Ostsee-Sparkasse.«

»Ja. Es hieß, es gab einen oder mehrere Verletzte. Und einen Toten. Ich hab sofort bei Elling angerufen, aber er ist nicht dran. Und im Kommissariat wusste man auch nicht mehr, nur, dass ein Polizist ums Leben gekommen war. Und dann, ich …«

Elling hörte ihr Stocken bis hier.

»Ja?«

Das war Benedikt, der sich einfühlsam anhörte. Aber Elling hatte das Gefühl, als langweile sich der OB-Kandidat.

»Ich hab mich gefragt, was zu tun ist, wenn … ja … wenn er tot ist. Und während ich so drüber nachgedacht hab, wo wir ihn wohl beerdigen, wo wir essen gehen und … ja, auch, wen wir einladen würden zur Trauerfeier, da hab ich gemerkt, dass … das ist schlimm, was ich dir da gerad erzähl …«

»Aber gar nicht. Das ist doch nur ehrlich.«

»Ja … stimmt auch wieder … jedenfalls: Ich hab gemerkt, dass ich bestürzt gewesen wäre, aber … aber dass er nicht wirklich gefehlt hätte in meinem Leben. Und vier Tage später haben du und ich uns das erste Mal getroffen.«

Elling nahm das Mikro aus der Ohrmuschel, stand auf und ging. Und wusste gar nicht wohin.

29

Der See.

Still und schwarz. Lona hatte sich im Schutz der Nacht im Wohnmobil ihrer Kleider entledigt und war ins Wasser geglitten. Sie schwamm in gleichmäßigen Zügen hinaus. Auf dem Platz brannten hier und da noch Lichter, Stimmen drangen hinüber zu ihr.

Lona tauchte hinab zur Boje und löste den wasserdichten Beutel mit den 100 000 Euro, den sie dort angebracht hatte.

Auf halbem Weg zurück stellte sie die Schwimmbewegungen ein, schaute sich kurz um und tauchte dann hinab.

Zuerst verstummten die Geräusche. Dann wurde es dunkler und dunkler. Und kalt. Der Druck auf die Ohren nahm zu. Aber nicht unangenehm stark. Dann endlich setzte ihr Fuß auf matschigem Grund auf.

So verharrte sie. Vielleicht war der Tod so. Taub und blind und kalt.

Aber es war friedlich. Mit einem schweren Stein am Fußgelenk wäre alles in ein paar Minuten vorbei. Alles, was sie gewesen war, alles, was sie je sein würde, wäre ausgelöscht.

Hatte sie einen Unterschied gemacht für die Welt? Hatte ihre Existenz auf diesem Planeten etwas geändert? Eine Kleinigkeit zum Guten gewandt? Vermutlich nicht. Und selbst wenn, was interessierte es das Universum?

Jedes Menschen Tod ist mein Verlust.

John Donne.

Sie stieß sich kräftig am Grund des Sees ab und durchbrach nach einigen Metern die Wasseroberfläche und sog die Nachtluft gierig ein. Zurück war sie in der Welt, sie sah die Lichter und hörte das dutzendfache Konzert der Grillen.

Mit ruhigen Zügen erreichte sie das Ufer und vergewisserte sich, dass sie niemand beobachtete, als sie nackt aus dem Wasser kam und mit dem Geldbeutel im Wohnmobil verschwand. Und doch war da … ein Blick. Irgendwo. Aus der Dunkelheit. Wie man eben einen Blick im Nacken spürte.

Lona trocknete sich mit dem riesigen weißen Frotteehandtuch ab, das sie liebte. Das sie alle geliebt hatten. Dann schlüpfte sie schnell wieder in ihre Kleider und deponierte das Geld in einem Staufach im Boden, in dem sich außerdem nur ein alter Schuhkarton befand. Manchmal brauchte es nicht mehr, um ein Leben unterzubringen.

Sie schaltete die Anlage ein, startete *Private Investigations* und stellte es auf Endlosschleife. Es würde sie durch die Nacht tragen. Gerade hatte sie die Bettdecke aufgeworfen und ihre Tabletten aus der Hülle geknipst, als sie Ellings Volvo hörte, wie er vor Bungalow Nummer zwei stoppte.

Elling packte gerade das Nötigste aus, Zigaretten und die Kulturtasche. Da erschien sie schon hinter ihm in der Tür. Ihre Haare waren noch nass. Sie hatte gerade geduscht oder war noch im See gewesen.

»Was ist los?«

»Nichts.«

Er wich Lonas Blick aus.

»Muss nur mal für mich sein.«

Sie brauchte bloß drei Sekunden, um die Fährte aufzunehmen. »Hat Susanne sich getrennt?«

»Nein. Ehrlich, ich bin so was von müde.«

Lona betrachtete ihn für einen Moment: »Die Vagabundenseite wäre bei mir noch frei.«

Elling brachte ein dankbares Lächeln zustande und schüttelte den Kopf. Er war immer noch wie betäubt. Und das war gut. Er hatte nur Angst vor dem Ende der Betäubung.

»Bin gleich zurück«, sagte Lona und verschwand aus seinem Blickfeld.

Elling hatte Mareike und Susanne einen Zettel auf dem Küchentisch hinterlassen: Wichtige Ermittlungen. Über Nacht unterwegs. Kuss.

Beim Kuss war ihm das »K« etwas missglückt, so fest hatte er den Stift umklammert.

Er schaltete das Licht aus wegen der Mücken.

In diesem Augenblick kam Lona zurück. Sie hatte ein Glas und eine Flasche in der Hand und reichte ihm beides. Elling nahm die Flasche entgegen und warf einen Blick auf das Etikett. Es war ein Malt of Scotland, ein Oban. Vierzehn Jahre alt.

»Ich glaub, der ist zu gut für mich, danke«, sagte er und reichte ihn zurück. Aber sie machte keine Anstalten, die Flasche zurückzunehmen.

Stattdessen stellte Lona das mitgebrachte Glas auf den Fenstersims neben dem Eingang.

»Mit dem dauert die Betäubung länger«, sagte sie leise, es war nur ein zerbrechliches Wispern.

Und dann ging sie einfach. Lona Mendt verschwand im Dunkel wie eine Erscheinung. Nach einigen Augenblicken war es schwer festzustellen, ob sie überhaupt da gewesen war. Aber der Oban, den er entkorkte, sagte, sie war.

Elling setzte sich auf die Veranda mit den Holzdielen und legte die Füße hoch auf den hüfthohen Sichtschutz. Die wenigen Lichter, die noch brannten, spiegelten sich im See. Er nahm einen Schluck, der Oban war mild in der Mundhöhle und dann angenehm rauchig. Er zündete sich eine an.

Es war nett hier. Ruhig. Aber kam selbstredend nicht an den Ringelrankenweg heran.

TAG FÜNF

30

Schon die Morgenstunden kündigten den vorläufig heißesten Tag des Jahres an. Als Lona im Bademantel aus dem Wohnmobil trat, umwehte sie keine frische Brise wie am Morgen zuvor. Die Luft stand. Und wenn das so blieb, würde es schwül werden und drückend. Die Wettervorhersage hatte schwere Gewitter angekündigt.

Ellings Volvo stand unverändert vor dem Bungalow. Die Rollläden waren geschlossen. Vermutlich schlief er seinen Rausch aus.

Lona stapfte hinüber zu den Duschen.

Damit ihm der Kopf nicht plötzlich zersprang, hatte er sich vier Aspirin eingeworfen. Bei geschlossenen Rollläden fand er auf seinem klobigen Notebook, den sie *Trumm* nannten, was er suchte. Einen Namen. Fotos.

Sie hieß Brit. Sie war drei Jahre älter als ihr Mann. Ihr Blick war gerade. Sie wirkte wie jemand, der mit sich im Reinen war. Brit Benedikt.

Mit ihrem Mann bei einem Empfang. Bei der Gründung einer Klinik. In ihrem Garten vor ihrem Haus in der Steintor-Vorstadt. Natürlich. Wer was auf sich hielt in Rostock, lebte in Warnemünde an der Küste. Oder dort, wo die Benedikts wohnten.

Elling stand auf und zog die Rollläden hoch. Der Tag brannte sich gleißend in seine Augen, sodass er sie zukniff und den Kopf abwandte. Aber nach einigen Momenten hatte er sich an die Helligkeit gewöhnt. Nach einer Dusche würde er einen kleinen Rundgang machen.

Elling schlurfte ins Bad seines Bungalows und gähnte herzhaft. Selbst das bereitete ihm Kopfschmerzen.

Als Lona zu ihrem Wohnmobil zurückkehrte, sah sie die hochgezogenen Rollläden von Bungalow zwei. Elling brummte vermutlich der Schädel. Vielleicht würde sie ein paar frische Brötchen vorne bei den Benders holen oder ihm einen Kaffee vorbeibringen. Garantiert hatte er vergessen, welchen mitzunehmen.

Als sie in ihr Wohnmobil trat, spürte und roch sie sofort die Anwesenheit einer anderen Person. Und die saß hinten auf ihrem Bett: Stefan Krohn, der LKA-Mann.

Unwillkürlich zog sie den Bademantel etwas mehr zu.

»Was machen Sie hier?«

»Die Frage geht andersherum: Was machen *Sie* eigentlich hier? Ich meine: Sie beide. Herr Elling und du, hm? Du schwimmst gerne nackt, kann ich mir vorstellen.«

Er grinste und starrte unverhohlen dorthin, wo der Bademantel ihre Brüste verdeckte. Sie hatte sich nicht geirrt. Sie hatte den Blick gespürt. Jetzt wusste Lona, von wem er stammte. Krohn war schon gestern Nacht hier gewesen. Warum?

Krohn drückte mit der Hand prüfend auf die Matratze, auf der er saß, und hob anerkennend die Augenbrauen. »Hier fickst du mit dem Elling, oder?«

Mit zwei Schritten war sie bei ihm, und ihre Hand knallte mit einer Heftigkeit gegen seine Wange, die Krohns Kopf zur Seite riss und Lonas Finger als rote Striemen auf der Haut hinterließ.

»Und jetzt raus hier.«

Krohn war jetzt nicht mehr nach Grinsen zumute, sondern er stand auf und passierte Lona in Richtung Eingangstür. Und noch in dieser Vorwärtsbewegung packte er sie mit der rechten Hand im Nacken und schlug ihren Kopf ohne Vorwarnung gegen die Toilettentür. Die Wucht des Aufpralls nahm ihr kurz die Orientierung. Krohn rammte ihr sein Knie in den Bauch, was sie nach vorne klappen ließ. Sie bekam keine Luft. Er stieß sie bäuchlings aufs Bett und setzte sich auf sie, um zu verhindern, dass Lona sich umdrehen konnte. Sie schlug mit links zu – nach hinten, ziellos und wegen des Winkels ohne Kraft. Es war mehr eine Wischbewegung als ein Schlag, die Krohn nutzte, um ihre Hand zu greifen und ihr eine Handschelle anzulegen.

»Nein«, keuchte Lona.

Krohn führte die Verbindungskette der Handschelle um das Geländer am Kopfende und griff nach ihrer rechten Hand.

Sie stemmte sich dagegen, sie legte sich auf ihren Arm, sie presste sich in die Matratze.

Es nützte nichts. Er war stärker. Und Lona befand sich in einer nahezu aussichtslosen Position für einen Kampf mit Krohn. Klack. Sie war an ihr eigenes Bett fixiert.

»Elling!«

Er zerrte den unteren Teil des Bademantels unter seinem eigenen Gewicht hervor und presste sich dann gegen sie. Sie spürte durch den Stoff seiner Hose, wie erregt er war. Sein Mund nah an ihrem Ohr.

»Wir kennen uns erst so kurz, aber ich hab mir das schon hundertmal vorgestellt. Du kannst es auch nicht abwarten, hm?«

Er roch unangenehm. Abgestanden.

»Bis jetzt verlier ich kein Wort darüber und werd auch nichts machen. Ich nehm Urlaub und lass mich versetzen. Es bleibt folgenlos … für Sie.«

»Ist das nicht geil, dass du mich siezt? Wie du noch die Würde bewahren willst?«

Sie schluckte.

Seine Befriedigung würde nicht nur rein sexueller Natur sein, sie beinhaltete auch ihre Demütigung. Ihre Erniedrigung war die Krönung seiner Lust.

Er öffnete seine Hose und zog sie etwas herunter, sodass sie seine Haut auf ihrer spürte. Er drückte Lonas Beine zu beiden Seiten, setzte übergangslos an und drang mit gewalttätiger Rücksichtslosigkeit in sie ein. Es war ein tiefer, ziehender Schmerz, der sich wellenartig ausbreitete, durch ihren ganzen Unterleib und Bauch, und der sich nun in dem Rhythmus wiederholte, mit der Stefan Krohn sie missbrauchte.

»Elling!«, brüllte sie.

Elling stromerte am Ufer entlang. Langsam wurde sein Kopf klarer. Die Luft, das Tageslicht.

Sein kleiner Ausflug endete an einem Strauch, und dieser Strauch – dessen Namen er nicht kannte, Pflanzen waren ihm ein Buch mit sieben Siegeln – bildete den Abschluss der knapp mannshohen Hecke des Gartens der Benders.

Ein Garten übrigens, wie er ihn mochte. Eine Wiese statt Rasen, ein alter Apfelbaum, eine verwitterte Holzbank samt nicht minder altem Tisch. Das hatte was Gewachsenes. Und was von Leben lassen. Nicht alles zurechtschneiden, korrigieren, stutzen.

Da entdeckte er durch den Strauch hindurch ein offenes Fenster. Und dahinter Meike Bender im Profil. Elling wollte sich schon abwenden, weil er zwar seine Frau abhörte, aber nicht fremden Menschen ins Wohnzimmer blickte. Außer es besaß eine berufliche Notwendigkeit.

Aber der Anblick von Meike Bender nahm ihn gefangen, ohne sofort zu wissen, wieso. Er *musste* sie ansehen. Denn ihr Blick wiederum galt jemandem, einem großen Schatten, der sich zu ihr vorbeugte. Dem sie sich entgegenhob – ihr Mann. Mit einer intensiven Hingabe, die Elling verstörte, weil sie ihm eigentlich nur als sexuell konnotiert geläufig war und in dieser Hingabe genau diese Konnotation fehlte. Sie war frei von Lust und Verlangen. Und trotzdem von einer intensiveren Nacktheit.

Sie lieferte sich ihrem Mann in einem viel tieferen Kontext aus. Sie ließ sich fallen.

Etwas glitzerte auf den Wangen von Frau Bender. Die Tränen liefen ihr hinab. Mit einer Sanftheit, die man Benders großen Händen nicht zugetraut hätte, wischte er sie beiseite. Und dann hob er die Finger an ihren Haaransatz über der Stirn, um ihre Haare von ihrem Kopf zu lösen – es war eine Perücke.

Dass du mich so sehen musst – sagte sie nicht. Es lag in ihrem Blick, in den Tränen, die er nun wegküsste.

Du bist wunderschön für mich, immer schon – sagte auch Michael Bender nicht, sondern nahm seine Frau in die Arme.

Elling presste es den Brustkorb zusammen, seine Augen

wurden feucht. Er hatte lange Zeit nichts Schöneres gesehen. Und wandte sich jetzt ab, weil er in dieser Zweisamkeit nichts verloren hatte. Also stapfte er zurück zum Bungalow. Seine Kopfschmerzen waren fast verflogen.

Lonas Unterleib war ein einziger stechender Schmerz. Sie wollte ihm kein Zeichen der Schwäche schenken, sie biss in das Kopfkissen, aber immer wieder entfuhr ihr ein schmerzvolles Stöhnen, das Krohn nur weiter anstachelte.

Dann endlich, es schienen endlose Stunden, erstarrte er über und in ihr. Ein Keuchen noch. Sein Schweiß auf ihrem Rücken. Ein Zucken seines Beckens, dann zog Krohn sich zurück. Er setzte sich neben sie aufs Bett und schloss erst den Reißverschluss und dann den Gürtel seiner Hose.

Lona verspürte den Drang, sich die Pulsadern aufzuschneiden. *Ungeschehen kann man nichts machen. Aber es gibt einen Trick: Man kann sich selbst ungeschehen machen, dann ist alles andere auch nie gewesen.*

Krohn suchte ihren Blick, sie spürte ihn im Nacken, wie sie ihn gestern Nacht gespürt hatte. Und sie wollte sich dem nicht verweigern, um Krohn nicht das Gefühl zu vermitteln, er habe sie gebrochen und sie verstecke sich. Also legte Lona den Kopf zur Seite, sodass sie ihm in die Augen blicken konnte. Er hielt ihr ein Stück Papier hin. Es war ein 500-Euro-Schein.

»Wie kommt es, dass du Geld von der Übergabe im Parkhaus in der Riemannshöhe bei dir hast, hm? Fräulein Mendt? Was dachtest du? Hast du überhaupt was gedacht? Natürlich sind die Scheine markiert. Habt ihr daran nicht gedacht?«

Nein, hatten sie nicht. Lona spürte das Blut, das ihr in einem dünnen Rinnsal über den Innenschenkel lief. Sie hatten nicht daran gedacht, weil sie nicht damit gerechnet hatten, dass das LKA von der Übergabe wusste. Dass sie die einfachsten Maßnahmen treffen würde.

»Dafür fahren du und dein Kollege mit seiner vergesslichen Mutti für viele Jahre ein.«

»Was wollen Sie, damit das nicht passiert?«

Krohn deutete ein Nicken an: »Nicht viel. Ich behalt das Geld. Und das hier«, er vollführte eine ausschweifende Geste, die das Wohnmobil umfasste, »hier komm ich bei Gelegenheit vorbei. Und dann bist du nett zu mir. Ich komm in ’ner halben Stunde wieder.«

Er schnappte sich den Schlüssel für die Handschellen, stand auf und ging raus.

Elling war froh über die nachlassenden Kopfschmerzen. Die ersten spielenden Kinder flitzten an ihm vorbei und zum See. Von Schwimmflügeln bis zum Schlauchboot war alles dabei. Ein Jauchzen und Lachen.

Er musste lächeln. Die Kindheit war das Paradies auf Erden. Das einzige und echte, und eine Rückkehr dahin für immer ausgeschlossen. Denn jede Erkenntnis hatte ihren Preis. Hätten die Kinder hier am Ufer auch nur eine entfernte Ahnung von dem, was sie später erwartete, würden sie sich wahrscheinlich auf ewig verschanzen. Und wollte man sie warnen, lachten sie und schlugen die Warnungen in den Wind, natürlich, darin bestand ja ihre Stärke – dass sie nichts auf die Folgen gaben.

Er blickte hinüber zu dem Stellplatz mit dem Wohnmobil. Vielleicht könnte er hier irgendwo ein paar Brötchen organisieren und vielleicht einen Kaffee – er hatte natürlich keinen eingepackt – und Lona überraschen. Sich für den Oban revanchieren, der ihn behütet durch die Nacht getragen hatte.

Dazu brauchte er seine Brieftasche. Er ging zurück zum Bungalow und öffnete die Tür. Drinnen saß Stefan Krohn auf der Couch und rauchte. Elling sah über die Schulter – keine SEK-Einheiten, die heranstürmten.

»Kommen Sie rein«, sagte Krohn freundlich und grinste dann, »klingt merkwürdig, weil *Sie* ja hier wohnen und *ich* der Gast bin. Ich darf doch Ihr Gast sein?«

»Natürlich.«

Elling schloss zwar die Tür hinter sich, blieb aber dort stehen. Er bemühte sich, gelassen zu wirken. Aber nicht zu obrigkeitshörig. »Kann ich Ihnen irgendwie helfen? Suchen Sie was?«, fragte er deshalb.

Krohns Lächeln blieb in den Mundwinkeln und verebbte in den Augen. Er war nicht mehr amüsiert, nur noch höflich. Er musterte Elling, das alte Jackett, den Schlips, den kein vernünftiger Mensch bei dieser Hitze trug, das mit Pflaster reparierte Brillengestell. Er sah nicht aus, wie jemand, der den Bürgern ein gutes Bild von der Kriminalpolizei vermittelte.

»Haben Sie ein Wasser?«

»Klar.«

Elling ging rüber zum Kühlschrank und goss dem Mann ein Glas ein.

Stefan Krohn federte von der Couch hoch und bog die Arme nach hinten, er streckte sich. »Ist das nicht ein wundervoller Tag?«

»Ja«, bestätigte Elling vorsichtig und reichte ihm das Glas.

»Danke.« Krohn trank die Hälfte in einem Zug und setzte dann ab: »Kennen Sie den? Geht eine hübsche Frau auf dem Fußweg, da hält ein Auto neben ihr. Und der Beifahrer fragt: ,Wohin gehen diese schönen Beine? – Ins Kino, wenn nichts dazwischenkommt.«

Er grinste breit.

»Der ist komisch«, sagte Elling.

»Oder?«

»Ja.«

»Pass auf, ich mach's kurz: Ich musste eben bei deiner Kollegin kurz etwas nachhaken, aber dann hat sie's bestätigt. Du hast im Parkhaus in der Riemannshöhe das Geld abgegriffen. Und mit ihr geteilt. Hier.« Er zog einen 500-Euro-Schein hervor und wedelte damit. »Die sind natürlich markiert. Und jetzt?«

Ellings Mund war trocken: »Und jetzt?«, wiederholte er.

»Und jetzt will ich davon 100 000. Oder ihr geht in den Knast. Deine Kollegin hat ihren Anteil schon beglichen.«

Beglichen? Was hieß das? Dass Lona die Aktion in der Riemannshöhe eingeräumt hatte? Und was hieß es, wenn der LKA-Mann bereit war, sich bestechen zu lassen? Es gab Wege, so eine Übergabe festzuhalten. Dann hatte man sich gegenseitig in der Hand. Ansonsten konnte Krohn sie bis an ihr Lebensende erpressen. Und Elling zweifelte keinen Moment daran, dass er das auch tun würde.

»Dann müssen Sie zur Staatsanwaltschaft gehen.«

Etwas von Krohns gelassener Zuversicht verflog. »Wie war das?«

»Ich hatte schon ein paar Ausgaben. Ich hab meiner Tochter zum Beispiel ein Auto gekauft.«

»Du hast eine Woche, um den Rest zu beschaffen.«

»Woher wusste das LKA von der Riemannnshöhe?«

»Ich glaub, das geht dich nichts an.«

»Und Frau Winter. Kennen Sie Jutta Winter?«

»Nee. Aber ich hab mal nachgefragt wegen Frau Mendt. Weißt du eigentlich, mit wem du da Dienst schiebst? Warum sie von Hannover weg ist? Hm?«

Die Tür flog mit einer Vehemenz auf, die sie gegen die Wand krachen ließ. Krohn fuhr herum.

Lonas tränenüberströmtes Gesicht sah schrecklich nackt und entschlossen zugleich aus. Die von einer Handschelle umschlossenen Hände hielten die Walther P99. Die linke Hand steckte in einem neongelben Gummihandschuh. Lona machte noch einen Schritt nach vorn, und bevor ihr linker Fuß wieder aufsetzte, drückte sie ab.

Die Kugel durchschlug Krohn an der Hüfte.

Elling sah die pure Fassungslosigkeit in dem Gesicht des Mannes, der Lona mit einer Verblüffung beobachtete, als verfolge er unbeteiligt einen spannenden Film. Die schnappte sich das Kissen von der Couch, presste es vor die Mündung der Dienstwaffe und war nur noch anderthalb Meter von ihrem Peiniger entfernt, als sie erneut auf ihn schoss.

Das Kissen, das den Knall etwas dämmte, riss auseinander, es gab eine Explosion aus Daunen.

Das zweite Projektil traf Krohn in die Brust, ohne am Rücken wieder auszutreten, und die Wucht riss ihn von den Beinen. Er krachte leblos hinter der Couch zu Boden und rührte sich nicht mehr.

Stille.

Nur die Daunen, die in Schaukelbewegungen langsam zu Boden schwebten.

Elling versuchte zu erfassen, warum sie es getan hatte. Er sah den Bademantel, in dem sie steckte, die geschlossenen Handschellen, den Gummihandschuh. Dass sie geweint hatte. Er konnte nicht glauben, wollte nicht glauben, auf was das hindeutete.

Kraftlos ließ Lona den Rest des Kissens fallen, sie sah zu Elling. Da war kein Zweifel in ihrem Blick über das, was sie gerade getan hatte. Nur die Notwendigkeit dazu, die las er in ihm.

Lona atmete einmal tief durch, dann setzte sie sich auf die Couch und legte die Waffe auf dem Tisch ab. Als füge sie sich.

Eine Vorstellung, die Elling schmerzte. Jemand wie Lona Mendt fügte sich nicht. Er ging zur Tür und schloss sie. Dann blickte er vorsichtig durch eines der Fenster hinaus. Tatsächlich hatte sich gute dreißig Meter entfernt eine kleine Traube von Menschen gebildet. Die einen deuteten zum Campingplatz, die anderen zum Ufer, die Dritten nach vorne zur Schranke. Offenbar sprach man gerade darüber, woher der Knall gekommen war. Und was ihn verursacht hatte. Aber nun sah Elling das erste Achselzucken, zwei Frauen lösten sich aus der Gruppe und kehrten zurück zu ihren Stellplätzen. In ein paar Minuten würde sich alles wieder verlaufen haben, da war er sich sicher. Einer von ihnen war Michael Bender, und der hagere Kerl wandte sich nun ebenfalls ab, hob grüßend die Hand und machte sich auf den Weg zurück zu seinem Haus. Und zu seiner schwer kranken Frau.

Elling zog die Vorhänge zu und kehrte zurück zu der Couch, auf der Lona teilnahmslos saß und auf einen weit entfernten Punkt blickte.

»Wo sind die Schlüssel?«, fragte Elling und deutete mit dem Kopf auf ihre Handschellen.

Seine Frage holte sie von dort ab, wo sie im Geist gerade war, und brachte sie ins Hier und Jetzt zurück. Zu den Handschellen, zu dem Toten, zu Elling.

»Er hat sie«, antwortete sie leise.

Elling ging neben dem Mann in die Hocke und tastete die Hosentaschen ab. Unter Krohns Körper bildete sich eine Blutlache. Hinten, an der Gesäßtasche, spürte er den Schlüssel und zog ihn heraus. Es gab Angenehmeres auf der Welt, als die Kleidung eines Toten zu durchsuchen. Er reichte Lona den Schlüssel. Sie wirkte apathisch.

»Ich hol dir was zum Anziehen.«

Sie nickte.

Die Traube aus Neugierigen hatte sich bis auf einen Mann und eine Frau schon komplett aufgelöst. Elling ging in einem weiten Bogen an ihnen vorbei, um nicht angesprochen zu werden.

Im Wohnmobil klappte er ein paar Staufächer auf. Er fand Unterwäsche, eine Jeans, mit der er Lona schon mal gesehen hatte, eine Bluse. Die Jacke. Außerdem die Boots. Das alles packte er in eine Tüte und nahm erst dann bewusst das Bett wahr. Die Stange am Kopfende, die Lona mit aller Gewalt aus ihrer Verankerung gerissen haben musste. Und dann, auf dem Laken, etwas Blut.

Zurück in Bungalow Nummer zwei hörte er durch die geschlossene Badezimmertür Wasser laufen. Neben ihrer Waffe lag nun der gelbe Gummihandschuh, den sie von der Hand gestreift hatte. Elling packte die Kleidungsstücke aus und sammelte in der Tüte die Daunenfedern auf, was sich als durchaus mühselig herausstellte. Dann endeten die Duschgeräusche im Nebenzimmer. Es dauerte einen Augenblick, bevor sich die Tür einen Spaltbreit öffnete. Sein und Lonas Blick trafen sich. Ohne ein Wort schnappte er sich die Kleider und reichte sie ihr.

»Danke«, sagte sie leise, nahm die Kleider und schloss die Tür wieder hinter sich. Elling klaubte die restlichen Federn zusammen. Er legte sich auch vor die Couch, um diejenigen einzusammeln, die von einem Windhauch unter das Möbelstück getragen worden waren.

Als er sich wieder aufrappelte, trat sie aus dem Bad. Und erfasste mit einem Blick, was er gerade tat. »Elling, ich möchte, dass du jetzt wegfährst.«

Er sah sie fragend an.

»Das hier ist nicht deine Sache«, fügte sie deshalb hinzu.

»Doch, ist es«, widersprach er, »wir müssen ihn loswerden.«

»Wenn es noch mehr Leute gibt, die wissen, was dieser … Scheißkerl wusste, sind wir sowieso geliefert.«

»Ja«, bestätigte Elling, »aber er muss jetzt trotzdem weg.«

»Aber warum …«

»Wir können später darüber reden. Jetzt sollten wir keine Zeit verlieren.«

Sie hatte sich anscheinend in Elling geirrt. Er mochte sie wegen des Geldes belügen, aber jetzt war er drauf und dran, ihren Mord an einem LKA-Mann zu decken.

»Er muss weg«, wiederholte Elling, »hörst du?«

»Ja«, bestätigte Lona schleppend, »aber … wo willst du mit ihm hin?«

»Ich weiß nicht. Wir könnten ihn zur Ostsee fahren.«

»Zu weit.«

»Dann einen See hier irgendwo. Gibt ja Unmengen davon. Wir beschweren ihn mit ein paar Steinen und dann …«

Er ließ es unausgesprochen, aber sie wusste, was er meinte.

»Dann darf er nicht am Stück bleiben.«

Und schon kroch wieder der Würgereiz seine Speiseröhre hinauf. Frank Elling stöhnte auf.

Und es irritierte sowohl ihn als auch Lona, dass dieses Stöhnen kein Ende nahm, obwohl er schon wieder den Mund geschlossen hatte. Es war auch nicht wirklich ein Stöhnen, es war ein Röcheln. Als atme jemand mit Wasser in der Luftröhre – ein dezentes Gurgeln.

Sie umrundeten zusammen die Couch. Und tatsächlich – eben hatte Stefan Krohn noch auf dem Bauch gelegen. Nun hatte er sich auf die Seite gedreht. Er hob den rechten Arm ins Leere. Er war blass und sein Hemd blutdurchtränkt.

»Bitte«, brachte er hervor, »ich … ihr bekommt alles, was … ihr wollt. Aber … um Himmels willen, bringt mich … ins Krankenhaus, schnell.«

Elling wusste nicht, wie er reagieren sollte. Lonas Blick war kalt: »Ärzte müssen Schusswunden melden.«

Das war kein Nein. Trotzdem war es natürlich nicht mehr als ein Strohhalm. »Ich bitte Sie«, flüsterte Krohn schwer atmend und klammerte sich daran, »als Mensch und … Kollege.«

Lonas Gesicht blieb wie in Stein gehauen. Kein Muskel zuckte. Schwer zu sagen, ob sie überhaupt mal geblinzelt hatte in der letzten Minute.

»Wer weiß noch Bescheid?«

»Was?«

Elling platzte der Kragen. Er nahm seine Dienstwaffe, hielt die Mündung vor Krohns linkes Auge und spannte den Abzug. »Wer weiß noch Bescheid?«

»Nur ich. Nur ich.«

»Warum glaube ich dir das nicht?«

»Aber es ist wahr … bitte, ich muss … ich brauch einen Arzt. Wenn ich nicht …«

»Halt die Klappe, oder ich erschieß dich, ich schwör's! HALT … DIE … KLAPPE!«

Krohn erstarrte. Er lag jetzt da wie vorhin. Leblos. Bis auf die Pupillen, die von Elling zu Lona und wieder zurück wanderten. »Ich verblute«, sagte er leise.

Lona nickte: »Das stimmt. Er verblutet. Wir setzen uns und warten. Und dann muss … muss keiner schießen.«

Elling nickte. Für diese Situation gab es keine Blaupause. Nichts Gelerntes, was man hätte anwenden können. Sie mussten improvisieren. Und es gestaltete sich für sie natürlich leichter, einfach abzuwarten, als Krohn umzubringen. Elling setzte sich auf die Lehne der Couch. Lona blieb stehen. Sie sah dem Mann zur ihren Füßen in die Augen. Ohne Neugier. Aber auch ohne Mitgefühl. Krohn fiel es zunehmend schwer, diesen Blick zu erwidern.

»Ihr müsstet mich auch loswerden«, sagte der Mann schließlich. Es klang, als habe er die Hoffnung aufgegeben.

Stefan Krohn zog ein paar Papiertaschentücher hervor, die er auf seine Wunde an der Hüfte presste, in der Hoffnung, die Blutung so zu stillen. »Ich hab eine Idee«, sagte er mühsam, »wir haben die Dienstwaffen … vertauscht, beim Putzen hat sich … der Schuss gelöst.«

»Zweimal?«, fragte Elling: »Wie soll das gehen? Das nimmt uns doch keiner ab.«

»Mir fällt noch … was ein. *Bitte*. Ich … ich hab drei Kinder!«

In Lonas Haltung änderte sich etwas, ihre steinerne Miene bekam Risse, es schlich sich etwas Verletzliches ein. »Wie alt sind die?«, fragte sie.

»Drei und … sechs und acht.«

Lona suchte keinen Blickkontakt mit Elling, sie hatte es angefangen, sie brachte es auch zu Ende. Sie zog ihre Pistole mit links.

»Nein«, hauchte Krohn.

Mit einem Knopfdruck ließ sie das Patronenmagazin aus dem Knauf gleiten und fing es mit der rechten Hand routiniert auf. Sie ergriff ihre P99 am Lauf und drehte sie mit dem Griff zu Krohn: »Anfassen.«

Krohn legte seine rechte Hand um den Knauf und den Zeigefinger auf den Abzug.

»Mit dem Daumen«, befahl sie ihm. Auch das verstand er und legte seinen Daumen auf den Abzugsbügel.

»Da ist noch eine im Lauf«, warnte Elling sie. Aber Lona Mendt nickte nur: »Gib mir mal den Holzscheit vom Ofen.«

Elling stutzte kurz, aber dann begriff er, was sie vorhatte. Er ging zu dem gusseisernen Ofen, dessen Rohr in der Wand verschwand. Daneben lag Brennholz in einem Korb. Er schnappte sich einen Scheit und reichte ihn Lona.

Die legte ihn neben Krohn ab. »Los«, verlangte sie.

Der zögerte kurz, aber natürlich blieb ihm mit nur einer Kugel im Lauf keine Wahl. Er legte auf das Brennholz an und drückte ab. Die Kilojoule, die auf das Holz trafen, ließen den Scheit bis zur Wand rutschen.

Lona nahm die Pistole wieder an sich und ließ auch das Magazin einrasten. Dann sammelte sie die noch warme Patronenhülse auf, danach das Stück Holz, in dem die Kugel steckte.

»Bitte …«, hauchte Krohn.

Lona ging neben ihm in die Hocke.

»Drei Kinder«, sagte sie.

»Ja.«

Sie beugte sich noch weiter zu ihm vor, ihm stand die Todesangst ins Gesicht geschrieben.

Lonas Stimme war frostig und klar wie ein Bergsee am Morgen: »Wenn du uns verrätst, finde ich dich. Ich finde dich, und ich töte dich.«

31

Wegen des hohen Blutverlusts hatten sie sofort eine Notoperation eingeleitet.

Lona und Elling standen auf dem Flur der Klinik in Marnow und vertrieben sich die Zeit. Sie blickte hinaus auf das Blau des Sees, er beschäftigte sich mit einem Modell unter einer Plexiglashülle, die dem interessierten Publikum jene Baumaßnahmen zeigten, die die neuen Gebäude mit den alten der Klinik zu einem neuen Ganzen verschmelzen ließen, das seine Herkunft gleichwohl nicht verleugnete.

Sie hatten noch vom Campingplatz aus die 112 gewählt und den Tatort für die Untersuchungen, die jetzt unausweichlich anstanden, präpariert. Sie ließen den Blutfleck unter Krohns Körper unverändert. Die Hülsen der beiden Kugeln, die Lona auf ihn abgefeuert hatte, trugen sie näher an diesen Fleck heran. Sie sammelten die restlichen Daunen ein, die Elling übersehen hatte. Und ließen auch das zerschossene Kissen und den gelben Gummihandschuh verschwinden. Ebenso den Holzscheit samt Projektil und dessen Hülle.

Stefan Krohn verlor kurz vor dem Eintreffen des Rettungsdienstes erneut das Bewusstsein – und so wie man ihnen nach ihrem Eintreffen in der Klinik erzählte, war er bis zur OP auch nicht wieder aufgewacht.

Auf der Fahrt in Ellings Volvo um den Marnower See hätten sie die Gelegenheit gehabt, um über das zu sprechen, was vorgefallen war. Aber kein Wort war ihnen über die Lippen gekommen.

Bis sie an der Klinik angekommen waren.

Dort sah er sie von der Seite an. Unsicher. Und rang sich dann durch: »Du solltest dich untersuchen und behandeln lassen, wenn wir ...«

»Nein«, unterbrach sie ihn, die Augen starr nach vorne gerichtet.

Elling schluckte.

Nach anderthalb Stunden trat eine brünette Frau Ende dreißig in Begleitung eines Chirurgen auf sie beide zu. Sie hatte eine transparente Tüte dabei, in der sich die Habseligkeiten von Krohn befanden: Portemonnaie, Handy, Autoschlüssel und dergleichen; Kleinigkeiten.

Lonas Augen hefteten sich sofort auf diesen Beutel.

Die Frau bemerkte das. »Keine Sorge, er befindet sich nicht mehr in Lebensgefahr«, eröffnete sie daher das Gespräch und reichte Lona zuerst die Hand, »mein Name ist Dr. Hildebrandt. Ich leite diese Klinik. Dr. Böhm hier hat Herrn Krohn operiert.«

Lona Mendt war erleichtert über diese Nachricht und gleichzeitig verblüfft über ihre Erleichterung: »Mendt.«

Elling trat vor und reichte der Klinikleiterin und dem Arzt ebenfalls die Hand: »Elling. Wir sind von der Kriminalpolizei aus Rostock.«

»Und Herr Krohn ist Ihr Kollege, nehme ich an.«

»So ist es. Kann ich Ihnen die Tüte abnehmen?«

»Gerne«, antwortete sie und reichte sie ihm.

Böhm wandte sich an Lona und Elling: »Herr Krohn hat viel Blut verloren. Jetzt ist sein Zustand stabil, aber dafür mussten wir ihn in ein künstliches Koma versetzen. Bei einem guten Verlauf, und davon gehen wir aus, können wir die Aufwachphase in vier oder vielleicht fünf Tagen einleiten.«

»Das ist sehr erfreulich«, sagte Lona, »wir informieren die Angehörigen.«

Frau Hildebrandt nickte, offenbar war ihr das recht. Aber ihrem Gesicht nach zu urteilen, gab es noch etwas, was sie auf dem Herzen hatte: »Sie wissen, dass ich Schusswunden melden muss?«

»Natürlich«, sagte Elling geistesgegenwärtig, »das ist hiermit geschehen. Dankeschön.«

Nachdem sie das Gebäude verlassen hatten, wollten sie sich etwas die Beine vertreten und gingen ein paar Meter. Über dem See, den man von hier aus überblicken konnte, türmte sich eine schwere Gewitterfront auf. Aber im Augenblick ging noch kein Windhauch.

»Er hat uns in der Hand.«

Lona nickte, als sei es müßig, darüber zu sprechen: »Und was wollte er von dir? Was hat er gesagt?«

»Geld. Einen Teil davon – das heißt, eigentlich alles: 100 000.«

»Und weiter?«

»Na, ich wollte es ihm geben.«

Sie blieb stehen, also stoppte er auch ab und zündete sich eine an. Als er den ersten Zug nahm und aufblickte, blieb er an ihren Augen hängen, die ihn musterten, als sei da ein Aspekt in seinem Gesicht, eine Facette, die sie bisher übersehen hatte.

»Hab ich was im Gesicht?«

»Ich versteh dich nich'.«

»Wieso, was? Was verstehst du nicht? Er wollte das Geld, ich wollte es ihm geben.«

»Eben. Du hast eine Menge riskiert, um es zu kriegen und zu behalten.«

»Ich hatte Krohn gegenüber ja keine Wahl.«

»Aber jetzt hast du doch eine.«

»Jetzt versteh *ich* dich nicht«, antwortete Elling.

»Ich habe einen LKA-Beamten angeschossen. Und du deckst das. Deckst mich. Müsstest du gar nicht.« Sie sah ihm dabei direkt in die Augen. »Ich könnte mich absetzen. Du lässt mir einen Vorsprung, danach zeigst du mich an.«

Elling deutete lediglich ein Kopfschütteln an.

»Noch kannst du abspringen, Supermann.«

»Supermänner springen nicht ab.«

Die Geborgenheit, die Lona in diesem Augenblick empfand, hatte sie schon lange nicht mehr gespürt. Und sie war froh, jetzt für ein paar Augenblicke nicht mehr rennen zu müssen. Dass sie bei ihm anhalten und durchatmen durfte.

Eine Seitentür der Klinik wurde von einem Mitarbeiter

geöffnet. Heraus kam Meike Bender, die von ihrem viel größeren Mann Michael gestützt wurde. Ihre Schritte waren unsicher und schwach. Und er gab ihr Halt. Geduldig passte er sich ihrer Geschwindigkeit an.

»Das ist Frau Bender«, sagte Lona überrascht.

»Ja. Ich glaube, sie ist hier, weil sie eine Chemo bekommt.«

»Ich wusste nicht, dass sie so krank ist.«

»Ich auch nicht«, pflichtete er ihr bei, »ich hab sie heute Morgen zufällig im Haus gesehen, da hat er ihr eine Perücke abgesetzt. Ganz zärtlich.«

»Ja«, bestätigte Lona gedankenverloren, während sie den Benders bei deren Gang zum Parkplatz zusah, »ich hab selten so eine Innigkeit gesehen.«

In ihren Worten schwang noch mehr mit als die bloße Bedeutung. Sehnsucht.

»Hoffst du, dass er überlebt?«

Seine Frage kam aus dem Nichts.

»Ja.«

Elling trat die Zigarette aus und nickte ihr zu. Es brauchte kein Wort, sie gingen einfach weiter.

Ein Blitz jagte am Firmament herab. Kurz nur zog er eine gleißend helle Narbe durch die Wolken. Ein Sekundenbruchteil genügte ihm, um alle zu blenden, die ihn sehen konnten, und seine Gestalt als kurze Gravur auf ihrer Netzhaut zu hinterlassen. Als würde ein ganzes Menschenleben in eine Zehntelsekunde gebannt werden, dachte Lona. Sie mochte Blitze.

»Wir müssen«, wandte sie sich an Elling, »seine Dienststelle informieren, das LKA.«

Elling schüttelte den Kopf und hob die Tüte mit Krohns Habseligkeiten: »Wir sehen uns erst seine Sachen an.«

»Die gleichen später die Zeiten ab. Wann wir Krohn hatten und wann wir das LKA informiert haben.«

»Also, ich steh immer noch ziemlich unter Schock – und du? Könntest du schon telefonieren?«

Lona verstand.

Sie erreichten eine einsame Holzbank, die sich neben der Friedhofsmauer befand. Dahinter erstreckten sich die Gräber samt Kirche. »Hier gut für dich?«, fragte Elling.

Lona nickte und sie setzten sich.

Elling zückte sein Handy und rief in der KTU an.

»Niemann?«

»Elling hier. Herr Niemann, ich brauche schnellstmöglich einen Einzelverbindungsnachweis und eine neue PIN für das Handy mit der Rufnummer 0170 / 78 17 111.«

»Autsch-autsch.«

»Was?«

»Ich wollte nur sagen, dass ... das ist ein sensibler Bereich. Ich bin hier nämlich in der Kripo auch der Datenschutzbeauftragte ...«

Unglaublich, was die Computer alles so mit sich brachten. Vielleicht würden sie in zehn Jahren schon alle Gespräche ihrer Besitzer heimlich mithören können. Wenn er so einen Gedanken zu Hause äußerte, schüttelte Susanne den Kopf: *Du bist paranoid, Elling.*

»Umso besser, dann machen Sie uns bitte noch ein Bewegungsprofil von dem Mobiltelefon. Ich will wissen, wo der Mann im letzten Monat gesteckt hat.«

»Das darf ich nicht.«

»Weil?«

»Dazu braucht es eine richterliche Anordnung.«

»Bring ich Ihnen. Machen Sie bitte. Es ist wirklich dringend.«

»Die richterliche Anordnung kann nur bei, ich zitiere, *Gefahr in Verzug* nachgereicht werden.«

»Wir haben hier Gefahr in Verzug.«

»Ich brauche das schriftlich.«

»Bekommen Sie – besorgen Sie mir jetzt bitte eine Übersichtskarte mit allen Funkzellen, in denen das Handy sich eingewählt hat.«

»Einen Monat, ja?«

»Zuerst mal die letzte Woche, vielleicht reicht das.«

»Gut, erledige ich. Denken Sie an die schriftliche Bestätigung, Herr Elling?«

»*Sie … bekommen … die*«, antwortete Elling und betonte dabei jedes Wort, »was wollen Sie noch, Mann? Soll ich's morsen?«

»Nein. Es ist nur, dass sich alles in einem rechtssicheren Rahmen …«

»Tut es. Hören Sie, vermutlich rennen wir hier gegen die Zeit an, es geht um einen Säugling, von dem wir … Scheiße-noch-mal nicht wissen, wo der ist! Machen Sie jetzt!«

»Jawohl.«

Niemann hatte die Verbindung von sich aus unterbrochen.

»Um einen Säugling?«

Trotz der ganzen Umstände brachte Lona ein Schmunzeln zustande.

Elling schmunzelte nicht: »Krohn wusste, dass das Geld von der Übergabe markiert gewesen ist – woher? Was ist da gelaufen? Ich will jetzt wissen, was für eine Rolle der gespielt hat. Der Säugling war für Niemann.«

Ellings Worte sorgten dafür, dass Lona sich straffte.

Währenddessen nahm die Zahl der Blitze zu. Ihr Donnern erreichte sie in immer kürzeren Abständen. Und auch der Tanz der elektrischen Entladungen in ihren unfassbar schnellen Verästelungen kam näher.

Lona hatte die Brieftasche von Krohn aus der Tüte gezogen und durchsuchte sie. Zuerst zog sie eine zusammengefaltete Postkarte hervor, die sie Elling reichte. Und der klappte sie auseinander: *Marnow*. Es war eine Ansichtskarte des Ortes. Der See, die Kirche. Elling wendete die Karte in seiner Hand. Niemand hatte einen Empfänger eingetragen oder gar eine Nachricht hinterlassen.

»Kein Text«, stellte Lona fest.

»Nein.«

»Wie ein Souvenir.«

Elling nickte.

»Die Karte ist nicht neu, die Ränder sind vergilbt«, stellte Lona fest, »also *ist* es ein Souvenir. Er war hier. Früher schon, Krohn ist früher schon hier gewesen. In Marnow. Er wollte die Postkarte nicht verschicken.«

»Nein«, bestätigte Elling.

Die Blätter des Baumes, der über die Friedhofsmauer ragte, begannen zu rascheln.

Lona zog nun zwei Fotos aus der Brieftasche des LKA-Mannes und klappte sie auseinander. Das eine zeigte einen jungen Kerl mit einem anderen Mann, vielleicht um die vierzig. Beide blickten unbeschwert und leicht lächelnd in die Kamera.

»Das ist doch der junge Alexander Beck«, sagte Elling.

»Ja. Und der daneben?«

Elling deutete ein Achselzucken an. Ihm war dieses andere Gesicht nie begegnet. Lona erging es offensichtlich nicht anders.

»Aber es ist hier aufgenommen worden«, sagte sie und deutete auf eine Zinne im Hintergrund des Fotos. Jetzt identifizierte Elling die Kirchturmspitze auch als solche. Um ganz sicherzugehen, schaute er über die Schulter und stand dann sogar auf, um die Kirchturmspitze auf dem Foto mit derjenigen zu vergleichen, vor der sie sich befanden.

Es war eine sehr alte, verwitterte Kirche, an der schon lange keine Ausbesserungs- oder Renovierungsarbeiten mehr stattgefunden hatten. Verlassen und aus der Zeit gefallen. Lona stellte sich neben ihn und versuchte, die Distanz aus Kirchturm und dem Standort, an dem das Foto geschossen worden war, in etwa zu bestimmen. Sie deutete zurück zur Klinik. »Es ist irgendwo da hinten aufgenommen worden«, stellte sie fest, »irgendwo hinter der Klinik.« Elling folgte ihrem Blick und nickte dann.

In diesem Moment folgte der Donner dem Blitz binnen eines Sekundenbruchteils. Es gab ein ohrenbetäubendes Krachen direkt über ihnen, dann setzte Platzregen ein. Sie liefen über den Sandweg des Friedhofs zur Eingangstür der Kirche. Sie war verschlossen.

Ein älterer Mann, der vor einem Grab gehockt hatte, zog sich seine Jacke über den Kopf und lief los, so schnell er konnte.

Den Grabstein durchzog ein Riss, wie Lona feststellte.

»Da!«, rief Elling und deutete auf einen kleinen offenen Pavillon.

Sie liefen durch den Regen unter das überdachte Rondell, das sich nach hinten an drei große Bäume schmiegte, die den Regen auf dieser Seite abhielten.

Elling und Lona setzten sich hin. Die Abkühlung, die mit dem Wolkenbruch kam, tat gut. »Wird bestimmt nicht lange dauern«, brummte Elling.

Lona nahm ihm das Foto aus der Hand und betrachtete es. Es hatte zwei Eselsohren.

»Das dürfte aus den Siebzigern, Achtzigern sein. Fotopapier, Vergilbungsgrad …«, sagte Elling.

»Mich interessiert das Verhältnis der beiden zueinander«, sagte Lona, »der Mann neben Beck sieht klug aus und selbstbewusst. Aber nicht auf diese unangenehme Art.«

»Zurückgenommen.«

»Das meine ich, ja. Er ist gebildet. Und es war auch in Marnow.«

»Alle Wege führen nach Marnow«, sagte Elling halb im Scherz. Der Regen nahm zu und trommelte auf das Dach des Pavillons, ein sich ständig änderndes Stakkato.

»Warum«, fragte Lona gegen den Platzregen an, »hat Krohn ein Foto von Beck bei sich?«

»Vielleicht kannten die sich.«

»Wir kennen uns auch – trägst du Fotos von mir mit dir rum?«

Elling schüttelte den Kopf.

»Doch höchstens von Susanne oder Mareike«, fuhr Lona fort, »von Personen, die einem nahestehen.«

Ihre Ratlosigkeit ließ sie schweigen. Sie schauten zu, wie der Regen den Staub und Vogelmist von den Grabsteinen wusch und die Sandwege dazwischen in Matsch verwandelte. Kleine Pfützen und Rinnsale bildeten sich.

»Und das andere Foto?«, fragte Elling schließlich.

Sie reichte es ihm. Zusammen blickten sie auf ein Schwarz-Weiß-Foto, das ein Dutzend junger Männer in Trainingsanzügen zeigte. Die meisten lächelten in die Kamera, und die, die es nicht taten, wirkten zumindest aufgeräumt und zugewandt. Lona deutete auf den zweiten Mann von links: »Das ist er wieder: Beck.«

Elling erkannte ihn auch.

»Sieht aus wie eine Mannschaft«, sagte Lona.

Elling wiegte den Kopf hin und her, als wolle er das weder bejahen noch verneinen: »Das sind alles Angehörige der Stasi.«

Lona merkte auf.

»Das ist nach irgendeiner sportlichen Ertüchtigung entstanden ... die Kopfhaare sind am Ansatz nass, da sind Schweißflecken auf den Oberteilen. Ich kenn die Trainingsanzüge. Das ist definitiv die Staatssicherheit. Niemann hat ja schon bestätigt, dass Beck beim MfS war.«

Mitten im Regen sah sie ihn von der Seite an, und Elling erwiderte diesen Blick. Er kannte ihn gut. Bestimmt zwei Dutzend Mal war er von ihm von unterschiedlichen Menschen heimgesucht worden.

»Nein«, nahm er ihre Frage daher vorweg, »ich war nicht bei der Truppe – war denen zu teuer.«

Er grinste über seinen Witz, und deshalb wusste Lona, dass er die Wahrheit sagte.

»Vielleicht kommen Krohn und er einfach aus demselben Stall und kannten sich daher.«

Sie deutete mit dem Finger auf die jungen Männer.

»Aber da ist er, glaube ich, nicht dabei, Krohn, meine ich. Und vom MfS zum LKA ... nicht einfach, oder?«

Sie sah ihn an wie einen kleinen Jungen, dem man die schmerzliche Mitteilung machen musste, dass es Winnetou nicht wirklich gibt: »Die haben zu Hunderten ihre Akten geschreddert, ihre Lebensläufe manipuliert, die sind in der Polizei und in der Bundeswehr abgetaucht, die sind überall untergekommen, Elling. Bleibt die Frage, warum Krohn die Fotos mit sich herumgetragen hat.«

Frank Elling studierte gerade dasjenige, das Beck mit dem Unbekannten zeigte. Und die Postkarte. Einige Partien waren heller, andere dunkler. »Die haben zum Teil übereinandergelegen«, sagte er leise und beugte sich vor. Er legte die Postkarte und die beiden Fotos vor sich auf den Boden des Pavillons und ordnete sie so an, dass die verblichenen Bildfragmente verschwanden. Er tat das in einer Geschwindigkeit, die Lona verblüffte. Sie hätte eine Weile gebraucht, um das exakte Muster zu finden, in dem die drei Elemente anzuordnen waren.

»Das war schnell«, konstatierte sie.

»Ich war im Vorteil«, räumte er ein, »ich kannte das Muster – und du nicht.«

»Woher?«

»Das sind die Umrisse auf der Pinnwand von Alexander Beck. In der Küche. Jemand hatte sie abgenommen. Ich dachte, vielleicht er selbst, aber …«

Er sprach es nicht aus. Stattdessen zückte er sein Handy, mit dem er die Pinnwand abfotografiert hatte, und gab es ihr. Lona blickte abwechselnd auf das digitale Foto – und die drei Bilder am Boden, um beide Umrisse aneinander abzugleichen. Elling hatte recht. Es passte haargenau.

»Dann war Krohn in Becks Wohnung.«

»Vermutlich. Oder jemand, der die Postkarte und die zwei Fotos abgenommen und ihm später gegeben hat«, antwortete Elling.

Eine Böe fegte etwas Regen in den Pavillon und ließ sie enger zusammenrücken, sodass ihre Beine sich berührten.

»Er war in Becks Wohnung. Vor uns. Das ist kein Zufall«, legte Lona sich fest, »kein Zufall. Und er nimmt zwei Dinge mit, den Hinweis auf Becks Vergangenheit bei der Stasi und … den auf Marnow.« Sie zückte ihr eigenes Handy und wählte die Nummer der KTU.

»Frau Mendt?«

»Ja.«

»Ich brauche dringend das Bewegungsprofil für diese Nummer vom …«

»Das Profil ist in Arbeit, es ist noch nicht komplett.«

»Muss es momentan auch nicht. Haben Sie die Funkzellen für den Dienstag?«

»Sie, ähm, Augenblick … Moment.«

Lona Mendt hörte das Rascheln von Papier. Dann das Klackern der Tastatur. Sie schaltete die Lautsprecherfunktion ein, sodass Elling mithören konnte.

»Sie meinen den 12. August«, versicherte er sich.

»Den meine ich.«

»Hab ich. Bei Ihnen regnet's, hm?«

»Ziemlich, ja. Uns interessiert Rostock-Toitenwinkel, der Fundort der Leiche von Herrn Beck: Ist die Albert-Schweitzer-Straße 4 in einer der Zellen, in die das Handy sich eingewählt hat?«

Es dauerte nur ein paar Sekunden.

»Ja.«

»Wann?«

»Am 12. August abends, von … hier: von 18:44 Uhr bis 22:07 Uhr.«

»Das sind über drei Stunden«, überschlug Elling.

»Ja«, bestätigte der KTU-Mann aus Rostock und räusperte sich: »Herr Elling?«

»Hm?«

»Was ist mit dem Säugling?«

»Lebt. Wir haben ihn gefunden, er lebt.«

»Zum Glück«, sagte Niemann mit einem tief empfundenen Seufzen. Nie war er Lona näher gewesen. Und nie würde er das erfahren.

»Denken Sie noch an die richterliche Genehmigung, Herr Elling?«

»Bekommen Sie. Haben Sie eine PIN vom Mobilfunkanbieter für das Handy?«

»Gerade reingekommen, ja. Eigentlich hab ich sie schon vor zehn Minuten bekommen, es war bloß … viel los.«

»Und?«

»1-2-0-8.«

Elling tippte die Ziffernfolge in Krohns Handy ein, das die Eingabe mit der Abbildung einer neuen Eingabemaske quittierte, die die SIM einforderte.

»Ich brauche die SIM«, ließ er Niemann wissen.

»Die haben mir eine neue SIM zum Entsperren gegeben, die hab ich hier … da ist sie: 1-7-1-2.«

Elling gab die vier Ziffern ein – und schaltete das Handy damit tatsächlich frei. »Hat geklappt, danke.«

»Noch was, Herr Niemann«, sagte Lona, »wo war das Handy die drei Stunden davor eingewählt? Anders gesagt: Hat es sich da auch schon mal in dieser Funkzelle befunden, vorher?«

Wieder das Tippen auf der Tastatur. Er tippte mit zwei, maximal drei Fingern, schätzte Elling, denn er schlug hart und laut an, was beim Zehnfingersystem unnötig war.

»Nein«, bestätigte Niemann dann Lonas Vermutung, »nein, er war vorher gar nicht in Rostock.«

»Danke – bleiben Sie noch einen Augenblick dran, bitte?«

»Aber gerne.«

Elling tat das, was sie auch getan hätte – er durchsuchte die Liste der Anrufe für den fraglichen Zeitraum, in dem Krohn in Toitenwinkel gewesen war.

Dabei stieß er auf eine Nummer, die Krohn um 20:37 Uhr am 12. August aus der Wohnung des Opfers angerufen hatte: 0155 / 22 22 7 22.

»Herr Niemann?«

»Ja?«

»Wir brauchen den Namen hinter folgender Nummer«, sagte er und gab dem KTU-Mann die Mobilnummer durch.

»Wird erledigt.«

Sie bedankten sich bei Niemann, bevor sie die Verbindung unterbrachen.

»Krohn hat diese Nummer ziemlich oft angerufen in letzter Zeit.«

»Er ist Täter Nummer zwei«, stellte Lona fest. »Während der

ersten Tatphase war Krohn nicht in Rostock. Da hat Täter Nummer eins den Mord an Alexander Beck begangen.«

»Und sich die Antworten auf seine Fragen geholt«, ergänzte Elling.

Lona nickte: »Und ungefähr drei Stunden später kommt Stefan Krohn dazu. Er entdeckt die Leiche.«

»Und führt dann ein Telefonat mit 0155 / 22 22 7 22.«

»Um diese Person darüber zu informieren, dass Beck tot ist, nehme ich mal an«, brachte Lona den Gedanken zu Ende.

Das Prasseln des Regens auf dem Dach des Pavillons ließ etwas nach. Sie sahen sich an und entdeckten im Gesicht des anderen mitten im Sommergewitter das Aufkeimen von Hoffnung. Endlich ein Hebel, ein Ansatz.

»Wir sind dran, Elling«, stellte Lona erleichtert fest.

»Ja«, bestätigte er und sorgte sich gleichzeitig, wohin das alles führen sollte.

Sie las einfach in seinem Gesicht: »Was bereitet dir Kopfzerbrechen?«

»Ob das nicht eine Nummer zu groß ist für uns.«

»Gibt es so eine Kategorie für Supermänner?«

»Im Ernst. Krohn ist vom LKA. Und er legt eine Fehlspur. Er will uns ablenken – ist dir mal aufgefallen, wann Krohn zu uns gestoßen ist?«

»Nach der Geldübergabe.«

»Auch. Aber ich meine, *nach* unserer Ankunft hier in Marnow.«

»Dass wir hier sind, hat ihn aufgescheucht?«

»Ja, und natürlich gibt es keinen alten Fall. Der wollte einfach auf den aktuellen Stand unserer Ermittlungen gebracht werden. Und bleiben.«

»Ja«, stimmte Lona zu, »er wollte wissen, wann wir ihm zu nahe kommen. Deshalb hat er bei uns nachgehorcht, wie nahe wir schon sind.«

»Und deshalb hat ihm deine Theorie mit den zwei Tätern auch nicht gefallen«, schloss Elling.

Krohn.

Menschenfleisch.

Ihr war, als könne sie ihn riechen, als fahre sein Atem über ihren Nacken.

Lona schüttelte sich kurz. Wo auch immer sie hingehen würde, Krohn würde von nun an immer dabei sein. Sie wusste, dass mit Krohns Tod für sie letztlich nichts beendet wäre.

»LKA«, sagte Elling nachdenklich und holte Lona aus ihren Gedanken zurück, »und dann ist er auch nicht alleine unterwegs. Zumindest gibt es noch jemanden, mit dem er in Kontakt steht. Derjenige, den er angerufen hat. Was ist, wenn das noch nicht alles ist? Wenn da noch mehr hinterstecken? Was war diese Vertuschung? Eine offizielle LKA-Aktion?«

»Das … glaube ich nicht.«

»In was schlittern wir hier rein?«

Lona deutete ein Achselzucken an. Nicht gleichgültig, sondern ratlos, was sie darauf antworten sollte.

»Vielleicht sollten wir abhauen«, meinte Elling, »noch ist Zeit.«

Lona wollte nicht, aber sie konnte nicht anders, sie musste lächeln: »Wie denn, du und ich, Elling? Im Wohnmobil um die Welt? Fische fangen und Schmuck aus Muscheln basteln und an Touristen verkaufen, so was? Du bist hier gebunden, Elling. Du kannst nicht gehen.«

»Aber du – du bist frei«, sagte er. Seine Stimme klang rau.

Lona runzelte die Stirn: »Wie kommst du darauf?«

Jetzt zuckte er mit den Achseln. »Du bist es eben. Du bist der freieste Mensch, den ich kenn.«

»Ja, und jeden zweiten Tag brauch ich Frischwasser und Strom. Nicht weit her mit meiner Freiheit.«

»Du weißt, was ich mein.«

Er musste sie gar nicht erst anschauen, um zu wissen, dass sie genau begriffen hatte, wovon er sprach.

Das Gewitter war weitergezogen und hatte die Hitze mit sich gerissen. Die Tropfen fielen noch von den Blättern der Bäume, sie verursachten den Dampf, der auf dem Friedhof und den Wiesen ringsum aufstieg.

Lona Mendt überlegte ein paar Augenblicke, bevor sie Elling antwortete. »Ich bin nicht frei, nur weil ich überall hingehen kann. Ich darf nicht stehen bleiben, das ist alles«, sagte sie dann.

Elling musterte seine Kollegin, die ihn offen ansah. »Bei mir kannst du stehen bleiben.«

Lona nickte: »Weil du nicht fragst.«

Lona informierte Krohns Dienststelle noch vom Friedhof aus.

»Wie es aussieht, ist das beim Waffenreinigen passiert, ja.«

»Haben die das geschluckt?«, wollte Elling wissen, nachdem Lona das Telefonat beendet hatte.

»Für den Anfang ja.«

Bevor sie den Friedhof verließen, ging Lona zu dem Grabstein mit dem Riss. Der, an dem der alte Mann gestanden hatte. Die Inschrift lautete: *Kerstin Hildebrandt, 01. 02. 1981 – 02. 10. 1988.*

32

Das LKA rückte mit einem Dutzend Beamten an. Sie brachten ihre eigene Spurensicherung mit, deren Mitarbeiter in ihren Astronautenanzügen damit begannen, jeden Quadratzentimeter in Bungalow Nummer zwei umzudrehen und zu durchleuchten.

Eine ganz Korrekte mit Kurzhaarschnitt stellte sich Elling und Lona mit energischem Händedruck vor: »Svenja Pröscher. Ich leite das LKA Meck-Pomm.«

Eine Axt hätte den Scheitel nicht gradliniger anlegen können.

»Es tut uns sehr leid wegen der Verletzung des Kollegen«, meinte Lona.

»Danke.«

»Haben Sie uns Herrn Krohn zugeteilt?«

»Nein. Er hat alleine operiert.«

Lona kniff die Augen zusammen: »Wie läuft das konkret, wenn ich fragen darf?«

»Dürfen Sie. Er meldet sich ab, ich genehmige das.«

»Muss er da was vorlegen?«

»Nein. Er taucht einfach ab. Das Vorgehen ist ja auch seine Lebensversicherung. Ich will, dass jeder VE von meinem Radar verschwindet. Ich will, dass sie unsichtbar sind. Warum fragen Sie?«

Das erwischte Lona auf dem linken Fuß. Langsam kamen die ersten Schaulustigen näher. Elling war das gewohnt. Er wusste, warum sie kamen. Natürlich wegen der Mitarbeiter der Spurensicherung in ihren Anzügen. Auch. Aber was sie quasi magisch anzog, waren die rot-weißen Absperrbänder.

»Weil er uns von einem drei Jahre alten Fall erzählt hat, der uns interessiert«, sprang Elling ein.

Pröscher überlegte kurz, schüttelte dann den Kopf: »Komme ich im Augenblick nicht drauf.«

Wenn Stefan Krohn als verdeckter Ermittler unterwegs gewesen war, hatte er im Detail stets alleinverantwortlich gehandelt. Das LKA setzte die VEs vielfältig ein. Oftmals, um ins kriminelle Milieu einzutauchen und es dauerhaft zu infiltrieren. Informationen abzuschöpfen, damit die Kollegen offiziell was in der Hand hatten.

Oder auch, was seltener vorkam, gegen Leute aus den eigenen Reihen. Vielleicht war dies so ein seltener Fall.

Ein kleiner Škoda fuhr vor und hielt nur wenige Meter entfernt innerhalb der Absperrbänder. Auf der Fahrerseite stieg ein Dreikäsehoch mit einem Anzug von C&A aus. Ein Allerweltsgesicht mit schmalen Augen – ein Blau wie ein Gebirgsbach.

Auf der anderen Seite verließ eine junge Frau den Wagen. Sie trug in dieser mörderischen Hitze, die trotz des Gewitters herrschte, eine schwere Tasche mit sich. Hornbrille, Haare zu einem züchtigen Zopf gebunden. Ihre Augen waren braun. Kein Gebirgsbach. Aber ebenso sachlich wie die ihres Chefs, der bereits Pröscher, Elling und Lona erreicht hatte.

Er schüttelte Svenja Pröscher die Hand: »Guten Tag, Frau Pröscher, was macht der Kollege?«

»Ihm geht's so weit gut, hör ich. Ich hab kurz mit der Klinikleitung telefoniert.«

»Sein Zustand ist stabil«, sprang Elling ein, »er liegt jetzt im künstlichen Koma.«

Der junge Mann nickte: »Simon Rost, Staatsanwaltschaft Rostock, meine Kollegin Frau Ritter.«

»Guten Tag«, sagte die junge Frau mit der schweren Tasche. Händeschütteln. Das alles wie ein ungelenker Staatsbesuch.

»Sie sind Frau Lona Mendt?«, fragte Rost. Er trug eine tiefe Narbe unter dem linken Auge. Kein einfacher Schmiss, die Verletzung war massiv gewesen. Bis runter zum Wangenknochen. Sie nahm ihm ein wenig das Jungenhafte.

»Ja«, bestätigte Lona.

»Sie haben ihn gefunden?«

»Wir beide«, sagte Elling.

Rost musterte ihn kurz: »Herr Frank Elling?«

»Genau.«

Sie reichten sich ebenfalls die Hände.

Das Jungenhafte an Simon Rost täuschte Elling nicht, er war in Habachtstellung. Denn vor ihm stand ein reinrassiger Terrier. Einer, der nicht mehr losließ, wenn er erst mal zugebissen hatte.

»Die Waffe, die zu den Verletzungen geführt hat, ist Ihre, Frau Mendt? Bin ich da richtig informiert?«

»Ja, das sind Sie. Herr Krohn hatte sie wohl an sich ge …«

»Dazu befrage ich Sie gleich«, unterbrach der Staatsanwalt sie mit leiser, sanfter Stimme, »darf ich Sie bitten, Ihre Dienstwaffe hier in den Beutel zu legen? Wir händigen Ihnen nachher eine neue aus.«

Seine Begleiterin, Frau Ritter, zog aus ihrer großen Umhängetasche eine Tüte heraus und öffnete sie.

Lona nahm die Pistole, ließ das Magazin aus dem Knauf und zog den Schlitten zurück, damit die Kugel im Lauf ausgeworfen wurde. All das ließ sie in die Tüte fallen, die Frau Ritter wieder verschloss und mit einem Aufkleber versah, der die Tüte versiegelte, bevor sie alles wieder verstaute.

»Es war für Sie beide ein sehr belastender Tag, deshalb möchte ich Sie nicht über Gebühr beanspruchen«, sagte Rost ruhig, während seine Pupillen unablässig zwischen ihren Gesichtern hin und her wanderten, »aber Sie wissen ja, dass bei einer … zweifachen Schusswunde bei einem LKA-Kollegen eine Befragung routinemäßig ansteht. Frau Mendt, mit Ihnen würde ich gerne beginnen. Vorher untersucht die KTU Ihrer beide Hände auf Schmauchspuren. Das dient der Bestandsaufnahme, das Procedere kennen Sie ebenfalls.«

Sie machten beide gute Miene zum bösen Spiel. Die unabhängige, zeitversetzte Befragung wandten Lona und Elling selbst bei Verhören an.

Vorteile: Falls die Geschichte fragwürdig war, offenbarte sich das bereits in den Aussagen der Beteiligten, die voneinander abwichen, da man ihnen die Chance nahm, sich auf eine identische Lüge festzulegen. Falls ein Beteiligter den anderen aus Angst deckte und zum Beispiel alle Schuld auf sich nahm, konnte der vor ihnen auspacken und die Wahrheit erzählen, denn er konnte auf diese Weise seinen Kollegen verraten, ohne ihm dabei in die Augen schauen zu müssen.

Nachteile: keine.

Und was die Schmauchspuren betraf – die klebten an dem gelben Gummihandschuh, den Lona bei den Schüssen auf Krohn getragen hatte. Die KTU würde nichts an ihren Händen finden.

Die Befragung erfolgte in einem Nebenraum von Bungalow zwei – dem Esszimmer. Ein Tisch, vier Stühle, die Tür zur Veranda, mehr fand sich hier nicht.

Lona Mendt saß mit dem Rücken zur Wand. Die Fingerspitzen von Frau Ritter schwebten über der Tastatur eines Laptops.

Wie kleine Raubvögel, dachte Lona, die in der Abendluft flatterten, die Position hielten und dann blitzschnell hinabstießen.

Rost nickte seiner Assistentin zu, und die aktivierte die Aufnahme am Diktiergerät.

»Befragung von KHK Mendt, Lona, Kriminalpolizei Rostock, durch Rost, Simon, Staatsanwaltschaft Rostock wegen der zweifachen Schussverletzung zum Nachteil von Krohn, Stefan, EKHK des Landeskriminalamts Schwerin, Aktenzeichen 1208 Js. Ort: Marnow. Datum: Samstag, 16. August 2003.«

Anschließend wandte er sich an Lona. Ruhig, zuvorkommend, konzentriert. »Sie haben die Schüsse gehört?«

»Genau.«

»Um wie viel Uhr war das?«

Lona deutete ein Achselzucken an: »Wir waren etwa gegen halb zehn in der Klinik, ich hab vorher nicht auf die Uhr geguckt … vielleicht weiß es Herr Elling genauer.«

»Schätzen Sie einfach«, forderte Rost sie auf und blätterte in seinen Unterlagen, »so in etwa, Frau Mendt.«

»Na, wie gesagt, wir waren so gegen halb zehn in der Klinik, glaube ich. Vorher der RTW, der hatte ja auch Anfahrt, Verbringung von Herrn Krohn in das Fahrzeug, die Fahrt um den See ins Krankenhaus … ich schätze, so um neun Uhr rum.«

»Viertel vor neun, zehn vor neun«, schätzte Elling.

Eva Ritter tippte seine Aussage in ihr Notebook.

Simon Rost hob den Blick von seinen Unterlagen: »Die Notrufzentrale hat Ihren Anruf um 9:04 Uhr entgegengenommen.«

»Ah ja.«

»Wo waren Sie, als Sie die Schüsse gehört haben, Herr Elling?«

»Im Wohnmobil von Frau Mendt.«

Simon Rost blinzelte kurz, auch Eva Ritter sah auf.

»Die Kollegin macht hier … Ferien?«

»Nein. Sie wohnt da drin, in dem … Wohnmobil.«

Andere brauchten eine gute Minute, um es zu verinnerlichen, wenn sie es das erste Mal hörten. Nicht so Rost. Der beließ es bei einem trockenen Nicken.

»Und wissen Sie, wo sich Frau Mendt in diesem Moment befunden hat?«

»Auch im Wohnmobil.«

»Wir waren beide in meinem Wohnmobil«, sagte Lona.

»Was haben Sie da gemacht?«

»Wir haben nach meiner Dienstwaffe gesucht.«

»Wann haben Sie das Verschwinden bemerkt?«

»Als ich aus den Waschräumen zurückgekommen bin. Ich habe die eigentlich immer oben auf dem Kühlschrank liegen, aber da war sie nicht mehr.«

»Frau Mendt ist aufgeregt zu mir gekommen und hat mir von dem Verschwinden ihrer Dienstwaffe erzählt«, erläuterte Elling dem Staatsanwalt.

»Sie waren also auch dienstlich vor Ort?«

»Der Bungalow, in dem wir sitzen, ist von einem Mordopfer bewohnt worden. Deshalb waren wir hier.«

Rost blätterte hin und her. Ergebnislos. Eva Ritter deutete auf eine Zeile in ihrer Akte, die sie ihm so hinschob, dass er einen Blick darauf werfen konnte. »Zum Nachteil von Herrn Alexander Beck?«

Elling nickte.

»Das Band hört Ihr Nicken nicht, Herr Elling.«

Kein Vorwurf, keine Ermahnung, nur eine Feststellung. Elling hätte gerne gewusst, ob es etwas gab, was Herrn Rost aus der Ruhe bringen konnte.

»Ja«, sagte er dann, »und wenn eine Dienstwaffe verschwindet, dann ist das natürlich als Polizist eine mittlere Katastrophe. Deswegen haben wir dann gesucht. Manchmal verlegt man ja nur was. Morgens, nach dem Aufwachen, man ist noch nicht ganz da. Also haben wir da mal zuerst nachgesehen.«

»Aber die Dienstwaffe nicht gefunden«, schloss Rost.

Lona nickte.

»Das Band hört Ihr Nicken nicht.«

»Ja, wir haben sie nicht gefunden.«

»Als Kriminalhauptkommissarin sind Sie mit den Dienstvorschriften über das Tragen und Verwahren von Dienstwaffen vertraut«, stellte er fest.

»Ja.«

»Verschließen Sie Ihre Dienstwaffe nicht?«

»Nein.«

»Warum?«

»Es ist mir zu umständlich. Ich ging davon aus, dass sie im Wohnmobil für einen kurzen Zeitraum von 20 Minuten auf einem belebten Campingplatz sicher ist. Ich hatte bloß die Tür nicht abgeschlossen.«

Simon Rost räusperte sich kurz und wandte sich an seine Assistentin: »Machen Sie mir da einen internen Vermerk rein, ins Protokoll, bitte, Frau Ritter.«

Ihre Finger jagten über die Tastatur, und Rost wandte sich an Lona: »Da kommen Sie um eine Dienstaufsichtsbeschwerde nicht herum, Frau Mendt. Ich bin dazu verpflichtet – nur, damit Sie das richtig einordnen. Gut. Sie haben dann also die Schüsse gehört.«

»Genau«, bestätigte Elling ihm, »Frau Mendt hatte ihr Wohnmobil nicht abgeschlossen.«

»Das wissen wir bereits, danke. Und dann?«

Elling war hochkonzentriert. Wenn Lonas und seine Antworten sich nicht haargenau deckten, würde dieser junge Mann sie schreddern.

»Dann sind wir in den Bungalow gelaufen. Und da lag Herr Krohn … hinter der Couch, ich …«

Simon Rost hob den Unterarm in einer ruhigen, überlegten Geste: »Augenblick, bitte, Herr Elling. Sie beide hören die Schüsse, und dann laufen Sie in den Bungalow Nummer zwei. Derjenige, in dem wir jetzt sitzen.«

»Ja.«

Elling sah kurz hinüber zu dem Team der Spurensicherung. Sie zupften mit Pinzetten und Klebebändern an der Couch herum und sicherten Haare, Hautschuppen und jede Menge Kleinkram. Er hoffte, Lona und er hatten keine der Federn aus dem Sofakissen übersehen.

Sicher, eine Daune war nicht verräterisch. Das gab es in vielen Haushalten. Aber in keinem lag eine herum, an der sich Rückstände der Treibladung eines Geschosses befanden.

»Wie lange stand denn das Wohnmobil von Frau Mendt eigentlich unverschlossen da?«

Zeiten, Chronologie der Abläufe. All das nahm Rost als Beifang mit. Aber wenn er sie für schuldig hielt, wenn er den Verdacht hatte, sie hätten Krohn über den Haufen geschossen, dann käme er ihnen damit nicht bei. Er hatte es mit zwei erfahrenen Polizisten zu tun, sie würden in keine Anfängerfalle tappen.

Es sei denn, sie verplapperten sich. Deshalb zog er diese Netze wie ein Fischer einfach mit sich. Wahrscheinlich würden sie sich nicht verheddern, vielleicht aber doch. Die Kriminalgeschichte wimmelte schließlich von Tätern, denen eine Banalität zum Verhängnis geworden war.

Aber der Fangschuss, den er setzen würde, den Lona in jedem Nebensatz erwartete, der würde anders gestrickt sein. Überlegt. Logisch. Nicht zu komplex, aber raffiniert.

»So etwa 15 bis 20 Minuten.«

Simon Rost nickte leicht, eine unverfängliche Antwort auf eine unverfängliche Frage.

»Und mit Ihrem Kollegen Herrn Elling haben Sie dann die Schüsse gehört.«

»Richtig.«

»Und dann sind Sie … hierhergelaufen. In diesen Bungalow? Zu Herrn Krohn?«

»Ja.«

»Warum?«

»Ich verstehe nicht.«

»Warum sind Sie nach den Schüssen, die Sie beide gehört haben, zielgerichtet in diesen Bungalow gelaufen, Frau Mendt?«

Da war sie, die Frage. Wie das unerwartete Zustoßen einer Natter aus dem feuchten Unterholz.

»Wie meinen Sie das?«, fragte sie, um Zeit zu schinden. Um eine möglichst unangreifbare Antwort zu erfinden.

»Gut, lassen Sie es mich so sagen – irgendwo ist da ein Knall auf dem Gelände. Ein Knall, ein zweiter, ich …«

Rost machte ein Gesicht, als habe er sich gerade verplappert, und redete daher schnell weiter: »Ich frage mich, da sind ja vier Bungalows, korrekt?«

Er schoss die Frage raus, damit sie sich nicht auf seinen Fauxpas konzentrieren konnte, damit sie ihn vielleicht gar nicht bemerkte. Er wollte ihre Gedanken auf Trab halten und fortführen.

»Ja, vier.«

»Und Sie beide laufen exakt in Nummer zwei – warum?«

Lona spielte Zögern. Als habe er sie ertappt. Aber Rost, der Terrier, verzog keine Miene.

»Den ersten Schuss konnten wir nicht zuordnen. Aber draußen, vor dem Wohnmobil, war es dann klar – dann kam ja erst der zweite Schuss.«

Der junge Staatsanwalt ließ sich immer noch nichts anmerken, aber seine Muskelspannung um die Kiefer herum ließ nach, wie Lona registrierte. Sie hatte seine Fangfrage pariert. Und hoffte, Elling wäre hellhörig genug, um zu hören, wie sie sich auch in seinem Rücken heranschleichen würde.

»Tja, was soll ich da sagen? Das, ähm, Wohnmobil ist ja nicht weit weg vom Bungalow. Das konnte man schon ziemlich genau hören.«

»Wissen Sie, wie sich der Schall ausbreitet, Herr Elling?«

In Wellen natürlich. Konzentrisch. Über viermal schneller unter Wasser als darüber. Im Vakuum gar nicht, zum Beispiel im Weltall, weshalb all diese Filme mit laut explodierenden Raumschiffen im Weltall kompletter Blödsinn waren. Was ihn, Elling, nicht vom Anschauen abhielt.

All das sagte er nicht. Er mochte es, unterschätzt zu werden. Die Leute zeigten eher ihr wahres Gesicht, wenn sie sich überlegen fühlten. Und Elling gab ihnen deswegen dieses Gefühl.

So auch jetzt: »In Wellen?«

»Genau«, bestätigte Rost und beugte sich vor, um ihm tief in die Augen zu blicken: »Aber vor allem breitet er sich in alle Richtungen gleichmäßig aus. Konzentrisch. Als würden Sie einen Stein ins Wasser werfen.«

»Ach so.«

»Ja. Sagen Sie mal, die Schüsse, kamen die direkt hintereinander?«

Elling schluckte. Er goss sich von dem Wasser nach, das auf dem Tisch stand, um Zeit zu gewinnen. Es schüchterte ihn durchaus ein, dass der Mann ihm gegenüber gut und gerne zehn Jahre jünger war und ihn trotzdem so in die Enge treiben konnte. »Heiß heute – auch?« Er hielt dem Mann die Flasche über dessen Glas.

»Danke«, antwortete Rost mit einem Kopfschütteln, »Sie vielleicht, Frau Ritter?«

»Auch nicht, danke, Herr Elling.«

Mit Sicherheit hatte der junge Staatsanwalt Lona die gleiche Frage gestellt. Andere Worte gewählt – auf jeden Fall hatte er ihr auch ein Bein zu stellen versucht. War es ihm gelungen? Was hatte sie geantwortet?

»Herr Elling?«

»Ich überleg noch«, gab er trocken zurück. Und das gefiel ihm. *Grace under pressure*, hatte Hemingway das genannt. Kürzer und vornehmer konnte man es nicht auf den Punkt bringen, wenn man dem schlafenden Löwen hocherhobenen Hauptes kräftig auf den Schwanz trat. In der Todesverachtung lag letztlich die größtmögliche Freiheit des Menschen. Immer schon.

Und so kam es, dass Elling lächeln musste, weil hier und jetzt in Bungalow Nummer zwei auf einem Campingplatz in Marnow all der menschliche Ballast von ihm abfiel. Weil er sich genau hier, während dieser Mann mit der Narbe und den kristallklaren Augen ihn festzunageln versuchte, so frei fühlte wie in seinem ganzen Leben noch nicht.

»Warum fragen Sie das eigentlich? Wollen Sie uns was anhängen? Dass ein Kollege da drüben«, er deutete quer über den See und wurde laut, »gerade mit dem Tod ringt? Denken Sie, uns lässt das kalt?«

»Beruhigen Sie sich, bitte, Herr Elling.«

»Da denk ich ja gar nicht dran – ich bin nicht ruhig, solange ich nicht weiß, ob Herr Krohn das überlebt.«

Ritter und Rost wechselten zwei Blicke, dann musterte Simon Rost ihn. Elling hatte eine verärgerte Miene aufgesetzt.

»Ich möchte nur wissen …«

»Sie wollen wissen, ob wir auf Herrn Krohn geschossen haben.«

»Nein, ich will nur wissen, warum er die Dienstwaffe von Frau Mendt aus deren Wohnmobil entwendet hat. Und warum er sich damit zwei Schussverletzungen zugefügt hat. Ein Suizidversuch wird das wohl kaum gewesen sein.«

Na bitte, jetzt war er aus der Reserve gekommen.

»Ich muss Sie das trotzdem fragen, Herr Elling – warum sind Sie mit Frau Mendt sofort in diesen Bungalow hier gelaufen? Es gibt ja vier. Ich …«

»Sie wollen uns doch hier was anhängen.«

»Nein, das ist nicht meine Intention. Meine Aufgabe besteht darin, der Staatsanwaltschaft Rostock ein möglichst kohärentes Bild der Abläufe hier vor Ort zu geben. Nicht mehr – aber auch nicht weniger. Mir liegt es völlig fern, Ihnen oder Frau Mendt irgendein Fehlverhalten anzuhängen.«

Elling nickte. Er wusste jetzt, worin Rosts offene Flanke bestand. In seiner Rechtsauffassung, natürlich. Und zwar im Kern in der Anzweiflung seiner juristischen Neutralität.

»Ich möchte es nur nachvollziehen können, Herr Elling, deswegen … ich formuliere es mal anders: Hätte ja auch sein können, dass ein paar Kinder, ich spinn jetzt mal, beim Versteckspielen auf die Waffe gestoßen sind … und damit rumspielen. Am See. Oder dass der Pächter das offene Wohnmobil bemerkt hat und sicherheitshalber die Wertsachen im Fahrzeug in seinem Büro hinterlegt … und auch die Waffe. Es gibt, darauf möchte ich hinaus, eine Menge Möglichkeiten, wer sich in diesen rund 15 Minuten die Waffe angeeignet haben könnte. Ich meine: Wie kommen Sie nach dem Hören von zwei Schüssen zu dem Schluss, dass Herr Krohn die Dienstwaffe von Frau Mendt mitgenommen haben könnte – und sie auch noch abgefeuert?«

»Ich sag Ihnen was, Herr Rost: Wenn Frau Mendt und ich vorgehabt hätten, Herrn Krohn umzubringen, dann hätten wir das ganz bestimmt nicht mit einer unserer Dienstwaffen getan. Wir hätten es auch nicht an einem öffentlichen Ort getan, wir hätten ihn an einen verschwiegenen Platz gelockt. Und ganz sicher hätten wir dann nicht den Rettungsdienst alarmiert – und uns damit auch noch dem Mann ausgeliefert. Wenn er aufwacht, würde er uns ja sofort belasten. Diese These macht hinten und vorne keinen Sinn.«

Er legte eine Pause ein, um dann trocken hinzuzufügen: »Wir

sind in den Bungalow zwei gelaufen, weil wir den über die Kripo Rostock bis auf Weiteres angemietet haben. Und Herr Krohn wusste das. Der Bungalow war offen. Es war naheliegend, zuerst in ihm nachzuschauen.«

»Der Herr Krohn, war der vorher schon mal in Ihrem Wohnmobil?«

»Ja«, bestätigte Lona und verkrampfte sich unwillkürlich, weil sie erneut seinen Atem in ihrem Nacken zu spüren glaubte. Den Schmerz. Die Erniedrigung.

Rost betrachtete sie kurz. »Ist der Ihnen gegenüber mal übergriffig gewesen?«

»Nein«, erwiderte sie, und obwohl sie ihm dabei gerade in die Augen blickte, schien er sich nicht ganz sicher zu sein, ob das zutraf oder nicht. Entschied sich dann aber offensichtlich, jetzt nicht nachzuhaken.

»Sie sind dann in diesen Bungalow hier gekommen.«

»Ja. Und Herr Krohn hat da gelegen«, antwortete Lona und deutete hinüber zu dem Blutfleck hinter der Couch.

»War er alleine?«

»Ja. Er hat sich beim Reinigen der Pistole schwer verletzt.«

»War Herr Krohn zu dem Zeitpunkt noch ansprechbar?«

»Das war er, ja.«

»Woher wissen Sie eigentlich, Frau Mendt, dass er die Waffe gereinigt hat? Sah es danach aus? Tücher, Öl?«

»Weil er es gesagt hat. Wir wissen es von ihm.«

Und das war nicht mal eine komplette Lüge. Es war schließlich Krohn selbst gewesen, der auf die absurde Idee gekommen war, zu behaupten, zu seinen Verletzungen sei es beim Waffenreinigen gekommen. Aber wer um Himmels willen sollte das glauben?

»Hat er auch gesagt, wie das passiert ist?«

»Nein, wir waren ja bemüht, einen Druckverband anzulegen und ihn zu stabilisieren, bis der Rettungswagen eingetroffen ist. Da … hat niemand was lange erklärt. Er hat nur gesagt, es hätte wohl was geklemmt. Er hat das aber nicht erklärt. Ich nehme an, Herr Krohn hat es dann mit Kraft versucht, und dann hat sich der Schuss gelöst. Ist aber reine Spekulation.«

Die Tasten auf Eva Ritters Laptop klapperten in schnellem Rhythmus. Es erinnerte Elling an den Regen auf dem Dach des Pavillons heute Mittag.

Simon Rost nickte, dann goss er seiner Assistentin und sich ein und Elling nach.

»Der Herr Krohn, hat der sich Ihnen gegenüber mal über Frau Mendt geäußert?«

»Nein.«

»Halten Sie es für möglich, dass der … sich mal übergriffig gegenüber Ihrer Kollegin verhalten hat?«

»Nein«, log Elling, weil er sich sicher war, dass Lona ebenfalls gelogen hatte.

Rost nickte, lehnte sich zurück und überlegte einen Moment.

»Haben Sie eine Idee, warum Herr Krohn sich die Dienstwaffe von Frau Mendt aus deren Wohnmobil holt, damit in diesen Bungalow geht und sie hier säubert?«

»Da fragen Sie was … nein, hab ich nicht.«

»Eine Erklärung dafür hab ich nicht, nein«, bekannte Lona, »vielleicht, weil ich am Vortag gesagt hab, ich müsste mal wieder meine Waffe reinigen.«

»In welchem Zusammenhang haben Sie das gegenüber Herrn Krohn geäußert?«

»Ich hab es fallen lassen, als es darum ging, welche Dienstpflichten man manchmal aufschiebt. Kann ich Ihnen auch kurz eine Frage stellen?«

»Sicher.«

»Haben Sie seine Familie schon informiert?«

Rost blinzelte kurz: »Familie?«

Lona nickte: »Herr Krohn hat gesagt, er hat drei Kinder.«

Staatsanwalt Rost musste die Frage gar nicht in Worte fassen, sie lag in seinem Blick zu Eva Ritter.

»Augenblick, bitte«, sagte die und sah in ihrem Rechner nach, um dann den Kopf zu schütteln: »Herr Krohn ist alleinstehend.«

Er hatte also auf die Schnelle drei Kinder erfunden, damit sie ihn leben ließ. Lona verspürte Erleichterung darüber, dass Kindern so ein Vater erspart geblieben war.

»Wie auch immer, Frau Mendt, ich danke Ihnen für Ihre Mitarbeit. Die Einvernahme ist beendet. Ich möchte noch darauf hinweisen, dass Sie jederzeit den psychologischen Dienst in Anspruch nehmen können.«

»Danke.«

Eva Ritter legte eine Schachtel auf den Tisch und öffnete sie: »Eine Walther P99, Ausführung Linkshänder, plus Magazin und 30 Schuss Munition«, kommentierte sie und schob Lona ein Schriftstück samt Kugelschreiber hin, »das ist Ihre neue Dienstwaffe, Frau Mendt. Wenn Sie hier unten den Empfang bitte quittieren könnten?«

Elling, dessen Befragung nach der von Lona Mendt endete (und zwar ebenfalls mit dem Verweis auf die Betreuung durch den psychologischen Dienst), fielen beim Hinausgehen zwei Männer auf. Beide über vierzig, einer kahlköpfig, glatt rasiert und mit Schnauzer, der andere drahtig, eine längliche Narbe am Ohrläppchen – er hatte früher wahrscheinlich einen Ohrring getragen.

Vielleicht war es Einbildung, vielleicht nicht. Er nahm den Eindruck der beiden einfach mit.

Lona und er setzten sich direkt vor das Wohnmobil an den Marnower See. Das Gewitter vom Mittag war nicht mehr als eine kühle Illusion gewesen. Die Wärme hatte sich wie eine stickige Decke über ganz Mecklenburg-Vorpommern gelegt.

Mit gesenkten Stimmen tauschten sie sich über die Befragung durch Rost aus – und über ihre Antworten. Wie es schien, hatten sie ihm keine offene Flanke geboten, weil ihre Schilderungen sich nicht widersprachen.

»Besser, du nimmst das Geld mit – wenn die auf die Idee kommen, mein Wohnmobil zu durchsuchen …«

Gerade als das Team der Spurensicherung seine Sachen zusammenpackte und aus dem Bungalow verschwand, entnahm Lona die 100 000 aus einem Staufach im Boden des Wohnmobils und gab es Elling.

»Da hätte ich es nicht gefunden«, konstatierte er und stand einen Augenblick unentschlossen herum.

Lona erfasste den Grund seines Zögerns: »Es gehört dir.«

»Nein, ich … das fühlt sich nicht richtig an.«

»Ich will davon nichts. Es ist unwichtig für mich. Ich bin müde, ich bin … ich mache Schluss für heute.«

Sie musste keine Silbe darüber verlieren, er wusste auch so, sie wäre gerne allein. »Du weißt das besser als ich, schätze ich. Aber ich will's gesagt haben: Können Dämonen kommen, jetzt.«

»Ich bring sie einfach bei den anderen Dämonen unter«, sagte sie und verzog dabei keine Miene.

Sie trug eine Narbe mit sich herum, das war sonnenklar. Nicht den anderen, aber Elling. Und auch bei ihm hatte es eine Weile gedauert, bis es klick gemacht hatte. Das mit den Dämonen war keine flotte Replik, sondern ihr Ernst. Sie wusste, ihr stand eine harte Nacht bevor. Und sie war bereit.

»Dann sehen wir uns Montag«, sagte Elling etwas hilflos.

»Ja.«

Er wollte losgehen, aber dann, einer Eingebung und einem Bedürfnis folgend, beugte er sich vor und schloss sie in den Arm (die andere hielt die Tüte mit dem Geld). Und als Elling loslassen wollte, erwiderte sie die Umarmung. Fest. Er roch ihr Haar, spürte ihre Finger auf seinem Rücken. Viele Augenblicke lang.

»Ich bin dafür vermutlich nicht wirklich geeignet«, sagte er leise, »aber wenn du reden möchtest über das, was Krohn dir ... angetan hat ...«

Lona senkte die Arme und blickte ihm in die Augen. »Bis Montag, Elling.«

»Ja.«

Als er sie passiert hatte und auf seinen Volvo zuging, drehte er sich nicht mehr um. Svenja Pröscher saß draußen auf einem Baumstamm und sprach gerade mit Michael Bender. Sie rauchte eine, was Elling daran erinnerte, dass er sich rekordverdächtige anderthalb Stunden keine angezündet hatte, was er sofort nachholte.

»Guten Tag, Herr Elling.«

»Hallo, Herr Bender.«

»Möchten Sie einen neuen Bungalow?«

»Mal sehen, Montag vielleicht. Auf Wiedersehen, Frau Pröscher.«

Er reichte ihr die Hand, die sie schüttelte: »Ich hoffe, Sie können etwas abschalten.«

»Wird schon.«

Sie deutete mit dem Kopf auf die Plastiktüte: »Grillgut?«

»Da sind 100 000 Euro drin.«

Sie schenkte ihm ein müdes Lächeln: »Wir könnten teilen.«

»Ich mag den Konjunktiv.«

Als Elling hinter Marnow an einer Kreuzung bei Rot halten musste, sah er den Mann wieder. Er saß in dem Auto in der entgegengesetzten Fahrtrichtung. Er wollte nach Marnow. Der schwarze Mann. Der Riese.

H – JK – 17.

Hannover also. Die alte Wirkungsstätte von Lona. Elling griff zum Funk: »Zentrale kommen.«

Lona hatte ihn wahrscheinlich im Laufe des Tages angerufen.

»Zentrale hört.«

»KHK Elling, ich hab eine Halteranfrage für ein Kfz.«

»Kennzeichen?«

»H – JK – 17.«

»Einen Moment.«

Er hörte, dass der Hörer am anderen Ende auf der Tischplatte abgelegt wurde. Das Klappern der Tastatur.

Die Ampel sprang auf Grün um. Der schwarze Mann und Elling fuhren aneinander vorbei. Im Innenspiegel sah er, wie dessen

Wagen, ein silberner Honda Civic, kleiner wurde und das Ortseingangsschild von Marnow passierte.

»Hier haben wir den Halter«, meldete sich die Kollegin am Funk, »das Fahrzeug ist zugelassen auf einen Herrn Jens Klein.«

»Wo in Hannover wohnt der, bitte?«

Sie gab ihm die Adresse durch.

Zu Hause im Ringelrankenweg erwartete Susanne ihn mit einem Strahlen. Sie war so guter Laune wie seit Wochen nicht mehr.

Kaum war er angekommen, goss sie ihnen ein Glas Sekt ein.

Er stand nicht wirklich auf Sekt, aber er wollte die Stimmung nicht kaputtmachen. Vielleicht war die Affäre mit Philipp Benedikt beendet. Vielleicht hatte sie sich besonnen. Warum sonst sollte sie ihn so empfangen?

Vielleicht war dies der Beginn einer ihrer leidenschaftlichsten Nächte. Sie stieß mit ihm an.

»Auf uns«, sagte Elling.

»Auf Afrika«, entgegnete sie.

»Hm?«

»Auf Afrika«, wiederholte Susanne, »Idi Amin ist tot.«

Und darauf leerte sie ihr Glas zur Hälfte. Wieder dieser Hals. Wie ein Schwan.

Ja, er würde sie gehen lassen, am Ende. Aber nicht einfach so. Nicht kampflos.

»Das ist … es ist fantastisch, Suse. Toll. Ist er tot?«

»Mausetot.«

VI
TAG SECHS

33

Der sechste Tag war ein Sonntag. An einem Sonntag wurde nicht ermittelt. Man schlief aus und trank seinen Kaffee im Garten oder hielt einen kurzen Plausch am Zaun. Oder beides. Jätete etwas Unkraut, putzte den Grill und aß ausgiebig zu Mittag. Suse hatte einen schweren Kopf wegen der zweiten Flasche Sekt auf den Tod von Idi Amin und sich deswegen ein paar Aspirin eingeworfen. Elling fand, sie sah scharf aus. Es war sehr warm, er spürte sein Verlangen nahezu körperlich, während er quer über den Tisch seine Frau betrachtete.

Aber er musste nur an den OB-Kandidaten denken, damit das nicht überhandnahm. Um sich weiter auf andere Gedanken zu bringen, wandte er sich an Mareike: »Und du? Schon Pläne für die nächsten Wochen?«

»Ja. Luc hat mich eingeladen. Ich will ihn besuchen.«

»Den bleichen Marquis?«

Sie sah ihn verletzt an.

»Das war ein Scherz.«

Seine Tochter legte all ihre Verachtung in die Blicke, mit denen sie ihn bedachte, während sie aufstand und wortlos im Haus verschwand.

Elling seufzte. Er sah zu Susanne, die den Kopf zurückgelehnt und die Augen geschlossen hatte.

»Was hab ich jetzt wieder gesagt, hm?«

»Lass sie fahren.«

»Sie ist erst 18.«

»Eben. Mareike ist volljährig, sie hat Abitur, Elling.«

»Ach, was heißt denn das schon? Sie ist doch noch ein Kind, letztlich.«

»Du hast dem Kind gerade ein Auto geschenkt.«

»Was hat das damit zu tun?«

»Wenn Mareike für das Autofahren alt genug ist und für Sex mit einem jungen Mann zu jung, dann ist sie nicht das Problem.«

»Sondern ich?«

»Genau.«

Elling musste tief durchatmen.

»Das wird ja immer besser – jetzt ist die einzige Person in diesem Haus, die sich darum sorgt, mit wem Mareike sich … eine Nacht verbringt, das Problem. Merkst du was?«

»Nur, dass du übertreibst. Was ist? Sie ist jetzt eine junge Frau. Sie hat mit keinem Wort gesagt, dass sie ins Kloster will. Sie hat ihr eigenes Sexualleben. Bist du die katholische Kirche? Lass los.«

Natürlich würde sie bald aus dem Haus gehen, sein Augapfel. Das war nur natürlich. Nur bitte nicht mit dem falschen Idioten.

»Luc ist ein sanfter junger Mann«, setzte Susanne nach, »ich hab ihn beobachtet. Er wird nett sein. Aber er lebt in Frankreich. Mareike hier. Herzschmerz, Tränen, vorbei. *Das* wird passieren. Und deshalb solltest du unserer Tochter deinen Segen geben und nicht so einen Affentanz aufführen.«

Elling schnaufte und senkte den Kopf. »Lucky Luc«, sagte er dann.

Susanne musste erst schmunzeln, dann lachen. Sie schenkte ihm einen warmen, sentimentalen Blick. Als überlege sie gerade, ob sie ihn zur Feier des Tages verführen sollte.

Und bevor Susanne es sich anders überlegte, ergriff er sicherheitshalber die Gelegenheit: »Wir könnten uns oben etwas hinlegen.«

»Hab meine Tage.«

Natürlich.

Da Mareike sauer war und Susanne ihren Kopfschmerzen frönte, indem sie es sich im Bikini und mit Sonnenbrille auf der Liege bequem gemacht hatte, überlegte er, ob er auf einen Sprung im Königsblick vorbeischauen sollte.

Da meldete sich sein Handy mit einer Nummer, die er nicht kannte.

Wer war das? Hatten sie Frau Winter aus der Unterwarnow gezogen, samt des Films, der ihn zeigte, wie er sich bestechen ließ? Oder war Krohn aufgewacht und hatte erzählt, wie es sich gestern Morgen in Marnow wirklich zugetragen hatte?

Wenn ja, käme er gar nicht mehr dazu, das Gespräch entgegenzunehmen. Er läge schon am Boden, das Gesicht im Gras, das Knie eines SEK-Mannes im Kreuz.

Nach einem kurzen Zögern ging er also ran. »Elling?«

»Frank?«, kam die erstaunte Frage seiner Mutter.

»Mama, alles klar? Woher hast du ein Telefon?«

»Frau Riehl hat mir ihres geliehen.«

»Ich verstehe. Und? Alles gut bei dir?«

»Ich weiß nicht, was passiert ist.«

»Was meinst du?«

»Ich … ich bin plötzlich alt. Von … jetzt auf gleich.«

Ein weiterer Fortschritt des Medikaments, wie Elling sofort realisierte, aber einer von der schmerzlichen Sorte.

»Ich weiß nicht, was passiert ist. Ich bin eine alte Frau. Und deine Stimme ist … so … so …«

»So was?«

Manchmal hing sie wie eine alte Schallplatte, da half hin und wieder ein kleiner Schubser.

»So erwachsen.«

Sie erinnerte sich an ihr früheres Selbst, eine attraktive, dominante Frau. Mit einem Sohn, der noch in den Kinderschuhen steckte oder zumindest noch unter zwanzig war.

»Ja, Mama. Ich habe eine Frau und eine Tochter. Du … du hast eine Enkelin.«

Es dauerte ein paar Augenblicke, dann hörte er ein unterdrücktes Schluchzen.

»Mama, ich komm dich besuchen.«

»Musst du nicht«, kam es leise zurück.

»Ich wollte sowieso gerade los. Das passt schon.«

Eine kurze Pause.

»Gut. Aber vergiss nicht wieder deinen Schal.«

Es roch nach Putzmittel, deftigem Essen und altem Mensch. Elling hatte eine gute Nase zum Preis eines empfindsamen Magens.

Der Direktor des Seniorenheims kam ihm auf dem Gang entgegen. Das überraschte Elling: »Guten Tag, Dr. Vogt. Ich wusste gar nicht, dass Sie auch am Wochenende hier sind.«

Der Mann, irgendwo in jener unbestimmbaren Zone zwischen Ende 50 und Anfang 60 unterwegs, hob überrascht den Blick. Offenbar hatte er Elling gar nicht bemerkt und war durch dessen Ansprache aus seinen Gedanken gerissen worden.

»Frank Elling. Ich bin der Sohn von Erika Elling, Zimmer 88.«

Der Direktor nickte. Elling. Zimmer 88. Die 104 Zimmer, über die das Königsblick verfügte, gaben exakt die Preisstruktur des Hauses wieder. Zimmer eins bis Zimmer sechs bildeten dabei das Luxussegment ab. In Zimmer 7–16 residierte immerhin noch die Oberklasse. Und ab dann ging es immer bergab. Bis dann schließlich ab Zimmer 80 der Übergang in das Proletariat des Altersheims markiert wurde.

»Ja«, antwortete Dr. Vogt matt, »ich erinnere mich. Ihre Frau Mutter teilt sich ein Zimmer mit Frau Riehl.«

»Ja, genau«, bestätigte Elling, »und mich würde interessieren, ob das Königsblick gerade ein Einzelzimmer verfügbar hat?«

Der Mann runzelte die Stirn und sah Elling nun genauer an.

»Wir sind eigentlich komplett belegt, Herr Elling. Gerade eben ist aber … es ist gerade jemand von uns gegangen. Ein Zimmer wird also frei.«

»Das tut mir leid«, sagte Elling. Und empfand es tatsächlich. Natürlich war seine Mutter ihm auch eine Bürde. Und das Leben im Ringelrankenweg konnte angenehm unbeschwert sein, wenn Erika mal nicht anrief oder es ihm gelang, einen Tag lang nicht an sie zu denken.

Seine Mutter allerdings nicht mehr auf dieser Erde zu wissen, das würde ihn tief treffen. Deshalb war ihm der Schmerz jener, die gerade einen Angehörigen verloren hatten, nicht fremd. Und sein Mitleid daher echt.

Vogt, der über jenen wachen Blick verfügte, der ihm die freie Sicht auf die Person hinter der Fassade erlaubte, erfasste Ellings authentische Erschütterung über den Verlust der anderen. »Ich kann Ihnen das Zimmer gerne anbieten, Herr Elling. Aber es ist Zimmer Nummer vier.« Der Direktor trat ans Fenster und deutete hinüber zu den kleinen Bungalows, die sie in den ehemaligen Stallungen errichtet hatten: »Schlafbereich, behindertengerechtes Badezimmer, Wohnbereich mit eigener Küchenzeile und eine eigene, abgetrennte Terrasse mit Blick in den Park.«

»Wenn es noch keine anderen Interessenten gibt, würde ich das gerne für meine Mutter reservieren.«

Direktor Vogt lächelte mit jener Sorte Mitleid, mit dem man einem Kind einen verständnisvollen Wunsch abschlägt. »Darf ich fragen, was Sie im Augenblick für die Unterbringung Ihrer Mutter privat zuzahlen?«

»800 Euro.«

Vogt nickte, blickte dann unwillkürlich nach oben und überschlug in Gedanken, wie hoch sich die Belastung für das Zimmer Nummer vier belaufen würde.

»Nageln Sie mich bitte nicht auf den Euro fest. Aber da kommen statt der 800 so etwa 2000 pro Monat auf Sie zu.«

»Ich nehme es.«

»Das, ähm, ist … es ist eine immense Belastung.«

»Ich nehm's trotzdem.«

Vogt musterte ihn von der Seite und Elling hielt dem Blick stand. Der Direktor seufzte: »Herr Elling, ich möchte Ihnen nicht zu nahetreten, aber das wäre im günstigsten Fall ein Anstieg von zwölfhundert Euro im Monat.«

»Ich weiß. Ich hab geerbt.«

»Ach so.«

Erika starrte ihn ungläubig an. »Ein Einzelzimmer?«

»Ja, Mama, das da«, antwortete er, nahm sie sanft bei ihrer Hand mit den geschwollenen Fingern und führte sie zum Fenster, wo er auf den Bungalow deutete: »Nummer vier. Das ist das mit der Birke. Das hast du dann ganz für dich alleine.«

Erika sah aus wie jemand, der im Kopf eine simple Addition von zwei und zwei nicht bewerkstelligte. Aber sich wie bei einem schleppenden Gang durch Morast mühte und sich Schritt um Schritt erkämpfte, um dann stehen zu bleiben und nicht mehr zu wissen, warum man überhaupt losgezogen war. Und wohin. Und wieso sich mit nur fünfundzwanzig schon Altersflecken auf dem Handrücken gebildet hatten.

Aus ihrer Ratlosigkeit erwuchs Zorn, ein Zorn auf die Welt, die Schabernack mit ihr trieb und sich hämisch grinsend die Hände rieb. Und zwar je hämischer, desto hilfloser sie war. In Windeseile entwickelte sich ein vielschichtiger gordischer Knoten, den nur ihre Wut zu zerschlagen imstande war: »Zimmer vier – du hast Flausen im Kopf, Frank! Wer soll das denn bezahlen? Du hattest schon immer den Kopf … im Eimer.«

Sie meinte *in den Wolken.*

»Ich bin befördert worden, Mama, ich bin jetzt in einer neuen Gehaltsklasse. Ich zahl das.«

Sie sah ihn an, als wolle er seine arme alte Mutter auf den Arm nehmen.

»Du kannst schon heute in deinen Bungalow ziehen. Es sei denn, du möchtest hierbleiben, bei Frau Riehl.«

»Bei Frau Riehl? Nein. Sie ist ein … Nervenfuchsschwanz.«

»Gut, dann packen wir jetzt. Du kannst deine Sachen aus dem Schrank zusammenlegen, ich geh ins Bad.«

Erika nickte und im gleichen Augenblick kam ihr ein Gedanke, ihr Kopf ruckte in seine Richtung vor: »Frank?«

»Hm?«

»Und ist da auch eine Küche dann?«

»Ja. Ein Herd. Kühlschrank, Spülmaschine auch, glaube ich. Wieso?«

»Damit ich dann kochen kann für uns.«

»Das musst du nicht, Mama. In Zimmer vier gibt es Vollpension für dich. Und ich komm dich dann besuchen.«

Erika lächelte. Sie schaute hinüber zu Nummer vier: »Das da?«

»Ja.«

»Schön«, befand sie, »es hat eine … Flunder.«

»Ja. Eine Flunderbirke. Höchst selten.«

»So was gibt es doch gar nicht.«

»Du hast recht.«

Elling hatte eine Reisetasche mitgebracht, in die er zuerst das gelbe Kissen mit den 80 000 Euro stopfte. Danach alles, was sich von seiner Mutter im Bad befand.

»Hallo, Frau Elling.«

»Guten Tag, Herr Riehl.«

Sehr schön, sie erkannte ihn – den Sohn ihrer Mitbewohnerin, der offenbar vorbeigekommen war, um seine demente Mutter zu besuchen.

»Sagen Sie, meine Mutter sagt, sie hätte ihr Handy hier liegen gelassen. Auf ihrem Nachttisch …«

»Da liegt's nicht«, hörte Elling seine Mutter sagen.

»Stimmt. Haben Sie vielleicht gesehen, wo sie es hingelegt hat?«

»Ich glaube, sie hatte es gestern mit draußen.«

»Hmm. Davon hat sie nichts erzählt.«

Es entstand eine Pause, dann hörte Elling, wie seine Mutter sich räusperte: »Ich fürchte, Herr Riehl, Ihre Mutter … sie lässt leider etwas nach im Kopf. Tut mir leid.«

34

Lona hatte noch leichte Blutungen. Sie duschte sich gründlich ab, so wie schon gestern Nacht. Wieder und wieder schrubbte sie sich mit der Wurzelbürste. Überall dort, wo er gewesen war. Seine Haut. Sein Mund. Seine Finger. Sein Schweiß. Sie schrubbte, bis ihre Haut hellrot glänzte und weidwund war.

Aber es gab eine Stelle, an die kam sie mit der Bürste nicht heran, nämlich in jenen Bereich in ihrem Hinterkopf, in dem sie – gegen ihren Willen – die Minuten der Vergewaltigung abgespeichert hatte. Dort würde Krohn bleiben, wie ein widerlicher Parasit. Bis auf ihr Sterbebett. Das machte ihr Angst.

Auf der Anrufliste ihres Handys fand sich kein neuer Eintrag. Deshalb rief Lona in der Klinik an und erkundigte sich nach seinem Zustand. Man erklärte ihr freundlich, aber ohne Umschweife, dass die Staatsanwaltschaft Rostock eine Nachrichtensperre erlassen hatte und sie daher nicht befugt seien, etwas über den Gesundheitszustand von Herrn Krohn an Dritte weiterzugeben. Man hoffe auf ihr Verständnis.

»Natürlich.«

Lona ging mit dem Kaffeebecher hinaus zur Uferlinie. Blickte über die Schulter. Bungalow Nummer zwei lag verlassen da. Nur die Absperrbänder flatterten im Wind, wenn sich eine Böe hierher verirrte.

»Schön«, sagte eine einigermaßen junge, aber holprige Stimme. Sie wischte sich die Haare aus dem Gesicht, die ein Windstoß zum Tanzen gebracht hatte, und entdeckte den behinderten jungen Mann mit seinem Vater. Die beiden erreichten gerade das Ufer. Der junge Mann hielt seine Angel. Er lächelte breit vor Glückseligkeit, und ganz kurz fragte Lona sich, wer von ihnen beiden glücklicher war, Vater oder Sohn. Sie schwangen auf beruhigende Art im unsichtbaren Gleichtakt.

»Schön«, wiederholte der junge Mann.

»Ja«, antwortete Lona, »es ist ein schöner Tag. Es wird warm heute.«

Der Vater arretierte die Bremsen des Rollstuhls und sah ihn dann an. Sein Blick war von jener Güte, über die man nur durch den Schmerz gelangte. »Er meint Sie«, sagte er zu Lona.

»Oh, danke.«

Der Sohn strahlte.

»Sie machen hier Urlaub?«, fragte Lona.

Der Mann schüttelte den Kopf: »Nein, wir wohnen auf der anderen Seite. Wir hatten früher ein Fischrestaurant, das ist jetzt der Marnower Hof.«

»Ach, da war ich essen. Sehr nett, da.«

Der Mann schenkte ihr ein erfreutes Nicken und blinzelte gegen die Sonne: »Danke. Wir gehen hier nur Angeln – kommt man gut mit dem Rollstuhl hin.«

Sie folgte dem Ufer. Der Platz erwachte. Die Gäste spazierten zu den Waschräumen, sie streckten und reckten sich vor den Türen ihrer fahrbaren Unterkünfte und gähnten herzhaft. Der Duft von Kaffee zog vorbei. Das Lachen von Kindern, das Lied aus einem Transistorradio.

Lona entdeckte Meike Bender, die auf den Planken des Bootsanlegers saß und die nackten Füße ins Wasser hängen ließ. »Guten Morgen, Frau Bender. Stör ich Sie?«

»Nein, nein, kommen Sie.«

Lona nahm neben ihr Platz. Das Holz der Planken war bereits warm. Sie tauchte die Füße ebenfalls in den See. So saßen sie nebeneinander wie alte Freundinnen, die über all die unwesentlichen Dinge hinaus waren, die man in Worte fassen konnte.

»Wie geht es Ihrem Kollegen?«

»Er ist über den Berg.«

»Das freut mich. Er … er hat sich verletzt?«

»Beim Reinigen einer Waffe, ja.«

Frau Bender nickte, sie schickte ein Lächeln über den See. Lona und Meike Bender schwiegen einige schöne Augenblicke lang. Dann begannen auch die Grillen ihr Tagwerk. Benders Blick streifte ihren Arm: »Sie haben sich einen ganz schönen Sonnenbrand geholt.«

»Ja, ich muss besser aufpassen, nächstes Mal … der Herr Beck …«

»Ja?«

»War dieses Mal etwas anders als sonst?«

Sie nickte: »Sonst ist er immer später im Jahr gekommen. Und viel länger geblieben.«

»Ich meinte eher, ob er … sich anders *verhalten* hat. Ob er vielleicht gestresst gewirkt hat oder … ich glaube, Sie verstehen.«

»Ja. Aber … nein, auf mich hat er wie immer gewirkt. Aber letztlich«, sie sah Lona unvermittelt tief in die Augen, »kann man nicht in die tiefsten Tiefen blicken, ich weiß nicht, kann sein, er hat was mit sich herumgeschleppt. Aber nach außen, da war er aufgeräumt. Er wollte auch wie immer wiederkommen später im Jahr.«

»Ich bin gleich wieder da«, sagte Lona, ging zum Wohnmobil und kehrte mit einem der Fotos zurück, das sie bei Krohn gefunden hatten.

Sie nahm wieder neben der kranken Frau Platz und gab ihr das Foto: »Das links ist Herr Beck. Das war vermutlich noch zu DDR-Zeiten.«

Meike Bender nickte und deutete auf den Kirchturm: »Das ist gar nicht weit von hier aufgenommen worden.«

»Kennen Sie den Mann rechts?«

»Das ist Dr. Hildebrandt«, antwortete sie, ohne zu zögern.

Der Name löste bei Lona zwei Assoziationen aus – die Leiterin der Klinik und der Grabstein auf dem Friedhof, vor dem der alte Mann gestanden hatte.

»Wie fröhlich er da noch aussieht.«

»Noch?«

»Seine Tochter ist früh gestorben«, sagte Meike Bender und reichte ihr das Foto zurück, »Kerstin. Sie war erst sieben.«

»Ein Unfall?«

»Nein, sie war krank. Dr. Hildebrandt hatte hier früher eine Praxis, er war so was wie der Dorfarzt. Dann hat er die Klink geleitet. Bis zum Tod seiner Tochter. Ich … ich hab noch nie einen Menschen so schnell altern sehen. Danach hat er sich zurückgezogen.«

»Er lebt noch?«

»Ja?«

»In Marnow?«

Meike Bender deutete über den See und an der alten Kirche vorbei: »Dahinten, hinter der Klinik. Da wohnen die Reichen.«

Lona folgte ihrem Fingerzeig. Und tatsächlich, in dem Waldstück hinter der Klinik lugten hier und da ein paar Villendächer hervor.

»Herr Beck und Herr Hildebrandt kannten sich offensichtlich.«

Meike Bender nickte: »Ja, wusste ich nicht. Aber sieht ganz danach aus, das stimmt. Sie … es sieht vertraut aus, wie die beiden da stehen.«

»Hildebrandt – so heißt auch die jetzige Leiterin der Klinik.«

»Ja, das ist seine ältere Tochter. Wir sind stolz darauf, dass sie das Klinikum übernommen hat und komplett modernisieren lässt. Und Arbeitsplätze bringt es Marnow auch.«

Beim Lokschuppen hieß eine Sackgasse in der Rostocker Steintor-Vorstadt, die auf beiden Seiten überwiegend von Einfamilienhäusern gesäumt war. Nicht wie die im Ringelrankenweg – hier wohnte, wer es sich leisten konnte.

Die Benedikts konnten das.

An der Hausnummer, die Elling suchte, stand ein schmuckes Haus. Überschaubar und gut in seine Umgebung eingewachsen. Er musste sein Vorurteil revidieren – es hätte auch ganz gut in den Ringelrankenweg gepasst.

Eine hüfthohe Hecke, dahinter ein Beet mit Stauden und Rosen, gefolgt von einem frisch gemähten Rasen. An den Rosen schnitt eine Frau in seinem Alter die verwelkten Blüten ab und sammelte sie in einem Plastikeimer. Sie trug trotz der Hitze Handschuhe, um sich vor den Dornen zu schützen. Die Frau hob den Blick, als er direkt vor ihr am Gartenzaun stehen blieb. Ihre Miene war freundlich. Als wolle sie jemandem helfen, der sie gleich nach dem Weg fragte.

Diese Freundlichkeit ließ ihn zögern, das zu tun, weswegen er hierhergekommen war. Aber auch sie hatte ein Recht auf die Wahrheit, dachte er. Was sie damit anstellte oder auch nicht, blieb ihr überlassen.

»Guten Tag. Hübscher Garten.«

»Danke«, erwiderte die Frau unverbindlich.

Elling nickte. Überlegte noch.

Brit Benedikt blinzelte gegen die Sonne und stellte sich deshalb etwas zur Seite: »Kann ich Ihnen helfen?«

»Nein, ich …«, begann Elling und stockte dann.

Brit Benedikt nahm ihn nun genauer in Augenschein. »Sie sind nicht zufällig hier.«

»Nein«, antwortete Elling, bemaß noch einmal kurz den Schaden, den er nun anrichten würde, und rang sich trotzdem durch: »Ihr Mann betrügt Sie mit meiner Frau.«

Brit Benedikt warf eine abgeschnittene Rosenblüte in den Eimer. In dem Blick, den sie auf Elling richtete, lag keine Überraschung, keine Wut, nicht mal Fassungslosigkeit. Sondern Mitgefühl. Sie nickte: »Ja, schlimm. Ich hab das vor gut sechs Monaten auch rausgefunden. Sie müssen Frank Elling sein.«

Elling kam sich vor wie der letzte Idiot.

»Wollen Sie nicht reinkommen?«, fügte sie hinzu. »Mein Mann ist bei einem Wahlkampftermin.«

Zehn Minuten später hatte Brit Benedikt ihm erzählt, wie sie dahintergekommen war (klassisch: ein dunkelblondes Haar in seiner Unterwäsche), was sie absurderweise zuerst empfunden hatte (Selbstzweifel) und wohin sie ihren Mann wünschte (nach Nordkorea).

Währenddessen ging Elling ihr etwas zur Hand, hielt einen Rosenstängel fest, damit sie ihn fixieren konnte, oder reichte ihr eine der Stauden, die auf dem Rasen bereitgelegt waren und die Brit Benedikt einpflanzen wollte (weil sie nämlich das Haus behalten würde).

»Sonst würde ich hier ja keinen Finger mehr rühren. Und ja … natürlich wünsch ich ihm die Pest an den Hals, aber so oder so ist mein Lebensentwurf zerstört. Er wird mich verlassen und … Ihre Frau Sie auch, Herr Elling. Können Sie mir mal die Schaufel reichen, bitte?«

Er tat es, und sie begann, ein Loch für die erste Staude zu buddeln.

»Warum haben Sie nicht Kontakt mit mir aufgenommen?«

»Ich hab drüber nachgedacht, Herr Elling. Ich hab wirklich darüber gegrübelt, aber dann … ich wollte Ihre Illusion von Glück nicht zerstören.«

»So, wie ich heute Ihre zerstört hätte.«

»Ich wäre dankbar gewesen – aber ich weiß nicht, ob Sie das auch so empfunden hätten.«

»Ich weiß es nicht mal selbst«, gestand er. Er stützte die Hände in die Hüften, seufzte und warf einen Blick in den Garten. Versteckt hinter ein paar Sträuchern entdeckte er einen Swimmingpool.

»Sechs auf vier Meter?«

Brit Benedikt blickte irritiert von ihrer Staude auf, die sie gerade gründlich wässerte.

»Der Pool«, fügte Elling hinzu. Es war heiß, er entledigte sich seines Jacketts und warf es sich über die Schulter.

»Sieben mal vier«, antwortete sie und hob das nächste Loch aus.

Er zündete sich eine Zigarette an und inhalierte kräftig. »Wollen Sie Ihren Mann zurückgewinnen?«

»Nein«, kam es ohne Verzögerung. »Und Sie Ihre Frau?«

»Ja.«

»Ich verstehe, deshalb sind Sie ja hier, aber … ich kann Ihnen nicht helfen, Herr Elling. Mein Mann und ich haben eine Abmachung getroffen – sofern ich nicht vor dem Wahltermin mit schmutzigen Details an die Presse geh. Eine Abmachung, die mich finanziell für den Rest meines Lebens absichert«, sie deutete hinüber, »das Haus, eine monatliche Abfindung und noch ein paar andere Kleinigkeiten, die unsere Anwälte ausbaldowert haben.«

»Also hat er immerhin ein ziemlich schlechtes Gewissen, Ihr Mann.«

Sie musste lächeln und empfand den Impuls, ihn schützen zu wollen: »Nein, hat er nicht. Er hat nur eine jüngere Frau entdeckt, mit der er lieber Sex hat. Alles andere würde ihn adeln. Intellektuelle Verwandtschaft etwa. Die Oper. Architektur. So was. Oder zumindest Wandern. Oder Skifahren, Batikshirts herstellen – nein, nichts von dem. Die ficken einfach gerne.«

Elling musste husten.

»Entschuldigen Sie meine Wortwahl.«

Elling verschluckte sich wieder, er hustete erneut.

Brit Benedikt eilte an einen hübschen alten Holztisch und versorgte Elling mit einem Glas Mineralwasser.

»Danke«, krächzte er. Er schluckte einige Male, dann ging es.

Er atmete tief durch.

»Das ist es, oder?«

»Was meinen Sie?«

»Die Intimität. Der eine Blick. Dass der Partner eine andere anschaut, ja, aber diesen einen, den verliebten Blick, den möchte man für sich. Ein Monopol. Ich möchte diesen besonderen Blick nicht teilen. Und jetzt gilt er Ihrer Frau.«

Ellings Augen verfingen sich wieder an dem Pool. Auch, um dem Schmerz etwas entgegenzusetzen, aber dieser Schmerz war von der harten Sorte, er ließ sich nicht betäuben. »Hat der eine Gegenstromanlage?«

»Was?«

»Der Pool. Hat der eine Gegenstromanlage?«

»Nein, ich … nein, hat er nicht. Ist das wichtig für Sie?«

Elling musste kurz lächeln, dann sah er Brit Benedikt ins Gesicht. Sie war hübsch. Sie hatte Grübchen, wenn sie lächelte, aber sie lächelte wenig.

»Und jetzt?«, fragte er. »Sie halten einfach still?«

Brit Benedikt lächelte nachsichtig. Sie stand von ihren Stauden auf und musterte ihn. Mitleid schlich sich in ihren Blick. »Je eher Sie sich damit abfinden, dass Sie und Ihre Frau keine gemeinsame Zukunft haben, desto eher können Sie Ihre eigene gestalten.«

Elling nickte automatisch. Er deutete mit dem Kopf zum Haus, dessen Terrassentür offen stand.

»Dürfte ich wohl noch kurz Ihre Toilette benutzen?«

Brit Benedikt nickte: »Zweite Tür rechts.«

Er wandtc sich zum Gehen.

»Herr Elling?«

»Ja?«

Sie machte den Eindruck, als sei ihr gerade eine Idee gekommen. Kurz fuhren ihre Blicke an ihm entlang. Die Augen, der Mund, die Schultern, die Finger. »Ich kann mit reinkommen«, bot sie dann an.

»Hm?«

»Mit Ihnen rein. Ins Haus. Wir könnten den Nachmittag miteinander verbringen. Philipp kommt erst am Abend zurück.«

Brit Benedikt wischte sich mit dem Rücken des Handschuhs über ihre feuchte Stirn. Sie sah gut aus. Sie hatte etwas Vornehmes, Gebildetes. Und jetzt, als sie ihn anlächelte, war da noch dieses Glitzern in ihren Augen. Etwas Freches. Etwas, das ihn aufforderte, in den nächsten Stunden jede Menge Konventionen in hohem Bogen über Bord zu werfen und eine großartige Zeit miteinander zu haben.

Elling erwiderte ihr Lächeln, aber seines bat um Verzeihung: »Es ist nicht Ihretwegen, es ist nur … ich bin noch nicht so weit.«

Er hatte sie keinesfalls zurückweisen wollen, und an ihrer Reaktion erfasste er, dass es ihm zum Glück gelungen war.

»Natürlich«, sagte sie.

Auf dem Weg zur Toilette fand er, worauf er inständig gehofft hatte: einen Computer im Arbeitszimmer von Philipp Benedikt, der eingeschaltet war und dessen Passwort ihm nur zwei Versuche abnötigte. Denn das bestand ebenfalls nur aus einer Lüge: Es lautete *Brit*.

Das Haus war ausladend und alt. Roter Klinker, dunkelgrüne Fensterläden. Aber von der Straße war lediglich ein Ausschnitt zu sehen. Das Gelände war lückenlos von einem Zaun umsäumt, neben der großen Pforte fand sich ein Briefkasten samt Klingel, auf die Lona drückte.

Es dauerte eine ganze Weile, dann knarzte eine ältere Stimme: »Ja?«

»Lona Mendt, Kriminalpolizei Rostock. Spreche ich mit Herrn Hildebrandt?«

»Das tun Sie.«

Der Weg führte Lona ein Stück hinauf, er schlängelte sich durch Nadelbäume, die das Haus vor neugierigen Blicken schützten und Schatten spendeten. Als sie die letzten Stufen erklomm, die hoch zum Haus führten, nahm ein Reh samt Kitz Reißaus.

Das Haus war in ein ungewöhnlich großes Grundstück eingebettet. Verschiedene Pfade durchzogen den parkähnlichen Garten.

Auf der Terrasse aus hellem Sandstein erwartete sie der Herr des Hauses, Jürgen Hildebrandt. Er war ein großer knochiger Mann mit kräftigen grauen Haaren. Sie schätzte ihn auf Anfang sechzig, womit sie einige Jahre unter seinem tatsächlichen Alter lag. Der Mann war eine gepflegte Erscheinung, die Lona an den Schauspieler Max von Sydow erinnerte. Alles in allem hätte er gut nach Schweden gepasst.

Er nickte ihr zu und reichte ihr die Hand: »Hildebrandt.«

»Mendt. Danke, dass Sie sich die Zeit nehmen.«

»Muss man das nicht, wenn eine Kriminalbeamtin klingelt?«

»Nein. Ich müsste Sie vorladen.«

Er schüttelte den Kopf und deutete mit der Hand auf einen der Holzstühle, die um einen Tisch herum drapiert waren: »Nein, das wäre ja umständlich, nehmen Sie Platz, bitte. Wasser?«

»Gerne.«

Sie setzten sich gegenüber hin, und Hildebrandt goss ihr aus einer Karaffe Wasser in ein Glas, das er frisch dorthin gestellt haben musste, nachdem sie bei ihm geklingelt hatte. In der Karaffe schwammen die hellgrünen Scheiben einer Limette.

Wenn Lona sich etwas drehte, blickte sie durch die Nadelbäume hindurch hinab zum Marnower See.

Hildebrandt hatte lange, schmale Finger. Ähnlich wie die von Pramann, dem Pathologen.

»Was verschlägt eine Kriminalbeamtin nach Marnow – oder genauer: zu mir?«

»Das hier«, antwortete sie und legte ihm die Fotografie hin, die ihn und Beck zeigte.

Hildebrandt wirkte nicht überrascht, aber auch nicht angetan. Er betrachtete es nur kurz, anscheinend kannte er es. »Das sind Alexander Beck und ich. In Marnow. Ungefähr vor zwanzig Jahren. Müsste so … müsste um 1984 gewesen sein. Hat er Ihnen das Foto gegeben?«

»Nein, wir haben es von einem anderen Mann. Stefan Krohn. Kennen Sie den auch?«

Hildebrandt deutete ein Kopfschütteln an: »Noch nicht gehört, den Namen, glaube ich. Aber garantieren kann ich Ihnen das andererseits auch nicht. Ich habe früher als Arzt praktiziert, da hat man über die Jahre mit vielen Namen zu tun. Vielleicht war er ein Patient, den ich vergessen habe.« Er musterte sie kurz, sein Blick war wach und klar: »Die Kriminalpolizei besucht mich hier draußen. Was ist mit Herrn Beck?«

»Er ist tot. Er wurde ermordet.«

Jetzt war er überrascht, ja erschüttert. »Wie … das? Warum?«

»Vor ein paar Tagen in Rostock. Sie kannten ihn, und wir von der Kripo wissen nur, dass Herr Beck mindestens einmal pro Jahr auf dem Campingplatz in Marnow war«, wich sie einer konkreten Antwort über die Tatumstände aus: »Erzählen Sie mir was über Herrn Beck, bitte. Und das Foto.«

Kurz schien Hildebrandt versucht, doch noch genauer nachzuhaken, unterließ es dann aber. Er sammmelte sich kurz, bevor er antwortete: »Beck fällt in meine beste Zeit … damals war die Welt hier in Ordnung, wissen Sie …. ich habe hier als Arzt gearbeitet, meine Frau hatte mich noch nicht verlassen und meinen Töchtern ging es gut. Es hätte ewig so weitergehen dürfen … ja.« Ein kurzes wehmütiges Lächeln, das wieder verschwand, als er sich dessen bewusst wurde. »Beck hab ich operiert, damals. War eine heikle Sache … sehr heikel. Ein fast ein Pfund schweres Krebsgeschwür. Ehrlich gesagt waren seine Chancen minimal. Und das wusste er auch, aber … ich mach's kurz: Er hat es geschafft, und er war dankbar. Seitdem war er meist jedes Jahr im Sommer in Marnow. Das hier«, er tippte auf das Foto, »ist im Jahr nach der OP entstanden. Hier in Marnow …«

»Hat er den Kontakt zu Ihnen gesucht?«

»Ja.«

»Weil Sie ihm das Leben gerettet haben?«

Ein angedeutetes Achselzucken gepaart mit einer vagen Kopfbewegung: »Tja, das hat er nie gesagt. Wissen Sie, es gibt, glaube ich, nichts so Unergründliches wie Motive. Für eine Meinung, eine Äußerung, für Verhalten insgesamt. Und Motive sind auch nicht gradlinig, sie sind wie ein Schwarm, der prompt die Richtung ändern kann – nur wegen einer Stimmung oder eines Bauchgefühls. Und woher das kommt … also: Er hat es mir nie gesagt. Meine Vermutung ist: Er wollte was zurückgeben, und daraus wurde so eine … eine Art lose Freundschaft. Auch, weil er es am Anfang verstanden hat, sich nicht aufzudrängen. Abstand zu halten.

Irgendwann hat Alexander Beck diesen Abstand nicht mehr gesehen. Oder sehen wollen. Er hatte keine Frau, keine Kinder, keine Familie. Und ich wollte nicht, dass er in unserer heimisch wird. Also … habe ich das alles langsam auslaufen lassen.«

Er seufzte und blickte ihr in die Augen: »Wie ist es passiert?«

»Kann ich Ihnen nicht sagen, tut mir leid. Das ist Täterwissen.«

»Ich verstehe«, anwortete Hildebrandt verständnisvoll. »wir hatten hier trotzdem eine gute Zeit zusammen, das darf man nicht vergessen … es tut mir leid für ihn.«

Lona nahm einen Schluck von dem Wasser. Das mit der Limette war eine gute Idee.

»Er war letzte Woche hier in Marnow«, sagte sie. »War er auch hier? Haben Sie sich getroffen?«

»Nein.«

»Haben Sie eine Vermutung, was er hier wollte?«

»Vielleicht Ferien. Ihm hat es hier gefallen an der Seenplatte.«

»Er war nur für eine Nacht hier.«

Jürgen Hildebrandt schüttelte den Kopf: »Vielleicht war er in der Klinik. Er kennt meine Tochter, sie leitet inzwischen das Haus.«

Lona schüttelte den Kopf.

Sie nahm genau den Weg, den sie gekommen war, und unten, als sie die Nadelbäume hinter sich gelassen hatte, spürte sie seinen Blick im Nacken. Sie stoppte und blickte hinauf – Hildebrandt stand immer noch oben auf der Terrasse. An der gleichen Position, an der er sie empfangen hatte. Er hob zum Abschied die Hand, und Lona erwiderte die Geste.

Seine Erschütterung über Becks Tod war ihr echt erschienen. Aber es war eine Erschütterung, die über das Ableben des Mannes hinausging. Es war noch etwas anderes, was den pensionierten Arzt erschreckt hatte – aber sie wusste nicht, was.

VII

TAG SIEBEN

35

Elling war in aller Herrgottsfrühe aufgestanden und hatte das Haus im Ringelrankenweg verlassen, während Mareike und Susanne noch schliefen. Jetzt stand er in einer Tiefgarage eines Mehrfamilienhauses in einem Vorort von Hannover und vertrieb sich die Zeit, indem er Hans-Georg in Hamburg anrief und ihn um einen Gefallen bat.

Danach rauchte er zwei Zigaretten und freute sich wie ein Schneekönig auf den Abend.

Der schwarze Mann erschien um kurz nach acht. Er sah blass aus, vielleicht hatte er schlecht geschlafen. Jedenfalls ging er auf seinen Wagen zu, den silbernen Honda Civic. Fast hatte er ihn erreicht, da bemerkte er Ellings Blick von der Seite, dann, als er aufsah, Elling selbst.

Die Überraschung, die der Hüne empfand, schob dieser mit einer Schnelligkeit beiseite, die Elling enttäuschte. Er ging auf den schwarz gekleideten Mann zu und stoppte vor ihm ab.

»Ich kenne Sie«, sagte der Mann, und er hatte exakt jene tiefe Stimme mit dem riesigen Resonanzkörper, den Elling sich vorgestellt hatte: »Sie sind der Kollege von Frau Mendt.«

»Ganz recht, Herr Klein.«

Der Mann quittierte Ellings Kenntnis seines Namens nicht mal mit einem Wimpernschlag, seine ganze Miene blieb unbeeindruckt. »Wie haben Sie mich gefunden? Das Nummernschild?«

Elling nickte.

»Dürfen Sie das, ohne Anlass?«

Da war keine Erregung in der Stimme, keine Empörung, nur pures Interesse.

»Nein«, antwortete Elling und warf einen kurzen Blick auf die Hände von Jens Klein. Sie sahen aus, als könne jeweils ein ganzes Brot darin verschwinden.

»Und welcher Anlass ist das bei mir?«

»Weiß nich' … überleg ich mir noch.«

Auch das quittierte der große Mann nur mit einem angedeuteten Nicken.

Etwas an Herrn Klein war besonders, etwas stach heraus, es lag Elling auf der Zunge, aber ihm fiel es nicht ein, das richtige Wort.

»Und was wollen Sie jetzt?«

»Ich möchte wissen, was das für eine Verbindung ist zwischen Frau Mendt und Ihnen. Zwischen einem alleinstehenden Buchhändler mit 1760 netto und zwei Punkten in Flensburg und meiner Kollegin. Haben Sie ein Verhältnis?«

Jens Klein ließ auch das an sich abperlen.

»Würde Sie das stören? Einen verheirateten Familienvater mit 4200 brutto und einem diesbezüglich übergroßen Pool?«

Die Replik brachte ihn kurz aus dem Konzept. Also hatten sie über ihn geredet, Lona und der Hüne. Vermutlich.

»Sie sind nicht der Einzige, der sich über andere schlaumachen kann, Herr Elling«, setzte Klein nach, und seine Pupillen wanderten über Ellings Gesicht, um schließlich in dessen Augen zu verharren. »Schlägt Ihr Herz für Lona, Herr Elling, ja?«

»Es schlägt für meine Frau. Aber auch für meine Kollegin, ja. Nur anders.«

»Anders?«

Elling musste konstatieren, dass dieser Mann binnen zwei Minuten die Gesprächsführung übernommen hatte. »Ja. Aber was haben *Sie* mit ihr zu schaffen?«

Jens Klein atmete einmal tief durch. Wog ab. Und rang sich dann durch: »Ich bin nicht nur Buchhändler, Herr Elling. Ich bin auch ehrenamtlicher Seelsorger.«

Von vielen, vielen Möglichkeiten, die ihm denkbar erschienen waren, war dies eine, auf die Elling im Leben nie gekommen wäre.

Um seine Verblüffung wenigstens ein klein wenig zu überspielen, leistete er sich eine ironische Replik, die er im Nachhinein als pubertär empfand: »Sie kümmern sich also um ihre Seele.«

Klein lächelte nicht, sondern nickte: »Ich will, dass sie nicht zerbricht.«

Damit drehte er sich unvermittelt um, stieg in seinen Wagen und fuhr an Elling vorbei, hinaus auf die Straße.

Furcht. Jetzt dämmerte es Elling. Warum fielen einem solche Sachen nicht dann ein, wenn man sie benötigte? Wie auch immer: Furcht. *Das* war das Besondere an dem Mann, das Elling aufgefallen war. Es hatte sich tief eingegraben in diesem groben, markanten Gesicht: Der Mann war völlig frei von Furcht.

Und das konnte nur sein, wer alles gesehen hatte.

36

Montag, der 18. August 2003, versprach keinerlei Abkühlung, ganz im Gegenteil.

»Stefan Krohn ist nicht in den Stasi-Unterlagen gelistet«, informierte Niemann sie per Freisprechanlage.

»Weil er zu klug war«, kommentierte Lona umgehend, die neben Elling im Volvo saß, mit dem sie nach Schwerin unterwegs waren. »Der hat seine Akten rechtzeitig geschreddert und war schlauer als Beck. Krohn hat einfach bei der bundesrepublikanischen Polizei weitergemacht.«

»Davon findet sich nichts in der BStU«, sagte Niemann.

»Natürlich nicht. Dafür hat er ja gesorgt, der Herr Krohn.«

Nach Ellings Rückkehr aus Hannover hatten sie sich im Kommissariat getroffen, weil ihr Vorgesetzter Mertens sie zum Gespräch geladen hatte. Der sah sie an wie Kinder, die eine Dummheit begangen hatten.

»Junge, Junge«, sagte Mertens. Sie hatten vor seinem Schreibtisch Platz genommen. Weißer Kunststoff, ein Lineal und einen Kugelschreiber hatte er exakt auf 90 Grad zur Tastatur seines Computers ausgerichtet.

»Pröscher vom LKA liegt mir seit gestern in den Ohren – und dann hat heute Morgen auch noch so ein junger Hartnäckiger von der Staatsanwaltschaft bei mir vorbeigeschaut. Ein Herr Rost. Wollte eine persönliche Einschätzung von mir über euch. Junge, Junge, was ist da passiert? Mit dem Krohmann?«

»Krohn.«

Er sah in seinen Unterlagen nach und nickte dann: »Ja. Krohn. Ist er auf dem Weg zum GUP?«

Die Sorgen um sie beide, die anderen Mitarbeiter, den Zustand der Welt an sich, wo das alles nur enden sollte, aber primär natürlich die Sorge um seine Rente hatten auf Mertens' Gesicht eine senkrecht verlaufende Falte von der Stirn bis hinab zur Nasenwurzel hinterlassen. Aber das war noch nicht das Ende der Fahnenstange, was die Sorgen betraf. Bei Mertens gesellte sich noch die dauernde Sorge um eine verflixte Unbekannte in seiner Lebensgleichung hinzu, die er den *großen ungewissen Punkt* nannte. Den *GUP*.

Der GUP machte im Zweifelsfall alle Planungen und alle Sicherheiten zunichte, keiner wusste, wann er seinen persönlichen GUP erreichte – wann er also starb. Wenn Mertens 110 würde, dann wäre das ein großartiger GUP, denn dann hätte er eine Menge Rentenzahlungen genießen können – wobei »genießen« nicht »ausgeben« meinte, sondern auf die hohe Kante legen, sich für harte Zeiten wappnen, schließlich konnte man nie wissen. Wenn er aber nur zwei, drei Jahre nach Renteneintritt von dieser Welt ginge, dann wäre das eine miese Rechnung. Das bereitete ihm Sorgen.

»Nein«, sagte Elling, der die Umschreibung seines Chefs kannte, »seine Chancen stehen sehr gut. Ich hab heute Morgen da angerufen, sie wollen ihn in ein paar Tagen aus dem künstlichen Koma holen.«

Mertens nickte erleichtert. Und dann wollte er wissen, was für eine hanebüchene Geschichte sie dem LKA und diesem Rost aufgetischt hatten: »Der Mann soll sich zweimal beim Waffenreinigen angeschossen haben – mit der Dienstwaffe von Frau Mendt?«

Sie erklärten ihm die Unerklärlichkeit dieses Vorgangs. Auch für sie sei das ein Rätsel. Aber eines, das sicherlich bald durch Krohn selbst gelüftet werden würde. Sie tischten Mertens auf, was Elling schon gegenüber Rost zur Sprache gebracht hatte: Sie hatten kein Motiv. Und wenn, hätten sie Krohn beseitigt, statt ihn in die Klinik zu bringen und sein Leben zu retten.

»Ja, stimmt schon«, gab Mertens schließlich zu, »es ist nur …

dass sich ein Schuss löst – ja. Aber *zwei*? Wie soll er das gemacht haben?«

»Vielleicht ist er hingefallen nach der ersten Verletzung.«

Der Grad an Absurdität ließ den Chef das Gesicht verziehen.

»Wir wissen es einfach nicht, wir haben ihn verletzt vorgefunden.«

»Abgedrückt hat er jedenfalls«, stellte Mertens fest und sah zu Lona, »auch nachweislich mit Ihrer Waffe. Die haben entsprechende Schmauchspuren bei ihm gefunden.«

Lona und Elling waren bemüht, sich ihre Erleichterung nicht anmerken zu lassen. Der Schuss in den Holzscheit hatte diese Spuren wie von Lona beabsichtigt auf Krohns rechter Hand hinterlassen.

Es klopfte.

»Ja?«

Niemann schneite herein und wünschte einen guten Morgen. Sein Blick fand während seiner folgenden Ausführungen immer wieder zu Lona. Und wenn es ihm bewusst wurde, lächelte er schüchtern. »Ich habe interessante Neuigkeiten. Sehr interessante. Sie wissen schon, die Nummer, die Krohn angerufen hat. An die bin ich nur rangekommen, weil ich jemanden bei der Telekom kenne.«

»Das klingt sehr vielversprechend, Herr Niemann«, gab Lona ihm eine Streicheleinheit.

»Ja, und zwar hat der Besitzer der Mobilnummer, die Herr Krohn so oft angerufen hat, auch vom Tatort …«

»Vom Tatort?«, fragte Mertens.

»Stefan Krohn war am Tag des Mordes in der Wohnung von Alexander Beck«, erklärte Elling kurz angebunden, »wir erzählen es dir nachher.«

»Seit wann wisst ihr das?«

»Seit vorgestern«, antwortete Lona.

Niemann bestätigte das mit einem Nicken: »Da brauche ich noch die richterliche Genehmigung, Herr Elling.«

»Ist in Arbeit. Ich hab sie schon beantragt«, log Elling.

»Und der Säugling?«, wollte Niemann wissen.

»Was für ein Säugling?«, hakte Mertens nach, der zunehmend irritiert von einem zum anderen blickte.

»Das ist eine andere Sache«, winkte Elling ab. »Wir wissen, dass Stefan Krohn sich *nach* Becks Tod in dessen Wohnung aufgehalten hat. Er hat von dort eine Mobilnummer angerufen und danach Kinderpornos auf Becks Computer gespielt, um unsere Ermittlungen in die Irre zu führen.«

»*Was?*«, Mertens war hellwach, sein Kopf war vorgeschossen: »Ich ruf sofort diese Pröscher vom LKA an und falte die zusammen.«

Seine Hand zuckte zum Hörer.

»Bitte nicht«, intervenierte Lona.

Zumindest verharrte Mertens' Hand in der Luft. Er hob den Blick und sah sie an: »Die Frau hat mir die Hölle heiß gemacht. Damit ich rauskriege, was da abgelaufen ist. Meine Beamten hätten Mist gebaut und so … ihr wisst schon. Die glauben euch nämlich nicht, die bohren von allen Seiten nach. Die sind sich sicher, dass Krohn gegen euch aussagt, wenn er wieder aufgewacht ist.«

»LKA eben«, sagte Elling, der die Gunst des Augenblicks nutzte, Mertens war ihnen gerade gewogen, »suchen die Fehler immer woanders. Immer.«

Lona nahm ihren Gedanken wieder auf: »Was wir wissen ist: Krohn hat am Tatort eine Fehlspur gelegt und taucht dann plötzlich in Marnow auf, um uns über unsere Ermittlungen im Fall auszuhorchen. Wir wissen jetzt, dass er damit nur unseren aktuellen Ermittlungsstand abfragen wollte.«

»Wie nah wir ihm schon sind – oder eben nicht«, ergänzte Elling.

»Ich fasse es nicht«, bekannte Mertens, »das ist doch ein handfester Skandal!«

»Ja. Wir wollen aber wissen, mit wem Krohn zusammenarbeitet. Ob er auf eigene Faust in Becks Wohnung war, um den Tatort zu manipulieren und die Leiche, oder ob er eben …«

Sie ließ es unausgesprochen.

»Ja?«

Sie sahen ihn vielsagend an.

»Ich bin nicht gut in Lückentext«, bekannte Mertens ungeduldig, seine Halsschlagader begann zu pochen, »was wollt ihr mir sagen?«

»Ob das eine offizielle LKA-Mission war.«

Jetzt fielen die Groschen beim Chef. Endlich zuckte seine Hand von dem Telefonhörer wieder zurück.

»Weck einfach keine schlafenden Hunde, bevor wir mehr wissen.«

»Sie wissen gleich mehr«, schaltete Niemann sich wieder ein, »und zwar diese Mobilnummer, die Herr Krohn vom Tatort aus angerufen hat – sie war schwer zu kriegen. Ich musste also …«

»Kommen Sie zum Punkt, Herr Niemann«, wies Mertens den KTU-Mann an und sprach Lona und Elling damit aus der Seele.

Der Computerexperte wirkte kurz perplex, dann straffte er sich, Stimme und Gesichtsausdruck waren mit einem Mal von dienstlicher Sachlichkeit geprägt, er wirkte eine Spur beleidigt: »Die Mobilnummer, die Herr Krohn angerufen hat, gehört Dr. Christian Rathe aus Schwerin.«

Mertens blies die Wangen auf.

»*Der* Christian Rathe?«, erkundigte sich Elling.

»Ja«, bestätigte Niemann schmallippig wegen der Zurechtweisung, die er soeben vom Chef erhalten hatte.

»Muss ich den kennen?«, fragte Lona.

»Nein, Sie kommen ja aus Hannover«, sagte Mertens nachdenklich. »Der Herr Rathe ist ein altes ostdeutsches Gewächs. Jetzt ist er Staatssekretär im Ministerium für Soziales und Gesundheit in Schwerin.«

Lona Mendt sagte das nicht viel, sie wandte sich direkt an Elling: »Was heißt das?«

Der deutete ein Achselzucken an: »Ich weiß nicht, Lona, das heißt … es heißt, dass Stefan Krohn vom Tatort Beck ein hohes politisches Tier angerufen hat: Dr. Rathe.«

»Junge, Junge.«

Rainer Mertens hielt es nicht länger auf seinem Stuhl, er musste auf und ab gehen und fuhr sich dabei immer wieder mit der offenen Hand über den Nacken. Er stellte sich ans Fenster, aber er blickte nicht hinaus. Er versuchte nur etwas Ordnung in die Menge an neuen Informationen zu bringen und einen Überblick zu gewinnen. Um sich schließlich an Niemann zu wenden: »Gibt es noch was, was Sie herausgefunden haben?«

Niemann schüttelte den Kopf: »Im Augenblick nicht, nein.«

»Ich melde mich später bei Ihnen. Können Sie uns jetzt kurz alleine lassen?«

»Natürlich.«

Ein Blick noch zu Lona, dann verschwand der blasse KTU-Mann. Mertens lehnte sich mit seinem Hintern an die Fensterbank und verschränkte die Arme vor der Brust. Er musterte das Team, das da vor ihm saß. »Was steht jetzt als Nächstes an?«

Und dann stimmten die beiden sich mit einem jener Blicke ab, ein Sekundenbruchteil nur, ein Vorgang, der nicht nur ihrem Chef ein Rätsel war. Sondern auch den anderen Kollegen, die das zwischen den beiden beobachtet hatten.

»Wie macht ihr das?«, hatte er Elling in der Kantine gefragt.

»Was?«

»Ihr seht euch an – und dann seid ihr euch irgendwie einig.«

Elling hatte genickt, er wusste, was Mertens meinte: »Ich weiß es nicht. Es passiert einfach. Ich weiß nicht, wie ich's dir erklären soll. Ist merkwürdig.«

Danach angelte er in seiner Suppe nach einem Stück Würstchen.

Er konnte es sich selbst nicht erklären. Weil diese wortlose Verständigung jeglicher Grundlage entbehrte.

Elling hatte sie bei Profifußballern gesehen, die jahrelang zusammen trainiert hatten. Oder bei seinen eigenen Eltern, die sage und schreibe über 45 Jahre verheiratet gewesen waren. Sie hatten sich stumm verstanden. Sie hatten sogar manchmal dasselbe gedacht. Und das im gleichen Augenblick.

Aber diesen beiden Beispielen war ein langjähriges Agieren als Team gemein. Das war bei Lona und Elling nicht gegeben. Die Vertrautheit war einfach so über sie gekommen.

Mertens hatte sich den Rest des Eintopfs wie immer einpacken lassen: »Hab ich ja für bezahlt.«

»Klar.«

»Manche Leute glauben, das mach ich aus Geiz.«

»Die kennen dich nich', Rainer.«

»Ja. Das regt mich auf. Ich *bin* nicht geizig.«

Mertens stieß sich von der Fensterbank ab, wo die Sonne ihm langsam den Rücken versengte, und wiederholte seine Frage: »Was jetzt?«

»Wir machen einen Termin mit Dr. Rathe in Schwerin, würde ich vorschlagen«, sagte Lona.

Elling nickte.

Und dann, nach einem kurzen Innehalten, nickte auch Mertens und nahm wieder Platz hinter seinem Schreibtisch. »LKA, Ministerium, Staatssekretär. Passt auf bei den Nachforschungen, dass das nicht zu hoch kocht. Das kann uns um die Ohren fliegen«, ermahnte er sie.

»Vor dem Gesetz sind alle gleich.«

»Lass den Scheiß, Elling.«

37

»Sie haben einen 15-Minuten-Slot«, ließ die junge Frau sie wissen, die sie beim Pförtner abholte.

Wie bei der Wilmer AG wurden ihre Dienstausweise kopiert, und im Gegenzug händigte man ihnen hausinterne knallgelbe Ausweise aus, die sie sich an den Gürtel oder die Hosentasche klemmen sollten.

Das Ministerium für Soziales und Gesundheit teilte sich das mächtige, aber unscheinbare Gebäude mit anderen Ressorts, nämlich Wirtschaft und Arbeit.

»Slot?«, fragte Elling.

»Zeitnische«, übersetzte Lona ihm: »Er hat eine Lücke von 15 Minuten für uns.«

Die junge Frau, deren Haare ihren halben Rücken hinabreichten und die ein enges türkisfarbenes Kostüm trug, nickte und schenkte Elling ein nachsichtiges Lächeln: »Dr. Rathe hat dafür einen Termin mit dem Ministerpräsidenten in letzter Minute nach hinten geschoben.«

Sie öffnete eine massive Tür aus Eichenholz. Ein Teppich in dezentem Braunton, der nahezu jedes Schrittgeräusch verschluckte. Eine breite Fensterfront, die den unbeschränkten Blick über die Stadt Schwerin bis hin zu den Schweriner Seen ermöglichte.

Rathe selbst thronte hinter einem massiven Schreibtisch, der aus einem Stück gefertigt zu sein schien. Hinter ihm fristeten Dutzende von Akten ihr Dasein in einem Regal aus dunklem Holz.

Die junge Frau in Türkis stellte sie kurz einander vor: »Staatssekretär Dr. Rathe. Frau Mendt und Herr Elling von der Rostocker Kriminalpolizei.«

Rathe erhob sich, er war klein und hatte einen weit vorstehenden

Bauch. Er trug ein Jackett und ein offenes Hemd. Man schüttelte einander die Hände, bevor Lona und Elling auf die Aufforderung des Staatssekretärs Platz auf den beiden gut gepolsterten Stühlen vor seinem Tisch nahmen.

Er selbst nahm auch wieder Platz und schlang die Arme um seinen Oberkörper. Es sah aus, als versuche er, sich selbst zu umarmen. Er schenkte ihnen ein zuvorkommendes Lächeln.

»Danke, Frau Käver, ich melde mich, wenn wir was brauchen.«

»Gerne.«

Die Frau in Türkis verließ das Zimmer.

»Danke, dass Sie uns so kurzfristig in Ihrem Terminkalender unterbringen konnten, Dr. Rathe«, eröffnete Elling das Gespräch.

Rathe nickte. Er hielt sich weiterhin umklammert. Wie eine kleine Trutzburg.

»Ich habe auf die Schnelle leider nur eine Viertelstunde«, antwortete er. Bedauern und der Wunsch, zügig zur Sache zu kommen, hielten sich dabei die Waage. »Meine Assistentin hat mir nur kurz zugerufen, dass Sie in einer Mordserie ermitteln und Informationen benötigen? Bitte.«

»Gut«, sagte Elling, »kennen Sie einen Herrn Krohn? Stefan Krohn?«

»Aber ja. Was ist mit ihm?«

Da war Sorge in seinem Blick. Um wen, ließ sich nicht ablesen.

»Ja«, antwortete Elling, »er ist gestern verletzt worden und liegt in einem künstlichen Koma.«

Rathe schien alarmiert, er beugte sich vor, als wolle er ausschließen, sich verhört zu haben: »Was ist passiert?«

»Nach bisherigen Erkenntnissen ist es zu einem Unfall beim Reinigen einer Waffe gekommen«, sagte Lona, »die Ermittlungen dazu laufen noch.«

Christian Rathe stützte die Ellenbogen auf die Tischplatte und entließ sich so aus seiner eigenen Umklammerung. Er wirkte ehrlich bestürzt. »Wie geht es ihm?«

»Er ist auf dem Weg der Besserung. Sein Zustand ist stabil.«

Rathe atmete seine Anspannung aus und lehnte sich wieder zurück in seinen ledernen Bürostuhl. »Sie sehen mich einigermaßen erleichtert. Ich … das kommt nicht allzu oft vor, ich … kann man ihn besuchen?«

»Wie gesagt: Er befindet sich im künstlichen Koma.«

»Das klingt nicht gut.«

»Die Ärzte sagen, sie holen ihn in ein paar Tagen zurück. Er wird es überleben, das ist der aktuelle Stand.«

Rathe nickte und blickte zur Seite. Überschlug offenbar ein paar Dinge in seinem Kopf, um sich ihnen dann wieder zuzuwenden: »Wo ist er jetzt?«

»In Marnow.«

»Marnow? Bei Wismar?«

»Mecklenburgische Seenplatte.«

»Ah ja, klar. Da ist eine Klinik?«

»Ja.«

Christian Rathe sammelte sich kurz. »Wie kann ich Ihnen helfen?«

»Indem Sie uns etwas über Sie beide erzählen«, sagte Lona, »möglicherweise hat sich unser Kollege vom LKA nicht selbst verletzt. Vielleicht gab es jemanden, der ein Interesse daran hatte, die Ermittlungen von Herrn Krohn zu unterbinden.«

»Ich verstehe.«

»Wir klappern gerade alle Nummern aus seiner Einzelverbindungsübersicht ab. Eine davon ist Ihre Mobilfunknummer. Sie beide hatten in letzter Zeit häufiger telefonischen Kontakt. Woher kennen Sie beide sich eigentlich, wenn ich fragen darf?«

»Von der Jagd und vom Fußball. Unsere Väter waren beide Jäger, sie hatten ein benachbartes Revier. Staatlich angestellt, wie das so war. Ich habe das verachtet, das Töten. Jetzt fällt mir ein, dass ich Stefan dazu nie gefragt habe. Na ja, ist auch nicht von Belang gerade. Jedenfalls haben wir beide als Amateure Fußball gespielt. Er im Sturm, ich im Mittelfeld. Da haben wir uns angefreundet damals. Und obwohl wir unterschiedliche Laufbahnen eingeschlagen haben …«

»Was war seine?«, unterbrach Lona ihn.

»Volkspolizei. Unsere Wege haben sich immer wieder gekreuzt, man hat sich gegenseitig eingeladen. Ich habe das Segeln angefangen, am Wochenende manchmal mit Freunden Touren unternommen, und Stefan war oft mit dabei.«

Rathe legte eine Pause ein, sein Blick ging in die Ferne, als schwirrten dort für ihn sichtbar die Erinnerungen an früher vorbei.

»Für uns war das damals eine relativ unbeschwerte Zeit. Trotz allem, Sie wissen schon.«

Elling nickte verständnisvoll, im Gegensatz zu Lona Mendt traf die Einlassung des Staatssekretärs auch auf sein eigenes Leben zu. Und Suses.

»Und nach der Wende hatten Sie auch noch Kontakt.«

»Ja, das ist eine der wenigen Verbindungen von damals, die bestehen geblieben ist, so was ist ja eher selten. Zumindest in meiner Biografie.«

»Sie haben«, sagte Lona, »am Montag, den 11. August, sowie Dienstag, den 12. August, jeweils am späten Nachmittag telefoniert. Und danach auch noch einige Male. Worum ging es da, bitte?«

Rathe antwortete, ohne zu zögern: »Die betrafen allesamt meine Sisyphos-Arbeit hier. Es geht darum, dass sich Pharmakonzerne illegal über Preisbildungen abstimmen und ich das zu unterbinden habe, und auch will. Das fällt unter anderem in meinen Aufgabenbereich.

Die Apothekerschaft ist da systembedingt nur in sehr überschaubarem Maße kooperationswillig, wie Sie sich vielleicht vorstellen können. Und ich habe mich wegen möglicher Schritte und auch konkreter Maßnahmen bei Herrn Krohn erkundigt und Rücksprache gehalten.«

»Auch am 11. August?«

»Das Datum kann ich Ihnen bestätigen, weil wir uns in letzter Zeit ausschließlich über diese Angelegenheit ausgetauscht haben.«

Damit schloss er die Tür für weitergehende Fragen in diese Richtung.

»Hat er Ihnen gegenüber mal einen Herrn Alexander Beck erwähnt?«, fragte Elling.

»Beck mit ›e‹«?

»Ja.«

Rathe überlegte kurz und schüttelte den Kopf: »Nein. Ist ja ein sehr häufiger Name, aber … nein, ich glaube, das kann ich ausschließen.«

»Und einen Herrn Herbert Leyendecker?«

»Nein, auch nicht. Bedaure.«

Elling und Lona hatten nichts anderes erwartet. Sie sahen sich kurz an, um sicherzugehen, dass sie die identischen Rückschlüsse gezogen hatten.

Hatten sie.

»Tja, dann, Herr Dr. Rathe«, schloss Elling, »damit sind unsere wichtigsten Fragen beantwortet. Herzlichen Dank noch mal für den kurzfristigen Termin.«

»Aber gerne. Meine Tür steht Ihnen diesbezüglich weit offen. Meine Mobilnummer haben Sie ja jetzt, zögern Sie also nicht.«

»Das ist sehr zuvorkommend von Ihnen.«

»Ich bin, wie Sie sicher verstehen können, sehr an dem Erfolg Ihrer Ermittlungen interessiert.«

Elling jagte den Volvo zurück über die A20, als seien sie zu einem Notfall gerufen worden. »Ich muss noch vor sechs was in der Stadt abholen«, erklärte er, führte das aber nicht näher aus.

Christian Rathe hatte gelogen, darin waren sie sich einig. »Er weiß, dass Krohn in Becks Wohnung war«, sagte Lona, während sie sich zurücklehnte, »Krohn findet Beck tot vor. Wir wissen nicht, ob er die Leiche vor oder nach dem Anruf so zugerichtet hat, aber auf jeden Fall ruft er davor oder danach Rathe an. Warum?«

»Entweder er gibt ihm einen Bericht oder er benötigt Instruktionen. Oder beides. Er wird wohl kaum neben Becks Leiche stehen und in aller Seelenruhe bei Rathe anrufen, um über illegale Preisabsprachen zu reden.«

»Nein, er hat ihm gesagt, dass Beck tot ist«, legte Lona sich fest.

»Fragt sich bloß, warum? Was interessiert es einen Staatssekretär im Ministerium für Soziales und Gesundheit, was mit einem Sozialhilfeempfänger passiert ist?«

»Vielleicht waren die alle bei der Stasi.«

»Möglich.«

»Oder Rathe hat den Mörder zu Beck geschickt. Und Krohn hat Vollzug gemeldet.«

»Dann hätte Beck was gegen ihn in der Hand haben müssen. Ansonsten geht einer wie Rathe doch so ein Risiko nicht ein.«

»Möglicherweise hat Beck die beiden mit ihrer Stasi-Vergangenheit erpresst. Den beiden ist es im Gegensatz zu ihm doch großartig gelungen, in der Bundesrepublik Karriere zu machen. Und da hat Beck beschlossen, dass er was abhaben möchte von dem Kuchen.«

»Kann sein«, räumte Elling ein, »ich kann regelrecht riechen, dass wir näher dran sind. Aber da fehlt noch mindestens ein Puzzleteil.«

»Das Motiv.«

Er nickte.

»Gut – aber da er uns nicht die Wahrheit sagt, wissen wir, dass er lügt. Wir sind auf der richtigen Fährte. Er und Krohn hängen zusammen. Krohn und Marnow hängen zusammen, sonst hätte er die Hinweise nicht von der Pinnwand in Becks Wohnung entfernt.«

Die Autos vor ihnen bremsten stark ab, dann leuchteten die ersten Warnblinklichter auf.

»Mist.«

Auch Elling schlug mit der Handfläche auf den Schalter mit dem roten Dreieck. Die Autos vor und neben ihnen wurden noch langsamer – und stoppten dann ganz.

»Das darf nicht wahr sein.«

Lona sah ihn von der Seite an und musste lächeln. Der Bauchansatz, die notdürftig zusammengeflickte Brille, die Geheimratsecken. Ein Spießer vor dem Herrn, aus dem aussichtlos scheinende Situationen das Beste zutage förderten.

Heute wäre sie wirklich mit ihm nach Sonstwo gefahren. Nur immer weiter. Nie wieder raus aus diesem Kokon, in dem sie gerade saßen.

Aber diese Sache in Rostock war ihm offenbar wichtig. Also ließ Lona das Seitenfenster herunter, nahm das Blaulicht aus dem Behälter im Fußraum und setzte es aufs Dach. Dann schaltete sie es ein.

»Was machst du?«

»Du willst doch rechtzeitig zurück sein.«

»Schon, aber … das können wir nur im Notfall benutzen, das kann richtig Ärger geben.«

Er sah aus wie ein kleiner Junge, der sich fürchtete, man könne ihn mit den Fingern im Marmeladenglas erwischen.

»Wenn man uns für die letzten Tage den Prozess macht, wird das Blaulicht nur eine Fußnote sein, Elling.«

Er musste schmunzeln: »Auch wieder wahr.« Dann steuerte er den Volvo zwischen die beiden Spuren, und da zwei Fahrzeuge vor ihnen nicht nach links und rechts auswichen, bemühte er noch die Sirene.

Prompt kam Bewegung in die Sache. Es bildete sich nach und nach eine Rettungsgasse, durch die sie ihre Fahrt fortsetzen konnten.

Elling lächelte: »Ich liebe diesen Anblick. So muss es Moses mit dem Roten Meer gegangen sein.«

38

Elling, Mareike und Susanne saßen über Eck am Tisch in der Küche. Der Fernseher in der Ecke lief stumm.

»Qu'est ce que?«

»Sushi.«

Mareike paukte Französisch, ihre Fahrt nach Nancy stand kurz bevor. Und nachdem Elling ihr vor einer Stunde fünfhundert Euro zugesteckt hatte, war die *resistance* gegen ihren Vater nicht verschwunden (schließlich galt es, das Gesicht zu wahren), aber immerhin merklich erweicht.

Was sie nicht daran hinderte, ihre Eltern mit ihrem Französisch zwangszubeglücken.

Sie aßen Sushi.

Susanne schwor neuerdings darauf. Es sei gesund, es sei Fisch, die Japaner äßen es, und die würden bekanntlich deswegen uralt. Sie hatte es von einem neuen Trendladen aus der Altstadt mitgebracht. Samt irgendwelcher überteuerter Bambusmatten, mit denen man das Tohuwabohu einrollte – nächstes Wochenende wollte sie mit deren Hilfe eigene herstellen.

»Quelle est le Bedeutung de Sushi?«, radebrechte Mareike.

Das war der erste Augenblick, in dem Elling eine Prise Mitleid für Luc empfand.

»Toter Fisch«, antwortete ihr Vater, »in Algen, weil's gesund ist, und mit Wasabi-Paste, damit es nach was schmeckt.«

Susanne rollte mit den Augen. Sie aß ihre Reis-Gurke-Fisch-Röllchen mit Stäbchen. Ständig fiel ihr etwas runter, oder sie nutzte den Tellerrand als Stütze.

Mareike grinste sie fröhlich an und hielt ihr ein Kuvert hin.

»Was ist das, Schatz?«

»Du musst es aufmachen.«

Susanne warf ihrem Mann einen fragenden Blick zu, und der nickte: »Ja, mach's mal auf.«

»Na schön.«

Susanne legte die Stäbchen zur Seite und zog drei Papiere aus dem Kuvert, bei denen es sich um Flugtickets handelte, wie sie feststellte. *Frankfurt – Los Angeles*, las sie. Und ihre drei Namen.

Ihre Gesichtszüge wurden starr, ihr Blick weich. Sie runzelte die Stirn und überflog die Tickets noch mal. Dann sah sie auf. Elling und Mareike lächelten erwartungsvoll.

»Amerika!«, brach es aus Mareike heraus.

Susanne zwang sich zu einem Lächeln. »Wie … ist das … das ist kein Scherz.«

Es war mehr Frage als Feststellung.

»Nein«, bestätigte Elling.

»Freust du dich nicht?«, fragte Mareike.

»Doch, natürlich, ich bin nur … ich bin nur so … so *überrascht*. Ja.«

»Ist das nicht toll? Du, Papa, ich?«

»Ja«, brachte sie über die Lippen, ihr Lächeln war hölzern, »toll. Elling, wie hast du das bezahlt?«

»Ich war doch auf der Trabrennbahn. Wir haben uns das verdient, Suse, wenn ich mir alleine schon ansehe, wie viele Überstunden du in letzter Zeit schiebst …«

Auch Mareike spürte das Zögern ihrer Mutter. Sie beugte sich vor und gab ihr unvermittelt einen Kuss auf die Wange: »Sag ja.«

»Das kommt etwas plötzlich … wir haben im September die Oberbürgermeisterwahl und dann …«

Mareike stieß einen lauten Seufzer des Unmuts aus.

»Ich schaue mal, was möglich ist«, sagte Susanne mit latentem Zorn in Ellings Richtung, »du bist verrückt.«

»Du wolltest doch immer mal gerne in die USA.«

»Und was ist mit Erika?«

»Wir können ja nicht warten, bis … ah, Nachrichten.«

Er schob sein Sushi beiseite und stellte den Ton lauter. Auf der Mattscheibe erschien das Konterfei von Philipp Benedikt.

Seine Frau wollte noch etwas erwidern, aber schon das erste Wort schaffte es nicht mehr über ihre Lippen, als sie das Foto im Fernseher sah. Darunter die eingeblendete Bauchbinde: *OB-Kandidat Philipp Benedikt verhaftet.*

Elling hatte den perfekten Platz, um sowohl die Nachrichten als auch Susanne im Blick zu haben, die binnen Sekunden blass wurde.

Der Nachrichtensprecher wandte sich ans Publikum. Elling stellte den Ton erneut lauter: » … ist heute im Haus des OB-Kandidaten der Stadt Rostock, Philipp Benedikt, kinderpornografisches Material sichergestellt worden. Unsere Mitarbeiterin Claudia Bittner hat sich am Ort des Geschehens umgesehen.«

Ein Filmeinspieler zeigte Benedikt auf einer Wahlkampfveranstaltung, Blitzlichter gleißten auf. Dann wechselte das Bild abrupt zu dem Haus der Benedikts, in dem Brit Benedikt gestern noch die Rosen geschnitten hatte. Alle Rollläden waren heruntergefahren. Polizeibeamte in Uniform trugen Kartons mit beschlagnahmten Gegenständen aus dem Haus und zu einem Transporter. Die Einfahrt des Hauses wurde durch einen Streifenwagen blockiert.

»Und ich wollte den wählen«, merkte Mareike empört an. Sie sah zu ihren Eltern. Susannes Blick war starr auf den Fernseher gerichtet. Ihr Gesicht war versteinert. Deshalb suchte Mareike den Blickkontakt mit ihrem Vater.

Der nickte: »Unglaublich, hat man dem echt nich' angesehen«, sagte er, und dann zu Susanne gewandt, »da hast du ja jetzt eine Riesenstory.«

Susanne nickte abwesend.

Im Bild erschien eine aufgeweckte Frau mit halblangen blonden Haaren. Elling fand sie ziemlich attraktiv. Sie sprach in ein Mikrofon, dass das Logo des NDR trug: »Hier hinter mir sehen Sie das Haus von OB-Kandidat Philipp Benedikt in Rostock. Das fragliche Material wurde gegen Mittag auf dem Computer von Herrn Benedikt sichergestellt. Es handelt sich um kinderpornografische Fotos und Videos, das verlautbarte ein Sprecher der Staatsanwaltschaft der Hansestadt. Diese hat einen umgehenden Durchsuchungsbeschluss erwirkt.

Erste Reaktionen der Bevölkerung zeigen, dass die Zustimmung für den Kandidaten Benedikt erdrutschartige Einbrüche erlitten hat. Kenner der politischen Szene in Rostock halten die Wahl jetzt bereits für entschieden.

Sein Anwaltsbüro war für eine Stellungnahme nicht zu erreichen. Wir halten Sie über die Ermittlungen auf dem Laufenden. Und damit gebe ich zurück ins Studio zu meinem Kollegen Kienling und dem Wetter.«

Das Fernsehbild wechselte zu der Wetterkarte, vor der der angekündigte Mann stand und die Zuschauer begrüßte und dann ausführte, dass in Rostock und Umgebung auch in den kommenden Tagen nicht mit Abkühlung zu rechnen war.

Susanne saß immer noch da wie betäubt, bis Mareike ihr die Hand auf den Unterarm legte. Mit einer leichten Verzögerung fand ihr Blick zur Tochter.

»Bestimmt hast du viel besser von ihm gedacht und bist jetzt maßlos enttäuscht«, sagte diese und fügte hinzu: »Maßlos déçu.«

Susanne brachte nicht viel mehr als ein Seufzen zustande. Elling schob die Tickets nach Los Angeles zu ihr hinüber.

»Jetzt ist der Wahlkampf zu Ende.«

»Ja«, sagte sie tonlos.

»Und wir fliegen nach Amerika«, sagte Mareike begeistert.

»Ich … muss erst mal sehen morgen, was in der Redaktion los ist und dann …«

Der Satz blieb unvollendet im Raum hängen.

Elling nickte. Es gab für die Sache nur eine Mitwisserin: Brit Benedikt. Wenn die Staatsanwaltschaft sie fragte, ob noch jemand Zugang zum Computer hatte, würde sie das verneinen. Denn sie war finanziell abgesichert und würde für ihren Mann keinen Finger rühren. Elling sah regelrecht vor sich, wie sie auch mit einem tiefen Lächeln vor den Nachrichten gesessen hatte.

Und die Herkunft der Fotos?

Sehr bald würde sich herausstellen, was schon bei Beck nachgewiesen worden war: Die Fotos waren einen Tag vor ihrem Fund aufgespielt worden. Man würde Philipp Benedikt für unschuldig erklären und nach Hause gehen lassen. Aber erstens wäre der Wahlkampf dann bereits zu seinen Ungunsten ausgegangen, und zweitens würde trotzdem was an ihm kleben bleiben. So war das mit der Unschuldsvermutung.

VIII
TAG ACHT

39

Elling wusste nicht mehr, wann er das letzte Mal ein paar Liegestütze absolviert hatte. Aber nach einem seitlichen Blick in den Spiegel vor dem Duschen erschien ihm das geboten. Das Grillen und die Biere und die mangelnde Bewegung hatten sich materialisiert.

Also legte er elf (einhalb) Liegestütze hin. Immerhin. Dann ging ihm die Puste aus.

Nach dem Bad stieg er federnden Schrittes runter in die Küche. Sein Gang fühlte sich plötzlich elastisch an. Geschmeidig und bereit.

Er war alleine und machte sich einen Kaffee, mit dem er auf die Terrasse wechselte. Das Morgenlicht, die Ruhe, der Ringelrankenweg – all das entlockte ihm ein zufriedenes Lächeln. Er zündete sich eine an und freute sich, zu sein. Das Glück lugte manchmal aus den einfachsten Winkeln.

Ein Auto fuhr vor. Die Seitentür, die schnarrte – Bahr & Wildhagen waren im Anmarsch. Sie hoben die Hand zum Gruß und machten sich über den Pool her.

»Kaffee, die Herren?«

»Aber immer.«

Ein paar Minuten später reichte er ihnen die dampfenden Becher. Wildhagen, der Schmale mit Zigarette im Mundwinkel, hantierte an dem Motor der Gegenstromanlage herum. Sein Kollege Bahr werkelte an der Außendusche.

Elling hörte Schritte hinter sich. Er blickte über die Schulter: Mareike. Mit irgendeinem gesunden grünen Tee in der Hand.

»Morgen, Papa.«

»Morgen.«

Sie nahmen sich zur Begrüßung in den Arm. Und Elling übertrieb es nicht, er hielt seinen Augapfel nur so lange, wie sie den Arm um ihn legte. Sie stand neben ihm und betrachtete den Pool.

»Mal ehrlich, ist der nicht ein bisschen groß?«

»Nein.«

Mareike nickte, aber Elling merkte, dass sie ihn trotzdem zu groß fand. Er deutete auf die Dusche: »Der Duschkopf hat 12 Massagefunktionen.«

»Wow.«

»Oder?«

»Scheiße.«

Das war Wildhagen, der die Gegenstromanlage testete.

Elling trat näher: »Was ist?«

»Ach, die Spule in der Pumpe ist irgendwie falsch gewickelt. Ich schick da ohne Ende Spannung rein, und die meldet mir nur 35 Volt zurück … Mist … müssen wir austauschen, tut mir leid. Ich dachte, wir werden heute fertig.«

»Aber baden kann man schon?«, fragte Mareike.

Wildhagen nickte, während er sich eine neue Zigarette anzündete: »Wir heizen gerade auf. Baden geht. Nur die Gegenstromanlage, da müssen wir die Pumpe noch austauschen.«

»Und wann?«, wollte Elling wissen.

Der schmale Mann hob die Unterarme, als läge das im Ermessen einer höheren Macht: »Tja, mal sehen, wie schnell die liefern. Vorrätig müssten die die haben, eigentlich. Mit Kurier … vielleicht übermorgen?«

Da fing Elling den Blick seiner Frau auf, die sich in der Küche einen Kaffee aus der Maschine ließ. Susanne lächelte. Es kam noch nicht von Herzen, aber es war ein Anfang. Alle ihre Träume von einem Leben an der Seite eines Oberbürgermeisters waren dahin. Das musste man bedenken. Sie brauchte jetzt etwas Zeit. Ein paar Tage noch, dann würde es sich schon mehr eingerenkt haben. Er hob die Hand zum Gruß und lächelte zurück.

Sein Handy klingelte – Lona.

»Morgen.«

Er hörte die Erregung in ihrer Stimme: »Was ist passiert?«

»Ich habe eine Ziffernfolge als SMS bekommen: 53.252698, 13.023727.«

»Äh, von wem?«

»Die Rufnummer war unterdrückt. Niemann sagt, es lässt sich nicht zurückverfolgen.«

»Aber … was ist das? Die Zahlen?«

»Das ist eine GPS-Position. Und da fahr ich jetzt hin.«

»Aber nicht alleine, bitte. Wo ist das?«

»Nicht weit von hier. In Jabel.«

»Ich komm raus. Soll ich dich aufgabeln?«

»Ich nehm die Bonneville.«

Lona wartete neben ihrer Maschine und vor dem Anwesen auf Elling, der zehn Minuten später eintraf. Es war kurz nach elf. Sie hatte den Helm auf dem Sitz der Triumph abgesetzt, trug aber noch die dunkelbraune Lederjacke. »Morgen, Elling.«

Er nickte ihr als Begrüßung zu und lächelte dabei.

Sie zeigte ihm die SMS, die die Ziffernfolge enthielt. Plus zweier Worte, die ausgeschrieben Ziffern wiedergaben: drei, zwei.

»Drei Komma zwei, was soll das bedeuten?«, fragte Elling.

Lona Mendt zuckte mit den Achseln.

Elling trat an das ausladende schmiedeeiserne Tor der Auffahrt. Es maß sicher sechs Meter in der Breite. Beidseitig in die Mauer verankert, die das große Grundstück umgab, das etwas abseits der anderen Bebauung stand. Dafür aber direkt am Wald gelegen.

Elling las das Namensschild neben der Klingel: *Dr. Sterzing.*

»Sterzing? Wer ist das?«

»Er ist im Einwohnermeldeamt eingetragen als Klaus-Peter Sterzing, 1937 in Jena geboren. Und er hat nach viermaligem Klingeln noch nicht geöffnet.«

»Noch nie von dem gehört.«

»Ich auch nicht.«

»Niemann kann seine Nummer rausfinden und …«

»Schon passiert«, unterbrach Lona ihn, »er antwortet nicht.«

Sie deutete mit dem Kopf auf das alte, geschmackvoll restaurierte Haus, das sie an jenes von Dr. Hildebrandt erinnerte: »Er wohnt alleine. Für mich sieht das nach Gefahr im Verzug aus.«

»Unbedingt.«

Da das Tor verschlossen war, half Elling Lona mit einer Räuberleiter auf den halbhohen Absatz neben der Mauer, in der die riesige Pforte eingelassen war. Sie revanchierte sich, indem sie ihm dabei half, sich hinaufzuziehen. Er keuchte.

Sie sprangen aufs Grundstück und gingen wachsamen Auges auf die Villa zu. Es war ein Gebäude, das dem Bauhaus entstammte und den Krieg überstanden hatte. Dank mangelnder Industrieanlagen hatte es für die Alliierten hier nichts zu bombardieren gegeben.

Es war gepflegt und gut in Schuss, wirkte aber trotzdem tief mit seiner ungezähmten Umgebung verwachsen. Wilder Wein bedeckte die Stirnseite bis auf die Fenster.

Eine große, aber schlicht gehaltene Terrasse erstreckte sich bis zu einem Pool, aus dem die Spatzen tranken, die sie jetzt aufscheuchten.

Als hätten die Besitzer ihr Zuhause gerade eben verlassen. Ein verwunschener Ort, in dem die Blumen welkten, die Platten um den Pool herum Sprünge aufwiesen und alles etwas vernachlässigt wirkte.

Das gesamte Anwesen war durchdrungen von einem morbiden Charme. Nur die Grillen waren zu hören, deren Männchen die Damen mit dem Reiben der Flügel zu beeindrucken versuchten, mit denen sie ein Repertoire von Eigenkompositionen präsentierten.

Elling und Lona passierten eine Art Carport – der an die vierzig Meter in der Breite maß. Der Bau war aus massivem Holz gefertigt. Die vorderen Stützpfeiler bildeten dabei mit ihren benachbarten Pfeilern eine natürliche Lücke.

In neun der insgesamt dreizehn Lücken standen fein säuberlich eingeparkte Oldtimer. Käfer, Porsche, Kadett, Mercedes, ein uralter Alfa Romeo und so weiter. Alle mit viel Hingabe restauriert und zur Krönung auf Hochglanz poliert.

Sie erreichten die überdachte Eingangstür und klingelten.

»Vielleicht ist ja der Stromkreis zur Pforte unterbrochen«, erklärte Elling und glaubte es ebenso wenig wie Lona.

Nichts tat sich.

Nur ein Summen. Wie von einem Bienenstock. Ein Summen, das das Werben der Grillen übertönte. Aber nirgends war die Quelle dafür auszumachen.

Elling sah hinüber zu den Oldtimern. Rudimente ihrer Ära. Und unter einem der Rudimente lugten zwei Schuhsohlen senkrecht hervor. Elling ließ Lona stehen und ging zügig auf das Auto zu, einen knallroten Ford Mustang Mach I aus den Sechzigerjahren. Wunderschön.

Er hörte, wie Lona ihm folgte, weil der Grund vor dem Carport mit Kies bedeckt war. Elling erreichte den Mustang zuerst. Das Summen war nicht mehr zu überhören. Es hatte lediglich eine andere Akustik als im Badezimmer von Alexander Beck. Hier brach sich der Schall an keiner Wand.

»Herr Sterzing?«

Keine Antwort. Elling beugte sich hinab, packte den rechten Schuh und zog daran. Das Rollbrett, auf dem der Mann von unten am Wagen gearbeitet hatte, glitt vor. Eine Explosion von Fliegen, ein helles, aufgeregtes Summen.

Beine, Bauch, Brustkorb, bereits blutverschmiert, dann der Kopf und ein entsetzlich tiefer Kehlenschnitt, so tief, dass der Kopf nach hinten weggeklappt schien.

Aus der Kopfhaut des Toten lösten sich die frisch geschlüpften Fliegen. Und aus seinem offenen Hals stob ein Schwarm mit grün glitzerndem Korpus.

Elling schluckte und wedelte gegen die Fliegen an – aber die Verlockung des Blutes war stärker als die Bedrohung durch sein Wedeln, weshalb sie sich erneut im offenen Hals des Mannes ansammelten.

»Ist das Sterzing?«, keuchte er.

»Ich denke ja. Geh zum Haus und sieh nach, wie wir da reinkommen, bitte.«

Elling nahm dankbar die Brücke, die Lona ihm damit baute, und entfernte sich von dem entsetzlichen Anblick.

Lona zog sich Einweghandschuhe über und untersuchte die Leiche. Die Leichenstarre war vorüber. Die Kinnlade öffnete sich auf kleinsten Druck. Die Totenflecken hatten sich an den Fersen, dem Gesäß und dem Rücken angesammelt – an allen Liege- und Druckstellen. Dort bildete das gestaute Blut Hämatome.

Vermutlich war Sterzing auf diesem Brett ermordet oder direkt danach unter das Auto verbracht worden, dachte Lona.

Und er lag hier schätzungsweise mehr als einen Tag. Vielleicht sogar zwei. Sein Körper war von Fliegennestern übersät, die Jungen schlüpften von überall.

Lona erhob sich und fand unter einer Werkbank hinter dem Ford Mustang eine gelbe Plastikplane, mit der sie den Leichnam bedeckte, bevor sie Elling zum Haus folgte.

Der hatte den Hausschlüssel unter dem Briefkasten gefunden und öffnete damit die Eingangstür, während Lona zu ihm aufschloss.

»Hast du in Rostock angerufen?«

Er nickte, sah sie aber dabei nicht an, weil er sich im Foyer umsah: »Hallo?«, rief er.

Keine Antwort.

»Spurensicherung rückt aus, sechs Streifenbeamte, die sichern. Die Staatsanwaltschaft schickt auch jemanden.«

»Gut.«

Sie gingen leise weiter, unbewusst behutsam, als bestehe die Gefahr, jemanden aufzuscheuchen, obwohl sie beide nicht daran glaubten, hier noch jemanden anzutreffen.

Auch wenn sie sprachen, waren sie leise. Die Decken der Räume waren hoch, manchmal bis zu fünf Metern. Fenster gab es in geringer Zahl, sie waren ausnahmslos klein. Auf diese Weise bewegten sie sich in einem steten Halbdunkel durch ein Haus, in dem der Besitzer in einer Art stummem Rückzugsgefecht diverse Räume aufgegeben hatte. Sie waren verwahrlost. Dort, wo Spinnen ihre Netze gezogen hatten, so unberührt, dass sich Staub in ihnen verfing, war die Natur dazu übergegangen, sich ihr Territorium zurückzuerobern. Die anderen Zimmer dagegen waren picobello aufgeräumt.

Elling wie Lona hatten darauf verzichtet, ihre Dienstwaffen in die Hand zu nehmen. Es war, als könnten sie spüren, hier niemanden mehr anzutreffen.

Das Wohnzimmer war mit Möbeln zugestellt, die Luft stand. Es roch muffig und auch ein wenig klamm. Und das bei diesen Außentemperaturen.

Sie waren stehen geblieben und sahen sich etwas ratlos um.

»Kriechen wir in ihn rein«, sagte Elling.

Sie zogen sich die Einweghandschuhe über und begannen zu stöbern.

Zu ihrem Glück war Sterzing, so schien es, ein Sammler. Was draußen mit den Oldtimern begann, setzte sich hier drinnen nahtlos fort.

»Entweder er ist ein Sammler oder er wirft nichts weg«, meinte Elling.

»Das Ergebnis ist jedenfalls dasselbe.«

Sie stießen auf altes Geschirr, noch älteres Familienbesteck (mit Gravur und ebensolchen Serviettenringen), Fotoalben, Briefe, Rechnungen. Alben voller säuberlich von ihren Kuverts entfernter Briefmarken. Steuerbescheide, zwei Ordner alleine mit Ein- und Widersprüchen.

Klaus-Peter Sterzing war offenbar jemand gewesen, der sich von nichts trennen konnte. Dementsprechend war seine Ehe mit Gisela erst mit deren Tod vor drei Jahren zu Ende gewesen.

Sterzing hatte auch Quittungen und Rechnungen gesammelt und auf Belegen über Restaurantbesuche nicht selten ein paar Stichworte zu Essen und Bedienung hinterlassen. Die

Kommentare wiesen auf einen äußerst sparsamen Mann hin, der noch in der besten Suppe das Haar fand.

Einige renitente Kellner hatte er – auch das war akribisch notiert – bei der Partei gemeldet.

Auf Fotos stach sein nahezu lippenloser Mund hervor. Ein Strich wie mit dem Lineal gezogen, die Augen frei von Lachfältchen.

Elling hob eines der Fotos an: »Der hatte keinen Spaß am Leben.«

Das benachbarte Arbeitszimmer lag ebenfalls im Halbdunkel. Vor dem Fenster stand eine Linde. Der Schreibtisch hatte viele Jahre auf dem Buckel, und auf ihm stand – man mochte es kaum glauben – eine elektrische Schreibmaschine.

Die Wände waren in mintgrün tapeziert. Keine Raufaser, sondern feines Material, das zum Darüberstreichen einlud. Von der Tapete war hinter dem Schreibtischstuhl allerdings kaum noch etwas zu sehen. Sterzing hatte sie mit allerlei Urkunden zugepflastert.

»Das alles hier ist wie ein riesiger Sarkophag«, fand Elling, während sie die Auszeichnungen begutachteten.

Auszeichnungen für sportliche Erfolge wurden nur durch die Jugendweihe unterbrochen. Dann kam die FDJ, in der Sterzing eifrig Belobigung um Belobigung gesammelt hatte, um schließlich in die SED einzutreten und dort nicht nur Mitglied zu sein, sondern Karriere zu machen. Jahr um Jahr war er aufgestiegen. Urkunden über Urkunden, nun auch Orden, und dann die Krönung: ein persönlicher Brief von Erich Honecker. Eingerahmt. Mit einem Foto des Parteivorsitzenden.

»Eine stramme ostdeutsche Karriere, oder?«, fragte Lona.

»Klaus-Peter Sterzing war wohl ein Streber«, bestätigte Elling: »Er war stolz auf die Auszeichnungen. Wer hängt denn so was schon auf, hm? Doch nur jemand, der im Leben nichts anderes hat. Der was sein will, aber nichts ist.«

Ellings Verachtung war unüberhörbar. Aber für Lona schwang da noch mehr mit. Ärger und vielleicht auch Wut auf den Mitgestalter eines Systems, das seine Bürger unterjocht, bespitzelt, bevormundet und drangsaliert hatte. Vielleicht auch ihn. Sie fragte nicht.

Sie wandte sich von den Urkunden ab und sah hinaus zur Linde. »Beck, Leyendecker, Sterzing … die hängen zusammen. Es gibt etwas, was die alle drei verbindet. Und es ist etwas, für das der Täter sie abstraft.«

»Die Frage ist nicht nur, was«, ging Elling auf ihre Feststellung ein, »sondern auch, warum *gerade jetzt*? Leyendecker war senil, Sterzing ein Mann im Ruhestand … Nur Beck war jünger. Dennoch: ein Sozialhilfeempfänger. Die waren doch keine Gefahr mehr, kann ich mir jedenfalls kaum vorstellen.«

»Weil die Zeit günstig ist? Weil er besser an die Opfer rankommt als früher? Weil er es jetzt erst erfahren hat, dass die drei miteinander in Verbindung gestanden haben?«

Lona Mendt erwartete keine Antwort. Sie zählte die Möglichkeiten auf, um Elling zu verdeutlichen, dass seine – berechtigte – Frage nach dem Zeitpunkt ihnen nicht half. Noch nicht jedenfalls.

»Warum hat er dir die Koordinaten geschickt?«

»Sollen wir ihm auf die Schliche kommen«, improvisierte Lona, »will er das? Will er, dass wir ihn festnehmen?«

Elling schüttelte den Kopf und zündete sich eine an: »Dann muss er nur ins nächste Revier marschieren. Er schickt dir die GPS-Position eines weiteren Opfers. Eines, auf das wir noch nicht gestoßen sind. Er hat ein Interesse daran, dass wir Sterzings Leiche finden. Es klingt etwas merkwürdig, aber … *hilft* er uns?«

Lona musste kurz lächeln wegen des Gleichklangs, denn der Gedanke war ihr auch gerade gekommen: »Er geht natürlich ein Risiko ein«, antwortete sie, »vielleicht finden wir die Nummer seines Handys doch heraus. Oder seine GPS-Position. Oder, oder. Die Frage ist, *warum* er das tut. Will er uns zeigen, wie mächtig er ist. Wie klug? Dass er uns einfach den Fundort eines seiner Opfer mitteilen kann, und er für uns trotzdem unantastbar bleibt?«

»Möglich, aber ich glaube das nicht«, sagte Elling, »dann hätte er doch mit solchen Sachen schon bei Beck angefangen und sie bei Leyendecker fortgesetzt. Klar, kann natürlich sein, dass der nach zwei Morden, die wir ihm nicht nachweisen können, jedenfalls im Moment nicht, dass der jetzt einen Höhenflug hat, dass der sich jetzt unschlagbar fühlt und es deshalb macht. Aber … es passt für mich nicht, frag nicht, warum, ich … das passt nicht. Ich kann es dir nicht begründen.«

Lona nickte und überlegte. Sie vertraute seinem Bauchgefühl, es hatte sie noch nicht getrogen.

»Ich glaube auch, dass der Täter jemand ist, der sich gut im Griff hat.«

»Überlegt.«

»Ja. Also suchen wir tendenziell einen Mann im besten Alter und älter. Keinen Jungspund.«

»Nein.«

»Dann der Kehlenschnitt. Er kann das, er hat Übung. Pramann wird das bestätigen, nehm ich an.«

Lona ging in dem Büro auf und ab. Der dunkle Teppich verschluckte jedes Trittgeräusch. »Das ist doch ein Rachefeldzug, den der veranstaltet.«

Elling ermunterte sie mit einem Nicken.

»Ich komm drauf, weil du von Hilfe gesprochen hast, Elling – vielleicht braucht er *unsere* Hilfe.«

»Weil er nicht mehr kann? Krank ist? Verletzt?«

»Ja, möglich«, räumte sie ein, »oder weil er … nicht weiter weiß.«

»Wie?«

Elling inhalierte den nächsten Zug so tief, dass ihm die Tränen kamen.

»Na ja, er könnte zum Beispiel nicht wissen, wer der Nächste ist. Er weiß von drei Männern, die irgendwie zusammenhängen. Er weiß vielleicht auch, dass das keineswegs alle sind. Aber er kennt die anderen nicht. Und jetzt übergibt er das an uns.«

»Das würde im Umkehrschluss bedeuten, Beck, Leyendecker und Sterzing waren in illegale Sachen verwickelt. Ansonsten könnten wir ja keine Gefahr sein für die, die der Mörder nicht kennt.«

Sie mochte es, wenn er so langsam und etwas behäbig rüberkam, auf seine Zigarettenspitze starrte, als sei sie ein Wunder, hinter dessen Geheimnis er gerne käme – und dann aus der Hüfte so eine Kausalkette zustande brachte. Ohne Zweifel lud Elling dazu ein, ihn zu unterschätzen.

»Beck hat keine Vorstrafen, wie wir wissen. Die von Leyendecker und jetzt Sterzing forder ich an.«

»Ja.«

Der Kies draußen knirschte. Lona blickte hinaus. Zwei Polizeiwagen und der Transporter der KTU. Gleich würde sie wieder schlagen, die Stunde der Astronauten. Als Erste stieg Lisa Schneider mit ihrem Koffer aus. Sie trug bereits den weißen Anzug.

Elling sah Lona Mendt von der Seite an. Das leicht vorstehende, energische Kinn, der durchschnittliche Mund, die Nase, die fein endete, der Nasenrücken mit seinem leichten Höcker.

Die zerbrechliche Seele.

»Und was bedeutet drei Komma zwei?«

»Ich weiß es nicht, Elling.«

Ihr Handy meldete sich.

»Mendt?«

»Stiewi.«

»Wer?«

»Polizeihauptwachtmeister Stiewi aus Boltenhagen. Ich … wir hatten uns im Seniorenheim getroffen wegen des Mordes zum Nachteil von Herrn Leyendecker.«

Lona erinnerte sich an den Kollegen aus Boltenhagen: »Danke, jetzt kann ich Sie einordnen.«

»Sie hatten mich gebeten, ob ich vielleicht jemanden finden kann, der was über Herrn Leyendecker erzählen kann. Weil dessen Verwandtschaft ja nicht mehr existiert. Und ja, ich habe jemanden.«

40

Philipp Benedikt wartete in einem Lokal weit draußen auf sie. Eine kleine Gaststätte in Silvershagen, westlich vor den Toren Rostocks.

Der Haftrichter hatte ihn gegen eine Kaution auf freien Fuß gesetzt. Den Rostocker Bezirk samt Umland durfte er aber bis auf Weiteres nicht verlassen. Über die Höhe der Kaution hatte er sich am Telefon ausgeschwiegen. Er hatte leise gesprochen.

Er wollte sie sehen. Hatte darum gebeten.

Philipp Benedikt hatte auch früher schon darum gebeten, aber anders. Er hatte ihr gesagt, wie sehr er sie begehre, dass er kaum abwarten könne, sie zu sehen. Solche Sachen.

Heute klang das anders. Ja, es war eine Bitte. Aber es war auch die unmissverständliche Forderung eines Mannes, der meinte, er habe ein Anrecht auf diese Zusammenkunft.

Er hatte noch andere Bitten gehabt, oder besser gesagt Wünsche. Auch, und das stieß Susanne im Nachhinein bitter auf, sich mal Zöpfe zu flechten. Wie ein Schulmädchen. Das waren seine Worte gewesen: »Wie ein Schulmädchen.«

»Willst du mit Mädchen schlafen?«

»Ich bin doch nicht krank, Suse. War doch nur eine Idee … wie ein Rollenspiel.«

Wirklich?

Susanne Elling war hin und her gerissen. Er hatte sie in der Redaktion erwischt. Also fuhr sie schnell nach Hause, um … ja, was? Sie stand unschlüssig im eigenen Wohnzimmer. Sie wusste ganz genau, weshalb sie nicht direkt nach Silvershagen rausgefahren war – sie wollte sich für ihn hübsch machen. Wie früher – was weiter entfernt klang als die Wahrheit: wie bis vorgestern.

Die Fragen, denen sie sich längst hätte stellen müssen, die sie verdrängt hatte und denen sie ausgewichen war, die brachen jetzt aus allen Himmelsrichtungen über sie herein. Als sei plötzlich ein Ventil geplatzt, das sie bis jetzt vor ihnen geschützt hatte.

Was war denn eigentlich der Kern ihrer Beziehung zu Philipp Benedikt?

Aufregend war es. Der Sex neu. Seine vielen Bekanntschaften, seine Macht, seine Begierde, seine intellektuelle Bandbreite. Alle wollten nett zu ihm sein. Und er sah trotz der Pausbäckchen gut aus. Leicht überdurchschnittlich jedenfalls. Ein Leben an seiner Seite versprach vielseitig und aufregend zu werden. Es würde sie aus diesem bedeutungslosen Ringelrankenweg reißen. Aus diesem nachbarschaftlichen Netzwerk aus langweiligen, profanen Lebensplänen und Sorgen: Ligusterhecke oder doch lieber einen Sichtschutz aus Holz?

Ja, das hörte sich von außen betrachtet nicht schön an, aber sie hatte nur dieses eine Leben. Und hier, hier war sie lebendig begraben. Sie bekam ja manchmal kaum noch Luft.

Sie ging ins Bad und machte sich hübsch.

Er saß an einem Tisch in der Ecke und hatte sich hinter einem Baseballcap und einer Sonnenbrille versteckt. Er tat so, als studiere er die Speisekarte, nutzte sie aber als Sichtschutz.

Ein Paar zwei Tische weiter tuschelte, was Philipp Benedikt nicht bemerkte, wie Susanne sah, als sie das Bistro betrat. Es gab vier, fünf besetzte Tische, eine Kellnerin flitzte zwischen ihnen hin und her. Susanne ging wortlos zu seinem und nahm ihm gegenüber Platz.

Immerhin setzte er seine Sonnenbrille ab. Seine Augen waren matt, das Gesicht blass. Er sah aus, als hätte er seit sieben Tagen nicht geschlafen. Sie musterten sich ruhig und vorsichtig, sie tasteten sich ab mit der Frage, ob sie noch dieselben waren.

Philipp griff nach ihrer Hand und drückte sie. »Schön, dass du gekommen bist.«

Seine Stimme war flach. Susanne erwiderte den Druck. Aber

schwächer. Sie konnte sich einfach nicht zu mehr überwinden. »Wie geht's dir?«

»Nicht gut. Die Wahl ist … verloren.«

Susanne nickte. Das war unzweifelhaft.

»Was ist passiert, Philipp?«

»Was passiert ist? Man hat mir«, antwortete er und senkte seine Stimme noch weiter an den Rand der Hörbarkeit, »man hat mir Kinderpornos untergeschoben.«

»Wer?«

Seine Augen wurden groß wie die einer Comicfigur, er breitete die Unterarme auseinander.

»Wer? Keine Ahnung. Woher soll ich das wissen?«

»Brit?«

»Die wär dazu zu doof. Die hat von Computern keine Ahnung.«

Er brachte sogar ein Lächeln zustande. Susanne schluckte – würde er auch mal so über sie reden? Dass sie zu etwas *zu doof* gewesen war? Susanne hatte natürlich eine Menge an Brit auszusetzen, alleine schon, um Philipp in seiner Affäre mit ihr moralisch zu unterstützen, aber Brit Benedikt war keineswegs auf den Kopf gefallen.

Philipp Benedikt bemerkte ihr Unbehagen, er wechselte – ein wenig zumindest – das Thema. »Was sagen sie in der Redaktion?«

Susanne senkte den Blick. Kurz, bevor er dadurch aus ihrem Sichtfeld verschwand, nahm sie noch seine Bestürzung wahr.

»Die, ähm, die … die denken, das ist wahr? Ja? Die ganze Redaktion denkt das?«

»Ja«, sagte Susanne tonlos. Und hob nun doch den Blick, den war sie ihm schuldig. In seinen Augen las sie blanke Erschütterung. Die sich zu Trotz aufstaute und dann zu Wut. Er beugte sich vor: »Das war ein polit-taktisches Manöver, Susanne. Wenn man nicht den Ball treten kann, tritt man den Spieler. Geschehen. Hat ja auch funktioniert. Aber ich horte keine Kinderpornos. Ich steh nicht auf Kinder. Kinderpornografie ist überdies verboten, und ich wäre ziemlich dumm, die auch noch auf meinem Computer zu speichern, hm?«

Sie brachte ein schwaches Lächeln zustande: »Ja, ich denke, das ist absurd.«

»Ja. Absurd.«

»Ja.«

Stille.

Er betrachtete sie ausgiebig.

»Was denkst *du* denn eigentlich?«

»Ich?«

»Wer sonst? Mit wem sprech ich denn? Du glaubst mir auch nicht.«

Susanne Elling schluckte.

»Doch«, erwiderte sie intuitiv, »doch, ich … ich verstehe nur nicht …«

»Ja?«

»Ich …«

»Sprich es aus.«

Ein älteres Pärchen vom Nachbartisch schaute unverhohlen herüber und hörte offenbar interessiert zu. Benedikt atmete laut aus und wandte sich an die beiden: »Ihr Schnitzel wird kalt.«

Das Pärchen senkte schuldbewusst den Blick und wandte sich wieder seinem Essen zu.

Benedikt richtete seine Augen auf Susanne. Seine Miene wurde kalt und hart. »Dass ich mich an Kindern vergehe, das hältst du für möglich? Das denkst du?«

»Nein«, antwortete Susanne kraftlos, »nein.« Und während sie es aussprach, während sie ihn mit diesem einen Wort belog, wusste sie, dass es vorbei war.

»Doch, das hältst du für möglich«, stellte er fest und verbarg seine Enttäuschung darüber keineswegs: »Aber darum geht es gar nicht nur, hm? Du weißt sehr gut, dass ich den Wahlkampf nicht mehr gewinne, du weißt, dass ich politisch tot bin. Ich bin jetzt ein Niemand, nein, ich bin noch unbedeutender als dein Mann, weil jetzt Dreck an mir klebt … weil jetzt alles vorbei ist. Die Sektempfänge, die First Lady von Rostock, Blitzlichtgewitter, all das … wird es nicht geben.«

»Mir ist es nicht darum gegangen«, log sie, denn natürlich waren der gesellschaftliche Aufstieg, die öffentliche Wahrnehmung und all das, was damit einherging, Bestandteil ihres Traumes von einem besseren Leben. Von einem Leben, das sie verdient hatte, das ihr zustand. Aber es war nicht alles gewesen. Es war also eine halbe Lüge.

Benedikts Blick wurde kühl, er kniff die Augen etwas zusammen. »Geh, Suse.« Einmal noch straffte er sich und nahm Haltung an: »Geh. Geh zurück zu deinem Polizisten.«

Susanne musste unwillkürlich schlucken. Nicht wegen der Worte – derentwegen auch –, sondern wegen der Verachtung, die in ihnen mitschwang und ihr galt. Seine moralische Erhebung über sie.

»Ich könnte dir vielleicht helfen. Eine Erklärung finden, wie das … *Material* auf deinen Computer gekommen ist«, entgegnete sie.

»Eine Erklärung finden«, fragte er mit schneidender Stimme, »was denn für eine Erklärung? Man hat es mir untergejubelt, das ist so offensichtlich, dass es fast schon wehtut. Kinderpornos unterschieben, Wahl zu Ende. Das ist der Mechanismus. Das ist kein Florett, das ist die Streitaxt, die da jemand im Wahlkampf gegen mich ausgepackt hat. Und dann auch noch mit vollem Erfolg. Es ist … *unfassbar*. Du weißt, ich hätte gewonnen. Alle wissen das. Und jetzt bin ich aus dem Rennen. Ich muss mich hier wegstehlen wie ein Dieb. Das Haus gehört Brit, ich muss wegziehen, neu anfangen … Und du willst eine *Erklärung* finden?« Er beugte sich vor und fixierte sie: »Eine Erklärung für wen? Für mich? Für dich? Für mich nicht. Meine Erklärung ist ganz einfach, was passiert ist, ist ganz einfach. Und du? Bei dir ist es auch einfach, Susanne: Du glaubst mir nicht und du willst ….«

»Nein, ich … nein, das stimmt nicht. Ich … ich möchte …«

»Ja?«

»Dass alles wieder gut wird.«

»Das wird es nicht. Nichts wird wieder gut. Es ist alles vorbei. Selbst wenn man denjenigen findet, der das getan hat, ist die

Wahl vorbei. Und die Erklärung für dich ist: Du hast mit mir gevögelt für ein besseres Leben. Du hast dich prosti …«

Sie ohrfeigte ihn so hart, dass ihr die Finger noch Minuten später schmerzten. Tränen schossen ihr ins Gesicht und mit gesenktem Kopf verließ sie das Lokal.

Ja, es war vorbei. Unwiderruflich.

Als sie die Tür erreichte und hinausschlüpfte, hörte sie noch, wie Philipp ein Bier bestellte.

Und wie die Kellnerin ihm antwortete: »Wir bedienen keine Kinderschänder.«

41

»In was für einer Zeit leben wir eigentlich? Das ist unfassbar. Unfass-bar.«

Die Kirchenstraße Nummer sieben war ein typisch hanseatischer Wohnblock aus rotem Klinker, lediglich fünf Minuten zu Fuß vom berühmten Fischmarkt entfernt. Der schon längst kein Fischmarkt mehr war.

Ise Reimer war 77 und rauchte Kette. Ein kleines, schmales Persönchen mit lebendigen Augen. Und wenn die sich umsahen, wirkte die Welt ein wenig zu schnell für Frau Reimer. Aber sie trug ein verschmitztes Lächeln im Mundwinkel, so, als hätte sie im Zweifelsfall noch einen Trumpf im Ärmel.

Ihretwegen gingen sie die Kirchenstraße runter in Richtung Elbe. Auch in Hamburg war es ziemlich heiß, aber immerhin zog eine Brise durch die Straßen.

»Und Sie wissen nicht, wer das war?«

»Nein«, sagte Elling und steckte sich auch eine Zigarette in den Mund, »wir versuchen rauszufinden, wer das war.«

»Geld vielleicht? Die Welt ist kalt und gierig geworden. Sehen Sie die da?«, fragte Ise Reimer und deutete hinter sich auf eine norddeutsche Kirche aus – wer hätte es gedacht – rotem Klinker und einem grünen Dach.

»Ja«, antwortete Elling freundlich.

»Die gab's früher nicht, das alles hier«, Ise Reimer vollführte eine ausladende Geste, die die Grünanlage gegenüber und die dortigen Neubauten mit einschloss, »das war alles zerbombt. Das war nur noch Schutt und Asche. Da hinten die Kirche – Trümmer. Und in denen haben wir gespielt, als Kinder.«

Sie lächelte verschmitzt: »Die Bomben der Alliierten haben

wir nicht richtig mitbekommen, dafür waren wir zu klein, aber unsere Mütter. Reiner Zufall, dass unser Wohnhaus bis auf Splitter nichts abbekommen hat. Wissen Sie, wir haben Hunger gelitten. Haben Sie das mal erlebt, dass Sie nachts nicht schlafen können, weil der Hunger Sie quält?«

»Nein«, bekannte Lona.

»Die Leute würden anders mit Essen umgehen, wenn sie das erlebt hätten«, stellte Frau Reimer fest, und ihre Stimme war dabei frei von Bitternis, »da ist keine Demut mehr, keine Achtung vor Nahrungsmitteln. Gibt ja alles im Überfluss. Na ja, Sie sind ja nich' hier, um einer alten Frau beim Lamentieren zuzuhören.«

Sie seufzte und schüttelte den Kopf. Zu dritt setzten sie ihren Weg fort und überquerten die Breite Straße, zu deren Füßen sich der Fischmarkt mit seinen grauen Pflastersteinen ausbreitete.

Ise Reimer hatte bei der Wilmer AG unter der Leitung von Leyendecker in der Forschungsabteilung gearbeitet. Sie war es, die der eifrige Polizist aus Boltenhagen für sie aufgetrieben hatte. Der Mord an ihrem ehemaligen Vorgesetzten erschütterte sie stark. Aber nicht lange. Nicht, weil es ihr an Empathie mangelte, sondern weil das Verbrechen ihr so unwirklich erschien.

»Herr Leyendecker war in den Achtzigerjahren Forschungsleiter bei Wilmer«, gab Elling ihr einen kleinen mentalen Schubs. Er war wegen seiner Mutter diesbezüglich geübt.

Frau Reimer nickte. Sie drückte ihre Zigarette an einem Mülleimer aus und steckte sich gleich eine neue an, bevor sie zu dritt die Stufen zum Fischmarkt herunterstiegen und den Platz überquerten.

»Ja. Er hat Medikamente zur Marktreife geführt, die heutzutage ganz selbstverständlich auf dem Markt sind. Wirkungsvollere Blutverdünner, Betablocker, die es damals noch nicht gab. Sie waren besser, sie hatten weniger Nebenwirkungen, sie schlugen schneller an. Er hat sich ins Zeug gelegt, wir haben nächtelang geforscht, geackert, Fehlerquellen ausgeschlossen. Heute dauert es mindestens acht Jahre, bis ein Medikament mit einem neuen Wirkstoff den Weg auf den Markt geschafft hat. Für ein Pharmaunternehmen fallen da Forschungskosten von gut 1,5 Milliarden

Euro an. Lassen Sie sich das mal auf der Zunge zergehen: 1,5 Milliarden. Und wenn dann ein Mitbewerber schneller ist … mein lieber Schwan.«

»Das heißt, Herr Leyendecker war gut darin – schneller zu sein?«

Ise Reimer nickte: »Er hatte ein goldenes Händchen dafür. Er hat Wilmer Milliardengewinne verschafft. Und jeder gewonnene Wettlauf kostete die Konkurrenz wiederum Milliarden. Wilmer lag Anfang der Achtziger am Boden, dann wurden alle verbliebenen Gelder in die Forschungsabteilung geschossen, und nach zwei, drei Jahren war Wilmer aufgestiegen wie der Phönix aus der Asche.«

Sie erreichten das Bier-Carl unten an der Ecke, ein Hamburger Mythos. Natürlich in rotem Klinker, und die länglichen Fenster waren mit rot-grünen Läden versehen. Draußen saßen Touristen unter roten Sonnenschirmen und aßen Fisch und tranken Pils.

»Hier hat die Wirtin früher gesungen. Nach dem Fischmarkt. Da wurde gefrühstückt, es war immer proppenvoll. Aber Touristen gab's noch nicht. Ich bin mit meiner Cousine Carla da rüber«, Frau Reimer deutete zur Elbe, die keine dreißig Meter mehr entfernt war, »da sind die Fischer morgens reingekommen, und auf dem Fischmarkt musste ich dann die Fische stehlen. Ich war die Kleinste, ich hatte die schmalsten Hände. Da, wo die Männer die Kisten getragen haben, so kleine Bügel, da kam ich mit meiner Hand durch und hab die Fische gegriffen. Und die haben wir dann gegessen, abends. Das war ein Festmahl.«

Ein sentimentales Lächeln stahl sich über ihr Gesicht.

»Sagen Sie, wir stolpern in den Ermittlungen immer wieder über einen Ort: Marnow.«

»Marnow?«

Ihre Nachfrage sorgte bei Lona und Elling nicht für die Zuversicht, die sie sich von ihrem Besuch in Hamburg erhofft hatten.

»Marnow – klingt nach Ossis.«

»Ja, das ist ein kleiner Ort in Mecklenburg-Vorpommern.«

»Ist das nicht ein schrecklich langer Name für ein Bundesland?«

»Das stimmt, Frau Reimer.«

Sie schüttelte den Kopf und zündete sich die nächste Zigarette an.

Sie hatten die letzte Straße passiert und die Elbe erreicht. Gegenüber lag ein gigantisches Frachtschiff. Die Container zu rechteckigen Hochhäusern gestapelt. Aus der Distanz wirkten sie wie Bauklötze. Drei der fahrbaren Hafenkräne be- und entluden den Frachter.

»Das müssen Sie mal bei Nacht sehen«, meinte Frau Reimer, »da leuchten Hunderte an Lichtern. Das ist ein … so schönes Bild.«

Ihr wurden die Augen feucht.

»Wie lange war Herr Leyendecker bei Wilmer?«

Frau Reimer legte den Kopf in den Nacken, schaute in die Luft und rechnete.

»Bestimmt seit den Siebzigern. Da hab ich bei Wilmer angefangen, da war er schon da.«

Elling musterte sie von der Seite. »Aber seine große Zeit war in den Achtzigern?«

Die Frage, die Lona auch hätte stellen wollen.

»Ja.«

»Erinnern Sie sich an eine Jahreszahl?«

Ise Reimer überlegte. Währenddessen kauften sie sich ein paar saure Heringsbrötchen unten an den Landungsbrücken und bissen herzhaft zu. »1982«, sagte sie dann, »das war der erste Durchbruch.«

»Und in den Siebzigern gar nichts?«

»Nein«, bekannte Ise Reimer, »das war eher … Grundlagenforschung. Da hat Wilmer in die Erkenntnisse der nächsten zehn Jahre investiert, wenn man so will.«

»Gab es Feinde, Frau Reimer? Hatte Herr Leyendecker persönliche Feinde?«

»Viele. Auch im eigenen Konzern. Sie kennen ja den Spruch: Erfolg macht einsam. So ist das. Wer ihm den Erfolg nicht gegönnt hat, war neidisch und hat gehofft, er würde in Ungnade fallen oder die falschen Entscheidungen treffen. Hat er nicht. Er hatte den richtigen Riecher.

Und Feinde außerhalb des Konzerns gab es sowieso. Es gab auch Abwerbeversuche, aber die Wilmer AG war klug genug, uns in der Forschungsabteilung sehr gut zu bezahlen.«

Eine Möwe setzte sich aufs Geländer am Fluss und starrte auf ihr Fischbrötchen. Frau Reimer verscheuchte sie mit einer Handbewegung, und meckernd zog der Vogel davon.

Die alte Dame schüttelte erneut den Kopf: »Un-fass-bar. Ich kann es immer noch nicht glauben. Und wieso? Er war doch nur noch ein alter, harmloser Mann, nicht wahr?«

»Ja«, bestätigte Lona ihr.

Ise Reimer nickte: »Die Leute, die ihm damals nicht wohlgesinnt waren – welchen Nutzen hätten die jetzt?«

Das war die entscheidende Frage, die Lona und Elling sich beständig selbst stellten. Ohne Hoffnung auf eine Antwort.

»Kennen Sie einen Herrn Beck? Alexander Beck aus Rostock?«

»Nein.«

»Und einen Dr. Sterzing? Klaus-Peter Sterzing?«

»Nein, wer ist das?«

»Ein ehemaliges SED-Mitglied.«

Ise Reimer runzelte die Stirn und sah fragend von Lona zu Elling und dann wieder zurück.

»Nein. Aber Wilmer hatte ja nichts mit dem Osten zu tun. Und eine Filiale ist da nach dem Mauerfall auch nie gegründet worden.«

»Hm«, brummte Elling kaum hörbar und stützte sich aufs Geländer, um über die Elbe zu blicken. *Hm* empfand Lona als passenden Kommentar zu der ganzen Situation. Sie hatten auf einen Hinweis auf ein Motiv gehofft, aber Frau Reimer hatte ihre eigene Ratlosigkeit auf den Punkt gebracht: Es schien kein Motiv zu geben.

Sie begleiteten Ise Reimer zurück zu ihrer Wohnung, und sie rauchte dabei zwei Zigaretten. Kurz bevor sie wieder in dem roten Klinkerbau verschwand, wandte Lona sich noch einmal an sie: »Frau Fichte kennen Sie.«

»Aber natürlich. Die hat Leyendeckers Arbeit noch eine Weile weitergeführt und ist dann ins Management aufgestiegen. Kluge Frau.«

»Das war dann ein ganz schöner Karrieresprung«, stellte Lona fest.

»Wegen des Managements?«

»Nein. Sie hat gesagt, sie war zu Leyendeckers Zeiten ein kleines Licht.«

Ise Reimer lächelte: »Die ist eben sehr bescheiden. Kleines Licht ist gut. Sie war Leyendeckers rechte Hand, seine Stellvertreterin.«

Elling stutzte.

War es tatsächlich vornehme Bescheidenheit, mit der Frau Dr. Fichte ihre Rolle unter Leyendeckers Ägide kleingeredet hatte? Diese Frage stellten sie sich, während sie den Heimweg nach Rostock antraten.

»Eins steht jedenfalls fest«, sagte Elling: »Der Mörder hatte ein starkes Motiv. Er ist kein Amokläufer mit einem Messer. Aber er tötet Männer unterschiedlichen Alters und unterschiedlicher Herkunft. Er hat, aus seiner Sicht gesehen, einen Grund, um Leyendecker zu ermorden. Das heißt vielleicht, er weiß was über Leyendecker, was wir nicht wissen.«

»Und etwas über Beck und Sterzing.«

»Genau. Was ist, wenn Leyendecker ein Geheimnisträger war? Wenn er etwas wusste, was er für sich behielt?«

»Dann weiß es auch Frau Fichte?«

»Vielleicht, ja. Vielleicht hat sie deshalb ihre Rolle damals runtergespielt.«

»Dann«, nahm Lona den Ball auf, »würde es definitiv um eine Pharmageschichte gehen – es sei denn, ihre und Leyendeckers Biografie haben sich außer bei Wilmer noch woanders gekreuzt.«

42

Ein letztes Winken aus dem Seitenfenster noch, dann bog der kleine silberne Polo nach links aus dem Ringelrankenweg. Susanne und Elling standen auf dem Bürgersteig vor ihrem Haus und senkten die Arme.

Susanne sah ihn an und bemerkte, dass seine Augen wässrig geworden waren. Er seufzte. Sie lächelte und wischte ihm sanft über die Lider. Suse trug ein knappes Sommerkleid, in dem ihr Hintern vorzüglich zur Geltung kam. In einer anderen Situation hätte er den Anblick durchaus zu würdigen gewusst, aber jetzt dachte er vor allem daran, dass Mareike sehr oft das Blinken unterließ. Er hatte ihr dreimal den Knopf für den Warnblinker gezeigt. Und wie man den Wagen von innen verriegelte. Dass sie immer mal wieder den Luftdruck prüfen sollte. Und Pause machen. Aber nur auf öffentlichen Rastplätzen. Dies, das und noch ein gutes Dutzend guter Ratschläge mehr. Er hoffte, zweieinhalb davon würden hängen bleiben.

»Es war sehr nett von dir, dass du Mareike viel Spaß gewünscht hast.«

»Hm.«

Sie gingen zurück ins Haus. Elling war halbwegs erleichtert, weil Mareikes Freundin Simone auch mit nach Lunéville fuhr. Zu Luc. Simone war ein bisschen ernst für ihr Alter, aber kreuzbrav. Sie würde ein Auge auf Mareike haben. Immerhin. Sie wollten die Nacht durchfahren und sich abwechseln.

Vor Ellings innerem Auge war ein buntes Kaleidoskop von Unfallszenarien entstanden. Und da Mareike nicht von dem Plan abzubringen war, hatte Elling kurzerhand mit dem Vater von Simone telefoniert. Der war ein geselliger, lustiger Kerl. Leider war die Nachtfahrt genau nach seinem Geschmack: »Ach, Elling, komm schon. Die haben einen Führerschein. Erinner dich mal, wie du betrunken nach Ungarn gefahren bist.«

War er denn wirklich der einzige Mensch bei dieser Angelegenheit, der noch ein Quäntchen Verstand im Kopf hatte?

Schließlich hatte er die Waffen gestreckt.

Die Stille im Haus empfand Elling als drückend. Sie presste ihm die Brust zusammen. Ohne nachzudenken folgte er Susanne und landete in der Küche. Erst jetzt realisierte er, dass sie im Backofen etwas vorbereitet hatte – was sie jetzt kontrollierte.

»Roastbeef«, rief Elling angenehm überrascht aus. Wenn es um die Speisen ging, die man für gewöhnlich nicht grillte, schlug sein Herz für Roastbeef mit Bratkartoffeln und der Remoulade, die Suse perfekt zubereitete.

Sie wandte sich mit einem warmen Lächeln zu ihm um: »Weißt du, ich war die letzten Wochen, ja fast Monate so beschäftigt, so sehr im Job, auch abends noch, ich konnte kaum abschalten. Und da … ich glaub, da hab ich dich etwas vernachlässigt.« Sie beugte sich vor und gab ihm einen Kuss auf den Mund.

»Ich hatte ja auch zu tun.«

»Und dann der Pool. Anfangs hab ich mich damit etwas schwergetan, aber jetzt … er sieht wunderschön aus.«

»Das freut mich«, sagte Elling mit belegter Stimme.

Mareike war über alle Berge, Suse war zugeneigt. Wobei zugeneigt die Sache unangemessen verharmloste, sie jagte gerade mit Siebenmeilenstiefeln auf ihn zu, seitdem ihr Traum von der ersten Frau der Stadt geplatzt war. Ihre Kleiderwahl war kein Zufall. Dann das Roastbeef.

Sie würden bald im Bett landen, so viel war sicher. Und er würde sie nach allen Regeln der Kunst verwöhnen, das Heimkommen sollte ihr ein Fest sein. Und ihm auch.

»Wir haben doch vor ein oder zwei Jahren diesen Champagner geschenkt bekommen«, sagte Susanne, »von … ich weiß gar nicht mehr. Karin und Stefan?«

»Von Andrea und Gerolf«, erinnerte er sich.

»Das Roastbeef braucht noch ein paar Minuten. Was hältst du davon, wenn wir am Pool warten und gemeinsam anstoßen, hm?«

Sie sah ihn an wie früher. Als alles noch im Lot war und sie ihn begehrte wie er sie und sie beide im gleichen Traum zu Hause waren.

Aber Elling war nicht vorschnell. Er jubelte grundsätzlich nicht, bevor das Kind nicht in trockenen Tüchern war. Und das war es auch jetzt nicht, aber es war kurz davor, es sah alles danach aus – er durfte jetzt nur nicht patzen. Ein Champagner am Swimmingpool war nicht der schlechteste Start in eine rauschende Nacht.

Als er auf dem Weg in den Keller an der Stereoanlage vorbeikam, legte er Eric Burdon auf – genau, in Vinyl.

Zurück in der Küche mit zwei gefüllten Gläsern sah er Suse schon am Pool sitzen. Der Abend brachte frische Luft, der ganze Ringelrankenweg atmete auf, die Laternen sprangen an. Manchmal verirrte sich eine Fledermaus hierher und machte Jagd auf die Insekten, die in den Lichtkegeln scheinbar sinnlose Ellipsen zogen.

Susanne hatte ein paar Windlichter um den Pool verteilt. Elling setzte die Gläser neben ihr ab und ging zur Außendusche, wo Bahr & Wildhagen ein paar Extras untergebracht hatten. Zum Beispiel die Unterwasserbeleuchtung, die er jetzt aktivierte. Warme Lichter glommen in den Wänden des Pools auf und illuminierten ihn sanft. Die Scheinwerfer waren dimmbar.

Susanne schaute immer noch überrascht, als Elling wieder neben ihr Platz nahm.

Mit einer gewissen Vorfreude nahm er wahr, dass sie ihr Kleid oben um einen weiteren Knopf geöffnet hatte, er sah die Wölbung ihrer Brüste, und obwohl er sie in- und auswendig kannte, war der Anblick immer wieder etwas, was kindliche Freude in ihm auslöste.

»Das mit der Beleuchtung wusste ich gar nicht«, stellte Susanne mit angenehm überraschter Stimme fest.

»Damit man im Dunkeln baden kann«, erklärte er.

»Es ist Wahnsinn, Elling«, sagte sie und meinte das Geld, »aber es sieht großartig aus. Ganz toll.« Sie gab ihm einen Kuss und hob dann das Glas: »Auf uns, Elling.«

»Ja, Suse, auf uns«, antwortete er und hatte kurz das Gefühl, ein Bauchredner ließ ihn das sagen. Er hatte das Jackett ausgezogen und lockerte jetzt den Sitz der Krawatte. Sie stießen an, die Vibration der halb vollen Gläser erzeugte einen sonoren Ton.

Sie lehnte sich an ihn und legte den Arm um seine Hüfte. Elling genoss die Berührung und die Nähe. Wann war es das letzte Mal so gewesen? Er konnte sich kaum erinnern. Wann waren sie das letzte Mal nackt und schwitzend und ermattet nebeneinander auf die Matratze gefallen und hatten sich mit hämmernden Herzen umklammert und den Geruch des anderen geatmet und die Haut geschmeckt?

Er wusste es nicht. Es wollte ihm nicht einfallen. Er spürte nur die Rückkehr einer alten Innigkeit, eines alten Einsseins, das ihm einen Kloß im Hals bescherte. Seine Augen füllten sich mit Tränen, die Suse nicht sah.

»Fahren wir auch nach San Francisco? Über die Golden Gate Bridge?« Sie hatte sich an seinen Hals geschmiegt und blickte zu ihm auf. Sein Mädchen. Das ihm jetzt wie beiläufig die Hand in den Schoß legte.

»Ja«, sagte er etwas heiser, »über die will ich unbedingt drüber. Und wer weiß, ob Mareike danach noch mal mit uns verreist, überhaupt.«

»Ja. Die Tickets, Elling … das war eine großartige Idee. Ich freu mich drauf.«

Das klang ein wenig aufgesagt, aber er klammerte sich lieber an eine nette, kleine Notlüge als an eine hässliche Wahrheit. Außerdem öffnete sie ihm gerade die Hose und fuhr mit ihrer Hand hinab. Sein Mund war plötzlich sehr trocken, er schluckte.

»Erinnerst du dich noch an unser erstes Wochenende oben an der Ostsee?«, fragte Susanne. Sie küsste seinen Hals. »Es war kalt.«

»Und die Luftmatratzen hatten so einen Gummigeruch.«

»Es war eine.«

»Stimmt, eine«, sagte Elling.

»Aber das war egal«, flüsterte Susanne.

»Was ist mit Benedik und dem Wahlkampf – machst du da weiter? Oder ist das jetzt vorbei?«

»Das ist vorbei.« Sie nahm ihn sanft in die Hand. »Ich habe mich in ihm getäuscht, Elling«, sagte sie und blickte ihm in die Augen: »Aber irgendwann gibt es einen Neuen, ganz sicher. Einen, der gut ist für Rostock. Einen, den ich wieder im Wahlkampf begleite und in dem ich mich nicht getäuscht hab.«

Sie wollte ihn küssen, aber er wich aus. Er hielt den Blickkontakt. Sah Erstaunen und Irritation. Die Finger um seine Erektion kamen zum Stillstand. Sie ahnte es schon.

Elling zog den Reißverschluss seiner Hose zu und glitt dann samt Hose, Hemd und Schlips in den Pool und zog eine Bahn quer. Das Wasser erfrischte ihn. Den Pool nur von außen zu sehen oder eins mit ihm zu sein – und dann bei dieser Beleuchtung! – waren zwei Welten.

Als er sich von der anderen Seite abstieß und wieder Kurs auf seine Frau nahm, betrachtete sie ihn in einer Mischung aus Amüsement und echter Neugier. »Elling, du bist verrückt«, ließ sie ihn wissen und schmunzelte. Sie öffnete noch zwei Knöpfe und ließ das Oberteil des Kleides an sich herabgleiten.

Es war perfekt. Das Hinabrollen des Stoffes, ihre Brüste in dem Licht, ihr Gesichtsausdruck. Ein Traum. Er war genau dort, wo er seit Monaten hinwollte. Er hatte es geschafft.

Elling erreichte den Beckenrand. Er schnaufte und blickte zu ihr auf. »Ich wollte den Pool wenigstens einmal benutzt haben«, sagte er.

Susannes Lächeln geriet ein klein wenig durcheinander: »Es ist deiner, Elling, du kannst ihn rund um die Uhr benutzen.«

»Ich werd ihn nicht mehr benutzen, Suse.«

Damit erhob er sich aus dem Pool. Das Wasser floss aus seinen Kleidern auf den Beckenrand und ins Gras.

»Mir ist etwas klar geworden, Suse. Du bist mein Traum. Und

ich, ich bin nur noch der Trostpreis für dich. Das passt nicht zueinander. Wir können noch ’ne Weile so tun, als ob, aber … das ändert ja nix.«

Susanne war zu stummer Verblüffung erstarrt, während Elling triefend neben ihr stand.

»Ich, ähm … ertrag das kein zweites Mal … Du kannst das Haus behalten.«

Und damit ging er ins Schlafzimmer und packte seine Siebensachen. Kleidung, Kulturtasche, die Armbanduhr, so was.

Als er mit einem Koffer und einer Sporttasche zur Pforte ging, hob Susanne nicht mal den Kopf. Sie saß immer noch am Pool und starrte aufs Wasser.

Sie starrte noch dreißig weitere Minuten wie betäubt.

Und auch, als sie irgendwann spät nachts ins Bett ging, konnte sie es nicht glauben. Es kam ihr unwirklicher vor, als wenn Elling bei dem Banküberfall vor knapp einem Jahr ums Leben gekommen wäre.

43

Elling hatte keinen akuten Bedarf an Diskussionen und Erklärungen, also brach er einfach das Polizeisiegel und richtete sich in Bungalow Nummer zwei in Marnow ein. Als er an der Couch vorbeikam, fiel ihm der Blutfleck am Boden ins Auge. Er schob das Ende eines Läufers darüber.

Elling setzte sich gerade draußen auf die Veranda und zündete sich eine an, als Lona Mendt auftauchte. Sie hatte noch nicht geschlafen. Er sah es an ihren Augen, ihrer ganzen Wachheit.

Lona musterte ihn kurz: »Ich hab deinen Volvo gehört.«

Danach war sie still. Sie nahm im Schneidersitz auf der hölzernen Veranda Platz. Zusammen schauten sie in den Sternenhimmel, der sich als leuchtendes Band über sie spannte. Die hellsten Sterne spiegelten sich im See.

Elling war, als hätten sie hier seit dem Anbeginn der Zeit gesessen. Und würden es bis in alle Unendlichkeit tun. Und wenn das so war, dann empfand er ein tiefes Einverständnis damit. Hauptsache, ihm gingen dabei die Zigaretten nicht aus.

»Hören Sie jetzt Michelle Pfeiffer«, kündigte das Radio drinnen an, »aus dem Film *Die fabelhaften Baker Boys* mit dem Lied *My Funny Valentine.*«

Elling liebte dieses Lied, er liebte Michelle Pfeiffer, er hatte seinen Freunden die Zusage abgetrotzt, dass es auf seiner Beisetzung liefe.

Und er schätzte Lonas Schweigen. Sie würde nicht fragen.

»Susanne hatte eine Affäre mit Philipp Benedikt – dem OB-Kandidaten.«

»Und jetzt?«

»Hab ich sie verlassen.«

Lona wandte den Kopf, aber Elling vermied trotzdem den direkten Blickkontakt.

»Und Mareike?«

»Besucht ihren Schwarm in Frankreich. Er heißt Luc, er ist so ein Blasser. Und im Herbst wird sie anfangen zu studieren, denke ich. Jedenfalls … ich werd Susanne das Haus überlassen. Ich muss mir was Neues suchen.«

»Oban?«

»Ich hatte gehofft, dass du das sagst.«

Das Wohnmobil wirkte bei Nacht wie ein gemütliches Refugium. Elling bewunderte einmal mehr, wie es seiner Kollegin gelang, diese fahrbaren sieben Meter so in Schuss zu halten. Würde er hier leben, es sähe aus wie in einer Junggesellenbude.

Er hatte von Wohnmobilen nicht viel Ahnung. Wenn er es sich genau überlegte, eigentlich gar keine. Ein wesentliches Geheimnis allerdings, hinter das er durch Lona gekommen war, bestand darin, in diesem fahrbaren Zuhause jeden Kubikzentimeter zu nutzen. An den unmöglichsten Stellen verbarg sich immer noch ein Staufach. So auch jenes, das er noch nie zuvor gesehen hatte, und das sich im Gang vor dem Küchenschrank befand. Lona hob einfach ein Stück vom Boden an und schaute darunter. Das Staufach beinhaltete drei Flaschen Wein. Aber keinen Whisky. Sie schloss das Fach wieder und ging zurück zur Tür, die noch offen stand.

»Ich hab den wohl hinten, im Kofferraum.«

Sagte es und verschwand. Elling setzte sich auf die Dinette hinter dem Tisch und entdeckte ein weiteres Staufach im Boden – wenn man genau hinsah, fielen einem die Spaltmaße auf. Er öffnete das Fach, in dem sich ein schlanker Karton befand. Vielleicht war der Oban dort drin? Er lupfte den Deckel und wollte das Behältnis gleich wieder verschließen, weil Lona darin Fotos aufbewahrte. Aber mitten in der Bewegung entdeckte er sie auf dem Foto. Er hielt inne und betrachtete es: Lona, fröhlich grinsend. Neben sich ein kleiner Junge, den sie an der Hand hielt. Dahinter das Meer. Ein sonniger Tag an irgendeinem Strand. Sie im Bikini, der Junge in einer blauen Badehose.

Elling schluckte. Der Junge war blond wie sie. Er hatte auch ihren Mund. Elling beugte sich vor und griff sich die nächsten fünf, sechs Fotos. Derselbe Strand. Aber dieses Mal ohne Lona. Stattdessen ein warmherzig dreinblickender Mann um die 40. Er war nicht durchtrainiert, aber sehnig. Er achtete auf sich, dachte Elling.

Der Mann hatte hellbraune Haare. Neben ihnen stand ein blondes Mädchen. Sie war älter als der Junge mit der blauen Badehose. Ihr Gesicht war ruhig, der Mund deutete ein Lächeln an. Sie trug einen Badeanzug und war Lona wie aus dem Gesicht geschnitten.

Beim ersten Foto war Elling der Verdacht gekommen, das zweite Foto erhärtete ihn. Er schaute auf das nächste: Der Mann hatte den Arm um Lonas Taille gelegt. Sie lehnte ihren Kopf an seine Schulter und lächelte so glücklich und zufrieden, wie er sie noch nie gesehen hatte. Links von ihr stand das Mädchen, das Lona an der Hand hielt. Offenbar hatte der Junge mit der blauen Badehose dieses Foto geschossen, denn das Mädchen, offensichtlich seine Schwester, schielte absichtlich und streckte ihm die Zunge raus.

Es fühlte sich an wie ein Stromschlag, der einen unerwartet traf und den ganzen Körper in einen schmerzhaften Krampf zwang, der sich nicht abschütteln ließ.

Ihr Weggang aus Hannover. Das Wohnmobil. Immer auf dem Sprung zu sein. Nie stillstehen zu können. Nicht zu wollen. Der kantige Seelsorger und dass sie keine Fragen über ihre Vergangenheit und ihr Privatleben zuließ. Und ihn, Elling, der das intuitiv gespürt und respektiert hatte, am besten von ihnen allen ertragen konnte. All das waren Mosaiksteine, die sich nun zu einem fürchterlichen Bild zusammenfügten.

Natürlich: Es gab immer noch die Option der Trennung. Das Sorgerecht für die beiden Kinder war an den Mann gegangen.

Möglich, ja. Aber Elling glaubte das nicht – denn dann wäre Lona Mendt damit ganz anders umgegangen.

Das Mädchen, der Junge mit der blauen Badehose, der Mann – sie alle gab es nicht mehr.

Er wendete das Foto. Hinten hatte jemand in einer klaren Schrift etwas hinterlassen: *Jedes Menschen Tod ist mein Verlust. 19. 08. 1997, in Vemmingbund. Michael.*

Lona stand urplötzlich in der Tür, ein Lächeln auf den Lippen, den Oban in der Hand, und wurde so schnell reglos, dass sie eigentlich hätte straucheln müssen. Was sie nicht tat.

»Verschwinde, Elling. Sofort.«

Sie sagte das schneidend und ruhig. Mit genau demselben Gesichtsausdruck, mit dem sie Stefan Krohn in die Brust geschossen hatte.

Elling nickte. Er hob den Blick, seine Augen waren feucht. Er öffnete den Mund, um was zu sagen, um sich zu entschuldigen oder die Situation zu erklären, aber alles, was es über seine Lippen schaffte, war ein Schluchzen. Ein Schluchzen, das ihn schüttelte und ihn in Schüben durchlief, während es aus ihm herausbrach. Sein Atem ging stoßweise, er ballte die Hände zu Fäusten, die Tränen liefen ihm über die Wangen.

Dann endlich stand er auf, stützte sich ab, sah sie an, ihr Gesicht war durch den Schleier der Tränen verschwommen.

Um alles in der Welt, wirklich um alles, hätte er nicht mit Lona tauschen wollen. Niemals.

Sie war schon tot. Und nur eine Fügung des Schicksals, ein göttlicher Irrtum oder was auch immer, ließen sie noch in einer Zwischenwelt umherwandeln.

»Es tut mir leid«, brachte er hervor, und das war keine Entschuldigung dafür, dass er sich unerlaubt diese Fotos angesehen hatte. Es war das Mitleid, das er für sie empfand.

Und die Intensität, mit der der Tod ihrer Familie und ihr Leid ihm zusetzte, ließ ihre harte Haltung brechen. Sie nahm Elling fest in die Arme, sie spürte, wie sein Körper vibrierte, dann entlud sich auch ihr Schmerz, und sie standen weinend in enger Umarmung.

Sie sprachen kein Wort in dieser Nacht, sie rührten auch den Oban nicht an. Elling legte sich auf die Seite für Vagabunden, Lona auf die andere. Elling hielt ihre Hand. Sie beide und die Stille über Marnow.

Keinen Kilometer Luftlinie entfernt ereignete sich ein Mord.

IX

TAG NEUN

44

Elling wachte um sieben Uhr vom Klingeln seines Handys auf – Susanne. Er ging nicht ran und schaltete die Lautstärke auf Null, um sich noch mal zur Seite zu drehen. Lona lag auf der Seite, ihr Gesicht war ihm zugewandt. Sie schlief noch tief, während der Campingplatz um sie herum kollektiv erwachte und die ersten Urlauber zu den Waschräumen schlurften, einige in Flip-Flops.

Das Flip und Flop und die Begrüßungen und das erste Geschrei von Kindern hinderten Elling am Einschlafen. Und was war eigentlich mit Mareike?

Er schaute auf sein Handy: keine SMS! Mit zwei Sätzen war er draußen und rief sie an.

»Och, Papa, es ist mitten in der Nacht.«

Er stöhnte vor Erleichterung.

»Was ist? Hast du dich gestoßen?«

»Nein. Warum hast du nicht angerufen?«

»Hab ich vergessen, wir haben uns gleich hingelegt.«

»Wer wir?«

»Simone und ich.«

»Ach so.«

»Sag Mama einen Gruß, ja?«

»Mach ich.«

Klack.

Der Morgen war recht frisch. Elling atmete tief durch. Michael Bender kam mit einer Brötchentüte gewaltigen Ausmaßes vorbei und nickte ihm mit einem Lächeln zu: »Morgen, Herr Elling – auch ein Brötchen?«

»Belegt?«

»Nein, nur frisch.«

»Warum nicht, ja?«

Er kaufte vier und musste nur einen Euro zahlen. Bender nickte wieder und zog weiter zu den anderen Campern, die ihn teilweise schon sehnlich erwarteten und an ihren Plastiktischen saßen, um zu frühstücken. Für Elling würde das für immer ein Rätsel bleiben, wie man im Urlaub um sieben Uhr morgens putzmunter aus dem Bett hüpfen konnte.

Er zog sich bis auf die Boxershorts aus, die auf eine gewisse Distanz mühelos als Badehose durchging, und marschierte in den See, der überraschend kalt war. Seine Überwindung reichte nur, bis ihm das Wasser zu den Knien stand, dann beschloss er, den Tag mit einer Dusche in den Waschräumen zu beginnen.

Da hörte er hinter sich eilige Schritte, nackte Fußsohlen, die über Gras rannten und dann ins Wasser. Er schaute sich um – Lona, die sich im Bikini in den See warf. Sie kraulte in beachtlichem Tempo hinaus. Da sie ihn nassgespritzt hatte und er sich nicht die Blöße des Umkehrens geben wollte, ließ auch Elling sich ins Wasser sinken und schwamm ein paar Züge.

Lona war ihm nach wie vor zugewandt, auch bei ihrem Frühstück vor dem Wohnmobil, aber sie hatte sich innerlich zurückgezogen. Auf jene geringe Distanz, die vor seinem Fund der Fotos geherrscht hatte. Vielleicht war das ihr Versuch, die Sache ungeschehen zu machen, überlegte er, was ihr aber eigentlich gar nicht ähnlich sah – sie war viel zu klug, um an das Gelingen so eines Versuchs zu glauben.

Er begriff bei dem zweiten Kaffee, dass sie damit die rote Linie nachzog, über die er gestern Nacht getreten war. Das mit den Fotos war nicht ungeschehen, es war passiert, aber es war, so las er zwischen den Zeilen und in ihren Blicken, Vergangenheit. Es verschwand in einer Truhe, es war für immer gefangen in der Zeit.

Lisa Schneider von der KTU meldete sich auf Lonas Handy: Sie war in Sterzings Keller auf Hunderte Fotos gestoßen. »Auf einem hab ich jemanden erkannt«, sagte sie, »einen, der heute noch in der Gegend von Marnow wohnt.«

Sie empfing sie rauchend vor dem Eingang von Dr. Sterzings Villa und steckte schon wieder in ihrer Astronautenkleidung.

»Was machen Sie noch hier?«, fragte Elling, der seinen Brillenbügel inzwischen mit silbernem Gaffa Tape fixiert hatte, weil das Heftpflaster sich immer weiter löste.

»Das Opfer war ein Messi. Es gibt nichts, was er nicht gesammelt hat, hab ich den Eindruck«, antwortete Lisa Schneider, »wie es aussieht, brauchen wir nach gestern auch heute noch den ganzen Tag, um alles anzupinseln und zu sichten.«

»Wer ist's, den Sie erkannt haben?«

»Den Vater eines behinderten Jungen. Mein Bruder ist Zimmermann. Der hat dem das kaputte Dach neu gemacht. Von seinem Restaurant. Wir haben da dann ein paar Mal gegessen.«

Lona merkte auf: »War es ein Fischrestaurant?«

»Hauptsächlich, ja. Aber es gab auch andere Sachen.«

»War es der Marnower Hof?«

Lisa Schneider nickte überrascht.

Die Deckenlampe in dem Kellerraum, der modrig roch, war ausgefallen. Ein Mitarbeiter der Spurensicherung hatte das Kellerfenster geöffnet, um zu lüften. Er durchsuchte Kartons und pinselte sie akribisch ab.

Elling und Lona hatten sich Einweghandschuhe übergezogen und folgten Lisa Schneider bis zu einem Regal. Sie nahm das Foto und reichte es den beiden. Ja, das war eindeutig der Vater des Jungen. Der, der ihm beim Angeln Pippi Langstrumpf vorlas. Nur jünger. Fünfzehn Jahre, vielleicht auch zwanzig Jahre jünger. Er stand in einem Flur, der nach was Offiziellem aussah. Er hielt einen Jungen an der Hand.

So wie Lona ihren Sohn an der Hand gehalten hatte.

»Ist das sein Sohn?«, fragte Elling, der sich nicht sicher war.

»Vermutlich ja«, antwortete Lona und deutete auf ein Fenster hinter den Personen: »Siehst du das?«

Am Ende des Flurs gestattete ein Fenster den Blick nach draußen – und dort ragte ein Kirchturm ins Bild.

»Marnow«, sagte Elling leise.

Lona nickte: »Marnow. Die Klinik. Er steht in der Klinik, Elling.« Stimmt.« Er deutete auf einen Karton: »Ist das Foto aus dem?«

»Ja«, bestätigte Lisa Schneider.

Elling griff nach weiteren Fotos, die er vor ihnen auf einem Tisch ausbreitete, auf dem der Hausherr gebrauchte Teelichter gehortet hatte.

Ein Arzt in einem Kittel, der ein dunkelhaariges Mädchen untersuchte. Ein Krokodil aus Stoff vor den kleinen Oberkörper gedrückt.

Ein Schrank mit Medikamenten. Ein alter Patient in einem Bett, der lächelte. Eine Schlange von Patienten, die vor einer Tür anstanden und warteten.

Lona wandte sich an Lisa Schneider: »Was ist das alles?«

»Ich weiß nicht.«

»Na, offensichtlich ist das der Klinikbetrieb in Marnow«, sagte Elling, ohne die Augen von den Fotos zu lösen, »was die Kleidung und die Frisuren betrifft, ist das vielleicht Ende der Siebziger oder Anfang der Achtziger.«

Lona nickte.

»Ist das Sterzing?«, fragte Elling sie und deutete auf ein Gruppenfoto: Ein Mann im Anzug schüttelt einer Frau die Hand. Der Mann im Anzug sah aus wie Klaus-Peter Sterzing.

»Ja«, bestätigte Lona, »das ist er. Er war in der Klinik in Marnow.«

Sie schaute auf eine Fotografie, die eine Tabelle zeigte. Links Namen, in der Mitte die Medikamente und die Dosis, rechts die Diagnose. Ein Kürzel, vermutlich das des behandelnden Arztes.

»Drei, zwei«, sagte sie halblaut.

Elling hob den Blick: »Hm?«

»Drei, zwei«, wiederholte sie. Ihr Blick war konzentriert, sie starrte die Wand an und sah dort Dinge, die für Lisa Schneider und Elling unsichtbar waren.

»Weißt du, was es bedeutet?«, fragte er leise, um ihre Gedankengänge nicht mehr als nötig zu stören.

»Drei, zwei«, wiederholte sie und fuhr mit dem Finger drei Spalten nach rechts und zwei nach unten, »es ist eine Position in einem Gitterkreuz. In einer Tabelle. Drei Spalten nach rechts und zwei Zeilen nach unten. Fragt sich bloß, wo.«

»Ich glaube, ich weiß, wo«, sagte Elling. Und als sie ihn ansah, ahnte sie es auch.

Klaus-Peter Sterzing hatte die Urkunden in seinem Arbeitszimmer fein säuberlich aufgehängt. Gleicher Abstand nach oben und nach unten, nach links und nach rechts. Wie bei einer Militärparade. Elling war, als höre er das Hackenknallen der Urkunden.

Lona zählte sie ab: »Drei nach rechts … zwei nach unten.«

Sie, Lisa Schneider und Elling beugten sich vor.

»Vorsitzender des Ethikausschusses«, las Lona und wandte sich an Elling: »Was war das, der Ethikausschuss?«

»Keine Ahnung.«

»Du bist doch in der DDR aufgewachsen, Elling.«

Der inspizierte immer noch das eingerahmte Dokument: Es handelte sich um eine Entlassungsurkunde. 1989. Ausgestellt für Herrn Dr. Klaus-Peter Sterzing. Mit Dank für seine Leitung des Gutachter-Ausschusses der Ethikkommission.

»Und Gutachter-Ausschuss?«

»Ich weiß nicht, Lona.«

»Aber ich weiß es«, meldete sich ihre KTU-Leiterin zu Wort, darum bemüht, den Stolz aus ihrem Lächeln zu bannen: »Eine der wenigen Sachen, die die Bundesrepublik nach dem Mauerfall vielleicht hätte übernehmen sollen. Der Gutachter-Ausschuss hat über ethische Fragen im pharmazeutischen Bereich beraten. Also, was zulässig ist und was nicht. Und dann verbindliche Richtlinien rausgegeben, an die alle Kliniken und Ärzte sich zu halten hatten.«

Sein Name war Herwig Maas.

Er hielt Astrid Lindgrens zweiten Streich in der Hand, *Pippi Langstrumpf geht an Bord*. Maas betrachtete das Foto, das Lona ihm hinhielt und auf dem er sich selbst erkannte. Sich und Kai, seinen inzwischen erwachsenen Sohn, der versonnen auf jenen Punkt im See schaute, an dem die Angelschnur die Wasseroberfläche durchbrach.

Lona und Elling waren aus Jabel von Sterzings Anwesen direkt nach Marnow gefahren, in der Hoffnung, den Mann und seinen Sohn auf dem Platz anzutreffen.

»Ja, das bin ich«, bestätigte Maas ihre Vernutung, »das bin ich, und das ist Kai.«

»Ist das im Klinikum von Marnow aufgenommen worden?«, erkundigte Elling sich.

»Ja«, fügte er überflüssigerweise hinzu, »wo haben Sie das her?«

Der Mann hielt es ihnen hin, und Lona nahm das Foto wieder an sich.

»Aus Privatbesitz«, antwortete Elling freundlich, »was war da in der Klinik – wann war das eigentlich?«

»Das ist von 1987. Es war der 2. Februar – ein Montag. Es war bitterkalt.«

»Das wissen Sie so genau?«

»Ja, das weiß ich so genau. Das Foto ist am Vormittag entstanden.«

Die lockere, freundliche Miene des Mannes verlor sich, die Züge wurden ernster, klarer. Wie eine kleine, mimische Metamorphose.

»Was haben Sie da gemacht, Herr Maas?«

»Das, ähm, dauert einen Augenblick.«

»Sollen wir uns irgendwo hinsetzen?«

»Nein, nein, es war nur … ich will Ihnen nicht die Zeit stehlen.«

»Das tun Sie nicht, Herr Maas«, beruhigte Lona ihn und schenkte ihm ein Lächeln. Sie irrten dem Mörder seit neun Tagen hinterher und hatten im kalten Licht betrachtet nicht mehr als ein paar Indizien, die sich partout nicht ergänzen wollten. Sie hatten also alle Zeit der Welt.

»Kai, mein Sohn, war herzkrank. Unser Hausarzt hat uns an einen Spezialisten verwiesen. Dann sind wir drei Jahre lang zwischen Herzspezialisten hin und her geschoben worden. Der letzte, dem haben wir damals am meisten vertraut, der hat gesagt, dass wir die Medikamente, die wirksamen, guten, nur im Westen bekommen. Sie wissen ja … kommen Sie aus dem Osten?«

»Er ja, aus Rostock«, antwortete Lona ihm, »ich nicht, ich komm aus Hannover.«

»Hier in der DDR, da sind wir an die Westpräparate meistens nicht rangekommen. Außer die Verwandtschaft hat was geschmuggelt. Aber die Medikamente, die Kai gebraucht hat, waren sehr speziell – und teuer. Der dritte Arzt jedenfalls, der hatte Mitleid. Und hat uns den Tipp gegeben …«

»Was für einen Tipp?«, fragte Elling.

»Dass in der Marnower Klinik manchmal Patienten mit Westpräparaten versorgt wurden.«

»Das war nicht allgemein bekannt?«, fragte Lona.

Maas schüttelte den Kopf: »Nein. Es gab Gerüchte, ja.«

»Zum Beispiel?«

»Dass wichtige SED-Funktionäre und deren Familien da Sonderbehandlungen bekamen. Eben mit teuren Medikamenten aus dem Ausland. Aber ich hab natürlich nie gedacht, dass wir da auch hingehen könnten. Dass man Kai da behandeln würde.«

»Wurde er aber?«, hakte Elling nach. Er und Lona hingen dem Mann an den Lippen, sie spürten beide, dass die Dinge, die zusammenhanglos erschienen waren, sich bald einfügen würden in ein Ganzes. Wie die Fotos aus Lonas früherem Leben.

»Ja. Sie haben ihn ausgiebig untersucht und ihm dann Westmedikamente gegeben. Stiraprilan. Von Darandoz. Und dann ist unser Junge ins Koma gefallen … zwei Jahre lang. Hoffen und Bangen. Und dann … Sie sehen es ja.«

Mass warf einen Blick auf seinen angelnden Sohn, sanft. »Aber das mit dem Angeln hat er nicht vergessen.«

Die Angelrute straffte sich, fast wurde sie Kai aus den Händen gerissen. Das Gesicht des Jungen war blankes Erstaunen. Sein Vater packte die Angel. »Ja, da ist einer dran, Kai!«

Der junge Mann strahlte wie ein Schneekönig.

»1987«, sagte Elling nachdenklich und an Lona gerichtet: »Das fällt in Leyendeckers große Zeit. Und in die Zeit seiner Stellvertreterin Dr. Fichte.«

»Und in die Zeit von Klaus-Peter Sterzing. Ethikkommission«, fügte Lona hinzu, ihre Augen wurden schmal, »jetzt ist alles klar, Elling.«

»Mir nicht.«

Sie senkte ihre Stimme, damit Herwig Maas es nicht hörte, und beugte sich vertraulich zu Elling vor: »Die Wilmer AG ist mit Medikamenten hier rüber und hat die an DDR-Bürgern getestet. Die haben hier mit Billigung der Ethikkommission Menschenversuche durchgeführt. Darum dreht sich alles: Menschenversuche.«

45

Dr. Iris Fichte begrüßte die Gäste in dem festlich geschmückten Saal der Wilmer AG. Anlässlich der Aktionärsversammlung in einer Woche hatten ihre Berater und sie sich entschieden, fünfzig Großaktionäre heute schon einzuweihen. Der Kurs würde sprunghaft ansteigen und diese Tendenz eine Sogwirkung am Aktienmarkt auslösen.

Iris Fichte trug ein schwarzes, schlichtes Kostüm. Das Licht im Saal war gedimmt, zwei Scheinwerfer waren auf sie und das Rednerpult auf der Bühne gerichtet.

Sie ließ die Augen kurz über die versammelten Herren schweifen. Frauen waren nur zwei darunter, soweit sie das von hier aus erkennen konnte. Obwohl die meisten sie kannten, stellte sie sich unaufgeregt vor.

Es folgte ein höflicher, kurzer Applaus.

»Die Nische«, sprach sie ins Mikrofon, »die Nische liegt immer etwas abseits, immer ein wenig verborgen. Sie wird auch als Attribut für einen Makel benutzt: ein Nischenprodukt. Eines ohne Breitenwirkung. Ein Mauerblümchen. Ich aber … ich *glaube* an die Nische.«

Fichte ließ die Betonung wirken, aber sie gestaltete die Pause kurz, um die Beiläufigkeit zu unterstreichen – als sei ihr das gerade eingefallen.

Hinten, am Ende des Saals, fiel plötzlich Licht in den Raum. Zwei Personen wurden zügig hereingelassen und blieben gleich neben dem Eingang stehen. Das Licht erlosch wieder.

»In der Nische liegt die Chance für einen Konzern wie Wilmer, der dieselben Geschäftsfelder hat wie mächtige andere Player. Hier geht es immer um den Anteil am großen Kuchen.

Wir bei Wilmer sind auf diesen Feldern nicht untätig, wir haben 20 Prozent unseres Forschungsbudgets in die Nische investiert. Es ist ein Gießkannenprinzip, unter dem nur wenige Visionen bis zur Marktreife gedeihen. Es ist buchstäblich Lehrgeld.«

Sie legte eine Pause ein und nahm einen Schluck aus dem Glas, um Zeit zu gewinnen und die Pause zu legitimieren.

»Charles Nelson Goodyear. Kautschuk schmilzt bei Wärme, es bricht bei Kälte, wie soll man es härten? Weil Goodyear etwas von einer Schwefel-Kautschuk-Mischung entglitt und der Zufall es auf den noch heißen Herd bugsierte, wurden wir um die Methode der Vulkanisation bereichert. Und mit robustem Gummi. Wir fahren heute darauf.

Bluthochdruck – ein neues Medikament gegen Bluthochdruck. Viele Firmen haben daran gearbeitet. Auch Pfizer. Aber in den Testreihen fiel das Medikament durch. Die meisten von Ihnen wissen, dass eine nicht avisierte Nebenwirkung dieses Medikaments Pfizer riesige Gewinne erwirtschaftet hat – was gegen Bluthochdruck für Frauen und Männer versagt hatte, bescherte Männern mit Erektionsstörungen ein aktives Sexualleben: Viagra war geboren.

Alexander Fleming – er stellte 1928 eine Schale mit von ihm beimpften Bakterien neben ein Fenster, das er zu schließen vergaß. Am 28. September 1928 kehrte er an seinen Arbeitsplatz zurück und entdeckte jenen Schimmelpilz, der sich zufällig unter diesen Umständen in seiner Abwesenheit im Labor gebildet und die Bakterien abgetötet hatte: Penicillin.«

Fichte legte erneut eine Pause ein. Leichte Unruhe schwappte durch das Publikum.

»Alles drei waren Nischenforschungen. Alles Entdeckungen, die nie direkt angestrebt worden sind, sondern sich … zufällig ergeben haben.«

Sie räusperte sich.

»Wir haben so eine Nische vor zwei Jahren gefördert, als eine junge, engagierte Wissenschaftlerin sich um einen Etat für ihre Forschung zur Bekämpfung einer Autoimmunkrankheit bemüht hat: Dr. Kornelia Zehender.

Dr. Zehender konnte keine nennenswerten Fortschritte erzielen, aber wenn hier bei Wilmer im Labor das letzte Licht in der Nacht gelöscht wurde, war es das von Frau Zehender. Diese Hartnäckigkeit, diese Leidenschaft haben wir weiterhin unterstützt. Und nun ...«, noch ein Schluck aus dem Glas, die Aktionäre hatten die Ohren gespitzt, es war mucksmäuschenstill, »Demenz.«

Sie schoss es aus der Hüfte, die Anspannung der Zuhörer stand wie ein elektrisches Knistern in der Luft.

»Frau Dr. Zehender hat einen Durchbruch in der Bekämpfung von Demenz erzielt – als Nebeneffekt ihrer Forschungen. Ich spreche nicht von einer Lösung, meine Damen und Herren, aber ich spreche von einem bahnbrechenden Beginn.«

Ein Raunen ging durch den Saal. Denn wenn das, was Iris Fichte gerade zu verkünden begann, stimmte, würden ihre Einlagen in Wilmer-Aktien explodieren. Die Ersten zückten diskret ihre Handys, um eine SMS an ihre Broker zu tippen: *Kaufen!*

»Trennen wir uns von der Klassifizierung der Demenz als einer Volkskrankheit – das ist sie nicht, sie ist eine globale Geißel. Sie vernichtet helle Köpfe, sie zerbricht die Familien, sie verbrennt Vermögen, sie traumatisiert die pflegenden Geschwister und Kinder. Sie ist eine ... *moderne Pandemie.*«

Fichte ließ ihre Worte einen Augenblick nachwirken.

»Wir haben einen Wirkstoff entwickelt, der die Versuchsreihe mit Primaten erfolgreich absolviert hat. Das Medikament wird den Namen *Memoria* tragen. Wir befinden uns im Augenblick in der Betaphase, das heißt in Versuchsreihen mit dementen Patienten im letalen Stadium. Vermeintlich zerstörte Erinnerungen im Langzeitgedächtnis konnten von den Probanden wieder einwandfrei abgerufen werden. Wir haben für Memoria vor zwei Wochen das Patent beantragt und bündeln derzeit alle unsere Kräfte, um Memoria im kommenden Jahr zur Marktreife zu führen.«

Weitere Zuhörer zückten ihre Handys, einige gingen vor die Tür.

»Ich danke für Ihre Aufmerksamkeit und möchte an dieser

Stelle an unseren Leiter der Forschungsabteilung, Dr. Glowalla, weitergeben.«

Tosender Applaus.

Ein junger, schnittiger Mann erschien, dem Dr. Fichte das Mikrofon reichte. Sie trat ihrerseits zurück und blickte zu der zweiflügeligen Tür am Eingang, durch die gerade ein weiterer Zuhörer schlüpfte. Das eindringende Licht fiel auf die beiden Gestalten daneben.

Es waren die zwei Kriminalpolizisten aus Rostock.

Sie klatschten nicht.

»Ich habe leider im Augenblick gar keine Zeit«, ließ sie die beiden wissen, als es Lona und Elling gelungen war, sie im Flur abzupassen. Trotz der beiden Männer vom Sicherheitsdienst, die sie abschirmten. »Am besten, Sie machen mit meinem Sekretär einen Termin aus, bitte«, fügte sie hinzu und knipste dazu ein unverbindliches Lächeln an.

»25 Prozent«, sagte Lona, die ihr mit Elling folgte.

»25 Prozent was, Frau Mendt?«

»Um 25 Prozent wird die Aktie von Wilmer fallen.«

Fichte stoppte ab und wandte sich ihr zu. »Was meinen Sie?«

»Ich meine«, entgegnete Lona, »dass wir in zwei Stunden eine Pressemeldung rausgeben werden an die dpa. Und dass der Aktienkurs der Wilmer AG daraufhin massiv einbrechen wird.« Lona zuckte mit keiner Wimper, ihr Blick war kalt und unmissverständlich.

Dr. Fichte seufzte: »Wie lange brauchen Sie?«

»15 Minuten, wenn Sie kooperieren«, sagte Elling.

»Also schön – 15 Minuten.«

Wieder hatte die Geschäftsführerin der Wilmer AG in ihrem Büro hinter dem Schreibtisch Platz genommen, wieder saßen Lona und Elling ihr auf den Besucherstühlen gegenüber.

Im Gegensatz zu ihrer ersten Zusammenkunft in diesem Raum wirkte Frau Fichte heute eine Spur zurückhaltender und möglicherweise sogar frostiger. Auch, wenn sie anfangs einen zugänglicheren Eindruck erwecken wollte.

»Was kann ich für Sie tun?«

»Sie können uns helfen, eine Mordserie zu stoppen. Wir glauben, wir haben die Motivation für den Mörder gefunden«, eröffnete Lona ihr.

»Eine Serie? Bisher weiß ich nur von dem Mord an Herrn Leyendecker.«

»Wir hatten Ihnen ja schon den Namen Beck genannt. Auch er ist ein Opfer, und seit gestern wissen wir von einem weiteren Mord – an einem Mann, der mit der Wilmer AG zu tun hatte. Kennen Sie einen Dr. Klaus-Peter Sterzing?«

Lona sah ihr an, wie sie blitzschnell ihre Chancen abwägte: »Nein, das kann ich wohl ausschließen. Aber den Namen, den habe ich schon mal gehört, glaube ich.«

»Ganz bestimmt haben Sie das«, sagte Elling, griff in seine Jacketttasche, fischte gut drei Dutzend jener Fotos heraus, auf die sie bei Sterzing gestoßen waren, und warf sie auf den Tisch, sodass sie sich auffächerten.

Die Gesichtsmuskeln von Iris Fichte wurden starr.

»Die große Zeit von Herrn Leyendecker in den Achtzigern«, schob Elling ironisch nach.

»Die Wilmer AG hat in der Klinik in Marnow ihre Medikamente an Menschen getestet, weil das im Westen verboten war und die DDR kurz vor dem Kollaps stand. Man hat Devisen gebraucht, da hat man dann seine Bürger als Versuchskaninchen verhökert. Und Wilmer hat Millionen oder gar Milliarden an Entwicklungsgeldern gespart und konnte dann auch noch die Konkurrenz ausstechen – indem man mit den in Marnow getesteten Medikamenten schneller auf dem Markt war«, fasste Lona zusammen.

»Das ist ein ungeheuerlicher Vorwurf.«

»Wie Sie vielleicht wissen, war Herr Dr. Sterzing ein Sammler. Er konnte nichts abgeben, er musste immer alles behalten. Auch seine Notizen – die geben genau diesen Vorgang wieder. Das heißt«, log Lona weiter, »wir wissen anhand bestimmter Details, ob Sie lügen oder nicht.«

Die Finte war gewagt, aber Elling setzte ein leicht gelangweiltes Pokerface auf, mit dem er die Fußangel der Kollegin mimisch flankierte.

»Was ist mit den 25 Prozent? Was meinten Sie damit?«, fragte Fichte kühl. Ihre Selbstdisziplin und ihre zügige Analyse der Situation blieben bei Elling und Lona nicht ohne Wirkung.

»Sie kooperieren«, erklärte Lona ihr, »falls nicht, versorgen wir die Presse mit den Fotos und deren Hintergründen. Für die Medien ist das Futter für Wochen: ein westdeutscher Pharmakonzern, der in den Achtzigern Menschenversuche in der DDR durchgeführt hat.«

Iris Fichte blickte auf ihren Arbeitstisch aus massivem Holz und überlegte einige Augenblicke. Dann hob sie den Blick. Sie wirkte klar und gefasst. »Ich kooperiere. Also: Man hat mir von diesen Testreihen berichtet … was soll ich sagen? Es ist zweifelsfrei ein unschönes Kapitel der deutschen Pharmageschichte. Ich möchte Ihren Eindruck aber etwas präzisieren. Ich war bisher der Auffassung, die Probanden seien selbstverständlich über die Tests vorab informiert worden – samt Aufklärung über die damit verbundenen Risiken. Und die Medikamentengabe dann mit dem Einverständnis der Patienten erfolgt ist.«

Elling schüttelte trocken den Kopf: »Es ist keine zwei Stunden her, da haben wir mit einem Angehörigen gesprochen, der das Gegenteil bezeugt. Und wir finden noch mehr von denen, Frau Dr. Fichte.«

»Das ist mir neu, das müssen wir prüfen.«

»Waren Sie damals nicht mit dabei?«

»Wie ich Ihnen bei Ihrem letzten Besuch sagte, war ich damals noch ein kleines Licht bei Wilmer.«

»Das ist nicht ganz richtig«, gab Lona zurück, »wir wissen jetzt aus zwei unabhängigen Quellen, dass Sie die Stellvertreterin von Herrn Leyendecker waren. Nach seinem Ausscheiden aus dem Konzern haben Sie die Forschungsabteilung und die Geschäftsführung übernommen. Sie waren kein kleines Licht.« Sie beugte sich vor und sah der Managerin in die Augen: »Sehen Sie, der Mörder von Leyendecker, Beck und Sterzing ist noch nicht fertig. Wir wollen den nächsten Mord verhindern.

Also: Bei der nächsten Unwahrheit, die Sie uns auftischen, gehe ich aus diesem Zimmer. Ich gehe auf diesen Gang da draußen und setze die Pressemeldung ab. Ohne Vorwarnung. Und dann sorge ich dafür, dass die Staatsanwaltschaft Rostock Sie wegen Beihilfe zum Mord anklagt. Haben Sie das verstanden?«

Fichte öffnete den Mund, sagte aber nichts. Ihre Unterlippe zitterte leicht. Vor Wut wurde sie aschfahl.

Elling vermutete, dass dieser mächtigen Frau seit etlichen Jahren nicht mehr widersprochen worden war. Oder sie gar eine Anweisung hätte entgegennehmen müssen.

»Ob Sie das verstanden haben?«, beharrte Lona.

»Ja«, kam es schmallippig zurück.

»Gut, dann weiter im Text.«

Fichte nickte. Binnen weniger Momente hatte sie sich äußerlich wieder im Griff. Sie bewies echte Nehmerqualitäten, fand Elling.

»Gut. Ich möchte aber präziseren, dass es eine erhebliche Anzahl von Patienten gab, die von der Einnahme unserer Medikamente dauerhaft profitiert und ihre Lebensqualität zurückgewonnen haben. Es gab auch – nicht viele, aber sehr wohl ein paar – Fälle, in denen die Präparate die letzte Hoffnung für die Patienten dargestellt haben. Das sage ich nicht zur Rechtfertigung, ich führe das hier nur an, damit Sie die Tätigkeit von Wilmer in der DDR genauer definieren können. Die Wilmer AG hat nicht aus Unmenschlichkeit gehandelt.«

»Nein«, bestätigte Elling, »aber auch nicht aus karitativen Erwägungen. Sondern es ging um Gewinnmaximierung. Und dafür hat Wilmer Unmenschlichkeit billigend in Kauf genommen.«

Iris Fichte kommentierte das nicht: »Was möchten Sie sonst wissen?«

»Waren Sie drüben, damals?«

Iris Fichte nickte: »Ich habe Dr. Leyendecker mehr als einmal begleitet, ja.«

»Das heißt, Sie kannten auch Klaus-Peter Sterzing?«

»Ich habe ihn getroffen damals, ja.«

»Und Alexander Beck?«

Sie wich ihren Blicken aus, stand auf, ging zum Fenster und zündete sich eine an.

Ellings Miene hellte sich ein wenig auf: »Hier drinnen darf man rauchen?«

»Jetzt schon«, antwortete die Frau knapp.

Dr. Fichte. Die bedachte sie mit einem Blick, in dem sowohl offene Feindschaft als auch Respekt lag.

»Was wird mit mir in dieser ganzen Angelegenheit?«, fragte sie.

»Sie gehen am besten zu Ihrem Anwalt, und vermutlich wird er Ihnen raten, was ich Ihnen auch nahelege: vollumfängliche Aussage gegen Strafmilderung oder Straferlass. Das, was Sie uns jetzt sagen, ist noch nicht justiziabel – das ist es erst, wenn Sie das Protokoll dazu unterschrieben haben. Aber darum geht es uns im Moment nicht, Frau Dr. Fichte. Wir wollen die Mordserie stoppen.«

Iris Fichte verstand, sie nickte.

Lona, die ein paar der Fotos vom Schreibtisch genommen hatte, hielt diese jetzt hoch: »Wer hat die Fotos gemacht? Sterzing?«

Die Nennung des Namens war eine Fangfrage. Da Sterzing sich auf einem der Fotos selbst befand, glaubte Lona nicht an ihn als Fotografen.

»Nein, das Ministerium für Staatssicherheit hat diese Testreihen immer fotografisch begleitet.«

»Immer?«, fragte Elling.

»Ja, immer. Wir hatten insgesamt 19 Testreihen. Davon liefen fünf in Marnow. Die anderen 14 in zwei weiteren Kliniken in der DDR. Nach dem, was wir wissen, wurden die Testreihen in insgesamt einem Dutzend Kliniken durchgeführt.«

Lona stutzte: »Und die anderen?«

Fichte musterte sie wie ein naives Kind: »Was dachten Sie? Dass wir die Einzigen waren?«

Damit erwischte sie Lona auf dem linken Fuß und genoss deren Bestürzung.

»Ehrlich gesagt, ja«, bekannte Lona. Elling stand nun ebenfalls auf und gesellte sich zu den beiden, um Lona durch seine Nähe eine Stütze zu sein.

»Da werden Sie eine Menge lostreten, Sie werden internationale Prozesse führen müssen. Kennen Sie Albert Camus?«

Elling kannte nicht besonders viele französische Schauspieler. Catherine Deneuve, Brigitte Bardot, Yves Montand, Alain Delon, Jean-Paul Belmondo – das war's.

»Ja«, sagte Lona.

»Darf ich fragen, was Sie von ihm gelesen haben?«

»Alles.«

Elling betrachtete ausgiebig seine Schuhspitzen.

»Dann kennen Sie sicher auch seine Worte über die eigene Erkenntnis: Um sich selbst zu erkennen …«

»… muss man handeln«, vollendete Lona und überraschte damit sowohl Fichte als auch Elling.

Die Managerin nickte, fast hatte es den Anschein, als bedaure sie, Lona und sich auf verschiedenen Seiten zu wissen: »Und die Unternehmen haben gehandelt. Konzerne aus Europa und den USA haben sich in Marnow die Klinke in die Hand gegeben. Sie alle haben langwierige, kostenintensive und komplexe Zulassungsbeschränkungen für ihre Medikamente abgekürzt. Darum ging es.

Die Testreihen wurden unter ärztlicher Aufsicht durchgeführt. Alle Anfragen auf Tests mussten vor dem Gutachter-Ausschuss der DDR bestehen. Also vor der Kommission, der Klaus-Peter Sterzing vorgestanden hat.

Und die Probanden wurden gut bezahlt. Das zumindest ist mein Kenntnisstand. Daher, Frau Mendt, die vielen Kliniken. Die Testreihen sind überall in der DDR durchgeführt worden.«

»Gegen harte Devisen«, sagte Elling.

»Natürlich. Die DDR stand vor dem wirtschaftlichen Bankrott. Die haben dringend Geld vom Klassenfeind gebraucht«, antwortete Fichte nachdenklich, »was sich dann bekanntlich nicht als Rettung erwiesen hat.«

Menschenmaterial, dachte Elling. Wie eine Niere aus Indien. Wenn ein privilegierter Europäer dem weniger privilegierten Inder etwas von seinem Körper abkaufte, was der doppelt hatte. Ein Umstand – die doppelte Vorrätigkeit –, der stets gut war, um dem Käufer keine allzu schlaflosen Nächte zu bereiten.

»Wie war die Mechanik genau?«, wollte Elling wissen. »Die Tests waren in Westdeutschland verboten?«

»Nicht grundsätzlich. Aber in dieser frühen Phase schon. Die Auflagen in ganz Westeuropa waren und sind sehr streng.«

»Und um schneller zu sein und früher die Medikamente an Menschen ausprobieren zu können«, sagte Lona, »haben Sie die Abkürzung über die DDR genommen.«

»Wir und viele andere, ja. Die gewünschten Testreihen wurden dann der Ethikkommission vorgelegt. Und die hat den Daumen gehoben oder gesenkt. Man kann darüber denken, wie man will …«

»Ich denke«, unterbrach Elling, »dass der Name dieser Kommission keinen guten Beigeschmack hat.«

»Das kann ich verstehen, Herr Elling. Aber die Ethikkommission hat durchaus auch Anträge abgelehnt. Die haben dort nicht fahrlässig über Leben und Tod entschieden. Sondern die haben sehr genau abgewogen, was sie ethisch und medizinisch für vertretbar hielten.«

»Und hat sich das in Kategorien bewegt, die *Sie* damals für vertretbar hielten?«, fragte Lona.

Iris Fichte blickte aus dem Fenster und dachte nach. »Ich habe geglaubt, es ist nicht ganz legal, was dort passiert ist.«

»Das war nicht meine Frage.«

»Ich weiß. Meine Antwort ist: Ich hielt die Testreihen damals für vertretbar. Sie wurden sowohl bei Wilmer abgewogen als auch in der Ethikkommission. Das war eine doppelte Sicherung. Die ersten schweren Komplikationen haben wir mitbekommen. Von den Todesfällen haben wir erst später erfahren.«

»Aber nicht aufgehört.«

Iris Fichte atmete aus und deutete ein Kopfschütteln an.

»Sie haben eben gesagt, die Staatssicherheit hätte die Testreihen begleitet und sie dokumentiert.«

»Ja.«

»Wer hat die Fotos geschossen?«

»Ich weiß es nicht. *Sie* haben die doch mitgebracht.«

»Kennen Sie Stefan Krohn?«

»Nein.«

»Alexander Beck?«

»Nein.«

»Aber Klaus-Peter Sterzing hat die Testreihen in Marnow nicht selbst durchgeführt, richtig?«, fragte Lona.

»Nein. Über Tote soll man nur Gutes reden, denn sie können sich nicht mehr wehren, aber … ich formuliere es freundlich: Klaus-Peter Sterzing war ein Apparatschik des Systems. Ich bezweifle sogar, dass er sich näher in der Materie auskannte, deren Ausschuss er geleitet hat. Der Klinikleiter während der Testreihen in Marnow, um auf Ihre Frage zurückzukommen, ist Dr. Hildebrandt gewesen.«

Elling, der bei der Befragung des pensionierten Arztes nicht dabei gewesen war, blickte zu Lona. Und die war erstaunt.

Fichte begleitete sie beide über den Flur zu den Fahrstühlen. Dort an den Wänden hingen vier Flachbildfernseher und zeigten alle das identische Bild von n-tv.

Wilmers Managerin wirkte zwar gefasst und souverän, aber ihr war anzumerken, wie sie im Geist bereits alles an Möglichkeiten, Konsequenzen und Strategien durchspielte. Für den Konzern – und für sich.

Elling wie Lona war dieser Mechanismus vertraut. Eine Gruppe von Kriminellen, die sich gegenseitig deckten, war nur so lange immun, wie ihr schwächstes Glied die Nerven behielt und schwieg. Verlor es die Nerven, wurde es zum Joker für die Justiz – und geriet in Gefahr.

»Gibt es eine Liste mit den Patienten, die bei den Tests verstorben sind?«, fragte Elling.

»Nein.«

»Die brauchen wir aber – wann können Sie uns die zur Verfügung stellen?«

Fichte blies die Wangen auf: »Geben Sie mir bis morgen.«

»Was ist so kompliziert daran?«

»Ich muss alle Testreihen überprüfen lassen. Das sind noch mit Schreibmaschinen erstellte Listen im Archiv. Wir haben … Todesfälle nicht gesondert gelistet. Ich kann Ihnen nicht mal sagen, ob diese Listen mittlerweile digitalisiert worden sind. Geben Sie mir bis morgen Zeit, ich veranlasse die Zusammenstellung sofort – ist das möglich?«

Lona und Elling benötigten nur einen kurzen Blickwechsel, um sich abzustimmen, dann nickten sie.

»Wir informieren die Staatsanwaltschaft in Rostock. Die wird relativ zügig eine Einvernahme anordnen. Und Ihnen unterbreiten, wie sich ein Entgegenkommen konkret gestalten könnte, sofern Sie im Gegenzug eine vollumfängliche Aussage leisten«, informierte Lona sie, »ich gebe Ihnen den dringenden Rat, niemanden, der sich in dieser Sache strafbar gemacht hat, über unser Treffen und Ihre Bereitschaft zur Aussage zu informieren.«

Fichte nickte.

»Und noch etwas«, fügte Elling hinzu, »wir haben das nicht ausgesprochen, aber wir gehen davon aus, dass diese Mordserie ein Rachefeldzug ist. Bei dem Täter handelt es sich wahrscheinlich um jemanden, der entweder in diesen Testreihen selbst Schaden genommen hat, oder um jemanden, der mit einem der damaligen Probanden verwandt ist. Deshalb ist diese Liste für uns so wichtig. Und auch für Sie. Für Sie, weil der Täter offensichtlich alle ihm bekannten Personen für ihre Mitwirkung an den Testreihen in Marnow zur Rechenschaft zieht. Und das könnte auch Sie betreffen.«

»Sie meinen, ich … ich bin gefährdet?«

»Das ist nicht auszuschließen«, bestätigte Lona ihr. Und war kurz von den Fernsehbildern auf den Monitoren abgelenkt. Iris Fichte und Elling folgten ihrem Blick.

Sie sahen das Ufer der Unterwarnow. Polizeiwagen, Polizisten, einen Bagger, Absperrbänder. Der Bagger zog gerade mit einem Stahlseil ein Autowrack aus dem Fluss in Richtung Ufer. In weißer Schrift auf rotem Untergrund lief die Bauchbinde durchs Bild: *Rostock: Tote aus Unterwarnow geborgen.*

Elling, den die Nachricht ins Mark traf – der Wagen war jener, mit dem Jutta Winter im Parkhaus Riemannshöhe aufgetaucht war –, hielt kurz inne. Wie ein Spieler, der zu lange eine Glückssträhne gehabt hatte. Der wusste – Statistik – oder spürte – Intuition –, dass das nicht ewig so weitergehen konnte. Dass der Ritt auf der Klinge schmerzhaft enden musste.

Nein, die Unterwarnow hatte das Wrack, Frau Winter und vermutlich auch den orangefarbenen USB-Stick mit der Ermittlungsakte im Fall Alexander Beck nicht aufs offene Meer gespült und dem Vergessen überantwortet. Der Stick befand sich vermutlich immer noch in der Handtasche von Jutta Winter. Um heute gefunden zu werden. Wenn er noch lesbar war – seit wann konnte Wasser Magnetismus was anhaben? –, war er geliefert.

Er wusste es, Lona wusste es, und selbst Iris Fichte schenkte dieser Meldung eine intensive Aufmerksamkeit, die sich ihnen nicht erschloss.

Ein dezenter Gong ertönte – der Fahrstuhl war da.

46

Sie schossen mit Blaulicht über die Autobahn mit allem, was der altersschwache Volvo hergab. Der Motor dröhnte und röhrte. 245 Sachen.

Elling fuhr selbst. Er betätigte ununterbrochen die Lichthupe. Die Autos vor ihm scherten rechts rüber und machten ihm Platz.

Lona hatte das Handy am Ohr, der Rufton tönte durch das Auto. Sie telefonierte über die Freisprecheinrichtung.

»Polizeiverwaltung Rostock, Sie sprechen mit Marion Klatt?«

»Frau Klatt, KHK Mendt, Kripo Rostock. Welche Polizeidienststelle ist für die Bergung des Autowracks aus der Unterwarnow zuständig?«

»Augenblick, bitte …«

Das Klappern einer Tastatur.

»Das ist die Wasserschutzpolizei am Hafen. Der Leiter heißt Jan Johannsen.«

»Danke.«

Mertens klingelte durch.

Lona und Elling zögerten kurz, aber dann nahm Lona das Gespräch entgegen.

»Mendt hier, Herr Mertens.«

»Wo sind Sie?«

»Auf dem Weg nach Marnow«, log Lona.

Elling bewunderte, dass sich ihre Stimmlage dabei nicht veränderte. Wenn er log, kam er nicht umhin, eine halbe Oktave höher zu sprechen.

»Es gibt beunruhigende Neuigkeiten«, eröffnete ihr Chef ihnen, »Stefan Krohn ist gestern Nacht ermordet worden.«

Die Anspannung, die Lona seit Tagen mit sich herumtrug, atmete sie jetzt aus. Am Stück. Ein langer, langer Ausatmer. Sie fiel, so war Ellings Eindruck, ein wenig in sich zusammen, wie ein Ballon, aus dem man die Luft ließ.

»Täter ist flüchtig«, fuhr Mertens fort, »viel mehr ist nicht bekannt. Wir haben leider nicht mal eine Personenbeschreibung, könnte also auch der Weihnachtsmann gewesen sein. Jemand hat auf der Intensivstation bei Herrn Krohn die Stöpsel gezogen und irgendwie dafür gesorgt, dass dabei der Alarm nicht ausgelöst worden ist. Das LKA hat den Fall an sich gezogen. Ist ja klar: ihr Mitarbeiter, ihr Fall. Und die lassen nur wenige Informationen raus. Wie üblich.«

»Danke«, sagte Lona und beendete die Verbindung. Sie lehnte sich nicht nur zurück, sondern legte auch den Kopf in den Nacken. Ihre Erleichterung war für Elling greifbar. Sie hatte ihn verletzt, ja. Aber umgebracht hatte sie ihn nicht.

»Da hat jemand anderes mehr Angst vor dem, was Krohn verraten könnte, als wir«, stellte er fest.

»Ja«, bestätigte Lona, »sein Auftraggeber.«

»Christian Rathe?«

Lona nickte: »Wir glauben doch nicht wirklich an das Märchen von den Telefonaten zwischen Rathe und Krohn wegen illegaler Preisabsprachen in der Pharmaindustrie. Krohn hat ihn aus der Wohnung von Beck angerufen. Rathe wusste, dass er da war. Vielleicht hat er ihn selbst dorthin geschickt. Das war eine konzertierte Aktion. Und nach dem, was … in Marnow … passiert ist, hatte Krohn, wenn du mich fragst, nur zwei Optionen. Sich nach seinem Erwachen gegen uns zu stellen – oder gegen seinen Auftraggeber. Und ganz offensichtlich haben seinem Auftraggeber mehr die Nerven geflattert als uns. Der wollte es nicht darauf ankommen lassen und hat ihn mundtot gemacht.«

»Der Ursprung der Morde ist Beck«, stellte Elling fest. »Der erste Täter will Antworten von ihm und tötet ihn dann. Der zweite Täter, Krohn, legt eine Fehlspur, damit wir nicht auf die wahren Tathintergründe stoßen. Eigentlich können wir bisher alle Opfer zuordnen. Leyendecker gehört zu Wilmer. Die Auftraggeber. Sterzing gehört zur Ethikkommission. Zur DDR. Diejenigen, die die Tests zugelassen haben. Und Beck? Warum musste er sterben? Er war ein Geheimnisträger. Sonst wäre er nicht gefoltert worden.«

Lona nickte: »Er wusste was, was der Mörder wissen wollte – und was uns fehlt.«

Die zuständige Station der Wasserschutzpolizei in Rostock lag an der Ost-West-Straße direkt am Hafen und teilte sich das weiße, fünfstöckige Gebäude mit dem Zollamt. Elling stellte den Volvo zwei Straßen weiter am Verladebahnhof ab, wo die Container von der Schiene aufs Schiff wechselten und andersherum.

Viele Autos, viele Leute, viel Betrieb. Man nahm sie kaum zur Kenntnis, während sie die hundert Meter zur Wasserschutzpolizei zurücklegten.

»Bist du nervös?«, fragte Lona.

»Nein. Ich möchte nur nich' zu spät kommen.«

Sie betraten das Gebäude durch den Haupteingang. Das Großraumbüro drinnen glich einem normalen Polizeirevier. Da war die Theke, an der die Besucher ihr Anliegen vorbringen konnten. Dahinter die Schreibtische mit den Computern und den Röhrenmonitoren. An der Wand die Karten von Mecklenburg-Vorpommern und Rostock – und den Wasserwegen. Einige Beamte telefonierten, zwei sprachen mit Besuchern. Es brummte.

Elling und Lona hoben im Vorbeigehen ihre Dienstausweise.

Die Kollegen hinter der Theke sahen lediglich die typischen Merkmale eines Dienstausweises. Die Namen konnten sie nicht lesen. Ausschlaggebend war die Selbstverständlichkeit, mit der Elling und Lona – die den Eindruck erweckten, sich hier auszukennen – die Theke passierten.

»Kripo Schwerin«, log Lona.

»Bleckmann und Töteberg«, fügte Elling hinzu, bevor sie ihre Ausweise wieder einsteckten und die erste Tür aus dem Großraumbüro in den angrenzenden Gang nahmen.

Hier hinten mussten sich die Diensträume befinden, und so war es auch: Die Zimmer der Wasserschutzpolizei waren einfach gegliedert. Sie gingen jeweils links und rechts von dem Flur ab, der – bis auf ein riesiges Kopiergerät – leer war. Ganz am Ende befand sich eine Brandschutztür, die zugleich den Notausgang bildete.

Linker Hand wiesen zwei Logos auf die Toiletten für Frauen und Männer hin. Elling betrat die für Männer und vergewisserte sich, dass er alleine war. Die Kabinen waren leer. Er öffnete die Tür und winkte Lona zu sich, die draußen im Gang gewartet hatte.

Drinnen ging er in die Hocke, verschränkte die Finger seiner Hände und bildete so eine Räuberleiter, auf die Lona stieg.

Er hob sie an, sodass sie sich direkt unter der Sprinkleranlage befand.

»Geht's noch?«

»Ich kann dich den ganzen Tag so halten«, kam es gepresst.

Lona zückte das Feuerzeug und ließ eine Flamme hochschnalzen, die sie unter die kleine Glaskugel des Feuermelders hielt.

Nach zehn Sekunden wurde Elling nervös: »Kann man das überhaupt so auslösen?«

»Wart's ab.«

»Ich will bloß keinen Fehler machen, jetzt.«

»Das funktioniert, Elling. Mach jetzt kein Tamtam.«

»Es ist ja nur, weil nichts passiert«, rechtfertigte er sich.

Die Glaskugel sprang.

Ein Röcheln, Blubbern, Rauschen unter der Decke – dann zischte das Wasser aus der Sprinkleranlage und regnete sie sanft ein.

»Perfekt«, sagte Elling und entzog Lona den Halt. Sie fiel, er fing sie auf und zog sie zu sich an die Ecke, wo die Sprinkleranlage sie am wenigsten erwischte.

Sie hörten erste Rufe.

»Feuer irgendwo!«

»Alle raus!«

Elling nickte sich selbst zu. Bei Feuer war das Gebäude laut Dienstvorschrift umgehend zu räumen, damit keine Menschen zu Schaden kamen. Und tatsächlich hörten sie nun Laufgeräusche, hastiges Türenklappen und Zurufe.

Elling trat an die Tür und öffnete sie einen Spaltbreit, durch den er nach draußen linste. Beamte in Uniformen liefen den Flur entlang – nach vorne. Eine Frau hielt sich einen Aktenordner über den Kopf, um ihre Frisur nicht zu ruinieren.

Überall regnete es hinab, der Boden war bereits von einer dünnen Schicht überzogen.

Schnell hatten sich die Büros geleert. Aber ein Mann, der das Schlusslicht bildete, ging zügig von einem Büro zum andern und blickte hinein. Elling nahm an, es handelte sich um den Dienststellenleiter der Wasserschutzpolizei.

Er drückte die Tür wieder zu.

»Da kontrolliert einer, ob alle raus sind.«

Lona erfasste sofort das Problem und ging in die mittlere der drei Toilettenkabinen, in die Elling ihr folgte. Sie schlossen die Tür, verriegelten sie aber nicht, weil man das von außen erkannt hätte. Es dauerte nur wenige Augenblicke, dann hörten sie, wie jemand den Raum betrat.

»Feueralarm! Noch jemand hier drinnen?«, rief eine Männerstimme.

Sie rührten sich nicht, das Löschwasser war bereits durch ihre Kleidung gedrungen. Einen Moment später hörten sie das Klappen der Tür. Lona zählte bis zehn und verließ dann erst die Kabine und dann – nach einem Blick in den menschenleeren Flur – auch die Herrentoilette. Elling folgte.

Er hatte ihr auf der Fahrt erklärt, wie die Handtasche von Jutta Winter ausgesehen hatte: schmal, ein dunkler Violettton, der Verschluss in Gold. Und da Lona sich das erste Büro links vorknöpfte, verschwand er in dem gegenüberliegenden auf der rechten Seite.

Lona öffnete eilig einen Schrank – nur Aktenordner. Kein Beweismaterial. Sie graste die Schreibtische ab, während Elling in seinem Büro Schublade für Schublade öffnete.

Er war wie Lona klatschnass, die das erste Büro verlassen wollte. Sie sah, wie Elling ebenfalls dabei war, ins nächste auf seiner Seite zu wechseln – und dann verharrte. Sich über die Schulter blickte und nickte. Mit einer Kopfbewegung bedeutete er ihr, zu ihm zu kommen. Schnell hastete sie über den Gang in das Büro. Elling hatte in einem transparenten Beutel entdeckt, was sie gesucht hatten: die Handtasche von Frau Winter. Außerdem befanden sich die anderen Habseligkeiten der Toten darin. Kleingeld, der Autoschlüssel, eine Halskette. Aber nicht ihr Notebook, auf dem sich mit etwas Glück der Film befand, auf dem Elling zu sehen war, wie er das Kuvert mit dem Geld genommen hatte. Das Notebook war wohl aus dem Wrack gespült worden.

Es ertönte die Sirene der anrückenden Feuerwehr. Sie trugen den Beutel zu einem Aktenschrank und legten ihn dort unterhalb eines Regalbodens ab, damit der Inhalt nicht durchnässt wurde.

Elling öffnete die Tüte und zog die Handtasche heraus. Er entnahm ihr das Portemonnaie. Lona kümmerte sich um den USB-Stick und durchsuchte die Handtasche nach ihm.

Elling erkannte auf dem Personalausweis, auf den er es abgesehen hatte, Jutta Winter wieder. Mit dem Unterschied, dass dieses nicht ihr richtiger Name war.

»Sie hat einen falschen Namen benutzt«, sagte Elling halblaut gegen das allgegenwärtige Rauschen und Plätschern, »ihr richtiger Name war Ariane Lemmes.«

Er zückte sein Handy und nahm damit die Vorder- und Rückseite des Ausweises auf, bevor er ihn zurück in die Brieftasche steckte.

»Und?«

»Bin fast durch. Noch habe ich ihn nicht.«

»Vielleicht ist er auch im Wrack. Dann war die Nummer hier umsonst.«

»Da ist er«, sagte Lona und zeigte Elling den Stick, den sie gefunden hatte. Mit orangefarbenem Kunststoff ummantelt.

Er nickte erleichtert und steckte ihn ein.

Lona verstaute das Portemonnaie wieder in der Handtasche und die Handtasche wieder in dem transparenten Beutel, als sie auf eine Visitenkarte stieß, die sie aufmerken ließ. Und Elling, der sogar ein wenig grinsen musste, weil ihnen dieses Husarenstück tatsächlich zu gelingen schien, der über seine eigene Dreistigkeit schmunzelte, bemerkte Lonas Interesse an der Karte und warf auch einen Blick darauf: *Ariane Lemmes, Wilmer AG, Assistenz Dr. Fichte.*

»Sie hat zu Willmer gehört«, stellte er tonlos fest. Aber es war nicht der richtige Zeitpunkt, das näher auszuführen.

Sie deponierten den Beutel dort, wo sie auf ihn gestoßen waren. Dann lugten sie an der Bürotür vorsichtig um die Ecke. Der Flur wurde immer noch gewässert. Von fern hörten sie Stimmen. Schnell wandten sie sich nach rechts und liefen zur Brandschutztür, über die sie das Gebäude auf der Rückseite unbemerkt verließen.

Zum ersten Mal seit Tagen genossen sie die Gluthitze.

47

Der USB-Stick war fast komplett schwarz und das Metall schmolz und verbog sich in der Glut des Grills.

Lona legte zwei Würstchen auf den Rost, die bei dem Kontakt mit dem heißen Eisen zischten.

Sie hatte sich im Wohnmobil umgezogen und Elling in Bungalow Nummer zwei. Hinter ihnen flatterte die pitschnasse Wäsche an der Leine in der sanften Brise, die über den See strich.

Die Camperfamilien badeten im See oder sonnten sich auf ihren Decken davor und aßen Eis oder Pommes mit Ketchup und Mayo.

Der eine oder andere hatte das erste Dosenbier geöffnet.

Der Volvo stand keine zehn Meter entfernt. Da er über Ledersitze verfügte, war die Sauerei überschaubar. Elling hatte alle Fenster und die Heckklappe geöffnet, damit die kleinen Pfützen, die sich aus dem Wasser der Sprinkleranlage auf der Fahrt hierher im Fußraum gebildet hatten, möglichst schnell verdunsteten.

Unterm Strich betrachtet hatten sie gerade einen guten Lauf. Sowohl die Erpressung durch Ariane Lemmes als auch die mögliche Zeugenaussage von Stefan Krohn waren vom Tisch.

Wie es sich mit der Situation in der Gaststätte verhielt, in der er die 20 000 Euro von ihr entgegengenommen hatte, wusste er nicht. Sie hatte gesagt, sie hätte es auf Film. Tatsächlich? Denn gezeigt hatte sie ihm nichts. Sie hatte bloß diese Behauptung in den Raum gestellt. Schwer zu sagen, ob es diese Aufnahme von ihm und ihr wirklich gab. Oder ob Ariane Lemmes einfach geblufft hatte.

Elling war bei den Benders vorbeigegangen und hatte noch zwei Brötchen bekommen, während Lona den Grill angeworfen hatte. »War das früher hier eine normale Klinik?«, hatte er gefragt, während Bender die Brötchen fein säuberlich einpackte. Dieser hagere, große Kerl mit seinen feinen Pranken.

»Na ja, die einen sagen so, die anderen so, Herr Elling.«

»Wie meinen Sie das?«

»Die Leute in Marnow haben so dies und das erzählt, was sie vom Klinikpersonal gewusst haben. Dass hier Leute aus dem Westen herkommen. Spezialisten oder so, ich weiß nicht. Und welche aus der DDR behandeln. Vielleicht sogar aus dem Ostblock. Schwerkranke oder Reiche oder so. Manchmal hat man geguckt, ob man jemanden aus dem Fernsehen kennt.«

»Und?«

»Nein. Da hätten wir uns sonst ein Autogramm geholt.«

Elling hatte genickt, die Brötchen genommen und sich auf den Weg zurück gemacht.

Und da saßen sie jetzt vor den brutzelnden Würstchen.

»Also: Frau Lemmes hat mich erpresst«, sagte Elling, während Lona die Würstchen wendete, »aber die war nur der verlängerte Arm von Iris Fichte. Die Frage ist doch: Warum wollte Iris Fichte, dass der Fall einschläft?«

Lona nickte – sah dabei aber nicht so aus, als würde sie sich das auch fragen. »Follow the money«, antwortete sie und stellte zwei kleine Teller samt Senf auf den Campingtisch zwischen ihnen.

Elling musterte sie: »Du weißt schon, warum?«

»Ich habe eine These, einerseits, was Fichtes, und andererseits, was Becks Rolle in dem ganzen Konstrukt war – und ist«, gab sie zurück.

»Willst du es mir nicht sagen?«

»Nein, ich will wissen, ob wir zum gleichen Schluss kommen. Das Geld. Es geht nur um das Geld, glaube ich.«

Elling nickte.

»Geld«, nahm er den Ball an, »Geld. Schön: Fichte war es viel Geld wert, das Tatmotiv zu vertuschen. Dafür hat sie Frau Lemmes benutzt, um mich kaltzustellen. Uns.«

»Genau. Und jetzt muss man das nur noch ins Verhältnis zu Alexander Beck setzen. Auf der einen Seite ein milliardenschwerer Konzern wie Wilmer, auf der anderen Seite ein Sozialhilfeempfänger. Beide stehen in einem engen Zusammenhang. Ein Zusammenhang, den Wilmer sich offenbar nicht ausgesucht hat.«

»Nicht ausgesucht?«

»Beck und Wilmer können auf zwei Arten miteinander in Kontakt treten«, half Lona ihm, »sie zu Beck oder Beck zu ihnen.«

Sie hatte den Satz noch nicht beendet, als er erfasste, wovon sie die ganze Zeit sprach. Natürlich. So betrachtet lag es auf der Hand. Niemals wäre ein Weltkonzern auf ein kleines Licht wie Alexander Beck zugekommen. Das machte nur andersherum Sinn. Und dann passte es plötzlich: »Beck hat Wilmer erpresst.«

Lona nickte: »Genau. Er wusste von den Testreihen. Er hat von den Menschenversuchen gewusst. Aber er ist mit diesem Wissen nicht zur Polizei gegangen.«

»Ja, weil bei der Polizei für ihn nichts abgefallen wäre – also hat er beschlossen, sein Wissen zu vergolden. Er wollte Geld von Wilmer.«

Lona nickte: »Eine Erpressung, bei der Iris Fichte sich nicht an die Behörden wenden konnte. Ansonsten hätten die Behörden von den Medikamentenversuchen erfahren. Sie stand mit dem Rücken an der Wand.«

Lona beförderte die Würstchen mithilfe einer Grillzange auf ihre Teller. Elling nahm das Würstchen, verbrannte sich dabei fast die Finger, tunkte es in Senf und biss ab. Herrlich. Auch wenn er das Stück im Mundraum hin und her rollen musste, um sich nicht zu verbrühen.

»Du kannst das schon essen?«, fragte Lona ungläubig.

Elling nickte. Es war eine Thüringer, und selbstverständlich schlug sie alles andere um Längen. »Wenn er davon gewusst hat, wird das jemanden wie Iris Fichte nicht besonders beeindruckt haben, schätze ich. Die würde die Sache nur ernst nehmen, wenn sie wüsste, dass er das auch beweisen konnte.«

Jetzt biss auch Lona von der Wurst ab. »Das stimmt. Vielleicht hatte er so eine Liste mit Todesfällen, wie wir sie von Dr. Fichte angefordert haben. Und ich kann mir gut vorstellen, dass er deswegen hier gewesen ist. In Marnow. Das könnte den Ausreißer aus den üblichen Urlaubswochen erklären. Alexander Beck könnte hier gewesen sein, um sich die Liste zu beschaffen.«

»Von wem? Von Hildebrandt?«

»Ja, das ist denkbar. Die beiden kannten sich von früher. Siehe das Foto. Aber in die Testreihen war auch einiges an Personal involviert. Wir sollten Hildebrandt jedenfalls besuchen. Vielleicht ist er zu Hause.«

Elling nickte. Hatten sie anfangs noch vor einem völligen Rätsel gestanden, zeigten sich nun mehr und mehr Konturen, ganz so, als trete eine Gestalt aus einer Nebelwand.

»Und Krohn?«, fragte er.

»Was meinst du, Elling?«

»Wer hat den geschickt? Fichte, die sagt, sie kennt ihn nicht? Oder Rathe, den er aus Becks Wohnung angerufen hat?«

»Die Person, die ihn hat umbringen lassen, damit er im Zweifelsfall nicht gegen seinen Auftraggeber aussagen kann«, antwortete Lona.

48

»Wir haben Grund zur Annahme, dass die Mordserie, mit der wir es mittlerweile zu tun haben, eng mit den Versuchen verknüpft ist, die Sie hier als Klinikleiter durchgeführt haben.«

Dr. Hildebrandt steckte diese Aussage ohne ein Wimpernzucken weg. Er sah aus, als hätte Elling das nicht gesagt.

Der pensionierte Arzt, der auch auf Elling den Eindruck machte, er könne aus dem skandinavischen Raum kommen, hatte sie beide auf der Terrasse seines Hauses empfangen. Lona, die den Weg kannte, hatte Elling über das Grundstück hierhergeführt und die beiden einander vorgestellt.

Der Hausherr saß auf der Bank, von der aus ihm die Aussicht bis hinüber zum See möglich war. Lona und Elling hatten auf seine stumme Geste mit der Hand auf den Stühlen gegenüber Platz genommen.

»Eine Serie, sagen Sie – es gibt noch weitere Opfer, außer Herrn Beck?«

Kein sehr elegantes Ablenkungsmanöver, aber er lief ihnen ja nicht davon, und sie konnten sich ebenso gut später diesem Aspekt widmen. Deshalb knüpfte Lona an die Erwähnung von Beck an: »Alexander Beck ist hier in Marnow in den Besitz einer Liste gekommen, die die geheimen Testreihen an Menschen dokumentiert, die in dieser Klinik durchgeführt worden sind.«

Es war wieder einmal ein Schuss aus der Hüfte ins Blaue. Elling nickte, um den Vorstoß zu flankieren.

»Ist doch interessant«, fuhr Lona fort, »Sie waren damals der Leiter der Testreihen. Und Herr Beck erpresst mit einer Liste der Probanden die Wilmer AG. Sie sind mit Herrn Beck befreundet. Und Sie wollen nichts mit der Erpressung am Hut haben?«

Hildebrandt nickte, weil er den Gedankengang nachvollziehen konnte. Er lehnte sich zurück und legte einen Arm auf die Bank. Das alles wirkte sehr entspannt.

»Wissen Sie, ich habe alles, was ich brauche. Das Haus, das Grundstück, den Blick auf den See. Was Sie hier sehen, ist abbezahlt. Und Sie müssen auch keinen Einblick in meine Kontobewegungen beantragen, wenn Sie wollen, zeige ich Ihnen meine Kontoauszüge. Kurz: Ich brauche kein Geld. Ich habe keinen Grund, die Wilmer AG zu erpressen. Außer vielleicht, Erpressungen würden mir per se Spaß machen …«

Er führte das in einer unaufgeregten Souveränität aus, die Lona wie Elling an ihrer These zweifeln ließen.

»Selbst wenn Sie nicht beteiligt gewesen sein sollten: Hatten Sie Zugriff auf die Liste der Menschen, denen in den Testreihen Medikamente verabreicht worden sind?«, fragte Elling.

»Natürlich. Wie Sie eben festgestellt haben, war ich damals der leitende Arzt in dieser Angelegenheit.«

»Vielleicht haben Sie Herrn Beck einen Gefallen geschuldet und ihm deshalb die Liste gegeben.«

»Wie ich Ihrer Kollegin bereits erklärt habe: Das Verhältnis war umgekehrt. Ich rechne in Beziehungen ungern Schuld und Unschuld gegeneinander auf. Denn letztlich führt das zu einer Hierarchie. Und Hierarchien haben in Beziehungen auf Augenhöhe meines Erachtens nichts zu suchen.«

»Wie war das mit den Testreihen hier in Marnow?«

»Was meinen Sie, Herr Elling? Können Sie Ihre Frage für mich konkreter fassen?«

»Ja. Wieso haben Sie die geleitet?«

»Kommen Sie aus Ostdeutschland?«

»Aus Rostock.«

»Dann wissen Sie ja, wie das war. Es war eine Weisung der Partei. Das dürfte Ihre Frage beantworten.«

»Und gegen die war man machtlos? Darf ich das so verstehen?«, fragte Lona.

»Das war die Intention meiner Antwort«, erwiderte Hildebrandt. Er machte nicht den Eindruck eines Mannes, der sich etwas vorzuwerfen hatte.

»Was wäre passiert?«, fragte Lona.

»Dr. Hildebrandt hätte seine Stelle verloren«, antwortete Elling statt seiner.

Der Mann nickte: »Genau das. Vielleicht noch mehr. Vielleicht hätte man meine ganze Familie kaltgestellt. Aber so weit will ich gar nicht gehen. Herr Elling hier hat recht: Ich hätte meine Stelle verloren. Und ich wollte sie nicht verlieren.«

Elling stand auf und ging etwas auf und ab, besah sich das Haus, den Garten, den See, den Mann. »Ich bin zwar in der DDR aufgewachsen, aber ich wusste nicht, dass die SED die eigenen Bürger für Medikamententests zum Abschuss freigegeben hat. Das war wegen der Devisen, oder?«

Hildebrandt nickte: »Deswegen hat eine neue Richtlinie der Volkskammer ab 1983 ermöglicht, die Medikamententests an Probanden durchzuführen – gegen harte Devisen, ja.«

Lona musterte den Mann heute eindringlicher als bei ihrem ersten Treffen. Sie spürte, sie hatten etwas gemein. Und im Grunde musste sie nur noch die beiden losen Fäden verknüpfen, um herauszufinden, was genau das war.

»In welcher Größenordnung bewegen wir uns da?«, hakte sie nach.

»Bis zu 1,5 Millionen D-Mark haben westliche Pharmahersteller für einen Medikamententest bezahlt. Also für einen, der wegen der harten Auflagen in der BRD nicht möglich gewesen wäre.«

»Ausschließlich Unternehmen aus der Bundesrepublik?«

»Nein. Das Who is Who der internationalen Pharmariesen hat hier seine Medikamente auf die Menschen zweiter Klasse losgelassen, um sich später durch den Verkauf dieser Präparate an die Menschen erster Klasse eine goldene Nase zu verdienen. In insgesamt zwölf Kliniken hat man das durchführen lassen.«

Ein weiterer Punkt, in dem sich seine und Fichtes Aussage deckten.

Ellings Gesicht war verärgert: »Das war der böse Westen aber nicht alleine, nicht wahr? Da hat die SED mitgemacht, Herr Sterzing, Sie und noch jede Menge andere. Und dabei sind Leute gestorben.«

Hildebrandt übernahm gar nicht den Versuch einer Ausflucht, sondern er nickte sofort: »Ja, es sind Menschen dabei gestorben. Menschen, die ohnehin nur noch zwei, drei oder vielleicht vier Jahre hatten. Aber es überlebten auch welche, die sonst nur noch zwei, drei oder vier Jahre gehabt hätten. Wo wollen Sie die Grenze ziehen, hm? Welches Leben war wertvoller?«

»Darum geht es nicht«, antwortete Elling.

Hildebrandt nahm im Sitzen Haltung an, sein Kinn ruckte streitlustig vor: »Oh doch, darum geht es im Kern, Herr Elling. Es geht um die Bewertung von Leben. Und es geht darum, ob wir Leben gegen anderes Leben aufwiegen können. Und während die Moral sagt, dass das nicht möglich sein darf, widerspricht die Notwendigkeit. Wissen Sie, was eine Triage ist?«

»Nein.«

»Ich habe mich, weil es ihn und seine Familie durch Zufall für ein paar Urlaubstage hier an die Seenplatte verschlagen hatte, mal mit dem Arzt unterhalten, der bei der Flugkatastrophe von Ramstein 1988 die Erstversorgung der Opfer übernommen hat. Die waren sehr zahlreich, und bei der Triage musste er in wenigen Sekunden entscheiden, wer mit einer Not-OP noch zu retten ist und wer nicht. Und dann musste er selektieren. Denn diejenigen, die verloren sind, schmälern die Chancen jener, die man noch retten kann. Es ist eine Entscheidung, die kein Arzt jemals treffen mag. Die Moral sagt, dass man alle retten muss. Die Notwendigkeit aber ist eine andere. Die, die nicht zu retten waren, bekamen Morphium.

So, und jetzt übersetzen Sie das gerne mal in die Testreihen, die wir hier in Marnow durchgeführt haben: Wenn Sie heute mit einem Medikament einer Testreihe eine Person töten, aber durch die Weiterentwicklung des Medikaments in zehn Jahren Tausende retten, wo stehen Sie dann mit Ihrer Moral?«

Frank Elling schluckte. »Ich wäre vermutlich der falsche Mann für eine Triage«, bekannte er.

»Dann urteilen Sie auch nicht von oben herab über jene, die sie durchführen müssen.«

»Aber Sie haben keine Triage durchführen müssen«, stellte Lona klar, »Sie haben nicht in einem bereits erfolgten Notfall eine lebenswichtige Entscheidung fällen müssen. Sondern Sie haben teils unwissende Patienten, die Ihnen als Arzt vertraut haben, ohne deren Wissen und ohne deren Zustimmung in eine zum Teil lebensbedrohliche Situation gebracht.«

Elling war ihr dankbar. Hildebrandt wirkte angeschlagen. »Frau Mendt …«, begann er.

Lona unterbrach ihn: »Ich hab Sie hier auf dem Friedhof gesehen. Vor dem Grab eines Kindes – Kerstin Hildebrandt. Gestorben 1988. Ich weiß, dass Sie damals Ihre jüngere Tochter verloren haben.«

Hildebrandt wurde schlagartig still. Es war, als ginge durch den Mann ein Riss. Nach einigen Augenblicken nickte er: »Ja. Der genetische Proteinmangel meiner Tochter wäre heute medikamentös durchaus in den Griff zu kriegen. Nicht zuletzt wegen der Testreihen, die in Marnow durchgeführt worden sind. In den Achtzigern war das wegen der Blutgerinnsel noch ein Glücksspiel ums Leben. Das damalige Wilmer-Medikament in der Betaphase war Kerstins einzige Chance. Und natürlich hab ich nach ihr gegriffen.«

Lona schaute zu Elling, der den Blick senkte, weil ihn die Parallele zu dem Medikament für seine demente Mutter in eine Nähe zu Hildebrandt rückte, die ihm nicht gefiel.

»Ich verstehe Sie«, sagte Elling zu Lonas Überraschung, obwohl es sie im Nachhall nicht mehr überraschte: »Ich verstehe Sie. Jeder Vater würde das tun. Sie haben abgewogen. Im Wettlauf um das rettende Medikament für Ihre Tochter haben Sie das Leben anderer Menschen bewusst aufs Spiel gesetzt. Und offenbar rächt sich jetzt jemand für das, was ihm oder einem seiner Familienmitglieder angetan worden ist.«

Das erste Mal an diesem Nachmittag entspannte sich das Gesicht des Arztes. Er lächelte sogar etwas. »Auch das ist … letztlich nur verständlich und nachvollziehbar. Der Antrieb ist schließlich fast identisch«, sagte er und atmete tief durch: »Und was ist jetzt? Bin ich verhaftet?«

»Nein«, informierte Elling ihn, »aber wir brauchen Sie womöglich bald als Zeugen. Sie können sich frei bewegen. Aber wenn Sie verreisen möchten, melden Sie das bitte vorher bei uns an.«

Hildebrandt nickte. Er wirkte weder überrascht noch beeindruckt.

»Dr. Iris Fichte«, schoss Lona aus der Hüfte.

»Das … war die Assistentin von Dr. Leyendecker. Wilmer AG«, gab Hildebrandt trocken zurück.

»Stefan Krohn?«

»Nie gehört. Wer ist das?«

Die Frage schien er aus echtem Interesse zu stellen.

»Niemand, an den man sich erinnern muss«, sagte Lona.

»Herr Hildebrandt, außer Herrn Beck sind zwei Verantwortliche für die Testreihen ermordet worden. Es ist davon auszugehen, dass Sie zu dem gefährdeten Personenkreis gehören«, erläuterte Elling ihm, »als Kriminalbeamte haben wir auch eine Sorgfaltspflicht Ihnen gegenüber. Deshalb bieten wir Ihnen Polizeischutz an.«

Der Pensionär schüttelte nur kurz den Kopf: »Danke.«

Auf dem Weg zurück zum Auto orderten sie trotzdem ein Team an, das das Haus rund um die Uhr observieren und, wenn nötig, Hildebrandt auch dann schützen sollte, sofern der sein Grundstück verließ.

Lona schlug vor, an den See zurückzufahren. Aber es war Mittwoch, und da war ein Besuch bei Erika fällig. Früher hatte er es auch mal geschoben, auf Donnerstag oder Freitag und ihr erzählt, es sei Mittwoch. Dank des neuen Medikaments musste er diesbezüglich auf der Hut sein. Was ihn natürlich freute.

Aber nicht lange.

Er spielte mit seiner Mutter draußen auf ihrer neuen Terrasse gerade eine Runde Mensch-Ärger-Dich-nicht. Sie rückte ihre Spielfiguren gegen den Uhrzeigersinn vor, aber immerhin übersetzte sie die Augenzahl der Würfel korrekt auf die Anzahl der Schritte. Auf diese Weise warf sie eine seiner Figuren raus, was ihr eine diebische Freude bereitete. Sie kam aus dem Grinsen gar nicht mehr raus. Elling musste schmunzeln. Da hob sich ihr Blick und wanderte hinter ihn. Paul Westermann trat an sie heran: »Guten Abend.«

»Guten Abend, Paul«, antwortete Erika.

»Hallo«, begrüßte Elling den Freund, der sich an ihn wandte: »Hast du einen Augenblick, Elling?«

Westermann sagte das mit einem Lächeln, aber Elling erkannte, dass er etwas auf dem Herzen hatte. Etwas Ernstes. »Mama, ich rauch kurz eine mit Paul, ja?«

»Da kann ich doch mitkommen, oder schämst du dich für deine Mutter?«

Sie tadelte ihn mit ihrem Blick.

»Aber es geht um dein Geburtstagsgeschenk. Du sollst noch nicht wissen, was du bekommst.«

Erikas Tadel wandelte sich zu einem zufriedenen, jovialen Lächeln: »Geh nur.«

Nachdem sie außer Hörweite waren, ergriff Westermann wieder das Wort: »Das Medikament für deine Mutter … das bekomm ich jetzt nicht mehr. Die sind kurz vor der Markteinführung, da stellen sie so was ein.«

»Das heißt, du bekommst jetzt keine Tabletten mehr?«

Paul Westermann nickte: »Ich habe noch etwas über ein Dutzend. Die kann Erika haben.«

Elling wollte eine Frage stellen, las aber in dem Gesicht des Arztes bereits die Antwort: »Ohne das Medikament wird sich ihr Zustand wieder verschlechtern.«

»Ja. Es tut mir leid.«

»Und wann ist die Markteinführung?«

Westermann deutete ein Achselzucken an: »Da müssen noch

ein paar zeitliche Auflagen erfüllt werden. Ich kann es dir nicht genau sagen, aber ich schätze … nicht vor einem halben Jahr, Elling.«

Diese Aussicht ließ alle Körperspannung erschlaffen. Von einem Moment auf den nächsten stand er mit hängenden Schultern dort. Er schaute hinüber zu seiner Mutter, die daraufhin schnell die Hand vom Brett nahm. Offensichtlich beschummelte sie ihn gerade. »Sie hat in der kurzen Zeit so gute Fortschritte gemacht, Paul.«

»Ohne Zweifel schlägt das Medikament bei ihr außerordentlich gut an, ja.«

»Wie heißt es noch mal?«

»IZ 2306.«

»Und als was wird es auf den Markt kommen?«

»Als Memoria.«

Die Autobahnausfahrt Schönberg lag auf halber Strecke zwischen Hamburg und Rostock. Dorthin war er mit seiner Mutter unterwegs. Er hatte kurz überlegt, ob es eine gute Idee war, Erika mit zu einer Erpressung zu nehmen, aber sie konnte ja im Auto bleiben.

»Das mit dem Ausflug ist eine tolle Idee, Frank«, sagte sie und schaute hinaus auf die vorbeiziehende Landschaft. Dann fiel ihr Blick auf die Armaturen und den Fußraum. »Also wenigstens ab und zu musst du deinen Wagen auch mal putzen. Sonst lernst du ja nie eine kennen.«

»Ich will gerade keine kennenlernen.«

Erika grinste schelmisch: »Weiß ich doch – du bist doch schon mit Susanne verheiratet.«

Iris Fichte wartete neben ihrem Wagen, einem Porsche Cabrio, wie verabredet auf dem ersten Feldweg nach der Ausfahrt links. Elling parkte den Volvo direkt gegenüber.

»Bleib bitte hier sitzen«, sagte er zu Erika.

»Ich dachte, wir gehen essen? Wer ist die Frau?«

»Erzähle ich dir später. Beim Essen. Ich bin gleich zurück.«

»Na schön«, erwiderte Erika und schaute beleidigt in die andere Richtung.

Elling schloss die Tür und ging hinüber zu Iris Fichte, die ihn kühl musterte. Kontrolliert, dachte Elling. Sie hatte sich bestens im Griff.

Trotzdem konnte er ihr an der Nasenspitze ablesen, wie ungerne sie seiner Bitte nach einem abendlichen Treffen nachgekommen war.

»Sie haben am Telefon gesagt, es sei ein privates Treffen. Wie darf ich das verstehen?«

»Werden Sie mit der Staatsanwaltschaft Rostock zusammenarbeiten?«

»Vermutlich, ja. Ich habe heute Nachmittag kurz mit meinem Anwalt telefoniert. Ich treffe ihn in anderthalb Stunden. Deshalb würde ich Sie bitten, die Sache hier kurz zu machen. Wer sitzt da im Auto, bitte?«

»Meine Mutter.«

Sie sah ihm mit jenem forschenden Blick ins Gesicht, mit dem Menschen herausfinden wollten, ob sie Opfer eines schlechten Scherzes waren. Aber sie erkannte anscheindend, dass Elling die Wahrheit sagte.

Er brach die Erläuterung ab, weil sie selbsterklärend war.

»Verstehe«, sagte Fichte. »Warum treffen wir uns hier?«

»Weil Sie über meine Bestechung durch Frau Lemmes die Ermittlungen im Mordfall Beck torpedieren wollten. Und ich möchte diesen Film, auf dem ich zu sehen bin.«

Sie wirkte, als habe sie den Mann mit dem Bauchansatz und der mit Klebeband reparierten Brille unterschätzt. Ihn oder das Tempo, mit dem er und seine Kollegin ihre Ermittlungen vorantrieben. Vielleicht beides. Elling war es einerlei.

»Ariane Lemmes? Warum sollte ich das tun?«

»Darüber sprechen wir morgen mit Frau Mendt. Der Deal zwischen Ihnen und mir geht so: Ich kann das Entgegenkommen der Staatsanwaltschaft morgen unterbinden. Dann wird es für Sie keine Strafmilderung geben. Dann gehen Sie definitiv ins Gefängnis, denn wir haben noch ein paar andere Dinge herausgefunden.

Ich kann mich aber auch für Sie stark machen. Wir können Ihre Rolle gemeinsam kleinreden, wir können sogar so tun, als wäre die Initiative der Aufklärung von Ihnen ausgegangen.«

»Sie meinen, dass ich mich aktiv an Sie gewandt hätte, um auszusagen?«

»Genau. Die Bergung des Wracks mit der Leiche von Frau Lemmes könnte der Auslöser gewesen sein.«

Fichte fingerte etwa fahrig in ihrer Handtasche herum und zündete sich dann eine von diesen dünnen Damenzigaretten an. Sie blickte hinüber auf das angrenzende Feld. Elling wusste, sie spielte jetzt in Gedanken diverse Szenarien durch, wog deren Möglichkeiten gegeneinander ab. Schließlich nickte sie: »Sie bekommen die Aufnahme.«

»Und tausend Tabletten Memoria«, fügte Elling hinzu.

Fichte blickte an ihm vorbei auf die ältere Frau im Wagen und verstand jetzt. »Hat Ihre Mutter die Tabletten aus der Betaphase bekommen?«

»Ja.«

»Und sie haben angeschlagen«, stellte Fichte fest.

»Ja.«

Die Managerin lächelte kurz. Berufsethos, das sie nicht ablegen konnte: »Gut. Ich bringe Ihnen morgen die Tabletten mit.«

»Und die Aufnahme.«

»Aber ich brauche eine Sicherheit. Vielleicht überlegen Sie sich morgen etwas anderes, mit dem Sie mich erpressen können. Oder in einer Woche, oder in einem Monat. Ich möchte sichergehen, dass das nicht passiert.« Sie blickte Elling dabei direkt in die Augen.

Und er wusste, dass sie ihm diese Aufnahme, die ihn dabei zeigte, wie er die 20 000 Euro einsteckte, niemals aushändigen würde. Elling erwiderte den Blick mit derselben Klarheit und sagte: »Wenn Sie die Aufnahme nicht rausrücken wollen, dann müssen Sie noch 150 000 Euro drauflegen. Sonst haben wir keine Abmachung. Und dieses Mal bitte ohne Markierung.«

So, wie er bei Iris Fichte in Bezug auf die Videoaufnahme

auf keinen Verhandlungsspielraum gestoßen war, spürte sie im Gegenzug nun seine Unnachgiebigkeit. »Ich weiß nicht, ob ich so viel so schnell beschaffen kann.«

»Und ich weiß nicht, ob ich nicht schon viel zu tief in der Sache drinstecke und mich besser morgen früh den Behörden stelle. Sie könnten mich umstimmen.«

Iris Fichte seufzte dezent: »Wir stehen in gewissem Sinne auf verschiedenen Seiten, Herr Elling. Aber ihre Chuzpe hat einen gewissen Charme. Die Tabletten und 150 000.«

Elling nickte.

Sie reichte ihm die Hand, die er schüttelte. Damit war es beschlossen. Iris Fichte wandte sich zu ihrem Wagen.

»Äh, eine Kleinigkeit noch.«

»Überspannen Sie den Bogen nicht.«

»Ich hab noch eine rein private Frage: Wie ist das heute? Wo testen Wilmer und die anderen Pharmafirmen heute, um die gesetzlichen Bestimmungen zu unterlaufen?«

»Folgen Sie dem Prinzip, Herr Elling. Es muss unkompliziert sein und billig.«

»Indien, Pakistan, Afrika, Dritte Welt?«

»Genauso ist es. Ideal sind Schwellenländer.«

Damit stieg sie in ihr Cabrio und startete den Motor. Ein dumpfes Grummeln, das zu Elling herüberdrang, bis die Managerin der Wilmer AG die Straße erreicht hatte. Dort gab sie Gas. Der Porsche schoss in Richtung Autobahnzubringer.

Die frische Abendluft hatte ihm die Schweißperlen auf der Stirn beständig weggeweht. Wäre sie auf seine Forderung eingegangen, wenn Fichte seine Nervosität bemerkt hätte?

Nach einigen Augenblicken befand Elling diese Frage für müßig und stieg wieder zurück in den Volvo, den er wendete, um sich zurück auf den Weg zum Königsblick zu machen.

»Wer war das«, fragte Erika, »die Frau sah traurig aus.«

»Das war die Lottofee, Mama.«

TAG ZEHN

49

Sie hatten Iris Fichte zu einem späten Frühstück in einem Landgasthof südwestlich von Rostock getroffen. Fichte hatte sofort zugesagt. Da sie und die beiden Beamten sich gegenseitig belasten konnten, wollten sie sich in einer Art Generalprobe kurz abstimmen und die Eckdaten klären, bevor sie am Nachmittag bei der Staatsanwaltschaft Nägel mit Köpfen machten. Die Sonnenschirme auf der Terrasse waren schon am Vormittag aufgespannt. Es versprach, ein sehr heißer Tag zu werden. Sie saßen zu dritt etwas abseits von den anderen Gästen. Fichte und Lona tranken Kaffee, während Elling sich ein kontinentales Frühstück bestellt hatte.

Susanne hatte ihn am Morgen erneut zu erreichen versucht, aber für dieses Gespräch, dass sie führen mussten, brauchte er einen klaren Kopf. Und der war jetzt bei den Mordfällen.

»Was ist mit der Liste?«, fragte Lona.

Iris Fichte, die aussah, als hätte sie eine überwiegend schlaflose Nacht hinter sich, nickte, denn dies war wesentlicher Bestandteil der Vereinbarung: »Ich habe mit meinem Anwalt gesprochen. Sofern Sie für den Nachmittag das Treffen mit der Staatsanwaltschaft in Rostock bestätigen, werden wir die Liste dorthin mitbringen.«

Was unausgesprochen hieß: Herausgabe von Beweismaterial nur gegen Strafmilderung. Lona und Elling hatten keinen Zweifel, dass Fichtes Anwalt ihr zu diesem Vorgehen geraten hatte.

»Haben Sie eine Ahnung, wer die Verantwortlichen von damals zur Rechenschaft zieht?«

»Nein. Sie nehmen an, ich bin auch in Gefahr, richtig?«

»Davon sollten wir sicherheitshalber ausgehen«, antwortete Elling und biss herzhaft in ein Käsebrötchen.

Lona nickte bekräftigend und blickte auf ihre Armbanduhr: »In etwa 30 Minuten trifft ein Team hier ein, das sie ab jetzt begleiten wird.«

Iris Fichte wirkte einerseits beruhigt, andererseits bereitete ihr augenscheinlich etwas Kopfzerbrechen: »Auch bei der Arbeit? Ich meine: Es macht sich vielleicht nicht gut, wenn ich innerhalb des Konzerns mit Personenschutz herumlaufe.«

»Wir schätzen die Gefährdungslage so ein, dass es für einen Außenstehenden unmöglich ist, zu Ihnen vorzudringen, ohne bemerkt zu werden oder einen Alarm auszulösen. Anders gesagt: Das Team wird Sie nur außerhalb schützen«, erklärte Lona.

Die Managerin wirkte erleichtert.

»Alexander Beck hat Sie erpresst, richtig?«

Sie nickte: »Er wollte 1,5 Millionen Euro.«

»Wie hat er das gemacht? Konnte er die Menschenversuche nachweisen?«

»Er hat mir Auszüge jener Liste zukommen lassen, die Sie heute bekommen. Ich wusste, dass er über authentisches Material verfügt.«

»War Ihnen von Anfang an klar, dass Sie es mit Alexander Beck zu tun haben?«

»Nein.«

»Und dann«, so Elling, »haben Sie Klaus-Peter Sterzing davon in Kenntnis gesetzt, und der hat seine alten Kontakte spielen lassen, um Beck mundtot zu machen. War es so?«

Fichte schüttelte den Kopf.

»Nein. Sterzing war zwar Leiter des Gutachter-Ausschusses, aber er war nur eine Marionette. In dem Ausschuss wurde keine Entscheidung ohne die Staatssicherheit gefällt. Und der Verbindungsmann zwischen dem Gutachter-Ausschuss und der Staatssicherheit war Christian Rathe, der heutige Staatssekretär im Gesundheitsministerium. Er hat den Daumen gehoben oder gesenkt.«

Obwohl sie davon ausgegangen waren, dass der Staatssekretär mit der bei Beck gelegten Fehlspur in Verbindung stand oder Stefan Krohn sogar in seinem Auftrag gehandelt hatte, traf diese

Nachricht sie trotzdem unvorbereitet. Als öffnete sich direkt neben ihnen ein Abgrund und gewährte ihnen einen Blick in die Monstrosität dieser ganzen Angelegenheit.

Rathe war es gewesen, der die DDR-Bürger gegen gutes Geld aus dem Westen an diesen verschachert hatte. Und Sterzing und Hildebrandt hatten in seinem Auftrag gehandelt.

Die Geschichte über die beiden Amateurkicker Rathe und Krohn, die der Mann ihnen aufgetischt hatte, sollte lediglich verschleiern, woher die sich bestens kannten: aus dem Ministerium für Staatssicherheit.

Während es den beiden gelungen war, ohne Altlasten aus ihrer Zeit bei der Stasi rauszukommen, war es dem kleinen Fußsoldaten Alexander Beck versagt geblieben. Der war zum Sozialfall geworden, während einer der anderen inzwischen einen hohen Posten in einem Landesministerium bekleidete. Wobei Rathe und Krohn möglicherweise wiederum nur die Spitze eines Eisbergs bildeten, die Spitze nämlich einer ganzen Seilschaft, die sich auch im Westen gegenseitig unter die Arme griff.

Lona fand ihre Sprache zuerst wieder: »Das bedeutet dann, Leyendecker hat sich damals direkt mit Christian Rathe abgestimmt?«

»Herr Leyendecker und ich haben Herrn Rathe zweimal persönlich getroffen, ja. Aber nein, der hat sich aus diesen ganzen Sachen offiziell rausgehalten. Er hat im Hintergrund nur die Strippen gezogen. Die DDR war zu dieser Zeit schon längst im freien Fall. Das war dem selbstverständlich klar. Der hat zwar noch seinem alten Herrn gedient, aber gleichzeitig hat er schon seine Schäfchen ins Trockene gebracht.«

»Stefan Krohn war auch beim MfS«, sagte Elling, und es war mehr Feststellung als Frage.

»Davon gehe ich aus. Er hat den Erpresser an der Stimme erkannt – das ist jedenfalls das, was Rathe mir erzählt hat.«

»Was wollte Krohn von Beck?«

»Die Liste. Und klären, woher er die hat. Und ob noch jemand dahintersteckt.«

»Diese Liste war der GAU«, sagte Lona. »Dass die aus dem Nichts auftaucht, hat alle Ihre Lebensentwürfe bedroht. Glauben Sie wirklich, Stefan Krohn hatte lediglich die Anweisung, Herrn Beck zu *befragen?*«

Iris Fichte senkte den Blick, um sich kurz zu sammeln. Dann schüttelte sie ganz leicht den Kopf, bevor sie ihre Augen wieder auf Lona richtete. »Nein. Um die Wahrheit zu sagen: Ich wollte nicht mehr drüber nachdenken. Ich wollte nur, dass diese Sache baldmöglichst ein Ende hat.«

»Aber Beck war dann schon tot«, warf Elling ein.

»Ja. Krohn hat die gesamte Wohnung auf den Kopf gestellt. Aber die Liste nicht gefunden.«

»Also hat sie Becks Mörder.«

»So sieht es aus«, bestätigte Fichte.

»Und dann kamen Frau Mendt und ich ins Spiel – und Frau Lemmes«, gab Elling ihr ein Stichwort.

»Eigentlich wollten wir nur über den Stand Ihrer Ermittlung auf dem Laufenden gehalten werden«, antwortete sie. »Aber als Sie dann in Marnow aufgetaucht sind, mussten wir handeln. Wir wollten Sie diskreditieren und dafür sorgen, dass Ihnen der Fall entzogen wird.«

»Und Stefan Krohn«, vermutete Lona, »hätte den Fall übernommen und ihn einschlafen lassen.«

Fichte nickte: »Was werden Sie gegen Rathe unternehmen?«

»Wir werden ihn vorläufig festnehmen«, legte Lona ihr auseinander. »Wir werden Ihren Namen Herrn Rathe gegenüber als Zeugin noch gar nicht konkret benennen, aber vielleicht setzen wir ihn von Ihrer Festnahme in Kenntnis. Auf jeden Fall werden wir sofort alle seine Handlungsoptionen unterbinden. Das betrifft Leute, die es aus seiner Sicht zu warnen gilt, es betrifft aber auch Ihren Schutz vor Herrn Rathe.«

Damit schien für den Moment alles gesagt. Elling wischte sich zufrieden die Mundwinkel mit der Serviette ab.

»Die Namen der Verantwortlichen, Frau Dr. Fichte, stehen die auch auf der Liste?«, fragte er.

»Nein.«

Lona nickte Elling zu. Das erklärte, warum der Mörder Beck vor dessen Tod Nadeln unter die Fingerkuppen geschoben hatte. Dann wandte sie sich an Fichte: »Dann sehen wir uns um 14 Uhr in Rostock.«

Die Managerin stand auf und reichte ihnen beiden die Hand: »Danke.«

»Wir danken. Aber Sie müssen bitte trotzdem noch kurz auf unser Team warten.«

»Mach ich. Ich habe nur noch eine Kleinigkeit im Wagen, die ich Herrn Elling zur Verwahrung geben möchte.«

Damit ließ sie die beiden am Tisch zurück und ging ruhig hinüber zu dem etwas weiter entfernten Parkplatz, wo auch Elling den Volvo abgestellt hatte. Der tat gerade so, als interessiere ihn das Blau des Himmels.

Lona lenkte das nicht ab: »Kleinigkeit?«, fragte sie schmunzelnd.

Elling musste ertappt grinsen. »Ich hab sie gestern Abend um ein paar Medikamente gebeten – für meine Mutter. Da ist etwas, was nicht ganz stimmt«, lenkte er auf ein anderes Thema, »wenn Becks Mörder ihn in Toitenwinkel aufgesucht hat, um die Namen der Verantwortlichen zu erfahren, dann wusste er bereits von der Liste. Woher?«

Wenn es um den Dienstschluss ging, konnte Elling zwar der pünktlichste Mensch der Welt sein, aber er konnte sich gedanklich vom jeweils aktuellen Fall so wenig lösen wie sie. Wieder und wieder, mit einer Systematik, die sie noch nicht erfasst hatte, vielleicht dem Chaosprinzip, beleuchtete er auch Tage später noch Details, Abläufe, Aussagen, Wahrscheinlichkeiten und anderes.

»Das stimmt«, stellte Lona fest, »und ich kann es dir nicht beantworten. Vielleicht haben Beck und sein Mörder sich gekannt und sich nicht zum ersten Mal …«

Ein hoher, panischer Schrei ließ sie aufschrecken. Auch die anderen Gäste reckten sofort die Köpfe. Alle Blicke gingen zum Parkplatz.

Und dort stand Iris Fichte mit einem entsetzten Gesicht und einer blutigen Schulter. Die Fahrertür des Wagens war offen, und sie legte alle Kraft in den Versuch, vom Auto wegzukommen. Zurück zu ihnen, zu Lona und Elling. Doch es reichte offenbar nicht, um sich aus dem Griff des Mannes mit der Motorradmaske zu winden, der sie mit der rechten Hand am Arm gepackt hatte und nun mit dem Fischermesser in der Linken zum Kehlenschnitt ansetzte.

Elling und Lona sprangen auf und zogen während des Sprints über die Terrasse ihre Dienstwaffen.

»Polizei!«, brüllte Elling und schoss einmal in die Luft, was die vor Schock erstarrten Gäste erneut erschreckte.

Mit dem freien Arm drückte Iris Fichte die Hand mit der Klinge von sich, aber dann rutschte sie ab, und aus dem beabsichtigten Schnitt wurde ein Stoß. Die Klinge bohrte sich tief in ihren Hals. Der maskierte Mann riss sie nach links aus dem Hals wieder heraus, duckte sich nach links weg und rannte ins Unterholz.

»Stehen bleiben!«, rief Elling und stoppte selbst ab, um auf den Flüchtenden anzulegen. In dem Augenblick krachte Iris Fichte mit einem seltsam verdatterten Gesichtsausdruck auf die Knie. Und stürzte dann wie eine müde Puppe, mit Verzögerung auf die Seite: ohne sich abzustützen.

Elling gab drei Schüsse ab. Die ersten beiden trafen gar nichts, und das dritte Projektil ließ Rinde von einem Baumstamm splittern, an dem der Täter gerade vorbeilief.

Lona war zuerst auf Fichtes Höhe, aber da sie jetzt näher am Täter war, sprintete sie vorbei und übernahm die Verfolgung durch das Unterholz, in dem der Flüchtige Haken schlug.

Elling stoppte neben Fichte ab und ging in die Hocke, er legte die Pistole auf den Boden. Sie sah ihn an, ihre Arme ruderten, sie hustete, und aus ihrem Mund schoss eine rote Wolke aus kleinen Blutpartikeln.

»Bleiben Sie liegen, atmen Sie flach und langsam.«

Er konnte die Schwere ihrer Verletzung natürlich nicht einwandfrei beurteilen, aber bei der Menge an Blut, die die Frau verlor, hatte der Angreifer vermutlich ihre Arterie erwischt. Wenn überhaupt würde ihr wahrscheinlich nur noch mit einer sofortigen Notoperation zu helfen sein.

Er schnappte sich sein Handy und wählte die 112: »Elling, Kripo Rostock, ich brauche an der 105, Fahrtrichtung Wismar, zwischen Reddelich und Kröpelin, einen RTH für eine verletzte Person. Die Gaststätte hier heißt Waldschenke. Ich schalte das Blaulicht auf einem Zivilfahrzeug ein. Landung auf Parkplatz ist möglich. Blutkonserven vorhalten. Und Tempo bitte. Ich kann die verletzte Person zu einem Rendezvouspunkt bringen. Ich bleibe am Funk.«

Er sprach schnell, weil sein Notruf ohnehin aufgezeichnet wurde. Der Helikopterpilot, der genau jetzt aus seiner Alarmbereitschaft gerufen wurde, konnte sich seine Nachricht auch im Einsatz immer wieder anhören.

Der Rendezvouspunkt wurde üblicherweise bestimmt, um den Transportweg eines Patienten in ein Klinikum zu verkürzen. In diesem Fall wäre Elling mit der Verletzten Iris Fichte dem Helikopter mit seinem Volvo entgegengerast.

»Und sofort Ringfahndung auslösen«, fügte er noch hinzu. »Täter männlich, circa einsachtzig, sportlich, schwarze Kleidung, Motorradmaske. Bewaffnet mit einem Messer. Radius zehn Kilometer. Auch Feldwege, Nebenstraßen. Großaufgebot. Bewaffnete Frau, blond, einssiebzig, ist meine Kollegin KHK Mendt. Und Ende.«

Obwohl er den Sinn eines Druckverbands in dieser Situation bezweifelte, schnappte er sich den Verbandskasten aus ihrem Auto und entdeckte dabei eine Plastiktüte, in der eine große Anzahl Tablettenschachteln lag. Und eine Wolldecke.

Von dort rannte er zu dem Volvo, der nur vier Plätze weiter abgestellt war, schloss das Blaulicht an und setzte es aufs Dach. Dann schnappte er sich noch das Funkgerät.

»Stehen bleiben!«

Lona war flink, sie hatte aufgeholt und feuerte im Laufen den Warnschuss in die Luft.

Aber der Mann – zweifellos handelte es sich um einen – blickte nicht mal über die Schulter, sondern bog unvermittelt nach links ab, einen Hang hinauf. Das verkürzte seinen Vorsprung vor seiner Verfolgerin. Lona stoppte, legte an, feuerte. Der erste Schuss ließ den Waldboden aufspritzen, der zweite verletzte den Mann irgendwo am rechten Ellbogen. Sie meinte ein Aufstöhnen zu hören.

Die Wucht des Treffers riss ihn auch nach vorne, aber da er sich den Hang hocharbeitete, musste er nur den unversehrten Arm mit dem Messer bemühen, um sich abzustützen.

Dann rannte er weiter. Sie visierte ihn erneut an, aber dann hatte er den Hang hinter sich gebracht und wandte sich nach links, wo er durch ein paar Baumstämme vor einem gezielten Schuss geschützt war. Lona setzte ihm nach. Jetzt hatte sie den Hang vor sich, und der Mann konnte wieder mehr Distanz zu ihr herstellen.

Wie Elling befürchtet hatte, blutete Iris Fichte den ersten Druckverband in null Komma nichts durch. Jegliche Farbe war aus ihrem Gesicht gewichen.

»Christoph Rostock an KHK Elling, kommen«, rauschte es aus dem Funkgerät, das er neben sich gelegt hatte.

»Elling hört.«

»Wir sind gestartet und in 4:30 Minuten da. Ende.«

»Verstanden.«

Mittlerweile hatte die Blutlache der Managerin seine Knie erreicht und nässte die Hose durch. Er zog sein Jackett aus, knüllte es zusammen und legte es Iris Fichte sanft unter den Kopf, damit sie nicht mit dem Hinterkopf auf dem harten Asphalt lag. Immer mal wieder hustete sie Blut. Und nun suchte sie seinen Blick, und Elling verweigerte sich nicht.

»Muss ich sterben, jetzt?«

Er zögerte kurz, aber dann nickte er.

»Ich hab Angst.«

»Ich weiß.«

Stille.

Bis auf ein Räuspern oder Keuchen oder Husten hinter ihm. Er blickte über die Schulter, weil er das Geräusch nicht einordnen konnte. Es waren die Gäste von den anderen Tischen, die in einer Traube dort standen, wo der Weg in den Parkplatz mündete. Als hielten sie damit irgendeine bizarre Form von Anstand ein.

Elling nahm sie ins Visier. »Los, abhauen hier, aber dalli, Freunde …«

Zwei, drei von ihnen zogen sich ein paar Meter zurück, um keinen Ärger mit ihm zu bekommen. Mit dem einzigen Unterschied, dass sie jetzt aus fünf Metern mehr Entfernung auf eine sterbende Frau blickten.

Ein älterer Mann mit einem albernen Hut reckte streitlustig den Hals: »Ich darf hier stehen.«

»Ist mir doch egal. Hauen Sie ab, Mann. Sie wollen keinen Ärger mit mir.«

»Hast du das gehört, Bernadette?«

»Lass gut sein, Patrick.«

Widerwillig zog der Alte den Rückzug an.

Elling sah zu Fichte, aus der buchstäblich das Leben lief. Sie hob leicht ihre rechte Hand. »Könnten Sie die wohl halten, bitte?«

Elling sagte nichts, er nickte nur und nahm ihre Hand in seine. Die Haut fühlte sich schroffer an, als er erwartet hätte.

Beim nächsten Schuss in die Luft blieb der Mann stehen. Er atmete schwer, und auch Lona hatte es einiges abverlangt, ihm auf den Fersen zu bleiben. Er war gerade im Begriff gewesen, die Unterwarnow über eine Eisenbahnbrücke zu überqueren. Bis zur Hälfte war ihm das gelungen, dann hatte sie ihn gestellt.

Ein leichtes Kribbeln ging durch den Boden der Brücke und wuchs sich an zu einer Vibration. Binnen eines Sekundenbruchteils war ihr klar, was das hieß. Sie blickte sich um – und tatsächlich näherte sich in ihrem Rücken ein Güterzug.

»Drehen Sie sich um!«

Er befolgte ihre Anweisung. Sie trennten etwa zwanzig Meter. Vielleicht etwas mehr. Zügig ging sie auf den Mann zu und zielte dabei weiter auf ihn.

»Hände im Nacken verschränken!«

Auch diese Anweisung setzte er, ohne zu zögern, um, wobei er den rechten, angeschossenen Arm etwas langsamer anhob.

Ein markerschütterndes Signalhorn ertönte. Der Lokführer hatte es ausgelöst, um sie zu warnen. Er hatte einen Bremsvorgang eingeleitet, aber Hunderte von Tonnen drückten die Lokomotive nach vorne.

»Mit dem Bauch auf den Boden!«, rief Lona und ging weiter auf den Täter zu.

Er ging auf die Knie und legte sich anschließend bäuchlings neben die Schienen ins Kiesbett.

Die Lok rauschte von links an Lona vorbei. Sie trennte noch etwa fünfzehn Meter von dem Maskierten. Die Brücke vibrierte. Das Kreischen von Metall auf Metall bohrte sich tief in die Gehörgänge.

Lona löste mit der rechten Hand die Handschellen von ihrem Gürtel, um sie dem Mann gleich anzulegen. Mit der linken zielte sie weiterhin auf ihn. Noch 10 Meter.

Kurz bevor die Lokomotive die Position des Täters erreichte, rollte der seitlich mit zwei vollen Umdrehungen liegend über die Gleise, so knapp, dass ihm fast der linke Arm amputiert worden wäre. Mit einem Schlag war er damit Lonas Sichtfeld entkommen.

Die bemaß die Chance, loszusprinten und den Zug einzuholen und so ebenfalls auf die linke Seite zu gelangen. Unmöglich, denn dafür war er immer noch zu schnell unterwegs und würde frühestens in ein oder zwei Kilometern zum kompletten Stillstand kommen. Geistesgegenwärtig warf sie sich auf den Boden und schaute unter den Güterwaggons hindurch, ob sie irgendwo die Beine des Flüchtigen entdeckte oder nicht. Das war nicht der Fall.

Zwei Möglichkeiten schossen ihr durch den Kopf: Die Brücke war zwar hoch, aber ein Sprung in den Fluss nicht tödlich. Da er von rechts nach links verlief und in Rostock ins Meer mündete, versperrte ihr der Güterzug auch diesbezüglich die Sicht. Denn natürlich würde der Täter flussabwärts schwimmen und nicht gegen die Strömung kämpfen. Die zweite Möglichkeit bestand darin, dass er auf seiner Seite auf den Zug aufgesprungen war und sich weiter nach Süden transportieren ließ, um dort irgendwo abzuspringen und unerkannt zu verschwinden.

Lona sprang auf und sprintete den Weg zurück, um das Zugende so schnell wie möglich zu erreichen und ebenfalls auf die andere Seite zu wechseln. Sie zählte dabei die Waggons, die sie passierte, wie einen Countdown herunter. Es waren insgesamt siebzehn.

Mit vorgehaltener Pistole überquerte sie danach die Gleise und zielte grob in die Fahrtrichtung des Güterzuges.

Nichts.

Nicht im Fluss und auch nicht auf dem Zug. Und der war immer noch zu schnell, als dass sie ihn hätte laufend einholen können.

Sie stand alleine auf der Brücke.

Völlig außer Atem beorderte sie das Team, das Elling und sie zum Schutz für Fichte angefordert hatten, in den nächsten Bahnhof, den der Zug passieren würde. Dabei erfuhr sie von der Ringfahndung, die Elling soeben eingeleitet hatte, und erweiterte sie mit den neuen Angaben: Täter verletzt. Zuletzt auf der Bahnbrücke über die Unterwarnow gesehen, keinen Kilometer vom Tatort entfernt.

Anschließend informierte sie Lisa Schneider von der Spurensicherung über deren Handy.

Sie hatte ihn angeschossen. Irgendwo zwischen dem Parkplatz der Waldschenke und der Brücke, auf der Lona stand, hatte er Blut verloren. In ein oder zwei Stunden hatten sie seine DNA.

Immerhin.

Lona stützte sich auf das Geländer der Brücke und blickte immer noch schwer atmend stromabwärts. Doch an keiner der beiden Uferlinien regte sich etwas. Er war ihr schlicht durch die Lappen gegangen.

Die Unterwarnow floss zu ihren Füßen einfach in Richtung Ostsee, als könne sie kein Wässerchen trüben. Ein Rettungshubschrauber donnerte im Tiefflug über sie hinweg.

50

Ihr Weg führte sie nach Zislow, ein Dorf am Ostufer des Plauer Sees, eine Stunde von Rostock entfernt. Ein angenehm verschlafener Ort mit knapp über 200 Einwohnern. Bis auf die Bewohner des Campingplatzs, den es auch hier gab, war man mehr oder minder unter sich. Drei oder vier Holzstege boten den Motorbooten und Seglern Liegeplätze. Zislow war über schiffbare Kanäle mit den Nachbargewässern der mecklenburgischen Seenplatte verbunden.

Am Ende einer Sackgasse hatte Christian Rathe sich ein Haus gekauft, ein Anwesen, das jenem von Hildebrandt ähnelte. Allerdings war es moderner und verfügte, wie sie bald feststellen würden, über einen direkten Zugang zum See.

Iris Fichte war noch vor dem Eintreffen des Rettungshubschraubers auf dem Parkplatz verstorben. Elling hatte bis zum letzten Moment ihre Hand gehalten. Der Notarzt, der mit dem Helikopter ankam, versuchte über zehn Minuten lang, sie zu reanimieren. Vergeblich. Nach dem Ausfüllen der Formulare und der Übergabe der Durchschläge wurde Fichtes Leiche in den Helikopter verladen und in die Rechtsmedizin nach Rostock überbracht. Dr. Pramann würde sie obduzieren.

Die Ringfahndung, an der sich zwei Hundertschaften der Bereitschaftspolizei beteiligten, war bis jetzt erfolglos verlaufen. Dafür hatte Lisa Schneider aber, wie von Lona prognostiziert, nicht nur eine, sondern drei Stellen gefunden, an denen sie genug Blut des Täters für eine DNA-Analyse sichern konnte. Sie ordnete ein Schnellverfahren an, sodass ein Resultat aus dem Labor in rund sechs Stunden vorliegen würde.

Nach dem Tod von Iris Fichte blieb Lona und Elling nur eine Karte zu spielen. Sie war nicht besonders gut, aber da sie über ein miserables Kartenblatt verfügten, war sie ihr Joker. Die Einäugige unter den Blinden.

Fichte hatte sie bis ins Detail informiert. Und im Sinne der Strafmilderung, die sie dabei zum Ziel gehabt hatte, gingen Lona und Elling von deren Wahrheitsgehalt aus. Nun kannten sie zwar die Wahrheit, konnten sie aber nicht beweisen – denn ihre Zeugin war tot.

Ein Anruf im Ministerium für Soziales und Gesundheit mit der Bitte um einen Termin bei Christian Rathe ersparte ihnen die Fahrt nach Schwerin. Der Staatssekretär hatte heute seinen freien Tag, den er auf seinem Anwesen in Zislow verbrachte.

»Sagen Sie mir, wann Sie da sind«, hatte er am Telefon gesagt, »ich schicke dann jemanden hoch zum Tor.«

Am Ende der Sackgasse gab es, umsäumt von Birken, eine große Kehre für jene, die sich verfahren hatten und wenden mussten. Als sie ausstiegen, bemerkten sie den Mann an der Pforte. Die war aus altem verwittertem Holz. Überall auf dem Gelände spendeten große Bäume mit ausladenden Kronen Schatten. Und nur dazwischen entdeckten Lona und Elling Teile des Hauses. Mal große Flächen, mal Details, die sich in ihren Köpfen zu einem möglichen Gebäude zusammensetzten.

Der Mann an der Pforte war Mitte vierzig, er trug einen Blaumann, der von Farbspritzern übersät war und ihn wie einen Paradiesvogel aussehen ließ. Darunter ein weißes T-Shirt.

»Victor André, ich soll Sie abholen.«

Seine Unterarme waren sehnig, sein Dreitagebart ging am Kinn bereits ins Gräuliche über. Die Augen dunkel und klar. Elling wurde den Eindruck nicht los, der Mann würde Karate oder Aikido betreiben oder senkrechte Felswände hochklettern oder etwas in dieser Art. Er wirkte sehr fit.

»Kommen Sie, bitte.«

Er führte sie rechts am Haus vorbei zu einem großen weiteren Tor aus Holz. Der Weg führte ab hier nicht mehr über Asphalt, sondern über die Wiese des Grundstücks hinab zum See.

»Das hier ist der Weg für das Boot«, sagte André und deutete nach rechts in ein Waldstück. »Sind Sie das erste Mal am Plauer See?«

»Ja«, sagte Lona.

»Vor zehn Jahren fand ich das hier etwas angestaubt, spießig. Aber inzwischen …«

Er lächelte einnehmend und ließ den Satz so hängen.

Nach unten zum Ufer hin nahm der Baumbestand ab und weitete den Blick. Hätte der dichte Laubwald auf der gegenüberliegenden Seite den Übergang nicht markiert, das Blau des Sees wäre direkt in den Himmel übergegangen.

Christian Rathe trug ebenfalls einen Blaumann und bearbeitete neben einem aufgebockten Segelboot einige der Holzplanken, die er an einen Werkzeugtisch gelegt hatte. Im Augenblick bediente er sich eines Hobels. Ein kleiner Holzsteg führte in den See. An dessen Anfang befand sich ein hübsches, verwittert wirkendes Bootshäuschen mit zwei Fenstern und einem Satteldach. Am Ende lag ein Ruderboot an der Leine. Es handelte sich offensichtlich um Christian Rathes privaten Bootsanleger.

Der setzte den Hobel ab, als er die drei aus den Augenwinkeln auf sich zukommen sah.

Sie begrüßten einander und Lona dankte ihm für die Verfügbarkeit an seinem freien Tag.

»Wie ich Ihnen schon in meinem Büro gesagt habe, bin ich sehr daran interessiert zu erfahren, was mit Herrn Krohn passiert ist. Mittlerweile hat man mir mitgeteilt, dass er in der Klinik verstorben ist. Aber nicht aufgrund seiner Verletzungen. Ich habe gehört, das Landeskriminalamt ermittelt jetzt wegen Mordverdachts.«

Victor André setzte die Arbeit mit dem Hobel fort.

»Das haben wir auch gehört«, bestätigte Elling ihm, »Näheres wissen wir leider nicht. Das LKA hält sich grundsätzlich sehr bedeckt.«

Christian Rathe wirkte überrascht: »Oh, ich dachte, deswegen haben Sie den Weg hierher auf sich genommen.«

Lona schüttelte den Kopf und deutete dann mit ihm in Richtung André: »Können wir reden?«

Rathe nickte, ohne zu zögern: »Herr André ist mein persönlicher Assistent und Leibwächter. Es gibt keine Geheimnisse vor ihm.«

André verzog keine Miene. Er sah nur hin und wieder von seiner Arbeit auf. Als hätte eine merkwürdige Fügung des Schicksals ihn hierher verpflanzt und ihm das gleichgültig wäre.

Elling beneidete den Mann um dessen natürliche Gelassenheit. Er konnte sich gut vorstellen, dass er auf Frauen sehr attraktiv wirkte. Vielleicht richtete Lona deshalb auch das Wort an ihn: »Was machen Sie da?«

»Wir bringen das Boot wieder in Schuss«, antwortete Rathe, »das ist meine Leidenschaft, das Segeln. Wenn Sie draußen sind, auf dem Wasser, nur man selbst und die Elemente.«

»Die Planken werden zum Teil ersetzt«, ergänzte André, »dazu müssen die neuen bearbeitet werden, damit am Ende wieder ein durchgehendes Deck entsteht.«

Rathe nickte.

Kurz umarmte der Staatssekretär sich wieder selbst, bis er Ellings Irritation darüber bemerkte. Also drehte er aus einer weiteren Planke ein paar Schrauben heraus, um seine Arme und Hände mit etwas anderem zu beschäftigen.

»Die Mordserie, in der wir ermitteln, hat ein weiteres Opfer gefordert«, eröffnete Elling ihm, »Dr. Iris Fichte.«

Christian Rathe überlegte kurz und fuhr sich dabei mit der Hand durch sein volles, graues Haar: »Fichte, Fichte … das ist doch die Geschäftsführerin von Wilmer? Aus Hamburg?«

»So ist es«, bestätigte Lona. Und Elling fügte hinzu: »Jemand bringt Leute um, die mit, sagen wir, der Pharmaindustrie zu tun haben. Irgendwie. Direkt oder indirekt. Wir sind hier, weil wir uns um Sie sorgen.«

Rathe schien aufrichtig verblüfft: »Um mich?«

»Um Ihre Sicherheit. Wir würden Sie gerne aus der Schusslinie nehmen«, präzisierte Lona.

Und das war er, ihr erbärmlicher Joker, die beste Karte, die sie noch spielen konnten. Rathe aus Angst um sein Leben zu einem Geständnis zu bewegen.

Vielleicht täuschte sie sich, aber ihr war, als lächle Victor André ein wenig über die Vorstellung der beiden, sie könnten den Staatssekretär besser schützen als er.

»Wie kommen Sie darauf, dass ich mich in Gefahr befinde?«, fragte Rathe. »Müssten Sie dann nicht eher den Gesundheitsminister schützen?«

»Haben wir überprüft – aber der hatte nichts mit dem Gutachter-Ausschuss der DDR zu tun.«

Christian Rathe merkte auf, war aber abgebrüht genug, um sich nichts weiter anmerken zu lassen.

»Gutachter-Ausschuss? Wovon sprechen Sie?«

Elling nahm wahr, wie André sich spannte, ohne zu ihnen zu schauen.

»Es ist offensichtlich«, antwortete Lona, »dass sich jemand an den Verantwortlichen der Marnower Testreihen rächt. Und dazu gehören Sie als Verbindungsmann zum Gutachter-Ausschuss der Ethikkommission.«

»Verbindungsmann?«, fragte Rathe und schüttelte den Kopf: »Wie kommen Sie darauf, Frau Mendt? Offenbar liegt hier eine Verwechslung vor. Ich habe im Ministerium für Gesundheitswesen der DDR gearbeitet, weil es, wenn Sie so wollen, für eine Karriere als Arzt nicht gereicht hat. Im Ministerium war ich Sachbearbeiter, dann Abteilungs- und beim Mauerfall Bereichsleiter. Natürlich hatte ich das Parteibuch, das war unvermeidlich.

Ich bin nach der Wende selbstverständlich mehrfach durch die westdeutschen Dienste überprüft worden. Das sind alles Protokolle und Berichte, die Sie jederzeit anfordern und einsehen können.«

Lona sah zu Elling, der mit dem linken Schuh etwas Sand in Richtung des rechten schaufelte und dann wieder zurück, bevor er den Blick hob. Die höfliche Zurückhaltung war aus seinem Gesicht gewichen. »Wir haben gegenteilige Informationen, die wir für …«, er suchte kurz nach dem richtigen Wort, »… belastbarer halten. Demnach haben Sie direkt Markus Wolf unterstanden und die Verbindung von der Staatssicherheit zur Ethikkommission repräsentiert.«

Rathe schenkte ihm ein Lächeln: »Das ist nichts weiter als eine abenteuerliche Räuberpistole, Herr Elling, aus einer Quelle, die mir, warum auch immer, etwas anhängen möchte. Möchten Sie sie mir vielleicht nennen?«

»Nein, möchten wir nicht. Der Zeuge ist absolut glaubwürdig und steht unter Polizeischutz«, erwiderte Lona, die sich nichts anmerken ließ, als Christian Rathe sehr schnell von einem zum anderen blickte, um eine mögliche Uneinigkeit zwischen ihnen festzustellen.

Der Staatssekretär wirkte unbeeindruckt: »Wie auch immer, Herr Elling, Frau Mendt, dem Gutachter-Ausschuss samt der Entscheidungen, die dort getroffen wurden, ist weder in politischer noch in ethischer Hinsicht ein Vorwurf zu machen. Und den Testreihen, die unter anderem in Marnow durchgeführt worden sind, wie Sie eben schon angemerkt haben, ebenfalls nicht.«

Lona holte Luft, aber dieses Mal war Elling schneller: »Einwandfreie Testreihen – an denen eine noch nicht genau bezifferte Anzahl an Menschen gestorben ist.«

Victor André merkte kurz auf, während er sich die nächste Planke vorknöpfte. Sein Chef lächelte jetzt nicht mehr zuvorkommend, sondern trat direkt an Elling heran. Die Phase der Höflichkeitsfloskeln war unübersehbar vorbei.

»Und was weiter, Herr Elling?«

»Was weiter? Ich …«

»Diese Probanden hatten allesamt die freie Wahl! Deren Wohl ist weder fahrlässig und schon gar nicht beabsichtigt aufs Spiel gesetzt worden. Die haben sich bewusst für eine Teilnahme an den Reihen entschieden. Und zwar in Kenntnis aller Risiken. Was Sie hier betreiben, und ich nehme diesen Begriff wirklich ungerne in den Mund, weil er viel zu schnell, im falschen Kontext oder generell unüberlegt geäußert wird, aber für diese konkrete Situation ist er angebracht: Sie betreiben hier Siegerjustiz.«

»Augenblick«, mischte Lona sich ein und trat nun auch näher, »nach unseren Informationen ist den Leuten vorgespiegelt worden, sie kämen in den Genuss eines West-Medikaments.«

»Sind sie ja auch«, entgegnete Rathe.

»Ja, aber die sind davon ausgegangen, dass die Medikamente kurz vor der Zulassung standen und deshalb an Menschen getestet werden dürfen. Aber das durften sie zu dem Zeitpunkt nicht. Und darüber hat man die Probanden nicht informiert, Herr Rathe.«

Sie hatte dabei das Bild eines Vaters im Kopf, der seinem behinderten Sohn beim Angeln »Pippi Langstrumpf« vorlas.

Der Staatssekretär umarmte sich wieder kurz. Er zog die Augenbrauen hoch, dann die Mundwinkel. Er wirkte empört: »Sie meinen, man hat die damaligen Teilnehmer absichtlich getäuscht? *Vorsätzlich?*«

»Genau das«, sagte Elling.

»Aha«, sagte Rathe, seine Miene wurde energisch, »das entzieht sich meiner Kenntnis. Aber … wenn das wahr ist, dann … wenn Sie mir die Unterlagen zukommen lassen könnten, in Kopie, dann bin ich Ihnen gerne behilflich, die Verantwortlichen zur Rechenschaft zu ziehen.« Er blickte von Elling zu Lona und zurück: »Herr André begleitet Sie zurück.«

Er reichte beiden die Hand, Lona zuerst, und ging zurück zu seinen Planken, um sie zu stutzen und einzupassen. Damit war ihre kleine Unterredung offiziell beendet.

Victor André führte sie auf einem Trampelpfad wieder nach oben zur Sackgasse.

»Wie lange kennen Sie Herrn Rathe?«, fragte Lona.

»Lange«, gab André zurück.

Er sagte das so nebenbei, als unterhielten sie sich über Belangloses.

Lange bedeutete auch: Ziemlich egal, welchen Deal Sie mir anbieten, ich werde im Gegenzug meinen Chef nicht ans Messer liefern. Also lassen Sie uns gar nicht erst darüber reden.

Dementsprechend schwiegen sie für den Rest des Weges, verloren noch ein paar Worte über die wundervolle Lage des Anwesens und verabschiedeten sich oben in der Kehre.

Dort warteten Lona und Elling, bis Victor André außer Hörweite war.

Ihr Joker war sang- und klanglos verbrannt, weil Rathe strategisch natürlich viel versierter war als sie beide zusammen und sie einfach hatte abtropfen lassen. Er würde, so viel war klar, sich stets auf den Standpunkt berufen, in Marnow und in den anderen Kliniken sei seines Wissens nach alles korrekt verlaufen.

Dass dem nicht so war, hatte er eben damals nicht besser gewusst.

»Wir stehen mit leeren Händen da«, konstatierte Lona.

Was Elling nicht komplett unterschreiben konnte – in der Wolldecke in der Tüte aus dem Wagen von Iris Fichte lagen tatsächlich 150 000 Euro.

51

Michael Bender war mit seinem Transporter auf einem Großeinkauf unterwegs. Also luden sie Meike Bender zum Mittagessen ein. Sie hatten ein paar halbe Hähnchen von einer Frau gekauft, die einen Stand an der Kreuzung unterhielt und unsagbar traurig aussah.

»Sie sehen so traurig aus«, hatte Lona mitfühlend angemerkt.

Die Frau hatte genickt: »Mir tun die Hühner so leid.«

Lona verstand sie. Elling nicht: »Warum verkaufen Sie sie dann?«

»Ich war früher im Chemiekombinat. Das braucht man jetzt hier nich' mehr.«

»Können Sie nicht zu Bayer oder BASF oder so?«

»Meine Familie wohnt hier.«

Sie saßen auf zwei Bierbänken im kleinen Garten der Benders und blickten auf den See. Lona trug eine Sonnenbrille, die Sonne spiegelte sich auf der Wasseroberfläche. Meike Bender nagte an einem Hähnchenschenkel, aber im Grunde kam kaum was weg.

Elling dagegen hatte Bärenhunger.

Die Ringfahndung lief zwar noch, aber mit jeder weiteren Stunde, die ergebnislos verstrich, sank erfahrungsgemäß die Chance, den Mann noch zu finden. Es sei denn, natürlich, eine Klinik meldete die Schussverletzung – oder er war verblutet.

Da meldete sich Mertens aus dem Büro.

»Vielleicht haben Sie ihn«, meinte Elling und ging ran: »Ja, Rainer?«

»Du und die Kollegin kommen umgehend in mein Büro.«

»Äh – ist was passiert?«

»Das wirst du mir gleich erklären.«

Ellings schlechtes Gefühl hatte ihn nicht getrogen. Er und Lona waren sofort nach Rostock aufgebrochen und hatten Meike Bender mit den Hähnchen zurückgelassen.

»Ich bewahre eins für meinen Mann auf. Da freut er sich«, hatte sie die beiden verabschiedet.

Lona und Elling zerbrachen sich während der Fahrt den Kopf darüber, was Mertens so aufgebracht haben könnte.

Sie überlegten, ob Rathe Druck ausgeübt hatte – einen Anruf beim Rostocker Polizeipräsidenten oder etwas in der Art. Oder ob ihre Nummer bei der Wasserschutzpolizei aufgeflogen war. Vielleicht hatte Ariane Lemmes auch noch etwas anderes in ihrer Handtasche gehabt als den USB-Stick, das Elling belastete. Aber wie das so war mit solchen Ansagen wie der von Mertens: Gewissheit hatte man erst, wenn es einem gesagt wurde. Oder in diesem Fall, wenn man es sah.

Mertens empfing sie mit verschränkten Armen vor der Brust. In seinem Blick lag ein unausgesprochener Vorwurf, der Elling galt, so viel konnte man erfassen. Er bat Lona und Elling, vor seinem Monitor Platz zu nehmen. Danach startete er die Wiedergabe eines Videos. Schon in der ersten Sekunde kannte Elling den Rest der Szene. Es war der Moment, in dem Ariane Lemmes ihm das Kuvert mit den 20 000 Euro auf den Tisch legte. Plus Ton: *»Wenn ich diesen Umschlag mit dem Geld einstecke, mache ich mich der Vorteilsnahme im Amt strafbar. Ich verlier dann meinen Job.«*

»Aber es bekommt ja niemand mit, Herr Elling. Nicht mal ich.« Und er den Briefumschlag, nachdem sie das Lokal verlassen hatte, einsteckte und ebenfalls ging.

Lona sah Elling von der Seite her überrascht an. Ja, sogar ein wenig enttäuscht.

Und obwohl Elling wusste, warum sie das tat, tun musste, tat sie es so gut, dass es seine Scham noch steigerte. Er zupfte an der Krawatte herum, löste die Augen von dem Monitor und sah zu Mertens, der ihn sehr ernst musterte. Und tief Luft holte.

»Woher ist das denn?«, kam Elling ihm zuvor.

»Ist vorhin dem LKA zugespielt worden, der Mitschnitt von dir und Frau Lemmes. Der Umschlag, Elling, was war da drin?«

Elling musste schlucken. Wenn die beim Landeskriminalamt auch noch wussten, dass Ariane Lemmes sich vor ihrem Unfalltod im Parkhaus Riemannshöhe befunden hatte, mussten sie nur eins und eins zusammenzählen.

»In dem Umschlag, meinst du?«, fragte er, um etwas Zeit zu schinden.

»Sag mal, nuschel ich? Bevor du jetzt was sagst, was Dummes wie: Da waren Briefe drin oder so, solltest du wissen, dass es gerade extrem eng für uns alle wird. Das LKA ermittelt weiterhin im Fall zum Nachteil von Stefan Krohn. Ich rede nicht von seinem Tod, das natürlich auch, ich rede von den zwei Schussverletzungen beim Waffenreinigen«, führte er aus und sah dabei auch zu Lona: »Wie es aussieht, kommen die nicht wirklich weiter. Aber durch diesen Mitschnitt haben sie wieder Rückenwind bekommen. Und unser Freund von der Staatsanwaltschaft, Herr Rost, hat sich auch wieder eingeklinkt.«

»Ich hab eben eine Glückssträhne«, sagte Elling und versuchte ein verbindliches Lächeln, auf das Mertens aber nicht einging. Im Gegenteil. Dessen Lippen wurden zu einem feinen Strich. Im Gegensatz zu Lona, die sich wegen Ellings aufblühender Lässigkeit ein Schmunzeln nicht verkneifen konnte.

»Ihr denkt, das is'n Spiel, hm? Elling, es wird dazu definitiv eine Anhörung geben. Und wenn du da davon anfängst, dass in diesem Umschlag kein Geld war, drehen die dir ganz schnell das Licht aus. Also: Was war da drin?«

»Ja, da war etwas Geld drin.«

Mertens blies die Wangen auf: »Lass dir jetzt nicht alles aus der Nase ziehen.«

»10 000 Euro waren das.«

Er schob ein Achselzucken hinterher, als wolle er sagen: nicht die Welt, letztlich. Wenn man nicht sehr kleinlich ist.

»Du musst ein noch schlechterer Polizist sein, als ich dachte, wenn du dich dafür hast schmieren lassen.«

»Es waren zwanzigtausend«, räumte Elling ein.

Mertens Blick wanderte zu Lona.

»Ich weiß es nicht, Herr Mertens. Ich war nicht dabei. Aber … ich glaube Herrn Elling, dass es 20 000 Euro waren.«

»Hmmm«, brummelte der Chef. Spielten die beiden etwa ein Spielchen mit ihm?

»Wofür?«

»Hm?«, fragte Elling.

»Was solltest du für 20 000 Euro tun?«

»Die wollte auf dem Laufenden gehalten werden im Mordfall Beck.«

»Wozu?«

»Weiß ich nicht. Sie wollte Einblick in die Ermittlungsakte. Für 20 000 Euro wollte sie sich deswegen keine Fragen stellen lassen.«

»Die hast du ihr hoffentlich nicht gegeben, die Ermittlungsakte.«

»Natürlich nicht. Kennst mich doch.«

Mertens musterte ihn genau: »Na, irgendwas wird sie doch bekommen haben von dir.«

»Nein, es sollte ein zweites Treffen geben – aber sie ist nicht gekommen. Und jetzt?«, fragte Elling ergeben, »sag was, Rainer. Wie lange machen wir das schon hier zusammen? 17 Jahre oder 18?«

»Lass mich an Land mit dem Scheiß, Elling. Du hast das Geld genommen, das LKA hat es auf Film. Wie blöd kann man sein, Mensch?«

»Ja, das war nich' klug.«

Mertens ließ ein beachtlich langes Seufzen hören.

»Hör zu, ich weiß, deine Mutter, das Haus, der ganze Mist, trotzdem: Das war eine Riesenscheiße, die du da gebaut hast. Hast du das Geld noch?«

»Ja«, log Elling. Ein Anteil des Geldes stand gerade als silberner VW in Lunéville.

»Liefer die 20 000 bei mir ab. Und zwar schnell. Das wird die Staatsanwaltschaft ein klitzekleines bisschen milder stimmen.

Aber du kannst dich schon mal nach einem Job bei einer Sicherheitsfirma umsehen. Tut mir leid, Elling. Das kann ich nicht für dich ausbügeln.«

Elling nickte.

Lona räusperte sich: »Das heißt jetzt, ich ermittel ohne Herrn Elling weiter? Alleine?«

Mertens schüttelte den Kopf: »In dubio pro reo … vorerst. Bis zur Anhörung. Und noch eine Kleinigkeit, die euch nicht schmecken wird und mir auch nicht: Das LKA übernimmt die Ermittlungen in der Mordserie ab Montag. Ihr habt also nur noch einen Werktag.«

»Wieso das?«, fragte Lona alarmiert. Auch Elling war hellwach.

»Wieso das? Muss ich das wirklich ausführen? … Die übernehmen einfach, die haben so was noch nie erklärt. Aber meine Meinung ist: erst Krohn, jetzt dieses Video. Die trauen uns nicht. Die hängen mir im Nacken … jaja, das fällt auch alles auf mich zurück. Die wollen euch drankriegen. Bringt mir den Täter, dann nehmt ihr den Druck raus.«

»Und jetzt?«

Sie gingen zum Parkplatz hinter dem Gebäude der Kripo, wo Elling den Volvo abgestellt hatte.

»Was meinst du?«

»Die Anhörung«, antwortete Lona, »was willst du machen?«

»Keine Ahnung, ich … muss mir was überlegen. Hast du eine Idee?«

»Leider nein, Elling.«

Er nickte und öffnete den Wagen per Funk von Weitem.

»Und das LKA?«, fragte er.

»Ich denke, da hat Rathe seine Kontakte spielen lassen. Er hatte immerhin welche zu Krohn. Warum nicht auch zu anderen LKA-Beamten? Kann gut sein, dass da noch ein paar andere aus der alten Seilschaft untergekommen sind. So wie sein Leibwächter. Der hat garantiert auch eine Stasi-Vergangenheit.«

»Ja, der roch nach MfS«, stimmte Elling zu, »Rathe wusste natürlich von der ganzen Aktion mit Frau Lemmes.«

»Ihr seid von außen gefilmt worden. Und ich wette, das war Stefan Krohn.«

»Also hat Rathe den Film zumindest auch. Und nachdem wir heute bei ihm gewesen sind, hat er gemerkt, wie nah wir schon an ihm dran sind. Da hat er dem Landeskriminalamt den Film zugespielt und sich anschließend dafür eingesetzt, dass sich endlich die Profis vom LKA dieser Mordserie annehmen, weil wir Provinzpolizisten in der Sache nicht vorankommen.«

»So könnte es abgelaufen sein«, stimmte Lona ihm zu.

Sie hatten den Wagen fast erreicht, da zündete Elling sich eine Zigarette an.

»Was haben wir?«, fragte er.

»Wir haben *nicht* die Liste. Ich bin mir sicher: Auf der steht indirekt der Name des Mörders.«

»Wer könnte sie haben?«

»Iris Fichte wollte sie mit zu dem Termin bei der Staatsanwaltschaft nehmen«, erinnerte Lona ihn, »wenn das ein leeres Versprechen war, hätte es keinen Deal gegeben. Das wusste sie, das wusste auch ihr Anwalt. Also können wir davon ausgehen, dass sie tatsächlich Zugang zu der Liste hatte.«

»Bei Wilmer?«

»Sicher. Aber ich habe gerade einen anderen Gedanken. Was wäre, wenn der Aufsichtsrat von Wilmer beschlossen hätte, Frau Dr. Fichte zu kündigen. Sie von heute auf morgen rauszuwerfen. Dann würde es üblicherweise um was gehen?«

»Um die Abfindung«, erfasste Elling jetzt ihren Gedankengang. »Du glaubst, sie hatte die Liste zu Hause in ihrer Wohnung, zumindest eine Kopie davon. Um die dann in eventuellen Verhandlungen über die Höhe der Abfindung zu nutzen.«

Lona nickte.

Ihr Handy klingelte, ihr genügte ein Blick aufs Display: »Hallo, Frau Schneider.«

»Wir haben die Auswertung aus dem Labor vorliegen«, sagte

Lisa Schneider, »der DNA-Abgleich hat ergeben, dass wir das Blut der Person sichergestellt haben, die sich in der Wohnung des Mordopfers Alexander Beck befunden hat. Sie haben heute den Mörder von Alexander Beck angeschossen, Frau Mendt. Aber er ist erkennungsdienstlich noch nie behandelt worden.«

Was bedeutete, dass sie ihn bei einer Festnahme per DNA-Test überführen konnten. Aber seine Identität ihnen bis dahin verborgen blieb.

52

Er hatte immer ein Ohr am Fenster, das auf Kippe stand. Er befand sich am Ende einer Sackgasse, also kam es äußerst selten vor, dass sich jemand hierher verirrte, der gar nicht beabsichtigt hatte, hierherzukommen. Wenn dann noch ein Wagen stoppte und der Motor erstarb, musste er also auf der Hut sein.

Die Suche nach der Liste brachte zwei Probleme mit sich. Das eine bestand in der schieren Größe der Wohnung. Die Frau hatte in einer Maisonettewohnung mit mindestens 200 Quadratmetern gelebt. Alles Parkett, die Inneneinrichtung vom Allerfeinsten. Wenn man etwas auf 200 Quadratmetern verstecken wollte, hatte man über 200 Möglichkeiten dazu. Das andere Problem bestand in der Ungewissheit über die Form der Liste. Suchte er nach einem Aktenordner? So was war relativ schnell aufzustöbern. Oder hatte sie es auf Mikrofilm? Dann konnte es sich in einem winzigen Hohlraum in jedem Möbelstück befinden. Überhaupt in jedem beliebigen Gegenstand. Die Zahl der Möglichkeiten ging gegen unendlich.

Aber so viel Zeit blieb ihm nicht. Er hatte das Polizeisiegel an der Tür gebrochen, das Eindringen hatte ihm keine Schwierigkeiten bereitet. Aber irgendwann würde jemand den Einbruch bemerken. Und dann musste er hier raus sein, denn dann würde man diese 200 Quadratmeter rund um die Uhr bewachen.

Die Liste unter solchen Umständen dann noch zu beschaffen, wäre weitaus komplizierter. Und sehr wahrscheinlich würde jemand anderes sie vor ihm entdecken und mitnehmen. Da er keine Zeit zu verlieren hatte, machte er sich nicht die Mühe, seine Durchsuchung der Wohnung zu verschleiern, was den doppelten Zeitaufwand mit sich gebracht hätte. Er trug diese dünnen

Gummihandschuhe, in denen die Hände zu schwitzen begannen, die er aber bei einem unerwarteten Besuch schnell abstreifen und einstecken konnte.

Victor André trug edle italienische Slipper und einen hellgrauen Anzug. Menschen, insbesondere Beamte, dachten in Mustern und Stereotypen. Vor die Wahl gestellt, einen adretten, gepflegten Anzugträger anzuhalten und zu durchsuchen oder einen Mann mit kaputter Jeans in Lederjacke und Dreitagebart war die Wahl leicht vorherzusagen. Weshalb seiner Meinung nach auch nur Idioten mit Lederjacke und Dreitagebart ein Verbrechen begingen – statt sich herauszuputzen, einen anderthalbjährigen Säugling auszuleihen und den lieben Papa zu mimen. Wer hielt denn schon einen frischgebackenen Vater an, der sein Baby durch die Welt trug?

Wie auch immer: Falls er hier überrascht werden sollte, würde im ersten Augenblick alleine aufgrund seiner Erscheinung niemand an einen Einbrecher denken. Außerdem hatte er für Aufgaben wie diese immer einen falschen Ausweis dabei, der dem Betrachter vorgaukelte, es mit einem Zivilfahnder zu tun zu haben.

André hatte die Küche, das Schlafzimmer und zwei Flure durchsucht. Außerdem die beiden Kommoden im Eingangsbereich. Plus der Garderobe. Er wandte sich zum Wohnzimmer, als er ein Auto hörte, das in die Sackgasse einbog und näherkam. Der Fernseher im Wohnzimmer stand auf einem Board mit diversen Schubladen, die er nun öffnete und durchsuchte. Der Motor draußen erstarb. André merkte auf, ging zum Fenster und schob ganz sacht die Gardine beiseite. Nur so weit, um einen Blick hinunterwerfen zu können. Auf Lona Mendt und Frank Elling, die gerade den soeben geparkten Volvo verließen und auf das Gebäude zugingen.

Er glaubte nicht, dass zwei Rostocker Kripoleute finden würden, wonach er vergeblich gesucht hatte, aber falls dem so sein würde, musste er es wissen. Gleich nach Betreten der Wohnung hatte André zwei Funkmikrofone für den Fall installiert, dass seine Suche erfolglos verlief oder er sie abbrechen musste. Denn sollte später jemand auf die Liste stoßen, musste er wissen, wer sie an sich genommen hatte.

André aktvierte die Mikrofone, schlüpfte in den Hausflur und schlich eine Etage nach oben. Auf der Hälfte machte er halt und spähte hinab. Und tatsächlich waren es die Kriminalhauptkommissare Mendt und Elling, die jetzt das aufgebrochene Polizeisiegel entdeckten, sich über Blicke verständigten, ihre Dienstwaffen zogen und dann die Wohnung betraten. Er wartete einige Augenblicke, bevor er die Treppe hinabschlich.

Victor André verließ das Gebäude, setzte sich in den unscheinbaren Kombi gegenüber und aktivierte das Funkgerät, über das er die zwei Mikrofone in der Wohnung abhören konnte. Zuerst drangen nur Schritte und Rascheln zu ihm durch.

Lona senkte die Waffe langsam, sie stand mitten im Wohnzimmer. »Hier ist niemand.«

»… mehr«, ergänzte Elling mit Blick auf die herausgerissenen Schubladen, die der Einbrecher umgedreht hatte, um ihren Inhalt auszuschütten. Er verstaute seine Pistole wieder im Holster. »Glauben wir an einen Zufall?«, fragte er.

»Nein«, sagte Lona bestimmt, »hier hat jemand eine Menge auf den Kopf stellen müssen, Elling … er wusste nicht, wo sich die Liste befindet. Wenn wir Glück haben, haben wir ihn gestört. Ich fang mit der Küche an.«

Sagte es und machte sich an die Arbeit.

Elling stand noch einen Moment im Flur. »Wer war hier, denkst du?«

Lona zog gerade mit ihren Einweghandschuhen eine Schublade heraus und stellte sie auf dem Küchentisch ab, um sie zu durchsuchen. Elling sah schon, dass das hier zu einem Lebenswerk ausufern konnte.

»Wer weiß denn überhaupt schon von Frau Fichtes Ermordung?«, stellte sie die Gegenfrage.

Elling pflichtete ihr mit einem Nicken bei und machte sich ebenfalls an die Arbeit.

»Die Testreihen damals – wie viele Patienten schätzt du?«

»Über die Jahre … ich weiß nicht. Tausend bestimmt – warum?«

»Ich überlege nur, wonach wir suchen. Wenn es analog ist, hat es mindestens die Größe eines Aktenordners.«

Victor André saß in seinem Kombi schräg gegenüber von Ellings Volvo. Der Empfang war im Augenblick einwandfrei. Da oben in der Dachmaisonettewohnung liefen gerade jene rum, die er am wenigsten in der Wohnung wissen wollte. Trotzdem musste er kurz schmunzeln, weil ihre Probleme dieselben waren.

»Nein«, hörte er die Stimme der Frau, »sie ist mit der Zeit gegangen. Sie musste up to date sein. Iris Fichte war Geschäftsführerin eines Weltkonzerns. Sie hat die Liste definitiv digitalisiert.«

André pflichtete ihr in Gedanken bei. Jetzt befanden sich die beiden Kriminalbeamten etwa auf seinem Stand.

»Das finden wir nur mit viel Glück«, konstatierte Elling.

»Was wissen wir von ihr, von Frau Fichte?«

»Nicht viel.«

»Wo würde ich was verstecken, wenn ich sie wäre?«

»Es muss ein Platz sein, an den ich mich erinnere«, spielte Elling den Ball zurück, »für den Fall, dass ich es dringend brauche. Ich muss schnell rankommen.«

»Ja. Wen hat sie zitiert? Camus?«

»Genau den«, bestätigte Elling, der den französischen Philosophen für einen Schauspieler gehalten hatte.

Lona wandte sich schnurstracks dem Bücherregal zu, das sich über eine gesamte Wand erstreckte und zum Schmökern einlud. Davor stand ein gemütlich wirkender Sessel.

Fichte hatte ihre Bücher alphabetisch sortiert: Nachname des Autors, Vorname, dann die Titel. Was es Lona erleichterte, die Bücher von Camus zu finden und festzustellen, dass sie über sein Gesamtwerk verfügte. Sie überlegte kurz.

»Hast du auch ein Lieblingszitat von … Camus?«

Lona sah sich die Buchrücken an, die Titel flogen vorbei, sie nickte: »Ein Mensch ist immer das Opfer seiner Wahrheiten.«

»Steht das in einem seiner Bücher?«

»Ja.«

»In welchem?«

»Der Mythos von Sisyphos«, antwortete Lona und prompt kam sie im Regal bei diesem Titel an. Es war die gebundene Ausgabe. Sie eignete sich perfekt für das, wonach Lona suchte.

Sie zog den Essay heraus und klappte ihn auf. Bedruckte Seiten, was sonst? Lona wirkte irritiert.

Elling trat neben sie und blickte ebenfalls ins Buch. »Denkst du, die Liste ist da drin? Chiffriert oder wie?«

»Nein, ich dachte …«, begann sie und blätterte weiter, bis sich mit einem Mal ein Rechteck in den Seiten öffnete, in dem ein USB-Stick lag. Elling zog überrascht die Augenbrauen hoch.

Offenbar hatte Iris Fichte mit einem Messer durch fünfzig oder hundert Seiten geschnitten und diese schmale Grube geschaffen, in der sie das kleine Speichermedium, von Philosophie umhüllt, versteckt hatte.

»Ist dein Laptop im Auto?«

»Ja«, sagte Elling, »das *Trumm.*«

Er hatte diesen Begriff aus einem Urlaub in Österreich mitgebracht. Elling gefiel, wie lautmalerisch dieses Wort seine Bedeutung zum Ausdruck brachte.

Und als Mertens ihnen diesen tragbaren Computer überreichte, damit sie mit ihren Berichten schon unterwegs anfangen konnten und keine Zeit vertrödelten und er ihnen das als Fortschritt verkaufte, hatte Elling das Teil, das locker drei Kilo auf die Waage brachte, angehoben und gesagt: »Das ist ein ganz schönes Trumm, Rainer.«

Das Trumm bestätigte Lonas Vermutung.

Zurück im Volvo hatten sie den Stick mit dem Laptop verbunden und die Liste schnell gefunden, weil es sich um die einzige Datei auf dem Datenträger handelte. Elling beugte sich interessiert zu ihr hinüber.

Die Liste war tabellarisch angelegt worden. Es handelte sich um Originaldokumente, die zur Archivierung eingescannt worden waren. Die Spaltenüberschriften oben lauteten *Datum, Name, Arbeitsort, Firma, Zweck, Gesprächsteilnehmer*.

Lona erläuterte es ihm, während Elling den Volvo von Hamburg über die Autobahn Richtung Rostock jagte. Denn irgendwo in dieser Liste verbarg sich der Hinweis auf den Mörder. Der Hinweis, mit dem sie weitere Morde verhindern konnten.

Als er vor einem Überholvorgang in den Innenspiegel blickte, fiel ihm wieder der dunkle Kombi auf, der ihnen schon eine Weile in unterschiedlichen Entfernungen folgte.

In einem Abstand von mal hundert, mal zweihundert Metern blieb Victor André an dem Volvo dran.

Nachdem er gehört hatte, dass Elling und Mendt einen USB-Stick gefunden hatten, auf dem sich vermutlich die Liste befand, hatte er Rathe sofort informiert und auch umgehend vorgeschlagen, wie man sich diesen zum einen effektiv aneignen konnte und zum anderen, wie mit den beiden Polizeibeamten am besten zu verfahren war.

»Diese Liste darf Rostock nicht erreichen«, hatte Rathe ihn angewiesen.

»Das Datum ist klar«, sagte Lona, »der Tag der Behandlung. Unter *Name* findet sich der Forschungsleiter des Pharmaunternehmens, der das Präparat getestet haben möchte. In der Spalte Arbeitsort wimmelt es vor Städtenamen in Westdeutschland und Europa, gemeint ist also der Arbeitsort des Forschungsleiters.«

»Der Sitz der Pharmafirma«, warf Elling ein.

»Ja«, bestätigte Lona, »da: Darmstadt, Schaffhausen, Berlin … sieh an: London. Karlsruhe … und dann die dazugehörigen Firmen: Bayer, Merck, Leclerc, Pfizer, Wilmer, Boehringer … alle dabei.«

»Was steht bei Zweck und Gesprächsteilnehmer?«, fragte Elling, der jetzt den Fuß vom Gas nahm, auf die rechte Spur wechselte und im Rückspiegel beobachtete, wie der Kombi gut hundert Meter hinter ihnen das Manöver nachahmte. Wie eine zeitversetzte Spiegelung seines eigenen Fahrverhaltens.

»Bei Zweck kommen die Medikamente, die getestet werden sollen. Und die Gesprächsteilnehmer sind die Ärzte ... hier: Hildebrandt. In Marnow. Und dann andere, auch in anderen Krankenhäusern.«

»Wundert uns nicht – sind es viele Patienten?«

Lona antwortete nicht sofort. Er blickte zur Seite. Sie hatte den Kopf zurückgelehnt und fuhr sich mit dem Handrücken über die Augen.

»Ja. Und die Todesfälle sind auch notiert, es ... da sind jede Menge Kinder drunter.«

Er legte ihr die Hand auf den Unterarm. »Geht es?«

»Nein. Nein, das ist ... das ist so schlimm. Elling, ich ...«

Es brach aus ihr heraus, es schüttelte sie, die Tränen schossen ihr übers Gesicht.

Er nahm den nächsten Rastplatz und wollte sie in die Arme nehmen, aber sie schüttelte den Kopf. Also stieg er aus und rauchte eine.

Der dunkle Kombi legte auch eine Rast ein. Aber dort stieg niemand aus.

Von Westen schob sich eine Wolkenfront in üppiger Breite über den hitzigen Sommertag, am Firmament zuckten die Blitze.

Die Wolken waren nicht schwarz oder grau, sie trugen ein tiefdunkles Blau. Elling hatte so etwas noch nie zuvor gesehen. Wolken, die aus sich heraus neue gebaren. Frischere, mächtigere. Ein sich hoch in den Himmel auftürmendes Gebilde, das Platzregen und ein zuckendes Wirrwarr an Blitzen mit sich trug.

Dann schwang die Beifahrertür auf und Lona schaute ihn über das Autodach an: »Können wir weiter, jetzt? Bist du fertig mit der Zigarette?«

»Bin ich.«

Der Kombi blieb ihnen auf den Fersen, verlässlich wie ein Hütehund.

Vor ihnen tauchte ein langer Lkw auf – und das Hinweisschild für die Ausfahrt Schönberg. Noch 1500 Meter.

Lona blätterte sich durch die digitale Liste – bis jetzt ohne Erfolg.

»Elling, hier sind wirklich Leute gestorben.«

»Damit im Westen keiner sterben musste.«

»Ja.«

Elling setzte sich neben den Lkw. Noch 1000 Meter bis zur Ausfahrt. Im Rückspiegel beobachtete er, wie André mit dem Kombi ebenfalls auf die linke Spur zog – aber einem anderen Auto erlaubte, vor ihm herauszuzuziehen, um sich nicht zu dicht hinter den Volvo zu klemmen.

Eine Maßnahme, die Elling keineswegs täuschte.

Er ließ sich mit dem Überholen des Lasters Zeit. Nicht auffällig viel, er überholte einfach mit einem gleichmäßigen Tempo. Als er sich fast auf der Höhe der Zugmaschine befand, konnte er das vorletzte Hinweisschild für die kommende Ausfahrt sehen: noch fünfhundert Meter.

Elling steuerte den Wagen noch an der Zugmaschine vorbei – dreihundert Meter – und wechselte dann auf die rechte Spur.

Hundert Meter vor der Ausfahrt passierte sie der Wagen hinter ihnen und zog an ihnen vorbei. Elling blieb auf der rechten Spur und achtete darauf, dass hinter ihm nicht genügend Platz für ihren Verfolger blieb.

Lona sah, wie Elling etwas im Außenspiegel beobachtete. Sie blickte über die Schulter, konnte vom Beifahrersitz aber nur die Front des Lkws sehen.

»Was ist?«

»Da klebt einer an uns dran.«

»Weißt du, wer?«

»Zu weit weg.«

Die Verzögerungsspur der Ausfahrt nahm ihren Anfang. Elling beobachtete den dunklen Kombi über den Spiegel. Er zwang ihn zum Überholen, denn sich wieder zurückfallen zu lassen, wäre viel auffälliger.

Die Verzögerungsspur war nur noch knapp hundert Meter lang. Der Kombi jagte jetzt an ihnen vorbei, und Elling zog im letzten Augenblick rechts rüber zur Ausfahrt. Er und Lona sahen hinüber und entdeckten das verblüffte Gesicht von Victor André.

Natürlich war es kindisch und ja, albern, aber Elling konnte den Kussmund, den er André zuwarf, nicht unterdrücken.

»Denkst du, er war es, der in Fichtes Wohnung eingebrochen ist?«, fragte Lona.

»Ja. Vermutlich haben wir ihn aufgescheucht.«

»Also will Rathe verhindern, dass den Behörden die Liste in die Hände fällt. Und das bedeutet: Es ist vermutlich alles wahr, was Dr. Fichte über ihn gesagt hat. Er war ein hohes Tier bei der Staatssicherheit und der Verbindungsmann zur Ethikkommission.«

»Und dieser Mistkerl sitzt jetzt in einem Ministerium. Für Soziales und Gesundheit. Ausgerechnet«, sagte er und deutete mit dem Kopf auf das Trumm: »Und?«

»Noch nichts. Kein Name, den ich kenne.«

53

Susanne Elling war immer noch wie vom Donner gerührt. Wie ein Knall, der einfach nicht endete. Nie im Leben hätte sie ihrem Mann das zugetraut.

Sie hatte sich zwei Abende in Folge betrunken und taumelte zwischen Weltschmerz und dem Genuss eines neuen, freien Lebens hin und her. Manchmal musste sie lächeln, wenn sie sich wie ein Vogel fühlte, den man aus seiner Voliere gelassen hatte. Vorher war ihre Welt auf Rostock und den Ringelrankenweg beschränkt. Und nun? Vielleicht würde sie in den Westen gehen, nach Hamburg? Denn das Haus würde sie nicht behalten. Mareike würde bald ausziehen, sie würde zwischen Elling und ihr pendeln, einen netten Studenten kennenlernen und ihren eigenen Weg gehen. Mit der Hälfte des Erlöses vom Haus könnte Susanne sich eine Eigentumswohnung kaufen und hätte mit Sicherheit noch was übrig.

So war das in den guten Momenten.

In den anderen hatte sie alles verloren: Mann, Haus, Geliebten. Sie hatte Elling ihre besten Jahre geschenkt, und nun ließ er sie sitzen. Sie heulte sich die Augen aus dem Kopf und war stinksauer auf ihn.

Und genau in so einem Moment klopfte es hinter ihr. Sie erschrak fürchterlich und zuckte zusammen.

Es war einer der Poolbauer, der auf der Terrasse stand und gegen die Scheibe geklopft hatte. Der Pool – auch so eine Schnapsidee von Elling.

Eilig wischte sie sich mit dem Geschirrtuch über die Augen. Dann öffnete sie verstimmt die Tür: »Sie haben mich gerade zu Tode erschreckt, Herr Wildhagen.«

Der nickte: »War keine Absicht, Frau Elling.«

Offenbar gab es hier ein Kommunikationsproblem. Sie hatte ihm gerade zu verstehen gegeben, er möge wie jeder andere Besucher vorne klingeln, wenn er sie sprechen wollte. Und er dachte, sie beschwere sich, weil sie annahm, er habe sie absichtlich erschrecken wollen.

Sie wollte ihm das Problem gerade auseinanderlegen, als ihr die Sinnlosigkeit so einer Erläuterung bewusst wurde. Er würde es ohnehin nicht kapieren. »Schon gut«, sagte sie also, »was gibt's denn?«

Wildhagen lächelte breit und deutete mit dem Daumen hinter sich: »Überraschung: Die Gegenstromanlage funktioniert jetzt.«

In der anderen Hand hielt er ein Formular auf einem knallgelben Klemmbrett.

Er bemerkte aber, wie diese Nachricht bei Susanne Elling nicht zu der Freude führte, die er vermutet und erwartet hatte.

»Das ist großartig«, antwortete sie höflich, aber sie brachte nicht die Kraft auf, auch nur ein Quäntchen Begeisterung zu zeigen.

Wildhagens Strahlen fiel in sich zusammen. Ein verlegener Moment entstand zwischen ihnen.

Dann hob Wildhagen das Klemmbrett und reichte ihr einen Kugelschreiber. »Da bräuchte ich noch Ihre Unterschrift …«

Susanne griff instinktiv nach dem Stift, als ihr Blick auf die Rechnungssumme fiel: 4359,80 Euro. Statt den Kugelschreiber entgegenzunehmen, tippte sie mit dem Zeigefinger auf die Zahl. »Knapp 4400 Euro? Ich dachte, es ist alles bezahlt.«

Wildhagen nickte ruhig: »Das sind die Mehrkosten wegen der Gegenstromanlage und noch ein paar Extrabeleuchtungssachen und so, die Ihr Mann …«

»Das unterschreib ich nicht«, unterbrach sie ihn. Ab jetzt war es nicht mehr ihr gemeinsames Geld, ab jetzt musste jeder von ihnen beiden für seine Verrücktheiten selbst und alleine aufkommen.

»Aber … Ihr Mann hat das bestellt.«

»Dann soll *er* Ihnen das unterschreiben. Ich mache das definitiv nicht.«

Wildhagen runzelte die Stirn. Angesichts der Tatsache, dass seinem Kompagnon und ihm dieses Geld zustand und das Ehepaar Elling letzten Endes sowieso bezahlen musste, erschien ihm diese Widerspenstigkeit überflüssig. »Aber es ist doch auch Ihr …«

»Nein«, unterbrach sie ihn, »wenden Sie sich an meinen Mann, Herr Wildhagen.«

Susanne Elling beendete den Disput nicht nur verbal, sondern auch physisch, indem sie die Terrassentür vor seiner Nase schloss und die Gardine zuzog.

Danach verbrachte sie eine Weile im Schlafzimmer vor dem geöffneten Kleiderschrank und überlegte, was sie mit Ellings Sachen anfangen sollte. In einem Koffer vor die Tür stellen, dem Obdachlosenheim spenden, im Grill verbrennen? Oder aufbewahren? Das Aufbewahren würde eine offene Tür signalisieren. Ellings Entscheidung war eine unüberlegte Kurzschlussreaktion gewesen, die sie ohnehin nicht ernst genommen hatte – und seine Rückkehr war willkommen. Und selbst wenn sie es nicht war, würde die Unversehrtheit seiner Kleidung ihre Souveränität widerspiegeln. Ja, es würde einen Schuss Erhabenheit haben. Sie würde damit über den Dingen stehen.

Und während sie noch überlegte und es draußen mittlerweile dunkel geworden war, klopfte es unten erneut. Wieder an der Glasscheibe der Terrasse. Wieder der Poolmann.

Der Poolmann. Ellings Idee. Das erleichterte ihr die Entscheidung – ja, sie würde seine Kleider verbrennen. In seinem geliebten Grill. Und natürlich wäre das nicht souverän, aber wen scherte das schon?

Dann marschierte sie schnellen Schrittes zurück ins Erdgeschoss, sie passierte Stufe Nummer sechs, die immer noch knarrte (eines von Ellings vielen Vorhaben, die entweder gar nicht oder mit bis zu einem Jahrzehnt Verspätung umgesetzt wurden). Es klopfte erneut. Jetzt lauter und schneller.

Was ihre Aggression nur steigerte. Wieder stand ein Mann vor der Tür, dessen Gesicht sie wegen der Dunkelheit draußen nicht erkannte. Er trug dunkle Kleidung, Wildhagen oder Bahr waren es vermutlich nicht. Vielleicht deren Chef, der wegen der Unterschrift mit ihr reden wollte. Das konnte er haben.

Sie öffnete die Tür. Und nun war ihr sofort klar, wieso sie das Gesicht des Mannes nicht hatte erkennen können – es lag nicht an der Dunkelheit, es lag an der Motorradmaske, die er trug.

Susanne Elling versuchte noch, die Tür zuzuwerfen, aber er war schneller. In seiner Rechten, die unglaublich schnell durch ihr Blickfeld wischte, blitzte etwas Silbernes auf, eine Rohrzange vielleicht.

Der Treffer an ihrer Schläfe riss ihren Kopf zur Seite. Sie hatte Schmerz erwartet, aber es war nur wie ein dumpfer Zusammenstoß. Der Mann setzte nach und schlug ihr mit der anderen Hand auf die Nase. Es gab ein Knacken, sie stürzte benommen zu Boden und schlug hart auf den Fliesen auf.

Und jetzt kam der Schmerz, er zuckte von der blutenden Nase hoch zwischen die Augen und dann in die Mitte ihres Kopfes.

Elling hatte die nahezu parallel zur Autobahn verlaufende Bundesstraße genommen und war von dort ins mecklenburgische Nichts abgebogen. Von Westen holte die Gewitterfront auf und schob sich in ganzer Breite näher.

Über die Freisprechanlage meldete sich jemand, der seine Rufnummer unterdrückte, wie Elling am Display sah.

»Willst du nicht ran?«, fragte Lona.

»Und was ist, wenn die unsere Position orten wollen?«

»Wir können nach dem Gespräch die SIM-Karte rauswerfen, dann wissen sie nur, wo wir waren«, hielt sie ihm entgegen.

Elling nahm den Anruf entgegen: »Ja?«

»Wir hätten gerne die Liste. Die haben wir nicht … aber wir haben Ihre Frau.«

»Wir sind kein Ehepaar mehr, ich hab mich getrennt, Herr André.«

»Lassen Sie sich was Besseres einfallen – Sie sind um exakt 21 Uhr am Bahnhof Pölchow. Ab da haben wir Sie im Blick. Ich muss Ihnen ja nicht die Spielregeln erklären.«

Der Mann am anderen Ende wartete eine Widerrede oder Einwilligung gar nicht erst ab, sondern beendete das Gespräch. Natürlich, er saß ja am längeren Hebel.

Die »Spielregeln« waren Elling wie Lona Mendt klar: Susanne Elling würde sterben, wenn sie nicht am Treffpunkt mit der Liste erschienen oder wenn sie die Kollegen einschalteten. Und wenn sie es doch täten und Mertens einweihten – wem könnte der so hundertprozentig vertrauen, dass nicht doch eine winzige Information bis zum LKA durchsickerte? Wer dort noch mit Christian Rathe in Verbindung stand, war für sie überhaupt nicht einzuschätzen.

Es gab nur eine reelle Chance, Susanne Elling unversehrt und ohne jegliches Risiko auszulösen *und* die Liste zu behalten: »Kopier die Liste.«

»Bin schon dabei«, gab Lona zurück. Sie war zu demselben Schluss gekommen und hatte den Kopiervorgang in die Wege geleitet.

Wieder klingelte das Handy. Wildhagen. Elling machte keine Anstalten ranzugehen.

»Wer ist das?«, fragte Lona.

»Der Poolbauer. Nich' wichtig, jetzt.«

Lona kniff die Augen zusammen und blickte auf das Display. Auf den Namen. Der Poolbauer. Da lag eine Möglichkeit. Eine Chance. Sie hätte es nicht kausal begründen können, aber für sie war es eine Gewissheit. »Geh ran, Elling.«

»Es ist der Poolbauer. Nein.«

Bevor die Mailbox übernahm, stellte Lona die Verbindung her.

»Herr Elling?«

Das war Wildhagens Stimme. Vom Rauchen etwas heiser und rau.

»Ja«, antwortete Elling notgedrungen.

»Ich ruf an, weil … es geht um die Mehrarbeiten am Pool. Die Gegenstromanlage mit Hochleistungspumpe, die Unterwasserbeleuch …«

»Herr Wildhagen, das geht jetzt nicht.«

»Ja, gut. Aber Ihre Frau sagt, dass sie die Kosten nicht übernimmt, und … und jetzt sollten wir mal klären …«

Da war sie, die Chance, die Lona gespürt hatte: »Mendt hier, ich bin eine Kollegin von Herrn Elling. Herr Wildhagen, wann haben Sie mit Frau Elling gesprochen?«

Ein kurzes Zögern am anderen Ende, der Mann überlegte. »Vor zehn Minuten, vielleicht zwölf, aber eher … eher zehn.«

Jetzt begriff Elling, weshalb Lona die Verbindung gegen seinen Willen hergestellt hatte. »Wo war das?«, fragte er – und hoffte, es möge im Ringelrankenweg gewesen sein.

»Na, bei Ihnen, ich sitz da noch im Lieferwagen an der Straße.«

»Sie … Sie, ähm, stehen da noch mit dem Auto?«

»Ja.«

»Und meine Frau ist auch noch da? Verstehe ich das richtig?«

»Na jedenfalls steht ihr Wagen vor der Garage.«

»Okay, machen Sie sich keine Sorgen wegen der Rechnung. Fahren Sie nach Hause, machen Sie Feierabend. Das Geld kriegen Sie. Überweise ich Ihnen gleich morgen.«

Ein Seufzer vom anderen Ende: »Danke, Herr Elling.«

»Gerne.«

In diesem Augenblick überrollte sie eine Regenwand – das Gewitter hatte sie eingeholt.

54

Der S-Bahnhof Pölchow war um diese Uhrzeit vermutlich ohnehin wenig besucht. Und jetzt, während die Regenschwaden über den kleinen Ort südlich von Rostock zogen und nicht mal Hundebesitzer vors Haus gingen, schon gar nicht.

Lona hatte Elling in der Nähe des Ringelrankenwegs abgesetzt.

Alle, die du in Pölchow binden kannst, sind nicht in meinem Haus, hatte er gesagt.

Wir sollten das zu zweit machen, Elling.

Du bist meine Ablenkung. Du bist Susannes Chance. Ich schaff das schon.

Lona hatte den Volvo direkt neben dem Zugang zum Bahnsteig gestoppt. Es verging keine Minute, bis Ellings Handy klingelte. Währenddessen prasselte ein Sturzbach auf das Wagendach, ein dröhnendes Trommeln, das nach allen Seiten über die Fenster abfloss und die Welt in Pölchow in fließender Unschärfe versinken ließ.

Sie ging ran: »Ja?«

Es war wieder die Stimme von Victor André: »Fahren Sie die Straße gegenüber runter, bis sie aufhört. Da ist eine Scheune. Da gehen Sie rein.«

Lona blickte hinüber. Mit Mühe konnte sie einen kleinen asphaltierten Anliegerweg ausmachen, der zwischen ein paar Bäumen ins Dunkle führte. Laternen gab es dort nicht.

»Okay«, sagte sie und bog in den Weg ab. Sie leuchtete ihn mit Fernlicht aus.

Millionen von Regentropfen.

»Wo ist Ihr Kollege?«

»Schwächeanfall. Ich bin alleine.«

Elling hatte sich über den eigenen Gartenzaun geschwungen, war im nächtlichen Platzregen im Schutze von Tannen und Kirschlorbeersträuchern geduckt bis zum Kellereingang gerannt und hatte dabei sein eigenes Haus beobachtet. In diversen Räumen brannte Licht.

Fahrig hatte er den Schlüssel für die Kellertür gesucht und musste viermal probieren, weil seine Brille wegen des Temperatursturzes kräftig beschlagen war. Dann drückte er die Tür vorsichtig auf. Ganz langsam. Er schlüpfte hinein und schloss sie hinter sich.

Er war nass bis auf die Knochen.

Dunkelheit. Der Keller. Der Raum mit den Gerätschaften für den Garten: Mäher, Harken, Laubbläser (der neueste Schrei), Kettensäge, Heckenschere und vielerlei mehr, mit denen die Baumärkte gutes Geld verdienten.

Elling zwang seine Herzfrequenz herunter. Er wollte langsamer und vor allem leiser ein- und ausatmen. Gleichzeitig gewöhnten sich die Augen an die Dunkelheit. Das war von Vorteil, aber nicht nötig. Dieses war sein Haus. Er kannte jeden Winkel. Wenn es irgendwo im Haus ein Geräusch gab, konnte er genau sagen, ob es das Holz war, das arbeitete, ob der Nachbar eine Schaufel an die Garagenwand lehnte oder ob Mareike unter dem Dach ihr Kippfenster öffnete (um heimlich ihren Joint zu rauchen).

Im Keller war niemand. Er roch, sah, lauschte – nein, hier war niemand. Er entsicherte seine Dienstwaffe und zog den Schlitten durch, der die erste Kugel in den Lauf lupfte.

Er war ein miserabler Schütze. Im Kommissariat belegte er auf der internen Rangliste den vorletzten Platz. Gegen eine geringe Trefferquote gab es – neben Training – zwei Gegenmittel: Erstens feuerte man auf ein Ziel nicht eine einsame Kugel ab, sondern sein halbes Magazin, und zweitens ging man einfach möglichst nah an sein Ziel heran. Am besten, man legte die Mündung direkt auf, dann konnte der Schuss nicht mehr danebengehen.

Er stieg die Stufen ins Erdgeschoss hinauf. Die Tür, die im Erdgeschoss mündete, befand sich gegenüber der Küche. Dieses war vermutlich der heikelste Punkt seines Plans. Vielleicht kam der

Erpresser genau jetzt vorbei. Oder auch nicht. Aber Abwarten war natürlich keine Option. Elling drückte die Tür einen Spaltbreit auf. Einen Spalt, der es ihm erlaubt hätte, einen Schuss abzufeuern.

Doch der Flur war leer.

Der Regen klatschte an die Fenster und überdeckte kleine Geräusche – so auch das dezente Knarzen der Kellertür, als er sie hinter sich schloss und stocksteif im Flur stand und nach links und rechts blickte – immer noch leer.

Elling schob sich einen halben Meter an der Wand entlang nach rechts: Suse. Er sah seine Frau im Anschnitt, also nur ihre Schulter, etwas von dem Haar, das Ohr, das Kinn. Sie saß gleich rechts mit dem Rücken zur Wand. Der Platz, an dem sie auch gerne ihre Artikel schrieb.

Und dann war da noch eine Hand in einem Lederhandschuh, die auf der Tischplatte ruhte. Neben einer Pistole. Griffbereit also.

Aber die Hand griff nicht nach der Waffe, sie hob eine Tasse an, deren Inhalt dampfte. Kaffee vermutlich. Elling schluckte unwillkürlich. Man musste schon ziemlich abgebrüht sein, um sein Opfer in dessen Haus zu kidnappen und dort in aller Ruhe einen Kaffee zu trinken.

Elling wusste, er durfte nicht zögern – er schwang die Tür auf und war mit nur zwei Schritten bei dem mit einer Sturmhaube maskierten Mann mit der Kaffeetasse in der Hand. Um sicherzugehen, drückte er ihm die Mündung auf dessen rechte Ohrmuschel.

Der Maskierte erstarrte, die Kaffeetasse hing wie festgefroren in der Luft.

»Mit dem Bauch auf den Boden, Hände im Nacken verschränken.«

Suses Reaktionen nahm Elling nur aus den Augenwinkeln wahr, weil er selbst auf den Mann mit der Maske fokussiert war. Die erste war so etwas wie Erleichterung, gepaart mit Dankbarkeit, die zweite vor Schreck aufgerissene Augen, die sich auf etwas hinter ihm richteten, schräg links. Und genau von dort kam auch der massive Schlag mit einem harten Gegenstand, der ihn hinter dem linken Ohr traf und ihn in die Knie zwang. Der zweite Schlag ließ seine Kopfhaut aufplatzen, er spürte, während er zu Boden ging, wie ihm das warme Blut über den Nacken lief.

Der Maskierte mit dem Kaffee federte hoch und fixierte ihn mit einem Tritt auf den Unterarm am Boden, um ihm die Dienstwaffe abzunehmen. Zeitgleich explodierte Elling der Schmerz im Schädel.

Und dann tat seine Frau mit dem großen Herzen einer Löwin etwas sehr Dummes.

»Ihr Schweine!«, brüllte sie und schoss hoch. Mehr noch, sie riss dem Mann mit dem Kaffee die Maske vom Kopf. Zum Vorschein kam jener Kerl, den Elling in Marnow nach der Verletzung von Stefan Krohn unter den Schaulustigen gesehen hatte.

Der Mann trug einen Ohrring und wirkte im ersten Moment verärgert. Aber dann blickte er zu seinem Begleiter, der Elling zu Boden geschlagen hatte. Der zog sich nun selbst die Maske vom Kopf. Es war der andere Mann, den Elling in Marnow gesehen hatte. Der mit der Tätowierung. Sein Name war Leon Rink.

»Wie kann man so blöd sein?«, fragte er in den Raum hinein, aber er meinte Susanne, die nicht verstand, was sie angerichtet hatte: »Jetzt müssen wir euch auch wegmachen.«

An der Tür zur Küche tauchte ein junger Typ mit schulterlangen Haaren auf. Heavy-Metal-Shirt, Boots. Er hatte einen Benzinkanister in jeder Hand.

»Und nu'?«, fragte er und beachtete weder Elling noch Susanne.

»Überall verteilen, wir fackeln alles ab«, wies ihn der Mann mit dem Kaffee an. Er war knapp über vierzig, militärisch kurzer Haarschnitt. Er sah nicht aus, als habe Mitleid in seinem bisherigen Leben eine nennenswerte Rolle gespielt. Sein Name war Marc Birker.

Elling, der noch mit zerspringendem Schädel am Boden lag, hatte eine Vorstellung davon, was gleich passieren würde. »Aber … Sie schaffen uns hier raus, meine Frau und mich.«

Birker brummte Zustimmung, aber er hob den Fuß nicht an, sodass Elling notgedrungen liegen bleiben musste.

Der Heavy-Metal-Mann setzte einen der Kanister im Flur ab und verschwand mit dem anderen im Keller.

Lona rollte auf die Scheune zu, während sie das Trumm unter die Fußmatte auf der Fahrerseite schob. Die Scheune war eingefriedet von hohen Bäumen und war gesäumt von hohen Sträuchern. Der Zufahrtsweg endete hier.

Lona war klar, warum André diesen Ort gewählt hatte. Hier kamen höchstens Wanderer vorbei oder Jäger. Bauern jedenfalls nicht mehr, denn linker Hand stand ein uralter, verrosteter Traktor.

Das Scheunentor war geschlossen. Aber die Tür daneben stand offen.

Einige Augenblicke lang beobachtete sie das Gebäude, seine Umgebung, die Situation. Aber sie wusste, es brachte ihr keinerlei Vorteil. Die anderen hatten es geplant, nicht sie. Die beobachteten sie. *Die* waren im Vorteil.

Also steckte Lona den Stick aus Fichtes Wohnung mit der Liste ein und stieg aus. Sie ließ den Motor des Volvos laufen und das Fernlicht auf die Scheune gerichtet. Während sie auf das Gebäude zuging, verschloss sie den Wagen per Funksignal.

Er und Susanne würden die nächsten zehn Minuten nicht überleben, dachte Elling, während Birker zwei transparente Mülltüten von der Rolle zog und abriss.

Der andere, Rink, hatte Elling mit Gaffa Tape, jenem besonders reißfesten Klebeband, sowohl an den Schienbeinen als auch den Händen an den Stuhl fixiert, auf dem er saß. Aus eigener Kraft würde er sich nicht befreien können.

»Sie wollen uns hier drin verbrennen lassen?«, fragte Susanne Elling entsetzt, während sich penetranter Benzingeruch in der Küche breitmachte und Rink sie an den anderen Küchenstuhl fesselte.

Sie schaute zu ihrem Mann. Hilfe suchend. Aber Elling wich ihrem Blick aus, weil er keinen Trost für sie hatte. Keine Idee. Keinen Ausweg.

Birker öffnete die Zuleitung für das Gas und drehte alle vier Kochfelder aufs Maximum, ohne das ausströmende Gas zu entzünden.

»Warum tun Sie das? Ich habe nichts getan!«

Keine Antwort. Stattdessen entzündete Birker eine Kerze und stellte sie auf der Anrichte neben der Spüle ab.

Susanne öffnete vor Entsetzen den Mund, aber kein Laut quälte sich heraus. Dafür begann ihre Unterlippe zu zittern.

Elling erschien sie so schrecklich nackt, wie er sie noch nie zuvor gesehen hatte. Er empfand tiefe Reue, weil man es auf Lona und ihn abgesehen hatte und Susanne nur ein Zufallsopfer darstellte. Ein *collateral damage* – eine perfide Wortschöpfung, mit der man den hunderttausendfachen Tod von unbeteiligten Zivilisten im gerade beendeten Irakkrieg zu legitimieren versucht hatte.

»Ich bin Mutter, und Sie ... Sie haben doch auch Mütter ... ich ...«

Ihre Stimme brach, sie schluchzte.

Die beiden Männer blieben erschreckend unbeeindruckt. Birker reichte Rink eine der beiden Plastiktüten und blies in seine hinein, damit sie sich wölbte.

»Ich kann Ihnen eine Million beschaffen«, sagte Elling, »pro Kopf.«

Keine Reaktion.

»Was soll das mit den Tüten?«, fragte Susanne unter Tränen. Ihre Todesangst verlieh ihrem Gesichtsausdruck etwas Groteskes.

»Ich weiß nicht«, log Elling. Er wandte sich an die beiden: »Wir hauen ab, Sie hören nie wieder von uns. Für Ihren Auftraggeber sind wir tot.«

Der Heavy-Metal-Mann erschien wieder in der Tür. Er stellte den leeren Kanister ab und schnappte sich den vollen.

»Nimm die nachher mit raus«, wies Birker ihn an, »die darf man nich' finden, später.«

Der Langhaarige nickte: »Keller is' klar. Ich leer den hier noch oben, dann is' fertig.« Ohne eine Antwort abzuwarten, marschierte er los, die Treppe hinauf, Elling hörte die Stufe Nummer sechs unter seinem Gewicht ächzen.

Rink ging mit der geöffneten Plastiktüte auf Susanne zu, die nun begriff, was jetzt kommen würde.

»Nein!«

Susanne wehrte sich so gut sie konnte. Sie riss den Kopf hin und her in dem Versuch, das Unvermeidliche abzuwenden. Rink wirkte genervt. Er packte sie unwirsch an den Haaren und hielt sie fest. Susanne schrie vor Schmerz auf.

Elling schossen Tränen der Wut in die Augen. »Du da, deine Schwester ist eine Hure«, brüllte er dem Mann entgegen.

»Schon klar … hab gar keine, du Patient«, gab der gelassen zurück.

Dann zog er Susanne die Tüte über den Kopf und versiegelte sie mit dem Gaffa Tape am Hals.

»Elling, ich will nicht sterben!«, brüllte Susanne.

Es klang gedämpft. Und schon schrumpfte das Volumen der Tüte um ihren Kopf herum.

Elling wollte etwas erwidern. Etwas Beruhigendes. Etwas, das ihr ein wenig die Angst nahm. Aber angesichts des Erstickungstodes, der ihnen beiden bevorstand, fiel ihm nichts ein. So war er beinahe froh, als Birker ihm auch die Tüte über den Kopf streifte, die Sauerstoffzufuhr mit dem Gaffa-Tape abschnitt und ihm so eine Antwort ersparte.

Birker und Rink verließen die Küche und schlossen hinter sich die Tür.

Stille.

Nur der Regen.

Susanne hatte aufgehört zu weinen. Durch die Plastiktüte erschien ihm ihr Gesicht merkwürdig fragmentiert und verwaschen. Als sei es nur noch eine unvollkommene Erinnerung.

Er bemühte sich, flach zu atmen. Doch selbst dieser kleine Atemzug schmiegte die Tüte ohne Zwischenraum ans linke Ohr.

Sie würden sich durch ihr Atmen vakuumisieren. Das Kohlenmonoxid anreichern. Erst bewusstlos und dann in der Gasexplosion getötet werden. Oder spätestens in dem Brand danach, der alle Spuren dieses perfiden Doppelmordes vernichten würde.

Der Lichtkegel ihrer Taschenlampe gleißte auf. Die Scheune war groß, aber fast komplett leer. Lona erfasste sie mit einem Blick. Das hohe Dach. Ein weiterer ausrangierter Traktor, ein Pflug. Eine Werkbank. Eine Unzahl an Spinnweben.

»Wo soll ich ihn hinlegen?«, rief sie in den Raum hinein, während sie ihn ruhig und gründlich ableuchtete.

Nichts. Nur das Prasseln des Regens draußen, das sie absurderweise beruhigte. Das Gras roch jetzt intensiver, selbst das Holz der Scheune, das vom Platzregen heimgesucht wurde.

Lona ging zu der Werkbank, nahm den Stick aus ihrer Jackentasche und legte ihn deutlich sichtbar auf der Arbeitsfläche ab.

Danach schritt sie zurück, gute zehn Meter, und achtete darauf, den Fokus des Lichtstrahls auf dem Stick zu belassen. Lona sah sie zwar nicht, hörte sie auch nicht, wusste aber, die hatten sie im Blick.

Also wussten sie jetzt auch, wo sie die digitalisierte Liste abgelegt hatte. Lona hatte ihre Forderungen soeben erfüllt.

»Das ist die Liste«, rief sie in die scheinbare Einsamkeit hinaus.

Sie löschte das Licht ihrer Taschenlampe, ging zur Tür, stieß sie auf – und ließ sie wieder zufallen, ohne die Scheune zu verlassen. Das Licht war ihren Beobachtern ebenso auf der Hornhaut haften geblieben wie ihr. Es war ihnen unmöglich zu beurteilen, ob sie die Scheune im Sekundenbruchteil danach verlassen hatte oder nicht.

Stattdessen hatte Lona sich hinter einem der uralten Pfeiler verschanzt, der das Gewicht des Daches trug. Der Regen aus ihren Haaren floss ihr in dünnen Rinnsalen übers Gesicht und den Rücken hinab.

Die Tüten hatten sich eng an ihre Köpfe geschmiegt, nur hier und da wölbten sich noch kleine Bläschen mit Luft wie letzte Widerstandsnester. Am deutlichsten sah Elling noch die weit aufgerissenen Augen seiner Frau.

Bisher war ihm immer etwas eingefallen. Immer. Kein Problem, auf das er nicht irgendeine Antwort gefunden hatte. Als hätte er beschlossen, sich vom Leben nicht aufs Kreuz legen zu lassen.

Und jetzt?

Erstickten sie im Angesicht des anderen.

Der einzige Gedanke, der ihn tröstete, war der an Mareike. Die in Lunéville war. Vielleicht erlebte sie gerade ihre erste Liebesnacht dort. Mareike war in Sicherheit.

Ihm wurde langsam schwummrig, das Kohlenmonoxid betäubte ihn, Susanne ließ den Kopf bereits hängen. Sie würden hoffentlich in Bewusstlosigkeit wegdämmern und nicht mehr qualvoll gegen das Ersticken ankämpfen müssen. Mit etwas Glück würde das aus dem Herd strömende Gas die kritische Dichte erreichen, um von der Kerzenflamme entzündet zu werden und …

Die Kerzenflamme.

Elling nahm all seine Kraft zusammen und erhob sich. Da er an den Schienbeinen fixiert war, stand er in nach vorne gebückter Haltung da und vollführte drei von Würde weit entfernte Hüpfer zur Anrichte. Was ihn exakt jenen restlichen Atem kostete, der ihm die Tüte hauteng an den Kopf presste. Er riss seinen Kiefer so weit wie möglich auseinander und hielt den geöffneten Mund senkrecht über die Flamme. Zwei, drei Sekunden, dann schmeckte er den Geruch verbrannten Plastiks – und atmete tief durch. Tief, so tief wie ein Ertrinkender, der wider Erwarten doch noch durch die Wasseroberfläche brach.

Luft!

Den ersten Atemzug nutzte Elling dazu, die Gasexplosion zu verhindern, indem er die Kerze ausblies. Dann beugte er sich über Susannes taumelnden Kopf und presste eilig seine Lippen auf ihre, um das Plastik zu durchbeißen. Zunächst nur ein Riss, durch den sie gierig Luft holte. Dann biss und zerrte er ein Stück Kunststoff mit den Zähnen weg.

»Suse …«

Sie atmete noch mit hoher Frequenz, sie antwortete nicht.

»Suse, beiß das Tape durch, hörst du? Mach schnell …«

Elling drehte ihr seinen Rücken zu und hielt ihr seine auf dem Rücken mit Klebeband fixierten Handgelenke hin. Keine Sekunde später biss sie mit einer Leidenschaft hinein, mit einem kämpferischen Elan, der ihn – das war womöglich nicht der geeignete Zeitpunkt – erregte.

In der Scheune war nichts zu hören außer den Regenschauern, die unermüdlich gegen das Holz prasselten, und all die Töne, die der Wind erzeugte, wenn er durch die unterschiedlichen Ritzen schoss, ein Pfeifen, Zischen, Winseln. Wie das Wehklagen verlorener Seelen.

Lonas Augen hatten sich an die Dunkelheit gewöhnt, die Formen des Raumes nahmen wieder Gestalt an. Ecken und Kanten. Balken, eine Kommode, die Werkbank. Aber kein Mensch. Niemand näherte sich dem USB-Stick.

Die Panik, einer der drei könne zurückkommen, ihren Befreiungsversuch beenden und sie eigenhändig ersticken, verlieh Elling ungeahnte Kräfte. Er zerrte an dem Klebeband, er dehnte seine Muskeln, so gut er konnte und auch noch darüber hinaus, während Susanne immer noch mit den Zähnen am Klebeband zerrte.

Und dann, endlich, riss er das rechte Handgelenk aus der Fixierung, so schnell, dass ein Stück seines Unterarms und sein Handrücken gründlich enthaart wurden. Mit beiden Händen zerrte er die Tüte von seinem Kopf und klappte den Hängeschrank oben links auf, in dem sie ihre Vorräte verstauten. Er öffnete die große Kaffeedose, glitt mit den Fingern durch all die Bohnen und ertastete den Knauf. Dann zog Elling den Revolver heraus und ließ die Trommel aufklappen: fünf Schuss.

Erst dann holte er das Fleischmesser aus der Schublade und durchtrennte damit Susannes Fesseln, sodass sie sich selbst von der Plastiktüte befreien konnte. Sie schwitzte stark und war kalkweiß. Elling schnitt jetzt noch das Tape um seine Schienbeine auf, dann war er frei und lauschte angestrengt. Bis auf den Regen hörte er nichts und beugte sich zu Susanne hinab: »Hast du dein Handy hier?«

»Im Flur«, brachte sie sperrig heraus, als bildeten die Silben große, unförmige Brocken in ihrem Mundraum.

»Steh auf, Suse«, sagte er sanft, aber die Anspannung konnte er trotzdem nicht aus seiner Stimme bannen. Sie folgte seiner Aufforderung, aber ihre Beine zitterten, und sie musste sich wieder setzen.

»Wir müssen es nur bis zum Handy schaffen.«

Susanne nickte, ihre Finger krampften sich in die eigenen Oberschenkel, dann gab sie sich einen Ruck und stand auf. Elling hielt sie fest, denn sie wankte. Er drehte sich um und hob sein Jackett an: »Halt dich an meinem Gürtel fest. Du bleibst direkt hinter mir. Immer direkt hinter mir. Hast du verstanden?«

Sie nickte, aber sie war nicht wirklich anwesend. Als sei sie innerlich emigriert.

Das Klingeln von Ellings Handy riss Lona aus ihren Gedanken, sie zuckte unwillkürlich zusammen. Da das Geräusch ihre Position ohnehin preisgab, ging sie ran. »Ja?«

»Gehen Sie jetzt.«

Das war Andrés Stimme.

»Ist Frau Elling frei?«

»Hängt davon ab, was auf dem Stick ist. Ist die Liste drauf, ist sie frei. Wenn nicht, nicht.«

Sie konnte es nicht überprüfen. Aber sie durfte jetzt nicht widerspenstig sein. Es galt, Susanne Elling zu retten, falls ihr Mann das noch nicht erledigt haben sollte. Sie war Ellings Sicherheitsnetz. In einer anderen Konstellation hätte es Lona gereizt, Victor André aus der Reserve zu locken für einen offenen Schlagabtausch, aber im Augenblick saß er am längeren Hebel. »Ich gehe«, sagte sie daher.

Sie verließ die Scheune und ging durch jenes Gewitter zurück, das scheinbar angetreten war, um alles davonzuspülen. Und Lona bedauerte, dass es das nicht tun würde. Auf halbem Weg bemerkte sie das Loch in der Seitenscheibe auf der Fahrerseite. Sie lief zum Volvo. Die Tür war noch offen. Lona zog sie auf und sah es schon, weil die Fußmatte verrutscht war. Lona hob sie an: nichts. Der Laptop, auf dem sie die Sicherheitskopie gespeichert hatten, war weg.

Die hatten sie gelinkt. Jetzt hatten sie die Liste doppelt. Und sie, Lona, gar nichts.

»Scheiße!«

Sie hieb mit der bloßen Faust auf die Karosserie, um damit jenen Schmerz hervorzurufen, den sie jetzt spürte. Sie sprintete durch den Regen zurück zur Scheune, zog die Pistole und warf sich direkt gegen die Tür, die aufflog.

Um sich selbst kreisend, die Waffe schussbereit, bewegte sie sich auf die Stelle zu, an der sie den Stick abgelegt hatte: leer. Er war weg.

»Ich hab noch eine Kopie!«, brüllte sie in die vor Wind heulende Scheune.

Aber André und seine Leute waren zu abgeklärt, um sich von so einem hilflosen Manöver aus der Reserve locken zu lassen.

Von fern brummte ein Motor.

Natürlich. Sie hatten, was sie wollten.

Nachdem sie drei, vier Schritte zur Tür gelaufen waren, wurde Susannes Griff fester und verlor das Krampfhafte. Sie folgte mit Trippelschritten, aber sie stolperte nicht.

Elling senkte die Türklinke zum Flur nicht millimeterweise, sondern zügig, um die Überraschung auf seiner Seite zu haben.

Doch der Flur war leer. Er atmete einmal tief durch.

Die Männer hatten das Licht bereits gelöscht. Die Haustür stand noch einen Spalt offen. Also waren sie noch in der Nähe, und es war klug gewesen, nicht die Flucht über die Terrasse und den Garten zu suchen.

Das Handy lag drei Meter weiter auf der Kommode unter dem Brett mit den Schlüsseln, das sie aus einem Ungarnurlaub noch vor der Wende mitgebracht hatten.

Im Flur trat Elling mit dem ersten Schritt in etwas Nasses – das Benzin. Entweder würde einer der drei es noch selbst entzünden, oder die Gasexplosion in der Küche würde das besorgen.

Waren sie doch schon auf und davon? Elling schätzte, das in der Küche ausströmende Gas hätte ohne abgedichtete Fugen in den Fenstern und Türen und Zargen sicherlich dreißig Minuten benötigt, um eine zündfähige Konzentration zu erreichen. Genug Zeit also für ihre Mörder, um sich aus dem Staub zu machen.

Er schlich – mit Susanne dicht hinter sich – auf das Handy zu. Da ertönten von oben Geräusche. Von ihrem Wesen her schwer einzuordnen. Suses Griff verkrampfte, er spürte es, sie zog ihm den Gürtel enger.

Aber auch er stand reglos da.

Denn jetzt war das Geräusch klar zu identifizieren: Jemand kam die Treppe hinab. Stufe um Stufe.

Da die Treppe zum Flur hin lediglich mit dünnen Metallstreben versehen war, würden sie ins Blickfeld des Mannes geraten, wenn er und Susanne die letzten zwei Schritte zum Handy machen würden. Aber auch für eine Rückkehr zur Küche reichte es jetzt nicht mehr. Nicht mit Suse im Schlepptau. Dazu waren sie zu langsam.

Elling packte sie mit links am Arm und zog sie mit sich, während er schnell zur Seite unter die Treppe huschte. Sein Puls jagte hoch: Sie waren noch hier. *Alle drei.*

Vielleicht würde der Mann von oben Suse und ihn beim Hinausgehen nicht entdecken. Vielleicht würde er nicht zur Küche zurückschauen. Vielleicht würde er das Haus einfach verlassen, ohne über die Schulter zu blicken.

Ja, das alles war denkbar – aber nicht wahrscheinlich.

Elling spannte den Hahn des Revolvers und zählte die Stufen von unten nach oben ab, bis er bei der sechsten gelandet war. Dort setzte er die Mündung der Waffe direkt auf und wartete ab.

Die Schritte von oben kamen näher. Erreichten die Stufen über ihnen. Noch ein Schritt. Knarrte die sechste etwa nicht mehr?

Und dann ertönte es doch noch, das sattsam bekannte Ächzen und Quietschen. Stufe sechs. Elling feuerte dreimal hintereinander senkrecht durch die Treppe. Die Explosion der Treibladungen erschienen ihm so laut, als könne man sie noch kilometerweit hören.

Der nächste Schritt über ihnen blieb aus. Als sei der Mann einfach stehen geblieben. Hatte er ihn überhaupt getroffen? Ging er in Deckung? Schlich er sich weiter?

Und dann schlug der Heavy-Metal-Mann mit Verzögerung, dafür aber umso heftiger der Länge nach auf den unteren Stufen auf und rutschte leblos in den Flur. Soweit Elling das im Halbdunkel beurteilen konnte, hatte er sich bei dem Aufprall nicht abgestützt. Und das Ausbleiben dieses Reflexes bedeutete, dass er tot war.

In seiner Schädeldecke schimmerte etwas Feuchtes.

Der Weg nach vorne war jetzt versperrt. Mit ziemlicher Sicherheit kämen sie jetzt genau von dort – durch die halb geöffnete Eingangstür, durch die es in den Flur regnete. Also bewegte er sich seitlich wieder zurück zur Küche. Jetzt mussten Susanne und er es über die Terrasse hinten versuchen.

»Wir hauen über den Garten ab«, flüsterte er Susanne zu, die sich immer noch an seinem Gürtel festhielt. Da kam ein trockenes Husten von unten. Erschrocken blickte Elling hinab – der Heavy-Metal-Mann versuchte, sich aufzurappeln.

Elling stieß mit der freien Hand die Küchentür auf. »Lauf raus, Suse.«

Zögerlich löste sie ihre Hand von seinem Gürtel. »Ich kann nicht.«

»Du kannst. Lauf.«

»Nein.«

Die Haustür flog auf und krachte gegen die Flurwand. Der Mann, dem Susanne die Maske vom Kopf gerissen hatte, schoss, ohne zu zögern. Das Projektil sauste knapp an ihren Köpfen vorbei und schlug hinter ihnen ins Mauerwerk ein.

Elling stieß Susanne unsanft in die Küche, und nach einem kurzen Straucheln lief sie jetzt tatsächlich weiter, beflügelt durch den Schuss auf sie. Birkers zweiter Schuss, jetzt schon präziser, hinderte Elling aber daran, ihr zu folgen. Er selbst hatte noch zwei Patronen in der Trommel.

Der Heavy-Metal-Mann richtete sich weiter auf. Er keuchte und stützte sich mit der Hand am Geländer ab. Damit versperrte er Birker die Sicht, der wiederum auf die Küchentür zielte, durch die Ellings einzig möglicher Fluchtweg führte.

Der machte zwei Schritte auf den Verletzten zu, legte ihm den Unterarm von hinten um den Hals und zog ihn rückwärts mit sich mit. Der Heavy-Metal-Mann packte ihn mit beiden Händen am Arm, um sich aus der Zwinge zu befreien, aber Elling befand sich in der besseren Position. Denn er ging rückwärts und war bei Kräften, während der Griff seines Kugelfangs schwach war.

Birker wägte kurz ab. Dann feuerte er in schneller Folge vier Mal auf Elling.

Drei Kugeln trafen den Heavy-Metal-Mann, die vierte hinterließ eine brennende Spur an Ellings Hals – und in Elling selbst den unbändigen Wunsch zu leben. Oder vielmehr: nicht in dieser Lache aus Benzin neben einem Heavy-Metal-Fan zu verenden und zu verbrennen. Und das nur, weil der Mann in der Tür treffsicherer war als er selbst.

In einem Akt verzweifelter Auflehnung riss er den Revolver hoch und drückte zweimal ab. Birker flog etwas vom Kopf weg. Sein Schussarm baumelte hinab, er drehte sich noch einmal ein Viertel um seine Längsachse, dann krachte er rücklings zu Boden und blieb liegen.

Susanne lief geduckt im eigenen Garten durch den Regen. Jemand hatte beim Löschen der Lichter einen Fehler begangen und versehentlich die Beleuchtung rund um den Pool eingeschaltet. Abgedimmt, ganz so, wie Elling es vorgeschwebt hatte.

Die Schüsse, dachte sie, die Schüsse mussten doch die Nachbarn alarmiert haben! Sie wollte die Ligusterhecke links nehmen und sich über den Bonanza-Zaun fallen lassen: zu den Krautts. Grillfans, die gerne auch mal im Garten übernachteten. Sie beherbergten einen halben Zoo. Aber keiner ihrer Hunde schlug an.

Vielleicht, weil der Regen jedes Geräusch im Keim erstickte und dämpfte.

So auch den trockenen Knall, der klang wie ein helles, flaches Aufklatschen eines Bretts auf Wasser. Es fegte ihr das Schienbein weg, bevor sie den Schmerz spürte und stürzte, zunächst seitlich auf den Beckenrand und dann in den Pool.

Das Wasser schluckte jedes Geräusch, die Unterwasserlampen beleuchteten das Becken. Susanne, die sich wunderte, weshalb sie gestürzt war, blickte an sich herab. In Höhe des Schienbeins traten dunkle Fäden aus ihrer Jeans. Blut.

Zeitgleich erreichte der Schmerz ihren Kopf.

Sie tauchte nahe am Beckenrand auf und konnte stehen. Sie hatte das Gefühl, ihr Schienbein sei um ein Vielfaches seines Umfangs angeschwollen. Susanne streckte die Hand nach dem Rand des Pools aus, ohne genau hinzuschauen, weil ihr Blick immer noch ihrem Unterschenkel galt.

Aber dort, wo ihre Finger Stein spüren sollten, fuhren sie über eine Wölbung aus … Leder?

Susanne Elling schaute auf: Leon Rink stand dort und zielte mit der Pistole auf ihren Kopf. Ihre Hand lag auf seiner Schuhspitze. Er war es, der sie mit einem Schuss ins Bein zu Fall gebracht hatte. Sein Blick war frei von Interesse für ihr Leben, ihre Wünsche, Sorgen, sie. Er wollte es nur zu Ende bringen und gehen. Und vielleicht endlich schlafen oder einen Kaffee trinken oder eine rauchen. Susanne würde es nicht erfahren.

Ein Schatten flog durch die Nacht und den Regen und stürzte sich auf Leon Rink, dem die Waffe zu Boden polterte, bevor er und Elling in den Pool fielen. Noch unter Wasser begannen die beiden miteinander zu kämpfen und zu ringen.

Rink war jünger und kräftiger. Nur mit Mühe kam Elling überhaupt hoch und konnte kurz einatmen. Rink schlug ihm den Ellbogen gegen die Schläfe, einmal, zweimal, den dritten Schlag wehrte Elling ab, und ihm gelang ein weiterer, aber lahmer Schwinger gegen das rechte Auge seines Gegners. Dann legte Rink sich auf ihn, um ihn unter Wasser zu drücken.

Elling erfasste, dass der andere ihn ertränken wollte. Er vergrub seine Hände in die Haare des Mannes und zog ihn ebenfalls unter Wasser. Eine Verzweiflungstat, denn sein Angreifer war ihm körperlich überlegen. Durchtrainierter, stärker, entschlossener.

Mit einem Mal ließ Rink ihn los. Und Susanne Elling, die trotz ihrer Verletzung durch den Pool humpelte, um ihrem Mann zu helfen, sah Rink auf sich zukommen. Aber dessen Blick galt nicht ihr, sondern schrammte knapp an ihr vorbei.

Susanne schaute über ihre Schulter – dort lag eine dunkle Erhebung im Gras: die Pistole, die Rink verloren hatte, als Elling mit ihm in den Pool gestürzt war. Sie hatte er im Blick, und auf sie bewegte er sich zu.

Susanne begann zu kraulen. Ihr linkes Schienbein war kaum zu gebrauchen. Andererseits hatte sie auf 200 Meter der Damen in der DDR trainiert. Sie legte sich ins Zeug.

Das tat Rink auch – und holte auf.

Elling, der noch nach Luft schnappte, ermaß die Chance, den Beckenrand zu erreichen, außen herumzulaufen und die Waffe vor Susanne oder Rink zu erreichen – aussichtslos.

Aber da war noch die Gegenstromanlage, auf deren roten Knopf Elling schlug. Es blubberte in den Leitungen, es gurgelte und röhrte – und dann sprang die Gegenstromanlage an und schob die Wassermassen nach Nordwest. Die Richtung, die Elling mit Bahr & Wildhagen vereinbart hatte. Und deren Strömung Birker seitlich auf ganzer Länge traf. Er hob den Arm, um nach Susanne Ellings Fuß zu greifen und sie zu stoppen. Aber er fasste daneben. Die Strömung drückte ihn nach links weg.

Er verstand nicht, was passiert war, und legte sich nun wieder ins Zeug, um den Beckenrand vor Susanne zu erreichen.

Die griff nach der Pistole und fuhr im Wasser herum. Elling hob die Hände in der Erwartung, sie würde ihm die Waffe zuwerfen. Aber Susanne Elling schwenkte herum, drückte noch mitten in der Bewegung ab, als hätte sie tagein, tagaus nichts anderes getan, und schoss Leon Rink ins rechte Auge. Das Geschoss sprengte dem Mann ein handtellergroßes Stück Schädeldecke beim Austritt raus. Sein Kopf klatschte leblos ins Wasser und alle Spannung wich aus seinem Körper.

Langsam trieb er nach Nordwest ab.

Reifenquietschen. Scheinwerferkegel. Vermummte SEKler stürmten mit vorgehaltenen Maschinenpistolen durch den Garten. Dahinter folgten Rainer Mertens und Kollegen in Zivil.

Mertens erreichte sie am Pool.

Er sah Susanne, die sich gerade mit dem blutenden Bein aus dem Pool zog. Die Leiche mit der Kopfwunde, aus der Blut trat, und Elling, der im Pool stand und mitgenommen aussah.

Mertens sah zur Straße und winkte jemanden her: »Arzt! Wir brauchen hier einen Arzt!«

Dann hockte er sich neben Susanne: »Hast du weitere Verletzungen?«

Sie packte ihn mit beiden Armen und schluchzte drauflos.

Er blickte zu Elling, der den Kopf schüttelte, und nun mit seinem Jackett und dem triefenden Schlips aus dem Wasser in den Platzregen trat.

»Ist drinnen noch einer?«

Elling schüttelte den Kopf: »Sind tot. Wer hat dich informiert?«

»Lona Mendt.«

XI
TAG ELF

55

»Das waren Rathes Leute«, beharrte Elling. Seine Halsschlagader trat dabei weit hervor.

»Und wenn: Der ist Staatssekretär«, erklärte Mertens, der sich sichtlich zur Ruhe zwang, weil Elling auf hundertachtzig war, »Staatssekretär! Wir kommen an ihn nicht ran.«

Sie standen im Büro von Lona und Elling. Mertens hatte die Tür hinter sich geschlossen. Lona saß hinter ihrem Schreibtisch, aber Elling hielt es nicht, er musste sich bewegen. Er tigerte das Büro hoch und runter wie ein eingesperrtes Tier.

»Kannst du … Rainer … kannst du«, er trat nahe an seinen Vorgesetzten heran, »kannst du für die Sicherheit meiner Familie und mich garantieren?«

»Beruhig dich mal.«

»Nein. Nein, ich beruhig mich nicht. Die wollten uns umbringen und das Haus anzünden. Die sind für einen Doppelmord angerückt, und ich will nicht …«, er hielt kurz inne und schüttelte den Kopf, die Augen wurden ihm feucht: »Rainer, ich will gar nicht daran denken, wenn Mareike zu Hause gewesen wäre.«

»Das wär schlimm gewesen«, sagte Mertens, nickte und bedachte Elling mit einem mitfühlenden Blick. »Schlimm«, fügte er etwas hilflos hinzu, »schlimme Vorstellung, Elling.«

Der nahm seinen Vorgesetzten ins Visier: »Und was ist jetzt? Was kommt jetzt? Was passiert? Was, verdammte Scheiße, wirst du *tun*?«

»Wir haben die Verbindungen der Männer überprüft, das heißt … wir wollten das.«

»Wollten das?«, fragte Lona.

»Es ging nicht«, räumte Mertens ein.

»Weil was?«, fragte Elling.

»Weil wir nicht wissen, wer die sind, die drei Toten.«

»Aber man hat die ja nicht vom Mars aus eingeflogen, oder?«

»Elling, ich bin auf deiner Seite.«

»Ist das so?«

Rainer Mertens hob den Blick zu Elling, er straffte sich: »Was willst du damit sagen?«

»Ich will damit sagen, dass man gestern versucht hat, Suse und mich umzubringen! Und ich dir sagen kann, wer das angeordnet hat, und mich frage, warum der nicht längst in U-Haft sitzt!«

Die letzten Wörter brüllte er hinaus und schlug dazu mit der flachen Hand auf den Tisch, um seinen Chef nicht zu ohrfeigen.

Rainer Mertens nahm all die Wut mit buddhistischem Gleichmut. Manchmal musste man als Vorgesetzter auch einfach nur der Prellbock sein. »Er sitzt nicht in U-Haft, weil wir – im Moment jedenfalls noch – nicht beweisen können, dass er mit den Männern zu tun hat.«

»Waren die auch bei der Staatssicherheit?«, fragte Lona.

»Wissen wir nicht«, antwortete Rainer Mertens und kam einer Nachfrage schnell zuvor, »wir wissen es nicht, weil die alle drei keine Papiere bei sich hatten. Keinen Führerschein, keinen Ausweis, keine Handys, schlicht nichts. Klar, das ist kein Zufall. Das ist auch keine Einbrechernummer oder so, das riecht schon nach Nachrichtendienst.«

»Und Fingerabdrücke?«

Mertens schüttelte den Kopf: »Haben wir – die sind erkennungsdienstlich aber alle noch nicht in Erscheinung getreten. Jetzt läuft die DNA-Analyse.«

Elling schluckte schwer und hob dann den Zeigefinger: »Hör zu Rainer, wenn du nicht für die Sicherheit meiner Familie und mich sorgst, dann nehm ich das in die eigene Hand.«

»Das ist eine ganz schlechte Idee, Elling – und die hab ich nicht gehört.«

»Der hat unzählige unschuldige Menschen in der DDR auf dem Gewissen, der nette Herr Rathe, und jetzt arbeitet der auch noch im Ministerium – sag mal selbst: Wie kann das sein? Wie kann das sein, hm?«

»Ich weiß es nicht.«

Elling wandte sich wutentbrannt ab und blickte aus dem Fenster des Büros über die Stadt.

»Wenn Staatssekretär Rathe das angeordnet hat«, nahm Mertens den Faden ruhig auf, »dann wird er jetzt die Füße stillhalten. Dann weiß er, dass er unter Beobachtung steht. Und Susanne und Mareike und du: Ihr bekommt jetzt Polizeischutz.«

Lona sah zu Ellings Rücken. Sie wusste, das wäre für ihn keine dauerhafte Option.

Elling wandte sich wieder seinem Vorgesetzten zu: »Das ist auf Dauer keine Lösung, Rainer.«

»Ich weiß.«

»Was ist mit Rathe selbst?«, fragte Lona.

»Schon erledigt. Er hat nicht telefoniert. Wir haben seine Verbindungsdaten überprüft.«

»Dann hat er seine Anweisungen mündlich gegeben«, schloss Elling wütend.

Lona nickte: »Sein persönlicher Assistent Victor André hat uns gestern von Hamburg aus verfolgt. Er hat auf Ellings Handy angerufen …«

»Victor André hat euch gestern auf der Autobahn überholt. Mehr ist nicht nachzuweisen«, unterbrach Mertens sie, »und die Anrufe, die auf Ellings Handy eingegangen sind, kamen von einer Prepaid-Nummer. Die war auch in Pölchow in der dortigen Funkzelle. Aber wir können nicht nachweisen, dass André diese Anrufe getätigt hat. Wie auch immer: Staatssekretär Rathe wird jetzt nichts unternehmen, das wäre dumm. Und das weiß er. Von dem geht momentan keine Gefahr aus.«

»Natürlich«, meinte Elling, »er hat ja die Liste noch rechtzeitig wieder eingefangen. Jetzt gibt es kein Exemplar mehr, von dem wir wissen. Wir hängen jetzt bei der Mördersuche in der Luft. Aber ist ja egal, das LKA übernimmt ja ab morgen.«

Mertens seufzte: »Ich kann's nicht ändern. Und was die Toten betrifft, deren Identitäten kriegen wir früher oder später. Dann führt das möglicherweise auch zu Staatssekretär Rathe.«

Elling inhalierte tief.

Susanne hatten sie das Projektil aus dem Schienbein operiert und sie vorsorglich in der Klinik behalten. Das Haus im Ringelrankenweg war komplett abgesperrt worden. Seit dem frühen Morgen drehte man dort jeden Quadratzentimeter um, und Feuerwehr und Technisches Hilfswerk schafften das Benzin mithilfe von Spezialgeräten raus.

Er stand mit Lona Mendt auf dem Parkplatz hinter dem Kommissariat in der Blücherstraße.

Und zu der wandte er sich jetzt: »Woher kriegen wir nun die Liste? Wer könnte sie noch haben?«

Lona verstand den Beweggrund – über die Liste konnten sie Rathe ausschalten. Und damit für Sicherheit für Elling und seine Familie sorgen. »Mir fällt niemand ein außer Hildebrandt. Und wenn er sie nicht … vielleicht hat er einen Tipp. Er ist uns was schuldig.«

Elling seufzte. Vermutlich würde das zu nichts führen. Aber er hatte auch keine bessere Idee.

Nach dem Gewitter der gestrigen Nacht war die Hitze zurück. Die Sonne trocknete die nassen Böden aus, die Feuchtigkeit hielt sich in der Luft, es war schwül und drückend.

Lona hatte die Ärmel ebenso hochgekrempelt wie Elling, der mit einem gewissen Trotz immer noch den Schlips von gestern trug. Lona saß am Steuer.

Sie mussten gar nicht bis zu Hildebrandts Haus fahren. Sie sahen ihn am Ufer des Sees sitzen, stoppten dort ab und gingen zu ihm hinüber.

Der pensionierte Arzt sah sie kommen und nickte ihnen zur Begrüßung entspannt zu. Lona erinnerte er immer noch an Max von Sydow.

»Guten Tag, Herr Hildebrandt.«

»Guten Tag.«

»Was machen Sie? Angeln Sie?«

»Dazu fehlt mir die Geduld. Ich schaue auf den See.«

Einen Augenblick lang standen sie neben ihm und blickten ebenfalls auf das Wasser.

»Diese Liste lässt uns keine Ruhe.«

»Ich habe sie nicht.«

»Und wer …?«

»Jeder der damals Beteiligten könnte sie haben. Bis runter zur Krankenschwester.«

»Aber die hätte vermutlich gar nicht begriffen, was sie da in den Händen hält«, stellte Elling fest.

Lona musste lächeln. Neben der notdürftig geflickten Brille und der einigermaßen verheilten Platzwunde an der Augenbraue hatte sich nun noch der Streifschuss am Hals dazugesellt. Elling sah mit jedem Tag ramponierter aus. Ja, und mit jeder neuen Delle mochte sie ihn mehr. Und diese Sache von gestern Nacht hatte ihre Einschätzung bestätigt, dass da weitaus mehr in ihm schlummerte. Möglicherweise mehr, als er selbst ahnte.

»Alexander Beck hat die Wilmer AG damit erpresst.«

»Wie ich Ihnen schon gesagt habe: Ich benötige kein Geld, und ich habe auch keine Erfahrung darin, Leute zu erpressen, und wenn ich es doch getan hätte, dann direkt nach der Wende. Dann hätte ich mir von dem Geld etwas aufgebaut. Aber jetzt? Wieso jetzt? Das macht keinen Sinn.«

»Die Toten«, sagte Lona, die ihrer Intuition folgte, »wo liegen die?«

»Die Toten aus den Testreihen?«

»Genau die.«

»Da, wo sie gelebt haben«, antwortete Hildebrandt: »Ostberlin, Jena, Rostock, Dresden, Leip…«

»Die von hier«, unterbrach Lona ihn, »alles läuft hier zusammen.«

Hildebrandt lächelte kurz: »Ist das eine kausale Beweisführung?«

»Nein. Aber es hat mit hier, mit Marnow zu tun, glaube ich«, entgegnete Lona.

Hildebrandts Lächeln verlor sich, er betrachtete sie mit ernster Miene: »Ja, vielleicht.«

»Wie meinen Sie das?«, wollte Elling wissen.

»Ich weiß nicht. Das ist auch für mich neu, Herr Elling – ich teile das Gefühl Ihrer Kollegin: Ja, vielleicht hat es mit Marnow zu tun.«

Er deutete quer über den See zu der Kirchturmspitze vor der Klinik: »Auf dem alten Friedhof, da liegen sie: die Toten von Marnow.«

Ohne viel Hoffnung umrundeten sie den See. Sie hatten eine letzte, lose Karte, die sie jetzt noch spielen konnten.

Lona hatte über Rathe nachgedacht.

Für Elling war er eine Gefahr. Für ihn und seine Familie.

Für Lona möglicherweise auch, aber sie hatte keine Angst.

Jeder Mensch offenbarte sein wahres Wesen, wenn man ihm ein Stückchen Macht zubilligte, dachte Lona. Die einen waren der Macht gewachsen und wandten sie zum Wohl der Allgemeinheit an. Die anderen waren der Macht charakterlich nicht gewachsen: Sie wurden von der Macht, die man ihnen anvertraut hatte, deformiert.

Christian Rathe war so einer. Einer, der seinem Posten nicht gewachsen war. Und vor so einem fürchtete sie sich nicht.

Die Grillen auf dem Friedhof gaben ein leises Konzert. Als achteten sie die Totenruhe. Elling zündete sich eine Zigarette an, dann gingen sie die Fluchten zwischen den Gräbern entlang. Wie Leute, die ziellos eine neue Landschaft erschlenderten.

Still, weil ihre Gedanken um die Sache kreisten.

Schweigsam, weil alles Wichtige gesagt, aber nicht ausgesprochen war.

Langsam, weil es wohl nichts mehr zu entdecken gab.

Bald nämlich würde das LKA übernehmen.

Sie passierten – jeder auf seiner Seite – den Pavillon, unter dem sie im Regen Schutz gefunden hatten.

Manchmal blieben Rätsel. Manchmal musste man als Ermittler aufgeben, weil man sich im Kreis drehte. Manchmal benötigten Fälle Zeit. Neue Ermittler. Neue technische Möglichkeiten. Das gab es.

Aber für jemanden wie Elling oder Lona Mendt war das nicht befriedigend.

Ihre Blicke fuhren über die Grabsteine.

Familiengräber. Dann einzelne. Aus Marmor. Naturbelassene Findlinge, gefolgt von solchen mit Rissen.

Die neuen ließen sie aus, ohne sich diesbezüglich abgestimmt zu haben. Sie suchten Gräber aus den Siebzigern und Achtzigern, das war klar.

Jahreszahlen, Namen.

Elling hob den Kopf und sah am Ende eine Gruppe von Steinen, die sich von den anderen unterschied. Denn sie waren einander zugewandt. Als würden sie untereinander gerade den neuesten Dorftratsch weitergeben. »Hast du was?«, fragte er Lona.

»Nein.«

Lona bog nach oben ab. Elling ging auf die Gruppe von Steinen zu, als zögen sie ihn magisch an.

Kinder.

Kleine Engelsfiguren, bunte Windräder, Spielzeug.

Lauter Dinge, die mit auf einen Weg gegeben wurden, den sie ohne elterlichen Beistand antreten mussten. Die jetzt dort Wache hielten und von dem Schmerz erzählten, der die Eltern für immer verändert hatte.

Lona war bei einer Reihe angekommen, die Anfang der Achtziger angelegt worden war. Männer und Frauen, zwischen dreißig oder Mitte vierzig.

»Oh nein.«

Ellings Stimme drang zwar bis zu ihr, aber weil sie so vertieft war in die Inschriften, reagierte Lona mit leichter Verzögerung. Sie sah auf und entdeckte ihn bei der Gruppe Grabsteine, die etwas separiert standen. Intuitiv las sie in seiner Haltung sein tiefes Bedauern. Die herabhängenden Schultern, der gesenkte Kopf. Sie ging zügig auf ihn zu: »Was ist?«

»Ich glaub, ich hab's«, antwortete Elling, ohne sich umzudrehen. Und statt einer Antwort trat er beiseite und gab den Blick auf einen kleinen Grabstein frei. Lona erstarrte, als sie den Namen las, und nun teilte sie Ellings Bedauern.

Paula Bender.

03.03.1981–04.12.1988.

»Siebeneinhalb Jahre«, wisperte Elling. Und während er nur ganz entfernt ahnen konnte, was das bedeutete, weil er Vater war, stand Lona neben ihm und wusste es. Wusste es doppelt.

Für einige Augenblicke standen sie starr in der Zeit. Aber in ihren Köpfen fügte es sich nun, jedes Detail fügte sich in das andere. Und auch wenn sie noch nicht alle Antworten hatten, lag es mit der Klarheit eines Blicks mitten ins Sonnenlicht plötzlich vor ihnen.

Natürlich.

»Er musste sich beeilen, weil sie stirbt«, sagte Elling leise.

Lona nickte: »Das ist ein Rachefeldzug. Die Benders rächen sich für ihr ermordetes Kind.«

Sie zückte ihr Handy und wählte die Notrufzentrale. »KHK Mendt, Kripo Rostock. Schreiben Sie Meike und Michael Bender zur Fahndung aus. Wohnhaft auf dem Campingplatz in Marnow. Fotos folgen.«

56

Sie hatten den Volvo so neben dem Schlagbaum abgestellt, dass er die Zufahrt versperrte. Auf das Klingeln an der Tür der Benders hatte es keine Reaktion gegeben. Keine Schritte, nichts. Sie hatten das Haus umrundet und durch die Fenster gespäht – auch das ergebnislos. An der Hintertür, an die nach zwei Metern Holzterrasse direkt der See anschloss, hatten sie sich wieder getroffen.

»Warten wir oder gehen wir rein?«, fragte Lona leise.

»Wir gehen rein.«

Sie nickte und drückte die Klinke nach unten. Wie erwartet war sie abgeschlossen.

»Dann tritt uns die Tür ein, Supermann«, sagte Lona. Sie nahm ihre Dienstwaffe in die Hand, entsicherte und zog den Schlitten durch. Wenn ihre Vermutung zutraf, hatte sie Michael Bender damit am Arm angeschossen.

Elling tat es ihr gleich. »Das geht nur in Filmen«, ließ er sie wissen.

Sie nickte, stellte sich seitlich und kickte mit einer schnellen Drehung der Hüfte gegen die Tür. Die krachte auf, Holz splitterte aus der Zarge. Lona war zuerst mit der Waffe drinnen und sicherte sich und ihn. Dann folgte Elling, der die Waffe in den links abzweigenden Flur richtete, der sich durch das Haus bis zur vorderen Eingangstür zog. Er war leer.

Sie tauschten einen Blick.

»Frau Bender?«, rief Lona.

Nichts. Nur das Kreischen der Kinder am See.

»Die sind nicht da«, stellte Elling fest und senkte die Pistole. Auch Lona stieß sich von der Wand ab und steckte die Pistole zurück ins Holster rechts am Gürtel, Knauf nach vorne.

Das Haus lag totenstill. Behutsam streiften sie hindurch. Der

Tisch, an dem Lona mit ihnen gegessen hatte. Hatten sie dort ihre Pläne geschmiedet? Die Toilette mit dem niedlichen Apothekerschränkchen – hatte Meike Bender ihren verletzten Mann dort versorgt? Die Räumlichkeiten erhielten mit einem Mal neue Ebenen. Ihre Deutung wurde vielschichtig. Wie ihre Bewohner.

»Denkst du, die sind abgehauen?«, fragte Lona.

Er wusste es nicht. In der Küche angekommen legte er die Hand auf die Kaffeemaschine. Sie war noch warm. Aber das musste ja nichts heißen. Als er sich umdrehte, entdeckte er die beiden Wellensittiche. Ein Blick auf die Futterschale und die kleine Wassersäule genügte ihm: »Nein, die sind noch hier.«

Er füllte das Röhrchen mit dem Wasser auf, bevor er das Haus zusammen mit Lona weiter durchkämmte.

»Hier, Elling.«

Er folgte ihrer Stimme. Lona stand in einer Art Werkzeugraum, einem breiten Flur, der die Waschküche mit der Garage verband. Hier hatte Michael Bender sich einen Werkraum eingerichtet, um anfallende Arbeiten zu erledigen. Kreissäge, Hobel, Zwinge, jede Menge Werkzeuge, die in einer Lochwand auf ihren Gebrauch warteten.

Elling nickte unwillkürlich: Auf einem Campingplatz fiel jeden Tag etwas an.

Aber Lona stand nicht vor der Lochwand, sondern in einer Ecke, in der ein paar gerahmte Fotos hingen. Er trat an sie heran.

Es waren nicht nur Fotos, sondern auch Zeitungsartikel. Auf dem größten war der junge Michael Bender in Jägermontur vor einem erlegten Wildschwein zu sehen. In der Armbeuge ein Jagdgewehr. Der junge Mann lächelte in die Kamera. Dazu ein Artikel: »Jagdprüfung erfolgreich absolviert.«

Daneben ein zweites Foto, das Bender beim Ausnehmen des Schweins zeigte – mit einem Jagdmesser, das er in der linken Hand hielt.

»Linkshänder«, sagte Lona.

Elling nickte.

Ein Hängeschrank daneben weckte sein Interesse. Wider

Erwarten war der nicht abgeschlossen. Er beherbergte zwei Jagdgewehre und einen schweren silbernen Revolver.

»Meinst du, er war es alleine?«

»Dass sie nichts davon weiß?«

Er nickte.

»Das glaube ich nicht«, antwortete Lona.

Sie sah sich um.

»Merkst du das auch?«

»Was?«

Er holte tief Luft, ob es hier vielleicht auch nach Benzin roch.

»In diesen Räumen ist … kein Leben mehr.« Es war keine Vermutung, sie stellte es fest. »Die gehen«, fügte sie hinzu.

Sie wandte sich ab und betrat den angrenzenden Flur. Für einen Augenblick war er sprachlos. Er wäre nie darauf gekommen. Im Leben nie. Aber es stimmte. Sie hatte eine Schwingung wahrgenommen, die ihm verborgen geblieben war.

Lona hatte zwei Kinder verloren, die Benders hatten eine Tochter verloren – vielleicht war Elling einfach der Zugang zu dieser Ebene verwehrt. Er folgte ihr und fand Lona vor einer Tür, die abgeschlossen war. Er hob fragend den Kopf.

Sie deutete ein Achselzucken an.

Elling ging schräg hinter ihr in Stellung und legte mit der Pistole auf den Raum an. Oder auf das hinter der Tür, was sie beide erwartete, wenn Lona sie eintrat.

»Bereit?«

»Ja.«

Sie wandte dieselbe Technik wie bei der Hintertür an.

Dieses Mal hielt die Tür stand. Und falls sich jemand dahinter befand, durften sie keine Zeit verlieren. Elling warf sich mit seinem ganzen Gewicht dagegen. Die Tür riss aus den Angeln, und er stürzte mit ihr lautstark zu Boden.

Staub wirbelte in die Höhe.

Er drehte sich instinktiv zur Seite, falls ihn jemand angreifen wollte. Und Lona sprang schussbereit über ihn und deckte ihn mit ihrem Körper.

Aber all das war nicht notwendig.

Niemand griff sie an. Sie rannten auch in keine selbst gebaute Bombe oder eine andere Falle, sondern sie standen plötzlich – Elling rappelte sich auf – in einem Mädchenzimmer.

Pink und Weiß waren die vorherrschenden Farben. Ein Bettchen. Frisch bezogen mit einer Decke, auf der Pferde liefen. Ein Schaukelpferd in der Ecke des Zimmers. Aus Holz. Es war von Hand geschnitzt. Vielleicht ein Familienstück, denn das Holz war alt und hier und da rissig.

Ein kleines Tischchen. Ein Fenster – Lona schob den Vorhang beiseite – mit Blick auf den See. Bei jedem Schritt stoben die Staubwölkchen in die Luft.

Sie sahen sich um. Eine Pinnwand mit einem Herzchen. Fotos. Mama, Papa, Paula im Urlaub. Paula mit Zahnlücke.

Das Zimmer wurde bereitgehalten. Falls Paula wider aller Wahrscheinlichkeit und Logik doch noch nach Hause kam. Lachend von einer Entenfamilie erzählen würde oder was Max aus der Nachbarklasse wieder angestellt hatte. Sich freuen würde auf das Kekse-Backen mit Meike oder das Paddeln über den See mit ihrem Vater, der sie auch schon mal das Segel bedienen ließ. Und wenn es gewitterte, abends, dann würde sie ins elterliche Bett kriechen, in die Ritze zwischen den beiden Matratzen, von ihnen umarmt und geknuddelt werden und in dieser Geborgenheit in ihre Träume hinübergleiten.

Aber Paula würde nicht kommen. Sie war tot. Und das Zimmer ein Altar.

In dem Bett am Kopfkissen war nur Platz für ein Stofftier: ein kleines Krokodil.

»Das ist von einem Foto«, sagte Lona und brach damit die Stille, »ein Mädchen hält es. Auf einem der Fotos, die wir bei Sterzing gefunden haben.«

»Das war dann Paula«, bestätigte Elling, der sich an das Foto mit dem Kind und dem Krokodil erinnern konnte.

»Er tut es aus Rache und aus Liebe«, sagte Lona. »Er tötet aus beiden Motiven. Er will ›fertig‹ sein, bevor seine Frau stirbt. Und sie hat nicht mehr viel Zeit.«

»Ja«, bestätigte eine Stimme hinter ihnen.

Erschrocken fuhren sie herum. Hinter ihnen stand Meike Bender, die sie beide nicht hatten kommen hören. Ihr Blick war klar und selbstbewusst, und sie zog sich nun die Perücke vom Kopf, von der sie angenommen hatte, die beiden Kriminalbeamten wüssten es noch nicht. Ihre Kopfhaut war nahezu kahl. Erste Härchen formierten sich wieder. Aber ihr Schädel arbeitete sich bereits durch die pergamentartige Haut.

»Ja. Die Zeit zerrinnt mir zwischen den Fingern.«

Meike Bender stellte es fest, als beträfe sie das nicht mehr. Sie hatte sich mit ihrem Tod abgefunden. Sie war schon nicht mehr ganz hier.

»Frau Bender, wo ist Ihr Mann?«, fragte Lona.

»Ich weiß es nicht. Er ist noch kurz los … ich weiß nicht. Ich weiß nur, dass er bald nach Hause kommt. Ich war auf dem Markt, es gibt bald Mittagessen. Spätestens dann ist er da.« Wie zum Beweis hob sie ihre Einkaufstüte an. Elling und Lona sahen Gemüse: Sellerie, Lauch, Karotten.

»Können Sie ihn erreichen?«, wollte Lona trotzdem wissen.

Sie schüttelte den Kopf und zog ein altes, klobiges Handy hervor: »Wir haben zusammen nur das hier … Ich wollte mir einen Tee aufsetzen und auf ihn warten. Warum warten wir nicht zusammen?«

Sie sah abwartend zwischen Lona und Elling hin und her. Die waren unschlüssig.

»Tee?«, fragte Elling. »Ist das nicht etwas warm dafür?«

»Nein. In Afrika macht man das so … der warme Tee hilft dem Körper abzukühlen.«

»Gut«, sagte Lona, »warten wir bei einem Tee auf Ihren Mann.«

»Ich brauche Ihre Hilfe«, hatte sein unerwarteter Besucher gesagt. Ein langer, schmaler Kerl, beinahe abgemagert. Er trug eine abgegriffene Umhängetasche. Der Betreiber des Campingplatzes, Michael Bender. Mit Marnow verwurzelt. Und wenn jemand um Hilfe bat …

»Ich habe nicht viel Zeit, ich …«

»Es dauert nicht lange.«

»Hm … na schön. Kommen Sie mit raus auf die Terrasse.«

Statt durch das Haus zu gehen, nahmen sie den gepflasterten Weg außen herum, der unter einer beeindruckend großen Eiche entlangführte.

Hildebrandt wies mit einer Hand grob auf die Stühle am Tisch: »Bitte.«

Bender nickte und nahm Platz.

Hildebrandt setzte sich gegenüber hin, auf die Bank. Er bot dem Mann absichtlich nichts zu trinken an, damit es wirklich nur so kurz dauerte, wie der angekündigt hatte. Unter dem rechten Ärmel des Mannes lugte ein Verband heraus. Der Unterarm war bandagiert.

»Was ist passiert?«

»Ich brauche Ihren Rat, Dr. Hildebrandt.«

»In welcher Sache?«

»In Ihrer.«

Hildebrandt stutzte.

Michael Bender öffnete die Umhängetasche und holte einen dicken Stapel Papiere hervor, die er auf der Tischplatte ablegte. Die Kanten waren eingerissen und umgeknickt. Jemand hatte das Bündel oft durchgeblättert. Er schob Hildebrandt den Stapel mit einer kräftigen Bewegung zu.

Dann entnahm Bender der Tasche ein Fischermesser, das er vor sich ablegte. Scharf und blank poliert. Und dann noch eine Pistole, die er daneben platzierte. Erst danach richtete er den Blick wieder auf Hildebrandt, der sich etwas versteift hatte.

»Ich werde nachher zu Herrn Christian Rathe fahren, den kennen Sie ja. Ich denke nicht, dass ich an ihn herankomme, aber ich werde es versuchen. Und weil ich es dort vermutlich nicht zu Ende bringen kann, muss ich vorher zu Ihnen. Und jetzt will ich Antworten.«

»Wenn ich Ihnen etwas über Paula erzählen soll, dann ist das auch die Geschichte von Rieke und Bjarne«, sagte Meike Bender.

Elling und Lona saßen mit ihr über Eck am Küchentisch. Lona und sie tranken Tee, Elling hatte sich nicht überwinden können und sich für kaltes Wasser entschieden.

»Das waren meine Fehlgeburten«, fügte sie erklärend hinzu. Sie sprach leise, vielleicht, weil das Sprechen ihr nicht leichtfiel, vielleicht, weil es um Vertrauliches ging.

»Michael und ich haben uns 1977 in Rostock kennengelernt. Es war die große Liebe. Und zu der gehörte ein Kind. Eigentlich wollten wir ganz viele. Aber die zweite Fehlgeburt hat mich fast umgebracht. Und dann kam Paula. Die letzte Chance, die die Ärzte noch gesehen haben. Und das Wunder fand statt. Paula … sie war der Mittelpunkt unseres Lebens, sie war der *Sinn*. Und dann starb sie.« Sie nickte sich selbst zu, als könne ein Teil von ihr immer noch nicht glauben, dass es wirklich geschehen war. »Es wurde einfach Nacht in unserem Leben«, sagte sie ohne Pathos.

»Aber dann haben Sie herausgefunden, dass es kein Schicksal gewesen ist«, stellte Elling fest.

Sie sah ihm in die Augen, mit einem Mal wirkte sie kraftvoll: »Ja. Eigentlich ist unser Stammgast Herr Beck immer im September nach Marnow gekommen. Dieses Mal aber schon vorletzte Woche. Dafür aber auch nur für zwei Tage. Er ist am zweiten Tag mit dem Boot über den See gepaddelt. Und ich nutze eigentlich immer die Zeit, wenn unsere Gäste unterwegs sind, um dann sauber zu machen. Sind ja auch nur vier Bungalows. Also habe ich gesaugt und geputzt, eben alles, was so anfällt.«

Lona irritierte die Weitschweifigkeit, mit der Meike Bender über ihren Alltag berichtete: »Und da haben Sie die Liste gefunden.«

»Ich hab ein halb volles Glas umgestoßen, auf dem Nachttisch. Und dann habe ich alles aufgewischt und natürlich auch die Schubladen aufgezogen, da ist auch Wasser reingelaufen und dann … ja, wie Sie sagen: die Liste. Da musste ich die letzten Seiten auch abwischen, die haben verkehrt herum in der Schublade gelegen, und dann … dann habe ich Paulas Namen gesehen.«

»Sie haben von den Testreihen nicht gewusst?«, fragte Lona.

Meike Bender schüttelte den Kopf: »Nein … nein. Es gab früher Gerüchte, dass da einige Parteigrößen behandelt werden oder vielleicht auch Medikamente aus dem Westen kriegen. Aber das war … Gerede. Wie das so ist auf dem Dorf.«

»Dann wurde Ihre Tochter ohne Ihr Wissen behandelt?«, hakte Lona nach.

»Ja und nein. Paula hat unter angeborener Thrombophilie gelitten. Deshalb musste sie immer gerinnungshemmende Medikamente nehmen. Und alle sechs Monate ist sie zur Untersuchung in die Klinik. Zwei Tage nach der letzten Untersuchung ist sie gestorben. Hier im Haus. In dem Zimmer, das Sie gesehen haben. An einem Blutgerinnsel.«

Die Frau unterbrach sich kurz selbst, sie brauchte zwei, drei Atemzüge, um fortzufahren: »Wir haben immer gedacht, unsere Tochter ist eines natürlichen Todes gestorben. Durch die Liste in der Schublade von Herrn Beck haben wir begriffen, dass sie sterben musste, weil man sie für Medikamententests missbraucht hat. Mit Medikamenten, die nicht gewirkt haben.«

Wenn sie anfangs noch Zweifel gehabt hatten, ob Meike Bender von den Taten ihres Mannes wusste, waren diese jetzt wie weggewischt. Die Intensität ihrer Verbitterung verschaffte ihnen Gewissheit. Ja, sie würde im wahrsten Sinne des Wortes nicht eher ruhen, bis der Tod ihrer Tochter gesühnt war.

»Und dann«, nahm Lona den Faden wieder auf, »ist Ihr Mann nach Rostock gefahren, um Herrn Beck zur Rede zu stellen.«

Frau Bender deutete ein Nicken an und blickte kurz nach links. Aber da war niemand.

»Uns war klar, dass wir gegen die Behörden und einen Konzern wie die Wilmer AG vollkommen machtlos sind. Wie Sie selbst gesagt haben, bleibt mir nicht mehr viel Zeit. Ich würde das Ende eines Prozesses nicht mehr erleben. Außerdem haben die Leute von damals, die mit den Menschenversuchen Geld verdient haben, natürlich fast alle Spuren verwischt. Es gibt kaum Beweise. Jedenfalls nicht für die ganz oben. Es sind ja offiziell zum Teil nicht mal die Namen bekannt.«

»Und Ihr Mann hat sie sich besorgt.«

»Ja. In Rostock. Die Verantwortlichen von damals haben drei Leben vernichtet: Paulas, Michaels und meines. Sie haben unseres zerstört und ihres darauf aufgebaut. Jetzt werden sie zur Rechenschaft gezogen.«

»Und danach?«, fragte Lona.

»Wie meinen Sie das?«

»Was wollten sie danach tun? Hätten Sie sich den Behörden gestellt?«

Meike Bender lächelte. Die Vorstellung erschien ihr offensichtlich absurd. Sie schüttelte den Kopf: »Dann wären wir auch gegangen.«

Elling und Lona mussten beide wegen dieser schonungslosen Konsequenz schlucken. Da war kein Zögern, nicht mal ein Hadern bei der schwer kranken Frau. Der gemeinsame Suizid mit ihrem Mann war beschlossene Sache gewesen.

»Ich weiß von Beck, dass er die Wilmer AG in Ihrem Auftrag erpresst hat. Wieso?«

Hildebrandt hatte mit der Sache abgeschlossen. Vielleicht würde er den Mann milde stimmen können, wenn er die Verantwortung, die auf seinen Schultern lastete, auf diejenigen anderer verteilte. Bis es für Bender keinen legitimen Grund mehr gab, ihn, Hildebrandt, zu ermorden.

Aber es war ihm schlicht zu billig. Es gab nichts mehr, wovor er sich ducken wollte. Ganz gleich, welcher Preis dafür zu zahlen war. Und wenn er dafür sterben musste, dann war das eben so. Also nickte er und beugte sich vor: »Möchten Sie vielleicht was trinken?«

»Nein.«

»Schön, also … Meine Tochter hatte nach ihrem Medizinstudium sehr gute Angebote, sogar in der Charité. Aber ihr Traum war immer eine von ihr geführte Privatklinik, in der aber alle behandelt werden. Angesiedelt im ländlichen Raum – hier. Sie hat mit Fachleuten einen Businessplan entwickelt für die Modernisierung der Klinik und die Wiederaufnahme der Geschäftstätigkeit. Und von den Banken vier Millionen Kredit zur Verfügung gestellt bekommen. Es gab Anlaufschwierigkeiten in der Klinik, die Banken sind zu ungeduldig, es geht um eine Lücke von 1,5 Millionen. Ja, ich wollte die Nutznießer von damals zur Kasse bitten. Nein, nicht bitten, ich wollte sie *zwingen*. Aber ich bin Arzt, ich bin nie was anderes gewesen. Ich habe von solchen Sachen keine Ahnung. Aber Herr Beck wusste, wie das geht. Also hat er das übernommen.«

»Dann wussten Sie also von Becks Versuch, die Wilmer AG zu erpressen. Und dass er dafür die Liste benutzt hat, mit der er die tödlichen Medikamentenversuche beweisen konnte.«

Meike Bender, eben noch redselig, schwieg. Sie überlegte, was sie antworten wollte, und sah wieder nach links. Aber dort war nichts. Immer noch nicht.

»Wussten Sie es oder wussten Sie es nicht?«

Sie seufzte und sah wieder auf: »Ja. Wir wussten es.«

In Lonas Hinterkopf begann es zu arbeiten. Wie von selbst ergänzten sich die Informationen. »Wenn Alexander Beck außerplanmäßig hier war, dann nicht, um mit der Liste hierherzukommen, richtig?«

»Ich weiß nicht«, mauerte Meike Bender.

Das brachte Lona erst richtig in Fahrt: »Es wäre ein unsinniges Manöver gewesen, die Liste auf einem Trip hierher mitzunehmen. Wozu? Nein. Er war *ihretwegen* hier. Wegen der Liste. Deswegen ist er nach Marnow gekommen – er hat sie hier bekommen. Und das heißt, Beck ist nicht der Erpresser, zumindest nicht der alleinige. Da ist noch jemand, der Interesse daran hat. Derjenige, der ihm die Liste zugänglich gemacht hat. Und von den Verantwortlichen von damals ist eigentlich nur einer vor Ort, der noch nicht tot ist. Und theoretisch Zugriff auf die Liste hat, auch wenn er das uns gegenüber abstreitet.«

»Hildebrandt«, schloss Elling.

Das Gesicht von Meike Bender war zu einer Maske erstarrt, die nichts preisgab, und Lona fragte sich wieso.

»Er hat das für seine Tochter gemacht«, sagte Elling plötzlich, »richtig? Für die Klink? Die Privatisierung. Der Umbau. Die haben sich verkalkuliert. Er hat Geld gebraucht. Er hat diejenigen zur Kasse gebeten, die sich damals mit den Testreihen in seiner Klinik eine goldene Nase verdient haben.«

»Möglich«, sagte Meike Bender.

Lona musterte sie. Vor Minuten noch hatte sie ihnen kleinste Details anvertraut und auch allerhand Nebensächlichkeiten erzählt, die eigentlich nicht wichtig waren, die ... im Grunde nur Zeit gekostet hatten.

Lona schluckte und blickte zur Seite – nach links. Dorthin, wo Frau Bender immer wieder geschaut hatte. Obwohl dort niemand war: Nicht mal ein Möbelstück, das dort gestanden hätte. Aber eine Uhr an der Wand. Und das erhärtete ihren Verdacht. Sie stand unvermittelt auf und wandte sich an Elling, der überrascht auf ihren plötzlichen Aufbruch reagierte: »Das ganze Geständnis hier ist ein Spiel auf Zeit. Michael Bender ist bei Hildebrandt.«

»Die Absicht war, Paula etwas Gutes zu tun, Herr Bender. Das Ostpräparat, das Ihre Tochter bekommen hat, war in Ordnung. Aber die Werte waren nicht zufriedenstellend. Ich hab gehofft, wir könnten ihr durch das Westmedikament besser helfen. Ich habe mich geirrt.«

Bender hörte ihm mit unbewegter Miene zu.

Plötzlich klingelte es.

Michael Bender merkte auf.

»Mein Handy«, erklärte Hildebrandt, »diese ständige Erreichbarkeit ist ein Fluch.«

»Wer ist es?«

Hildebrandt zog das Mobiltelefon aus der Brusttasche seines Hemdes und schaute aufs Display. »Unbekannt.«

»Er geht nicht ran«, sagte Lona und senkte ihr Handy.

Elling raste mit dem Volvo um den Marnower See herum. Meike Bender saß – jetzt wieder mit Perücke – auf der Rückbank.

Sie schwieg und blickte hinaus auf die Seenlandschaft, als habe sie ein unwahrscheinlicher Zufall in dieses Auto verfrachtet.

»Dahinten rechts«, dirigierte Lona ihren Partner. Sie sahen schon die alten Bäume des Grundstücks.

»Wenn Ihr Mann in Marnow fertig ist«, sagte Elling, während er eine Kurve nahm und das Ausbrechen des Hecks durch Gegenlenken abfing, »wenn er hier fertig ist, geht er dann nach Schwerin? Zu Staatssekretär Rathe?«

Meike Bender schwieg.

Elling nahm die letzte Kurve. Der Mann vom Polizeischutz saß scheinbar tatenlos auf dem Fahrersitz seines Zivilfahrzeugs. Erst als sie auf ihn zuliefen, erkannten sie, dass ihn jemand mit Kabelbindern an das eigene Lenkrad fixiert hatte, sodass er nicht mal zum Handy greifen konnte. Er wirkte zerknirscht.

»Das war nicht Ihr Antrieb.«

»Hm?«

»Ich hab gesagt«, wiederholte Michael Bender ruhig, »dass das nicht Ihr Antrieb gewesen ist. Sie haben unserer Tochter nicht helfen wollen. Es ging um Ihre eigene Tochter, nicht wahr? Um Kerstin. Kerstin hat auch an Thrombophilie gelitten, richtig?«

Hildebrandt konnte dem Blick des Mannes nicht standhalten, er richtete die Augen auf den Tisch, er suchte nach einer Rechtfertigung.

»Antworten Sie mir.«

Hildebrandt hob den Blick, es fiel ihm schwer. »Ja.«

»Kerstin war in Paulas Alter.«

Hildebrandt nickte.

»Und bevor Sie das Medikament an Ihrer Tochter ausprobiert haben, haben Sie es an Paula getestet.«

Eine Gestalt in der Uniform von UPS winkte ihnen vom Nachbarzaun zu.

»Wer ist das?«, fragte Bender.

»Ich weiß nicht – ein Kurier, schätze ich. Was wollen Sie?«

»Für Hildebrandt?«

»Äh … warum klingeln Sie nicht vorne am Tor?«

»Habe ich! Fünf Mal!«

Hildebrandt seufzte und wollte aufstehen.

»Er soll gehen«, befahl Bender.

Hildebrandt verstand. Er richtete den Blick auf den Mann am Zaun: »Kommen Sie später wieder!«

Die Gestalt legte die offene Hand hinter ihr rechtes Ohr, um zu signalisieren, dass sie nicht verstanden hatte.

»Sie sollen später wiederkommen!«, rief Hildebrandt.

Der Mann nickte und begann dann über den Zaun zu klettern.

»Jetzt steigt er über den Zaun«, sagte Hildebrandt eine Spur fassungslos.

Bender blickte über die Schulter. Tatsächlich versuchte der Kurier gerade, den Zaun zu überwinden.

»Sie haben keinem der anderen Kinder helfen wollen – nur Ihrer Tochter. Paula ist für Kerstin gestorben.«

Hildebrandt sammelte sich. Dann entschied er sich für Haltung. Er nickte: »Alles, was Sie sagen, ist wahr. Wenn das Medikament angeschlagen hätte, wäre auch Paula geholfen gewesen. Aber so war es nicht. Aus Ihrer Sicht ist Ihre Tochter für meine gestorben – und meine starb trotzdem. Und … das hätten vielleicht nicht viele Väter getan. Aber ich schon. Ich hätte alles getan, um das Leben meiner jüngeren Tochter zu retten. Und … Sie vermutlich auch, Herr Bender. Sie hätten sich nie vergeben können, nicht alles Menschenmögliche versucht zu haben. Also: ja. Ich weiß, dass es Unrecht war. Und trotzdem: Ich würde es wieder tun.«

Da trat der Kurier an sie heran. Er trug ein kleines Päckchen mit sich. Michael Bender versteckte die Pistole und das Fischermesser unter seiner Jacke.

Lona und Elling hatten Meike Bender im Auto zurückgelassen und waren über die Begrenzungsmauer geklettert. Dem Kollegen hatten sie befohlen, die vordere Eingangstür des Anwesens zu sichern und jeden zu verhaften, der dort das Haus verließ. Sie hatten ihre Dienstwaffen in den Händen und hasteten durch den Garten, durch die Schatten, die die Bäume warfen. Weiter oben sahen sie drei Gestalten auf der Terrasse, drei Männer.

Sie duckten sich tiefer und rannten nun nicht mehr, sondern schlichen weiter.

»Ist das Bender?«

»Ich glaube ja.«

Hildebrandt nahm den Kurier ärgerlich ins Visier: »Wie kommen Sie dazu, einfach über das Grundstück zu …«

Victor André zog die Beretta aus dem schmalen Karton und schoss Hildebrandt durch die Wange in den Kopf. Dann richtete er die Mündung auf Bender, der nach seiner Waffe griff. André setzte die Beretta auf dessen Schläfe auf und drückte ab. Es fegte Michael Bender vom Stuhl auf den Terrassenboden.

»Polizei! Waffe runter!«

André wirbelte herum. Lona Mendt und Frank Elling kamen den Pfad hinaufgelaufen. Elling hatte seine Pistole auf ihn gerichtet, Lona lief im Feuerschutz ihres Kollegen weiter auf ihn zu.

André duckte sich und lief über die offene Terrassentür hinein ins Haus.

Elling bog sofort nach links ab, um das Haus zu umrunden und den Mann dort abzufangen, wo er es wieder verlassen wollte.

Von fern hörten sie Sirenen, die sich näherten.

Lona zielte in Eigensicherung auf die Terrassentür, hinter der André verschwunden war, während sie sich neben Bender hockte. Der lag mit fassungsloser, aber ruhiger Miene im Gras. Sein Kopf war auf der rechten Seite aufgeplatzt. Ein Blick genügte ihr, um zu wissen, dass er nicht mehr zu retten war.

Trotzdem fühlte sie seinen Puls. Und spürte ihn noch. Ganz schwach. Lona erlebte, wie er verebbte.

Sie senkte den Kopf und sah jetzt auch Hildebrandt, der neben dem Tisch auf dem Rücken lag. Er war ebenfalls tot.

Also hatte Christian Rathe sich nach dem erfolglosen Attentat auf Elling dazu entschlossen, alle möglichen Zeugen mundtot zu machen. Diese Arbeit hatte Bender ihm größtenteils bereits abgenommen – was Rathe nicht bekannt war. Ihm war nicht klar, wer Beck ermordet hatte und in wessen Hände die Liste mit den Testreihen geraten war.

Aber er wusste sehr genau, wer sie noch besaß und wer ihn belasten konnte. Leyendecker, Sterzing und Fichte waren nicht mehr am Leben. Blieb nur noch Hildebrandt.

Lona schlich zur Terrassentür und drückte sie vorsichtig auf.

Der Flur, das Wohnzimmer. Sie schlüpfte hinein. Lauschte.

Weiter hinten zwei Schritte. Dann ein Verharren. Stille.

Sie glitt nach rechts weg in Hildebrandts Arbeitszimmer und ging leise weiter. Die Pistole schussbereit, den Finger am Abzug. Unwillkürlich hielt sie den Atem an.

Ein Schuss, ein Sturz.

Lona stürmte schutzlos vor. Eine Gestalt lag am Boden – Elling.

Der hielt sich den Schussarm, seine Waffe lag neben ihm auf den Fliesen. Das Gesicht schmerzverzerrt. Er deutete in das Zimmer, das nach links abging.

Lona nickte. Sie zeigte ihrerseits mit der freien rechten Hand nach hinten: Dorthin sollte Elling sich zurückziehen. Sie stieg über ihn hinweg, die Pistole im Anschlag. Natürlich wartete Victor André im nächsten Raum. Er würde sofort auf sie feuern, wenn sie in der Tür erschien.

Sie könnte auf das SEK warten. Die würden André da rausholen. So oder so.

Sie trat mit einem Schritt in die Tür. Er schoss. Das Holz der Zarge neben ihr splitterte, sie schoss zurück. Die Kugel jagte den Putz hinter ihm aus der Wand. André ließ sich hinter das Sofa fallen, um dort Schutz zu suchen.

Instinktiv richtig, physikalisch falsch.

Lona hatte noch 13 Schuss im Magazin. Sie schoss in dichter Folge in das Möbelstück. 13-mal. Danach stand sie reglos da. Schutzlos.

Langsam ging sie auf das Sofa zu und riskierte einen Blick dahinter. Victor André war von mindestens drei Geschossen getroffen worden – und er war tot.

Als Lona zurück auf die Terrasse kam, entdeckte sie Elling. Der hatte sich auf einen der Stühle gesetzt und sich einen Druckverband angelegt. Sein Arm schwoll an.

»Alles klar?«

»Ist ein Durchschuss, Finger kann ich noch bewegen.«

»Gut.«

»Was ist mit André?«

Lona schüttelte den Kopf.

Die Sirenen erstarben direkt vor den Mauern unten an der Straße. Türenklappen.

Sanitäter und Polizisten kletterten weiter unten in den Garten. Lona winkte sie zu sich: »Hier!«

Da erschien wie aus dem Nichts Meike Bender, die durch die Lichtung gekommen sein musste. Und nun ihren toten, durch den Kopfschuss verunstalteten Mann entdeckte. Sie sank neben ihm auf die Knie, das blanke Entsetzen im Gesicht.

»Michi …«

Lona stand auf: »Frau Bender.«

Die griff nach der Pistole ihres Mannes und hob deren Mündung an ihre Schläfe.

»Nicht!«

Meike Bender drückte ab.

Klack.

Keine Kugel im Lauf. Lona hatte schon ausgeholt und trat ihr nun die Waffe aus der Hand, damit sie es kein zweites Mal versuchen konnte.

Und damit war es vorbei.

XV
TAG FÜNFZEHN

57

Michael Bender wurde gleich am Dienstagvormittag darauf, den 26. August, in Marnow beigesetzt. Für den Nachmittag war Hildebrandts Beerdigung vorgesehen. Beide hatten testamentarisch verfügt, auf dem Friedhof der alten Kirche begraben zu werden.

Weshalb sie schließlich in benachbarten Gräbern bestattet wurden.

Lona und Elling nahmen an Benders Beerdigung nicht teil, denn für elf Uhr morgens war die Vernehmung der Staatsanwaltschaft wegen des Verdachts der Vorteilsnahme im Amt angeordnet worden. Obwohl auf dem Film nur Ariane Lemmes und Elling zu sehen waren, hatte man Lona Mendt ebenfalls vorgeladen.

Meike Bender war zu schwach, um der Beisetzung ihres geliebten Mannes beizuwohnen. Der Haftrichter hatte sie nach der Anhörung am Vortag sofort aus der JVA entlassen und ihre Überführung ins Hospiz des Klinikums in der Südstadt Rostocks erwirkt.

Lona Mendt war in Jeans, flachen Sommerschuhen und einer hellblauen Bluse erschienen. Elling wie sonst auch mit Jackett und Schlips, die Brille immer noch geflickt. Die Platzwunde an der Augenbraue war nahezu verheilt, dafür zog sich der rote Streifen von dem Schusswechsel mit Birker über den Hals. Der linke Arm steckte in einer schwarzen Binde.

Er sah aus, dachte Lona, als habe ihn das Leben einmal durch die Mangel genommen. Und da war ja auch was dran.

Die Glut des Sommers von 2003 jedenfalls schob sich immer noch wie eine erbarmungslose Walze über die Stadt und ihre Umgebung. Sie saßen in einem kleinen Raum der Staatsanwaltschaft.

Lona, Elling und – schräg dahinter versetzt – Rainer Mertens. In der Mitte des Tisches ein Diktiergerät von Olympus, dessen Minikassette lief.

Die Luft im Raum stand. Über die gekippten Fenster drang die Hitze von draußen hinein. Staatsanwalt Rost schwitzte aus allen Poren, die Haut glänzte, aber er entledigte sich weder seines Jacketts noch lockerte er die Krawatte. Ihm zur Seite Eva Ritter, die eine Akte geöffnet und Stift und Notizblock bereitgelegt hatte. Sie wirkte ruhig und ein wenig unbeteiligt. Lona hätte interessiert, ob sie mehr als eine Augenbraue gehoben hätte, wenn plötzlich eine Raubkatze im Raum erschienen wäre.

»Befragung von KHK Elling, Frank und KHK Mendt, Lona, beide Kriminalpolizei Rostock durch Rost, Simon, Staatsanwaltschaft Rostock wegen des Vorwurfs der Vorteilsnahme im Amt, Aktenzeichen 1210 Js. Ort: Rostock. Datum: Dienstag, 26. August 2003.«

Rost mit den klaren, blauen Augen, der zum Diktiergerät gesprochen hatte, richtete diese jetzt auf Elling: »Wir kennen uns ja bereits aus der Einvernahme zum Nachteil von Herrn Krohn.

Ich habe nur zwei Fragen an Sie. Eine an Herrn Elling, eine an Sie beide. Wir zeichnen das Gespräch auf. Die Frage an Sie, Herr Elling, lautet: Was hat sich in dem Umschlag befunden, den Ariane Lemmes Ihnen auf dem Film, der uns zur Verfügung steht, übergeben hat?«

Elling warf seinem Chef einen kurzen Blick zu. Mertens saß mit versteinerter Miene dort. Nur sein Kehlkopf bewegte sich, denn er schluckte alle paar Sekunden.

»Da waren 20000 Euro in bar drin. Ich habe die an meinen Vorgesetzten Herrn Mertens übergeben.«

Rost sah zu Ritter, die nickte: »Das ist so bestätigt von KHK Mertens, Rainer.«

Es mutete etwas seltsam an, dass die beiden Dinge aussprachen, die allen im Raum geläufig waren, aber sie taten es wegen der Aufzeichnung.

»Wozu hat sie Ihnen das Geld übergeben, Herr Elling?«, hakte der junge Staatsanwalt nach.

»Das ist jetzt aber schon die zweite Frage, die nur an mich gerichtet ist«, merkte Elling mit einem Lächeln an, um die ganze Situation etwas aufzulockern, doch Mertens' Miene wechselte von Stein zu Granit, der Mund war ein gepresster Strich, und Rost ignorierte die Einlassung wie ein lästiges Insekt. Nur Lona schmunzelte.

»Sie wollte damit darauf hinwirken, dass ich die Ermittlungen zum Nachteil von Alexander Beck im Sande verlaufen lasse. Sie hat dazu vorgegeben, Teil einer Gruppe von Angehörigen zu sein, deren Kinder Missbrauchsopfer sind. Opfer von Herrn Beck. Und dazu hat sie auch nicht ihren Klarnamen verwendet, sondern sich Jutta Winter genannt.«

»Wie Sie eben eingeräumt haben, haben Sie dieses Geld angenommen. Wir haben auch eine Tonspur zu diesem Mitschnitt, auf der Sie einräumen, sich der Vorteilsnahme strafbar zu machen, sofern Sie das Kuvert an sich nehmen.«

Rost ließ eine kurze Pause einfließen, um Elling dann zu erlegen: »Können Sie bestätigen, dass Sie das in dieser Situation gegenüber Frau Lemmes geäußert haben, Herr Elling?«

Nie war die Stille in einem Vernehmungszimmer so absolut wie jetzt. Mertens hatte sich komplett versteift.

»Herr Elling?«, hakte Simon Rost nach.

Alle Augen richteten sich auf Elling. Ja, er hatte sich schmieren lassen.

»Um sie in Sicherheit zu wiegen. Die Frau Lemmes.«

Simon Rost konnte seine Überraschung über diese Antwort nicht so schnell verbergen, wie er sich gewünscht hatte. Mertens atmete seine Anspannung hörbar aus, er wirkte jetzt nicht mehr ganz so verkrampft.

»Aha, und ähm … Sicherheit, Sie wollten sie in Sicherheit wiegen, und … ich versuche das gerade zu verstehen, Herr Elling. Warum haben Sie Frau Lemmes wegen deren Bestechungsversuchs nicht umgehend festgenommen?«

Mertens spannte sich wieder an. Eva Ritter notierte sich etwas, ihre Schrift war gestochen scharf und akkurat.

»Weil ich Grund zur Annahme hatte, dass sie – wie von ihr selbst ausgeführt – diesen Bestechungsversuch nicht komplett eigenständig geplant, sondern nur durchgeführt hat. Zumindest konnte ich das nicht ausschließen«, sagte Elling und sah den Staatsanwalt treuherzig an: »Durch Frau Lemmes' Wunsch, die Ermittlungen im Fall Beck einzustellen, musste ich davon ausgehen, dass sie oder jene nicht näher definierte Gruppe in den Mord an Herrn Beck involviert war.

Deswegen habe ich das Geld *zum Schein* angenommen, um ihr Vertrauen zu gewinnen und so später Zugang zu den Identitäten der anderen Drahtzieher zu erhalten. Schließlich galt es, einen Mord aufzuklären, und hier hat sich eine ungeahnte Chance geboten. Ich musste also überzeugend den Eindruck vermitteln, ich sei empfänglich für Geldzuwendungen.«

Rost blieb sichtlich die Spucke weg, aber er hatte sich trotzdem gut im Griff: »Aha, ich … ähm … verstehe. Und haben Sie diesen Zugang erhalten?«

»Nein. Frau Lemmes ist dann ja leider bei einem Unfall ums Leben gekommen.«

»Ja«, sagte Rost, dem sichtlich die Munition ausging, und der sich jetzt an Lona wandte: »Frau Mendt, der Abend, an dem Frau Lemmes bei einem Verkehrsunfall an der Unterwarnow ums Leben gekommen ist, war der 13. August. Wo waren Sie da am Abend?«

»Da muss ich kurz überlegen, warten Sie …«

Sie starrte an einen Punkt an der Decke und tat so, als konzentriere sie sich.

Das war der Abend in der Riemannshöhe gewesen. Als Elling im Parkhaus in die Falle gelaufen war. Sie hatten ihre Handys vorher nach Marnow gebracht und dort ins Wohnmobil gelegt.

Natürlich war Simon Rost bei seinen Nachforschungen auf den Unfalltod von Lemmes gestoßen. Und auf die Sache im Parkhaus. Auf den Flüchtigen. Aber da man Elling auf den Aufnahmen nicht erkennen konnte, hatte Rost sicherheitshalber das Bewegungsprofil ihrer Handys überprüfen lassen.

»Jetzt weiß ich's wieder«, sagte Lona, »da hab ich mit Herrn Elling zu Abend gegessen.«

Simon Rost wirkte nicht überrascht, lediglich ernüchtert.

»Und wo?«

»In Marnow.«

»Das können Sie bestätigen, Herr Elling?«

Der nickte »Wir haben gegrillt. Frau Mendt hatte Schaschlik, und ich … »

»Schon gut, danke«, unterbrach Rost ihn. Er sah von Elling zu Lona und wieder zurück zu Elling. Dann zu seiner Armbanduhr.

»Die Einvernahme der Kriminalbeamten Mendt, Lona und Elling, Frank, wurde um 11:14 Uhr beendet.«

Er schaltete das Diktiergerät aus und sah die beiden an. »Ich danke Ihnen im Namen der Rostocker Staatsanwaltschaft«, sagte er dann, und es kostete ihn seine ganze Überwindung.

»Da hat er aber ziemlich dumm aus der Wäsche geguckt, der Herr Rost!«, freute sich Mertens, als sie vor das Gebäude der Staatsanwaltschaft traten. Aber dann seufzte er, während Elling sich eine anzündete: »Wir kriegen ihn nicht dran. Rathe.«

Elling sah mit ehrlicher Überraschung auf. Lona dagegen hatte nichts anderes erwartet.

»Wir haben inzwischen die Klarnamen der drei Männer. Alle ehemals MfS oder zumindest Dunstkreis. Einer war Ausbilder, einer in die Unterbringung der RAF-Aussteiger um Inge Viett verwickelt und so weiter. Aber Rathe hat einen einwandfreien und lückenlosen Lebenslauf. Dem kommen wir nicht bei. Es gibt auch niemanden, der gegen ihn aussagen kann. Oder will. Das mag sich ja noch ändern, aber im Augenblick ist das der Stand.«

»Und Victor André?«, fragte Lona und kam Elling damit knapp zuvor.

»Es gab keinen Telefonkontakt zwischen Rathe und André. Rathe hat sich an dem Abend, als die bei dir … *eingebrochen* sind … da war er seit dem frühen Nachmittag zu Hause. Funkzellenauswertung und zwei Nachbarn belegen das.«

»Mich interessiert nich', wo der zum Zeitpunkt war, als man versucht hat, Susanne und mich zu ermorden, ich will, dass die Behörden den drankriegen. Denn wenn die das nicht tun, mach ich das.«

Mertens schluckte, weil ihm Elling in die Augen blickte und er dessen Bereitschaft sah.

»Mach keinen Scheiß, Elling.«

»Dann verhaftet ihn. Es kann nicht sein, dass der frei rumläuft, Rainer. Rathe ist weiterhin eine Bedrohung für meine Familie. Du würdest das nicht zulassen, wenn es um deine ginge.«

Die Sonne schien ihnen unbarmherzig in den Nacken. Elling zündete sich eine Zigarette an.

Rainer Mertens wandte sich an Lona: »Frau Mendt, kann ich Sie kurz sprechen?«

Er führte sie zur Seite und erklärte ihr, dass Rathe vermutlich straffrei davonkommen würde. Und dass sie einen viel besseren Draht zu Elling habe als er selbst – und sie alles Menschenmögliche versuchen solle, damit er keinen Riesenunsinn veranstaltete; sie verstehe schon.

Er wollte seinen Hinweis mit einem aufmunternden Klopfen auf ihre Schulter abschließen, aber ihr Blick ließ seine Bewegung noch in der Luft einfrieren. Er senkte sie und beließ es bei einem Nicken, bevor er ging.

Sekunden später stand Elling neben Lona, die Mertens nachsah. »Was wollte er?«

»Dass du keinen Unsinn machst«, antwortete sie und sah ihm aus kurzer Distanz in die Augen: »Du machst keinen Unsinn, oder?«

»Nein«, log er und unterbrach dafür den Blickkontakt. Er wusste, sie würde die Lüge in seinen Augen lesen.

Aber das tat sie auch so.

TAG SECHZEHN

XVI

58

Zu Lonas Überraschung roch es nicht nach Desinfektionsmitteln. Die Fenster waren weit geöffnet. Die Sommerluft flutete die Gänge des Hospizes.

Am frühen Morgen war sie in Marnow gewesen und hatte ihr Wohnmobil abgeholt. Der See hatte still gelegen, umhüllt von Morgennebel.

Sie hatte nicht an den Gräbern von Hildebrandt und Michael Bender gehalten, sondern den Ort hinter sich gelassen. Das war keine Flucht, sie hatte nur ein Kapitel beendet und die letzte Seite zugeschlagen. Es war auch der Versuch, Krohn dort zurückzulassen.

Sie hatte auf ihn geschossen, um ihn zu töten – ja. Aber die Schuld an seinem Tod trug sie nicht. Darüber empfand sie tiefe Erleichterung – es wäre eine unerträgliche Last gewesen, wenn sie ihrem Vergewaltiger gegenüber eine Schuld hätte empfinden müssen.

Im Haus der Benders waren ihr einmal Sonnenblumen aufgefallen. Auf dem Weg zurück nach Rostock war sie an einem Feld vorbeigekommen. An einem Pfosten war eine Metallkasse mit einem Schlitz für Münzen und eng gefaltete Scheine angebracht. Drei Gartenmesser hatten darauf gelegen, von denen sie eines genommen hatte. Sie hatte sieben der Blumen abgeschnitten, einen Euro mehr zurückgelassen als verlangt und war weitergefahren.

Lona Mendt hatte panische Angst vor diesem Besuch. Der aus vielerlei Gründen notwendig war. Die sie untereinander aber nicht gewichten wollte, um keinem die Priorität einzuräumen. Sie hatten alle ihre Berechtigung. Es ging um Elling, es ging aber auch um Meike Bender und um sie selbst. Es ging um diese feine

Verwerfung zwischen Recht und Gerechtigkeit. Zwischen dem Recht, das die Gerichte sprachen, und der Gerechtigkeit, die dabei manchmal auf der Strecke blieb.

Der Anblick war ein Jammer, natürlich. Meike Bender lag an zwei Schläuchen in einem Einzelzimmer des Hospizes. Die Augen versanken in tiefen Höhlen, die Lippen wurden trocken und schmal, die Ohren groß.

»Sind die schön«, sagte sie und hustete vor Anstrengung. Aber ihre Augen leuchteten wie die eines Kindes, um ein Haar hätte Lona geweint. Stattdessen füllte sie am Waschbecken Wasser in eine Vase und stellte die Blumen dann auf den Nachttisch von Meike Bender.

»Das ist so nett von Ihnen«, sagte Meike Bender, ihre Augen klebten an den gelben Blumen. Lona zog einen Stuhl heran und nahm neben ihrem Bett Platz. Sie hatte noch eine Plastiktüte dabei, die sie ebenfalls auf dem Nachttisch von Meike Bender ablegte.

»Waren Sie da? Bei der Beerdigung meines Mannes?«

»Nein, ich hatte eine Anhörung – tut mir leid.«

Frau Bender nickte bedauernd.

Für eine gute Minute saßen die beiden Frauen schweigend. Da war nichts Drängendes, es war ein gutes Schweigen, einvernehmlich. Und Lona sammelte den letzten Rest Mut.

»Ich hatte auch eine Tochter«, sagte sie schließlich, »Sophia. Einen Sohn. Max. Sie waren sieben und acht Jahre alt. Vor drei Jahren haben sie mit ihrem Vater und vielen anderen Passagieren in einem Flugzeug gesessen, das an einem … Berg zerschellt ist.«

Die schwache Frau im Bett sah erstaunt auf.

Lonas Augen wurden feucht, sie hatte Angst, ihre Stimme könnte brechen. Und mit einem Mal spürte sie eine Berührung, sie blickte hinab – Meike Bender hatte ihre von Kanülen freie Hand auf ihren Unterarm gelegt. Lona blickte auf. Meike Bender lächelte. Mitfühlend und ruhig. Und ermunternd. »Bitte sprechen Sie weiter«, flüsterte sie.

Lona brauchte einen Augenblick, bevor sie fortfuhr: »Ich würde alles dafür geben, wenn ich dieses Leben zurückhätte. Aber das wird nicht passieren. Es gibt auch niemanden, den ich dafür zur Rechenschaft ziehen kann. Es war ein Pilotenfehler, und die Piloten sind tot. Ich kann nur versuchen, es auszuhalten. Das, was Sie und Ihr Mann seit Paulas Tod auch getan haben. Nur aushalten und mich nicht … nicht schuldig zu fühlen, wenn es mal einen schönen Moment gibt. Und ich …«

Lonas Stimme brach, die Tränen liefen ihr ohne Vorwarnung über die Wangen. Unter einem Ächzen kam Meike Bender mit dem Oberkörper aus dem Bett hoch und schloss Lona in ihre dünnen, knöchrigen Arme und strich ihr tröstend über den Rücken. In sanften, ruhigen Kreisen.

»Ich weiß«, sagte Meike Bender sanft, »ich weiß.«

»Ja«, sagte Lona und hielt die Tränen nicht zurück. Sie hatte nie wirklich geweint, nur manchmal bei Herrn Klein, dem schwarzen Mann. Und bei Elling. Aber nie so ganz.

Und hier, in diesem Hospiz, traf sie diesen Menschen endlich, bei dem sie das tun konnte, und ließ sich fallen. All die Trauer brach aus ihr heraus, sie durchnässte der armen Frau das Nachthemd.

»Tut mir leid«, schnaufte sie.

»Schon gut. Lassen Sie es raus.«

Und das tat sie.

Sie hatten beide ihre Kinder verloren. Es gab in Lonas Vorstellung keinen Zustand, der noch näher hätte sein können.

Stumm hielten sie sich für gute zwei oder drei Minuten. Oder zehn. Die Zeit entzog sich in diesen Momenten einer Bemessung.

Dann hob Lona ihr tropfnasses Kinn von der Schulter der sterbenden Frau und sah sie dankbar an: »Möchten Sie immer noch gehen?«

Meike Bender blickte forschend in ihr Gesicht, um sich zu versichern, dass sie darunter dasselbe verstanden.

Das taten sie, und deshalb nickte sie und löste vorsichtig die beiden Schläuche an ihrem Arm.

59

Frank Elling hatte seinen Volvo in Rostock gelassen und den Zug Richtung Zislow genommen – das hieß, er war für eine Strecke, für die man mit dem Auto eine knappe Stunde benötigte, alleine anderthalb Stunden mit der Bahn gefahren. Immerhin hatte die nur sieben Minuten Verspätung gehabt und ihn nach einem Umstieg in Waren bis nach Malchow befördert. Von dort war es mit dem Bus nach Zislow gegangen.

Das Anwesen von Christan Rathe hatte er in zwölf Minuten zu Fuß erreicht. Er hatte sich eine Stelle im angrenzenden Wald ausgesucht, von der aus er das Haus des Staatssekretärs beobachten konnte, ohne von dort gesehen zu werden.

Er hatte den kleinen Feldstecher dabei, mit dem er die Fenster abschwenkte, bis er Rathe entdeckte. Der wechselte gerade vom Erdgeschoss in den ersten Stock und dann wieder zurück nach unten. Wie es aussah, telefonierte er und gestikulierte dabei.

Während Elling sich noch überlegte, wie er sich unter einem Vorwand Zugang zu dem Haus verschaffen konnte, öffnete sich die Seitentür, und Rathe schlüpfte in einem Blaumann heraus und nahm die Pforte, die nach unten zum See führte. Für seine Umgebung hatte er keinen Blick, er starrte beim Gehen zu Boden. Auf Elling wirkte er, als sei er tief in Gedanken – und auf dem Weg zu seinem Boot.

Rathe war alleine. Elling setzte seine Sonnenbrille auf, beging aber nicht den Fehler, quer über die Straße zu gehen, sondern blieb im Waldstück. Niemand sollte ihn sehen. Auch das Handy hatte er zurückgelassen. In der weißen Turmsuite des Grand Hotels in Heiligendamm, denn dort hatte er sich für ein paar Tage eingemietet. Es war die beste Suite, die das Hotel zu bieten hatte. Er schlief in einem weißen Himmelbett mit Blick auf die Ostsee.

Gestern noch hatte er es Erika gezeigt, die von dem Ausblick hin und weg war. Seine kleine Angeberei musste er allerdings büßen, weil seine Mutter annahm, sie würde nun ebenfalls dort wohnen.

Er nahm einen Pfad, der sehr nah an dem Zaun um das Anwesen von Staatssekretär Rathe vorbeiführte. Ein letzter Blick auf das Haus. Und dann hinunter zum See. Tatsächlich erreichte Rathe gerade das Ufer. Elling wartete, bis er in seinem Bootshaus verschwand, bevor er wegen seines verletzten Armes mit einem ungelenken Hüpfer und mit ächzender Mühe den Zaun überwand.

Auf dem Scheitelpunkt fiel ihm der Revolver aus der Tasche. Zum Glück löste sich kein Schuss. Er ließ sich hinabfallen und zog sich den transparenten Einweghandschuh für den Dienstgebrauch über die rechte Hand, bevor er die Waffe aufhob und wieder einsteckte. Er trug statt des üblichen Jacketts eine dünne Jacke mit Kapuze, die er sich nun überwarf.

Überwachungskameras für den Heimgebrauch waren gerade im Kommen. Samt digitaler Aufzeichnung und Bewegungsmeldern. Die Hausbesitzer rüsteten auf. Erst recht, wenn man Staatssekretär war. Wahrscheinlich steckten hier am Gebäude und im Garten ein paar und zeichneten auf, was passierte.

Er ging im Schutz der Bäume und ihrer Schatten in Richtung See.

Den Revolver hatte er von seinem Lieblingshehler Marco, einem gut aussehenden Halbitaliener, der mit Vorliebe Waren aus Diebstählen vertickte. Für ein paar gute Tipps ließ Elling ihn seit Jahren ungeschoren davonkommen – sofern Marco den Bogen nicht überspannte.

Er war in dessen Versteck unterhalb einer gemütlichen Kneipe namens »Rashomon« eingebrochen und hatte den Revolver und fünf 9-Millimeter-Patronen mitgenommen. Der Hehler konnte den Einbruch nicht anzeigen – und Elling war jetzt im Besitz einer Waffe unbekannter Herkunft.

Christian Rathe hatte den Tod vieler unwissender Patienten in Kauf genommen, darunter Paula Bender. Und würde dafür nicht mehr belangt werden können. Er würde weiter im Ministerium arbeiten, vielleicht sogar Minister werden und irgendwann eine bekömmliche Pension kassieren.

Im juristischen Sinne war er freizusprechen, sofern nicht doch noch Beweise auftauchten. Im moralischen Sinne war er schuldig, und Bender, der ihn zur Rechenschaft hatte ziehen wollen, hatte es nicht zu Ende bringen können.

Dieses hehre Motiv kam Elling gelegen. Was für Krohn galt, galt auch für Rathe: Die Welt würde ohne ihn ein besserer Ort sein.

Für Elling zählte aber vor allem die Unversehrtheit von Mareike, Susanne und ihm selbst. Rathe wusste, dass Elling und Lona an ihm dran waren. Die Zeugen, die ihm gefährlich hätten werden können, waren zwar tot: Leyendecker, Sterzing, Fichte, Krohn, Hildebrandt, André.

Aber die Sache war mit dem vereitelten Mordanschlag im Ringelrankenweg nicht zu Ende – der Illusion gab Elling sich nicht hin. Sie standen jetzt in einem Patt, Rathe und er, in dem beide Seiten die Wunden leckten, um Kraft zu schöpfen für den nächsten Zug.

Elling war hier, damit Christian Rathe den nicht mehr ausführen konnte.

Kurz kam der Staatssekretär aus dem Bootshaus und schnappte sich einen Farbeimer, mit dem er wieder drinnen verschwand. Elling hatte schnell Schutz hinter einem Baumstamm gesucht und ging nun weiter. Er griff nach dem Knauf des Revolvers und betrat den Holzsteg, der zu dem Bootshaus führte.

Ein Husten von drinnen. Elling erstarrte, besann sich dann aber. Er musste sich nicht mehr verstecken. Deshalb zog er den Revolver und ging weiter auf das Bootshaus zu, an dem er stoppte und durch eine der Ritzen spähte.

Rathe stand keinen Meter entfernt mit dem Rücken zu ihm. Er pinselte irgendein hölzernes Teil akribisch ein, das in sein Boot gehörte. Und summte dabei vor sich hin. *Old Lang Syne*.

Elling atmete tief durch, setzte die Mündung auf den Spalt der Ritze und spannte den Hahn.

Nach einigen Augenblicken, in denen er sich zu fragen begann, auf was genau er eigentlich wartete, senkte er die Waffe und ließ den Hahn langsam und leise einrasten.

Vorsichtig schlich er über den Steg zurück zum Ufer und drehte sich noch einmal um. Gebannt im tiefen Erstaunen über sich selbst.

Er wandte sich vom See ab und nahm jetzt die Abkürzung über den Pfad, den André ihnen bei ihrem Besuch gezeigt hatte. Dabei schüttelte Elling die ganze Zeit den Kopf über sich selbst.

Er zog die Kapuze zurück, unter der er ohnehin geschwitzt hatte, nahm die Sonnenbrille ab und zog den Einweghandschuh aus. Während er das Waldstück verließ, sah er eine Gestalt an der Gartenpforte stehen: Lona.

Sie teilten beide die Überraschung, den jeweils anderen hier anzutreffen.

»Elling …«

Sie schien bestürzt.

»Was machst du hier?«, fragte er.

Ihr Blick, mit dem sie ihn betrachtete, war höchst besorgt, fast alarmiert. Sie ging ihm entgegen und sah den Revolver. »Elling, was hast du getan?« Sie schrie fast.

»Ich? Ich … nichts«, brachte er hervor.

»Was machst du dann hier?«

Er atmete aus und senkte kurz den Kopf. Hob den Blick dann wieder zu ihr: »Ich konnt's nicht. Ich wollte, aber … ich konnte es nicht.«

Die Anspannung wich aus ihr, sie erschlaffte förmlich vor Erleichterung.

»Und du?«, fragte er.

Lona Mendt öffnete den Mund, aber sagte nichts.

Der erste Schuss, der vom See aus aufpeitschte, ließ sie beide zusammenzucken.

Ein zweiter Schuss.

Elling, der zum See laufen wollte, stoppte ab, weil Lona sich nicht rührte. Weil erneut Entspannung in ihre Haltung und ihr Gesicht strömte. Sie wusste mehr als er, das konnte er in ihrem Blick lesen.

»Was passiert da?«

»Wenn ich mich nicht irre, gibt es gleich noch einen Schuss«, sagte sie und nahm seine Hand: »Bleib hier. Vertrau mir.«

Ihr Wunsch war stärker als sein Impuls, also machte er sich nicht los und blieb stehen.

Es dauerte nicht allzu lange – ein Grashüpfer zu Ellings Zehenspitzen vollführte drei Sprünge – dann knallte es ein drittes Mal.

Das Echo des Schusses hallte über den See.

Lona ließ seine Hand los und nickte ihm zu: »Gehen wir.«

Zusammen passierten sie die alten Bäume. Am Ufer angekommen, entdeckten sie Rathe zuerst. Er trieb rücklings im Wasser neben dem Bootshaus. Zwei Geschosse hatten seine Brust durchschlagen.

Er war tot.

Eine andere Gestalt lag bäuchlings direkt am Ufer. Sie hatte sich hingekniet, den Lauf in den Mund geschoben und abgedrückt. Und dann nach vorne gefallen: Meike Bender.

EPILOG

Nachdem der Bundestag einen parlamentarischen Untersuchungsausschuss zur Aufklärung der Vorkommnisse rund um die Medikamententests eingesetzt hatte, kam es in der Folge zwar zu einer weitgehenden Offenlegung der Geschehnisse, aber wegen Verjährung zu kcinen Verurteilungen.

Zwei der insgesamt 37 betroffenen Pharmaunternehmen leisteten Zahlungen unbekannter Höhe in einen dafür geschaffenen »Ausgleichsfonds«.

Victor André wurde über einen DNA-Abgleich (ein Haar auf der Krankenbettdecke) posthum des Mordes an Stefan Krohn überführt.

Die Verbindung von Ariane Lemmes' Unfalltod mit dem gesamten Fall wurde nie aufgeklärt. Und der Unbekannte aus dem Parkhaus Riemannshöhe wurde trotz Erhöhung der Belohnung und zahlreicher Hinweise aus der Bevölkerung ebenfalls nicht identifiziert.

Die Untersuchungen hinsichtlich der doppelten Schussverletzung von Stefan Krohn legte Staatsanwalt Rost mangels rechtlicher Handhabe zu den Akten. Das galt auch für den Verdacht der Vorteilsnahme im Amt durch Elling.

In beiden Angelegenheiten lebte einfach niemand mehr, der dabei gewesen war und den Aussagen der beiden Kriminalkommissare hätte widersprechen können.

Wie es Meike Bender gelungen war, mit dem Revolver ihres Mannes, den sie offenbar in einer Plastiktüte mit sich getragen hatte, das Zuhause von Christian Rathe zu erreichen, konnte nicht rekonstruiert werden.

Sie wurde unter großer Anteilnahme auf dem alten Friedhof von Marnow neben ihrem Mann und damit in der Nähe ihrer Tochter beigesetzt. Lona und Elling standen am Pavillon, unter dem sie bei dem Gewitter Schutz gesucht hatten, und sahen aus der Ferne zu. Erschüttert ob der Unerbittlichkeit dieses Rachefeldzugs und gleichzeitig mit tiefer Empathie für das, was diese Frau an der Seite ihres Mannes hatte erleiden müssen.

Lona und Elling sprachen den Gleichtakt ihrer Empfindungen nicht aus, sie wussten es auch so voneinander.

Susanne zog nicht nach Hamburg.

Nachdem Mareike – am Tag ihrer Rückkehr mit der Trennung ihrer Eltern konfrontiert – Zeter und Mordio geschrien hatte, kaufte Susanne sich eine schmucke Eigentumswohnung am Wasser, oben in Warnemünde. Und zwar von dem Geld, mit dem Elling sie aus dem Haus im Ringelrankenweg herausgekauft hatte.

50 000 der 330 000 Euro, die inzwischen in seinem Besitz waren, legte er ohne deren Wissen für Lona an. Von dem Rest zahlte er Suse aus, dann die Bank – und danach leistete er sich einen brandneuen Volvo Kombi. Mit Navigationsgerät und Regensensor.

Lona Mendt fand den Bauern, dem die Wiesen auf dem Mühlendamm gehörten, einer Insel auf der Warnow, die über zwei Brücken zugänglich war. Sie stellte ihr Wohnmobil ans östliche Ufer, dort, wo die gegenüberliegende Seite nicht bebaut war und sie daher niemand beobachten konnte.

Der Bauer legte ein Kabel für den Strom auf die Insel und bastelte Lona sogar eine Wasserleitung. Es schien, er mochte sie.

Dort schlug sie ihr Herbst- und Winterlager auf. Mit Blick auf die Warnow. In Einsamkeit und Natur, aber nur einen Katzensprung von Rostock entfernt – und dem Ringelrankenweg. Zu Fuß waren es zweieinhalb Kilometer zu Elling.

Am Tag von Mareikes Auszug mitten im Winter saßen Lona und Elling nach getaner Arbeit verschwitzt auf der Terrasse. Mareike zog zu ihrem neuen Schwarm, sie hatten ihre Sachen bis in den verflixten dritten Stock geschleppt. Er hieß Muriel (das war sein Künstlername, wie Mareike ihrem Vater erklärte, er machte was mit Musik, sein richtiger Vorname lautete Klaus-Dieter). Nicht ganz so blass wie Luc, fand Elling, aber im schwarzen Gothic-Stil und natürlich gepierct.

Nun ja.

Elling hatte ein paar Holzscheite in der Feuerschale von den Krauts nebenan angezündet, sodass es auf der Terrasse trotz des einsetzenden Regens angenehm warm war.

Er rauchte, Lona saß auf der anderen Seite des Tisches, beide hatten sie ihre Gesichter dem Garten zugewandt und sahen den Tropfen beim Fallen zu.

Eine Weile. Und ohne, dass ihnen dabei langweilig geworden wäre.

Die intensive Suche nach dem Täter, diese hitzigen Tage im Sommer 2003 erschienen Elling wie eine Kluft in der Zeit, aus der es von Stunde zu Stunde immer weniger Entrinnen gegeben hatte.

Wie eine Schallplattennadel, die hängt, wie bei seiner Mutter, wenn sie nicht das richtige Wort fand und auf der Stelle trat. So hatte die Nadel ihn und Lona eisern in der Rille gehalten.

Und manchmal brauchte es im Leben eben einen Schubser.

Und dann war man wieder froh.

1 ¼ Aug 1981

Besucheraufs[...]llung für die Zeit vom 1. 1. [...]9. 6. 1981

Nur für den Dienstgebrauch

Datum	Name	Arbeitsort	Firma	Zweck	Gesprächsteilnehm.
6.1.	[redacted]	WB	Merck	Vorbereitg. Gespräch Diagnostika	Dr. [redacted]
6.1.	Dr. [redacted]	WB	Byk Gulden	Atquamen	Dr. [redacted]
12.1.	[redacted]	WB	Bayer	Azlozillin, Mezlozillin	"
13.1.	Dr. [redacted]	WB	Boehr.-Mannheim	Diagnostika	"
14. 1.	Dr. [redacted]	Karlsruhe "	Pfizer "	Erprobung Piroxicam "	Dr. [redacted] Prof. [redacted] Dr. [redacted]
15.1.	Herr [redacted]	London Darmstadt WB "	S+D Röhm Pharma	Captopril Saralazin Erprobung	Dr. [redacted] Dr. [redacted] Prof. [redacted]
16.1.	[redacted]	WB	Merck	Labordiagnostika	Dr. [redacted] Dr. [redacted]
	[redacted]	Darmstadt	"	"	"
20.1.	[redacted]	Schaffhausen Berlin	Leclerc "	Tadenan, Isoprinosine "	Dr. [redacted]
	[redacted]	WB	Bayer	Mezlocillin-Studie	Dr. [redacted] Dr. [redacted] Dr. [redacted] Dr. [redacted]
21.1.	Dr. [redacted]	Heppenheim	Upjohn	Symposium Sobelin	Dr. [redacted]
	[redacted]	Wien	Lilly	" Cefamandol	Dr. [redacted]
2.2.	Dr. [redacted]	WB	Böhr.Mannheim	Aldactone-Amp.+Prothrombin	[redacted]
5.2.	[redacted]	Düsseldorf	Janssen	Lorcainid, Astemizol	[redacted]

Beratungsbüro beim Ministerium für Gesundheitswesen für Arzneimittel und medizinisch-technische Erzeugnisse (Import)
BEREICH ARZNEIMITTEL
DDR - 1054 Berlin
Schönhauser Allee 8

Nur für den Dienstgebrauch

Ministerium für Gesundheitswesen
Sektor Organisation und Kontrolle
Eingang 27.02.81 46
weitergeleitet am .... an ....

Besucheraufstellung für die Zeit
vom 1.Juli 1980 bis 31.Dezember 1980
====================================

Datum	Name	Arbeitsort	Firma	Zweck	Gesprächsteilnehmer
1.7.	Dr. [redacted]	Paris	Inst.Servier	div.AM	[redacted]
2.7.	[redacted]	London London	Beecham Beecham	Ampiclox Ticarcillin	Dr. [redacted], Dr. [redacted] Dr. [redacted], Dr. [redacted]
3.7.	[redacted]	WB "	Alphamed "	Vet.Pharmaka "	[redacted] "

DANKSAGUNG

Jakob Hasse, von Beruf Bildforensiker – für seine Beratung.

Dr. Rainer Erices für seine Hilfe, die korrekten Signaturen beim Bundesamt für Stasi-Unterlagen zu beantragen.

Jürgen Langowski – für die Idee mit dem Virenscanner.

Wolfgang Schorlau – für die Lorbeeren.

Ellen Bleckmann – für den Gang durch dick und dünn.

Lutz Dursthoff – für seine Absicherung und sein Wohlwollen.

Dr. Stephanie Kratz – dieses Mal für jenen entscheidenden Teil, den sie immer über das Lektorat hinaus leistet.

Meiner Frau Ira für alles: Inspiration, Korrektiv, Auditorium und Hafen.

Soundtrack: Hans Zimmer, Tom Holkenborg, Dire Straits, Leonard Cohen, The Doors, Midnight Oil, Samuel Barber, Bruce Springsteen.